PODEROSOS

UM TRATADO SOBRE OS PODERES

Editora Appris Ltda.
1.ª Edição - Copyright© 2023 do autor

Catalogação na Fonte
Elaborado por: Josefina A. S. Guedes
Bibliotecária CRB 9/870

Silva, Tito Lívio Leiria da
S586p Poderosos : um tratado sobre os poderes ; volume II / Tito Lívio Leiria da Silva. -
2023 1. ed. - Curitiba : Appris, 2023.
506 p. ; 27 cm.

Inclui referências.
ISBN 978-65-250-4285-5

1. Ficção brasileira. 2. Poder na literatura. 3. Relações humanas.
I. Título.

CDD - B869.3

Appris editora

Editora e Livraria Appris Ltda.
Av. Manoel Ribas, 2265 - Mercês
Curitiba/PR - CEP: 80810-002
Tel. (41) 3156 - 4731
www.editoraappris.com.br

Printed in Brazil
Impresso no Brasil

Tito Lívio Leiria da Silva

PODEROSOS

UM TRATADO SOBRE OS PODERES

VOLUME II

À minha mulher, Iara.

Existem duas linguagens humanamente universais: o sorriso e lágrima. Quando alguém, ao ler um texto, ri ou chora, é porque o autor se fez compreendido.

(Tito Lívio Leiria da Silva – 09/06/2016)

SUMÁRIO

PODEROSOS VII
O poder azul

PODEROSOS VIII
Podres Poderes

PODEROSOS IX
O poder mais escuro

PODEROSOS X
O poder da vida

15/05/2017 – 15/01/2018

PODEROSOS VII

O poder azul

James dirige o corpo técnico do hospital que Koya construiu especialmente para ele, e depois de formado Michael passa a administrar o local. Rachel, interessada em fazer filantropia, não tem vocação para administrar as empresas. Koya, por sua vez, está cada vez mais se dedicando à família. Assim, por essas e outras razões, o poder começa a mudar de cor.

O NOME

Agora, na casa em que morou desde nascer, Koya passa a preocupar-se ainda mais com a sua gravidez e toma todas as providências para que não aconteça nenhuma surpresa desagradável, até porque, James e as crianças estão muito apreensivos, pois foi logo após o nascimento de Rachel que a mãe deles faleceu.

— James Jimmy, quero fazer todos os exames possíveis para o acompanhamento desta gravidez. (Koya).

— É claro, amor. Conheço um obstetra muito bom e se você assim o desejar, ele pode acompanhar a gestação do nosso bebê e realizar o parto. (James).

— Se você confia nele é exatamente o que farei. Se não gostar, pedirei uma segunda opinião.

— Sou o mais interessado em que tudo dê certo e você sabe o porquê. (James).

— Quero que a minha mãe fique conosco, principalmente para preparar as crianças para a chegada de um novo membro em nossa família. A chegada de uma nova criança pode ser complicada para eles. (Koya).

— Estava pensando exatamente nisso. As crianças adoram sua mãe e pelo que me parece, ela assumiu meus filhos como netos.

— Não quero mais ouvi-lo falar assim. (Koya, parecendo contrariada).

— Assim como, amor? (James não entendeu o que Koya quis dizer).

— Nunca mais quero ouvi-lo dizer meus filhos. Agora eles são nossos filhos. (Koya).

— Perdão, amor. Às vezes esqueço que agora você é a mãe deles. (James).

Logo que os exames demonstram que está tudo bem e determinam o sexo de seu filho, Koya reúne a família para fazer a comunicação e a escolha do nome.

— Crianças, o papai tem uma comunicação para fazer. Vamos ouvi-lo. (Koya).

— Bem, os exames disseram que vocês receberão um novo maninho. É um menino que passará a viver conosco e ser amado por nós. Com certeza, ele nos fará muito felizes. (James, muito alegre).

— Oba! Oba! Terei dois príncipes para cuidar de mim. (Rachel).

— E eu terei com quem falar coisas de garoto. (Michael).

— Que bom que gostaram, meus filhos. (Koya).

— Agora temos que escolher um nome para ele. (James).

— Penso que a mamãe é quem deve escolher, pois ela é quem está tendo todo o trabalho. (Michael).

— Você pensa como um verdadeiro cavalheiro, Michael. Estou muito orgulhosa de você. (Koya).

— Então, mamãe, como vamos chamá-lo? (Rachel).

— Bem, vou contar a vocês como seus avós escolheram o meu nome, que é um tanto diferente. (Koya).

— Seu nome é muito bonito, mãe. Eu gosto. (Michael).

— Seu nome não poderia ser comum, meu amor, pois você é uma pessoa muito especial. (James não se cansa de elogiar sua esposa).

— Obrigada, amor. Minha mãe escolheu o nome para o meu irmão e o George sugeriu que papai fizesse um anagrama do nome de Oaky, então o meu nome ficou sendo Koya.

— E como ficaria mais um anagrama feito com as letras de seu nome? (James)

— O que acham de chamarmos o maninho de Kayo? (Koya).

— Adorei! É lindo mamãe! (Rachel).

— Também gostei. E você, pai? (Michael).

— É um nome muito forte, como o seu, Koya. (James).

— Vamos ver na internet o que esse nome significa? (Michael).

Rapidamente, aparece no Google a definição do nome: **Kayo** (Caio, Cayo), tem origem no latim e significa feliz, contente. Alguém que está sempre pronto para sorrir e demonstrar sua felicidade. Também é marca de uma pessoa ambiciosa e de personalidade forte, que faz qualquer coisa para progredir na escala social e conseguir o que deseja.

— Puxa! Nunca imaginei que tivesse esse significado. É um pouco assustador. (Koya, com pressentimentos de mãe).

— Sua família soube escolher sabiamente seus nomes: Oaky, que significa de carvalho, forte e renovável como uma árvore, e Koya, que significa a principal e, para mim, a melhor mulher do mundo. E agora você sugere Kayo. Com certeza, ele estará sempre pronto para sorrir e nos fazer felizes. (James).

— Mamãe sempre negou, mas Oaky é uma homenagem ao vovô Roy, que era um apreciador de vinhos. (Koya).

— Qual a ligação, meu amor? (James).

— O nome Oaky significa de carvalho, madeira da qual se fazem barris para a maturação de vinhos. (Koya).

— Sua mãe é muito inteligente. (James admira sua sogra pela beleza e pela sabedoria).

— O vovô Hugh não acreditou que fosse apenas uma coincidência. Talvez nunca a tenha perdoado por isso. (Koya).

— Em compensação, o anagrama que seu pai construiu resultou num nome perfeito para a mulher perfeita. (James).

— Obrigada, meu amor. Te amo. (Koya).

— Não vejo a hora de pegar o Kayo no colo e te ajudar a cuidar dele, mamãe. (Rachel).

— Vamos com calma, menininha. Você é muito pequena para cuidar de um bebê. (James).

— Mas aprendi com as minhas bonecas. (Rachel).

— É mesmo? (Koya, admirando-se).

— Claro! Todas as meninas brincam com bonecas para aprenderem a cuidar de seus bebês depois. (Rachel).

— Então você terá que me ensinar, pois não gostava de brincar com bonecas [Ha ha ha] (Koya, feliz com sua família).

— Com o que você brincava? (Rachel).

— Brincava de construir coisas com meus pais e meu irmão.

— E você gostava? (Michael).

— Gostava. Era muito divertido. Destruía muita coisa, também. [Ha ha ha]. (Koya, feliz com a infância que teve).

— E como você aprendeu a cuidar de mim e da Rachel? (Michael, estranhando).

— Meu avô Hugh dizia que as mulheres nascem sabendo essas coisas porque nascem com um manual de amor dentro da cabeça. Agora venha aqui para eu abraçá-lo. E você também, Rachel. (Koya).

— Espero que haja uma vaguinha para mim, senhora Koya. (James, fingindo ciúmes de seus filhos).

— Claro, meu amor. Em meu coração sempre haverá lugar todos vocês. (Koya).

Cinco vidas e um destino: a felicidade.

— Quando vamos falar para a vovó e o vovô o nome do maninho? (Rachel).

— Quando a sua mamãe quiser. (James).

— Pai, chame a mamãe e passe a ligação para conferência de vídeo. (Koya, ligando para seus pais).

— Oi, filha. Está tudo bem? (Meg).

— Sim, sim. Quero comunicar para vocês que escolhemos o nome para o seu novo neto. (Koya).

— Então é um menino? (Sam).

— Sim. E adivinhem qual será seu nome? (Koya).

— Não fazemos a menor ideia. (Sam, com Meg ao seu lado).

— Nossa, estou decepcionada com vocês! Fiz um anagrama com as letras do meu nome. (Koya).

— E como ficou? (Sam)

— Kayo, Kayo, Kayo! Não é lindo? (Koya não cabe em si de tanta alegria).

— Muito lindo e forte, como o seu nome. Temos certeza de que será um belo rapagão. (Sam).

— Ele nos dará muitas alegrias, como o Michael e a Rachel. Nós te amamos, filha. (Meg).

— Agora ligarei para o Oaky e a Nicky para contar o nome de seu novo sobrinho. (Koya).

James pede que Koya o deixe comunicar o nome de seu filho para seu cunhado. Inicialmente, ela estranha, mas acaba cedendo, pois entende que seria egoísmo de sua parte, e ela não é a dona do Kayo.

— Sim, James. Como estão todos por aí? (Oaky, recebendo a ligação).

— Muito felizes à espera de Kayo. (James)

— O quê? Será um menino? Estamos muito felizes! (Oaky havia chamado Nicole para a conferência de vídeo).

— Cunhada, quem escolheu esse nome tão bonito? (Nicole).

— Nós resolvemos fazer um anagrama do nome do Oaky e do meu. Vocês gostaram? (Koya).

— É genial! Agora temos Oaky, Koya e Kayo. A poderosa dinastia se completou. (Nicole, com premonições).

— Ainda não, Nicky. Espero ter muitos sobrinhos. (Koya, instigando seu irmão e sua cunhada para terem filhos).

— Nossa... Vai demorar. Não quero filhos tão cedo. E seu irmão nem me pediu em casamento, ainda. [Ha ha ha]. (Nicole, zoando).

— Vou deixá-la treinar com o Kayo para ir se acostumando, cunhada. [Hi hi hi]. (Koya).

— Estou louca para ver a carinha dele e segurá-lo em meu colo. Quando não estiver chorando, é claro. (Nicole).

— Parabéns, mana. Felicidades para você, o James e todos. Estamos muito felizes por vocês. (Oaky).

— Muito, muito, muito obrigada, em nome de toda a minha família. (Koya agora tem uma grande família).

Kayo! O nome do filho de Koya é recebido com grande alegria, trazendo felicidade antecipadamente para todos os entes mais chegados e queridos.

— Estou tão feliz com a chegada do Kayo, Sam. Com certeza nos trará muitas felicidades. (Meg).

— Koya só tem dado alegrias. Nossa menina tornou-se uma grande mulher graças a você. (Sam, elogiando Meg).

— Nós dois fizemos dos nossos filhos o que eles se tornaram, e te amo por isso. (Meg, retribuindo).

O CASAMENTO DE KOYA

Grávida, na companhia de James e de seus filhos, Rachel e Michael, Koya segue mais feliz do que sempre.

Preocupada em preparar seus enteados para a chegada de um irmão, ela decide que é hora de oficializar sua união com James e marca a data de seu casamento.

— James Jimmy, preciso falar uma coisa muito importante, talvez a decisão mais importante que tomei em toda a minha vida. (Koya).

— Acho que sei do que se trata.

— Não esperava menos. Apesar do pouco tempo em que estamos juntos, fiz de tudo para que conhecesse bem o que penso e como sou. Nunca terei segredos para você. (Koya).

— Sei, meu amor. Então está me propondo casamento? (James).

— Exatamente. Quero carregar o seu nome, e se as crianças quiserem acrescentar o meu nome em suas certidões de nascimento me fariam muito feliz.

— Mas parecerá que eles têm duas mães. (James).

— E têm! A mais importante está olhando por eles de algum em lugar que não nos é dado conhecer em vida. (Koya).

James se emociona com as palavras de Koya e com a lembrança de sua falecida esposa.

— E para quando pretende marcar a data de nosso casamento? (James).

— Vamos falar com as crianças e decidiremos em conjunto. (Koya).

— Terei que pedir sua mão em casamento para o seu pai.

— Você fez isso quando os apresentei a você, mas se quiser comunicar a data ficaria contente. (Koya, decidida).

— E se ele não quiser me conceder a sua mão? (James, zoando).

— Contente-se com o resto, que acho ser mais interessante. [Ha ha ha ha]. (Koya, zoando).

— Está bem, meu amor. Mas vou falar com seus pais. É uma forma de demonstrar o meu amor por você e o respeito e a admiração que tenho por eles. (James).

À noite, após o jantar, Koya reúne todos na sala de estar para conversarem sobre o casamento. Ela pede que James anuncie o motivo da reunião.

— Crianças, o que vocês acham de eu me casar com a Koya? (James).

— Então vocês vão ficar juntos para sempre? (Rachel).

— É exatamente o que pretendemos, filha. (Koya).

— Que bom se casarem antes da chegada do nosso maninho, Kayo. (Michael).

— Oh, Michael, você é um homenzinho, sabia? Te amo. (Koya, abraçando e beijando seu filho).

Tudo decido, ela liga para seus pais e faz o anúncio de seu casamento com James.

— Mãe, pai, decidi que vou me casar logo com James Jimmy. (Koya, falando no viva-voz com os dois).

— Que bom, minha filha. E quando será a cerimônia? (Meg).

— Mas ele nem pediu a sua mão para mim! (Sam, zoando).

— Oh, pai, que fofo! Claro que ele falou com você. Não se faça de esquecido. Mas agora ele quer oficializar o pedido.

— Estou brincando com você, minha princesa, mas prometo entregá-la para ele. A sua mãe eu tive que arrancar das mãos do meu sogro. E precisei da ajuda do George! [Ha ha ha ha]. (Sam, muito feliz).

— E quando será, minha filha? (Meg, ansiosa para saber da data).

— Daqui a duas semanas. Não quero estar muito barriguda para a festa. (Koya está entrando no terceiro mês de gestação).

— Mas é muito em cima da hora, minha filha! (Meg, ponderando).

— Por isso preciso seu auxílio. (Koya).

— Pode contratar uma empresa especializada nesse tipo de evento. (Sam, querendo livrar sua mulher de compromissos).

— Sim, contratarei, mas quero uma cerimônia bem simples e só para os parentes e amigos. E me sentirei mais segura se você estiver aqui comigo, me orientando e acompanhando a organização. (Koya).

— Você não tem mais o direito de fazer festinhas, pois é a mulher mais rica do mundo. (Sam, sabendo que a mídia estará de olho).

— Sem chance, pai. Não quero badalações e nem expor meus filhos aos *paparazzi*. (Koya).

— É claro que irei ajudá-la. Pode até ser uma cerimônia simples, mas quero que seja bem bonita. (Meg).

— Como é bom poder contar com você. Estou tão nervosa! Te amo. (Koya emociona-se facilmente agora que está grávida).

— E penso em permanecer em Nova Iorque até o nascimento do Kayo. Te amo, filha. Quero agradecê-la por nos fazer tão felizes. (Meg, sabendo que sua filha precisa de apoio psicológico).

— Te amo, mãe! (Koya, tentando conter a emoção).

— Você está fazendo todo o acompanhamento da sua gestação, não é? (Meg).

— Sim. Amanhã farei os outros exames que o médico solicitou. (Koya).

— Que bom, minha filha. Quero que tudo corra muito bem para você e para o bebê. Cuide-se e siga as orientações de seu médico. (Meg).

— Contam que você não seguiu orientação nenhuma e continuou trabalhando até o dia do parto. (Koya, cobrando de sua mãe).

— Não foi bem assim, filha. As histórias sempre são exageradas. (Meg, contemporizando).

— Como pôde fazer isso comigo e meu irmão? (Koya, dando o troco).

— Vocês estavam bem protegidinhos na minha barriga. (Meg, carinhosa como sempre).

— Agora sei, mamãe. Então posso contar com você? (Koya).

— Claro, minha filha. Fique tranquila. (Meg, finalizando).

No dia da cerimônia Koya está muito nervosa, preocupada se tudo será perfeito.

Além dos familiares estão na cerimônia: George, Lilly e Carl, Billy, Lucy e seu filho, Walter, Elizabeth (secretária de Koya), Chris (já aposentado) com a esposa, os outros secretários de Koya, médicos colegas de James e empregados mais chegados. E, também, muitos outros entes queridos estão presentes, lembrados com carinho em todos os pensamentos.

— Mamãe, estou com medo de que alguma coisa saia errada. (Koya).

— Não se preocupe, filha. Estamos todos aqui para ajudá-la. Todos amam você. (Meg).

— Você está zangada comigo por estar me casando grávida? (Koya, insegura).

— Você deve estar muito nervosa mesmo para pensar uma coisa dessas. Minha filha querida, a única coisa que importa para uma mãe é a felicidade de seus filhos. Deve saber disto. (Meg, tentando acalmar Koya).

Sam conduz Koya até o altar e a entrega para James sob forte emoção. Ela está linda vestida de noiva e radiante de alegria e felicidade, mas trêmula de nervosa. E não para de olhar para seus filhos, Rachel e Michael.

— James, faça minha filha feliz, por favor. (Sam quase não consegue falar).

— Sam, a minha vida agora pertence a ela. (James, também muito emocionado).

— Cuide bem dela e dos meus netos. (Sam começa a chorar).

— Muito obrigado por me confiar uma missão tão difícil. Farei tudo para não decepcioná-lo. (James).

Com um longo e forte aperto de mãos, Sam entrega Koya para James e recebe dela um demorado abraço. Depois, ele se esforça para dizer mais algumas palavras para James.

— É com muita alegria que entrego a você, James, um dos bens mais preciosos que consegui na minha vida, a minha adorada filha, Koya. Sei que serão muito felizes e abençoo a união de vocês. (Sam, emocionado, não consegue dizer mais nada).

— Mais uma vez, obrigado por confiar a mim a sua filha! (James também está emocionadíssimo).

— Obrigada, pai! Te amo, te amo. (Koya, dando um selinho carinhoso em seu pai).

Sam, a exemplo de Hugh quando do seu casamento com Meg, desaba num choro incontrolável, levando todos a se emocionarem. Ele se dirige até onde está Meg, pega na mão dela e a beija, carinhosamente. Seguindo atrás dos noivos, Rachel carrega as alianças com incontida alegria. Michael está ao lado de Meg, segurando em sua mão, também muito emocionado.

— Agora tenho uma mãe de novo!

O pequeno comentário que Michael diz ao ouvido de Meg faz com que ela não consiga mais segurar sua emoção e comece a chorar.

Mãe, uma peça tão importante que a natureza, com sua sabedoria, tornou-a substituível, por ser imprescindível.

— Te amo, Michael! (Meg, tentando se controlar).

Foi uma cerimônia simples, mas emocionante.

Para a mulher mais rica do mundo não haverá viagem de núpcias ou glamour. Grávida e com duas crianças para cuidar, ela prefere curtir as maravilhas de ser mãe substituta e, ao mesmo tempo, de primeira viagem do bebê que carrega em seu ventre, amar seu marido, além, é claro, de dirigir as empresas do grupo, que continuam prosperando.

Uma mulher que cresce diante de cada novo desafio. Uma lenda que se agiganta cada vez mais, incansável, parecendo não ter limites para o que possa fazer.

Contudo, nenhuma mulher precisa torna-se uma lenda, basta ser mulher.

O NASCIMENTO

Após uma gestação tranquila e feliz, acompanhada por James, Michael e Rachel com muita expectativa, todos estão ansiosos para conhecer o mais novo herdeiro do poderoso clã.

James e Michael são os mais nervosos, pois ainda dói em seus corações e mentes a morte da esposa e mãe.

— Aaaiiii! Aaiii! Aiiii! Mãe, acho que está na hora, o Kayo quer nascer. (Começam as contrações).

Meg está com ela desde o casamento para acompanhá-la na hora do nascimento de seu neto.

Sam e todos os outros amigos da família também se encontram em Nova Iorque, à espera do grande dia.

— Está sentindo contrações, filha? (Meg, muito calma).

— Sim, mãe. Aaaiiii. Isso dói! (Koya, preparando-se para o parto).

— Então vamos para a maternidade e de lá avisaremos James e todos os outros. (Meg).

Koya preferiu colocar seu rebento no mundo por parto normal e em uma maternidade para evitar transtornos com improvisações de sala de parto e outras providências, como foi feito quando de seu nascimento e de seu irmão.

— Aaaiii! Aiii! James Jimmy, que bom que chegou. Isso é muito desagradável. (Koya contando com a presença e o apoio de James).

Em seguida, todos chegam à maternidade, ansiosos pela chegada de Kayo. Michael, Rachel, Oaky, Nicole e Sam. Meg já tinha acompanhado a filha à maternidade.

As horas passam, as contrações vão se tornando cada vez mais próximas, mas sem a dilatação necessária. James começa ficar preocupado. A bolsa estoura.

— Aaaiii! James Jimmy! O que posso fazer? (Koya não sabe, mas seu sofrimento é maior do que o usual).

— Tenha calma, meu amor! Acho que não vai demorar.

James se retira da sala e Koya continua sob os cuidados do obstetra, da enfermeira e dos assistentes. Todos estão muito apreensivos, pois o andamento do parto não parece normal.

— Será que devemos solicitar uma cesariana, senhora Meg e senhor Sam? (James consulta seus sogros).

— Koya é muito forte, mas o que você pensa, Sam? (Meg, receosa por sua filha).

— Penso que James tem razão. Nossa filha está sofrendo há muitas horas. (Sam).

— James, sei que você fará o que for mais seguro para minha filha e o bebê. (Meg, muito aflita).

Apressado e apreensivo, ele volta para a sala de parto e questiona o médico quanto à possibilidade de uma cirurgia. As horas estão passando e a angústia de todos só faz aumentar.

Na sala de espera, Meg está abraçando Michael, tentando não demonstrar seu nervosismo, enquanto Sam segura a mão de Rachel, mas está quase entrando em desespero.

— Ai, vovô! Vais quebrar a minha mão. (Rachel se queixa que ele está apertando sua mão).

— Desculpe-me, meu amorzinho. Você quer alguma coisa para comer? (Sam, tentando disfarçar o nervosismo).

— Quero sim, vovô! (Rachel).

— Então vamos até o bar do hospital. Venha conosco, Michael. Vamos comer e beber alguma coisa. Você vem também, meu amor? (Sam).

— Não. Estou sem fome, Sam. Veja bem o que vai oferecer para as crianças comerem. (Meg, muito nervosa, mas fazendo recomendações de mãe).

— Por que o maninho está demorando para nascer, vovô? (Michael, preocupado).

— É normal, Michael. Não se preocupe, vai dar tudo certo. (Sam, sem saber o que dizer).

— Senhor James, a criança está na posição correta. Sugiro que façamos uma aplicação de hormônios para induzir o parto, e só então, como último recurso, uma cesária. (O obstetra).

— Então façamos rápido! (James pressente que algo não está certo).

Depois de um tempo, o obstetra, demonstrando grande preocupação, diz:

— Penso que não está funcionando.

— Aaaaaaaiiiiiiii! (Koya sofre cada vez mais).

— Só mais um pouco, amor! (James está desesperado).

— Aaii! (Koya não tem mais forças para empurrar seu filho).

— Temos que tentar alguma coisa. Estou ficando preocupado. (James está muito preocupado).

— Sim, sim. Concordo. Essa demora não é normal. (O obstetra).

O nascimento de Kayo é complicado, demorado demais, doloroso além da conta, e Koya desmaia no final do parto, não vendo seu filho nascer, que tem que ser puxado para fora por James que, muito aflito, passou a ajudar a equipe no parto de seu filho.

No momento em que ele é retirado, as luzes se apagam e tudo fica, inexplicavelmente, escuro, até os geradores entrarem em funcionamento. São nove segundos somente com as luzes de emergência e da câmera de filmagem, que projetam sombras fantasmagóricas nas paredes, no chão e sobre Koya, que parece morta na cama. Os rostos mascarados de todos que ali estão ficam parecendo seres de outro mundo, um mundo sombrio e assustador.

Aqueles poucos segundos de quase escuridão parecem uma eternidade, com figuras estranhas se movendo em câmera lenta e a sensação de outras presenças ali. Ouve-se a respiração ofegante de todos à procura de uma luz que os faça sair daquela situação dramática e daquele mundo sobrenatural. O ruído dos instrumentos cirúrgicos parecem sons de uma batalha medieval com espadas de aço contra escudos, numa luta desesperada pela vida.

Uma bandeja de aço com instrumentos cirúrgicos cai sem ninguém tocá-la, assustando a todos com o barulho.

— O que houve com a energia? (James, preocupado).

— Não sabemos. Isso nunca aconteceu antes. (O obstetra). Passe seu filho para a enfermeira Rose. Temos que atender sua esposa, doutor James.

— Sim. Acho que ela desfaleceu apenas pelo esforço por tanto tempo. (James, tentando manter a calma).

— Nunca assisti a um parto tão demorado e tão complicado. (O obstetra).

— Ela só desmaiou pelo esforço. Estou sentindo a pulsação, apesar de fraca. (James).

Quando a luz é restabelecida, as auxiliares de enfermagem estão iniciando a limpeza de Koya, que continua desacordada. Em seu rosto resta uma expressão de um esforço acima do normal.

— Melhor não despertá-la agora. Vamos ver como está o seu filho, James. (O obstetra).

Ao receber Kayo, a enfermeira Rose tem a impressão de que ele está sem vida. Ela começa a limpá-lo, mas ele não chora. Ela massageia suas costas, sussurrando palavras para ele, como se o bebê pudesse escutá-la e entendê-la.

— Respire, Kayo. Respire o ar do mundo, que será seu a partir de agora. Respire e viva para seus pais e irmãos serem felizes. Você é o filho de Koya, a principal e toda poderosa. Você é o filho da lenda! (A enfermeira Rose).

A enfermeira Rose continua balbuciando palavras pouco inteligíveis ao recém-nascido e soprando em suas narinas, como se quisesse soprar vida para dentro dele, mas ele continua silencioso e parecendo sem vida.

— Kayo, viva para mudar o mundo! (A enfermeira Rose parece dar uma ordem profética para o recém-nascido).

Quando Koya volta a si, pergunta, desesperada, pelo filho.

— Onde está meu filho? Onde ele está? O que aconteceu? O que está acontecendo? Por que ele não está aqui comigo?

— Tenha paciência, meu amor! (James).

— O que aconteceu com ele? Por favor, por favor. (Koya, ainda fraca, tentando levantar-se para procurar seu filho).

— A enfermeira Rose vai trazê-lo. (O obstetra).

— Quero vê-lo, preciso amamentá-lo! Por que ele não está aqui comigo? (Koya começa a ficar desesperada).

— Vou buscá-lo, amor. Vou trazê-lo. Fique calma! (James).

Quando James se preparava para buscá-lo, a enfermeira Rose aparece, como saída de outra dimensão, e entrega Kayo para Koya, que o toma como se quisesse guardá-lo novamente dentro de si.

— Obrigada, muito obrigada! Você parece um anjo. (Koya agradece a enfermeira com carinho).

— Ele é muito lindo e um grande lutador. Será um grande homem. (A enfermeira Rose).

Já se retirando da sala de parto, a enfermeira Rose não é ouvida quando diz, sussurrando:

— Ele vai mudar o mundo tomando decisões muito difíceis, mas poderosas.

— Obrigado, meu amor! Nosso filho é muito lindo e forte, igual a você. (James).

— Te amo, James Jimmy. Tome, Kayo, beba o que de melhor tenho para te dar por toda a sua vida.

Koya quase não consegue falar de tão fraca que está, mas, ainda assim, amamenta seu filho com ternura.

— Por que Michael e Rachel não estão aqui para ver seu maninho? (Koya).

— Precisamos completar os procedimentos pós-parto e limpar tudo, senhora. (O obstetra).

— Você precisa descansar. Depois eles veem o Kayo, meu amor. (Kayo).

— Mas preciso dizer a eles que os amo. (Koya, preocupada com a reação das crianças).

— Eles estão com seus pais, Koya. (James).

— E a mamãe e o papai, James Jimmy? Quero que todos vejam o Kayo para já começarem a amá-lo. (Koya).

— Tenha paciência, meu amor. O parto foi muito difícil. Descanse agora. (James, preocupado).

Horas depois, quando Koya havia descansado, recebe a visita de seus pais, de amigos e vários colaboradores de suas diversas empresas.

— Mamãe, achei que o Kayo não... sobreviveria. (Koya).

— Nem pense numa coisa dessas, filha. Ele nasceu forte e bonito e, com certeza, trará muitas alegrias para todos nós.

— Mas foi tão difícil. Pensei que ele não queria nascer. Acho que não sou uma boa mãe. (Koya).

— Por favor, meu amor. Está tudo bem. Te amo. Você é maravilhosa. (James).

— Se fossem dois teria morrido. Não sou boa parideira como você, mãe. (Koya).

— Sei que foi muito difícil e você sofreu muito, mas agora está tudo bem. (Meg).

— É um lindo menino. (Lilly).

— Parabéns, senhora Koya. É um belo garoto. (George).

— Posso pegar o maninho, mamãe? (Rachel).

— Claro, mas peça para sua avó ajudar, está bem? (Koya).

— Ele é tão lindo, mamãe! Obrigada pelo maninho que nos deu. (Rachel, com seu novo irmão no colo).

— Amo você e amo o Michael. Amo todos, todos vocês. (Koya, dirigindo-se a todos que estão no quarto).

Nesse momento, entra no quarto o obstetra.

— Bem, senhoras e senhores, a senhora Koya e o bebê precisam de descanso.

— Obrigada, doutor, pelo seu empenho. (Meg é a primeira a agradecer).

— Muito obrigado, doutor. Não sei o que seria se não fosse o senhor. (Koya).

— Foi uma dura batalha, mas podemos considerar Kayo um vencedor e a senhora uma lutadora muito forte. (O obstetra).

— Agradeça a enfermeira Rose por nós, doutor. (James).

— Farei isso amanhã, pois o plantão dela terminou. A ajuda dela foi mesmo muito especial. (O obstetra).

Todos se despedem e se retiram, ficando apenas James como companhia para Koya.

Meg leva Michael e Rachel com ela, pois ficará cuidando deles até o pronto restabelecimento de Koya. Mas antes de conversa reservadamente com o obstetra.

— Doutor, o que a enfermeira Rose fez de especial? (Meg).

— Bem, ela é muito dedicada, mas quando seu neto... (O médico faz uma longa pausa).

— O que tem o meu neto, doutor? Foi constatado algum problema? (Meg, preocupadíssima).

— Não! A senhora pode ficar bem tranquila. Foram feitos todos os exames e ele não tem problema algum.

— Então o que aconteceu quando Kayo nasceu? (Meg).

— Tivemos a impressão que ele... não sobreviveria. (O obstetra).

— Por quê? (Meg).

— Talvez tenha sido só uma impressão precipitada pela confusão que a falta de luz causou.

— E foi a enfermeira quem cuidou dele, apesar da sua impressão inicial? (Meg, questionando).

— Senhora Meg, foi o parto mais difícil que fiz em toda a minha vida e... pensei que... (O obstetra).

— Por favor, doutor. O que pensou? (Meg).

— Que poderíamos perder a senhora Koya. Mas ela é muito forte. Parece... (O médico vacila).

— Parece o quê? (Meg).

— Parece indestrutível. Perdoe-me a expressão, mas fiquei muito impressionado com a vontade de viver de sua filha.

— Muito obrigada, doutor. De todo o meu coração. (Meg, finalizando).

Com as crianças cansadas e com fome, Meg encerra a conversa com o médico, mas vem à sua lembrança outra enfermeira Rose, de outro hospital: a que cuidou de George quando ele foi baleado durante seu resgate.

— Certas coincidências são inexplicáveis... (Meg).

— Do que você está falando, meu amor? (Sam não acompanhou a conversa de Meg com o médico).

— Nada, amor. Pensei em voz alta. (Meg dá um longo suspiro).

— Nossa filha está tão feliz! (Sam).

— Parece que a Koya nasceu para nos dar alegrias e felicidade. (Meg).

— Te amo, Meg. Amo a nossa família, que agora está maior e mais feliz. (Sam).

James passa a noite no hospital e, no dia seguinte, várias pessoas da família vão até lá para buscar Koya e Kayo, o mais novo membro do poderoso clã e alvo das atenções.

Quando todos saem da maternidade com Koya, ainda fraca, mas feliz, levando seu filho Kayo nos braços, as lâmpadas do quarto em que estavam queimam-se e tudo fica escuro e silencioso.

REFLEXÕES

Numa noite, após o jantar e os empregados irem embora, Meg e Sam ficam sozinhos em sua casa, em Miami, e na sala de estar começam a conversar sobre sua vida como se estivessem passando-a a limpo. Sam está com 75 anos e Meg com 57. São trinta e três anos de um grande amor.

— Sam, por que foi assistir à minha posse como presidenta das minhas empresas? (Meg, lembrando o início de tudo).

— Só queria ver aquele mulherão de perto, como disse meu funcionário. [Ha ha ha ha]. (Sam zoando).

— Nunca fui um mulherão, meu amor. Fale-me a verdade, quero saber. (Meg, modesta).

— Mas faz tanto tempo. (Sam, um pouco constrangido e emocionado ao se lembrar o passado).

— É para me lembrar de que estou velha ou você perdeu a memória?

— Não, meu amor. Essa é uma das coisas das quais jamais esquecerei. (Sam).

— Então me conte. (Meg insiste, mesmo conhecendo a história).

— Compareci a sua posse com a intenção de vê-la, ao vivo, para confirmar se você era realmente tão linda quanto nas fotos que via nos jornais e nas revistas especializadas em construção e negócios, e pelos comentários de todo o mundo.

— E o que pensou depois que me viu em carne e ossos? (Meg).

— Não vi carne nem ossos, vi uma fada que me enfeitiçou instantaneamente. (Sam).

— Oh, Sam, você continua gentil como sempre foi. Obrigada! Mas você foi até lá só para isso? Não acredito.

— Queria ver se conseguiria te conquistar com a mesma facilidade que tinha com as outras. (Sam arriscou-se fazendo esse comentário).

— Seu convencido! Mas nem tentou falar comigo. Conquistar-me para quê? (Meg).

— Não fui falar com você porque fiquei assustado com a sua beleza e pretendia te conquistar só para me divertir como fazia com todas as mulheres. (Sam, novamente se arriscando).

— Ah, mas você é muito safado! E conseguiu. Caí inteiramente em sua lábia. Era tão ingênua! (Meg).

— [Ha ha ha ha]. Você, ingênua? Foi você quem me procurou e até mandou o George me investigar! (Sam).

— Era rica, tinha que tomar todas as precauções possíveis. Você poderia ser um *serial killer.*

— Que mente fértil você tinha. E nunca quis nem precisei do seu dinheiro.

— Então por que ficou comigo? Não era só diversão? (Meg).

— Penso que nunca foi diversão. E começou sério quando George me advertiu na primeira vez em que você foi na minha casa. Acabei ficando com você para não a magoar com medo de apanhar dele. [Ha ha ha ha]. (Sam).

— Era muito ingênua naquela época, pois além de não me preparar para a posse, fiz um discurso quase infantil, falando papai e mamãe. O mundo dos negócios exige um posicionamento diferente, profissional. (Meg).

— Por incrível que pareça, lembro-me bem das suas palavras, da sua voz, da sua ternura e, ao mesmo tempo, da firmeza com que falou. Naquele momento decidi que queria tê-la para mim, em meus braços e... na minha cama também.

— No fundo, você só queria me comer. (Meg).

— Inconscientemente, talvez pensasse que após possuí-la você perderia o encanto e se tornaria mais uma mulher que sairia da minha cama para entrar na minha lista. (Sam).

— Mas você era muito safado. Estava muito carente, por isso não percebi as suas intenções.

— Você nunca foi carente de coisa alguma, Meg. Tinha até um apartamento somente para transar. (Sam).

— Dito assim parece que era promíscua e só precisava foder para ser feliz. (Meg).

— Te salvei da promiscuidade. Se não tivesse entrado na sua vida você se tornaria uma bela prostituta. [Ha ha ha]. (Sam, zoando).

— Sam, Sam... Vou fazer de conta que não escutei. Agora que está velho perdeu completamente a noção do perigo.

— Amo ver você me ameaçando. Ainda gosto de viver perigosamente. (Sam).

— Perdeu o respeito também. (Meg).

— O melhor foi que você engravidou em nossa viagem de núpcias. (Sam).

— Não queria filhos naquele momento e você sabia. Sofri muito e fiz todos que gostavam de mim sofrerem, e até hoje me arrepio ao lembrar-me daquele homem no hotel, falando em italiano coisas que pareciam previsões assustadoras. Não gosto de coisas inexplicáveis. (É a razão para Meg adorar matemática).

— Penso que foi apenas um motivo para se aproximar de você e vê-la mais de perto. (Sam).

— Não sei exatamente o que pensar, só me lembro que foi assustador. (Meg).

— O importante é que temos dois filhos maravilhosos, que só nos dão alegrias e felicidade.

— E você se saiu muito bem como pai. (Meg).

— Não tanto quanto o seu pai, que a transformou numa mulher decidida, justa e sábia. (Sam).

— Apenas quando nossos filhos cresceram e começaram a tentar entender o mundo é que me dei conta do grande e profundo alcance das coisas que meu pai fazia a mim. (Meg).

— Que tipo de coisas, amor? (Sam, carinhosamente).

— Quando entrei na escola formal eu já conhecia as letras e os números, bem como algumas palavras, e sabia contar e até somar, tudo ensinado por eles, principalmente por meu pai. (Meg).

— É o que a maioria das famílias normais fazem ou tentam fazer com seus filhos.

— Papai foi além e me deu de presente, no meu primeiro dia de aula, um livro de cálculo integral e diferencial. [Ha ha ha].

— Isso parece loucura. Imagine, uma criança que nem sabia as quatro operações aritméticas com um livro de cálculo integral nas mãos. (Sam).

— O resultado foi que achei engraçados todos aqueles símbolos, que para mim eram de brincadeira. Imaginei que o símbolo de integral ($\int$) fosse uma minhoca, o símbolo de diferencial (∂) para mim era um cisne flutuando num lago, o símbolo de somatório (Σ) era um gigante dentuço e faminto que queria devorar todas as coisas que estavam a sua frente, o símbolo de infinito (∞) para mim era o oito que cansou e se deitou para descansar. (Meg).

— Seu pai era muito maluco. [Ha ha ha ha]. (Sam).

— Ele me disse que o oito ficaria deitado por um longo, longo, longo, longo, muito longo tempo.

— É uma definição de infinito bem boa para se dizer para uma criança. (Sam).

— Quando vi os gráficos da transformada de Fourier imaginei que fosse uma cobra enroscando-se numa grade. [Hi hi hi].

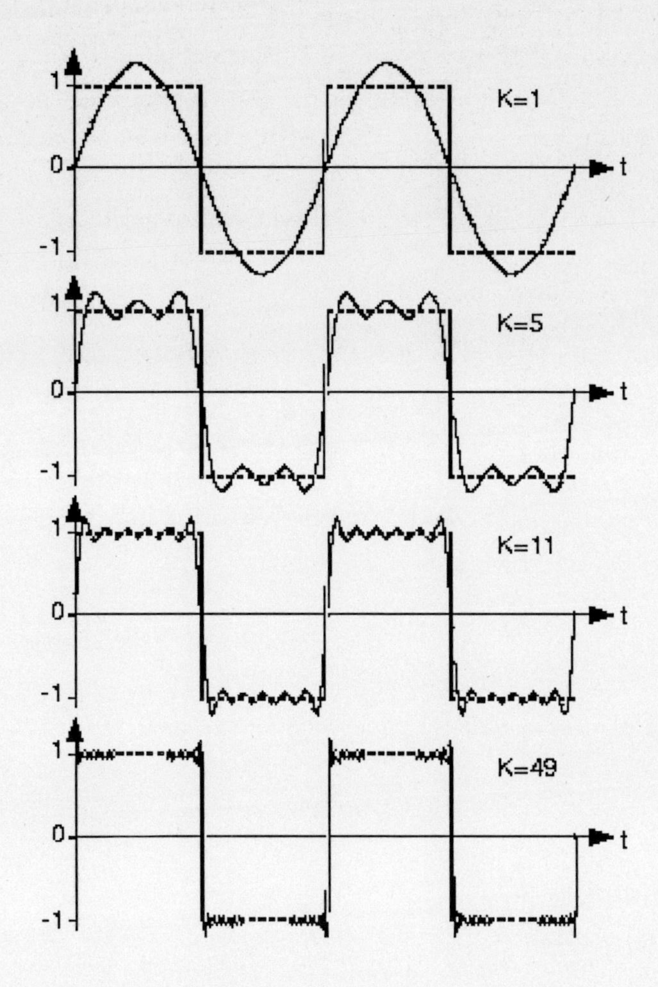

— Uma criança não poderia interpretar de outra forma. Que benefício isso trouxe a você? (Sam).

— Quando fiz o curso de Engenharia e me deparei com o cálculo integral e diferencial, além de não estranhar toda aquela simbologia, que assusta as pessoas, fiquei ávida por saber o que significavam aquelas minhocas, cisnes, gigantes e cobrinhas, e para que serviam. (Meg).

— Você acabou se apaixonando pela matemática, pela engenharia e por construções.

— Aquele presente, aparentemente bizarro para se dar a uma criança, fez-me perder o medo de coisas normalmente difíceis para a maioria das pessoas.

— Até a vida sempre te pareceu fácil, meu amor. (Sam).

— Não, não Sam! Tive momentos muito difíceis na minha vida e você sabe bem, mas meu pai preparou-me, de certa forma, para enfrentá-los e superá-los. (Meg).

— Sei. E como sei! Fiquei apavorado, sem saber o que fazer, quando a sua secretária Rose... se... (Sam não conclui, percebendo que Meg fica emocionada com a lembrança).

— O certo é que sempre tive a sorte de contar com pessoas extraordinárias, que fizeram tudo para me ajudar nos momentos mais difíceis, principalmente você e a nossa filha, Koya! (Meg evita falar sobre o suicídio de Rose).

— Você sempre soube se fazer amada por todos. (Sam, orgulhoso de sua companheira de tantos anos).

— Meu pai chegou a pedir-me que o perdoasse por ter-me feita tão inteligente. (Meg).

— Em compensação você fez nossos filhos tão inteligentes quanto você.

— Sam, eles são o resultado dos nossos dois genes, e se são inteligentes é porque soubemos transferir nossos conhecimentos para eles com amor e carinho, fazendo-os não temerem nem desistirem diante dos mais difíceis desafios.

— Sei, meu amor. E você é a maior responsável pelo sucesso deles. (Sam).

— Amor, não se subestime. Você sempre foi uma fonte de constante inspiração e sabedoria para eles.

— Não há como negar. Só falta o Oaky ser indicado para o prêmio Nobel de Física. (Sam).

— Estamos todos muito orgulhosos dele, e a Koya é, em parte, responsável, pois ela cumpriu a promessa de conseguir um supercomputador para ele desenvolver a sua teoria. (Meg).

— E a Nicole foi fundamental nesse processo com sua grande competência em análise de sistemas e programação.

— Principalmente com a paixão que ela tem por Oaky. Eu a amo como a uma filha. (Meg).

— Gostaria que Oaky publicasse suas teorias sobre as origens do universo e seus estudos sobre a matemática dos genes. (Sam).

— Além de não estarem concluídas, ele tem receio de que a comunidade científica não entenda suas intenções. (Meg).

— A Origem do Universo baseada em pura energia inicial para mim está completa. (Sam conhece os estudos do filho).

— Ainda falta equacionar o que os cientistas estão chamando de matéria escura, mas ele identifica como luz escura.

— E a teoria dos genes? (Sam).

— Ele a considera perigosa demais para ser divulgada. (Meg também acompanha e auxilia os estudos teóricos de Oaky).

— É uma teoria complicada demais e necessitaria de computadores ainda mais potentes e velozes para comprovar, matematicamente, a sua validade. (Sam).

— Além disso, o perigo que Oaky vislumbra é o mau uso que podem fazer de uma descoberta como essa. Resolvidas essas equações, poderíamos programar os genes de qualquer ser vivo segundo nossos interesses. (Meg).

— Atualmente, ele está mais interessado em concluir o projeto de um hipercomputador de campo atômico, que funcionaria com temperatura próxima do zero grau absoluto. Terá capacidade e velocidade de processamento milhões de vezes maior do que os supercomputadores atuais. (Sam).

— Adoro falar com Oaky e ele insiste para que o ajude com suas teorias. (Meg, orgulhosa de seu filho).

— Às vezes, acho estranho termos um filho tão inteligente. (Sam).

— Eu não! É nosso filho. [Ha ha ha ha]. (Meg, sem modéstia alguma, zoando).

Sam aproveita e passa a falar sobre Koya, agora que ela se tornou mãe, demonstra um carinho imenso por todos os seus filhos e, ao mesmo tempo, tenta continuar à frente das empresas.

— A Koya não perdeu tempo e deu-nos três netos quase simultaneamente, mas continua trabalhando muito. (Sam).

— Concordo com você. Ela vai precisar de ajuda. Não dará conta de tantos afazeres. (Meg, preocupada).

— Será difícil convencê-la, pois você também não se afastou do trabalho após nossos filhos nascerem.

— Agora entendo porque todos se preocupavam tanto comigo. Filhos exigem e precisam de muitas atenções. (Meg).

— Apesar de tudo o que aconteceu, você conseguiu e foi uma mãe maravilhosa. (Sam).

— Fiz todos sofrerem com a minha depressão.

— O George tirou-a da depressão, mas ele foi muito violento. (Sam).

— Fiquei muito preocupada quando do nascimento de Kayo. (Meg evita comentar sobre a atitude de George).

— Por que, meu amor? (Sam, surpreso).

— Porque foi um parto muito difícil e a nossa filha sofreu demais. Muito mais que o normal. (Meg).

Meg evitara falar sobre isso, mas agora era hora de compartilhar seus temores e pressentimentos com alguém, e ninguém mais adequado do que Sam.

— Depois do parto falei com o obstetra e ele me confidenciou sua preocupação com o que ocorreu.

— Só acompanhei o final da sua conversa com ele. O que ele falou a você? (Sam).

— Que a Koya quase morreu e o Kayo... (Meg).

— O que tem ele, meu amor? Algum problema congênito?

— Não, não! Ele é muito saudável. Foram feitos todos os exames nele ao nascer e, posteriormente, outros exames complementares. (Meg fez questão de acompanhar tudo).

— Mas o que é, então? (Sam).

— O obstetra teve a impressão de que ele nasceu... morto. (Meg fica visivelmente emocionada).

Meg sempre falou sem vacilações, mas nessa situação, sendo mãe e avó, não consegue controlar as emoções.

— Aquela enfermeira... Acho que ela ressuscitou o Kayo. (Meg).

— Meu amor, quando os bebês nascem, eles não respiram imediatamente. Você sabe disso. (Sam).

— Mas ele demorou mais do que é normal e o médico era experiente. Não diria algo assim apenas para me impressionar ou me assustar. Pelo contrário, ele parecia muito assustado. (Meg).

— Você estava preocupada com a Koya, como todas as mães ficam quando suas filhas vão parir.

— Mil vezes dar à luz do que ter de ficar na sala de espera sem poder ajudar em nada. (Meg).

— Lembro-me de que não ajudei muito quando nossos filhos nasceram.

Sam procura mudar de assunto percebendo a demasiada preocupação de Meg.

— Não precisava ter ficado comigo. Foi imposição da sua mãe. (Meg).

— Se não estivesse ao seu lado numa ocasião tão especial estaria arrependido até hoje. (Sam).

— Você tentou ser corajoso, mas para a maioria dos homens um parto é uma coisa horripilante.

— Me tornei mais uma preocupação para você que estava parindo nossos filhos naquele momento. Que vergonha! (Sam).

— Fiquei desesperada ao vê-lo vomitando e desmaiando. Tive medo que se afogasse com seu vômito. (Meg).

— Foi ridículo. E ficou tudo gravado em vídeo para a família se divertir às minhas custas. (Sam).

— Oh, meu amor! Cada vez que assisto aquele vídeo parece-me que sua carinha está mais apavorada do que antes. [Ha ha ha].

— Foi uma experiência apavorante. Pensei que você fosse morrer.

— Que tolice! As mulheres foram preparadas pela natureza para isso. (Meg).

— Ainda bem que não tivemos mais filhos. Não suportaria tudo aquilo outra vez. (Sam).

— A maternidade é a coisa mais maravilhosa que pode acontecer para uma mulher.

— Mas você não queria filhos. (Sam).

— Pensava que não estava preparada para ser mãe. Pensava, até, que seria incapaz de cuidar de uma criança. (Meg).

— Seu pai, mais uma vez, estava certo. As mulheres nascem sabendo ser mãe. (Sam).

— Queria ter cuidado mais dos nossos filhos, abraçado mais, beijado mais, amado mais. (Meg).

— Os avós deles monopolizaram as atenções sobre eles enquanto eram crianças. (Sam).

— Todo esse amor que restou dentro de mim quero transferir aos nossos netos. (Meg).

— Só não faça como os nossos pais, que praticaram um verdadeiro sequestro afetivo com o Oaky e a Koya.

— Oh, meu amor, mão me peças coisas impossíveis. Avós só se prestam para isto: amar os netos. (Meg).

— Com a Koya acho que será diferente. (Sam conhece a filha que tem).

— É! Ela é mais mãe do que eu. Estou muito feliz. (Meg).

A noite avança e o sono chega.

É o momento das últimas carícias antes de dormirem. A idade avança sobre os dois, mas o seu grande amor não recua.

— Boa noite, querida. Durma bem e acorde ainda melhor para mim. (Sam).

— Boa noite, amor. Sonhe comigo. Vai gostar. (Meg).

O CASAMENTO DE OAKY

Após o nascimento complicado e dramático de Kayo, a família está bem tranquila quanto ao estado de saúde de Koya e seu filho, então Oaky decide conversar com Nicole sobre o casamento.

Eles moram juntos, em seu novo apartamento, e na empresa todos os consideram um casal perfeito.

— Nicky, meu amor, agora que está tudo bem com a Koya e o meu sobrinho podemos pensar em nos casar. (Oaky).

— Oh, que romântico. É um pedido de casamento, meu amo e senhor? (Nicole, zoando).

— Não! Isso eu farei ao seu pai. (Oaky, retribuindo).

— A minha opinião não conta? (Nicole).

— Não! Acabou de dizer que sou seu amo e senhor. (As farpas carinhosas continuam).

— E você pensa que o casamento vai me fazer amá-lo mais do que te amo?

— Espero que sim. (Oaky).

— Se isso acontecer, morrerei, pois meu coração explodirá.

Carícias e beijos apaixonados são inventados nessas horas. Algumas palavras preparam os corações e deságuam em outras partes dos corpos dos amantes.

— Quero me casar com você para que, além do meu amor, carregue também o meu nome. (Oaky, declarando-se).

— Não sei se tenho condições para fazer parte da sua família. (Nicole, falando sério).

— O quê? De que condições você está falando? (Oaky, confuso).

— Estou com medo. Sua família é muito poderosa. (Nicole).

— Ah, não! Não acredito no que estou escutando!

— Você sabe, amor. Sempre tremi ao chegar perto de sua mãe. Ela é tão linda e poderosa.

— Minha mãe te adora e até me pediu que definisse essa situação logo. (Oaky).

— Talvez ela queira que você defina outra mulher como nora. (Nicole, demonstrando insegurança).

— Não, isso não está acontecendo comigo! (Oaky, surpreso).

— Lembra que tremi ao ver pela primeira vez aquele pôster? E é apenas uma fotografia. (Nicole).

— Se quiser que escolha entre a minha família e você ficarei com você. (Oaky, quase em prantos, faz uma declaração de amor poderosa demais e Nicole percebe que suas preocupações são totalmente infundadas).

— Perdão, meu amor, perdão. Como estou sendo infantil. Sua família é maravilhosa e você não merece que eu tenha qualquer receio a respeito dela. Amo a sua mãe e a sua irmã sempre será o nosso cupido. Te amo, te amo.

Nicole abraça e beija Oaky, arrependida dos comentários pouco felizes que fez.

— Esqueça tudo o que falei, por favor, meu amor. (Nicole).

— Te amo demais, Nicky. Saiba que tudo o que a minha família deseja é que sejamos felizes. (Oaky).

— Quero te fazer o homem mais feliz do mundo, pois me sinto a mulher mais feliz de todas.

Depois de passado o mal-estar que os temores de Nicole causaram, eles voltam a falar dos planos de seu casamento.

Os pais dela são convidados para um jantar no apartamento onde eles moram, quando é feito o pedido formal de casamento.

— Quero dizer que esse é o meu desejo desde que conheci a Nicole. Acho que ela deseja a mesma coisa, mas preciso de sua aprovação para tê-la como minha esposa e mulher para sempre. (Oaky faz um pedido complicado).

— Senhor Oaky, pelo que entendi, o senhor quer minha filha para fazê-la feliz, e se é esse o desejo dela só posso dizer que fico muito feliz em tê-lo como genro. (O pai de Nicole responde à altura).

— Oh, senhor Oaky, é uma honra para nós termos a Nicole participando de uma família tão grande, feliz e... poderosa. (A mãe de Nicole não consegue esconder a emoção).

— Mãe, pai! Estou tão feliz! Amo vocês. (Nicole).

Oaky oferece para Nicole um lindo anel de compromisso, que é aceito e retribuído com um longo e apaixonado beijo.

Ele recorre a sua mãe e sua irmã para ajudá-lo na organização da cerimônia de seu casamento.

— Mãe, quero comunicar a você e ao papai que vou me casar com a Nicky. (Oaky).

— Até que enfim! Os pais dela não deviam gostar dessa situação, morando com você, sem estar casada. (Meg).

— Mãe, os tempos são outros. Essa é uma situação bem comum nos dias de hoje. (Oaky).

— Não em nossa família. Pelo menos, não deveria ser. (Meg, conservadora).

— Mas você e o papai... (Oaky, querendo justificar-se com insinuações).

— Nunca morei com seu pai antes de nos casarmos. (Meg o interrompe).

— Mãe, todos sabem que tinha medo de casamento. (Oaky conhece as histórias da família).

— Pensava que poderia me atrapalhar no trabalho, mas foi a melhor coisa que fiz antes de ter você e sua irmã. (Meg).

— Só estava zoando. Quero que você fale com o papai sobre o meu casamento. (Oaky).

— Está com medo de falar com seu pai? [Ha ha ha]. (Meg, zoando seu filho).

— Por favor, mãe. Só quero que você dê a notícia para fazê-lo feliz. (Oaky).

— Então você pensa que não consigo mais fazê-lo feliz de outras formas? (Meg, maliciosa como sempre).

— Tenho certeza de que nesse quesito a senhora é insuperável. [Ha ha ha]. (Oaky responde à altura).

— Se não sou insuperável, pelo menos seu pai nunca reclamou. [Ha ha ha]. (Meg, feliz).

A família decide que o casamento de Oaky com Nicole será uma cerimônia simples para evitarem o estardalhaço da imprensa e também em razão dos pais e parentes dela serem de origem humilde, o que provoca uma pequena discussão em família.

— Lembrei-me de que não tenho um vestido apropriado para ir ao casamento do mano. (Koya).

— Também não tenho. Penso que devemos vestir algo bem simples. (Meg).

— Por que, mãe? É o casamento do meu irmão. Ele merece que estejamos bem vestidas. (Koya).

— O que quer dizer com bem vestidas?

— A senhora fica bonita de qualquer jeito, mas eu não. Se não ficar horas num salão de beleza e usar vestidos bonitos não consigo me sentir bem ao seu lado. (Koya considera a beleza de sua mãe inigualável).

— Mas você é tão bonita, minha filha. (Meg).

— Opinião de mãe não conta. (Koya).

— Como será que os parentes da Nicky vão sentir-se na festa? (Meg, preocupada com a família de Nicole).

— Sei lá! Não havia pensado nisso, mas, com certeza, ficarão felizes pela Nicky.

— Quem sabe podemos oferecer-lhes algo para vestir e não se sentirem diminuídos numa festa glamorosa. (Meg).

— Mãe! Perdeu a noção? Dessa forma poderão se sentir ofendidos. (Koya, advertindo sua mãe).

— É, tem razão. É mesmo uma insanidade o que acabei de dizer. Ainda assim, continuo preocupada com eles.

— Mãe! Casei-me com James Jimmy, um pobretão. Não entendo onde quer chegar com tanta preocupação. Não pretendo diminuir, muito menos ofender alguém. (Koya).

— Perdão, filha. Jamais pensei nisso. Só não gosto de constranger ou melindrar as pessoas. (Meg).

— Muito menos eu! Não penso que se sentirão constrangidos. As pessoas são o que são, (Koya).

— Filha, você nasceu em uma família rica e agora é a mulher mais rica do mundo. A riqueza é uma coisa normal para você, mas como pensa que as pessoas se sentem ao seu lado? (Meg).

— A riqueza também sempre foi normal para você, e ainda por cima se casou com um homem rico. (Koya).

— Não me casei com seu pai por dinheiro. Amei-o desde o primeiro dia em que ele... desde o primeiro toque dele em mim... (Meg).

— Não temos que nos vestir diferente do que faríamos. Somos o que somos e devemos olhar as pessoas pelo que fazem e sentem, e não pelo que vestem. (Koya).

— Está bem. Mas não sei nem o que está na moda.

— Você nunca deu importância para a moda. Talvez por isso nunca tenha ido a um desfile de modas. (Koya).

— Se tivesse ido com certeza só prestaria a atenção naquelas belas garotas trabalhando e não pelo que estivessem vestindo. (Meg).

— Esta discussão é bem coisa de quem está ficando velhinha. [Hi hi hi]. (Koya, zoando).

— É incrível, mas acabamos discutindo um assunto sobre o qual, segundo me parece, temos a mesma opinião. (Meg).

— Nem poderia ser diferente, mãe. Você me construiu à sua imagem e semelhança. Nem tanto a imagem, é claro. Você é muito mais bonita. [Ha ha ha]. (Koya, elogiando a beleza e a elegância de sua mãe).

— Está bem. Então vamos aos preparativos para a festa. (Meg).

Meg e Koya vão à cerimônia sem o uso de joias, até porque Meg nunca foi vaidosa e muito menos exibicionista, e Koya só pretendia estar bonita no casamento de seu irmão, pelo qual tem um imenso carinho.

— Você está maravilhosa, Nicky. Te amo. (Meg ao ver Nicole vestida de noiva).

— Ainda bem que você aceitou meu conselho e escolheu meu irmão. (Koya, abraçando e cheirando sua cunhada).

— Obrigada, muito obrigada! Estou com tanto medo de não agradar Oaky. (Nicole).

— Mas vocês estão fodendo há tanto tempo. Ainda não percebeu que ele é louco por você? Aposto que ele já te enrabou. [Ha ha ha ha]. (Koya se divertindo e descontraindo Nicole).

— Por favor, filha! Mantenha a compostura. (Meg, repreendendo sua filha).

— Oh, mamãe! Você era bem mais atrevidinha que eu. (Koya).

— [Hi hi hi hi]. (Nicole apenas ri, contidamente).

— Vamos. Não quero que Oaky fique nervoso, pensando que a Nicky desistiu de casar-se com ele. (Meg).

— Até parece que Oaky fica nervoso. (Koya, salientando a calma de seu irmão).

A cerimônia tem início.

Nicole está lindíssima, num belo vestido de noiva. Seu longo cabelo forma uma moldura natural em seu rosto jovial e encantador. Seu sorriso, com uma felicidade quase infantil, cativa e emociona a todos. A gata borralheira agora está transformada numa Cinderela prestes a entrar no castelo de uma família rica e poderosa.

E ela descobriu que, antes da riqueza material, essa família sempre foi transbordante de amor, carinho e ternura, tocando, indelevelmente, os corações de todos com os quais convivem.

— Senhor Oaky, espero que a minha filha faça-o muito feliz, pois foi para ser feliz que a criamos. (O pai de Nicole, emocionado, entregando-a para Oaky).

— Muito obrigado. Tenha certeza de que farei tudo para vê-la sempre feliz. (Oaky dá um abraço em seu sogro).

É chegada a hora da aceitação mútua, não só entre eles, mas diante de seus pais, parentes, amigos e da sociedade em geral. É hora do tão esperado sim.

— Agora que decidiram se unir em matrimônio perante a sociedade, o que têm a dizer um ao outro? (O celebrante da cerimônia faz a clássica pergunta de uma forma diferente).

— Nicole, se me quiser, eu te aceito como minha esposa para te amar por todos os dias da minha vida, andar com você por onde desejar, fazer, com prazer, tudo o que me pedir, e chamá-la de Nicky para sempre. (Oaky).

— Oaky, te quero e te aceito como esposo para te fazer feliz por toda a minha vida e andar com você por onde me levar. Eu te darei tudo o que desejar, e quero que todo o mundo saiba que te amo e te amarei para sempre. (Nicole).

A cerimônia segue emocionante com a troca das alianças, que Rachel entrega aos dois, radiante de alegria.

Bênçãos, felicitações, abraços e, inevitavelmente, muitas lágrimas de felicidades.

— Nicky, meu anjo, tenho certeza de que você será muito, muito feliz junto a Oaky. (Meg dá um demorado e afetuoso abraço em Nicole, que agradece, emocionada).

— Oaky, meu filho, desculpe-me por pensar que estou mais feliz que você quanto à sua união com a Nicky. Te amo. (Meg).

— Nicky, hoje ganhei mais uma filha. Sejam muito felizes. (Sam).

— Seja muito bem-vinda a esta família e fique para sempre. (Koya).

— Parabéns, senhor Oaky e senhora Nicole. Sejam felizes. (George).

Oaky e Nicole escolhem conhecer a região onde ele e sua irmã foram concebidos e partem, em viagem de núpcias, para o sul do Brasil, como seus pais haviam feito.

Nos tempos atuais, as dificuldades linguísticas são amenizadas por tradutores eletrônicos instantâneos graças à tecnologia, a qual Nicole domina com naturalidade.

Entre vales e vinhedos, provando vinhos, massas e outras delícias típicas daquela região serrana, descobrem que seu amor é bem maior do que ambos poderiam imaginar.

— Oh, Oaky... Te amo tanto que nem sei se estou acordada ou sonhando um sonho de amor. (Nicole, apaixonada).

— Nunca pare de sonhar, meu amor. Nunca me deixe um só instante, pois não conseguiria respirar sem você por perto.

— Talvez seja a magia deste lugar. Jamais imaginei amar tanto uma pessoa. (Nicole parece enfeitiçada pelo local).

— Talvez seja este vinho maravilhoso que meu avô Roy tanto apreciava, mas o que me embriaga de verdade é o teu amor. (Oaky).

Às noites, agraciados por um céu estrelado ou banhados pela luz do luar, experimentam o mesmo encantamento que os pais dele costumavam contar, há mais de trinta anos.

A beleza do casal, principalmente de Nicole, cujo semblante está iluminado pela paixão, não passa despercebida e eles chamam a atenção de todos os hóspedes e funcionários do hotel e nos lugares por onde andam.

Num restaurante típico, durante o jantar, um dos clientes se dirige a eles.

— Perdão, cavalheiro. É o senhor Oaky quem tenho a honra de conhecer? (O cliente, falando em inglês).

— Sim. Sou Oaky e esta é a minha esposa, Nicole. (Oaky faz a apresentação).

— Muito prazer, senhora Nicole. Meu nome é Ricardo, sou brasileiro e estou estudando Física Nuclear em seu país.

— Prazer Ricardo. Está gostando do curso? (Oaky cortês, como de costume).

— O curso é excelente e a sua solução para a fusão nuclear controlada também. É brilhante e bem merecia o Prêmio Nobel de Física Aplicada pelo benefício imediato que representa para a humanidade. Parabéns. (Ricardo).

— Obrigado, Ricardo. Você é muito gentil. (Oaky, econômico nas palavras).

— Não sei por que o mundo ainda não aderiu a essa tecnologia para produção de energia. (Ricardo).

— Têm coisas que é melhor nem saber. (Nicole).

— Posso imaginar. Mas quando o petróleo acabar, talvez seja tarde demais para a vida no planeta. (Ricardo).

O rapaz continua conversando com o casal sem dificuldade, pois ele sabe falar bem o idioma inglês uma vez que está estudando nos Estados Unidos da América.

— Você está ciente de que o curso que está fazendo lhe trará poucas opções e oportunidades de trabalho? (Oaky).

— Sim, senhor, estou ciente. (Ricardo).

— E por que optou por estudar física nuclear? (Nicole).

— Na época em que estava me decidindo por uma carreira, tomei conhecimento do seu brilhante trabalho, que culminou na possibilidade concreta de produção de energia por meio da fusão nuclear. (Ricardo).

— Terá que trabalhar como consultor ou dar aulas em alguma universidade. (Nicole).

— Tenho esperanças de conseguir lecionar em alguma universidade em que seja possível desenvolver pesquisas.

— Essas pesquisas são muito caras e raras as oportunidades. Desejo-lhe boa sorte. (Oaky).

— Obrigado, senhor Oaky, e me perdoem. Acho que os importunei demais. Obrigado pela atenção. Foi um prazer enorme conhecê-lo. (Ricardo).

— Foi um prazer enorme conversar com você, Ricardo. (Nicole).

— Se precisar de alguma ajuda em seus estudos procure-nos, por favor. (Oaky, colocando-se gentilmente à disposição).

— Fico-lhe muito grato, senhor. Foi uma honra conhecê-los. Boa noite! (Ricardo se retira).

— Que rapaz simpático. (Nicole, comentando após ele se retirar).

— Tomara que tenha sucesso em sua vida profissional. (Oaky).

— Pareceu-me inteligente e interessado na profissão que escolheu. (Nicole).

— Se precisarmos de alguém para trabalhar no Instituo poderemos testá-lo e aproveitá-lo, se ele tiver interesse. (Oaky).

Terminado o jantar, ambos dão um rápido passeio pelas redondezas do restaurante e depois seguem a pé até o hotel, onde começam a preparar suas malas para o retorno.

— Nem acredito que é hora de voltarmos. Parece-me que acabamos de chegar. (Nicole).

— Infelizmente, o dever nos chama, mas a minha vontade é de ficar aqui com você, para sempre. (Oaky).

— Meu amor, esta viagem me pareceu um sonho. Sua mãe tem razão, este lugar é mágico. (Nicole).

— Você está mais linda a cada dia. Como pode?

— São seus olhos, agora que você está começando a me amar.

— O quê? Sempre amei você, Nicky!

— Não! Até agora você só estava apaixonado por mim. (Nicole).

— É verdade. Só amamos o que conhecemos, e a cada dia descubro coisas novas e melhores em você.

— E essas coisas novas te agradam? (Nicole).

— Me agradam porque são coisas boas e importantes e me fazem querer estar com você o tempo todo. (Oaky).

— Oaky, como você consegue me fazer mais feliz a cada dia?

— Porque te amo mais a cada dia.

Na bagagem, muitas lembranças de um lugar cheio de encantamento, onde descobriram que a sua relação transcendeu as fronteiras da atração física e da paixão para se transformar em amor verdadeiro.

A VIAGEM

Por muita insistência, quase imposição de Koya, após o casamento de Oaky, Sam e Meg viajam para Veneza, na Itália, a fim de descansarem depois meses de atribulações com os casamentos dos filhos, a gestação de Koya, o nascimento complicado de Kayo e o acompanhamento de tantos netos repentinamente.

No banco de uma praça de Veneza, os dois conversam sobre suas vidas, recebendo a luz do Sol da primavera.

É claro que são vigiados constantemente por seguranças disfarçados e postados em locais estratégicos, e sem que seus pais saibam, Koya determina que um segurança seja paramédico, com treinamento para qualquer emergência.

Meg, com a cabeça reclinada no ombro de Sam e abraçada por ele, parece sonhar, com o olhar perdido no horizonte dos tempos.

— Meg... Meg... Meg... (Sam chama-a carinhosamente, mas ela demora para responder).

— Hã? Ai, perdão, meu amor. Como sou indelicada com você! Minha imaginação absorveu-me totalmente e roubou-me de você. (Meg).

— Pode compartilhar comigo o que imaginava?

— Não é importante e talvez você nem goste do assunto. (Meg).

— Tudo que você pensa e faz é muito importante para mim. (Sam).

— Oh, Sam, como retribuir tanto carinho que você me tem?

— Compartilhando a sua vida comigo é o suficiente. (Sam continua romântico).

— Te amo! (Meg).

— Então, que segredos povoam os seus pensamentos e a roubam de mim?

— Não são segredos. Estava me imaginando participando da construção desta cidade tão peculiar.

— Você ficaria linda vestida àquela moda. (Sam imagina seu grande amor em roupas da época).

A imaginação de ambos se perde com recordações de uma viagem pelo tempo, nunca realizada.

— Imaginei-me andando por aqui, acompanhando a execução das obras, lendo as plantas arquitetônicas, orientando os obreiros em suas tarefas e aprendendo com eles. (Meg).

— Deve ter sido um grande desafio para aquela época. (Sam).

— É exatamente isso que torna esta cidade ainda mais interessante.

Meg se delicia imaginando e comentando com Sam como seria projetar e construir uma cidade tão diferente e encantadora para todas as pessoas que a visitam. Para os enamorados, quase mágica.

Sam ouve sua esposa com atenção, imaginando-a trabalhando no projeto e na construção da cidade enquanto as horas parecem correr preguiçosamente pelos canais povoados de gôndolas com casais enamorados.

Concluída a viagem imaginária pelo tempo, Sam e Meg mudam para um assunto mais familiar.

— Estou muito feliz por estar aqui com você, mas foi a Koya quem decidiu que deveríamos vir para cá. (Sam).

— Agora é ela que manda em nós. (Meg).

— Você mandou na família durante muito tempo. (Sam).

— Não é verdade, amor! Nunca consegui mandar em ninguém. Não sabia dar ordens, apenas pedir, solicitar.

— Exceto com relação ao seu pai, mas com as outras pessoas você pedia com certo jeitinho que soava mais imperativo que uma ordem. (Sam).

— Pare com isso, Sam. Dito assim parece que fui uma megera durante o tempo em que presidi as empresas. (Meg).

— Não estou falando apenas em relação ao trabalho. Na família você comandava tudo.

— Que exagero, amor. Sempre procurei compartilhar as decisões mais importantes com todos.

— Desde que a palavra final fosse sua. [Ha ha ha ha]. (Sam).

Nesse momento, para mudar de assunto, Meg faz uma observação sobre a postura de Sam.

— Endireite-se! Está curvado como um velho. (Meg).

— Mas estou velho. Tenho 74 anos. (Sam).

— Não precisa se comportar como um. Só vai piorar as coisas.

— Viu como você gosta de dar ordens! Posso me exercitar na sala *fitness* do hotel. Talvez você goste de ver.

— Não se faça de bobo! Não quero ter que cuidar de um velho lesionado. (Meg).

— Acabou de confirmar que estou velho. (Sam).

— Me perdoe, amor. Te amo e não quero que se machuque, exagerando em exercícios. Chega aquela vez em que você correu para se socorrer com a sua mãe. (Meg jamais se esqueceu do primeiro trauma em relação à sogra).

— Não queria que você me visse fragilizado. Fui tão ingênuo. (Sam).

— Fiquei muito abalada pensando que não representava nada para você. (Meg, dengosinha).

— Você estava apaixonada por mim e nem sabia. [He he he]. (Sam, zoando).

— Não ria, seu bobo. Pensei que tivesse acontecido um acidente grave com você. Foi horrível! Sofri muito, muito.

— Imaginei que ia perdê-la depois daquele desencontro desastroso. Fui muito precipitado em não pesquisar mais sobre o George antes de falar com você. (Sam).

— Ainda bem que você passou a gostar do George.

— Ele é um ser humano maravilhoso... (Sam, percebendo a aproximação de uma senhora).

Não demorou para serem reconhecidos, ou melhor, para Meg ser reconhecida pelos que por ali passavam.

— *Buon giorno, signore e la signora! Ci dispiace, ma tu sei la madre di Koya?* (Uma moradora local).

— Desculpem-nos, senhora, mas não falamos italiano. (Sam).

Sam e Meg não são adeptos da tecnologia, como Oaky e Nicole, então não usam tradutores eletrônicos.

Uma turista americana, que havia identificado Meg, aproveita e aproxima-se com o intuito de auxiliar e também conversar com aquela pessoa tão famosa.

— Bom dia e perdão, senhora Meg, mas se precisar posso traduzir o que essa senhorita está falando. (A turista americana).

— Bom dia! Mas é claro! Seria uma grande ajuda. Obrigada. (Meg).

— Ela perguntou se a senhora é a mãe da Koya.

— Sim, sou. Eu só havia entendido o nome da minha filha. Sim, sou a mãe da Koya.

— *Ma come sei molto bella signora!* (A moradora).

— Ela disse que a senhora é muito bonita. (A turista).

— Muito obrigada. A senhora é muito gentil. (Meg).

— *Più di sua figlia, che è anche bello.* (Moradora).

— Ela a considera mais bonita que sua filha, no que concordo plenamente. (Turista).

— Nem sei como agradecer tanta gentileza, mas, para mim, minha filha é a melhor e mais linda coisa do mundo. (Meg).

— *Non capisco quello che dice.* (Moradora).

— *La signora* Meg *si è detto molto felice di essere in mezzo alla gente così gentile.* (A turista traduzindo suas emoções).

— *La signora è molto, molto, molto gentile e bella. Grazie!* (Moradora).

Após uma longa bateria de fotos com essas e outras pessoas que por ali passavam e se aproximaram para ver e conversar com os famosos pais da mulher mais rica do mundo, eles se retiram para o hotel.

Os seguranças acompanham atentos toda a movimentação em torno do famoso casal. A segurança dessa poderosa família se tornou maior e mais eficiente do que a segurança de reis e presidentes. Um dos homens tem um óculos capaz de mostrar imagens como os escaneres usados nos aeroportos. Esse óculos especial foi projetado por Oaky e desenvolvido pela empresa de informática de alta tecnologia da família.

— Se nos dão licença, estamos cansados e vamos nos recolher ao hotel. Mas quero que saibam que estamos muito felizes e honrados pelo carinho e pela atenção que nos dispensaram. Obrigado. (Sam).

— Amo todos vocês. Obrigada! (Meg sempre cativando as pessoas com sua atenção e seu afeto).

— *Grazie e rimani felice per sempre.* (A moradora agradece).

Já no hotel, Meg comenta o passeio e as atenções que receberam daquelas pessoas.

— Que pessoas amáveis nós encontramos. (Meg)

— Pena que não entendemos nada do que dizem (Sam).

— Adoro o idioma italiano, mas nunca me dediquei a aprendê-lo.

— Ainda há tempo. E você é tão inteligente que aprenderia rapidinho.

— Sabe de mais uma coisa que amo em você? (Meg, mudando de assunto, repentinamente).

— Minha voz! [Ha ha ha]. (Sam, zoando).

— Adivinhou! Exatamente, a sua voz. (Meg).

— Por quê? (Sam, surpreso com sua adivinhação).

— Porque ela está sempre me incentivando e acreditando em mim, me dizendo coisas bonitas com amor e carinho.

— Meg, minha vida é você, você, você, você. Meu gande amor. (Sam).

— Me faz bem ouvir você. Fale comigo sempre, sempre, sempre. (Meg).

— Ainda gosto de tocar em você. (Sam).

— Então me toque. Toque-me onde desejar e como achar melhor. O seu toque me faz sentir renovada. (Meg).

Sam vai até o aparador, pega uma rosa vermelha, ajoelha-se em frente a Meg e começa a tocar suavemente em suas pernas com a rosa, olhando para o rosto de seu grande amor que, de olhos fechados, saboreia aquelas carícias como se fosse a vez primeira.

Meg fica lembrando-se de quando dançou sobre pétalas de rosas, rodeada por dezenas de orquídeas, envolvida por esses braços, que a conduziram naquela dança e depois a acompanharam com amor, carinho e ternura por toda a sua vida. O primeiro toque, inesquecível e mágico, depois o primeiro beijo de um amor verdadeiro.

LIÇÕES

Koya, como de costume, realiza um jantar por mês em sua casa e faz questão da presença de seus pais, Sam e Meg, seu irmão, Oaky, e sua cunhada, Nicole, assim como de seus grandes amigos George e Lilly, sempre que podem.

Logo ao chegar, Meg é assediada pelos netos e, como sempre, leva presentes para todos. Nessa ocasião, Oaky pede para conversar reservadamente com a sua mãe, que estranha o pedido.

— Mãe, gostaria de conversar em particular com você. (Oaky).

— Claro, meu filho, vamos para a biblioteca. (Meg fica apreensiva e se desvencilha das crianças com habilidade).

— Prefiro que seja lá em cima, no quarto de estudos.

— Como quiser, Oaky. (Meg fica mais preocupada).

Ao iniciarem a subida, Meg faz uma rápida parada e fica olhando para os degraus da escada como se olhasse com ternura para um passado distante.

— O que foi, mãe? Quer ajuda para subir? (Oaky).

— Não, filho. Não estou tão velha assim. Só estava pensando em todas as histórias que estes degraus segredam. (Meg).

— São histórias de grandes amores. O seu com o papai e agora o de Koya com James. (Oaky, abraçando sua mãe).

— Não se esqueça de que esses degraus também assistiram ao início de seu grande amor com a Nicky.

Oaky mantém um silêncio enigmático.

Ao chegarem na sala de estudos, Oaky fecha a porta e senta-se frente a frente com sua mãe, que não consegue disfarçar a ansiedade.

— Por favor, Oaky! Diga-me que está tudo bem com você e a Nicky. Amo-o muito e não desejo ver ninguém sofrendo nesta altura da minha vida. (Meg quase vai às lágrimas imaginando a separação de seu filho).

— O quê? Não, não, não! Não é nada disso. Estou muito bem com a Nicky, eu a amo cada vez mais e ela está muito feliz, mais agora que nos casamos. (Oaky, surpreso com a pergunta de sua mãe).

— Ah, que alívio! Então o que é, meu filho? (Meg suspira aliviada).

— Penso que descobri a resposta para a teoria da origem do Universo baseado na luz pura! (Oaky entusiasmado).

— Por que me deu tamanho susto pedindo para falar em particular esse assunto? (Meg, procurando se refazer).

— Porque agora nossa família tem crianças que não nos deixam conversar tranquilamente. Estão sempre te assediando.

— Está com ciúme ou não gosta de seus sobrinhos? Não vou aceitar isso. (Meg, impondo-se).

— Desculpe-me, adoro eles, mas esse tipo de assunto não é interessante para crianças, que querem e precisam brincar e se divertir o tempo todo. (Oaky).

— Você não gosta de crianças? Não pretende ter filhos? Por que se casou? A Nicky precisa saber. (Meg, atropelando).

— Mãe, pare! Pedi para falar com você e não para ser interrogado sobre pretensões familiares. (Oaky, sério).

— Está bem! O que você descobriu? (Meg, impaciente).

— Penso que a matéria escura não é matéria, é luz. (Oaky).

— Como assim? (Meg fica interessada).

— Como nos buracos negros, o seu centro não pode ser matéria compactada, senão explodiria, o que não acontece.

— Então o que é? Você falou para a Nicky que não quer filhos? (Meg, misturando assuntos).

— Por favor, mãe, não sou tão inteligente quanto a senhora para coordenar dois assuntos ao mesmo tempo.

— Está bem! Primeiro assunto: falou com ela? (Meg insiste).

— Pretendemos lhe dar netos, mas não agora. (Oaky).

— Segundo assunto: os buracos negros não explodem porque peidam. [Ha ha ha ha ha]. (Meg, zoando).

— Mais ou menos! Apesar da imensa gravidade, expelem matéria em forma de gás, que deve ser proveniente da sua borda mais externa e não do interior. (Oaky começa a entusiasmar-se com sua mãe).

— Terceiro assunto: quando pretende me dar netos?

— Ah, não acredito que irá fazer como a vovó Ruth. O papai tinha mais de 42 anos quando eu nasci.

— Você tem 36 anos e não quero esperar mais sete anos para ter um filho seu em meus braços. (Meg).

— A Koya lhe deu três netos. Não são suficientes? (Oaky).

— Não! Então o interior dos buracos negros é composto de luz? (Meg fala de dois assuntos com desenvoltura).

— Sim! E isso acontece porque a luz está comprimida, por assim dizer.

— E por assim dizer, você combinou com a Nicky quando farão um bebê? (Meg).

— Tá de brincadeira, mãe? Quer me irritar? (Oaky, quase perdendo a paciência).

— Sim! E a luz pode ser comprimida porque se movimenta mais rápido que a luz visível. (Meg acertou na mosca!).

— Qual o propósito de me irritar? (Oaky).

— Para que aprenda a ter paciência com crianças. Mas nunca detectaremos a luz, que se movimenta mais rápido.

— Você é incrível, mãe! Como consegue coordenar dois assuntos tão diferentes? (Oaky, confuso).

— Porque sou mulher. Simples assim. Essa luz mais rápida pode nos ver, mas nós jamais poderemos, sequer, provar a sua existência. Por isso deve ser chamada de luz escura e não de matéria escura. (Meg).

— Tá bom! Desisto, você venceu. (Oaky).

— Desculpe-me, filho. Não desista da sua teoria, ela é muito coerente. E ainda que não se possa provar a existência da luz mais veloz na prática, matematicamente é possível prever sua existência. (Meg).

— É exatamente essa ajuda que preciso, mãe. O que devo fazer? (Oaky).

— Pelo menos um neto. [Ha ha ha]! Provavelmente, você vai encontrar uma equação diferencial do terceiro grau em que a raiz real, correspondente à luz normal, e as raízes complexas combinadas, representarão a luz escura. (Meg).

— Simples assim? (Oaky, boquiaberto com as explicações).

— Nem tanto. É bem mais difícil do que fazer um filho. (Meg, insistindo no assunto familiar).

— Tem mais um problema que quero que me ajude. (Oaky não perde a paciência com a sua mãe genial).

— Convencer a Nicky a engravidar? [Ha ha ha]. (Meg se diverte).

— Estou tentando equacionar o funcionamento dos genes. (Oaky inicia novo assunto científico).

— O que pretende com isso? Não é sua área de conhecimento. (Meg suspira fundo e encara o filho com seriedade e preocupação).

— Então a senhora acha possível? (Oaky, pensando que sua mãe tem as respostas).

— Os genes existem, é claro que é possível. Mas qual o propósito? (Meg insiste, olhando-o profundamente nos olhos).

— Equacionar o funcionamento das doenças e preveni-las ou eliminá-las. (Oaky, com boas intenções).

— Eis a questão! Teremos condições de montar a equação de um ser perfeito. (A conversa fica tensa).

— Equacionar os aminoácidos de um vírus será uma tarefa hercúlea. (Oaky).

— Você desconhece o poder da matemática, filho. Resolvido isso, resolvido tudo. (Meg, incisiva).

— Acho que é uma tarefa humanamente impossível. (Oaky, pessimista).

— Engano seu. Teremos condições de construir um ser que nunca adoecerá e se tornará imortal. (Meg, profética).

— Mas poderemos usar o conhecimento apenas para aliviar a dor e o sofrimento das pessoas. (Oaky, contrapondo).

Toque, toque, toque. Alguém bate à porta.

— Sempre surgirá um poderoso com intenções de imortalidade. Pode entrar! (Meg permite a interrupção).

— Oi, vovó. Estamos tentando montar o quebra-cabeças que você nos deu hoje. Você nos ajuda? (Rachel, com Michael ao seu lado).

— Claro, meus anjos! (Meg, respondendo para as crianças). Além disso, alguém poderá chantagear o mundo, ameaçando-o com alguma doença incurável. (Meg, respondendo para Oaky).

— Preciso tanto de seus conselhos, mãe! (Oaky, lamentando ver sua mãe retirar-se com os netos).

A CONSULTA

Durante um simples resfriado, Michael sofre uma complicação renal preocupante.

— O que há com Michael, James Jimmy? Por que será que está tão debilitado com um simples resfriado? (Koya).

— Bem, talvez tenhamos que fazer alguns exames mais específicos para saber se a falta de um rim tem influência nesse caso. (James).

— O quê? O que você está me dizendo? Nosso filho não tem um rim? (Koya, surpresa).

— Um dos rins do Michael não funciona. É um problema simples, não chega a afetar seu desenvolvimento e sua vida. (James justifica).

— Nosso filho tem um problema de saúde e só agora você me conta! (Koya, assustada).

— Não é um problema de saúde, é um problema congênito.

— Que se dane a denominação. Continua sendo um problema e eu deveria saber. (Koya, pronta para arrebentar com tudo).

— Me desculpe, amor. Sou médico e não há nada com o que se preocupar. (James).

— Antes de médico você é pai e eu sou a mãe que deveria saber tudo sobre nossos filhos. Que outros segredos você está escondendo de mim? (Koya).

— Não tenho segredos com você, Koya, por favor. Não pensei que devesse fazer um relatório sobre eles.

— Isso é imperdoável, James Jimmy. Não estou com você para brincar com as crianças. Amo você e os nossos filhos. Daria a minha vida por vocês. (Koya).

— Sei disso. A todo o momento você me dá provas de que ama demais a todos nós. (James).

— E é isso que recebo em troca? Por melhores que sejam as intenções, segredos sempre são ruins. (Koya, indignada).

— Amo você, Koya. Não queria preocupá-la com algo que não tem solução.

— Pois fique sabendo que prefiro saber de tudo, tenha ou não solução, para me convencer de que não posso solucionar.

— Mais uma vez, perdoe-me. (James).

— Mesmo com coisas que não têm solução, continuo tentando e tentando... (Koya não é fácil de ser vencida).

— Tanto ele quanto eu nem lembramos disso, meu amor. A pessoa tem uma vida normal apenas com um rim. (James).

Koya não segura a emoção e começa a chorar, sem saber se é por sentir-se traída ou de raiva por não ter sido informada da condição de Michael.

— Meu amor, perdão! Jamais imaginei que te magoaria tanto. (James tenta abraçá-la).

— Não toque em mim, James Jimmy. Estou com vontade de arrebentá-lo! (Koya).

— Sei que mereço sua desaprovação, mas você não deve se culpar por nada, amor.

— Por que o Michael nunca me falou disso? (Koya).

— Ele próprio se esquece desse detalhe da anatomia dele. (James).

— Não posso administrar uma família da qual não sei tudo. (Koya, empresária).

— Você é uma mãe maravilhosa para todos os nossos filhos, Koya.

— Como deixei passar esse detalhe? Deveria ter investigado tudo sobre a vida de vocês. (Koya).

Ao saber da condição de saúde de Michael, Koya decide levá-lo a um médico nefrologista para uma consulta e submetê-lo a uma completa e extensa bateria de exames para saber a real gravidade da situação.

— Seu marido é médico, senhora Koya, por que veio a mim? (O médico).

— Pais não são confiáveis quando se trata da saúde de seus filhos. Podem achar que não é grave e deixar a situação evoluir até um ponto em que seja difícil reverter. (Koya).

— Pessoas nascerem sem um rim ou com um deles funcionando precariamente é mais comum do que se imagina. (O médico).

— Mas quais as consequências disso doutor? (Koya).

— Se um dos rins funciona, a pessoa pode levar uma vida normal. Há casos de atletas com carreiras de sucessos que tinham essa deficiência e há ainda as pessoas que doam um rim e continuam com sua vida normalmente.

O médico examina Michael e requisita uma extensa bateria de exames. Depois da realização de todos eles, Koya faz nova visita ao médico.

— Senhora Koya, quero tranquilizá-la, pois está tudo bem com o Michael. (O médico).

— Quero saber o que pode acontecer com ele no futuro. (Koya).

— A maioria das pessoas com esse tipo de deficiência tem uma vida normal e acaba falecendo por razões que nada tem a ver com essa deficiência. É uma constatação científica.

— Preciso acreditar na ciência para não enlouquecer com isso. (Koya, muito preocupada).

— A probabilidade de acontecer algo relacionado a essa deficiência é muito pequena. (O médico).

— Só me resta fazer tudo o que for preciso para evitar que aconteça algo ruim com meu filho. (Koya, finalizando).

A REUNIÃO

Rachel segue estudando Medicina. Ela sabe que não precisa trabalhar por dinheiro, então resolve ser filantrópica e ingressa na ONG Médicos Sem Fronteiras como estagiária. Quando informa suas pretensões para a grande família, os protestos de todos são intensos.

A ocasião é propícia, pois a grande família está reunida, com a presença dos amigos mais chegados.

— Você não vai fazer isso conosco, Rachel! (James, seu pai, falando incisivamente).

— Qual o problema de querer fazer caridade? (Rachel questiona a família sobre sua decisão).

— Nenhum, mas pode fazer caridade aqui mesmo, nos EUA. (Oaky, seu tio).

— Aqui temos pessoas suficientes fazendo isso. Tenho que ir aonde não há recursos nem pessoas o bastante.

— Justamente aonde ninguém se atreve ir. (Koya, sua mãe).

— Você nem está formada ainda. (Michael, formado em Administração de Empresas).

— Quer mostrar que é mais corajosa do que os outros, mana? (Kayo, seu irmão).

— Parece que não querem entender. Tenho que ir aonde há maior carência de amor e boa vontade.

— Sentiremos muitas saudades de você. (Nicole, sua tia).

— Também sentirei, mas podemos nos comunicar diariamente por videoconferência, inclusive. (Rachel).

— Mana, suplico a você que não vá. (Michael).

— Até você, Michael? Quem está do meu lado?

— Ninguém, absolutamente ninguém. (James, contrariado).

— Por quê? Não entendem que precisamos amar e ajudar ao próximo?

— Porque é uma insanidade se arriscar por essas regiões tão perigosas. (Koya).

— Você pode se ferir, mana. Não faça isso, por favor. (Kayo).

— Se ganhasse cem dólares a cada não que estou escutando logo me tornaria mais rica que vocês. (Rachel).

— Você não sabe onde está se metendo. (Michael).

— Pode ser muito perigoso, meu anjo. (Oaky).

— Nós precisamos de você aqui conosco. Amamos você! (Nicole).

A geração mais antiga da família apenas assiste ao acalorado debate e aos pedidos insistentes para que ela não se aventure por lugares tão perigosos. Estão ali como visitantes, mas sempre são escutados quando querem dar a sua opinião.

James resolve pedir auxílio para seus sogros e os amigos nessa delicada questão familiar.

Meg é a primeira a se manifestar.

— Por favor, senhor Sam e senhora Meg, ajudem-nos a convencer Rachel a não fazer essa loucura. (James).

— Como Nicky colocou, nós amamos você, Rachel e gostaríamos de tê-la aqui, junto a nós. (Meg).

— Vovó, admiro e amo demais a senhora, fique certa disso. (Rachel).

— Sua presença nos alegra, Rachel. Ficaremos tristes se você partir. (Sam).

— Também sentirei saudades de vocês, vovô. (Rachel).

— Rachel, talvez devesse pensar melhor antes de se decidir. (Lilly).

— Oh, Lilly, você é tão meiga... Mas é uma questão humanitária. (Rachel).

— Para onde pretende ir, senhorita Rachel? (George).

— Para o Oriente Médio ou para a África, querido George. (Rachel se dirige carinhosamente a ele).

— É muito perigoso, meu anjo. A situação lá fica cada vez mais instável. (Sam).

— Quantas pessoas fazem isso e não acontece nada? Será que justamente comigo acontecerá algo terrível? (Rachel).

— Se existe a possibilidade de acontecer algo, por que se arriscar? (Oaky).

— Quer se transformar numa Madre Teresa? (Kayo, sarcástico).

— Não, maninho. Quero apenas aliviar o sofrimento das pessoas, assim serei feliz. (Rachel, esgotando seus argumentos).

— Você é tão jovem. Pode esperar um pouco mais para fazer isso. (Sam).

— A doença não espera e que tem fome tem pressa. Alguém já disse isso. (Rachel, desarmando seus contrários).

Meg decide dar a palavra final e o faz de forma terna e emocionante como sempre.

— É tão bom estar com você entre nós! O seu sorriso e o seu encantamento nos faz muito felizes e cada um de nós deve ser o agente de sua própria história. Contudo as decisões que tomamos, na maioria das vezes, de uma forma ou de outra, acabam afetando a vida de outras pessoas. Quase sempre atingem mais profundamente as pessoas a quem mais amamos e as que mais nos amam. (Meg).

— Suas palavras são sábias e me obrigam a repensar minha decisão, vovó. Quero que saibam que amo muito vocês todos e jamais pretendo magoar alguém, mas sinto que preciso ajudar as pessoas. (Rachel).

— Que bom, Rachel. Nossas vidas são o resultado de nossas escolhas. Faça sua escolha sabiamente. (Sam).

— Parece que as minhas súplicas não conseguiram convencê-la, minha filha. (Koya, magoada e preocupada).

— Mãe, já disse que vou repensar o assunto. Te amo. (Rachel, desistindo, por ora, de viajar para fora de seu país).

O PROJETO

James e sua equipe iniciam pesquisas sobre uma vacina contra o câncer de mama.

As pesquisas consomem muito tempo e dinheiro e eles não contam com nenhum apoio oficial, apenas com os recursos da própria família. E eram necessários, pelo menos, mais dez anos de pesquisas.

— James Jimmy, você está me traindo? (Koya parece insegura depois da gravidez).

— [Ha ha ha ha ha]. O quê? [Ha ha ha ha]. (James não consegue parar de rir).

— Não ria! Responda-me. (Koya, séria e incisiva).

— Amor, você está falando sério? Está com ciúme de mim? [Ha ha ha]. (Tentando abraçá-la).

— Pare de rir. Você está me irritando e fugindo do assunto.

— O que fiz para desconfiar de mim?

— Se você não está me traindo, então está trabalhando demais. (Koya).

— Você está com ciúme do meu trabalho? (James).

— Tenho o direito de saber o que você faz quando não vem para casa.

— Estou desenvolvendo um projeto de pesquisa. Além disso, a segurança sabe exatamente onde estou o tempo todo. Não tenho motivo nem como me esconder de você! (James).

— Que tipo de pesquisa está te absorvendo tanto?

— Preciso entender melhor porque ocorrem os cânceres femininos para tentar encontrar uma cura definitiva. (James).

— Mas agora você parece uma visita em nossa casa. Passa mais tempo no hospital ou em cursos e palestras. (Koya).

— Meu amor, tenha paciência comigo. Preciso aproveitar agora que faço parte de uma família tão poderosa e ver se consigo amenizar a dor das pessoas com essa doença tão terrível.

— O que você quer dizer com família poderosa, James Jimmy?

— Não me refiro ao dinheiro, mas à grande inteligência e à sabedoria de todos vocês. Sua mãe, você e seu irmão são gênios, realmente. (James).

— Não me encaixo na descrição de gênio. (Koya, modesta).

— Você é! Querendo ou não você é um gênio dos negócios e tem uma visão de futuro inigualável.

— Obrigada pelos elogios. (Koya, constrangida).

— Você é uma mulher tão inteligente que sabe se fazer amar por todos. Conquista facilmente o coração das pessoas.

— Está me confundindo com a minha mãe. Ela encanta a todos apenas com o olhar e um sorriso, irresistíveis. (Koya).

— Agora está com ciúme da sua própria mãe! Não gosto de vê-la insegura. Não dou motivos para isso. (James).

— Me perdoe, mas preciso de você ao meu lado porque te amo.

— Sempre estarei com você em qualquer lugar e em qualquer situação. Te amo. (James).

— Falou com eles a respeito do seu projeto? (Koya, referindo-se a sua mãe, seu irmão e sua cunhada).

— Sim, mas quero reunir mais informações para levar a eles algo consistente para que possam me ajudar. (James).

— Não sei se poderão ajudá-lo, pois medicina não é a área de nenhum deles.

— Seu irmão Oaky contou-me que ele e sua mãe estão estudando a matemática dos genes.

— Sei, mas como isso pode ajudar na sua pesquisa?

— Sua mãe acha que se equacionarem o funcionamento dos genes tudo poderá ser esclarecido e resolvido.

— Como assim? Não consigo entender. (Koya querendo esclarecimentos).

— Eles concluíram que tudo depende da posição de cada aminoácido dentro de cada gene específico. Quando um aminoácido é trocado de lugar o resultado muda. (James).

— Como as letras numa palavra? (Koya).

— Exatamente! A exemplo de Oaky, Koya e Kayo. As mesmas letras para pessoas maravilhosamente diferentes.

— Quanto tempo levará para identificar essas posições? (Koya começa a compreender a teoria de seu irmão).

— Seu irmão pensa que levará muito, muito, muito tempo. (James).

— O que pode ser feito para reduzir esse tempo?

— Oaky está subcontratando vários laboratórios para fazerem o levantamento e a tabulação dos dados. São muitas pessoas envolvidas nessa tarefa. (James).

— Meu irmão é físico nuclear. O que pode saber de biologia? (Koya).

— Não, meu amor, o seu irmão é um gênio. E como muitos gênios ele não precisa ter profundos conhecimentos em tudo.

— É, mas nunca recebeu o devido reconhecimento. (Koya).

— Jean Piaget era biólogo e com a minuciosa observação dos seus próprios filhos, principalmente de outras crianças, ele impulsionou a Teoria Cognitiva, para mim a melhor de todas. (James).

— Concordo, também li as teorias de Piaget. Minha mãe e meu irmão fazem-me pensar que não sou da família.

— Por que você se subestima, meu amor? Você é muito inteligente, a todo o momento dá provas disso. (James).

— Posso ser inteligente, mas não sou genial como eles. (Koya).

— Você é uma linda mulher, uma esposa amorosa, uma mãe carinhosa, uma empresária sagaz e, mais do que tudo isso, você é uma pessoa caridosa, um ser humano maravilhoso. (James não economiza elogios para sua esposa).

— Percebeu? Só faltou dizer que sou uma mulher inteligente. (Koya).

— Sua inteligência é a mais refinada de todas. É a inteligência emocional. Só os seres humanos evoluídos a desenvolvem.

— É por isso que te amo, James Jimmy. Te amo! (Koya, abraçando e beijando James).

O EVENTO

— Vocês viram? Vocês viram? (Koya, agitada e muito feliz).

— O que foi filha? Diga-nos. (Meg).

— Oaky acaba de ser indicado para o Prêmio Nobel de Física! (Koya, muito orgulhosa de seu irmão).

— Que bom! Pensei que não estaria vivo para vê-lo recebendo a honraria à qual faz jus. (Sam).

— Estou tão feliz! (Meg).

— Vou ligar para a Nicole para perguntar se já sabem. (Koya não cabe em si de tanta alegria).

Oaky, com 48 anos, é reconhecido e agraciado com o Prêmio Nobel de Física Aplicada por seus estudos e suas descobertas que possibilitam a utilização da fusão de átomos para a obtenção controlada de energia.

— Vamos todos assistir à entrega do prêmio para o meu irmão. (Koya tomando decisões em nome de toda a família).

A família, finalmente, faz a primeira viagem com todos juntos: Sam, Meg, Oaky, Nicole, James, Koya, Michael, Rachel e Kayo. E, é óbvio, Meg fez questão que George e Lilly acompanhasse-os nessa viagem comemorativa. Todos os funcionários do Instituto, a convite de Oaky, também foram assistir à entrega da premiação.

É uma viagem festiva até Estocolmo, capital da Suécia, onde fica a Academia Real das Ciências da Suécia, e é entregue o grande galardão aos maiores cientistas.

Oaky está um pouco triste porque sua grande invenção, o fusor de átomos, não pode ser largamente utilizado devido a poderoso lobby das grandes companhias fornecedoras de energia, que se sentiram ameaçadas pelo provável sucesso de seu invento.

— Finalmente meu irmão receberá o justo reconhecimento pelo gênio que é. Estou tão feliz! (Koya não cabe em si de tanta felicidade).

— Obrigada, mana! Devo tudo isso a você e à Nicky. (Oaky).

— Não, não, não, mano querido. Tudo o que você conquistou foi pelos seus próprios méritos e inteligência. Com a ajuda, luxuosa, da Nicky, é claro! (Koya).

— Sua irmã tem razão, filho. Estamos todos orgulhosos de você e muito felizes. (Sam).

— Parabéns, meu filho. E obrigada por ser um filho tão amoroso e carinho com todos. (Meg).

— Você merece fazer parte dessa galeria tão seleta de gênios. (James).

— Este dia será inesquecível para todos nós, meu amor. Te amo. (Nicole, apaixonadíssima por seu marido).

— Te amo! Obrigado por tudo o que você fez por mim. (Oaky, agradecendo a valiosa ajuda de Nicole).

— Você é o cara mais inteligente que conheço. (Kayo, com 16 anos).

— Obrigado. Você também é muito inteligente. Mas existem pessoas mais geniais que eu. A sua avó Meg é um exemplo de pessoa genial. (Oaky).

— A vovó é tudo de bom! (Rachel, encantada com as atenções que recebe de Meg).

— O senhor merece tal reconhecimento. (George).

— Nem acredito que o carreguei em meus braços! Estou muito feliz! (Lilly).

— Parabéns, senhor Kayo! (Carl, o filho de George e Lilly).

— Obrigado, muito obrigado a todos vocês, por tudo que fazem por mim. Amo todos vocês. (Oaky, muito feliz).

— Parabéns, senhor Oaky, em nome de toda nossa equipe de trabalho. (Ernest, um funcionário do Instituto, representando toda a equipe).

Enquanto aguardam o início da cerimônia, eles tecem comentários a respeito da premiação.

— Frequentemente me pergunto por que demoram tanto para premiar cientistas que apresentam soluções para os problemas das pessoas e do planeta, no entanto se apressam em dar o Nobel da Paz para políticos e pessoas que nenhum benefício trazem para mundo. (Meg, revoltada com a política do Prêmio Nobel).

— Sem contar que, inexplicavelmente, não existe Prêmio Nobel de Matemática. (Sam).

— E a Medalha Fields, que seria equivalente ao Prêmio Nobel, só é concedida a matemáticos com até 40 anos de idade, numa clara demonstração de preconceito. (Koya).

— Por certo desconhecem que apesar de estar com mais de 60 anos de idade, foi nessa época que Euler produziu boa parte de seus trabalhos mais importantes em matemática e física. E já estava cego! (Meg).

— Quando o Prêmio Nobel da Paz é dado para um político nos autoriza a pensar que é um prêmio... corrupto. (James).

— Sou obrigada a concordar com você, meu amor. (Koya).

— Enfim, esse é o mundo em que vivemos e, apesar de poder mudá-lo, as mudanças sociais acontecem tão lentamente que seus efeitos nem são sentidos. (Nicole).

Oaky está elegantíssimo num *smoking*, conforme exige o protocolo, e também bastante nervoso, acompanhado por Nicole, num vestido sóbrio, linda e radiante de orgulho e felicidade, e quase não consegue conter suas emoções.

Em seu breve discurso, Oaky agradece aos pais, sua irmã, sua equipe e, principalmente, a ajuda de Nicole, com quem gostaria de dividir a honraria, se fosse possível.

— Sinto-me muito honrado e agradecido pela Academia ter-me concedido este prêmio, mas devo dizer que não consegui os resultados sozinho. Contei com a importante ajuda de uma equipe de trabalho competente e dedicada, com o apoio incondicional de meus pais, e a inestimável ajuda da minha irmã, Koya. Fico feliz em dividir este prêmio com todos eles e, principalmente, com o meu grande amor, esposa e incentivadora, Nicole, que teve uma participação importante na análise e na elaboração de programas para a solução das equações que nos levaram ao sucesso de nosso empreendimento. Muito obrigado a todos que jamais se deixam esmorecer diante das dificuldades que normalmente encontramos no caminho científico. Agradeço ao meu pai pelo exemplo de perseverança, ele nunca desistiu da minha mãe. [Ha ha ha]. (Oaky faz todos rirem, para relaxar e finalizar). Especial agradecimento à minha mãe, Meg, fonte constante de inspiração e... amor, muito amor.

Ao finalizar seu discurso, Oaky é muito aplaudido, a exemplo de todos que ali são homenageados. Quando volta para onde estão seus familiares e amigos é parabenizado por todos.

— Parabéns, meu amor. Te amo cada vez mais. (Nicole, dando-lhe um rápido beijo na boca).

— Te amo. Você é a minha maior inspiração. (Oaky).

— Filho... Meu filho... Parabéns. (Sam, muito emocionado, abraça seu filho).

— Mano, teu cheiro está muito melhor do que sempre foi. Parabéns! (Koya, cheirando seu irmão).

— Muito obrigada pelo prêmio que você nos deu de ser nosso filho. (Meg, falando em seu nome e de Sam).

Na sala VIP do aeroporto de Estocolmo, enquanto aguardam a autorização para o embarque no avião particular da Koya, que os levará de volta para casa, Meg recosta-se na poltrona, com o olhar perdido nalgum ponto de sua imaginação, quando Sam retorna do banheiro e fica, por alguns instantes, observando-a em silêncio.

— Amor, você fica mais linda quando está pensando em algo prazeroso. (Sam).

Naquele momento, quase mágico, os olhos de Sam viam sua esposa quando jovem e era considerada a mulher mais bela de todos os tempos.

— Oh, meu amor, você é sempre tão gentil. Te amo. (Meg, mostrando sua linda velhice).

— Perdão por interromper seu devaneio. Permite que saiba o que é? (Sam).

— Pedindo desse jeito, confessaria meus mais perversos pensamentos. (Meg).

— Você nunca conseguiu pensar em nada ruim, por isso se fez sempre tão linda! (Sam, romântico).

— Não sei como consegue ser tão romântico, meu amor. (Meg).

— Apenas deixo meu coração falar. O também falam, sabia? (Sam).

— Jamais imaginei viver um amor tão grande. Obrigada, Sam. (Meg).

— E em que pensava agora? (Sam).

— Nada romântico. Pensava nesses trens com tecnologia *Maglev*. (Meg, a engenheira).

— E o que têm eles que te fascinam tanto?

— Pensava que seria divertido projetar elevadores com tecnologia *Maglev*.

— E qual seria a vantagem? (Sam, investidor).

— Seriam mais silenciosos e, com certeza, mais seguros. Dispensariam motores, cabos de aço, embreagens e outros equipamentos. (Meg, certamente, com o projeto nascendo em sua mente).

— Meu amor, você está aposentada, não precisa mais se ocupar com essas coisas.

— Desculpe-me, amor, é apenas para manter a minha mente ativa. Assim o cérebro se renova, sabia? (Meg).

— Devem renovar a sua beleza, também. (Sam).

— Me perdoe por não ser romântica. (Meg).

— Flores não precisam ser românticas. Elas encantam com sua beleza, perfume e...

Sam não conclui a frase e parece respirar com dificuldades, levando a mão sobre o lado esquerdo do peito, o que é imediatamente percebido por Meg, que fica apreensiva.

— Você está bem, Sam?

Meg levanta-se, vai até ele e o ajuda a sentar-se junto a si. Koya, que estava lendo uma revista, percebe o movimento de sua mãe e questiona o que está acontecendo.

— O que houve, pai? (Koya).

— Nada, nada. Não se preocupem. Só fui sufocado pela beleza de sua mãe. [Ha ha ha]. (Sam sempre galanteador).

— Há quanto tempo você não faz seus exames periódicos? (Koya é direta).

— Perdão, minha filha, mas seu pai tem feito todos os exames regularmente. (Meg, com serenidade).

— Desculpe-me, mãe. Sei que a senhora cuida muito bem do papai. Foi uma grosseria a minha pergunta. (Koya).

— Ei! Estou bem. Não vamos nos estressar depois de uma noite tão maravilhosa. (Sam).

— Gosto que se preocupem com seu pai. É sinal de que o amam. (Meg).

— Foi uma pergunta desnecessária. Desculpem-me. (Koya, arrependida, mas preocupada com seu pai).

— Fiquem sabendo que não sou mais um garotão e a mãe de vocês não me dá folgas. [Ha ha ha]. (Sam).

— Mais uma vez quero agradecer a todos vocês por tudo o que fizeram por mim para que alcançasse o sucesso. (Oaky, mudando o rumo da conversa, também preocupado com seu pai).

— Estamos tão orgulhos de você. Te amo, meu filho. (Sam se emociona e vai às lágrimas abraçando seu filho).

— Obrigado, pai. Muito obrigado a todos. (Oaky, também emocionado).

Nicole, sem conseguir dizer nada, abraça e beija seu marido, comovida e orgulhosa dele.

— O senhor construiu uma família maravilhosa, senhor Sam. É uma honra e um orgulho fazer parte dela. (James).

— Obrigado, mas quem a construiu foi a Meg. Ela é a engenheira. [Ha ha ha]. (Sam).

— Penso que foi a emoção que o abalou. (James, tentando tranquilizar a todos).

— Te amo, vovô. (Kayo, abraçando afetuosamente Sam).

O clima de emoção toma conta de todo o poderoso clã, construído por Sam e Meg com muito amor, e em breve estarão todos reunidos, numa longa viagem sobre o Oceano Atlântico, no avião particular de Koya.

— Mãe, você e o papai viajarão na suíte que você projetou. Está tarde e ele precisa descansar. (Koya).

A cama de casal da suíte, projetada por Meg, mantém-se nivelada em qualquer situação, eliminando o balanço durante possíveis turbulências, subidas ou decidas abruptas. Ela fez isso para tornar mais confortáveis as constantes viagens que sua filha tem que fazer para visitar todas as empresas da família.

— Muito obrigada, filha. É uma excelente ideia. A noite foi de muitas emoções e também estou um pouco cansada. (Meg).

— Vou me sentir nas nuvens com sua mãe em meus braços. (Sam).

— Seu pai nunca perde uma oportunidade para me fazer sonhar acordada. (Meg).

— É o que me resta fazer. Tentar fazê-la cada vez mais feliz para compensar toda a felicidade que você me dá. (Sam).

— Oh, Sam! Fique comigo para sempre. (Meg).

— Jamais sairei do seu coração. Não sei viver noutro lugar. (Sam).

Koya sorri feliz com a felicidade e o romantismo entre seu pai e sua mãe.

— Meu irmão merecia esse prêmio. Estou tão feliz! (Koya).

— Você sempre acreditou e apoiou o seu irmão e isso foi fundamental para seu sucesso. (Sam).

— A mamãe contribui muito fazendo-o acreditar que estava no caminho certo. (Koya).

— Apenas fiz o que qualquer mãe faria. (Meg, modesta).

— Mas você não é uma mãe qualquer. Já provei isso. (Koya).

— Quero dizer que qualquer mãe incentivaria e amaria seu filho qualquer que fosse o resultado obtido. (Meg).

— Agora sei. Agora sou mãe! (Koya, orgulhosa da sua condição).

— Até nisso você me superou. (Meg, enigmática).

— Como assim? (Koya, surpresa).

— s muito mais mãe do que eu. (Meg).

— Só por ter um filho a mais? (Koya não entende).

— Não! Porque você acolheu filhos que não eram seus com o melhor amor de todos. O amor de mãe! (Meg).

— Às vezes esqueço que não pari todos eles. Tenho a impressão de que sempre estiveram comigo. (Koya).

Sam, silente, escuta duas mulheres maravilhosas maravilhadas com a condição de serem mães.

— É porque o amor de mãe está dentro de nós desde que nascemos. (Meg).

— E todos os outros amores também. Seu pai estava certo ao dizer que as mulheres nascem sabendo amar.

Sam, emocionado, quebra seu silêncio para reconhecer o que todo o mundo deveria saber.

— As mulheres foram feitas para o amor, para amarem e serem amadas. (Sam).

Em seguida, as atenções passam para Kathlin, a linda comissária de bordo da tripulação do avião particular de Koya, que entra na sala VIP nesse momento.

O VOO

A comissária Kathlin anuncia que todos podem embarcar na aeronave.

— Desculpem-me interrompê-los, mas a aeronave está pronta e recebemos permissão para o embarque, senhora Koya.

— Muito obrigada, senhorita. Vamos família e amigos! (Koya chamando todos. George, Lilly e Carl também irão no voo).

— Acompanhem-me, por gentileza. (A comissária é uma jovem bela e sorridente).

— Muito obrigado. Você é muito gentil. (Sam, indo na frente, acompanhado por Meg).

— Você está muito bem mesmo. (Meg, demonstrando ciúme).

O avião, um Bombardier Global 6000, com capacidade para 17 passageiros, foi adaptado para ter um compartimento com cama de casal, banheiro e frigobar, e suas poltronas e sofás são muito confortáveis, permitindo uma viagem tranquila. A tripulação é composta de uma comandante, um copiloto, um navegador, um mecânico de bordo, uma comissária de bordo e um segurança, que auxilia a comissária no momento de servir as refeições ou qualquer pedido dos passageiros durante o voo.

A comandante Jane, uma mulher alta e belíssima, trajando uniforme rosa com detalhes em preto e dourado e calçando uma sandália de quinze centímetros de salto, entra na cabine de comando, senta-se elegantemente na cadeira e retira as sandálias, entregando-as para seu copiloto, um homem de meia-idade, cabelos grisalhos e com muitas horas de voo.

— Vai tirar mais alguma coisa, comandante Jane? (Copiloto fazendo gracinha).

— Sei que você queria minha calcinha, não é mesmo? (Jane).

— Fique à vontade, por favor. Estou aqui para auxiliá-la em tudo o que precisar.

— Então comece levando o avião até a pista que nos autorizaram. (Jane).

Enquanto o copiloto taxia o avião, Jane se dirige a todos na aeronave com voz firme, porém sensual.

— Atenção todos os passageiros, decolaremos em poucos minutos. Acompanhem as recomendações da nossa comissária, a senhorita Kathlin. Tenhamos uma boa viagem. (Jane).

— Como não ter uma boa viagem com você no comando? (O copiloto).

A torre de controle autoriza a decolagem.

— Pronto! Ele é todinho seu. Faça com ele o que faria comigo. Faça-o subir. (Copiloto).

— Você é muito bobo. (Jane).

Jane pega o manete e puxa-o para trás devagar, fazendo o avião adquirir velocidade. Depois puxa o manche para si, iniciando a decolagem. Sua atenção está concentrada nos instrumentos, mas não consegue deixar de ouvir as gracinhas de seu copiloto.

— Você fica maravilhosa pilotando. Gostaria de ser dominado por essas mãos que controlam o manete. (Copiloto).

— Pare de gracinhas e preste atenção nos instrumentos, bobinho. (Jane se diverte enquanto pilota).

— Está tudo bem. Estou sentindo tudo subir. [Ha ha ha].

— Você não toma jeito. Um dia esquecerá o microfone aberto e todos ouvirão suas bobagens. (Jane).

Depois que atingem altitude e velocidade de cruzeiro, Jane estabiliza a aeronave e fala aos passageiros mais uma vez.

— Senhoras e senhores, podem soltar os cintos e ficar à vontade. O avião está estabilizado. Obrigada.

Agora ela fala, pelo interfone, com sua comissária de bordo, a jovem e lindíssima Kathlin.

— Kathlin, pergunte à senhora Koya se a temperatura na cabine está de acordo com sua preferência, por favor. (Jane).

— Com licença, senhora Koya. A temperatura da cabine está de seu agrado?

— Sim. Aliás, está tudo perfeito. Obrigada! Gostaria que você conduzisse papai e mamãe até a suíte. (Koya).

— Farei isso imediatamente, senhora.

— Senhor Sam e senhora Meg, gostariam de se acomodar na suíte? (Kathlin).

— Vamos, amor. Você precisa descansar. Tivemos uma noite muito agitada. (Meg).

— O controle das luzes e do condicionador de ar estão no console, junto à cabeceira. Qualquer coisa que precisarem é só acionar a campainha. (Kathlin).

— Muito obrigada. Você é muito gentil. E bonita também. (Meg, sempre cativando as pessoas com palavras amáveis).

— Estou muito lisonjeada, senhora Meg. Obrigada e boa noite. (Kathlin).

— Vamos cair da cama quando o avião fizer uma curva. (Sam, falando com Meg depois de Kathlin sair).

— Não se preocupe. A cama se mantém sempre nivelada. Fui eu quem a projetou. Agora vamos dormir. Você parece cansado. (Meg).

O voo segue tranquilo no piloto automático, com o copiloto fazendo gracinhas com sua comandante, que voltou a calçar as sandálias.

Com três horas de voo, Jane liga o interfone, fala com Kathlin e depois se dirige aos passageiros.

— Atenção todos os passageiros, há uma tempestade em nossa rota, por isso peço que permaneçam em seus acentos e afivelem os cintos de segurança. Sofreremos alguma turbulência. Espero que seja breve.

Koya fica preocupada com seus pais e chama a comissária.

— Kathlin, por favor, vá até a suíte e auxilie meus pais com a segurança. Se quiser te acompanho. (Koya).

— Não se preocupe, senhora Koya. Permaneça em seu acento. Eu vou auxiliá-los. (Kathlin).

— Vou ver se nossos filhos estão bem. (Koya, falando com James).

— Calma, amor. Eles foram os primeiros a quem Kathlin atendeu, eu vi. O Kayo está com a Rachel. (James, acalmando Koya).

Kathlin volta para a cabine, senta-se e afivela seu cinto de segurança bem a tempo, pois logo o avião começa a trepidar e a balançar devido aos fortes ventos laterais da tempestade.

— Adoro vê-la cavalgando tempestades. (O copiloto, brincando com uma situação séria).

— Que droga! Não consigo estabilizar o avião. Esse balanço vai assustar a todos. (Jane).

— Por que você não contornou a tempestade? (O copiloto deu-se conta de que a situação é grave).

— Porque ela é imensa e não podemos subir de nível, pois níveis mais altos são para aeronaves maiores. Você sabe disso. (Jane).

— Você prefere ficar embaixo? (Uma observação maliciosa).

— Se não morrermos vou matá-lo. Depois que se separou da esposa você ficou muito atrevidinho. (Jane).

— Só sei que você é a melhor e fica mais linda dominando a situação. Domine-me, por favor!

São quinze longos minutos de turbulência e brincadeiras do copiloto, até que a aeronave, conduzida com segurança por Jane, volte a se estabilizar.

— Atenção todos os passageiros, deixamos para trás a tempestade. Podem afrouxar os cintos e aproveitem a refeição que lhes será oferecida. Desculpem pelo desconforto causado. Muito obrigada. (Jane, com muita calma).

Kayo é o primeiro a ser servido por ser criança.

— Você não parece que sentiu medo. (Kathlin, querendo agradar Kayo).

— Não sinto medo de nada quando estou com a minha irmã e a minha mãe. (Kayo).

— Ah, sim! Sua mamãe é uma lenda, sabia? (Kathlin).

— Sei. Ela é a melhor mãe do mundo! (Kayo, orgulhoso de sua mãe).

Antes de ser servida, Koya vai ver como estão seus filhos.

— Te acompanho, amor. (James, seguindo Koya).

— Está tudo bem, Rachel? E com você, Kayo? (Koya, perguntando carinhosamente para eles).

— Tá tudo bem, mãe. Por que essa cara de assustada? (Rachel responde e Kayo sorri para Koya).

— Vou ver o Michael. (Koya não responde e se dirige até a poltrona de Michael).

— Estou bem, mãe. Foi apenas uma turbulência. Mas a comandante é muito boa. (Michael).

Quando voltam para seus lugares, Koya fala da sua preocupação para James.

— Nunca mais viajaremos todos juntos e com nossos melhores amigos. (Koya).

— Todos estão bem, você viu! E a comandante Jane é muito habilidosa, como disse o Michael. (James).

— Se acontece algo pior nossa família acaba. (Koya).

— Koya, cada vez te amo mais, mas preferia que não pensasse assim. Ainda temos muita vida pela frente e muito amor para viver. (James, abraçando e beijando sua mulher).

— Por amar tanto a todos é que não quero que nossa história termine assim. Nossos filhos merecem uma longa vida e serem muito felizes. (Koya, emocionada).

O voo prossegue tranquilo até o final da viagem. Quando a torre de comando determina a pista, a comandante avisa sobre o pouso.

— Senhores passageiros, estamos nos aproximando do nosso destino. Pousaremos dentro de poucos minutos. Por favor, sigam as instruções da comissária Kathlin. Muito obrigada a todos. (Jane).

— Podem desembarcar. Obrigada a todos e tenham um bom dia! (Kathlin, após abrir a porta do avião).

O NETO

Antes de voltarem para sua casa em Miami, Meg decide ficar alguns dias para curtir seus netos e acompanhar os exames médicos de rotina de Sam. Ela ficou preocupada com o que aconteceu com Sam na sala VIP do aeroporto enquanto esperavam pela autorização para o voo.

Kayo, com 9 anos, é um pré-adolescente muito inteligente e alegre, que ama seus avós. Ele aproveita a estada deles ali para conversar com seu avô.

— Oi, vovô! Como está o senhor?

Kayo, procurando assunto com seu avô, que está na biblioteca da casa de sua filha, Koya. Ali começou o grande amor de Sam com Meg. Antes disso, era a casa dele para encontros amorosos.

— Que bom que veio me ver. Queria mesmo falar com você. (Sam, que estava lendo jornal).

— O que é? Vai ficar morando com a gente? (Kayo, desejando a companhia de seu avô).

— Não, não. Sua mãe me internaria num hospital pensando que vou morrer. [Ha ha ha ha]. (Sam, zoando).

— Não quero que você morra nunca! (Kayo).

— Todos nós vamos morrer um dia. Mas não é sobre isso que quero falar com você. É sobre o seu futuro. (Sam, profético).

— Ah! Você adivinha o futuro das pessoas? (Kayo, entendendo como uma brincadeira).

— Não. É sobre investimentos em bolsa de valores.

— Isso deve ser muito complicado.

— Não, não é. Lembre-se, Kayo, sempre que as cotações do ouro e outros metais preciosos estiverem baixas e favoráveis, compre.

Sam, com 83 anos, dá uma aula de investimento para seu jovem neto.

— O que vou fazer com ouro, vovô? (Kayo).

— Sei lá. [Ha ha ha ha]. De repente, poderá precisar para alguma coisa. [Ha ha ha]. (Sam, zoando).

— Mas que coisa?

— Conquistar alguma garota. (Sam).

— Você tá caduco, vovô? Que garota vai querer ouro em vez de... (Kayo).

— Não se atreva a dizer, meu netinho. (Meg, que acabava de chegar onde ambos estão).

— Oi, vovó! O vovô quer que eu compre ouro. Que doideira! (Kayo, depois de dar um selinho em Meg).

— Isso não é coisa para se falar com uma criança, Sam. (Meg, advertindo-o carinhosamente).

— Ele precisa aprender a investir no mercado de capitais, de mercadorias e futuro. (Sam).

— Você perdeu a noção, meu amor. Ele tem apenas 9 anos e muito tempo para aprender essas coisas. (Meg).

— Seu pai começou a te ensinar matemática quando ainda era criança e com 9 anos você alterava projetos. (Sam).

— É... diferente... Fazia por brincadeira... (Meg fica sem saída).

— É mesmo, vovó? (Kayo, curioso sobre seus avós).

— O pai dela não a deixou brincar com bonecas. (Sam, provocando).

— Com o que você brincava, vovó? Com videogames?

— Não. Ela brincava com caminhõezinhos e bolas, e roubava os brinquedos dos meninos. (Sam, excedendo-se).

— É mesmo? Que maneiro! (Kayo, adorando as supostas travessuras de sua avó).

— Não acredite em tudo que seu avô diz. Ele está ficando caduco. (Meg, zoando).

— Por que seu pai não te deixava brincar com bonecas? (Kayo insiste).

— Ele pensava que mulheres nascem sabendo lidar com crianças, então não precisam treinar. (Meg, objetiva).

— Mas bonecas são apenas para brincar! (Kayo).

— Saiba que todas as brincadeiras nos ensinam alguma coisa, por isso é necessário que as crianças brinquem muito e com várias coisas. (Meg, ministrando lições. Ela só dá presentes instrutivos para seus netos).

— O que posso aprender brincando com quebra-cabeças? (Kayo).

— A ter paciência, prestar atenção no que faz e nos detalhes, ter cuidado com as coisas para não perdê-las... (Meg).

— Puxa! Tudo só com uma brincadeira? (Kayo, admirado).

— E cada brincadeira nos ensina coisas diferentes, por isso procure sempre coisas diferentes para fazer. (Meg).

— Brincar com ouro, por exemplo? (Kayo, zoando com seu avô).

— Percebeu o que fez, Sam? Ele vai ficar obcecado pela ideia de comprar ouro. (Meg).

— Espero que ele aplique com sabedoria toda a fortuna que herdará. (Sam).

— Vovô tem razão. Preciso aprender a fazer aplicações financeiras. [Ha ha ha]. (Kayo, zoando).

— A propósito, amorzinho, já pensou no que quer fazer quando crescer?

Meg muda o rumo da conversa para investigar os sonhos de Kayo e prever o futuro administrativo das empresas, tendo em vista que Rachel segue estudando Medicina, e Michael, com 21 anos, está cursando administração de empresas. Ela acha que dois administradores se sairiam melhor.

— Ainda não sei, vovó. Tenho muito tempo para resolver... (Kayo, evasivo, como qualquer pré-adolescente).

— Mas você é um homenzinho, meu neto. Deve começar a pensar nisso. (Sam, apressando decisões).

— Não vamos apressar as coisas e fazê-lo tomar uma decisão precipitada. (Meg, cautelosa).

— O que o mano está estudando não é para trabalhar com a mamãe nas empresas? (Kayo).

— Talvez as empresas precisem de mais de um administrador. São muitos negócios em vários países. (Meg, ciente da complexidade administrativa).

— Não sei por que nossa filha expandiu tanto os negócios. Nem sei quantas empresas Koya tem. (Sam).

— Ela tem sorte de conseguir bons e confiáveis colaboradores, que a ajudam muito na administração. Mas está trabalhando demais. (Meg).

— A mamãe é muito boa! (Kayo, orgulhoso de sua mãe).

Meg, preocupada com o ritmo e o volume de trabalho que sua filha volta a se impor. Não se esqueceu de que ela foi parar num hospital, com anemia profunda e estafa devido a excesso de trabalho.

— Vou falar com a sua mãe. Ela não é mais uma garotinha. Tem que se poupar. (Meg).

— Minha mãe muito forte. É a melhor mãe do mundo. (Kayo).

— Meu querido, sua mãe agora tem uma grande família para cuidar e isso não é nada fácil. (Meg).

— O papai ajuda a cuidar de nós. (Kayo).

— Sei que ele é um ótimo pai e ama demais a sua mãe, mas tem compromissos profissionais importantes. (Meg).

— James tem compromissos como qualquer médico. (Sam, contemporizando).

— Sam! Esqueceu-se de que ele está desenvolvendo importantes projetos de pesquisa? (Meg).

— Ele disse que vai acabar com o câncer que matou a outra mulher dele. (Kayo sabe da história de seu pai).

— Não é só isso. Ele ajuda a desenvolver a Mecânica dos Genes e pesquisa vários tipos de vacinas.

Meg acompanha e ajuda, no que pode, os projetos familiares, principalmente, incentivando-os.

— Um dia ele me disse que o ajudo. Não entendo como?! (Kayo, confuso).

— Sendo um bom menino, não se metendo em confusões na escola nem nas redes sociais. (Sam).

— Seu avô tem razão. É uma grande ajuda você obedecer seus pais e não se ferir com brincadeiras bobas, sabia? (Meg, reforçando o que Sam disse e monopolizando a reunião informal, como sempre fazia, favorecida pela sua beleza. E agora o faz com a sabedoria de suas palavras, ditas carinhosamente de maneira didática.

— Vovó, sou um cara do bem! Nunca vou magoar ninguém. (Kayo).

— Desejo que você faça sempre as coisas que têm que fazer e da maneira certa para nunca se arrepender do que tenha feito ou do que deixou de fazer. (Meg).

— Aplique com sabedoria toda a riqueza que vai administrar e construa um mundo melhor para todos. (Sam).

— Vocês não acham que é muita coisa para fazer? (Kayo, assustado com os conselhos e pedidos que ouve).

— Não se assuste, querido. Tem coisas que não podem ser feitas, mas nada nos impede de tentar. (Meg).

— O pai aconselhou-a a conquistar o mundo e ela conseguiu. [Ha ha ha]. (Sam, zoando).

— É mesmo, vovó? (Kayo, entrando na brincadeira).

— Seu avô é um bobão, não sabe o que está dizendo. (Meg).

— Sou o mundo que ela conquistou! (Sam, sem modéstia).

— Te amo, Sam. E te amarei eternamente. (Meg, beijando Sam).

— Isso é muito legal! (Kayo, maravilhado com as demonstrações de carinho entre eles).

Kayo é um pré-adolescente amoroso e com inteligência muito acima da média para sua idade; aliás, como todos dessa poderosa família. Uma família unida por um amor verdadeiro e, por isso, poderosa.

Com os exames médicos de Sam realizados, Meg decide que é hora de voltar para Miami.

— Sam concluiu todos os exames de rotina e decidimos aguardar os resultados em nossa casa. (Meg).

— Têm certeza de que não querem aguardar os resultados aqui em Nova Iorque? (Koya, querendo que eles fiquem).

— Sim, minha filha. Estou com saudades da minha cama e deitar-me nela com a sua mãe. (Sam, fazendo graça).

— Pra fazer o quê, vovô? (Kayo começa a mostrar-se malicioso, como todos na família).

— Cuidado com a língua, menino! (Koya, corrigindo-o).

— Vou descobrir muito em breve. [Ha ha ha]. (Sam, dando força ao neto).

— Não vou perdoá-lo se esqueceu do nosso amor. (Meg ainda é uma mulher insinuante).

— Acho que o vovô tem boa memória para essas coisas. (Kayo, fazendo todos rirem com suas piadinhas).

— Kayo! Respeite seus avós. (Koya, sentindo-se envergonhada).

— Que bobagem, filha. Ele é exatamente como gostaria que fosse. (Sam se diverte com seu neto).

— Sem dúvidas, ele tem o nosso DNA. (Meg).

— Só espero que não se torne um mulherengo inconsequente. (Koya, preocupada com o futuro).

— Ele será um grande homem que orgulhará a todos nós. (Meg).

A VOLTA PARA CASA

A família promove uma grande festa para comemorar a honraria recebida por Oaky, ao voltarem de Estocolmo e antes que Sam e Meg retornem para Miami. Comparecem os funcionários do Oaky – Instituto de Pesquisas e outros amigos de todas as horas.

Seus colaboradores estão muito emocionados com o agradecimento público feito por Oaky naquela noite de muito brilho para ele, que é mundialmente reconhecido como o cientista mais importante do século por ter possibilitado a produção de energia limpa por meio de uma fonte inesgotável de combustível.

— Parabéns, senhor Oaky! O senhor merece. (Um empregado falando por em nome de todos).

— Nós todos estamos de parabéns. E quem mais ganhará é o planeta em que vivemos, depois que os governantes se convencerem de que ele é a nossa única casa e deve ser preservada. (Oaky).

A festa foi regada a champanhe, apropriada para comemorações e a preferida de Roy, falecido avô de Oaky.

Terminada a festa, Sam e Meg são levados para sua casa em Miami, acompanhados de George e Lilly, no avião particular da Koya.

— Podemos embarcar, senhoras e senhores. (Kathlin, a comissária de bordo chamando-os).

A viagem transcorre tranquila e eles conversam sobre suas vidas.

— Oaky herdou a sua inteligência, Meg. (Sam).

— Sam, meu amor, ele é nossa criação, é nossa criança. Ele nada tem de exclusivamente meu, ele tem tudo de nós. O que mais admiro nele nem é a sua inteligência, mas a paciência dele e o amor que ele sempre teve por todos nós e, principalmente, pela Nicky. (Meg).

Meg sempre teve dificuldades de conjugar na primeira pessoa do singular. Talvez por isso sempre pensou e sonhou grande. Sem pequenos pensamentos nem desejos mesquinhos, ela tornou-se uma personalidade do mundo e, ao contrário do que pensava de si própria, jamais foi egoísta.

— Posso dizer que foi um privilégio conviver com o senhor Oaky. (George).

— Lembro-me de Oaky brincando de cavalinho montado nas costas do George. (Lilly).

— Preciso saber que nossos filhos estão felizes para ficar em paz com o meu coração. (Meg).

— Quero dizer que amo tudo o que fizemos juntos. Vou te amar eternamente! (Sam).

— Adoro matemática, mas nunca calculei que poderia ser tão feliz na minha vida. Te amo, Sam. (Meg, declarando-se).

— Ao conhecê-la tornei-me um homem completo e melhor em todos os sentidos. (Sam).

Um grande amor só pode ser vivido por grandes pessoas. As pessoas mesquinhas jamais desfrutarão dessa felicidade e vivem iludidas de sua grandeza pela pequenez do mundo em que imaginam viver.

— Ainda não lhe agradeci pela coisa mais importante da minha vida, Meg. (Lilly).

— Penso que não tem nada a me agradecer, Lilly. (Meg).

— Foi quando você investigou a vida de Sam que tive a oportunidade de conhecer George, o meu grande amor. (Lilly).

— Confesso que fiquei com ciúme de você. (Meg, confessando sua fraqueza).

— Nunca houve motivos para seu ciúme. (Lilly).

— Pensava que você fosse roubá-lo de mim. (Meg).

— Desde o início percebi que a ligação de vocês não era carnal. Era muito mais profunda e bonita. (Lilly).

— Sou muito possessiva e estava insegura por iniciar na presidência das empresas. (Meg).

— Se ele tivesse que optar, sei que optaria por ficar com você. (Lilly).

— Jamais faria algo que impedisse a felicidade do George.

— Agora tenho certeza disso. (Lilly).

— E fiquei muito feliz quando ele se casou com você. (Meg).

— Minha felicidade se completou quando nasceu nosso filho, Carl. (Lilly).

Na maioria das vezes, a riqueza transforma as pessoas em superficiais pelo poder que têm de concretizarem quase tudo o que desejam, entretanto, esquecem-se, ou têm dificuldades para realizar os atos mais simples, como abraçar filhos, irmãos, pais, amigos e entes queridos, e dizer-lhes te amo.

Sam e Meg, um amor tão grande que poderia se tornar um poderoso conto de fadas.

— Atenção, passageiros! Afivelem os cintos, pois estamos iniciando os procedimentos para o pouso, que acontecerá em oito minutos. A segurança particular foi avisada e os aguarda no aeroporto. Obrigada. (Jane, a comandante).

OS PAIS DELES

Um mês após a cerimônia de premiação e a festa em comemoração ao Prêmio Nobel recebido por Oaky, e, depois de ficarem alguns dias em Nova Iorque, Sam e Meg estão em sua casa, em Miami, no grande gramado em frente ao mar, sentados lado a lado, de mãos dadas, numa confortável cadeira de vime de dois lugares. E são observados por George, que está fazendo companhia aos dois, como uma sombra silenciosa e testemunha de um grande amor.

Uma suave brisa balança delicadamente as flores no jardim e os cabelos de Meg.

— Você viu como nosso jardim está florido e lindo, meu amor? (Meg).

— Oh! Meg... meu amor... eterno... Você está... tão iluminada... Eu te amo... (Sam).

São as últimas palavras de Sam. Sua cabeça fica virada para a direção de Meg, conservando uma expressão de ternura e carinho.

— Sam! Sam! Sam! Por favor, por favor! Fale comigo! (Meg).

Sam é acometido por um infarto fulminante. Seu coração parou, sem dor nem sofrimento.

Meg percebe que foram as últimas palavras e o último suspiro de seu grande amor. Ela grita por socorro, mas sabe que nada pode ser feito. Um imenso vazio invade seu peito imediatamente.

— George! Socorro! Socorro! O Sam nos deixou! (Meg, sempre falando na primeira pessoa do plural).

— Senhora Meg, tenha calma, por favor. Vamos chamar os paramédicos. (George).

— Sam, não vá ainda, temos tanto amor para trocar. Não vá. Espere por mim, por favor ou por amor, mas espere por mim. Quero ir com você aonde quer que você vá.

Ela está descalça e em pé, no gramado, girando e falando ao vento e aos céus, enquanto George constata a morte de Sam e ajeita-o na cadeira.

O jardineiro, ao ver a movimentação e o desespero de Meg, corre para juntar-se a eles e ampará-los, mas nada mais pode ser feito.

— Por que, Sam? Por que você nos deixou? Não, não vá ainda. Não vá sem mim. Por que não esperou por mim? (Meg é só lamentação).

Ela olha para os céus, abre os braços e vê o rosto de Sam, enorme, como se tomasse conta de todo o horizonte, exatamente como está, envelhecido e com olhar sereno e carinhoso. Essa imagem, imaginada por ela, estende os braços em sua direção e a pega com as mãos, como se ela tivesse tão pequena quanto o tamanho dos dedos da imagem. Enquanto ela, em delírio, vê-se sendo carregada com cuidado e carinho até o peito da figura de Sam, o rosto dele vai rejuvenescendo e abrindo um largo sorriso, iluminando cada vez mais, até ficar exatamente como era quando se conheceram e ele tinha 42 anos.

— Sam, meu amor, espere por mim, não vá ainda, ainda não. Tenho muito amor para te dar. Espere por mim, onde quer que esteja, para onde quer que vá, quero ir com você. Por favor, meu amor. Te amo, para sempre te amarei.

A imagem que ela vê em seu delírio continua conduzindo-a para dentro de seu peito, no lugar do coração. Ela se vê desaparecendo dentro de Sam e a imagem dele se evanescendo em pura luz, mais brilhante do que o Sol.

— Até breve... Até breve, meu amor, meu grande amor, meu maior amor. Amor da minha vida, por toda a vida e para toda a eternidade. E, se puder, perdoe-me por não ter te dado todo o amor que você sempre fez por merecer.

Por inevitável e necessário, Meg chora muito, um choro já de saudades.

— Oh, George, George! Abrace-me, por favor. Preciso tanto de você e de todos que amo. (Meg).

— Senhora Meg, sinto muito, muito... (George não contém a emoção e o pranto).

O momento é de muita comoção e o jardineiro também não contém suas lágrimas, solidárias com a dor que presencia.

— Como farei para contar para nossos filhos e netos, Sam? Ajude-me, por favor, dê-me forças para consolá-los. (Meg, olhando para o corpo de Sam e preocupada com as outras pessoas).

— Por favor, chame a senhora Lilly. (George, pedindo ao jardineiro).

Lilly, que mora ao lado da casa de Meg, chega em seguida e tenta consolar Meg, mas as duas se emocionam muito, sendo abraçadas por George, enquanto o jardineiro liga para o serviço de segurança da família, comunicando o ocorrido e solicitando as providências necessárias.

— Senhor George, eles devem chegar em poucos minutos. (O jardineiro).

Meg ajoelha-se em frente ao corpo de Sam e deita sua cabeça no colo inerte dele.

George e Lilly, abraçados e em prantos, observam Meg acariciar e beijar aquelas mãos mortas, que tanto carinho e amor lhe deram.

Tudo o que se ouve é o prantear de pessoas que se amam profundamente. Palavras são inúteis.

Em seguida, a segurança da família chega e inicia todos os procedimentos para a remoção do corpo, bem como os exames para atestar a *causa mortis* no obituário.

— Meg, quer que ligue para a Koya ou o Oaky? (Lilly).

— Não, Lilly, muito obrigada, mesmo. Cabe a mim informá-los que o meu sonho de amor acabou. (Meg).

Todos entram em casa. Meg senta-se no sofá, recebe um copo com água de Lilly, pega seu celular e, muito trêmula e emocionada, faz uma ligação para Koya.

— Sinto muito, minha filha. (Meg).

— O que aconteceu, mãe? (Koya percebe a voz trêmula e embargada de sua mãe).

— O nosso Sam... nos deixou... [Huuu, huuu, huuu, huuu]. (Meg não se contém e chora desesperadamente).

— Oh, não, não, não! Mamãe, mamãe... [Huuu, huuu, huuu, huuu]. (Koya não consegue mais falar).

Lilly, mesmo muito abalada, vendo que Meg chora compulsivamente, pega o telefone e tenta falar com Koya.

— Koya, sinto muito, muito mesmo. Nós todos amávamos o seu pai. (Lilly também não consegue dizer mais nada).

— Obri... gada, Lilly. Por... favor, ampare a minha mãe, fique com ela. Vai precisar muito do George por perto. (Koya).

Depois de terminar a ligação, Koya imediatamente liga para seu irmão.

— Oaky, mano... querido... [Huuu, huuu, huuu]. (Koya não consegue falar).

— O que ouve, mana? Por favor, diga-me. O que aconteceu? (Oaky pressente que algo trágico ocorreu).

— Nosso pai... mano... Nosso pai se foi... [Huuu, huuu, huuu, huuu].

— Oh! Eu... [Huuu, huuu]... Nossa mãe... Como está?

Oaky fica desesperado ao pensar que sua mãe pode entrar em depressão, mas, ao contrário de outras ocasiões, ela reage com serenidade, pois sabe que não pode agregar mais sofrimento à família.

Ao saberem do falecimento de Sam, todos os amigos prontamente se mobilizam para confortar a família nesse momento de tanto sofrimento.

Após os trâmites legais necessários, bem como o velório, o corpo de Sam é cremado, como é o costume da família, e as cinzas lançadas ao mar.

— Meu grande e eterno amor, espere por mim. Prometo não me demorar.

Meg, lançando as cinzas de Sam, vê o rosto dele refletido nas águas, jovem e sorrindo para ela, como sempre fazia.

— Papai! Papai! Te amo, te amo. Continue olhando por todos nós, como sempre fez. (Koya).

— Pai! Ilumine o nosso caminho com a sua paciência e sua sabedoria. (Oaky).

— Sam, meu grande amor. Agora te tenho em meu coração para sempre. (Meg, segurando a emoção com dificuldade).

Três pessoas poderosas sentindo-se pequenas e impotentes diante da morte daquele ente querido que sempre amou a todos com carinho e ternura.

— Tenha só mais um pouquinho de paciência comigo, pois não vou suportar a saudade. (Pensava Meg).

— Vamos, mãe, vamos para casa. (Koya, sem conseguir segurar o choro).

— Por favor, seja forte, mãe. Nós te amamos e precisamos de você. (Oaky, também chorando muito).

Meg mantém um silêncio saudoso e segue abraçada por Koya e amparada por Oaky.

A morte tem o poder de calar para sempre a voz de quem parte, deixando todos, por muito tempo, sem palavras.

A MULHER

Com morte de Sam, Koya se torna, naturalmente, a matriarca da família e impõe que sua mãe volte a morar em Nova Iorque para ficar junto aos filhos e netos.

— Mãe, agora você vai para Nova Iorque, morar comigo. (Koya).

— Não, minha filha. Meu lugar é aqui, onde vivi tantos anos felizes com o seu pai. (Meg).

— Não lhe dei uma opção. Está decido, você vai comigo para Nova Iorque.

— Só vou atrapalhar a sua vida com seu marido e seus filhos.

— Você não gosta de seus netos? (Koya, querendo colocar sua mãe em xeque).

— Adoro-os, mas a questão é outra. (Meg).

— O que é? Diga-me!

— Sogras morando junto nunca dão certo e acabam atrapalhando a vida do casal.

— Você não minha sogra, é minha mãe. (Koya).

— Sou sogra do seu marido. Tirarei a privacidade de vocês. (Meg).

— Que bobagem você está dizendo. Estou com 41 anos e James Jimmy com 57, estamos bem crescidinhos.

— O que tem a ver idade com privacidade? (Meg).

— Quero dizer que não andamos pelados pela casa como você e o pap … (Koya emociona-se ao lembrar seu pai).

— Nós nos habituamos a isso. Você e seu irmão cresceram vendo-nos andar pela casa sem roupas. (Meg).

— Era bem natural, mas o que quero te dizer é que quando adotei… meus filhos eles já estavam acostumados com outra realidade. (Koya abomina a expressão adotados).

— A privacidade a que me refiro diz respeito ao convívio diário. Qualquer casal tem desavenças, que devem ser resolvidas longe de outras pessoas. (Meg).

— Entendo. Então você vai morar num apartamento bem confortável e com uma pessoa para acompanhá-la o tempo todo.

— Filha, pelo menos me dê uma semana para pensar. Talvez você própria sentirá que é melhor que eu fique aqui. (Meg).

— Está bem. Um dia! Você terá um dia para fazer as malas do que achar necessário levar. (Koya).

— Mas você não conseguirá comprar um apartamento em um dia!

— Você ficará hospedada lá em casa até comprarmos um imóvel. (Koya, decidida).

— Voltamos ao ponto de partida, minha filha. A sua casa. (Meg, ponderando).

— Pode ficar num de nossos hotéis se prefere ficar longe de seus netos.

— Nossa! Isso é pura chantagem, Koya. Adoro os meus netos, eles só me trazem alegrias. (Meg).

— Assim você não se sentirá só. (Koya).

— Não estarei sozinha aqui. O George e a Lilly moram ao lado, lembra-se? (Meg, contra-argumentando).

— Não moram mais! Falei com eles e os dois vão se mudar para Nova Iorque também.

— O quê? Koya, você está impondo as suas decisões a pessoas estranhas à família?

— Você também era imperativa. Além do mais, considero-os membros da nossa família. (Koya).

— Nunca mandei em ninguém. Nem sabia dar ordens. (Meg).

— Claro! Com aquela carinha linda e um sorriso irresistível não precisava dar ordens. (Koya).

— E onde o George e a Lilly morarão?

— No mesmo prédio que você, visto que se decidiu por não morar comigo.

— Eles ainda terão que comprar um apartamento no mesmo prédio?

— Não, mãe! Comprarei dois apartamentos no mesmo andar para vocês ficarem bem próximos.

— Está bem, minha filha. Se eles concordaram, o que vou fazer aqui, longe do George e da Lilly? (Meg).

— Que bom, mamãe. Você é tão compreensiva e colaborativa. Por isso que te amo. (Koya, zoando).

Apesar de toda a dor com a perda de seu pai, Koya consegue se manter muito atenta aos negócios e o grupo de empresas cresce cada vez mais, assim como a fortuna da família.

As motos voadoras são aperfeiçoadas. Suas vendas crescem no mundo inteiro e a licença para fabricação é concedida a diversos fabricantes. Um novo esporte surge com a utilização desse equipamento. A empresa de cosméticos, Koya – A Principal, continua crescendo a cada dia, e a OK – Propaganda & Marketing, torna-se a maior do mundo no ramo da propaganda, tendo à frente Raj, um premiadíssimo *expert* em propaganda, nomeado por Koya como vice-presidente.

Koya, a fim de dar mais atenção à família, cerca-se de pessoas altamente competentes e comprometidas com o sucesso das empresas, além de continuar preparando Kayo para assumir a presidência do grupo, apesar de sua opção pelo curso de Direito, que começou a cursar com 16 anos.

A poderosa saga continua e a lenda também.

Koya agora se torna, definitivamente, a Principal.

HISTÓRIA COM GEORGE

Meg, George e Lilly voltam a morar em Nova Iorque, por imposição de Koya, que pretende cuidar de todos eles, pois se tornou a matriarca do poderoso clã.

Koya compra dois apartamentos no mesmo andar de um prédio, para que sua mãe continue próxima a George, além de manter um grupo de cuidadoras e acompanhantes para todos eles.

— Está bem, minha filha, concordo em voltar a morar em Nova Iorque, mas não posso exigir que o George e a Lilly me acompanhem, pois eles têm a vida deles e podem não aceitar mudar de Miami.

— Falei com eles, lembra-se? E os dois concordaram, mãe.

— Talvez não quisessem ser indelicados com você, filha. (Meg).

— Eles adoram você e estão sozinhos, pois o Carl tem a vida dele e mora na Pensilvânia. Ficarão mais próximos dele.

Certo dia, depois de instalados em suas novas moradas, os três vão até o Central Park, protegidos e observados de longe pelo pessoal da segurança, e lá ficam conversando sobre suas vidas, seus filhos, o que fizeram e o que deixaram de fazer.

Sentadas com George no meio, abraçando-as, e sendo abraçado carinhosamente por elas, Lilly diz:

— Estou tão feliz por você ter conseguido superar a perda do Sam.

— Não sei se superei, Lilly, mas não tem outro jeito, pois a vida segue para todos. Não posso ser egoísta e promover ainda mais tristeza com a minha tristeza. (Meg).

— A senhora é muito forte. (George).

— Vocês são a minha força agora. Vocês me ensinaram a ser forte e a superar as piores intempéries que enfrentei. (Meg).

— Certamente, a sua tristeza arrasaria a todos nós. (Lilly).

— Fui muito feliz com o Sam e sei que ele não gostaria que me entristecesse com a partida dele. (Meg).

— O seu sorriso e a sua alegria sempre iluminaram sua família e todos que a conheceram e conviveram com você. Estamos felizes em continuar desfrutando da sua companhia. (Lilly).

— Muito obrigada! Vocês são verdadeiros amigos. Quem tem amigos tudo consegue suportar. (Meg).

— Você segue nos ensinando a viver e a sermos cada vez mais humanos. (Lilly).

— Estou conformada, pois sei que o Sam viveu feliz ao meu lado e... infelizmente, chegou a hora dele partir. (Meg).

Lilly, emocionada, tenta mudar de assunto.

— Uma vez estivemos aqui conversando, dias antes de o George dar aquela surra em você. [Ha ha ha]. (Lilly, fazendo graça).

— Me perdoe, senhora Meg. Não sei o que me deu naquele dia. Não sei como pude cometer tamanha violência. (George).

— Não se desculpe, George. Você salvou a minha vida, mais uma vez, naquele dia. Eu ia cometer uma loucura. (Meg).

— Perdi a razão ao ouvi-la chamando pela Rose e pedindo ajuda desesperadamente. (George).

— O George se arrependeu e sofreu muito por ter feito o que fez. (Lilly).

— Não fosse aquela surra e não teria visto meus filhos crescerem e nos darem tantas alegrias. (Meg).

— Foi como se estivesse possuído por alguma força estranha, não consegui me controlar. (George).

— De qualquer forma, você me trouxe de volta à vida. Obrigada, George. (Meg).

— A senhora também me salvou de levar uma vida... bem ruim, acreditando e confiando em mim. (George).

— Fique certo de a que dívida que tenho com você é impagável. Te amo, George.

Outra vez, Lilly tenta um assunto mais agradável.

— Obrigada, Meg. Foi por sua causa que conheci e me apaixonei pelo George. (Lilly).

— Fiquei tão feliz pelo amor de vocês ter dado certo! (Meg).

— Minha felicidade se completou quando Carl nasceu. (George).

— O filho de vocês se tornou um homem maravilhoso e merece todo o sucesso que tem como atleta. (Meg).

A morte de Sam deixa um imenso vazio na família. Amoroso, paciente e conciliador, Sam fora o ponto de equilíbrio às decisões mais arrojadas das mulheres fortes e decididas que essa família sempre produziu.

— Não sei para o que mais me presto. Vivi só para amar o Sam. (Meg).

— Engana-se, Meg! Você tem o Oaky e a Nicole, a Koya, seus netos e o pai deles. Todos adoram você. (Lilly).

— A senhora sempre viveu para todos nós, iluminando-nos com a sua sabedoria, seu amor e seu carinho. (George).

— Quando estou perto de quem amo sinto-me tão viva! Obrigada. (Meg jamais se cansa de agradecer as pessoas).

— Estaremos sempre com você, Meg. Afinal, o George é a sua sombra. [Ha ha ha ha]. (Lilly, zoando).

— Muito obrigada! Koya tinha razão. Com meus filhos, vocês e meus netos por perto minha vida fica menos vazia e consigo suportar a falta que sinto do Sam. (Meg, finalizando).

UM NOVO TEMPO

Passados quase três anos do falecimento de Sam, Meg recebe visitas regulares e todos continuam se empenhando para mantê-la ocupada com coisas difíceis, mas que ela adora, para que possa suportar a ausência de seu grande amor. Seus netos, Michael, Rachel e Kayo, são, agora, sua grande paixão. Ela continua tentando construir pessoas felizes.

— Senhor Oaky, lembra-se da entrevista que o vice-presidente da OK – Propaganda & Marketing havia marcado com o senhor? (A secretária de Oaky, interfonando).

— Lembro-me. É hoje, não? (Oaky, em seu escritório).

— Sim. E o senhor Raj está aqui. Posso deixá-lo entrar?

— Por favor, acompanhe-o até aqui.

Oaky não costuma interferir em assuntos das outras empresas da família, mas Raj insistiu pela entrevista, dizendo se tratar de um assunto importante para a imagem das empresas do grupo.

Raj, indiano, cujo nome significa rei ou príncipe, 60 anos de idade, grisalho, rosto com traços fortes, viúvo com uma filha de 32 anos, muito inteligente e responsável por grande parte do enorme sucesso da empresa, tornando-a a maior do mundo no ramo de propaganda e marketing. Funcionário de carreira, foi escolhido diretamente por Koya para assumir a vice-presidência naquela empresa.

— Bom dia, senhor Oaky. Agradeço por me receber. (Raj).

— Bom dia. Será que posso ajudá-lo? (Oaky).

— Espero que sim, mas, de qualquer forma, será uma grande ajuda ouvir o que tenho a dizer. (Raj).

— Minha irmã não gosta que interfiram na administração das empresas. (Oaky, cauteloso).

— Sim, conheço muito bem a senhora Koya, mas jamais tive o prazer de conhecer pessoalmente a sua mãe. (Raj).

— Oh, a minha mãe... Ela está afastada das empresas há muito tempo e raramente sai de casa depois que meu pai faleceu. (Oaky).

— Sei que será difícil, mas gostaríamos de contar com a preciosa ajuda da senhora Meg para o desenvolvimento de um projeto muito importante que acabamos de assumir. (Raj).

— Tem razão, será bem difícil. Por isso não posso lhe prometer nada, apenas que vou tentar convencê-la. (Oaky).

No final dessa tarde, Oaky aparece para conversar com sua mãe, mas não sobre o desenvolvimento de suas teorias referentes à origem do Universo e outras, como fazem costumeiramente. O assunto é outro.

— Como está você, mamãe? (Oaky)

— Muito bem, filho. Sempre me sinto melhor ao vê-los com saúde e sabê-los felizes. Como está a Nicky? (Meg).

— Está muito bem. Mandou-lhe lembranças e disse que lhe fará uma visita na semana vindoura. (Oaky).

— Não se preocupem comigo. Sei que todos vocês têm seus afazeres e têm que continuar tocando suas vidas. (Meg).

— O que me trouxe aqui hoje foi trabalho.

— Como assim? Não é para falar sobre suas teorias? Não estou entendendo. (Meg fica confusa).

— Mamãe, a OK – Propaganda & Marketing, venceu uma concorrência para elaborar o logotipo comemorativo da próxima Olimpíada. (Oaky).

— Que bom! A Koya deve estar contente, pois foi ela quem criou essa empresa, que, aliás, tem dado altos lucros.

Meg continua inteirada dos assuntos das empresas da família, mas com uma serenidade contemplativa, pela certeza de que seus filhos, genro e netos conduzem os negócios com muita seriedade, sempre se cercando de pessoas competentes, honestas e comprometidas com o trabalho e o desempenho das empresas.

A cidade que foi escolhida para sediar a Olimpíada elaborou uma licitação e a empresa da família venceu a concorrência.

Estando Koya muito ocupada com sua família e com todas as outras inúmeras empresas, o vice-presidente Raj solicitou a Oaky que procurasse sua mãe para pedir socorro, em nome dos funcionários, no sentido de sugerir ou mesmo criar um símbolo para aquela edição das Olimpíadas, pois eles conhecem o grande poder criativo de Meg. Ele vê mais uma oportunidade de ocupá-la e ajudá-la a suportar a ausência de Sam, que é sentida por todos.

— Como é bom vê-lo com saúde e bem-disposto. Desculpe-me, mas o que tens para contar-me? (Meg conhece seu filho).

— Mãe, o pessoal da empresa está pedindo a sua ajuda para desenvolver o logotipo. (Oaky vai direto ao assunto).

— Então eles têm uma ideia ou sugestão de design? (Meg, por delicadeza, não recusa a ideia imediatamente).

— É... Bem... Quer dizer... Não. Penso que não. Eles estão à espera de sua sugestão. (Oaky, titubeante).

— Meu filho, nunca fiz esse tipo de trabalho. Cursei Engenharia, esqueceu-se? (Meg).

— Antes de engenheira, a senhora é genial. (Oaky, apelando para o ego de sua mãe).

— É muita responsabilidade e estou velha, com mais de 60 anos! (Meg, tentando escapar do compromisso).

— Idade nunca foi problema para os gênios. (Oaky apela para vaidade, que sua mãe não tem).

— Não sou gênio, apenas gosto muito de estudar e de desafios. Meu pai me fez assim. (Meg, modesta, como sempre).

Oaky insiste, mas Meg continua relutando em fazer algo que não é seu ramo.

— Estou quase lhe implorando, mas se a Koya lhe pedisse aposto que a atenderia de pronto! (Oaky).

— [Ha ha ha ha ha]. Então tá! [Ha ha ha ha]. Não acredito que está com ciúme da sua irmã. [Ha ha ha ha ha]. (Meg começa a rir, parecendo não poder parar).

— Não estou com ciúme. Isto é apenas uma pequena chantagem emocional e, pelo menos, estou fazendo-a sorrir feliz. (Oaky, conformando-se).

— Vocês sempre me fizeram feliz, muito feliz. Só tenho alegrias com todos vocês. Já disse isso várias vezes. E agora você faz chantagem emocional com sua mãe? (Meg).

— Então faça todos felizes criando um símbolo para essa edição das Olimpíadas. Aceite como um desafio. (Oaky).

— Está bem, meu amor. Prometo que vou pensar em alguma coisa, mas não garanto nada. Minha mente está enferrujada. (Meg).

— Não é verdade. A cada ano a senhora fica mais brilhante em tudo que faz. (Oaky tentando convencer sua mãe).

— Mais uma chantagem emocional? (Meg, zoando).

— Não, mamãe. Só tenho vontade de dizer que te amo cada vez mais e que todos precisam muito da senhora. (Oaky).

— Nossa! Você se transformou num chantagista emocional profissional, Oaky. (Meg, abraçando e beijando seu filho).

— Muito obrigado pela ajuda. (Oaky, retribuindo os abraços e beijos).

Logo após Oaky se retirar, Meg vai até um cômodo do apartamento, onde mantém uma espécie de escritório e, diante de um computador, começa a pensar no assunto. Antes, porém, ela fica alguns minutos olhando, com ternura e saudades, para uma fotografia de Sam, que está numa moldura sobre a mesa, e a acaricia, sussurrando algumas palavras. Com certeza, relembrou alguns dos muitos momentos de intensa felicidade que vivenciou com ele.

— Sam, ilumine-me, com seu amor eterno, para mais essa tarefa. (Meg, com um longo e saudoso suspiro).

Uma semana após a conversa com Oaky, Meg solicita uma reunião com os funcionários da empresa para iniciarem a elaboração da nova marca. É uma surpresa para todos, pois ela dificilmente sai de casa. Surpresa maior ainda quando ela expõe sua ideia. O vice-presidente da empresa a recebe com entusiasmo.

— Muito prazer em conhecê-la, senhora Meg.

— Tenho muito prazer em conhecê-los e ajudá-los no que puder. (Meg).

— Não imagina a honra que é para nós contar com a sua brilhante ajuda. (Raj, encantado com a beleza de Meg).

Depois de ser apresentada para os funcionários que trabalharão com ela, Meg sugere um símbolo composto de cinco cubos entrelaçados, nas cores dos anéis olímpicos, formando um poliedro estrelado.

— Não sei se gostarão do que vou lhes apresentar, mas sou engenheira e não consegui pensar em outra coisa. Com certeza terão ideias melhores, e faço questão de ajudá-los no que puder. E não se acanhem em descartar essa sugestão. (Meg).

Inicialmente, os funcionários ficam surpresos com a sugestão de uma figura complexa, contrastando com a simplicidade dos anéis olímpicos e com a tendência minimalista que há muito tempo permeia os meios de comunicação visual, mas sua justificativa é tão brilhante que não deu margens para nenhuma objeção.

— Essa forma, por ser um poliedro composto por cinco cubos, possibilita inúmeras configurações, interpretações e formação de imagens, que poderão simbolizar os continentes, os atletas, os jogos e os povos. Mais do que entrelaçados como os anéis olímpicos, eles estão unidos como num abraço total, único e simultâneo. Pelo movimento individual de cada cubo, com todos se separando e se unindo novamente, com cada um deles se abrindo e colorindo o espaço, misturando suas cores e compondo todas as outras. (Meg dá várias sugestões para serem desenvolvidas).

Sua sugestão foi de tal modo impactante que pulverizou qualquer outra ideia que, porventura, estivessem pensando, e rapidamente perceberam o grande potencial de marketing encerrado naquela figura.

— Sei que vocês são brilhantes em criarem imagens digitais capazes de demonstrar isso e muito mais. Minha sugestão parece esdrúxula, porém, quanto mais queremos retirar de algo, tanto mais complexo, inicialmente, ele deve ser, apesar de existir muita beleza na simplicidade. (Meg).

— Sua genialidade é inspiradora. (Raj, deslumbrado diante de Meg).

— Muito obrigada! O senhor é muito gentil e um excelente administrador, pois na sua gestão a empresa tornou-se a maior do ramo de propaganda. (Meg).

— Por favor, me chame apenas de Raj. E permita-me a ousadia de dizer que a senhora é a pessoa mais bela que já vi.

Raj, sem conseguir esconder seu encantamento e querendo seduzir Meg com elogios, vai avançando os sinais.

— Raj, gosto de pensar que não existem pessoas feias. Para mim, feia é a miséria, a soberba, a corrupção e a injustiça. Feio é o preconceito, o descaso e o ódio. São esses fatores que tornam as pessoas desagradáveis e por isso devem ser combatidos com todas as nossas forças.

Em poucas palavras, Meg ministrou uma lição de humildade, fazendo com que Raj passasse a admirá-la ainda mais, apesar de ela não ter concedido tratamento recíproco.

— Sem dúvidas, mas beleza, inteligência e humildade é um trinômio raríssimo de ser encontrado em única pessoa. (Raj, insistindo).

— Você é muito gentil. Obrigada. (Meg, procurando concluir o assunto).

Com a figura e as ideias de Meg, a equipe elabora várias vinhetas em que o símbolo aparece. Ela sempre foi mestra em incentivar e entusiasmar as pessoas para que tenham sucesso no que fazem; parece que sua genialidade contagia as pessoas.

Numa das vinhetas, atletas e pessoas embarcam em enormes cubos da cor representativa de cada continente, e os cubos se fecham e sobem aos céus como se voassem e se dirigissem até a cidade-sede daqueles jogos. Lá, todos os cubos se encontram e se encaixam e deles saem seus ocupantes, confraternizando a vida.

Comentaram, até, que esse deveria ser o símbolo olímpico doravante.

— Observem que, em 12 pontos do poliedro, todas as cores se encontram, o que não acontece com os arcos olímpicos tradicionais. (O chefe do pessoal da criação que trabalhará com Meg)

— Significando que todos podem se encontrar nos diversos continentes, no momento em que quiserem, notadamente, nos jogos olímpicos. (Um funcionário da empresa).

— Podemos interpretar esses pontos de encontro como funis por onde as coisas, para passarem, têm que se aproximar. (Raj).

— Esses funis estão direcionados para o interior da estrutura, onde tudo se une e tudo se mistura. (Outro, comentando).

— Outro aspecto importante dessa configuração é que ela funde todos os continentes, todas as nações e todas as pessoas num só lugar. (Uma funcionária da equipe).

— Simboliza, claramente, que nos encontramos num só lugar, num só planeta. (Outro funcionário).

— É o retorno de Pangeia. (Um funcionário da área de pesquisas).

— Com certeza, o design dos anéis é mais *clean*, visualmente mais inteligível, mas este simboliza tudo o que o evento pretende representar. (Um funcionário com doutorado em design).

— Os anéis tradicionais representam apenas os jogos, mas o poliedro sugerido pela senhora Meg vai muito além. Comporta um significado muito mais amplo, lembrando-nos da diversidade da espécie humana. (O mesmo funcionário da área de pesquisas).

— Esta figura é interessante na medida em que mostra que as nações estão unidas num único habitat, interdependente e insubstituível, chamado Terra. (Raj).

Noutra vinheta, os cubos se separam e suas cores vão se misturando e formam um arco-íris que vai aumentando de tamanho e cobre o mundo inteiro e depois explode, transformando os fragmentos em atletas das mais diversas modalidades olímpicas.

— Não me lembro de um trabalho mais prazeroso do que este. (Raj, noutro dia de trabalho com a presença de Meg).

— Penso que a ideia inicial frutificou em lindas vinhetas, cartazes e *buttons*. (Meg, percebendo o interesse de Raj).

Concluído o trabalho, com inúmeras vinhetas preparadas, que pareciam inesgotáveis diante de tantas possibilidades que aquela forma oferecia, os funcionários da OK – Propaganda & Marketing, principalmente Raj, insistem para que ela apresente a sua criação para os contratantes. Ela reluta em aceitar, pois quer que os méritos do trabalho sejam exclusivamente da equipe e para não oportunizar esperanças para as pretensões mais íntimas de Raj.

— Vocês fizeram um trabalho maravilhoso transformando uma figura complexa num contexto de múltiplas e lindas alternativas. O mérito é todo de vocês. (Meg, com uma capacidade cada vez maior de doação e reconhecimento).

— Senhora Meg, se apresentar o trabalho aos contratantes, a sua ideia brilhará mais do que uma estrela. (Raj).

— Raj, tenho certeza de que você brilhará muito mais por ser o *expert* no assunto. (Meg, recusando o convite).

Sua resistência encontra eco em Koya, que não quer sua mãe exposta em público por pensar que ela ainda está fragilizada com a morte de Sam, ocorrida há quase três anos. Oaky também se mostra contrário aos pedidos dos funcionários.

— Senhora Koya, desejamos que sua mãe apresente o trabalho para o contratante como uma homenagem a ela. (O chefe do projeto).

— A sugestão dela foi maravilhosa e a sua presença durante os trabalhos foi inspiradora. (Uma funcionária admiradora de Meg).

— Afinal, podemos dizer que ela é a responsável pelo lindo o trabalho que conseguimos realizar. (Outra funcionária).

— A presença da senhora Meg será um prazer para todos nós. (Raj, não escondendo o interesse em Meg).

— Só vou permitir que a mamãe faça a apresentação porque sou obrigada a comparecer por ser presidenta da empresa e ficarei ao lado dela o tempo todo. (Koya, cedendo aos pedidos insistentes dos funcionários e do vice-presidente).

Koya consegue convencer sua mãe e aproveita para dar uma bronca em Oaky.

— Mãe, lamento, mas como não participei dos trabalhos não tenho condições de apresentá-lo, por isso vou pedir que a senhora faça um esforço e apresente-o, por favor. (Koya).

— Acho que a mamãe não precisa ir a essa apresentação. Está tudo pronto e eles têm condições de apresentar o trabalho. (Oaky).

— Ah, é mesmo, Oaky? Agora você quer poupar a nossa mãe, mas soube chantageá-la para realizar o trabalho. (Koya)

— Se você quer, irei, filha. Você, agora, é a minha guardiã. E não precisam se estressar por isso. Estou feliz em poder ajudar. (Meg, acatando, com candura, as decisões de Koya).

— Mãe, todos eles a amam e querem homenageá-la com esse gesto. Só concordei porque estarei ao seu lado. (Koya).

— Está bem, filha. Entendo que não posso me furtar a esse compromisso e decepcionar nossos colaboradores que tanto esforço fizeram para transformar uma ideia complicada e compor esse lindo trabalho. (Meg).

— Posso ir também, querida maninha? (Oaky, zoando sua poderosa irmã).

— É o mínimo que espero de você. (Koya, zangada com seu irmão).

— Perdoe seu irmão, filha. Adorei fazer esse trabalho e fui muito bem tratada por todos os funcionários. (Meg).

— Vou perdoá-lo dessa vez, mas pense melhor antes de expor a mamãe sem necessidade. (Koya, superprotetora).

— Não se preocupem comigo. Estou bem crescidinha e sei me cuidar. E o George também estará lá. (Meg, finalizando).

É incrível como a presença de George fortalece Meg, que continua tendo muito carinho por ele.

Ela comparece à cerimônia acompanhada pelos familiares e amigos, e Koya fica ao seu lado na mesa por ser a presidenta da empresa, junto aos principais contratantes. Na plateia, os representantes da cidade-sede dos jogos, todos os funcionários da OK – Propaganda & Marketing e grande parte da imprensa mundial, interessada na divulgação do logotipo projetado por Meg, que ainda é lembrada como uma criadora genial. Vários anunciantes que patrocinarão os jogos, interessados em contratar a empresa OK – P&M, também se fazem presentes.

— Mãe, corrija sua postura. Está curvada como uma velha. (Koya, falando com o canto da boca para disfarçar).

— Mas estou velha! (Meg, respondendo baixinho).

— Não está. E não se comporte como uma. Seja elegante como sempre foi e me ensinou a ser. (Koya, impondo-se).

— Sinto falta de seu pai ao meu lado. Mas você tem razão, minha filha. (Meg, aceitando humildemente a reprimenda de Koya).

Depois que Sam faleceu, Meg começou a apresentar sinais típicos da idade, parecia que parte dela tinha partido com ele. Quando se levanta, faz-se um profundo e respeitoso silêncio, depois ela cumprimenta as pessoas presentes e começa seu discurso com lembranças íntimas e pessoais, quase poéticas, que emocionam a plateia.

— Cinco é um número mágico para mim, pois me lembra das orquídeas que têm cinco pétalas e que testemunharam o início de um grande sonho. Um sonho de amor que transformou a minha vida e libertou a minha criatividade, afastando todos os medos de fracassar e me fortalecendo na caminhada pela vida.

Lembranças da noite mágica do primeiro encontro amoroso com Sam, seu grande e inesquecível amor.

Talvez, por não ter preparado um discurso por escrito, ela é tomada pela emoção e faz uma rápida pausa para conter as lágrimas, e continua após os aplausos e sob o olhar atento de Koya.

— A cada Olimpíada penso que a humanidade renova o desejo de paz, muito mais do que na passagem de ano, pois nessa data os povos comemoram separadamente, e nos jogos olímpicos a comemoração é uníssona, conjunta, no mesmo momento mágico e contraditório de disputa e de confraternização.

Mais uma pausa para inspirar profundamente. Novamente é aplaudida e, então, começa a falar sobre um novo símbolo.

— Nossa intenção foi mostrar, com essa figura, que a humanidade é única, pois as pequenas partes que ficam de fora, como pontas, representam as pequenas diferenças de cada povo, de cada nação. Elas representam as diferentes cores, as diferentes crenças, os diferentes costumes que cada povo tem e que constituem a autêntica riqueza das nações, com suas músicas, danças, vestimentas características, idiomas, comidas tradicionais e bebidas típicas.

Os aplausos interrompem seu discurso.

— Se nos esforçarmos, podemos imaginar esse poliedro como uma estrela, que é, justamente, o que significa cada atleta. Estrelas que iluminam o que de melhor existe no ser humano: a tentativa de superação de seus limites e a busca por recordes, mostrando-nos imagens espetaculares do que o ser humano é capaz de fazer nos esportes e, porque não, na vida. Os atletas, mulheres e homens maravilhosos, mostram um mundo melhor para todos, pois vencedores e vencidos não se tornam inimigos, pelo contrário, muitos se tornam amigos para sempre.

Novamente, ela é interrompida com aplausos esfuziantes.

— Posso acrescentar que esse símbolo pretende representar a união da espécie humana em torno de um ideal maior, o ideal de que os adversários convivam próximos, ainda que com árduas disputas, mas sem se tornarem inimigos. Por isso ele é composto por cubos intimamente entrelaçados, com grande parte de seu volume se fundindo em seu interior

Koya, preocupada, observa sua mãe, que mesmo emocionada, continua seu discurso.

— Se todos podem se reunir numa cidade durante os jogos olímpicos, então por que devemos ter cidades, países ou continentes proibidos? Cidades ou países cercados por muros? Desejo que esse símbolo inspire a humanidade a tornar-se una. Que traga a consciência de que, no íntimo, somos todos iguais. Iguais na alegria das vitórias, na tristeza das derrotas, na dor perante a doença, no desespero das guerras, no luto perante a morte ...

A voz de Meg fica embargada ao lembrar da morte de Sam e ela faz uma parada estratégica, toma um gole de água para se recuperar, enquanto os espectadores aplaudem-na.

— Como os atletas fazem, também podemos competir, mas sempre com lealdade e respeito, sem arrogância pautada numa suposta supremacia equivocada, pois inexistente.

Mais aplausos.

— Mais importante do que sair com muitas medalhas é levar o sentimento de dever cumprido pelo esforço empregado e orgulhosos por terem representado seus países. Os atletas lutam por medalhas, mas sem serem inimigos, assim como todos deveriam lutar por um mundo melhor.

Meg conclui o discurso com uma mensagem de esperança.

— Não podemos e nem devemos ser iguais em certos aspectos, pois isso tornaria a vida muito monótona e a natureza não nos quer assim. Somente os animais mantêm padrões, quase imutáveis, por todas as gerações. A diversidade de cores, crenças e costumes é que nos faz seres humanos. Imaginem um mundo com a mesma música, os mesmos gostos, as mesmas tradições, as mesmas crenças, a mesma língua, a mesma bandeira... Nem mesmo o "mundo da moda" pretende vestir todos iguais, por essa razão a moda muda o tempo todo. A igualdade é atingida quando nos respeitamos, respeitando as diferenças dos outros. E para nos respeitarmos é preciso nos conhecermos e, portanto, como nos jogos olímpicos, as fronteiras deveriam permanecer abertas. É lamentável que atletas refugiados precisem participar dos jogos olímpicos como párias. Isso deveria envergonhar a todos nós e não deveria mais acontecer.

Outra vez, Meg é aplaudida.

— A mistura de todas as cores resulta na cor branca, que simboliza, acertadamente, a paz. Somente quando nos misturamos é que podemos experimentar o verdadeiro significado da paz. Nós temos que conseguir isso antes que seja tarde! Para finalizar, quero dizer que é grande o meu desejo de ver a humanidade unida, em paz e feliz. Tenho certeza de que, em breve, a espécie humana construirá um novo mundo, uma nova civilização, pois esse é o inescapável destino da humanidade, como num poliedro de cinco cubos, entrelaçados. Viver neste planeta, dele retirar o sustento e a riqueza que ele nos oferece e que deve ser compartilhada com todos e não acumulada por poucos. Muito, muito obrigada! (Meg, concluindo sua apresentação).

Foi um discurso emocionante, como sempre, e o mais longo que Meg fez. Ela foi aplaudida por vários minutos por uma plateia emocionada que, depois, assistiu à apresentação de diversas vinhetas e outros materiais preparados pela equipe.

— Mãe, você falou demais. Pensei que não fosse mais parar. (Koya, repreendendo sua mãe).

— É, filha, passei dos meus limites. Acho até que cansei as pessoas com palavras demais. Espero que me perdoem. (Meg, com sábia submissão, segurando as mãos de sua filha).

Mas as palavras de Meg não cansaram as pessoas, ao contrário, causaram grande emoção, tocando o coração de todos que ali estavam e a aplaudiram repetidas vezes durante seu discurso e que, após verem o material, entenderam, em sua plenitude, as intenções dessa mulher genial.

— Me perdoem por ter falado demais. (Meg, dirigindo-se aos que a cumprimentavam).

— Nada tem a ser perdoado, senhora Meg. Seu discurso foi brilhante. (O chefe da delegação contratante).

— Meus parabéns! Suas palavras acalentam em nós a esperança de dias melhores para a humanidade. (Um dos contratantes).

— Seu trabalho ficou maravilhoso! Parece o prenúncio de um novo tempo, de uma era de paz e amor entre os humanos. (Uma mulher da delegação contratante).

— Precisamos de muito mais pessoas com a sua fé na humanidade. (Uma jornalista).

— Suas palavras foram palavras proféticas. (Um repórter).

— Muito obrigada a todos pelo carinho. Agradeço muito o esforço da maravilhosa equipe desta empresa. (Meg).

A criação da empresa OK – Propaganda & Marketing é prontamente aceita e Meg é aclamada como criadora de um logotipo cheio de simbologias e significados muito além dos jogos olímpicos.

Meg continua exercendo um grande fascínio sobre as pessoas pelo seu poder de criação e por sua inteligência emocional. Nesses momentos, sua beleza renasce e seu rosto fica iluminado, parecendo uma fada.

Koya ficou aliviada com o término da apresentação e feliz com a constatação de que sua mãe está bem. E Oaky ficou feliz por ter insistido, mediante uma chantagem emocional, para que ela participasse do projeto.

Nicole contempla com carinho a serenidade de sua sogra, a quem considera uma segunda mãe.

James, cada vez admirando mais sua sogra, sabe que pode contar com ela para prosseguir em suas pesquisas.

Michael vê em sua avó fonte constante de inspiração para o trabalho e para a vida.

As palavras de Meg também foram inspiradoras para Rachel, que se decide por fazer filantropia fora do país, contrariando a vontade da família, projeto que havia adiado.

Kayo, com 14 anos, fica muito impressionado com o discurso de sua avó e fala com ela várias vezes sobre esses temas, decidindo-se por cursar Direito.

George continua como uma sombra observadora e protetora de sua fada madrinha, e Lilly, uma grande admiradora e companheira de todas as horas.

Raj quase não consegue esconder que se apaixonou por Meg.

— Mais uma vez, muito obrigado, senhor Oaky. Sem o brilhantismo da senhora Meg não teríamos tanto sucesso. Que ideia maravilhosa ela nos sugeriu e que discurso apaixonante! Sua mãe é uma mulher fantástica, incrível, maravilhosa, além de... muito linda. Por favor, desculpe-me, mas estou muito... impressionado. (Raj).

— Não se desculpe, Raj! Não disse nada que não tenha ouvido repetidas vezes. (Oaky).

A grande repercussão do trabalho apresentado pela OK – Propaganda & Marketing trouxe resultados imediatos, fazendo com que a procura pela empresa aumentasse tanto que vários trabalhos tiveram que ser recusados.

— Senhora Koya, se pudéssemos contar com a criatividade da senhora Meg, nossos trabalhos atingiriam um nível de excelência incomparável. (Raj).

— Senhor Raj, a mamãe não é do ramo de publicidade e já trabalhou muito em sua vida. Ela contribuiu apenas por insistência de meu irmão. (Koya, desconfiando de tanto interesse de Raj pela sua mãe).

— Foi um prazer colaborar com todos, Raj, e muito obrigada por toda a atenção e o carinho que dispensaram a mim. (Meg, sempre gentil e agradecida por tudo que recebe).

— Senhora Meg, o que deseja como pagamento pelo seu brilhante trabalho? (Raj quer continuar conversando com Meg).

— Sugiro que parte do lucro seja doado aos atletas sem pátria, se a presidenta concordar. (Meg, olhando para sua filha).

— Vamos conversar sobre os detalhes em outra oportunidade, mas é claro que concordo. (Koya, finalizando).

— Espero que seja breve. Passe muito bem, senhora Meg. (Raj, com esperanças de um novo encontro com Meg).

— Passe bem, Raj. E boa sorte! (Meg, com um sorriso discreto).

Um novo símbolo, novos caminhos num novo horizonte, um novo tempo inicia-se para essa poderosa família.

É o prenúncio de uma nova saga para esse poderoso clã.

O DIA SEGUINTE

Como normalmente fazem, após um evento envolvendo a família, eles se reúnem para comemorar ou comentar os acontecimentos. Na casa onde mora, com a presença dos familiares, Koya aborda um assunto preocupante.

— Foi impressão minha ou o Raj estava assediando a mamãe? (Koya, falando com Oaky e Meg ouvindo).

— Ele é só um cavalheiro muito gentil e agradecido pela ajuda que dei para esse trabalho. (Meg percebe a preocupação de Koya e tira onda com ela).

— Aposto que ele gostaria que a senhora desse bem mais do que ajuda. (Koya, insinuante).

— Talvez ele pense que sou muito para a bolinha dele. (Meg, tripudiando).

— Não vai nos dizer que gostou dele! (Koya).

— Ele é mais novo do que a senhora. (Oaky).

— Isso é preconceituoso e muito feio, Oaky. (Meg).

— É meu empregado! (Koya, espantada).

— Mais preconceito! Não foi isso que ensinamos a vocês. (Meg se diverte, contidamente).

— Não é preconceito. Só não entendo ter um empregado como padrasto. (Koya, com mais argumentos).

— Pode ser uma experiência bem interessante. (Meg continua escandalizando seus filhos).

— Mãe! (Oaky e Koya, em uníssono, surpresos).

Com caras de assustados, Oaky e Koya ouvem Meg começar um discurso estranho, enquanto James, Nicole, Michael, Rachel e Kayo assistem à discussão, aguardando o desfecho.

— Ah! Antes que me esqueça, Oaky, avise ao Raj que a mamãe não está interessada nele. (Koya, reagindo).

— Quem disse que não estou interessada? (Meg surpreende e apavora seus filhos).

— MÃE! (Koya, escandalizada).

— Talvez ele desvende os mistérios da Índia para mim. Adoro o Taj Mahal, é a arquitetura em nome do amor. (Meg).

— Mãe, você está bem? (Oaky, surpreso).

— Ainda não morri. (Meg continua zoando seus filhos).

— Vou ter um infarto! Chamem os paramédicos! (Oaky joga-se na poltrona).

— Mãe! Você enlouqueceu ou quer nos enlouquecer? (Koya).

— Que maneiro! (Kayo se arrisca num pitaco).

— A senhora só pode estar de brincadeira. (Oaky).

— Vou mandar esse cara trabalhar na Antártica vendendo gelo para os pinguins. (Koya).

— Oh, que legal! [Ha ha ha]. (Kayo se manifesta novamente).

— Kayo, ainda não pediram a sua opinião. (James, repreendendo seu filho).

— Ai! É tão divertido vê-los com essas carinhas de assustados. [Ha ha ha]. (Meg se diverte).

— Sinto-me responsável por isso. Nunca vou me perdoar. (Oaky, que o apresentou para sua mãe).

— Se esse cara tocar na mamãe nem sei o que sou capaz de fazer. (Koya, antevendo o pior).

— Se ele tocá-la será com a permissão dela, e se ela quiser ninguém a impedirá. Você conhece a nossa mãe! (Oaky).

— Sei. Só não acredito que a mamãe se apaixonou por ele. É insano! (Koya).

— E se alguém me tocar será exatamente quando e como eu quiser. (Meg, séria, lançando a gota d'água).

— O quê?! (Koya e Oaky, estupefatos, falam juntos).

— Teremos que interná-la para que recupere o bom senso. (Koya, desesperada).

Nicole aproveita a perplexidade de todos e faz uma interferência oportuna.

— Oaky, meu amor, sua mãe tem o direito de ser feliz. (Nicole, ponderando e abraçando carinhosamente Oaky).

— Você tem razão, Nicky. Não estamos raciocinando. Estamos sendo egoístas e agindo emocionalmente. (Koya).

— Não temos o direito de impedir a sua felicidade, mamãe. (Oaky).

— Vocês realmente acreditam que me apaixonei pelo senhor Raj? (Meg, pondo todos em xeque).

— É o que está parecendo, mãe. (Koya, quase a ponto de chorar).

— Somente seu pai tinha braços suficientemente grandes para me abraçar e fortes o bastante para me segurar...

Meg não consegue prosseguir, tomada pela emoção.

— Perdoe-nos, por favor, mãezinha. (Koya começa a chorar, abraçando sua mãe).

— Estamos sendo muito egoístas e insensatos. (Oaky, voltando à realidade).

— Só queremos te proteger de desilusões... (Koya).

— Eu sei, meus filhos, por isso amo cada vez mais vocês e todos da nossa família. (Meg, abraçando seus filhos).

— Oh, vozinha querida! Vou cuidar de você. (Kayo, com carinho, beijando Meg).

— Te amo, Kayo. Que família maravilhosa nós somos! (Meg, finalizando).

A AVÓ

Dias depois, o assédio da mídia com relação a Meg, pela criação daquele símbolo, diminui, e Koya, acompanhada de James, Michael, Rachel e Kayo, vão visitá-la em seu apartamento e aproveitam para jantar com ela.

— Boa noite, vovó! (Kayo, abraçando-a carinhosamente).

— Boa noite, meu amorzinho! (Meg, retribuindo o carinho).

— Boa noite, mamãe! Como você está? (Koya).

— Muito bem. E vejo que todos estão muito bem e com fome, com certeza. (Meg).

O jantar estava preparado, pois Koya avisou-a e pediu que a acompanhante providenciasse tudo.

— Vamos, o jantar está pronto. (Meg, convidando-os para a mesa).

— E pelo cheiro deve estar delicioso. (Koya e seu famoso nariz).

— Então vamos porque estou com fome. (Kayo).

— Perdoem-me. Talvez a comida de sua mãe seja melhor. (Meg).

— Por que, vovó? (Michael).

— Porque ela consegue que vocês se tornem cada dia mais bonitos. (Meg).

— Muito obrigada, vovó. E a senhora está mais linda do que sempre. (Rachel).

— Sente saudades do Raj, vovó? (Kayo, zoando).

— Claro! Ele é uma pessoa muito inteligente, simpática e amável. (Meg aproveita para provocar Koya).

— Mãe! Pensei que esse assunto estivesse superado. (Koya, contrariada).

— Oh! Quase me esqueci de que você fica mais bonita quando está zangadinha. [Ha ha ha]. (Todos riem, menos Koya).

— E para que tantos elogios? (Koya, com ciúme).

— Se ele não tivesse essas qualidades você não o teria nomeado vice-presidente da empresa. (Meg).

— Então não me leve a destituí-lo. (Koya reage).

— Suplico que não faça isso, filha. Ele é um... excelente administrador. (Meg, maliciosamente).

— Mãe! Mais elogios? Vamos mudar de assunto antes que me aborreça com você. (Koya fica sem saída).

— Perdão perguntar, mas o senhor Raj tentou algum contato com a senhora? (James voltou a tratá-la formalmente após Meg ficar viúva).

— Lamentavelmente não. Ele é um cavalheiro, está esperando pela minha iniciativa. (Meg, insinuante).

— Não acredito! Você sabe mesmo ser irritante quando quer! (Koya, perdendo o controle).

— Sua reação demonstra respeito pela memória de seu pai e seu amor por mim. Me sinto tão feliz. (Meg).

— Vovó, todos nós te amamos muito. (Michael, interferindo com a intenção de finalizar a discussão).

Como num desagravo, Koya abraça e beija sua mãe e aproveita para cheirá-la.

Meg percebe a manobra de sua filha e começa a rir.

— [Ha ha ha ha].

— Do que está rindo, mamãe? (Koya, sem entender em que está a graça).

— Então quer saber se estou no cio, filha? (Meg pergunta para Koya, que fica encabulada).

— Não... Não é isso. Só estava com saudades do seu cheiro. (Koya não consegue disfarçar).

— Filha! Não entro mais no cio. Passei da idade. (Meg).

— Isso não se faz, meu amor. (James).

— Mas a mamãe está com cheiro diferente. Eu senti... (Koya, tentando se justificar).

— Mãe! Pare com isso. (Michael, sentindo-se constrangido pelo assunto).

— Diferente como? (Questiona Meg).

— Não sei. Mas a Rachel disse que você está mais linda... (Koya).

— Estou usando os perfumes que você fabrica. São poderosos! (Meg não dá tréguas).

O assunto traz à lembrança de Koya a confissão que fez para Oaky sobre ter transado com uma modelo. Ela pensa que talvez consiga identificar os aromas do amor. Logo seus pensamentos são interrompidos por um comentário que Kayo faz.

— A vovó tá muito feliz. (Kayo).

— Tem razão, meu netinho querido. A preocupação da sua mãe comigo me deixa muito feliz.

— É a forma da cunhada demonstrar que a ama, senhora Meg. (Nicole).

— Sei! E alguém já disse que toda a forma de amor vale a pena. (Meg).

— Nisso todos concordam. E espero que também concordem comigo, pois estou com muita fome. (James).

— É isso! Vamos comer. Estou faminto. (Kayo).

Todos imaginam que o assunto Meg e Raj esteja superado e sem sequelas.

Após o jantar, eles se reúnem na sala de estar para saborear a sobremesa e Rachel, entusiasmada com seu curso de Medicina, fala sobre as pesquisas de seu pai, as quais tenta acompanhar na medida do possível.

— As pesquisas que o papai vem fazendo sobre vacinas contra o câncer estão progredindo muito, vovó. (Rachel).

— Conversamos frequentemente sobre isso. Seu pai é muito inteligente e seu esforço o levará ao sucesso. (Meg).

— Obrigado, senhora Meg! Sua contribuição está sendo decisiva, pois parece que a matemática pode desvendar todos os segredos da natureza. (James, agradecido).

— Você sempre gentil, James. Mas às vezes, a natureza não quer ser revelada e impõe muitas dificuldades. (Meg).

— Entendo. Porém algumas raras vezes descobrimos soluções cujas consequências podem ser assustadoras. (James).

— Isso é um sinal de sabedoria. Devemos ter cuidado com as descobertas e mais ainda com suas aplicações. (Meg).

Kayo é o mais curioso e escuta atentamente tudo o que dizem, como sua mãe fazia quando criança.

— Por que o ser humano quase sempre aproveita as descobertas no sentido de produzir o mal? (Rachel).

— Talvez o mal dê mais lucros. (Michael, falando como administrador).

— E por que muitas pessoas não alcançam os maiores e melhores avanços da medicina? (Rachel insiste).

— Porque todo o progresso, ao menos inicialmente, é excludente. (Meg, com uma lucidez invejável).

— Pode ser cruel, mas os avanços e o progresso são reservados a quem pode pagar por eles. (Michael).

— Os últimos a usufruírem são justamente os mais pobres e que mais necessitam. (Rachel).

— Nossas pesquisas estão sendo custeadas pela família. Se conseguirmos êxito peço a permissão para tornar nossas descobertas de domínio público. (James).

— Você vai conseguir, meu amor. (Koya).

— Com certeza! Todos nós acreditamos na sua competência e apoiamos sua iniciativa. (Meg).

— Quem quiser produzir as vacinas terá que destinar parte da produção para pessoas carentes. (James).

— James! Minha filha teve muita sorte em encontrar uma pessoa tão inteligente, dedicada e carinhosa quanto você. Ela encontrou um grande homem. (Meg).

— Muito obrigado, senhora Meg. Sinto-me lisonjeado. (James).

— Te amo, James Jimmy. (Koya, apaixonada).

— O papai é o maior! (Kayo, orgulhoso de seu pai).

— A sugestão do papai vem ao encontro das minhas expectativas filantrópicas. (Rachel).

— Afinal, para que serve a riqueza que acumulamos? Ninguém pode ser plenamente feliz se a miséria começar a bater em nossa porta. (Meg, filosofando).

A visita se torna uma reunião informal e Meg continua sendo o centro das atenções onde quer que esteja. E quando em família, todos aproveitam para aprender com suas sábias palavras.

— A sua sabedoria ilumina todos nós, vovó. Diga-nos por que um ser tão inteligente é, ao mesmo tempo, o mais cruel de todos os seres vivos conhecidos?

Rachel, com a intenção de preparar a família para sua ideia de fazer filantropia fora do país, encaminha o assunto para questões polêmicas.

— Meus amados, existe uma besta dentro de cada um de nós. (Meg assusta com este comentário).

— O que é isso, vovó? (Kayo, sem entender o que sua avó disse).

— É um tipo de comportamento brutal e insano que somente os seres humanos são capazes de ter. (Meg).

— O que nos leva a agir assim, de maneira tão desumana? (Rachel).

— A inteligência do ser humano o torna capaz de planejar ações terríveis, o que os animais não conseguem fazer. (Meg).

— Mas qual a motivação para tantas barbáries ultimamente noticiadas? (Michael).

— São muitas as razões que levam os seres humanos a agirem assim. Nomear apenas uma seria muito simplório. (Meg).

— A falta de oportunidades de emprego por causa da automação e da robotização cada vez em mais atividades, por exemplo. (James).

— A administração pública tem grande responsabilidade sobre o rumo da história. (Michael).

— A descrença nos poderes constituídos é um fator que desestimula a iniciativa privada. (Koya).

— A impunidade de governantes que se corrompem por dinheiro ou pela perpetuação no poder. (Rachel).

— A diplomacia também nada resolve quando nações estão prestes a entrarem em conflito. (Michael).

— Construímos esperanças em torno de curas milagrosas muitas vezes descrendo do poder da ciência. (James).

— Viveremos tempos muito difíceis se essas bestas se exaltarem por qualquer razão. (Meg com premonições).

— O homem é o único ser capaz de amar e de odiar, e o ódio insano faz dele uma besta assustadora. (Koya).

Kayo ouve o que todos dizem com um olhar de preocupação e se manifesta.

— Como pode existir tanto ódio dentro do único ser capaz de amar? (Kayo).

— Amor e ódio são faces indissociáveis do mesmo sentimento. (James).

— Contudo ninguém consegue ser totalmente mau ou absolutamente bom. (Koya).

— Não há nada pior do que alguém profundamente ferido em seus sentimentos. (Michael).

— Em razão disso, o ser humano não se animaliza, ele se bestializa e planeja a vingança. (Meg).

Todos percebem o clima sombrio que se estabeleceu com a conversa e Meg tenta amenizá-lo.

— Somos capazes de planejar o mal, mas podemos decidir não fazê-lo, pois nos é dado o livre arbítrio. (Meg).

— Tudo isso é tão ruim! (Kayo, não gostando do assunto).

— Desculpe-nos, filho. O assunto é mesmo muito desagradável. (Koya, abraçando Kayo).

— Sou a responsável, pois provoquei esse assunto. (Rachel).

— Desejamos que essas bestas nunca nos vençam, mas devemos estar atentos e preparados. (Meg).

— Bem! Penso que está na hora de irmos para casa e deixar a mamãe descansar. (Koya, encerrando o assunto e percebendo o cansaço de sua mãe, convida todos a se retirarem).

— Adorei a visita de vocês. Apareçam sempre que tiverem vontade... ou algum trabalho de marketing. (Meg, provocando a ira de Koya).

— MÃE! Por favor, pare de tentar me irritar. (Koya quase se exalta).

— Tenha uma boa noite, vovozinha! (Kayo, beijando-a com carinho).

— Boa noite, vovó. (Rachel dá um demorado abraço em sua avó).

— Boa noite e obrigado pelas suas sábias palavras. (Michael).

— Sempre aprendemos muito com a senhora. Obrigado pela ajuda que tem nos dado. Boa noite. (James).

— Boa noite e durma bem, mamãe. (Koya).

— Boa noite a todos. Dormirei com vocês em meu coração. (Meg, visivelmente cansada).

Uma família poderosa e feliz, mas a noite é amiga dos nossos maiores temores e a escuridão tem o condão de abrir o portão dos nossos piores pesadelos e transformá-los em pressentimentos agourentos. Talvez, as pessoas que costumam passar as noites se divertindo o façam para fugirem da escuridão de suas vidas, sem a luz de um amor verdadeiro.

Meg, cansada, mas agitada pelo tema abordado, convida sua cuidadora para um chá relaxante e depois se retira para seus aposentos, onde encontra disposição para ler um pouco antes de dormir.

O GRANDE ENCONTRO

Poucos anos depois, mais uma vez a casa de encontros torna-se a casa dos grandes encontros. Nas horas difíceis, nos momentos felizes, enfim, grandes decisões ali são tomadas.

Todos ainda se lembram do grande sucesso que o símbolo criado por Meg para a Olimpíada atingiu e notam que ela está reagindo bem, dentro do possível, à perda de seu grande amor, Sam.

— Senhora Meg, sua criação foi mais do que um símbolo para a Olimpíada, foi uma mensagem de esperança e fé na espécie humana. (James).

— Obrigada, James. Parece que todos entenderam as intenções ao sugerir aquela imagem. (Meg).

— Sua ajuda na Mecânica dos Genes também tem sido inestimável. Muito obrigado. (James).

— Só fiz a parte fácil. Toda a mão de obra será de vocês para tabularem os dados necessários e depois testá-los. (Meg).

Mas a pretensão de Koya, nesta ocasião, é outra.

— Parabéns, Kayo. Fiquei sabendo que está cursando a faculdade de Direto. (Walter, filho de Billy e Lucy).

— Muito obrigado, Walter. (Kayo, com apenas 16 anos, ingressa na universidade).

— Parabéns! Acho que agora não poderá continuar acompanhando sua mãe nas empresas para não atrapalhar seus estudos. (Lucy).

— Obrigado. Mamãe também pensa assim, e se perceber que está me prejudicando terei que parar. (Kayo).

— Só falta ele me pedir a presidência das empresas. (Koya, entre feliz e preocupada, falando das intenções de seu filho).

— Isso seria uma loucura, mas você está trabalhando muito e sabe disso. (James, dirigindo-se a Koya).

— Papai tem toda a razão. (Michael).

— Parece que muito em breve nossas empresas voltarão para mãos masculinas. (Meg, lembrando que foi a primeira presidenta a comandar o grupo de empresas da família, que era presidido por seu pai, Hugh).

— Penso que as mulheres foram feitas para tarefas mais nobres, vovó. (Kayo, cativando todas as mulheres presentes).

— Que tarefas, Kayo? (Billy, com idade avançada).

— A mais nobre tarefa reservada aos seres humanos: amar e ensinar os homens a amar. (Kayo, com uma resposta contundente, apesar da pouca idade).

— E para que a humanidade possa se humanizar. (Michael, com um complemento à altura).

— Amar sem olhar as diferenças é o que nos tornará iguais. (Rachel, expondo seu pensamento filantrópico).

— Ainda bem que vocês são meus netos. (Meg, orgulhosa da educação e do pensamento de seus netos).

Desta feita, a casa reúne o que ainda resta da família e alguns amigos mais íntimos para a despedida de Rachel, que apesar dos inúmeros e insistentes apelos, decide partir para o Oriente Médio, junto aos Médicos Sem Fronteiras, para seguir o seu destino de prestar ajuda humanitária.

Koya tentou reunir o maior número de parentes e amigos para tentar demover Rachel de fazer filantropia em regiões muito conturbadas e perigosas do mundo, como África e o Oriente Médio.

— Pensei muito, muito mesmo, e quero dizer que amo todos do fundo do meu coração. (Rachel, fazendo rodeio).

— Diga logo que vai nos abandonar, filha. Chega de subterfúgios. (Koya, muito magoada com a decisão de sua filha).

— Dito assim parece que estou partindo para uma guerra, mãe. (Rachel).

— E não é? É a sua guerra contra a insensatez, a brutalidade e...

Koya não consegue continuar e começa a chorar, contidamente.

— Calma, minha filha. Cada um tem o direito de seguir o caminho que escolhe. (Meg, tentando confortar Koya).

— Nós todos sabemos que esse caminho é perigoso e...

Sem se conter, Koya segue chorando, sendo abraçada por Meg.

Rachel também abraça e beija sua mãe e faz um discurso de despedida, emocionante.

— Só quero ajudar as pessoas que não tiveram a mesma sorte que eu. Perdi uma mãe que nem cheguei a conhecer e ganhei a melhor mãe do mundo. Considero-me a pessoa de maior sorte. Sou amada pela minha família por um amor que só existe em romances, mas esta é a vida real e é a minha vida. Não sei o que fazer para retribuir tanto amor e carinho que tenho recebido todo esse tempo. Sei que há muito tempo nossa família faz doações para instituições que ajudam os que mais precisam. Isso me serviu de inspiração e reforça, ainda mais, a minha intenção de ajudar de uma forma mais presente aqueles que precisam. Não optei por Medicina para enriquecer nem me decidi por fazer filantropia para me tornar famosa. Só quero tentar diminuir o sofrimento das pessoas que muito pouco ou nada possuem. Não sei por que, mas preciso ajudar as pessoas para me sentir útil e viva. (Rachel).

— Não vá! Prove que nos ama... (Koya insiste).

Pressentimentos de mãe são inexplicavelmente poderosos.

— Preferia que você ouvisse sua mãe, Rachel. (James, emocionado pelas lágrimas de Koya e com a partida de sua filha).

— Oh, papai! Essa é a minha vocação. Vou em busca do meu... destino. É algo que preciso fazer para me realizar como pessoa. (Rachel).

— Saiba que terá todo nosso apoio enquanto estiver longe de nós e tudo faremos para que seja muito feliz. (Meg, tentando amenizar as tensões e consciente de que será impossível demover Rachel de sua nobre intenção, ou de seu inevitável destino).

— Obrigada, vovó! Te amo! (Rachel).

— Parece até que nunca mais nos veremos... (Michael, muito emocionado).

— Estaremos sempre torcendo por você. (Nicole).

— Mana, te amo e preciso de você, que sempre cuidou muito bem de mim. (Kayo).

— Nossas vidas ficarão tão vazias sem a sua presença... (Koya, quase suplicando para sua filha).

— Volte para nós o mais breve possível. (Lilly).

— Desejo-lhe toda a sorte do mundo nessa jornada por caminhos tão perigosos. (Lucy, que conhece bem o Oriente Médio e seus perigos).

— Tanto quanto possível, estaremos atentos à sua segurança, mas deveremos ser muito discretos, pois naquele país o governo é corrupto e os grupos terroristas não temem represálias. (Billy).

— Por certo, os anjos a protegerão. (George, com carinho).

— Eu voltarei. Prometo. (Rachel, como todos, muito emocionada).

FIM

Algumas histórias não deveriam continuar, mas a vida segue seu rumo e as pessoas, as suas escolhas.

27/03/2017 – 10/05/2018

PODEROSOS VIII

Podres Poderes

Meg encantou o mundo com sua beleza e inteligência. Sua linda filha Koya tornou-se uma lenda pela sua determinação e pelo arrojo nos negócios. Há, ainda, seu charmoso filho, Oaky, um gênio recluso, e seu amoroso e carinhoso neto, Kayo, um mistério. O poder azul cresce e conhece os podres poderes.

HISTÓRIA COM GEORGE

— Sinto tanto não poder fazer mais para ajudá-los, Carl. (Meg, conversando com Carl, enquanto visita George, que está hospitalizado em estado grave).

— Sei, senhora Meg, e agradeço-lhe muito. O seu carinho pelo meu pai é o bastante. (Carl).

— Quero que saiba que amo o seu pai. Considerava-o o irmão que nunca tive. (Meg).

— Ele sempre os considerou a única família que conheceu. (Carl).

— Preciso tanto dele ao meu lado, Lilly. (Meg).

— Ele é muito feliz pelo tratamento que recebe da sua família e, especialmente, de você, Meg. (Lilly).

— Talvez tenha sido o melhor presente que papai me deu. Papai amava-o como a um filho. (Meg, referindo-se a Hugh).

— Seu pai era um homem justo e sábio. (Lilly).

Lilly não se afasta dele um instante, sequer. Todos estão muito entristecidos, pois sabem que George tem poucas chances de sobreviver, pois seus pulmões sofreram graves lesões com um punhal e bala de revólver.

George, com 75 anos, falando com dificuldade, faz uma espécie de despedida, pois sente que seu momento final aproxima-se.

— Lilly, quero que saiba que fui muito feliz com você. Obrigado pelo filho que nos deu. (George).

— Meu amor... Te amo, te amo. (Lilly, emocionada).

— Carl, obrigado pelo filho maravilhoso que você é e continue cuidando de sua mãe. (George).

— Papai, papai... Te amo ... (Carl não consegue falar, impedido pela emoção).

— Senhora Meg, sinto muito, mas acho que... vou partir. Perdoe-me por algo que tenha feito ou...

— Pare, George, por favor, pare! Você não tem que se desculpar por nada. Você sempre foi meu anjo protetor, meu melhor amigo! O que mais uma pessoa pode ser? Meu grande amigo, eu te amo... (Meg começa a chorar).

Amigos não escolhemos, apenas mantemos.

Dois dias depois, George morre por complicações de uma pneumonia que o levam a uma insuficiência respiratória, após ficar três dias internado num hospital onde tudo o que era possível foi feito, mas a morte não poupa nem as sombras benévolas.

Meg sente muito a perda de seu segurança, anjo protetor, amigo e sombra, mas ainda assim tenta consolar Lilly.

— Lilly, sinto muito. (Meg).

— Sei, Meg. Ele amava muito você. Sinto-me perdida. (Lilly).

— Não sei como viverei sem os homens mais importantes da minha vida. (Meg).

— Você tem seus filhos, netos, genro e nora Meg. Não pense assim. (Lilly).

— É verdade, Lilly. Não posso entristecê-los mais do que estão com a minha tristeza. (Meg).

— Meus sentimentos, Lilly. Conte sempre conosco para tudo o que precisar. (Koya).

Antes de Lilly dar o último adeus para George, Meg pede licença para aproxima-se sozinha do caixão e, enquanto dá um último beijo naquele rosto que sempre a observou com respeito, carinho e dedicação, ela cochicha alguma coisa em seu ouvido, parecendo fazer uma longa oração, como se o falecido pudesse ouvi-la.

— George, vá em paz e me faça um último favor. Por gentileza, diga ao Sam que não vou me demorar. A saudade não permite que eu fique por aqui mais tempo e ninguém sobrevive sem a sua sombra. Em breve estarei com vocês outra vez. Diga a ele para deixar a porta aberta. Vou entrar sem bater. Te amo! (Meg).

Todos os amigos e admiradores comparecem ao velório. Meg, Oaky, Nicole, Koya, James, Michael, Rachel, Kayo, entre outros. O corpo de George é cremado e suas cinzas jogadas ao mar com muita emoção e saudades.

Meg tem o privilégio de lançar parte das cinzas de George ao mar.

— Meu doce anjo, meu grande amigo, encontre a luz... para nós, por favor. (Meg apenas sussurra as últimas palavras).

— Adeus, meu amor! Vá em paz. (Lilly).

— Descanse em paz, pai! (Carl).

OS PROJETOS

Oaky, após sua mãe ter sido aposentada por Koya e, principalmente, depois da morte de seu pai, ficou preocupado com ela e desde então dá seguimento a projetos que havia iniciado e discutido com ela, na intenção de ocupá-la e fazê-la elaborar a terrível perda. Há muito tempo ele conversa com a sua mãe sobre tudo o que pretende fazer. Ele a tem como uma espécie de guru, mentora e inspiradora para suas teorias mais complicadas.

Agora, com a morte de George, todos ficam ainda mais preocupados com Meg. Ele e Nicole passam a visitá-la mais frequentemente e Koya, sempre que pode, também vai conversar pessoalmente com a sua mãe.

— Mãe, preciso de sua ajuda para continuar nossos projetos. (Oaky).

— De que projetos você está falando? Sugerir outro símbolo para a próxima Olimpíada? [Ha ha ha ha]. (Meg ainda lembra).

— Não, mãe! Por favor, esqueça aquele... incidente. Falo da Matemática dos Genes, A Origem do Universo, uma bateria de acumuladores, além de um hipercomputador de campo atômico.

— Só isso? [Ha ha ha]. Esses são projetos exclusivamente seus, meu filho. (Meg zoando com seu filho).

— A senhora tem me ajudado tanto que terei de dividir com você a autoria de todos eles. (Oaky).

— Apenas tenho indicado a você os caminhos matemáticos a seguir, e, às vezes, sem sucesso. (Meg, sempre modesta).

— Não é verdade, senhora Meg. Sou testemunha de que a senhora definiu toda a estrutura matemática para a criação da Mecânica dos Genes. Chamar esse conjunto enorme de equações simplesmente de matemática dos genes não é apropriado e não faz jus ao seu trabalho. (Nicole, que sempre acompanha Oaky nas visitas a sua sogra).

— Obrigada, Nicky! Você é muito gentil. (Meg tem muito carinho pela sua nora).

— Ainda precisamos definir a estrutura da bateria de acumuladores. (Oaky).

— Comentei com você para tentar um equipamento como capacitor invertido, lembra-se? (Meg).

— Como sabe tanto de eletricidade, senhora Meg? (Nicole).

— Estudei um pouco de engenharia elétrica. (Meg).

— Quando mamãe?

— Após seu pai falecer, para me distrair e me divertir.

— Penso que a senhora fez isso apenas para nos ajudar nesses projetos. (Nicole).

— Como consegue manter sua mente tão lúcida? (Oaky).

— Jamais dei folga ao meu cérebro. Procuro sempre por questões difíceis de serem resolvidas. Simples assim. (Meg).

— Então essa é a fórmula da longevidade cerebral? (Nicole).

— As crianças são felizes não porque são crianças, mas porque não sabem nada, têm que aprender tudo, e a cada descoberta e a cada desafio vencido é uma grande alegria. A felicidade está em aprender, pois viver é aprender. Quando não tivermos mais nada para aprender, a vida ficará enfadonha. (Meg, filosofando).

— Nunca pensei em encontrar uma mulher tão inteligente. (Nicole, elogiando-a).

— Então olhe-se no espelho. (Meg, retribuindo o elogio). Tente conquistar o inconquistável e aprenderá a lidar com frustrações. Foi o que o papai me ensinou, pois era filha única e rica, tinha tudo o que queria, e era preciso aprender que nem tudo o que se quer pode-se obter. Meu pai foi um homem sábio.

— Muito obrigada pelo elogio, mas me falta a sua genialidade. (Nicole não conheceu Hugh).

— Vocês precisam contratar uma pessoa para ajudá-los na administração da usina e nos projetos que estão desenvolvendo. (Meg).

— Nós conhecemos um jovem estudante brasileiro de Física Nuclear que nos pareceu muito inteligente. (Oaky).

— Ele estava estudando aqui, nos EUA. Ele já deve ter concluído o curso. (Nicole).

— E vocês têm como entrar em contato com ele? (Meg).

— Sim, ficamos com o número do telefone dele. (Oaky).

— Deveriam contatá-lo o mais breve possível. Se é mesmo inteligente não ficará sem trabalho por muito tempo. (Meg).

— Faremos contato com ele, mas, de qualquer maneira, quero continuar contando com a sua ajuda. (Oaky).

— Filho, entenda uma coisa: estou velha demais para procurar caminhos que solucionem problemas tão complexos.

— A senhora está mais lúcida que nós. (Oaky).

— Temos a impressão de que as equações falam com a senhora, mostrando-lhe o caminho. (Nicole).

— Para tudo há um tempo certo para acontecer. O meu tempo passou. Agora vocês têm que seguir seus caminhos, obtendo ajuda de outras pessoas quando necessário. (Meg, consciente de que seu tempo acabou).

Não obstante, Meg havia deixado com Oaky um extenso trabalho de pesquisa sobre a teoria da Origem do Universo baseado na luz pura, além de todo o equacionamento da Mecânica dos Genes, bem como orientação completa sobre a construção de uma bateria de acumuladores de carga instantânea. Também, as bases matemáticas para o desenvolvimento de um computador de campo atômico estavam quase concluídas.

— Sabem de uma coisa, meus amores? (Meg, referindo-se aos dois com carinho).

— O que, senhora Meg? (Nicole).

— A morte de George me fez repensar a questão da utilização da Mecânica do Genes para salvar vidas. (Meg).

— A senhora pensa que devemos prosseguir e investir nesse projeto? (Oaky).

— Claro. Vocês têm todo o meu apoio e sei que poderá dar certo. (Meg).

— Acredito que, com as suas equações, descobriremos como reduzir o sofrimento das pessoas. (Nicole).

Meg resolve dizer a eles tudo o que descobriu a respeito da Mecânica dos Genes.

— O domínio da mecânica dos genes dará ao ser humano a possibilidade do controle total sobre todos os seres vivos. (Meg).

— Como assim, senhora Meg? (Nicole).

— Quando definirmos a função de cada aminoácido dentro dos genes, as tecnologias de clonagens, dos transgênicos e das células-tronco parecerão brincadeiras de criança. (Meg, confiante nas suas equações).

— Sempre suspeitei disso, mãe. (Oaky).

— Sempre tive certeza, meu filho. Por essa razão é que relutei em desenvolver estudos sobre esse assunto, lembra-se? (Meg).

— Lembro-me bem. Foi a primeira vez que pedi para falar a sós com a senhora. (Oaky).

— O que a senhora pensa que poderá ser feito? (Nicole).

— Poderemos descobrir a constituição de vírus e bactérias numa rapidez nunca vista, e mais rápido ainda produzir as respectivas vacinas. James também está trabalhando nisso e ele é um cientista brilhante. Ele vai encontrar as respostas, tenho certeza. (Meg).

— Inclusive uma vacina para evitar cáries? (Oaky).

— A cárie será erradicada como a varíola. Todas as crianças recém-nascidas poderão ser vacinadas e nunca terão cáries. (Meg).

— É um mundo imenso de possibilidades que se abre. (Oaky).

— Imaginem criar plantas exatamente com as vitaminas que precisamos e na medida certa. (Nicole, maravilhada).

— E animais com as características proteicas na medida que desejarmos. Poderemos erradicar a fome no mundo. (Oaky).

— Este é exatamente o problema: nossos desejos. (Meg, séria).

— Por que, senhora Meg? (Nicole).

— Nossos desejos não têm limites. De posse dessa tecnologia desejaremos cada vez mais e mais. Controlaremos, inclusive, a beleza e a longevidade. (Meg).

— A beleza é só uma questão de ponto de vista ou de gosto pessoal, mas poderemos evitar todas as formas de doenças genéticas ou hereditárias e malformações. (Oaky).

— Nunca mais nascerão crianças com qualquer tipo de malformação genética. Até o câncer será totalmente erradicado. (Nicole).

— É, pensei muito nisso. Imaginei um mundo sem pessoas surdas, mudas e cegas, sem pessoas com paralisia cerebral e sem tantos outros problemas de saúde que conhecemos. Então me assustei pensando que o próximo passo é a imortalidade. (Meg).

— Mesmo que, num futuro muito distante, a imortalidade seja possível, que problemas podem acontecer, mãe? (Oaky).

— Nenhum ser deve viver para sempre. Não adoeceremos, mas as relações interpessoais deixam marcas muito mais profundas e, por vezes, incuráveis. Como viveríamos por tanto tempo com tanto sofrimento acumulado em nossas mentes e corações? (Meg).

— Viver para sempre pode se tornar insuportável. (Oaky).

— Por que não se tornou cientista, senhora Meg? (Nicole).

— Não sou tão inteligente quanto pensam. Além do mais, sou mulher e vivi num tempo em que ainda havia muito preconceito com relação às mulheres. Poucos acreditavam na inteligência feminina, menos ainda se fosse loira. [Ha ha ha ha]. (Meg, zoando).

— Mãe, por favor, não se subestime. E a senhora mostrou ao mundo sua inteligência e foi respeitada e reconhecida por isso.

— Quando me apaixonei pela matemática descobri que ela resolve tudo e isso é muito assustador. (Meg).

— Se resolve tudo, por que é assustador? (Nicole).

— Porque o que ela não resolve, ela prova que não tem solução, subtraindo-nos qualquer esperança de resolver aquele problema, mas forçando-nos a continuar tentando por outros caminhos, outras maneiras. Às vezes, criamos algoritmos capazes de achar uma resposta aproximada, porém satisfatória. Aí reside a beleza da matemática, sempre tentando desvendar os mistérios que a natureza insiste em guardar bem longe do nosso alcance, com sobradas razões. (Meg).

— Penso que a morte, por exemplo, não tem solução?! (Nicole faz uma afirmação interrogativa).

— Não. A morte tem solução, mas não sei se a imortalidade é o melhor caminho para os seres humanos. (Meg).

— A senhora disse que quando não tivermos mais o que aprender a vida se tornará enfadonha. (Oaky).

— Mas algumas pessoas, com horizontes mais amplos, sempre terão o que aprender. (Nicole).

— Somente as pessoas mesquinhas e com uma visão muito estreita pensam que sabem tudo. (Meg).

— Certamente, essas pessoas não saberão lidar com a imortalidade. (Oaky).

— Tudo deve ter começo, meio e fim, apesar de contrariar a teoria da conservação da energia e da matéria. (Meg).

— Mas quando pensamos assim nos vem a dúvida sobre o início do Universo. (Nicole).

— Talvez o maior enigma universal seja sobre o que existia antes do início do Universo. (Oaky).

— A luz! A luz sempre existiu e dela tudo se originou. Por isso a sua teoria sobre a origem do Universo baseada na luz pura está correta. (Meg, com muita convicção).

— Gostaria tanto que a senhora me ajudasse a concluí-la. (Oaky).

— Mas ela está pronta, meu filho! (Meg).

— E qual é a prova para essa teoria, senhora Meg? (Nicole).

— Quando provaram a existência do Bóson de Rigs, tudo o mais se fez desnecessário, restando como único requisito a preexistência da luz. (Meg).

— Penso que o início de tudo só poderia ter sido com energia pura, ou seja, luz. (Oaky, finalizando).

— Se pudesse escolher, não escolheria a imortalidade. Gostaria de ser um ser de luz. (Meg).

— Por que, senhora Meg? (Nicole).

— Porque a luz não envelhece. [Ha ha ha]. (Meg, zoando).

— A senhora sempre tem razões brilhantes para tudo. (Nicole, fascinada com a lucidez de sua sogra).

— Por isso artistas, cantores e desportistas são chamados de estrelas numa justa comparação, pois eles nos emocionam com a sua arte e é isso que nos faz sentir mais humanos e diferentes de todos os outros seres vivos. (Meg, finalizando).

UM DIA NORMAL?

Passaram-se quatro meses da morte de George, quando Kayo faz uma visita, de surpresa, para sua avó Meg.

Segue-se um diálogo sobre vida, planos futuros e morte.

— Senhora Meg, seu neto Kayo está aqui e deseja vê-la. (A acompanhante e cuidadora).

— Obrigada. Que surpresa agradável! Diga-lhe que venha até meus aposentos, por gentileza.

Meg continua atenciosa como sempre foi, mas raramente sai de casa, embora com 73 anos de idade ainda goze de saúde física e mental perfeitas. Passa os dias em seus aposentos lendo livros de sua preferência, (matemática, construção, arquitetura, engenharia elétrica, alguns romances, livros sobre filosofia e dinâmica de grupo). Vez ou outra vai até um cômodo do apartamento onde tem um computador ligado a um grande monitor de alta definição e fica ali, assistindo noticiários, filmes ou vendo fotos e filmes da família, ou brincando com equações diferenciais.

A serenidade com que enfrentou as perdas do marido Sam (há oito anos) e de seu anjo protetor George tem causado admiração a todos que a conhecem. Talvez seu sofrimento seja silencioso e discreto para não afetar os familiares.

Frequentemente, ela troca e-mails com Oaky, Nicole e James a respeito das teorias sobre a Origem do Universo, a Mecânica dos Genes, e também sobre o projeto de uma bateria de acumuladores para veículos elétricos e um hipercomputador de campo atômico.

— Bom dia, vovó! Desculpe-me interromper sua leitura. (Kayo).

Meg tem em mãos o livro *Campos Eletromagnéticos: Aplicações em* Maglev.

— Belo dia, Kayo! Sua presença me faz muito feliz. (Meg, com ternura).

— Como está você, vovó? (Kayo, beijando-a no rosto carinhosamente).

— Estou bem, meu querido. Você está cada dia mais bonito. (Meg ainda mantém traços da sua beleza inigualável).

— Então a senhora quer dizer que eu era feio? (Kayo, fazendo gracinha).

— Não, não, meu anjo, você sempre foi bonito. (Meg).

— Seus olhos brilham quando está lendo sobre matemática e outras coisas complicadas. (Kayo).

— Precisei para concluir o projeto de um elevador. Minha memória não é mais a mesma. E essas "coisas" não são complicadas.

— Não são para a senhora que sempre foi um gênio! Por que projetou um elevador? (Kayo admira a inteligência de sua avó).

— Só para me divertir e passar o tempo. Sua mãe sabe que você está aqui? (Meg).

— Minha mãe sabe até quem e o que eu como, vovó. Só falta colocar uma câmera na minha bunda... (Kayo).

— E sua mãe, como está? (Meg interrompe, com delicadeza, a malcriação de seu neto).

— Trabalhando muito como sempre, apesar não precisar. Todos são muito competentes em nossas empresas.

— Sei que você está começando a assumir o comando das empresas. (Meg).

— Mas isso não a impede de trabalhar.

Kayo oferece a Meg um lindo botão de rosa branca junto a um bilhete, dizendo:

— Para você!

— Muito obrigada. Você sempre tão gentil com todos. (Meg pega a rosa com carinho e lê o bilhete com um sorriso de aprovação).

— Te amo, vovó! (Kayo sempre carinhoso com sua avó).

— Por que você não escreve um livro? (Meg, comentando após ler o bilhete).

— Tenho preguiça, vovó. Além disso não creio que conseguisse agradar com o que escreveria.

— Esse é apenas um fragmento de um pensamento maior e que deve ser desenvolvido e mostrado ao mundo. (Meg segue incentivando as pessoas no que ela julga que tenham de melhor).

— Realmente, tenho pensado sobre esse assunto, mas não me atreveria a escrever um livro. É muita mão de obra! (Kayo).

— Faça isso antes que eu me vá ... (Meg, fazendo alusões à morte).

— Você nunca vai morrer, vovó. Fadas não morrem. (Kayo, em tom de brincadeira).

— Não sou uma fada, um dia morrerei. E quero que você não fique triste quando isso acontecer.

— Será inevitável, vovó. Mas você nunca morrerá.

— Por que pensa que nunca morrerei? (Meg, zoando).

— Porque você é mãe da minha mãe e lendas são imortais. (Kayo, preparando-se para ir embora).

— Espere, Kayo! (Meg pede, gentilmente, que ele fique um pouco mais).

— O que foi, vovó?

Kayo senta-se ao lado de sua avó, abraçando-a com carinho.

— Quero que ajude o seu pai. James está no caminho certo nas pesquisas dele. (Meg, surpreende).

— Ajudá-lo? Como e no quê, vovó? (Kayo fica apreensivo).

— Você sabe que ele pesquisa sobre os cânceres femininos e outras doenças?

— Sim. O hospital que o mano administra investe pesado nessas pesquisas. (Kayo sabe dos assuntos da família).

— James vem me falando sobre um novo conceito de vacina baseado na Mecânica dos Genes.

— Desculpe-me vovó, mas não entendo dessas coisas. (Kayo decidiu-se pelo curso de Direto).

— Penso que não é, simplesmente, uma vacina, será uma solução mais ampla, talvez definitiva, em relação a algumas doenças. (Meg, convicta do caminho adotado por James e de sua inteligência e capacidade).

— Ah é? (Kayo, confuso).

— Sim. Eu a chamaria de vacina genética que revolucionará toda a medicina.

— Como assim? (Kayo entende cada vez menos).

— Seu pai me explicou. Bastará que a mulher tome a vacina e, então, ela e seus descendentes ficarão imunes àquelas doenças.

— Confesso que ainda não entendo. (Kayo).

— Esse novo conceito de medicamento transforma a genética fazendo com que as novas gerações nunca desenvolvam a doença.

— Pelo que entendi, isso pode erradicar o câncer. (Kayo começa a perceber a importância do pedido de sua avó).

— Pelo menos os cânceres femininos, pois só as mulheres têm útero e ovários. (Meg).

— Funcionará para outros tipos de doenças? (Kayo, procurando generalizar).

— Não sei, mas seu pai pensa que as mulheres vacinadas produzirão óvulos que estarão geneticamente modificados e imunes. Ele acredita que poderá funcionar com todas as doenças, pois é apenas uma questão de modificação genética. (Meg).

— É bem complicado, vovó. (Kayo).

— Não para o seu pai. Ele é muito inteligente e esforçado.

— Papai quer acabar com essa doença, pois foi ela que levou a primeira esposa dele. (Kayo, consternado pelo seu pai).

— Talvez seu pai tenha descoberto a forma de erradicar todas as doenças. Afinal, é tudo genético.

— Mas como posso ajudá-lo? (Kayo).

— Você será o administrador de uma fortuna imensa, que poderá se tornar ainda maior. Use-a com sabedoria. (Meg, fazendo previsões).

Ela jamais imaginou que a riqueza da família atingisse tamanha proporção e Kayo ainda não faz ideia do quão grande é o patrimônio real da família.

— Talvez demore muitos anos até o resultado final, mas tenho certeza de que seu pai nunca desistirá. (Meg).

— A mamãe está transferindo recursos para o hospital. Prometo ajudar papai no que puder. (Kayo).

— Riqueza não é importante. O importante é o que se faz com ela. (Meg, filosofando).

— Acho que a senhora tem toda razão, como sempre. (Kayo levanta-se para partir).

— Kayo! Descubra suas origens e cumpra o seu destino. (Meg).

— Tchau, vovó. Te amo.

Kayo, sem compreender o que disse sua avó, pensando ser coisa de pessoas idosas, despede-se dela de maneira carinhosa, dando-lhe um selinho, como é o costume na família.

— Adeus, Kayo. Te amo.

Meg dá um longo suspiro com um sorriso sereno, como alguém que cumpriu sua missão.

Ao chegar em casa, Kayo comenta com a sua mãe a visita que fez para sua avó.

— Por que saiu mais cedo do trabalho? (Koya).

— Fui visitar a vovó. Estava com saudades dela. (Kayo).

— E como ela está? (Koya).

— Pareceu-me muito bem e feliz. Seu sorriso estava tão sereno que me fez sentir mais leve. A vovó ilumina a todos com seu sorriso.

— Vou vê-la amanhã pela manhã. Não me espere para ir para o trabalho. (Koya).

— Está bem, mãe. Estou bem crescidinho e sei o que fazer. (Kayo, zoando com sua mãe).

— É bom que saiba mesmo, pois em breve pretendo passar a presidência para você. (Koya).

— Isso seria muito bom, pois a vovó acha que a senhora continua trabalhando demais. (Kayo).

— Penso que você será um empresário muito melhor do que eu! (Koya, incentivando seu filho).

Kayo continua, agora abordando o que conversou com sua avó.

— Ela pediu-me para ajudar o papai em suas pesquisas oncológicas.

— Como pretende ajudá-lo? (Koya não entendeu).

— Não deixando faltar recursos para o hospital nem para as suas pesquisas.

— Seu pai está obstinado pela ideia de criar uma vacina contra o câncer.

— Vovó pensa que ele está no caminho certo e que conseguirá.

— Esse tipo de pesquisa não requer apenas inteligência e dinheiro. Também exige muito, muito tempo.

— Parece até que a natureza não quer ser contrariada. (Kayo).

— A natureza não é perversa, é apenas natural. Diria, até, que é mais benévola e só preocupada com a evolução.

— A vovó e o titio concordam que a perfeição impediria a evolução, razão pela qual nenhum ser vivo deve atingir a perfeição. (Kayo).

— A natureza só nos quer cada vez melhores, mas não perfeitos. (Koya).

— Mas pelos avanços de todas as ciências, principalmente da tecnologia, é de se pensar que a perfeição será conseguida.

— Sua avó uma vez me disse que a perfeição é o limite infinito da soberba. Ninguém deve se tornar perfeito. (Koya, finalizando).

SONHOS PODEROSOS

Depois que Kayo se retira, no jantar Meg come algo bem leve e solicita para sua cuidadora que lhe prepare a banheira, pois ela deseja tomar um banho relaxante. Meg vai ao banheiro, toma um demorado banho em sua banheira de hidromassagem, com sais aromatizantes, depois se utiliza de cremes como fazia quando ia se encontrar com Sam.

Durante o banho faz uma longa reflexão sobre a sua vida passada e a de agora. Meg deita-se na cama com um semblante de alívio e felicidade. Após ficar pensando como tudo começou quando assumiu a presidência das empresas e viu Sam pela primeira vez, seu grande sucesso no trabalho e depois os filhos e netos, adormece profundamente e começa a sonhar.

Meg se vê flutuando, deitada sobre nada, envelhecida e vestida de branco, num lugar muito iluminado.

— *Meg! Meg! Meg! (No sonho, ela escuta alguém a chamado e reconhece imediatamente a voz).*

— *É você, Rose? Você está iluminada e linda como sempre. (Meg).*

— *É hora de sua última viagem. (Rose).*

— *Muito obrigada, Rose, por todas as vezes que você me ajudou. Te amo. (Meg).*

— *George! Veja quem veio ficar conosco. (Rose).*

— *George! Como é bom vê-lo novamente! (Meg vê um vulto negro e familiar, que se aproxima).*

— *Deixe-me ajudá-la a levantar-se, senhora. (George e Rose amparam Meg e ajudam-na a levantar-se).*

— *Muito obrigada, George. Por todas as vidas que você me deu. (Meg, acariciando o rosto de George).*

— *Obrigado, senhora, pela vida que tive ao seu lado. Eu a amo. (George).*

— *É bom estar aqui. Sinto o meu coração em paz. (Meg dá um beijo carinhoso em cada um deles).*

— *Você ficará aqui para sempre. (Rose fala para Meg).*

— *Sei. Era tudo o que desejava. Que luz tão brilhante é aquela? (Meg, amparada pelos dois, vê uma luz distante, mas muito intensa, à sua frente).*

— *É o seu destino, Meg. Você nasceu para brilhar. (Rose).*

— *Parece o Sam! (Meg vê Sam jovem como era quando o viu pela primeira vez).*

— *Sim. Ele espera por você e pelo brilho do seu olhar. (Rose).*

Sam está nu, brincando com esferas de luz muito brilhantes. Ele vira-se de costas e volta-se novamente e, então, lança uma esfera de luz branca contra Meg, que, ao ser atingida, quase cai, sendo amparada por George e Rose.

— *Ele é o seu destino. Vá até ele, Meg. Vá, vá, vá! (Rose, incentivando-a).*

— *Agora vocês se pertencem para sempre, senhora. Vá, a porta está aberta. (George).*

— *Muito obrigada. Muito obrigada.*

Ela está envelhecida e fraca, mas tenta andar até aquela luz intensa onde se encontra seu grande amor.

Meg começa a andar lentamente em direção a Sam, que continua brincando com as esferas de luz e jogando-as contra ela.

— *Sam! Sam! Sam! (Meg, andando, ofegante e vagarosamente em direção à luz).*

Uma esfera de luz rosa atinge-a e faz com que ela rejuvenesça e ande mais rápido.

— *Sam! Sam! Sam! (Meg, de pés descalços, com um vestido branco e esvoaçante, anda mais rápido).*

Sam agora joga uma esfera de luz azul e ela rejuvenesce mais um pouco e anda ainda mais rápido.

— *Sam! Sam! Sam! (Meg agora parece mais jovem e começa a andar bem rápido).*

Quando uma esfera de luz amarela atinge-a, ela se torna mais jovem, seu cabelo volta a ser louro, longo e lindo, esvoaçando enquanto ela corre em direção a ele.

— *Sam! Sam! Sam! (Meg consegue correr ao encontro dele, chamando-o pelo seu nome).*

Mais uma esfera de luz, agora vermelha, atinge Meg, que está tão jovem como quando conheceu Sam.

— *Sam! Sam! Sam! (Meg se aproxima rapidamente de Sam, que vem ao seu encontro).*

Ao se encontrarem, eles se abraçam e se beijam. Há uma explosão de luz intensamente brilhante, fazendo-os fundirem-se num só corpo, num único ser de luz, um ser de amor verdadeiro.

Meg dormiu para nunca mais acordar, para que nunca mais pare de sonhar. A fada não morreu, apenas adormeceu para sempre nos braços de seu grande e eterno amor, Sam.

A MÃE

No dia seguinte à visita de Kayo para sua avó, Koya chega ao apartamento de Meg, bem cedo e a encontra, imóvel, em seu leito. Imediatamente, constata que sua mãe está morta. Koya cai de joelhos ao lado da cama, pega a mão fria de sua mãe e começa a chorar compulsivamente. Chorar é uma sábia válvula de escape para os seres humanos, outros seres vivos não choram.

— Mamãe… Mamãe… Te amo, te amo, minha adorada mãezinha.

Koya começa a lamuriar-se para desabafar a dor de uma perda irreparável.

— Queria tanto que você continuasse comigo, mas sei que seria muito egoísmo da minha parte. Descanse em paz, minha mãezinha querida. Encontre-se com papai… e… fique com ele para sempre… (Koya não consegue mais falar).

Quatro meses após a morte de George, Meg parte em busca de Sam, para encontrar-se com seu grande amor na eternidade.

— Mamãe, seja generosa comigo e… perdoe-me por tudo que te fiz e te magoei, ou o que deixei de fazer… Tantas vezes que deixei de dizer que te amo, te amo, te amo… (Koya chora cada vez mais).

— Oh! Não, não! Senhora Koya, a senhora Meg está… (A cuidadora começa a chorar, comovida com a emoção de Koya).

— Sim! A minha mãe… se foi… (Koya mal consegue falar).

— Vou chamar por socorro… (A cuidadora faz contato com o pessoal da segurança, que sempre está perto).

Imediatamente, comparece ao apartamento o segurança, constata do que se trata e passa a tomar todas as providências legais necessárias.

Koya encontra, no criado-mudo, o bilhete que Kayo dera a Meg no dia anterior, e guarda-o sem ler.

— Oaky, meu irmão querido… Nossa mãe… Ela… Ela… se foi… (Koya liga, aos prantos, para seu irmão).

— Koya… Minha irmãzinha… (Oaky não contém a emoção).

Os dois conseguem apenas ouvir o prantear um do outro. Koya se desespera ainda mais ao ouvir a voz de seu irmão. Em seguida, Oaky dá a notícia para Nicole, que também sente profundamente a morte da sogra.

James, que se encontra no hospital com seu filho Michael, é comunicado pela segurança, pois Koya permanece, inconsolável, ao lado do corpo de sua mãe.

— Meu filho, sua avó Meg acaba de falecer. Sinto muito. (James dá a notícia para Michael e ambos abraçam-se, aos prantos).

— Precisamos avisar o Kayo e a Rachel, pai. Eles adoravam a vovó. (Michael).

— Não sei se o Kayo foi informado. Talvez ele sofra mais do que todos nós, pois ele era muito apegado à Meg. (James).

— Ninguém sofrerá mais do que a mamãe. (Michael, referindo-se à Koya).

— Então vamos, meu filho. Vamos juntar-nos à sua mãe e ajudá-la a suportar essa dor. (James).

Enquanto se dirigem ao carro, James liga para Kayo, que está indo para o trabalho.

— Kayo, por favor, seja forte, pois a notícia é a pior possível. Sua avó... morreu! (James).

— Oh, não! Não é possível! Estive com ela ontem... Não, não. A minha vovozinha, não! (Kayo se desespera).

Uma empresa especializada, contratada pela família, toma conta de todos os trâmites legais e promove os avisos autorizados. Lilly, Carl e outras pessoas muito chegadas e todos os empregados de todas as empresas são avisados. Como era de se esperar, a impressa fica sabendo e imediatamente vai ao prédio da presidência da *holding* das empresas, fazendo um grande alarido nos noticiários.

— *Atenção! Interrompemos a nossa programação normal para noticiar a morte da mulher mais bela de todos os tempos: a fada Meg morreu hoje.*

As notícias não param um instante. Cada repórter quer mostrar que sabe mais e falar mais sobre a vida de Meg do que os outros. Há uma comoção geral compartilhada em redes sociais e pessoas que nem haviam nascido durante o auge da beleza dessa mulher choram a sua morte.

A dor da família e dos conhecidos é imensa e o assédio da imprensa, também.

— O que permiti que fizessem com a mamãe? Isso é um absurdo. (Koya, arrependida de ter cedido às pressões e permitido que o corpo de sua mãe ficasse por dois dias exposto à visitação pública).

— Agora está feito, mana. Vamos procurar manter a serenidade. (Oaky, abaladíssimo com a morte de sua mãe).

A família ainda teve que resistir ao assédio de inescrupulosos, que propuseram embalsamar o corpo de Meg para que ficasse como símbolo de beleza feminina e inteligência unidas num só corpo, num só ser.

— Mas o que eles estão pensando que a nossa mãe é? (Koya, indignada).

— Ela era apenas a matriarca da família, mas para os estranhos era muito mais do que conseguíamos ver. Tornou-se um símbolo da união entre inteligência e beleza, e para nós, a confirmação de que o amor verdadeiro existe. (James).

— Acalme-se, Koya. Eles não têm noção do que estão propondo (Lilly, solidária com a dor da família).

— Basta aquela figura da mamãe no museu de cera de Londres. (Oaky, profundamente chocado com as propostas).

— Se a família desejar, aquela escultura de cera pode ser removida. (James, emocionadíssimo).

— Nunca consegui demonstrar o quanto amava a vovó. (Kayo, muito abalado com a morte de Meg).

— Não diga isso, mano! Você sempre foi amoroso e carinhoso com todos nós, principalmente com a vovó. (Michael, tentando consolar o irmão).

Seu velório é aberto ao público por insistência da mídia e dura dois dias. Talvez os acionistas das diversas empresas tivessem algum interesse nesse tipo de evento. Milhares de pessoas esperam, acotovelando-se para passar diante da urna funerária, daquela que foi a mulher mais bela de todos os tempos. Milhões de fotografias são tiradas, facilitadas pela tecnologia dos *smartphones*. A mídia internacional comenta por mais de uma semana a vida, as realizações e a morte de uma mulher linda e inteligente, fazendo parecer que ela foi uma exceção uma ficção viva, talvez provando que o preconceito quanto à inteligência feminina continua vivo.

Rachel volta aos EUA e chega a tempo para a cremação.

— Mamãe, sinto muito! Amava a vovó Meg tanto quanto te amo. A vovó era uma pessoa tão meiga e gentil! (Rachel).

— Minha filha, preciso tanto de você agora. (Koya abraça sua filha chorando muito).

— Que bom que você voltou para nós, mana. (Kayo).

— Como vocês estão? (Rachel, falando com Michael e Kayo).

— Com saudades da vovó e de você. (Michael).

— Sua mãe precisará muito de você agora, Rachel. (James, tentando convencê-la a ficar nos EUA).

Depois de cremada, as cinzas de Meg são jogadas ao mar. Há uma grande comoção mundial com a sua morte.

Kayo, com 16 anos, chora muito a morte de sua avó. Ele foi o último da família a vê-la com vida.

— Vovó, junte-se ao vovô e continue feliz como sempre foi. (Michael).

— Minha vovó querida, te amo para sempre. (Rachel).

— Vovó, vou descobrir minhas origens e cumprirei o meu destino. (Kayo, pensando nas últimas palavras que sua avó disse para alguém da família, mesmo sem entender o significado).

— Mãe, siga em paz o seu caminho de luz. (Oaky).

— Mãe, agora você é luz, iluminando o caminho de todos nós. (Koya).

Koya dá um beijo em sua própria mão antes de lançar as últimas cinzas de Meg ao mar, amparada por James.

Dias depois, ainda profundamente abalada, Koya revê os pertences de sua mãe para descartá-los ou guardá-los como lembranças de uma pessoa excepcional.

Ela encontra o bilhete deixado por Kayo na última visita que fez para sua avó, mas sem coragem de abri-lo e lê-lo, pois as lembranças de sua amada mãe ainda são muito fortes e a perda é dolorosa demais, mantêm-no guardado com carinho. Ela aproveita a mesma caixa em forma de um pequeno baú, que Meg usava para guardar a aliança e o relógio localizador de Sam, e coloca ali a aliança e o relógio localizador que sua mãe usava.

A ESTRELA SOBE

Rachel, agora com 24 anos e formada em Medicina é elogiada por toda a mídia pela sua atuação no programa Médicos Sem Fronteiras, pois passou a divulgar todas as atrocidades que acontecem nos diferentes países onde ela e uma equipe de médicos, advindos de todas as partes do mundo, prestam ajuda humanitária.

A impressa aproveita a morte de Meg e a presença de Rachel nos EUA e convida-a para várias entrevistas com a justificativa de divulgar seu trabalho. Porém, na maioria das vezes, o assunto gira em torno de sua famosa avó falecida.

— A senhorita se sente à vontade para dizer o que pensa por ser neta da falecida senhora Meg? (Um repórter).

— Sua pergunta me deixa confusa. Não sei o que tem a ver o meu parentesco com liberdade de expressão. (Rachel).

— Mas é público e notório que tanto a sua avó quanto a sua mãe nunca mediram palavras para expressar o que pensavam.

— E isso é bom ou ruim? É bom ou você acha que é ruim as pessoas comuns expressarem livremente o seu pensamento? (Rachel).

— A senhorita não quer responder a minha pergunta?

— O senhor não tem opinião sobre a liberdade de expressão para quem não é da imprensa? (Rachel).

— Penso que a imprensa é a maior defensora dessa liberdade básica e fundamental. (O repórter).

— Oh! É claro! Liberdade é uma coisa tão boa que a imprensa a defende por querê-la só para si. (Rachel, debochando).

— Suas palavras poderiam ser consideradas um insulto à liberdade da imprensa.

— De que imprensa está falando? (Rachel, como todas as mulheres da família, não dá tréguas).

— Da imprensa que não é tão poderosa quanto a sua família.

— Poderia até me considerar insultada. E por que a sua imprensa não está divulgando tudo o que vem acontecendo com populações inteiras e que tento mostrar ao mundo? (Rachel).

— A imprensa precisa de provas. Não pode simplesmente sair divulgando acusações e denúncias que podem não serem verdadeiras. (O repórter).

— Quantas mortes são necessárias como prova? (Rachel).

— Senhorita Rachel, sua família é rica e poderosa porque sempre atuou no mundo dos negócios, mas politicamente, talvez seja a família mais politicamente incorreta.

— Vou entender isso como um elogio. E fique sabendo que os politicamente corretos são os maiores responsáveis por toda a miséria existente no mundo. (Rachel).

— Todos os nossos presidentes sempre tentaram conduzir a política mundial de forma correta.

— E o que conseguiram? Olhe em volta e veja: populações inteiras são obrigadas a abandonar suas casas, suas pátrias e suas raízes e migrar para outros países. Isso terá consequências no futuro e todos os governantes politicamente corretos deveriam ver isso e tomar providências urgentes. (Rachel, com argumentos incontestáveis e sombrios).

— A senhorita é tão insolente e tão debochada quanto a sua avó e a sua mãe.

— É o convívio e a excelente educação que me deram, apesar de não ser fruta do mesmo pé. (Rachel, sabendo-se adotada).

— Sua mãe concorda com a sua exposição em lugares tão perigosos?

— Por que insistem em perguntas de cunho familiar em vez de quererem saber do que acontece para poderem divulgar? (Rachel).

— São coisas que todos sabemos.

— Mas o grande público não, e são esses que têm que saber para melhor avaliar seus candidatos. (Rachel).

Todos os recursos que ela necessita a família fornece. Isso a torna perigosamente famosa.

Como em todas as ocasiões, Koya aproveita para suplicar que sua filha não volte para aquela região tão conturbada.

— Minha filha, agora que você tentou divulgar tudo o que ocorre naquela região tão perigosa e conseguiu o reconhecimento mundial, penso que é hora de fazer caridade aqui nos EUA. (Koya).

— Não estava em busca de reconhecimento, mãe. (Rachel).

— Existem muitos interesses contrários ao trabalho que está desenvolvendo, minha filha, por isso é perigoso. (James).

— E agora que é conhecida mundialmente, fica ainda mais perigoso estar naquela região. (Oaky).

— Agora tenho condições de fazer um trabalho melhor, pois o mundo está vendo que essas situações não podem continuar, pois as consequências serão o êxodo de populações inteiras, o aumento da violência e a disseminação de doenças. (Rachel).

— Sinto tanta saudade de você, mana! Te amo. (Kayo, com carinho).

— Também sinto saudade e amo todos vocês. (Rachel).

— Então fique conosco. Faça filantropia aqui, perto de nós. (Michael).

— Não podemos ser egoístas, Michael. (Rachel).

— Por quê? (Kayo faz a pergunta inteligente).

— Pessoas estão morrendo de fome e por falta de atendimento médico básico e um mínimo de medicamentos. (Rachel).

— Você é apenas uma pessoa e pouco pode fazer. (Koya).

— Talvez o pouco que eu consiga sirva de exemplo para muitos. É o que espero, pois quero viver num mundo melhor! (Rachel).

Sem que ela saiba, Koya dá ordens diretas e expressas para que a empresa de segurança da família acompanhe permanentemente a movimentação de Rachel aonde quer que ela vá e relate tudo diariamente. Rachel sabe, apenas, que usa um relógio localizador, como todos os membros da família.

A PERDA

Um mês após a morte de Meg, ainda muito abalados, Oaky e Nicole lamentam o falecimento dela.

— Isso não podia ter acontecido. Logo agora que tínhamos decido dar a ela o neto que ela tanto queria. (Oaky).

— Falando nisso, preciso fazer alguns exames, pois a minha menstruação está atrasada. (Nicole, com indisfarçável alegria).

— Você não está brincando comigo, está? (Oaky, surpreso e feliz, apesar do seu coração em luto).

— Jamais brincaria com um assunto desse tipo. Menos ainda num momento tão triste para todos. (Nicole).

— Então temos que ir ao médico imediatamente! (Oaky, preparando-se para sair).

— Calma, meu amor, calma! São 23 horas. Faremos isso amanhã. Pode até ser apenas um atraso na menstruação em razão de todo o estresse desses últimos meses.

— Está bem. Não vamos nos precipitar. Mas amanhã pela manhã procuraremos um bom médico para te examinar.

— Meu amor, deixa isso comigo, tá bom? Não se preocupe, vou cuidar de tudo.

— Te amo. Estou tão feliz! Quero anunciar a todos a novidade. (Oaky, felicíssimo).

Nicole e Oaky, que fez questão de acompanhá-la, consultam um especialista, que constata com facilidade a gravidez de Nicole.

— Doutor, queria saber o sexo do nosso filho. (Oaky).

— Senhor Oaky, é muito cedo ainda para vermos isso, tenha paciência. Tudo a seu tempo. (O médico).

Confirmada a gravidez, eles decidem contar a novidade para toda a família, pensando, com isso, aliviar um pouco o sofrimento de todos com a recente morte de Meg.

— Mana, eu e a Nicky queremos informar-lhe que estamos grávidos. (Oaky, com incontida alegria).

— Que bom, meu irmão! Isso me faz muito feliz. (Koya, feliz, mas com o coração partido com a perda de sua mãe).

— Conte para o James, para a Rachel, o Michael e Kayo. Conte para todo mundo que sou o homem mais feliz que existe. (Oaky).

— Sim, mano. Anunciarei ao mundo a sua felicidade. (Koya).

— A Nicky ficou mais linda do que sempre. (Oaky).

— Porque estou muito feliz e louca para saber se é menino ou menina. (Nicole).

— Depois que nascer verás que o sexo não tem a menor importância. São apenas filhos, e o que de mais importante existe para uma mãe é que tenham saúde e sejam felizes. (Koya).

Todos são comunicados e recebem a novidade com imensa alegria e como atenuante da recente perda que sofreram. É a comemoração de uma nova vida que virá para o seio dessa família abalada com a perda de pessoas muito queridas e amadas.

— Tenho certeza de que nos trará muitas alegrias. Estou imensamente feliz por todos nós. (Koya).

Nicole segue fazendo exames regularmente, sempre acompanhada por Oaky, que até adia compromissos para isso, e Koya faz questão de fazer-se presente.

Poucas semanas depois, Nicole sente estranhas dores abdominais e vai se consultar, como sempre acompanhada por Oaky e Koya. O médico que acompanha a gestação de Nicole pede para falar em particular com Koya.

— Temos um problema, senhora. (O médico, falando muito sério).

— Por favor, doutor, por favor... (Koya pressente que o problema é grave).

— Detectamos um tumor no útero da senhora Nicole.

— Oh, não, não! E o bebê, doutor? (Koya).

— Ele tem poucas semanas e...

— O que podemos fazer? (Koya se desespera).

— O tumor é maligno, agressivo e está muito adiantado. Não permite o prosseguimento da gestação. (O médico).

— Nicole corre risco de... morrer? (Koya, sem querer acreditar no que está ouvindo).

— Se não agirmos imediatamente, com certeza.

— Não, não, isso não pode acontecer. Eles não merecem isso. (Koya começa a lamentar-se).

— Estudamos o histórico familiar da senhora Nicole e a mãe dela teve o mesmo tipo de câncer. Talvez em razão disso ela tenha sido a única filha. (O médico).

— Oh, meu irmão querido, minha doce cunhada... Por quê? Por quê? (Koya, procurando respostas para o inexplicável).

— Se preferir, posso solicitar ao serviço social do hospital que comunique aos dois. (O médico).

— Muito obrigada, doutor, mas eu mesma falarei com ela e com meu irmão. (Koya, com o olhar perdido).

Koya sente o chão desabar sob seus pés. Agradece e pede licença ao médico e vai para o banheiro chorar e buscar coragem para falar com seu irmão e sua cunhada. Mais uma vez, ela tem uma penosa tarefa a cumprir.

Nicole é internada imediatamente e inicia o tratamento com a retirada do útero e dos ovários para que o tumor não se alastre para outros órgãos, e depois começam as seções de quimioterapia, com as conhecidas consequências.

Meses de tratamento quimioterápico não fizeram apenas o cabelo de Nicole cair, mas seus horizontes de felicidade sumiram, seu sorriso angelical agora está transformado numa tristeza constante e profunda. Ela emagreceu muito, mais parece um esqueleto ambulante, e sem vontade de viver.

— Não quero seguir o tratamento. (Nicole, cansada de tratamentos desgastantes).

— Por que, meu amor? (Oaky, desesperado com o estado de saúde de Nicole).

— Tornei-me completamente inútil. Para que viver? (Nicole).

— Por favor, Nicky, meu irmão te ama tanto. Viva por todos nós, por favor! (Koya, implorando a Nicole para continuar o tratamento).

— Não sofra por mim. A senhora é tão bonita e bondosa. Eu a amo, mas não estou aguentando mais esse tratamento. (Nicole).

— Falei com os médicos e eles me garantiram que mais duas ou três sessões e o tratamento estará terminado e você, curada. (Oaky).

— Por favor, titia, termine o tratamento. Nós precisamos da senhora. (Kayo, sempre carinhoso com todos).

— Você é uma mulher jovem, todos a amam. E queremos que volte a sorrir para nós. (James).

— Senhora Nicole, quero continuar te chamando de tia Nicky. Por favor, viva por nós. (Michael, muito comovido).

Impossibilitada de gerar filhos, Nicole torna-se uma pessoa amargurada e descrente no ser humano, inclusive por saber de tanta corrupção política que Rachel está revelando ao mundo. Fragilizada perante a vida, oferece todo o seu conhecimento em informática, análise de sistemas e programação, e sua inteligência a Kayo, para que ele consiga concluir a Mecânica dos Genes, equacionada pela sua sogra, Meg, prosseguida por James.

Oaky cai em profunda tristeza pela perda do bebê e pela amargura de Nicole. Com o auxílio dela e para fugirem do sofrimento, começam a utilizar as equações que Meg deixara com relação à Mecânica dos Genes e elaboram um programa (Equações Diferenciais Complexas) capaz de decifrar os códigos genéticos de tudo, revelando o porquê e como funcionam.

Todos os seres vivos poderão ser mapeados, todas as doenças desvendadas e programadas todas as curas, mas também poderão criar vírus mortais e as respectivas vacinas. Essas equações só podem ser resolvidas por supercomputadores por sua alta complexidade e pela quantidade imensa de dados e variáveis envolvidas.

Depois de terminado o tratamento e Nicole parcialmente recuperada, ela e Oaky procuram James e Kayo.

— Senhor James, Kayo querido, queremos ajudá-los a desenvolver a Mecânica dos Genes. (Nicole).

— Por que eu, tio? Até onde sei, vocês e meu pai estão desenvolvendo esse projeto. (Kayo, surpreso).

— Porque você, a Rachel e o Michael são a continuação da nossa família. São a esperança que nos resta. (Oaky).

— Michael administra o hospital e a Rachel está formada em Medicina. Talvez sejam mais indicados do que o Kayo. (James).

— Mas o Kayo será o próximo administrador de tudo. Poderá administrar e liberar verbas para contratar pessoas e laboratórios para o mapeamento genético a nível de aminoácidos. Será um trabalho monumental e que levará muitos anos. (Oaky).

— Então vou ajudá-los, pois a vovó me pediu isso. (Kayo, modesto).

— Nós precisamos fazer alguma coisa para reduzir o sofrimento da humanidade com doenças que podem ser curadas. (Nicole).

— Com certeza, a maninha vai adorar essa possibilidade. (Kayo refere-se, carinhosamente, a Rachel).

— Não posso mais ter filhos. Eu e Oaky precisamos ocupar nossas mentes com alguma coisa útil para não... enlouquecermos. (Nicole).

— Tia, sinto muito. Digam-me o que precisam e falarei com a mamãe e providenciarei tudo. (Kayo é vice-presidente do grupo).

— Vamos dar seguimento àquele projeto do hipercomputador (HC). Penso que em alguns anos conseguiremos construir um protótipo. (Oaky).

— Ele será necessário para a compilação e análise dos bilhões de dados que receberemos. (James).

— A Nicky terá que criar um programa gigantesco para receber e compilar todos os dados necessários. (Oaky).

— Não se preocupe, meu amor. Agora tenho todo o tempo do mundo. (Nicole, pensando na impossibilidade de ter filhos).

— Podem contar comigo. Terão tudo o que necessitarem. Basta me informarem e providenciarei imediatamente. (Kayo).

— Serão muitos anos de trabalho. Queremos passar todas as informações para que você possa dar prosseguimento aos projetos, mesmo que não conte mais conosco. (James).

— Por favor, pai, tio e tia, não me façam sofrem mais do que estou sofrendo com a perda da vovó e com o que aconteceu com vocês. (Kayo).

— Desculpe-nos, sobrinho, mas ainda estamos muito abalados. (Oaky).

-x-x-

Passar-se-ão muitos anos de trabalho intenso, com a participação de milhões de pessoas, enviando dados para alimentar o programa, até que a Mecânica dos Genes seja concluída com a decisiva participação de James e suas descobertas.

Seus resultados não são totalmente divulgados, mas o mundo poderá se livrar de todas as doenças ao criarem vacinas para todas as moléstias, mesmo as novas ou desconhecidas, bastando mapear o gene provocador e equacionar a solução.

Essas mesmas equações podem criar um ser humano imortal, que nunca adoecerá e poderá viver indefinidamente.

Se o mundo científico tomasse conhecimento desse trabalho, ele seria considerado o maior, mais complexo e mais importante trabalho científico de toda a história da humanidade, só comparável à chegada de ETs a este planeta, se, acaso, isso tivesse ocorrido.

O TRATAMENTO

Michael começa a ter problemas com seu único rim que funciona, pois nasceu com atrofia no outro, o que até então não havia acontecido.

A família e os amigos se mobilizam para ajudar na busca de uma solução.

— James Jimmy, acho que teremos que internar o Michael. Ele não está nada bem. (Koya, preocupada).

— Você tem razão, meu amor. E vamos procurar o melhor nefrologista para tratá-lo. (James, igualmente preocupado).

— O que tem o meu irmão? (Kayo).

— Seu irmão nasceu com apenas um rim funcionando. O outro jamais funcionou. (James).

— E o que está acontecendo agora? (Kayo).

— O rim bom está com problemas e resolvemos levá-lo ao médico para fazer todos os exames possíveis (Koya).

Os exames indicam que ele precisa de um transplante de rim o mais rápido possível. Ele é internado imediatamente e tem que ficar ligado permanentemente a uma máquina de hemodiálise.

— O que vamos fazer? (Koya, desesperada).

— Temos que esperar por um rim compatível e pode demorar muito. (James).

— Mas não podemos esperar. Tempo é uma coisa de que nosso filho não dispõe. (Koya).

— A pessoa mais próxima dele é a irmã. Talvez ela seja compatível. (James).

— Não se esqueçam de mim. Vamos todos fazer exames e ver se algum de nós é compatível. (Kayo).

— Vamos nos comunicar com a Rachel e pedir que ela faça lá mesmo os testes e nos mande o resultado. (Koya).

— Deixa que falo com a mana, mãe. (Kayo amadureceu muito rapidamente).

A situação de Michael piora a cada dia. Seu quadro clínico passou de urgente para desesperador. Todos os parentes e pessoas próximas das famílias fizeram testes para uma doação de rim, mas todos ficaram longe de ter uma mínima compatibilidade que indicasse um transplante com sucesso.

Koya, apresentou uma compatibilidade mínima, mas desprezível do ponto de vista de haver alguma chance de sucesso, tanto que os médicos recusam a ideia de transplantar para ele um dos rins dela.

— Não me interessa se o índice de compatibilidade é quase nulo. Preciso fazer alguma coisa pelo meu filho já que a medicina nada pode fazer. (Koya, falando com o nefrologista).

— Senhora Koya, deveríamos esperar um pouco mais para... (Médico).

— Meu filho não pode esperar. Ele não tem tempo, doutor! (Koya).

— Senhora Koya, preciso lhe dizer que uma cirurgia debilitará ainda mais seu filho. (O médico).

— Não preciso de dois rins. Quero uma esperança para o meu filho por menor que seja. (Koya começa a chorar).

— Não acredito que não sou compatível. (James, lamentando-se).

— Façam o transplante. Pagarei o quanto quiserem, mas façam. (Koya, resoluta).

— Está bem, senhora Koya, eu farei, não pelo pagamento, mas para não a ver consumida pelo desespero de não ter tentado.

— Vou te amar eternamente, minha mãezinha querida. (Michael, ao entrarem para a sala de cirurgia).

Seis meses após a cirurgia, o rim é rejeitado, Michael não resiste e morre.

A morte não dá folgas à Koya que, depois dos falecimentos de George e de sua mãe, Meg, e o aborto sofrido pela sua cunhada, Nicole, agora chora a perda de seu filho Michael com apenas 32 de idade.

Rachel continua envolvida em suas ações de caridade nas regiões mais perigosas do mundo, mas consegue vir para o velório, a cremação do irmão, o lançamento de suas cinzas ao mar e confortar sua mãe.

— Mano querido, tento ajudar tantas pessoas e pela pessoa mais querida para mim nada pude fazer. (Rachel).

— Perdão, meu filho! (James, lançando uma parte das cinzas de Michael ao mar).

— Isso não é justo. Te amo, meu irmão. (Kayo lançando mais um pouco das cinzas de seu irmão ao mar).

Ao lançar o restante das cinzas de Michael no mar, Koya olha para o céu e conversa, em voz baixa, com a mãe biológica de Michael.

— Por favor, perdoe-me por ter falhado com o seu filho. Seja bondosa comigo e permita que eu continue chamando-o de nosso filho.

Todos sofrem muito, mas Kayo é o que mais sente a perda do irmão depois de sua mãe. O garoto dócil e amável começa a amadurecer precocemente e da pior maneira possível: através do sofrimento pela perda de entes queridos. A poderosa família diminui e vai criando-se um grande vazio afetivo num ambiente outrora rico em felicidade, contrastando com a imensa fortuna, que continua crescendo. Com Kayo, o poder azul começa a permear profundamente as relações familiares, tornando-se ele o esteio do poderoso clã. Talvez ele se torne o poderoso Senhor de todos os destinos.

A LIÇÃO

Apesar da dor pelo falecimento de Michael e da preocupação com a intenção de Rachel de seguir prestando ajuda humanitária em regiões perigosas, Koya tenta continuar à frente das empresas e dos negócios da família. Porém também encontra problemas de soluções dolorosas.

Um incidente provocado por uma funcionária toma proporções de caráter pessoal com a chefia e o grupo, instalando-se um mal-estar no ambiente de trabalho. Por esse motivo, precisa ser resolvido logo.

— Senhora Koya, o diretor de Recursos Humanos quer uma reunião para o mais breve possível. (Elizabeth).

— Pode chamá-lo agora, por favor. (Koya dá prioridade a assuntos de pessoal).

Sem demora, o diretor de RH chega à sala da presidência.

— Penso que sei do que se trata. O assunto está na rádio corredores. (Koya, com o diretor de RH)

— Um assunto grave, pois criou uma situação insustentável. Não devemos postergar uma decisão. (Diretor de RH).

— Concordo com você, mas deixe que eu falo com ela. (Koya).

— Nossa orientação é que a chefia imediata deva comunicar a demissão aos seus liderados, explicando-lhes os motivos.

— Se não fizer isso ficarei devendo algo a mim. Detesto interferir em diretrizes mas, por favor, deixe-me tratar do assunto desta vez.

— Como quiser, senhora Koya. Só queria lhe poupar o transtorno. Vou solicitar que se apresente aqui. (Diretor de RH).

Koya recebe a funcionária e solicita que Elizabeth transfira suas ligações para diretores que possam resolver os assuntos. Por causa de um pequeno mal-entendido, Anne armou uma confusão com desmedidas proporções, agindo de maneira intempestiva e dirigindo palavras ofensivas aos seus colegas e chefia, instalando imediatamente um mal-estar geral, abalando o ambiente laboral, que sempre foi cordial e cooperativo.

— Você está assustada. (Afirma Koya).

— Nem um pouco. E como a senhora poderia saber? (Anne nega de maneira acintosa).

— Sinto o cheiro do medo em você.

— Não tenho medo de nada. E isso parece coisa de cães. (Anne, sem medir palavras).

— Estou treinando para chegar ao nível das cadelas. (Koya).

— Não quis ofendê-la. (Anne, tentando desculpar-se).

— Se soubesse do que as cadelas são capazes consideraria mais um elogio do que uma ofensa. (Koya).

— Sei porque fui chamada aqui. Então posso me demitir para economizar seu precioso tempo. (Anne, arrogante).

— Meu tempo realmente é precioso, mas não vale mais do que a sua vida. Venha, sente-se aqui comigo.

Com calma maternal, Koya estende a mão e convida-a para sentarem-se nas poltronas, frente a frente.

— Sei que foi errado o que fiz e, talvez, imperdoável. (Anne parece acalmar-se com o gesto de Koya).

— Perdão é um precedente perigoso. Para ser justa, teria que perdoar todos que agissem da mesma forma.

— Então o que pretende fazer? (Anne).

— Não quere saber o que penso de você?

— Não entendo que proveito teria. (Anne, desdenhando).

— Quando o tempo passar você refletirá sobre o que vou te dizer.

— Digo muitas coisas sem pensar e acabo ofendendo as pessoas, sei disso. (Anne, reconhecendo sua intempestividade).

— Você é jovem, inteligente, bonita, ambiciosa, impetuosa, mas muito arrogante. (Koya expondo sua opinião).

— Impetuosidade para subalternos torna-se arrogância. (Anne, contestando).

— Impetuosidade é bom porque nos faz agir, mas agir sem refletir pode ser desastroso.

— Procuro conquistar o meu lugar no mundo e não consigo esperar por decisões. Quero ver as coisas acontecendo, afinal, enquanto a vida passa, a fila anda. (Anne).

— Chamei-a para ajudá-la porque já fui impetuosa, mas tive sorte. (Koya).

— Nascer rica é, sem dúvidas, muita sorte. (Anne).

— Não me refiro a dinheiro, mas ao meu pai e à minha mãe, que me ensinaram a viver.

— Vai me ajudar me demitindo?

— Sim, mas antes responda: por que parou de estudar?

— Me faltou o que lhe sobra.

— Se aceitar e não se ofender, posso pagar seus estudos. (Koya faz uma oferta surpreendente).

— É para sentir-se menos culpada?

— Os estudos poderão torná-la uma pessoa melhor e o conhecimento poderá abrir-lhe muitas portas.

— O dinheiro é a chave que abre todas as portas. (Anne).

— Ah! Ledo engano! Nem todas, nem todas. (Koya enfatiza).

— Não conheço portas que a senhora não consiga abrir.

— As portas dos corações. Com todo o dinheiro que tenho não estou conseguindo entrar em seu coração.

— Podia abrir uma exceção e... me perdoar?

Anne começa a chorar com o tratamento compreensivo e carinhoso que recebe de uma pessoa tão poderosa.

— Posso perdoá-la se aceitar a minha oferta, mas não poderá continuar na empresa. (Koya se esforça para segurar a emoção).

— Vou ter que conseguir outro emprego.

— Prometa-me que vai melhorar e posso tentar posso abrir algumas portas para você. (Koya, com um sorriso encorajador).

— Como a senhora pode tratar tão bem uma pessoa... como eu? (Anne reconhece seu comportamento grosseiro).

— Porque fazer o bem faz bem ao meu coração. Simples assim.

— Prometo que tentarei me tornar uma pessoa melhor. (Anne).

— Reconhecer nossos erros é um sinal de inteligência e um bom começo.

— Muito, muito obrigada, senhora Koya. E me desculpe por todas as grosserias.

— Quem deve agradecer sou eu.

— Por quê? (Anne, surpresa).

— Você me fez feliz hoje.

— Estou arrependida do que fiz. (Anne).

— Então comece a cumprir o que prometeu.

— Como? O que devo fazer? (Anne).

— Volte ao setor para recolher seus pertences e demonstre isso desculpando-se com todos. (Koya).

— Agora começo a entender.

— O que está entendendo?

— Que é preciso mais coragem para se desculpar do que para ofender. (Anne).

— Para ofensas basta uma dose de ignorância, mas para desculpas temos que reconhecer que erramos. (Koya).

— Aprendi mais nestes poucos minutos com a senhora do que mergulhada, por horas, nas redes sociais. (Anne).

— Muito obrigada. Sua percepção começou a melhorar e penso que não me arrependerei em ajudá-la.

Ao final do expediente Koya está física e mentalmente exausta, mas convencida de que pode ajudar uma pessoa a encontrar um caminho menos penoso na conquista de seu lugar no mundo.

À noite, James e Koya se preparam para dormir, então ela expõe suas intenções sobre o futuro.

— Você parece tão cansada, meu amor. Acho que tem trabalhado muito. (James, notando o desgaste de Koya).

— Estou pensando em passar a presidência para o Kayo. O que você acha? (Koya).

— Tem todo o meu apoio. (James).

— Ele tem apenas 18 anos. Você concorda que ele esteja pronto?

— Claro! (James responde com segurança).

— Por quê? No que baseia sua afirmação tão eloquente?

— Porque é nosso filho, e com a professora que teve não restam dúvidas de que se sairá bem. (James, elogiando-os).

— Não sou tão inteligente quanto mamãe. Sinto saudades de todos que se foram e isso pode abalar minhas decisões. (Koya).

— Também sinto falta e queria poder ajudá-la mais. (James).

— Você ajuda muito me amando tanto, com tão pouco que te dou em troca.

— Jamais repita isso, meu amor. Você me faz o homem mais feliz do mundo e afastar-se da administração fará bem a todos nós.

— Fico com o coração apertado pensando em toda a responsabilidade que Kayo assumirá. (Koya).

— Deve considerar que ele está na vice-presidência há dois anos, o que serviu como experiência.

— Devo considerar, também, que ele está em fase de conclusão do seu curso de Direito e tentando o doutorado. (Koya).

— Qualquer mãe ficaria apreensiva e você é uma mãe diferenciada. A melhor mãe do mundo.

— Todos gostariam de ter a mãe mais rica do mundo. Dinheiro é o que me torna diferenciada.

— Não é a riqueza que te faz assim. É o seu coração. (James).

— Obrigada, James Jimmy. Te amo. Tenho que me preparar para falar com nosso filho. (Koya).

— Aproveite enquanto a Rachel está aqui. Posso falar com ele, se você quiser.

— Você está sempre perto e pronto para me ajudar em tudo.

— Para que servem os cavalheiros senão para auxiliarem suas damas?

Após um profundo suspiro, Koya aconchega-se nos braços de James.

A poderosa senhora Koya, momentaneamente fragilizada, encontra forças e refúgio afetivo no amor verdadeiro de James.

— Você me faz sentir renovada. Te amo. (Koya).

Preocupações de mães são infindáveis e a decisão de Rachel de voltar para África continua angustiando o coração de Koya enquanto ela recebe o carinho de seu grande amor.

— Boa noite, amor. Descanse e tenha somente bons sonhos. (James).

— Boa noite e obrigada.

O HOMEM

— Vou aproveitar que estamos reunidos e anunciar que passarei a presidência de nossas empresas para o Kayo.

Koya, como de costume, realiza um jantar mensal para tentar reunir a família e, às vezes, os amigos mais chegados.

Desta vez, Koya aproveita a presença de Rachel, que veio da África para as últimas homenagens ao seu irmão Michael, e anuncia sua decisão de passar a presidência para seu filho Kayo, que estava na vice-presidência desde os 16 anos.

— Mas mãe, ainda nem concluí o curso de Direto. Não acha que é cedo demais para assumir tamanha responsabilidade?

Kayo, sempre meigo e carinhoso com todos, fica assustado com a possibilidade de ter que presidir um dos maiores conglomerados de empresas tão diversificadas como as que sua família construiu ao longo dos anos.

— Siga o exemplo de sua avó Meg e assessore-se de pessoas competentes e comprometidas com os destinos das empresas, dos colaboradores e dos negócios. (Koya fez exatamente isso quando tomou para si a presidência).

— A senhora foi muito corajosa quando tomou a presidência das empresas com 24 anos. Vovó Meg contou-me como aconteceu. Mas tenho só 18 anos e não pretendo aposentá-la, mãe. (Kayo, contra-argumentando).

— Desejava dar um pouco de descanso aos meus pais, que só faziam trabalhar e não tinham tempo para se divertirem. (Koya).

— Vai se sair bem, mano. Está na vice-presidência há dois anos, conheces bastante as nossas empresas e o funcionamento dos negócios. E aproveite para sair da casa da mamãe e morar sozinho. Vai gostar. [Ha ha ha]. (Rachel, fazendo graça).

— Mas a mamãe está ao meu lado e todas as decisões finais sempre foram dela. (Kayo, respondendo à sua mãe).

— Sua irmã tem razão, filho. Você é muito competente e sua mãe precisa de toda ajuda que pudermos oferecer. (James).

— Não tema nada, sobrinho. Estaremos ao seu lado para auxiliá-lo no que precisar. (Oaky, dando força).

— Você teve a melhor professora nesse assunto. (Nicole, elogiando a cunhada).

— Obrigado a todos. Quero dizer que estou lisonjeado e vou tentar o melhor que souber e puder fazer. (Kayo, aceitando).

— Obrigada, meu filho. Te amo. (Koya, emocionada e aliviada).

— Parabéns, mano. Estou muito orgulhosa de você. Vai dar tudo certo, você vai ver. (Rachel).

— Você vai conseguir, meu filho, afinal, você é filho de Koya, a lenda! (James, abraçando seu filho).

— Fiquem tranquilos, pois se precisar, a primeira coisa que farei será gritar: "Mamãe! Mamãe! Mamãe!".

Kayo faz todos rirem muito e é abraçado e beijado por Koya com ternura e orgulho por seu filho.

— Te amo, meu filho, e nunca abandonarei nenhum de vocês. Você será melhor do que eu, já te disse isso, e não por você ser homem, mas porque nasceu com a inteligência da sua avó Meg e a paciência do seu avô Sam. (Koya, profetizando).

Depois de todos os trâmites burocráticos necessários, com a aprovação do nome de Kayo pelo conselho de acionistas, a posse ocorre com a presença da imprensa devido à importância e ao histórico do poderoso grupo econômico.

Kayo faz um discurso de posse que acaba entrando para a história como o discurso mais breve e enigmático de que se ouviu falar. Ele vai até o centro da mesa, fica em pé e, sem se dirigir ou mencionar alguém, diz apenas:

— Eu sou Kayo, filho de Koya, que foi gerada por Meg, que era amada por todos e que foi construída por Hugh, nascido de Érika.

Sem dizer mais nada, retira-se da sala. Todos esperavam os costumeiros e hipócritas agradecimentos a diversas pessoas, bem como promessas difíceis de cumprir sobre futuras melhorias e expansões das empresas com a intenção de instigar o mercado de ações. A imprensa tece os mais variados comentários, inclusive de que ele não estaria preparado para comandar um grupo tão grande e importante de empresas espalhadas pelo mundo, por ser jovem e despreparado, como seu discurso deixou antever.

— Esse moleque vai acabar com as empresas. É lamentável. (Um repórter).

— Muitas pessoas acabarão desempregadas. (Um economista).

— Disseram a mesma coisa da avó dele, a falecida fada Meg. (Outro repórter, com 80 anos de idade).

— A mãe dele não deve ter avaliado bem as condições de seu filhinho e talvez tenha que voltar atrás em sua decisão. (Um repórter).

Kayo é um jovem tímido e gentil, que fala muito pouco em público, quase balbuciando as palavras que pronuncia, mas na intimidade – e quando lhe convém –, é falante, inteligente, envolvente, sedutor e convincente.

— Nem mesmo sabemos as razões pelas quais ela deixou o comando das empresas, mas ainda é nova e, ao ver o erro que cometeu ao nomear o filhinho da mamãe, retornará para a presidência. (O repórter).

— Deve estar muito abalada com as recentes perdas familiares e não está em seu juízo perfeito. (Outro repórter).

— Só resta aos acionistas esperarem para ver no que vai dar. (Um comentarista de economia).

— Mas o mercado de ações não espera e, com certeza, as ações das empresas sentirão os efeitos desse discurso desastroso e sem propósitos. (Um analista de economia).

A VIAGEM

Rachel, em busca de seus ideais, volta para a África, juntando-se ao Médico Sem Fronteiras, sob os protestos e a reprovação de toda a família. Dessa feita, Koya leva-a até Paris em seu avião particular e, resignada, tem que voltar para casa, pois a aeronave não consegue permissão para prosseguir até o destino final de Rachel.

— Queria tanto conhecer os lugares por onde anda e as pessoas a quem você ajuda, minha filha! Sua avó dizia que é preciso conhecer os lugares e as pessoas para poder amá-los. (Koya, lamentando não poder acompanhá-la).

— Tenho certeza de que entenderia mais claramente as razões que me levam até lá. (Rachel).

— Entendo, filha. Entendo mais do que desejo. Queria saber se elas ficam gratas pelo que faz. (Koya).

— Claro que ficam, mãe. São pessoas muito humildes e carentes de tudo. E não busco qualquer tipo de gratificação que não seja o reconhecimento afetivo pelo que tento fazer. São pessoas tão oprimidas que nem aprenderam a agradecer. (Rachel).

— Entendo perfeitamente as razões, mas isso não faz com que se torne menos perigoso. (Koya).

— Atualmente, todos os lugares do mundo são perigosos. Os políticos não deixam a diplomacia aproximar os povos, eles não desejam, realmente, a paz. A paz não parece um bom negócio. (Rachel).

— Por nunca ter funcionado a contento penso que a diplomacia trabalha a favor da opressão dos povos. (Koya, radicalizando).

— É no que somos obrigados a acreditar ao ouvir tanta verborreia, discursos hipócritas, falsas promessas de ajuda e ausência de atitudes que possam realmente nos dar alguma esperança de dias melhores. (Rachel conhece bem a diplomacia internacional).

Depois de um longo suspiro, Koya tenta mudar de assunto, desejando ficar mais tempo com sua filha.

— Minha filha querida, quero fazer um pedido especial. (Koya, falando com ternura).

— O que é, mãe?

Rachel, pensando tratar-se de mais um pedido para que desista de ficar se expondo naquela região, abraça a sua mãe com carinho.

— Apaixone-se por alguém. (Koya).

— Oh, mãe... Ainda não encontrei ninguém de meu agrado e não se dá ordens ao coração. Você sabe bem disso. (Rachel).

— É por essa razão que te peço. Não cometa o mesmo erro que eu, que mergulhei no trabalho e nem percebi que a vida passava por mim sem que aproveitasse as coisas boas, como o amor. (Koya).

— Tenho apenas 26 anos e você estava com 32 quando me adotou. (Rachel).

— Por favor, nunca mais use essa palavra. Você é um anjo que caiu do céu em meus braços e em meu coração... (Koya se emociona).

— Perdão, mãe. Te amo. Nem sei se pode existir um amor maior do que o que sinto por você, mãezinha.

— Minha vida agora se resume a três pessoas. Não posso perder mais ninguém. (Koya).

— Penso que não tenho condições de ser tão mãe quanto você. (Rachel).

— É uma área muito perigosa para uma pessoa do Ocidente, principalmente norte-americana, transitar e fazer caridade. (Koya).

— Vou manter contato permanente com vocês como sempre fiz. (Rachel).

— Você sabe que os estadunidenses são odiados em alguns países. (Koya).

— Não se preocupe e faça uma boa viajem de volta. E dê um abraço bem apertado no papai. (Rachel dá um selinho e um longo e apertado abraço em sua mãe).

— Lamentei que seu pai não pôde vir conosco. Até breve, minha filha. Te amo. Nunca se esqueça disso. (Koya).

— Também te amo, mãe. E, mais uma vez, obrigada por tudo que tem feito por mim. Não saberia fazer outra coisa na minha vida. Eu me sinto muito feliz ajudando as pessoas. (Rachel).

Rachel aprendeu a falar árabe, língua que havia começado a estudar sem que a família soubesse, mas domina vários outros idiomas e dialetos falados naquelas regiões. Tudo se torna mais fácil quando se tem vontade de aprender e de ajudar os outros.

— Adeus, mãe. Faça uma boa viagem de volta para casa e dê um beijão no papai. Diga-lhe que o amo muito. (Rachel).

Enquanto observa o avião de sua mãe decolando, Rachel pensa num final feliz.

— Um dia voltarei para casa para abraçar você e o papai, e para você me cheirar enquanto te conto como ajudei as pessoas. E, com certeza, adormecerei em seus braços, sonhando com um mundo melhor para todos. Te amo tanto, mãe! (Rachel).

Pela sua beleza, candura e dedicação, Rachel começa a ser conhecida nas comunidades mais carentes e atingidas por guerras, pela violência de extremistas e pelo descaso das autoridades, como anjo.

A família manda milhões de dólares por ano para suas atividades filantrópicas, tendo que burlar as autoridades monetárias para não serem processados por evasão de divisas ou, pior, de financiar o terrorismo.

O RETORNO

— O anjo voltou para nos ajudar! (Uma moradora de uma vila arrasada por uma guerra civil infindável).

— Nós estamos aqui. Sinto-me inútil quando não estou ajudando alguém. Aqui é o nosso lugar. (Rachel aprendeu com sua avó Meg a usar a primeira pessoa do plural ao falar).

Várias crianças correm ao encontro de Rachel, conduzidas por um jovem muçulmano chamado Zayn, também participante do programa Médicos Sem Fronteiras.

Zayn é um nome masculino cuja origem é árabe e significa "belo e gracioso", "cheio de beleza e graça".

— O que está fazendo com as essas crianças? (Rachel, mostrando-se contrariada com aquele estranho).

— Estou cuidando delas para você. Muito prazer, me chamo Zayn. (Respondeu o estranho).

— Desculpe-me, por favor. É que estou chegando agora de uma longa viagem e tive que ficar afastada deles por mais tempo do que pretendia. Meu nome é Rachel. Prazer em conhecê-lo. (Estendendo a mão em cumprimento).

— *Salaam Aleikumo*! Sei quem você é, conheço bem a sua história. Todos estão com muitas saudades do anjo. (Zayn faz uma reverência muçulmana sem tocá-la).

— Acho que não foi um bom começo para nós dois... (Rachel está usando véu muçulmano para se fazer tolerada pelos radicais).

— Mais importante que os começos são os finais, pois os começos podemos consertar, mas os finais são definitivos. (Zayn).

— Assim você me deixa envergonhada pela grosseria que cometi. (Rachel, abraçando e beijando as crianças, saudosas).

— Não se desculpe. Uma pessoa tão meiga e bondosa é incapaz de cometer uma grosseria. Foi excesso de zelo para com essas pessoas que você tem ajudado tanto. (Zayn).

— Posso crer que está aqui pelos mesmos motivos que eu? (Rachel).

— Sim. Também participo do programa Médicos Sem Fronteiras. Todos por aqui e além daqui falam muito do anjo do bem. (Zayn vai cativando Rachel com sua gentileza).

— Estou tentando mudar esta situação. Muitos passam dias sem comer, estão subnutridos e destruídos pela violência de guerras injustificáveis. Sem contar as doenças oportunistas que são inevitáveis nessas condições. (Rachel).

— Espero que possamos trabalhar juntos, apesar do começo não tão bom. (Zayn).

— Penso que sim, pois você falou que o mais importante são os finais. (Rachel).

— Podemos tentar um final feliz para... todas essas pessoas. (Zayn).

— Sempre penso em finais felizes para todos nós. (Rachel).

— Às vezes, quase desisto, mas ao conhecer pessoas como você meu coração se enche de esperança de que algum dia o mundo possa ser um lugar melhor para todos. (Zayn).

O retorno de Rachel é saudado pela pequena e sofrida comunidade como uma bênção, pois ela providencia medicamentos e alimentos, que são enviados pela sua família sempre que podem. Mas têm que fazê-lo por meio da empresa de segurança, pois tudo pode ser retido e confiscado pelas autoridades corruptas que ocupam o território.

— O que você e sua família vêm fazendo por essas pessoas é algo impagável. (Zayn).

— Mesmo que pudessem pagar, dinheiro nunca foi problema para a minha família. (Rachel).

— Mas é extremamente perigoso, pois os governantes têm interesse que essas pessoas permaneçam com as mínimas condições de sobrevivência, sem informações e sem educação para não reivindicarem seus direitos. (Zayn).

— Talvez atitudes como a nossa mudem a opinião das pessoas sobre o meu país. (Rachel, referindo-se aos EUA).

— A propaganda contrária é muito poderosa. (Zayn).

— A favorável também, mas nada disso parece resolver ou amenizar esta situação desumana. (Rachel).

Rachel e Zayn começam a trabalhar juntos e vão se conhecendo melhor. Suas opiniões convergem em quase tudo, por isso logo se tornam mais do que companheiros de luta contra a miséria, a fome e as doenças, e ela vai cada vez mais se sentindo segura de que é isso mesmo que deseja para a sua vida.

Com o passar do tempo, sem querer, ela vai se apaixonando por Zayn, como sua mãe havia lhe pedido. Seu coração se alegra e faz com que sua tarefa de amenizar o sofrimento de tantas pessoas seja mais suportável. Agora, Rachel parece ainda mais angelical por estar enamorada de Zayn e sendo correspondida por ele.

Zayn é um homem de feições fortes, quase rudes, mas gentil e amoroso. Paciencioso com todos, está sempre acompanhando atento o que Rachel faz, ajudando-a em tudo, pois sua formação também é em Medicina.

— O que você fazia na Espanha quando foi deportado? (Rachel).

— Estava cursando pós-graduação em Medicina Comunitária. (Zayn).

— E por que te deportaram?

— Após alguns atentados, muito muçulmanos foram convidados a se retirarem do país.

— Mas como ninguém ficou sabendo disso? A imprensa não divulgou nada, se bem me lembro. (Rachel).

— Foi tudo feito de maneira sutil e de forma que não parecesse uma deportação.

— Mas que absurdo! Você fez alguma coisa para poder, pelo menos, terminar seu curso?

— Tentei, mas fui dissuadido pelas autoridades, que foram bastante convincentes. Aconteceu com muitos conterrâneos. (Zayn).

A APRESENTAÇÃO

Num dia comum de trabalho, liga para a secretária de Kayo, sem ter uma visita agendada, uma mulher, solicitando uma entrevista com ele.

— Senhor Kayo, ligou para nós uma mulher oferecendo-se para contar-lhe a história das origens da sua família. (Cleo).

Kayo não costuma receber ninguém sem ser avisado com antecedência, inclusive sobre o assunto a ser tratado, pois gosta de estar bem preparado para evitar possíveis surpresas desagradáveis por desconhecer pormenores do assunto.

— Alguém divulgou que eu estava pesquisando a minha história? (Kayo lembrou-se de que sua avó sugerira que descobrisse suas origens).

— Não que eu saiba, senhor. Nem sabia que o senhor estava pesquisando sobre o assunto. (Cleo).

— Ela pediu ou mencionou ou algum pagamento por isso? (Kayo nunca comentara a sugestão de sua avó).

— Não, senhor. Apenas insistiu em falar com o senhor.

— Deixou algum número de telefone para contato? (Kayo se apressa, não deixando sua secretária discorrer sobre o contato).

— Não, somente disse que era muito importante e que voltaria a fazer contato. (Cleo).

— Talvez esteja querendo emprego ou simplesmente... me conhecer.

— Pode ser. O senhor é um homem muito rico, importante e...

— E...? (Kayo, curioso).

— Charmoso. (Cleo, constrangida).

— Pensei que me achasse bonito! (Kayo, zoando).

— Mas o charme... inclui a beleza, senhor. Desculpe o meu atrevimento.

— Não se desculpe, Cleo. Também a vejo como uma linda mulher, inteligente e muito competente.

— Obrigada. O senhor é muito gentil.

— Gentileza também faz parte do charme? (Kayo, insinuante).

— É o principal ingrediente, senhor.

— [Ha ha ha]. Não sabia que era charmoso. Obrigado, Cleo. E se aquela mulher ligar novamente marque uma entrevista, por favor. (Kayo, feliz com as declarações de Cleo).

Talvez para aliviar as tensões do trabalho e divertir-se com alguém que queira lhe vender algo, Kayo concorda em atender a estranha quase sem querer. Foi um impulso inexplicável. Passados alguns dias, a mulher volta a ligar para Cleo.

— Bom dia, Cleo. Por favor, o senhor Kayo vai me receber? (Rápida e sem rodeios).

— Bom dia, senhorita. Sim, ele assentiu em recebê-la. (Cleo).

— Você poderia informar-me quando?

— Só um minuto que vou verificar a agenda, está bem?

— É claro, não se apresse.

— Na sexta-feira da semana vindoura ficaria bom para a senhorita?

— Sem dúvida. E a que horas?

Após Cleo informar a hora, a mulher desliga imediatamente, não dando chances para Cleo perguntar seu nome.

— Senhor Kayo, aquela mulher ligou e marquei uma entrevista com o senhor para sexta-feira da próxima semana, às 18h.

— Perfeito, Cleo. E como ela se chama?

— Desligou sem me dar chance de perguntar seu nome. Ou... não queria me dizer.

— Ela foi indelicada com você? (Kayo).

— Não, senhor. Pareceu-me gentil o tempo todo. (Cleo).

— Está bem, Cleo. Vamos ver o que essa misteriosa mulher quer comigo. Estou curioso.

Na semana seguinte, no dia e hora marcados, a mulher apresenta-se para Cleo.

— Boa tarde, Cleo. Como está você?

— Boa tarde, senhorita. Estou muito bem, obrigada. O senhor Kayo a espera. (Cleo).

— Obrigada. Você é bonita e gentil.

— A quem devo anunciar? (Cleo).

— Bem... Diga a ele que sua historiadora chegou. Sabe, Cleo, eu própria gostaria de apresentar-me. Se puder me fazer essa gentileza, ficaria eternamente grata.

— Está bem, senhorita.

Cleo concordou, parecendo hipnotizada pela beleza daquela jovem mulher, que demonstrava conhecer bem todos os caminhos daquele lugar. Então anunciou a sua chegada e encaminhou-a para a sala de Kayo, que esperava ansioso.

— Senhor Kayo, está aqui a pessoa que veio para a entrevista. (Cleo).

— Por gentileza, faça-a entrar. (Kayo).

— Boa tarde, senhor Kayo! É um prazer imenso conhecê-lo. (A jovem, estendendo-lhe a mão).

— Boa tarde, senhorita. Entre e sente-se. (Kayo esperava-a em pé e a conduz até as poltronas).

Ao vê-la entrar, Kayo fica impressionado com a beleza daquela jovem mulher loira, de olhos azuis, elegante e sensual, com uma presença imperativa. Quando ele a cumprimenta, com um beijo na parte superior da mão, sente um arrepio percorrer-lhe o corpo e a estranha sensação de ter sido tocado por aquela mulher, a qual nunca vira antes.

— É um prazer conhecer uma jovem tão linda e ousada. (Kayo, deslumbrado com a beleza daquela mulher estranha).

— O prazer é todo meu em conhecê-lo pessoalmente, senhor Kayo, mas não sou tão ousada quanto pensa.

— Pode crer que é. Para vir até mim, insistindo em falar-me sem um assunto definido e passando pela segurança sem ser percebida, diria que é bem mais do que simples ousadia. É quase magia. (Kayo, tentando descontrair).

Por medida de segurança, todas as pessoas são minuciosamente revistadas e identificadas ao entrar no prédio, principalmente as que desejam se dirigir à presidência.

— Em que posso ter o prazer de ajudá-la, senhorita? (Kayo, tentando insinuar-se).

— Ainda não lhe agradeci por achar-me... linda. O senhor é muito gentil, obrigada.

— Sua beleza é difícil de não ser notada, o que me intriga ainda mais o fato de ter passado despercebida pela segurança. (Kayo, preocupado, insiste na questão da segurança).

— Estou lisonjeada e encabulada. (Habilmente, ela tenta mudar de assunto).

— Desculpe-me, não tive a intenção. Mas o que a senhorita tem para me dizer?

Kayo, encantado com a beleza da jovem, pensa que ela está ali para pedir contribuições para alguma instituição de caridade ou lhe vender algum produto, como seguro de vida ou coisas do gênero.

— O senhor pode pensar que seja muita pretensão da minha parte, mas eu pretendo ajudá-lo.

— Pensei que estava preparado para tudo, mas realmente estou surpreso com a sua ousadia. (Kayo).

— Quero contar-lhe a história de suas origens. (Ela vai direto ao ponto).

— É isso?! E por que se propõe a contar-me minhas origens? (Kayo, mais surpreso ainda).

— Em seu discurso de posse o senhor mencionou parte de sua árvore genealógica e isso instigou a minha curiosidade.

— Então resolveu investigar-me. O que mais sabe de mim?

— O que todo mundo sabe. Talvez só um pouco a mais. Pensei que desejasse saber dos seus outros ancestrais.

Kayo, intrigado, lembra-se de que sua avó lhe disse para descobrir suas origens e cumprir seu destino. A jovem o surpreende em todos os sentidos e parece saber do que está falando. Mas ele pensa que ela pedirá uma quantia bem razoável para falar sobre seus antepassados.

— Quero contar-lhe sobre as suas origens.

— O que a faz pensar que estou interessado? (Kayo havia pensado em pesquisar sua ancestralidade, mas não comentou com ninguém).

— A maneira como sempre se apresenta em público. Tornou-o famoso.

— Sou mais famoso pela riqueza da minha família e de como a minha mãe acumulou essa fortuna em pouco tempo.

— Talvez por isso queira saber suas mais longínquas origens.

— E você pensa que sabe? Pesquisou a minha vida pregressa e toda a minha linhagem por quê? (Kayo).

— Porque o senhor é um homem muito interessante.

— Isso não responde a minha pergunta. Nem me conhece, porque acredita que sou interessante e em que sentido?

— Digamos que admiro muito a trajetória de toda a sua família. É uma família muito poderosa.

— Então a senhorita resolveu investigar a minha vida porque me considera poderoso. (Kayo).

— Não exatamente. Conheço bem a sua vida, perdão, parte dela, que foi contada na biografia autorizada de sua avó Meg, brilhantemente escrita pelo jornalista Robert. Fiquei fascinada pela sua avó e também pela sua mãe, Koya.

— Peço-lhe desculpas pela indelicadeza com alguém tão simpática quanto a senhorita, mas acontece que não estou acostumado a atender pessoas sem saber exatamente o assunto. Mas isso não justifica a grosseria que lhe fiz. (Kayo).

Kayo vai ficando cada vez mais interessado na jovem e menos no que ela tem a revelar sobre o seu passado ou as suas origens. Parece hipnotizado pela beleza daquela mulher misteriosa.

— Entendo perfeitamente, principalmente por ser um homem tão ocupado e, certamente, cobiçado por muitas mulheres.

— Até que ponto a senhorita pesquisou minha família? (Kayo, evitando o assunto: cobiçado por mulheres).

— Conheço toda a sua linhagem e isso me encantou.

— Perdão, sem querer ofendê-la, mas como sou um empresário gostaria de saber de quanto estamos falando?

Kayo pensa que a jovem quer vender uma pesquisa feita pela internet e que, por certo, não contém dados confiáveis.

— Não me ofendeu, senhor Kayo. Como um homem de negócio e, sobretudo muito rico, é natural que muitos queiram lhe vender muitas coisas, mas o meu interesse é outro.

— A senhorita é comprometida? (Kayo quer saber se ela está tentando uma aproximação afetiva).

— De certa forma. (Resposta lacônica e não esclarecedora).

— De que forma, pode me esclarecer?

— Com a história e o... destino. (Outra resposta lacônica e evasiva).

— Minha história é tão interessante assim? Penso que é uma história comum, como tantas outras. (Kayo, modesto e sem prestar atenção à palavra "destino", dita pela jovem).

— Sua história nunca foi comum. E acho que vai ficar ainda mais incomum. (Mais mistérios).

— A senhorita, além de bonita, é muito instigante e está fazendo com que me interesse cada vez mais pela história dos meus antepassados. Fico imaginando o que teriam aprontado na vida. (Kayo, procurando quebrar o gelo).

— Então o senhor está interessado em conhecer as suas origens?

— Se não quer me vender a minha própria história qual seu outro interesse? (Kayo faz a pergunta de uma forma maliciosa).

— Para fazer o que pretende o senhor tem que saber mais sobre as suas origens.

— E o que pensa que pretendo fazer? (Kayo lembrou-se das últimas palavras de sua avó).

— Tornar-se o homem mais rico do mundo. (A jovem parece conhecer o futuro).

— Isso não será difícil, tendo em vista que a minha família é muito rica e herdarei quase tudo. (Kayo, sem falsa modéstia).

— Mas também pretende se tornar o homem mais poderoso deste mundo. (A jovem insiste).

— Se pensa que quero me tornar presidente dos EUA está enganada. Nem gosto de política. (Kayo).

— Não, presidentes não são tão poderosos e o poder presidencial é efêmero. Já as suas pretensões são amplas e perenes.

— Parece que a senhorita sabe da minha vida e dos meus anseios mais do que eu próprio. (Kayo, admirado).

— Gostaria de saber, mas são apenas pressentimentos a respeito de uma pessoa tão poderosa quanto o senhor.

— Aceita tomar um chá ou um café, senhorita? (Kayo, tentando se refazer da surpresa).

— Não, muito obrigada. Bem, acho que já tomei muito do seu valioso tempo.

— Por favor, ainda não lhe disse se vou querer saber das minhas origens. (Kayo).

— Devo considerar isso como um sim?

— Se me disser o preço podemos fazer um contrato. (Kayo é um empresário e volta à questão de valores).

— Senhor Kayo, não estou aqui em busca de dinheiro, creia-me.

— Teve despesas para descobrir minhas origens, gostaria de restituí-las. E o que a senhorita pretende, então? (Kayo).

— Desde que o conhec... Após começar a pesquisa, achei suas origens muito interessantes e gostaria que tomasse conhecimento. Penso que apreciará o que seus ancestrais fizeram.

— Mais uma vez fui indelicado. O que posso fazer para me redimir? (Kayo quer prolongar a conversa).

— Basta me dizer se está interessado e prometo que ligarei solicitando um novo encontro.

— Claro que estou, senhorita. Quando começamos?

Kayo está extasiado com a beleza e a desenvoltura daquela jovem mulher e quer garantir um próximo encontro.

— Não posso lhe responder agora. Preciso ver quando consigo voltar para cá. (Uma resposta evasiva).

— Pelo que entendi, a senhorita vai viajar. (Kayo).

— Mais ou menos. Posso até dizer que é uma viagem bem diferente.

— Se me permite perguntar, será uma viagem longa? (Kayo, ansioso por mais um encontro).

— Talvez! Nunca sei quanto tempo vou me demorar.

— Não se demore, por favor. Estou realmente muito interessado num novo encont..., ou melhor, em ouvir a minha história. (Kayo).

— Desejo-lhe muita prosperidade e felicidade, e que realize todos os seus desejos mais... difíceis! Até breve, senhor Kayo.

Depois do encontro, Kayo continua tendo estranhas e inexplicáveis sensações. A imagem dela não sai de sua mente, aquele rosto lhe parece familiar, numa espécie de *déjà-vu*. Por outro lado, tem receio de fazer papel de tolo frente a uma linda e experiente mulher.

Ele questiona o pessoal da segurança sobre ela, mas ninguém lembra de ter recebido ou revistado uma jovem tão linda quanto Kayo descreveu. Sugerem que veja as gravações das câmeras para identificá-la, mas não aparecem registros da sua imagem.

— Como uma mulher passa desapercebida por todo nosso esquema de segurança e não há registros nas câmeras? (Kayo).

— Não sabemos, senhor. Tomaremos todas as providências para que isso não volte a ocorre. (O chefe da segurança).

— Está autorizado a trocar todas as câmeras e colocar o melhor sistema de monitoramento que existir. (Kayo).

— Sim, senhor. Faremos isso imediatamente.

— Deixe comigo um relógio sinalizador. Oferecerei como presente a ela da próxima vez que vir aqui, assim poderemos monitorá-la e descobrir onde mora e o que faz da vida. (Kayo planeja descobrir tudo sobre a jovem que tanto o impressionou).

— Boa ideia, senhor.

— Não me sinto confortável recebendo pessoas com estranhas propostas e que não se sabe de onde veio. Tente fazer uma pesquisa completa sobre essa mulher, por favor. (Kayo).

— Vamos grampear o telefone dela e tentar localizá-la, segui-la e, assim, descobrir o que realmente faz e o que pretende.

A SECRETÁRIA

Uma semana depois, as investigações sobre a jovem dão em nada. Uma vez que não encontraram nenhuma imagem dela nas gravações feitas pelas câmeras de segurança, tiveram que se basear nas descrições feitas por Cleo e pelo próprio Kayo.

As descrições pouco ajudaram, mesmo tendo sido usados programas de computadores para composição de retrato falado, pois não coincidiram totalmente. O grampo no telefone deixou parecer que ele não existia. A mulher tornou-se um mistério preocupante para todos, visto que a empresa de segurança é a maior e a melhor do mundo nesse ramo.

— Senhor, sinto informá-lo de que parece que a sua misteriosa visitante desapareceu do mundo. (Cezar, comunicando o fracasso das investigações).

— O importante é que quando ela retornar nós possamos tomar todas as precauções possíveis, mas, ainda assim, continuo preocupado com tanto mistério. (Kayo).

— O senhor voltará a atendê-la? (Cezar).

— Sim, ela prometeu contar-me a história da minha família e será a nossa oportunidade para conhecer a história dela.

— O senhor acredita que ela conhece a sua história sendo tão jovem?

— Não se trata de acreditar ou não, Cezar. O que quero é saber o que ela pretende comigo. (Kayo).

— Noto que o senhor ficou muito impressionado.

— Tem razão! Agora é uma questão de desvendar os mistérios de uma linda mulher. Isso me excita muito.

— Mas devemos tomar todas as precauções possíveis e, então, descobrirmos quem é e o que realmente pretende.

— Obrigado, Cezar. E, por favor, peça para a Cleo vir aqui. (Kayo).

— Cleo, por favor, veja se consegue ligar para o número que aquela jovem nos forneceu, pois eu não consegui, e convide-a para uma entrevista na semana que vem, está bem?

— Sim, senhor.

Após várias tentativas de fazer contato com aquele número, Cleo manda uma mensagem por WhatsApp.

— Senhor Kayo, também não consegui falar com ela, mas mandei uma mensagem por WhatsApp e certifiquei-me de que foi recebida.

— Como você conseguiu? A segurança informou que o número não existe. (Kayo, mais uma vez, surpreso).

— Eles me falaram, mas no WhatsApp funcionou. (Cleo).

— Muito obrigado, Cleo. Talvez ela tenha desistido das intenções dela, que não ficaram claras para mim. Só nos resta esperar.

— Sinto muito, senhor. (Cleo).

— Por quê? (Kayo).

— Por não poder ajudar mais para sabermos quem ela é realmente. (Cleo).

— Talvez seja apenas mais uma jovem em busca de aventuras. (Kayo).

— Tive a impressão de que o senhor ficou bastante interessado. Desculpe a minha insistência.

— Não se desculpe, Cleo. Você está com razão. Fiquei mais impressionado do que devia.

— O que não me dá o direito de intrometer-me em sua vida.

— Gosto quando as pessoas me falam sobre meu comportamento. Chefes também precisam de *feedback*. Nos faz muito bem.

— Posso aproveitar para fazer mais uma observação, senhor?

— Claro, Cleo! Gostaria que me falasse sempre tudo o que pensa sobre mim. Quero descobrir quem sou e só posso conseguir isso através dos olhos dos outros. Os espelhos são muito enganadores. (Kayo, filosofando).

— Sorria mais, senhor Kayo... (Cleo, constrangida).

— Obrigado, Cleo. Você é uma doce pessoa, mas são tantos compromissos e decisões difíceis e importantes...

— Quando o senhor sorri parece que tudo se ilumina e fica mais fácil ver o caminho e encontrar soluções. (Cleo, poética).

— Você está me deixando sem graça, mas adorei ouvir o que disse. Muito obrigado. Você é uma mulher maravilhosa.

Kayo tem uma admiração profunda por todas as mulheres, pois espera que todas sejam como sua mãe, sua irmã, sua tia e sua falecida avó. As mulheres com as quais convive, além de belas, estão acima da normalidade em termos de inteligência e retidão de caráter.

— Cleo, tente fazer contato com papai no hospital e veja se ele está precisando de alguma coisa, por favor.

— Certamente, senhor Kayo. (Cleo).

Ele continua ajudando muito seu pai, que prossegue pesquisando vacinas para cânceres femininos e alcançou resultados bastante significativos, provando estar no caminho certo, como previu Meg.

— Se precisar de algo mais é só falar comigo, senhor James. Estou autorizada pelo senhor Kayo a lhe fornecer o que precisar.

— Muito obrigado, Cleo. Está mesmo difícil falar com meu filho. Nós dois estamos mergulhados em muito trabalho, mas acho que estamos bem próximos de um resultado positivo e significativo para a cura definitiva dessas moléstias. (James, confiante de que está no caminho certo e que suas teorias frutificarão).

O FILHO

— Boa noite, pai! Queria falar comigo? (Kayo, que agora mora sozinho num apartamento, ao chegar na casa dos pais, após receber um telefonema de James convidando-o para visitá-los).

James e Koya ainda moram na casa em que moraram seus pais, Sam e Meg.

— Sim, estava com saudades de você. Boa noite, filho. (James).

— Apesar de o senhor ainda trabalhar muito, gostaria de falar mais vezes com você. (Kayo).

— Estava com saudades de olhar em seus olhos, tocar em você e abraçá-lo. (James parece emocionado).

— Eu também, apesar de nos vermos pessoalmente pelo menos uma vez por mês nas reuniões que a mamãe organiza. Por falar nela, onde ela está? (Kayo).

— Acabou de entrar no banho e acho que vai demorar. (James).

— Ah, as mulheres! São tantos cremes e cuidados... (Kayo).

— Adoro isso em sua mãe. Fico pensando que ela se cuida para mim. (James, interrompendo seu jovem filho).

— Quando vai parar de trabalhar, pai? (Kayo, preocupado com seu pai, que lhe parece cansado).

— Em breve, filho. Foi também para isso que o convidei para vir aqui. (James).

— Fico muito feliz. Você e a mamãe merecem se divertir mais.

— Lamento que sua avó Meg não esteja aqui para compartilhar o nascimento da Mecânica dos Genes, que está, praticamente, pronta. Quero lhe passar os detalhes de tudo e desejo que você acompanhe a conclusão desse trabalho.

— Sinto saudades da vovó... e do... Michael... (Kayo se emociona ao se lembrar deles).

— Sinto saudades de todos que partiram. Quero que prestes muita atenção ao que vou lhe falar. (James parece ter pressa).

— Preciso anotar? Deveria ter trazido minha secretária? (Kayo, zoando, como toda a família costuma fazer).

— Pelo contrário! Jamais comente esta conversa com ninguém. Prometa-me! (James, muito sério).

— Parece-me muito sério, mas como homem de negócios sei muito bem guardar segredos. Prometo. (Kayo, preocupado).

— Fui um pai ausente para todos vocês e não quero me desculpar pondo a culpa no trabalho e nas pesquisas que desenvol...

— Mas que conversa é essa? (Kayo interrompe seu pai, incisivamente).

— Escute-me com atenção, filho. As pesquisas sobre a Mecânica do Genes e a vacina genética estão muito adiantadas, principalmente, graças a você. Por isso preciso me desculpar contigo. (James, enigmático).

— Vovó pediu-me para ajudá-lo financeiramente. Mas do que preciso desculpá-lo? Você sempre foi um pai amoroso. (Kayo, confuso).

— Usei você... como cobaia. (James, sério, parecendo constrangido com a revelação).

— O quê? [Ha ha ha] Do que você está falando? (Kayo, incrédulo).

— Praticamente, desde que nasceu tenho pesquisado você. (James).

— Não estou entendendo, pai. Pode ser mais claro? (Kayo começa a ficar intrigado).

— É uma longa história, mas para começar você nasceu morto. (James).

— Vi o vídeo do meu nascimento e, com certeza, fui reanimado pela enfermeira, que me pegou enquanto vocês cuidavam da mamãe.

— Ninguém sabe exatamente, o que ela fez, mas à medida que o tempo passava percebi que você nunca adoecia. (James).

— Também sei disso. Até se transformou em brincadeira. Chamavam-me de imortal. [Ha ha ha].

— E você é. (James, falando com convicção).

— Oh, pai! Está me zoando ou caducando? (Kayo).

— Prefiro ser chamado de velho caduco do que de cientista louco, por isso jamais comentei com ninguém o que descobri. (James).

— Pai, por favor. Como pode dizer uma coisa dessas? Isso é insano. (Kayo).

— Porque obtive provas. Acabei de dizer que te usei como cobaia. Por isso, muitas vezes retirei sangue de você.

— E o que descobriu?

James inicia a narrativa do que fez com seu filho, Kayo.

— Certa vez, você caiu e cortou o joelho e simplesmente disse para sua mãe: "Olhe o que fiz comigo!". Ela ficou muito apavorada, me chamou, e decidi dar dois pontos em seu ferimento. (James).

— Tenho uma vaga lembrança desse episódio.

— Costurei você... sem anestesia... (James, olhando fixamente para seu filho).

— Não me lembro de ter chorado. (Kayo, tranquilo).

— E não chorou. Apenas ficou olhando, atentamente, o que eu fazia. No dia seguinte seu ferimento estava cicatrizado e nem era necessário ter usado pontos para fechá-lo. Fiquei arrependido do que fiz, mas tive a certeza de que você era especial. (James).

— É natural os pais pensarem que seus filhos são especiais. (Kayo, modesto).

— Depois tentei matá-lo várias vezes. (James).

— Disso não me lembro. E sendo você médico, penso que teria conseguido me matar com facilidade se quisesse. (Kayo se assusta).

[Toc, toc, toc]. Koya bate na porta e, em seguida, entra na biblioteca, onde os dois conversavam.

O ambiente se ilumina com o sorriso de felicidade de Koya ao ver seu filho e seu grande amor conversando.

— Tão compenetrados e de porta fechada, entendo que o assunto é sério! (Koya).

— Estou pedindo permissão ao papai para namorar. [Ha ha ha ha]. (Kayo se diverte).

— Estou contando ao Kayo sobre as pesquisas que fiz e o andamento dos nossos projetos. (James).

— Acho que é tempo de você parar de trabalhar, James Jimmy. (Koya).

— Concordo. E estou me preparando para isso. (James).

— Venha, mãe! Cheire-me e diga-me como estou. (Kayo puxa sua mãe para que se sente em seu colo).

— Huuummm! Está com cheiro forte. O assunto deve ser mesmo muito grave. Não quero interrompê-los mais. Me deem licença. Vou subir e ler um livro. (Koya o cheira e seu cabelo faz cócegas no pescoço de Kayo, que começa a rir).

— Boa noite, mamãe! (Kayo).

— Não demorarei, meu amor. (James).

Koya dá um selinho em Kayo e um beijo em James e se retira, fechando a porta.

— Então tentou me matar e eu nem percebi. (Kayo, retomando o assunto).

— Fiz experiências com suas células. Ataquei-as com todos os tipos de vírus e bactérias e elas pareciam se fortalecer cada vez mais.

— Posso processá-lo, sabia? [Ha ha ha ha]. (Kayo, falando como advogado e zoando).

— Não é brincadeira. Estudei-o cientificamente por mais de quinze anos. Suas células parecem não envelhecer. Fiz até exames de DNA para saber se era nosso filho. (James).

— Mamãe traiu você ou foi abduzida? [Ha ha ha]. (Kayo continua zoando).

— Você é nosso filho, mas... (James).

— Mas o quê?

— Seu DNA é o caminho e nele encontrei a resposta para a cura total. (James, convicto).

— Se não fosse um cientista tão brilhante diria que é tudo uma bobagem. Isso é insano! (Kayo reconhece a inteligência de seu pai).

— Exatamente! E por isso jamais comente esse assunto. Se souberem vão caçá-lo e transformá-lo numa cobaia. E se descobrirem o que descobri, a humanidade sofrerá mais ainda nas mãos de tiranos, que se tornarão imortais.

— Não será um benefício para a humanidade livrar-se das doenças? (Kayo).

— Sempre há os que querem e se apoderam desse tipo de benefício só para si e para seus apadrinhados.

— Estou começando a entender onde quer chegar. Considerar-se-ão os escolhidos, os eleitos por Deus. (Kayo).

— Todo tipo de conhecimento pode tornar-se perigoso em mãos erradas. O maior exemplo é o uso da energia nuclear. (James).

— Com a diferença que suas descobertas não tratam de morte e, sim, de vida, longa e saudável. (Kayo).

— Resta saber a quem será estendido tal benefício? Esse é o grande dilema ético e humanitário. (James).

— Vovó Meg dizia que ninguém deve se tornar imortal. E, segundo seus estudos, sou imortal.

— Não! Você pode morrer a qualquer momento, vítima de um acidente ou naturalmente, de velhice, mas sua vida pode, sim, ser muito, muito longa. Você só não morrerá de doença. É isso que suas células e seu DNA me mostraram claramente. E... (James).

— E... o quê? (Kayo).

— Se for... assassinado... Por isso, não deve comentar com ninguém o que acabei de revelar a você. (James, preocupado).

— Confesso que é assustador pensar que viverei muito tempo. Não sei se gosto da ideia de ter Alzheimer e continuar vivendo. (Kayo).

— Você não entendeu o que estou te dizendo? Você é imune a tudo isso e morrerá com a memória perfeita. (James, insistindo).

— Vovó, mais uma vez, tinha razão. Sou jovem e já presenciei tanto sofrimento em nossa família, e pensar que sempre me lembrarei de tudo é terrível! (Kayo).

— Por essa e outras razões sempre relutei em te falar sobre isso, mas precisava preveni-lo dos perigos que pode correr. Você é especial, muito especial, acredite-me. (James, enfatizando).

— É tão difícil imaginar-me imortal. Nem sei o que fazer com tanta vida para viver. (Kayo, confuso).

— Continue e conclua as pesquisas que iniciamos. Nossos laboratórios têm pessoas altamente competentes e confiáveis, mas tenha muito cuidado ao divulgar os resultados. Avalie o momento certo e a forma de divulgação, pois não se trata de um simples negócio.

— Vou precisar de ajuda, muita ajuda. (Kayo, assustado com tamanha responsabilidade).

— Pode contar com seu tio Oaky e sua tia Nicky. Eles estão trabalhando na parte de matemática e informática dessa teoria. A Mecânica dos Genes poderá salvar vidas ou acabar com ela, depende do que se queira fazer. (James, profético).

— A propósito, quem mais sabe da minha condição? (Kayo, aceitando os argumentos de seu pai).

— Ninguém! Nem mesmo a sua mãe, apesar de que ela sempre desconfiou, pois você jamais adoeceu e eu te examinava seguidamente, às vezes, sem ela ter conhecimento. (James).

— E a Rachel? Ela acompanha as pesquisas, não é? (Kayo).

— Acompanhou somente no início. Sua irmã pensa em salvar o mundo da miséria com caridade, mas a cura está na ciência e não na bondade, muito menos em milagres e, menos ainda, na vontade política. (James).

— Não gosto nem um pouco de saber que a minha irmã está circulando pelas regiões mais conturbadas e violentas deste planeta.

— Mas o que podemos fazer? Nem a sua vó conseguiu fazê-la desistir da ideia. Sua irmã é um anjo de bondade.

— A ignorância e o ódio não respeitam nem os anjos. (Kayo).

— Procuro não pensar nisso, pois perdi muitas noites de sono. Desejava ver a família sempre perto e reunida, mas não se cria filhos para mantê-los em cativeiro. A Rachel, agora, pertence ao mundo que ela escolheu. (James, preocupado).

— Vejo-a feliz, fazendo o que faz, mas se pudesse não permitiria que se afastasse de nós. (Kayo).

— Cada um de nós trilha o caminho que escolhe. O mundo dos negócios também é perigoso e ardiloso. Tenha cuidado. (James).

— Percebi que há muita hipocrisia, mentiras e falsidades quando se trata de negócios. Quem pode mais chora menos. (Kayo).

— Te peço mais uma vez: jamais comente com ninguém o que te contei. Pensarão que é louco ou procurarão testá-lo. Te amo, meu filho, te amo muito. Amo toda a nossa família. (James).

— Também te amo e adoro nossa família. Penso que sou o cara mais feliz do mundo. Boa noite pai. E dê um beijo na mamãe.

— Boa noite, filho! Faça o que tem que fazer. (James, enigmático).

PERDÃO, TOLERÂNCIA E JUSTIÇA

Kayo termina seu curso de Direto, mas é reprovado em sua tese de doutorado, apesar de suas notas em todas as provas, durante todo o curso, terem sido excelentes. A escolha do tema, "Perdão, tolerância e justiça", sem dúvida, foi o fator decisivo para ter negada a graduação de doutor em Ciências Jurídicas.

— Mãe, pai, consegui! Consegui me formar com um ano de antecipação. (Kayo, eufórico).

— Parabéns, filho, mas para mim não foi surpresa, pois você é muito inteligente e esforçado. Te amo. (Koya).

— Não podia ser diferente. Sempre soube que você é especial e agora sabe por quê. Parabéns, Kayo. (James).

Ao saberem, Oaky e Nicole ligam para Kayo a fim de parabenizá-lo.

— Espero que seja muito feliz com a escolha que você fez, sobrinho. Minhas congratulações! (Oaky).

— Muito, muito obrigado a vocês. Gostaria de dizer que todos me ajudaram muito, dando apoio e carinho em tantas horas difíceis pelas quais nossa família passou. (Kayo).

— Meu querido Kayo, é tão bom saber de mais essa conquista! Parabéns e muitas felicidades! (Nicole).

— Espero vê-los na cerimônia de colação de grau. (Kayo).

— Fique certo de que compareceremos. (Oaky).

Durante o dia, Kayo recebe congratulações de vários empregados das várias empresas, bem como de fornecedores e clientes. E à noite, em seu apartamento, ele consegue um tempo para ligar e comunicar à sua irmã, que se encontra na África.

— Mana, consegui! Sou um advogado, agora. (Kayo).

— Parabéns, maninho! Lamento não poder ir a sua formatura. (Rachel).

— Gostaria tanto que você voltasse para casa e ficasse conosco. (Kayo aproveita para pedir a volta de sua irmã).

— Me desculpe, mas não posso. A situação das pessoas aqui é desumana, sem nenhum amparo a não ser de organizações não governamentais. E começamos um programa intenso de alimentação emergencial para as crianças. (Rachel).

— Sinto muitas saudades de você. A mamãe, o papai e todos aqui também. (Kayo).

— É por isso que está triste? (Rachel conhece bem seu irmão e percebe a tristeza em sua voz).

— Não estou triste, apenas um pouco chateado. (Kayo aproveita para desabafar com sua irmã).

— Alguma garota te esnobou? (Rachel tenta saber mais).

— Não, maninha, nem tenho tempo para namorar. Conheci uma mulher encantadora, mas só conversamos uma vez. (Kayo).

— Você não ficou com o número do telefone dela? Tentou falar com ela novamente e ela não atendeu? (Rachel).

— Impossível. Parece que evaporou. Acho que me deu o número errado de propósito. (Kayo).

— Não entendo como uma mulher possa não te querer. Então o que há? Conte-me. (Rachel).

— Estava tentando o doutorado, mas reprovaram a minha tese. (Kayo. Sua irmã é a primeira a saber).

— Por quê? (Rachel).

— Talvez pelo tema que abordei. (Kayo).

— Qual foi o tema da sua tese? (Rachel).

— "Perdão, tolerância e justiça". Penso que minha abordagem ofendeu crenças divinas e políticas. (Kayo).

— É um assunto espinhoso e perigoso. (Rachel).

— Não quero justificar meu fracasso com isso. (Kayo).

— Nem pense em fracasso. Sei muito bem o quanto é difícil e perigoso dizer a verdade para políticos e religiosos. (Rachel).

— Tem razão. A única verdade que admitem é a que lhes convém, bem por isso aconteceu a Santa Inquisição. (Kayo).

— Te amo, meu irmão. Dê abraços e beijos no papai, na mamãe e em todos aí. Diga-lhes que estou com saudades e estou bem, pois conto com muitos amigos aqui. (Rachel sabe que sua família é poderosamente contestadora).

Em ocasião oportuna, Kayo conversa com outros familiares sobre sua tentativa de doutorado.

— Falei com a Rachel sobre a minha formatura, mas ela não poderá vir. Mandou abraços e beijos e disse que está com um novo projeto e muito trabalho. Pareceu-me muito feliz. (Kayo).

— Lamento tanto que sua irmã não queira retornar. (Koya, entristecida com a ausência de sua filha).

— Sinto-me reconfortado quando falo com a Rachel. Ela é tão meiga e carinhosa. (Kayo).

— Não me parece tão feliz quanto deveria. Há algo em que possamos ajudá-lo, filho? (James percebe a tristeza de seu filho).

— Não, acho que não. (Kayo tentando disfarçar).

— Alguma garota? Você está apaixonado? (Koya, desejando ver seu filho amando).

— Ok! Vou dizer. Estava tentando o doutorado, mas fui reprovado. (Kayo).

— O quê? Por quê? (Koya).

— E como conseguiu desenvolver uma tese trabalhando tanto e cursando a faculdade? (James).

— Isso sei! Porque ele é nosso filho e capacidade e inteligência não lhe faltam. (Koya, orgulhosa pelo seu filho).

Todos se surpreendem, então Kayo comenta sobre sua tese.

— Penso que foi o tema que escolhi: "Perdão, tolerância e justiça" é um trinômio, aparentemente, fácil de aplicar, mas difícil de digerir.

— É um tema difícil de abordar, ainda mais com você fazendo seu trabalho de conclusão e presidindo as empresas. (Oaky).

— Você é tão inteligente quanto a sua avó. Consegue fazer várias coisas ao mesmo tempo. (Nicole).

— Obrigado tia Nicky, mas a inteligência da vovó era superior porque era uma inteligência emocional. (Kayo adorava sua avó).

— Não temos conhecimento em doutrina jurídica. Pode nos explicar sua tese? (James).

— É muito maçante, mas em síntese é o seguinte: ao perdoar alguém, para seres justo, tem que perdoar todos em semelhante situação. Ao tolerar algum ato, para seres justo, tem que tolerar todos em semelhante situação. Então verá que o perdão leva à tolerância e a tolerância te conduz facilmente à injustiça. (Kayo).

— Como assim, meu filho? Não devemos ser complacentes? (Koya).

— Se alguém precisa de perdão é porque infringiu regras, formais ou não. E porque todos os outros não mereceriam a mesma complacência? (Kayo).

— Quem perdoa comete uma injustiça com os que são corretos, é isso? (James).

— Exatamente! Então qual a vantagem em sermos corretos e honestos? (Kayo).

— A pior injustiça é o tratamento desigual. Fere nossos sentimentos colocando-nos no papel de bobos cumpridores das leis. (Nicole).

— É o que acontece quando promovemos alguém sem competência para desempenhar uma função em detrimento de outros muito mais qualificados. (Koya foi uma empresária exigente, mas justa com seus empregados).

— O incompetente torna-se um cão fiel e por mais que você o maltrate ele sempre lamberá seus pés. (Kayo).

— Não podemos ser tolerantes com os infratores à revelia dos direitos e dos sentimentos das vítimas. (Oaky).

— Arrependimento, por si só não basta. Há que se pagar pelo erro cometido. (Kayo).

— Seria um absurdo alguém cometer um crime, grave ou não, e pelo simples fato de declarar-se arrependido, ter a pena reduzida ou ser perdoado. (James, entendendo bem o pensamento de seu filho).

— Não devemos ser tolerantes, muito menos intolerantes. Devemos sempre buscar o equilíbrio para, finalmente, alcançarmos a justiça. (Kayo).

A família percebe claramente que o curso de Direito formou um homem com ideais de justiça, igualdade e fraternidade entre as pessoas. Caminhos que a família sempre trilhou de maneira informal, no tratamento de seus empregados e com ações de caridade, agora chegando ao ápice com a decisão de Rachel exercer medicina de maneira filantrópica.

— Em razão disso, que se modifiquem as leis para que não haja mais perdoados particulares ou tolerâncias especiais, pois a lei e as decisões devem ser iguais perante a todos. (Kayo).

Kayo, ainda jovem, mas com pensamento maduro e centrado na justiça, indica que poderá ser um empresário firme, mas justo, ou optar por exercer advocacia.

Quando todos se retiram, Koya fala com James, fazendo previsões acerca de Kayo, mas não imaginava a reação de James.

— Nosso filho poderá se tornar um excelente advogado e um jurista brilhante. (Koya, feliz, imaginando a preferência de Kayo).

— Não deixe que isso aconteça. Kayo tem que permanecer no comando total das empresas. (James surpreende Koya).

— Por quê? Não consegui interferir na decisão da Rachel, penso que não será diferente com as preferências de Kayo.

— É muito, muito importante que ele permaneça à frente dos negócios. Prometa-me isso, por favor. (James, falando muito sério).

— Assim você me assusta com tanta preocupação. (Koya percebe a aflição de James).

— Vou me aposentar, mas deixei tudo encaminhado, faltando alguns detalhes para conclusão da vacina genética. (James).

— Você fala como se logo não estará mais aqui para convencer nosso filho. O que está omitindo? (Koya).

— Falei com ele para não deixar cair em mãos erradas nossas descobertas. Ele tem que acompanhar de perto. (James, incisivo).

— James Jimmy! Preciso saber de tudo por pior que seja. (Koya, apreensiva).

— Nosso filho é muito especial... Ele... ele é... (James, vacilante).

— Fale-me, por favor. O que tem nosso filho? (Koya).

— Ele muito inteligente e sua genética é fora do comum, por isso nunca adoeceu. Ele precisa ter cuidado com tudo.

— Nunca adoeceu porque cuidamos bem dele... (Koya, entristecida, culpando-se pela morte de Michael).

— Meu amor, não se culpe por causa do Michael. Kayo é tão forte que, quando adoecer, temo que não haja cura. (James).

— O que há com você? O que está querendo me dizer? Explique-se, James Jimmy. (Koya, a ponto de se desesperar).

— Sua genética é imune a tudo que conhecemos. Se adoecer será por algo desconhecido e muito, muito poderoso. (James).

— Oh, não! Não podemos perder outro filho... (Koya começa a chorar).

— Não acontecerá! Usei seus padrões genéticos para mapear a nova vacina que poderá transformar o ser humano em im... imune a todos os tipos de doenças. (James ia dizer imortal).

— Esse é um sonho antigo da humanidade, a saúde perfeita, mas é uma utopia. (Koya).

— Por enquanto é, mas meus estudos mostram que conseguiremos. Tenho certeza. (James, tentando acalmar Koya).

— Nosso filho sabe o que acabou de me contar? (Koya).

— Sim. Contei-lhe naquela noite aqui, em nossa biblioteca. (James).

— E como ele reagiu?

— Ele nunca levou a sério assunto de saúde, e com razão. Acho que não acreditou totalmente no que lhe contei.

— Sempre senti que Kayo era especial, assim como a Rachel e o... Michael. Filhos são sempre especiais. (Koya, emocionada).

— Koya, te amo mais do que tudo. Você é a luz que me fez desvendar os mistérios que a natureza tentava ocultar. (James).

— Amo todos vocês e daria a minha vida por qualquer um sem pensar duas vezes. (Um beijo apaixonado cala suas vozes).

O PAI

Alguns meses após a formatura de Kayo, mais uma vez a morte visita o coração de Koya, fazendo-a sofrer e, de agora em diante, viver sem a presença de seu grande amor, companheiro e amigo. James morre aos 70 anos de idade de morte natural. Kayo também sente muito a morte de seu pai, pois se tratavam como se fossem velhos amigos, uma relação maior do que pai e filho, pois as relações paternais são naturais, mas amizades têm que ser construídas e preservadas.

— Minha irmã, nossa família está desaparecendo, terminando... (Oaky, entristecido como sua irmã).

— Sinto muito, senhora Koya. James mereceu estar ao seu lado, pois era um homem digno e probo. Admirava-o muito. (Nicole, compartilhando do sofrimento de sua cunhada).

— Kayo, sinto muito pelo seu pai. Não temos como não chorar a morte de uma pessoa tão honesta e querida de todos, quanto James. (Oaky).

— Penso que o papai partiu feliz porque todos o amavam e o admiravam. (Kayo, tentando ser forte).

— Ele sempre procurou ajudar a todos. Talvez por isso a Rachel tenha seguido o caminho da filantropia e da caridade. (Oaky).

— Nossa mãe também inspirou a Rachel a ser como é. (Kayo).

Rachel volta de sua jornada filantrópica para a solenidade de lançamento das cinzas de seu pai ao mar. Ele faleceu sem ver a filha novamente. Ela conta para todos que se apaixonou, como sua mãe desejava, mas seu amado não pôde acompanhá-la porque não obteve o visto de entrada nos EUA por ser muçulmano.

Koya mantém contato com ele via videoconferência e pede para que ele a proteja. Em sinal de respeito às tradições islâmicas, Koya coloca um véu sobre a cabeça.

— *Salaam Aleikumo!* É uma honra conhecer a mãe da mulher mais meiga e bondosa que existe. (Zayn referindo-se a Rachel).

— Ele disse: que a paz esteja sobre vós. (Rachel traduzindo).

— Que bom conhecer a pessoa que faz a minha filha tão feliz. (Koya).

— Responda *Alaikum As-Salaam*, mãe. Isso quer dizer: e sobre vós a paz. (Rachel ensinando os cumprimentos islâmicos para sua mãe).

— *Alaikum As-Salaam!* Quanta insensatez não poder abraçar e cheirar a pessoa que faz minha filha suspirar de felicidade e tudo em nome de crenças. Isso não está certo! (Koya começa a chorar, fragilizada com a morte de seu amado James).

— Senhora Koya, sinto muitíssimo a sua perda. Rachel me fala muito sobre a senhora e o grande amor que tinha pelo senhor James. (Zayn, consternado).

— Perdão por conhecê-lo num momento tão triste para mim, Zayn. Espero que compreenda. (Koya).

— Sua tristeza é perfeitamente compreensível e gostaria de poder estar junto com a Rachel para confortá-la nesse momento tão doloroso. (Zayn).

— Por favor, senhor Zayn, cuide bem da minha filha. (Koya sendo amparada por Rachel).

— Não se preocupe, pois Rachel é um anjo, que protegerei com a minha vida e morrerei primeiro, pois não suportaria viver sem ela ao meu lado. Anjos não morrem, senhora! (Zayn, declarando todo o seu amor por Rachel).

— Muito obrigada, Zayn. Você é tão corajoso por estar com uma mulher ocidental. Meu coração se conforta. (Koya sabe que os fundamentalistas não aceitam muito bem essas relações).

— Estou com a sua filha por amor, senhora Koya. Amo-a acima de qualquer crença ou tradição. (Zayn).

— Tenham cuidado, por favor. Tenham muito cuidado. (Koya, com preocupações de mãe).

— Não imagina o quanto admiro tudo o que a senhora representa para Rachel e para o mundo. (Zayn).

— Tenho me esforçado para ser apenas uma boa mãe, mas acho que estou fracassando. (Koya, referindo-se à morte de Michael).

— Não, não. Não pense assim, senhora Koya. A orientação que deu para seus filhos é maravilhosa e baseada no amor verdadeiro.

— Desejo do fundo do meu coração que vocês sejam muito felizes, pois a felicidade de pai e mãe só é completa com a felicidade dos filhos. (Koya).

— Pelo que a Rachel me fala a senhora é uma mãe maravilhosa. (Zayn).

— Rachel foi um anjo que caiu do céu em meus braços. (Koya).

— Agora ela é um anjo para outras pessoas também. (Zayn).

— É... Eu sei que não posso ser egoísta e preciso aprender a dividi-la com o mundo. (Koya).

— Você jamais foi egoísta, mãe. (Rachel).

— Ajude-me a suportar a distância protegendo-a, por favor, Zayn. (Koya).

— O mundo inteiro admira o seu trabalho e respeita sua ilibada conduta na direção dos destinos de suas empresas e dessa honrada família. (Zayn).

— Ame e proteja a minha filha, por favor. (Koya insiste em pedir proteção para sua filha).

— A vida dela agora é minha vida, senhora Koya. (Zayn).

— Como gostaria de abraçá-lo para dizer-lhe pessoalmente que te amo. (Koya).

— Todos a chamam de lenda, mas a senhora é uma pessoa muito especial, senhora Koya. (Zayn).

— Quero que seja muito feliz com a Rachel. (Koya, enlutada, mas feliz por sua filha estar amando).

— Por tudo que a Rachel diz e o que se ouve a seu respeito, acho que a senhora é uma pessoa muito forte e corajosa. Admiro-a pela educação que deu para sua filha. (Zayn).

— *Allah malekum*, Zayn. (Koya, emocionada, não consegue prosseguir o diálogo).

Koya é destroçada pela dor, por tantas perdas em poucos anos, contudo se mostra cada vez mais uma mulher indestrutível, como todas as lendas.

Ela passou a administração dos negócios para Kayo, que começa a se interessar e a mostrar-se excelente administrador, como a sua mãe havia previsto, apesar de ter optado pelo curso de Direito, há pouco tempo concluído. Depois de concluído esse curso, ele continuou estudando e cursou Direito Internacional, especialização em Comércio Internacional e línguas estrangeiras, como alemão, russo e mandarim.

Ele se mostra a cada dia mais inteligente e astuto nos negócios, mostrando que tem plenas condições de aumentar rapidamente a imensa fortuna da família.

— Gostaria de ter falado com o Zayn, mana! (Kayo, afetuoso, mas parecendo enciumado).

— Você não estava em casa quando fizemos contato. Mas não faltarão oportunidades. Ele também quer conhecê-lo. (Rachel).

— O que você achou dele, mãe? (Kayo questionando Koya).

— Me pareceu muito sincero e bondoso. E o importante é que se amam. (Koya).

— Você lançou um feitiço em mim e funcionou. Estou apaixonada por Zayn, mãe. (Rachel).

— Estou tão feliz por você, mana. Te amo. (Kayo, abraçando carinhosamente sua irmã).

— Só falta você se apaixonar, meu irmão. (Rachel).

— Sou muito novo para pensar em me amarrar. Tenho muita coisa para fazer antes de me casar. (Kayo).

— Não está querendo dizer que estou velha, está? Tenho somente oito anos a mais que você. (Rachel).

— A idade não te impede de namorar, Kayo. (Koya, preocupada com a vida afetiva de seus filhos).

— Namoro sim, mãe. Só não te conto os detalhes íntimos. [Ha ha ha ha]. (Kayo, zoando para aliviar as tensões).

— Não me basta ser mãe. Preciso saber que meus filhos estão felizes. Essa é a maior alegria de uma mãe. (Koya)

— Oh, mãe! Nós te amamos demais. (Rachel, falando pelos dois).

— Então sejam felizes e me farão feliz para sempre. (Koya, abraçando os dois).

O encontro familiar termina com selinhos entre Koya e seus filhos e entre Rachel e Kayo, como é costume desde o tempo de Hugh e Melany, pais de Meg.

Koya os observa com um suspiro saudoso com relação a James e feliz com seus filhos.

Dias depois, cabe a Koya a árdua tarefa de se desfazer dos pertences de seu grande amor, James. Entre as poucas coisas que ela decide guardar estão a aliança de casamento e o relógio localizador que ele usava, assim como todos os membros da família.

Ela resolve colocá-los na mesma caixa em guarda os relógios localizadores e as alianças de casamento de seus pais, Meg e Sam, bem como o relógio localizador de Michael. São lembranças de pessoas muito queridas que se foram. Ali também está o bilhete que Kayo escreveu para sua avó, amarelado pelo tempo, e que Koya decide lê-lo, somente agora.

"O FUTURO

No futuro poucos trabalharão pouco, por pouco tempo, produzindo o suficiente para todos, e a tecnologia mostrará ao ser humano que deuses são desnecessários, e ninguém mais se ajoelhará perante nada, pedindo chuva, mendigando alimentos, suplicando por cura ou implorando perdão. Graças à sua Mecânica dos Genes descobriremos que não somos uma criação divina. Assim como todos os seres vivos, éramos apenas uma possibilidade genética que se tornou realidade. Obrigado, vovó Meg. Te amo! Assinado: Kayo".

Koya se emociona, ainda fragilizada com a morte de James, e em outra ocasião conversa com seu filho sobre o bilhete, avisando-o que se mudará para um apartamento, pois não vê mais sentido continuar morando naquela casa.

— Como quiser, mãe. Entendo bem suas razões. (Kayo sabe que o grande pôster na sala traz muitas lembranças para sua mãe).

— Qual a sua intenção quando escreveu isso para sua avó? (Koya, indagando seu filho sobre o bilhete).

— Não escrevi para a vovó. Escrevi para o mundo resolver o problema que a tecnologia está trazendo, fechando cada vez mais postos de trabalho. A tecnologia deixará a humanidade inteira desempregada e parece que ninguém está preocupado. (Kayo).

— E o que os deuses têm a ver com isso?

— Nenhum deus nos criou. Pelo contrário, nós os criamos. São frutos da nossa imaginação. (Kayo).

— Isso não responde a minha pergunta. Por que esse interesse por religião agora?

— A dominação do homem pelo homem é consequência da religião. É ela que nos faz crer que alguns são melhores que outros e até merecem ser santificados. Foi para isso que os deuses foram criados pelos seres humanos. É em nome deles que parte da humanidade tenta escravizar ou exterminar a outra parte. Não creio em divindades. (Kayo).

— Mas deve haver uma razão para existirmos. (Koya).

— Existe! Uma razão genética. Fisicamente, éramos apenas uma possibilidade genética, como a vovó dizia. (Kayo).

— Então, se você não acredita numa razão não física para existirmos, em que você acredita? (Koya).

— No poder do amor. Em todas as formas de amor. Essa é a única razão para a existência de um ser racional e com tantos neurônios de sobra. Vovó Meg sabia disso. (Kayo tem uma admiração profunda pela sua falecida avó).

Os descendentes dessa família frutificam em pessoas cada vez mais inteligentes, gentis e... poderosas.

O ENCONTRO

Kayo volta a morar na casa que era de seus avós depois que sua mãe decidiu mudar-se para um apartamento.

A vida segue seu curso com muito trabalho para Kayo, que parece gostar do que vem fazendo nas empresas e mergulhou de cabeça no trabalho após a morte de seu pai. Vez ou outra ainda se lembra da conversa com seu pai sobre imortalidade.

Cleo recebe um WhatsApp confirmando a visita da jovem que quer contar as origens de Kayo para ele. Alguns anos se passaram desde que a jovem se apresentou para Kayo oferecendo-se para contar-lhe a história de suas origens.

— Senhor Kayo, aquela moça confirmou que virá para a entrevista. (Cleo, avisando-o).

— Finalmente, ela deu sinal de vida! Nem estou acreditando! (Kayo, admirado).

— Quando o senhor poderá recebê-la?

— Consulte a minha agenda e depois me avise. Só te peço para marcar para depois das 17h, por favor.

Kayo está ansioso para ter um novo encontro com aquela linda jovem que o deixou curioso sobre sua própria história, mas, principalmente, intrigado com o seu comportamento enigmático e suas intenções desconhecidas.

No dia e hora marcados, a jovem apresenta-se para Cleo que, imediatamente, anuncia e a faz entrar na sala de Kayo.

— Boa tarde, senhor Kayo.

— Muito boa tarde! Presumo que a senhorita tenha muitos compromissos importantes que a fizeram se demorar tanto para voltar.

— Peço-lhe mil perdões. Mas não queria importuná-lo nos momentos tão dramáticos pelos quais passou.

— Perdoe-me você pela grosseria. Tem razão, passei por alguns acontecimentos muito difíceis, mas nada justifica a minha indelicadeza. (Kayo).

Devidamente acomodados nas poltronas, a jovem inicia o seu relato, com Kayo parecendo pouco interessado inicialmente, mas hipnotizado com a beleza dela.

— Sua ancestral mais antiga por parte de mãe chamava-se Laura, que significa vitoriosa, triunfadora.

— Muito interessante! A senhorita pesquisou até os significados dos nomes. (Kayo).

— Eram os anos 1820-1870 no Brasil, mais precisamente no sul daquele país da América do Sul. Laura viveu enquanto acontecia uma das mais longas guerras civis da história deste planeta. Foram dez anos de lutas entre os farroupilhas e as tropas imperiais.

— Perdão interrompê-la, mas o quer dizer "farroupilhas"? (Kayo).

— A Guerra dos Farrapos foi assim chamada em razão das vestes parcas e normalmente em farrapos que os separatistas do Sul usavam por não terem uniformes melhores.

— E por que queriam se separar do Império? Pelo que disse, o Brasil era um Império, não? (Kayo).

— Sim, tinha um imperador, e o motivo da guerra foi maior autonomia para as províncias, sendo que depois assumiu um caráter separatista e republicano.

A partir desse momento, Kayo permanece em silêncio ouvindo atentamente o relato e imaginando as batalhas e a vida de sua ancestral tão distante no tempo e no espaço, pois Laura nascera e vivera no Brasil.

— O Sul do Brasil chegou a proclamar sua independência do Império, fundando a República do Piratini, no Rio Grande do Sul, e a República Juliana, no atual estado de Santa Catarina. Mas foram muitos anos de sangrentas batalhas. Laura e outra mulher, chamada Anita Garibaldi, atuavam juntas nas lutas. Laura, na maioria das vezes, socorria os feridos, limpando seus ferimentos e medicando-os, mas frequentemente ouvia seus últimos gemidos e lamentos, pois naquela época era comum os soldados morrerem devido aos ferimentos. Raramente era uma morte rápida, o que os levava a um sofrimento, por vezes, de vários dias, até o suspiro final.

— Imagino o quanto era penoso para uma pessoa não poder fazer muita coisa para socorrer tantos feridos. (Kayo).

— Laura era uma mulher muito bonita, forte e determinada. Não temia nada, muito menos a morte. Um dia, socorreu um soldado e consegui curar seus ferimentos, que eram graves. Apaixonaram-se e ela engravidou sem terem se casado, e desse amor nasceu uma linda menina. O soldado, restabelecido, teve que voltar aos campos de batalha e acabou morrendo longe de Laura e de sua filhinha, Ana. Alguns anos após a guerra acabar, com a derrota dos revoltosos, Ana e sua mãe foram morar e trabalhar na fazenda de um senhor que as acolheu. Ana apaixonou-se pelo filho do dono das terras. Casaram-se e tiveram uma filha chamada Maria, e de Maria nasceu Teresa, e Teresa pariu Júlia, e Júlia deu à luz a Germana, que concebeu Eugênia. Eugênia gerou Regina, que veio para os EUA, onde se casou e deu à luz a Melany, que concebeu Meg, que gerou Koya.

— Minha árvore genealógica quase completa. Parabéns! É uma pesquisa muito interessante, senhorita. (Kayo).

— Todas foram mulheres muito bonitas, fortes, decididas e amorosas. Fiéis aos seus companheiros, trabalhadoras e inteligentes, que criaram suas filhas com muito amor, carinho e dedicação.

— Parece-me coerente com o comportamento das mulheres da família que eu conheci. (Kayo).

— Muito mais do que coerente. Foi o que realmente aconteceu, senhor Kayo.

— Parte das minhas raízes surgiram numa guerra. Isso não parece coerente com a tradição de tanto amor e carinho que minha família tem demonstrado. (Kayo).

— Espere para ouvir a história das ancestrais de seu bisavô, Hugh.

— Estou ansioso para ouvi-la. (Kayo).

Kayo, querendo alongar a conversa, que já dura mais de duas horas devido aos tantos detalhes contados pela jovem.

— Terá que esperar por outro dia, pois está na hora de partir.

— Fala como se não fosse voltar. Foi alguma coisa que disse ou fiz para que apressasse sua partida? (Kayo quer assunto).

— Não! O senhor é muito gentil, um perfeito cavalheiro, como falei.

— Certamente, são outros compromissos. (Kayo, tentando saber mais da vida da jovem).

— Sim, são outros compromissos. Perdoe-me!

— Bem, não pretendo que se atrase ou falte com seus compromissos, então não vou retardá-la mais. (Koya).

— Obrigada pela sua compreensão, senhor Kayo.

— Mas, se me permite o atrevimento, gostaria de oferecer-lhe um presente. (Kayo).

— Disse-lhe que não cobraria nada pelo que estou lhe contando.

— Não é uma forma de pagamento. Trata-se apenas de uma singela lembrança e gostaria que aceitasse.

Kayo oferece-lhe o relógio localizador que sua empresa de segurança fornece às pessoas para serem localizadas em qualquer lugar e a qualquer momento. Ele não se sente confortável fazendo isso, mas quer saber mais sobre essa mulher que o está fascinando tanto.

— Notei que não usa nada nos pulsos, por isso gostaria que aceitasse este relógio. (Kayo, muito observador).

— Oh! Que lindo relógio! Com certeza me fará lembrar do senhor. Relógio é a lembrança por excelência.

— Permita-me?

Kayo pede permissão para colocar no pulso dela, que hesita por alguns instantes, como se não quisesse expor seus pulsos, mas depois o oferece com a palma da mão voltada para baixo, mas, mesmo assim, ele acaba vendo cicatrizes neles.

— Muito obrigada, senhor Kayo.

— Ficou muito bem em seu pulso. Espero que não a incomode em razão das cicatrizes. Posso saber o que aconteceu, se não se ofende? (Kayo, elogiando-a e questionando-a).

— Me feri por engano, mas foi há muito, muito tempo.

— Não pode fazer tanto tempo assim, pois a senhorita é muito jovem. E saiba que elas não diminuíram em nada a sua beleza. (Kayo).

— Muito obrigada, o senhor é muito gentil. Até a próxima vez, senhor Kayo. Agora preciso partir.

— Posso saber quando será a próxima vez? (Kayo, ansioso por um novo encontro).

— Farei contato com a sua secretária, mas prometo que não atrapalharei seu trabalho.

— Jamais uma pessoa tão inteligente e bonita vai me atrapalhar. Sinta-se bem à vontade para voltar quando quiser. E seja breve, se puder. (Kayo).

Após despedirem-se, a jovem sai de sua sala, entra no elevador e parte, evitando confirmar o próximo encontro.

Kayo não esconde que está mais interessado na jovem do que nas histórias que ela pretende lhe contar. Ele tem que se conter, mas procura com a sua segurança saber mais coisas dela, que continua sendo invisível para todos e impossível de ser seguida. Nem mesmo o relógio dado, que é um localizador, resolveu essa situação, pois ela o deixou na cadeira sem que Kayo percebesse. É um mistério que começa a preocupar Kayo e a todos que trabalham diretamente para ele.

Quando a jovem se retira, Kayo chama Cezar para conversar sobre ela.

— Cezar, como não obtemos informações sobre essa mulher? (Kayo).

— É mesmo muito perturbador, senhor. Estou preocupado e envergonhado, pois temos a melhor empresa de segurança pessoal e isso não poderia acontecer.

— Ela contou-me parte da minha ascendência, mas deixou para outro dia o restante. Parece que não quis ficar mais tempo comigo. (Kayo, lamentando-se).

— *Sherazade!* (Exclamou Cezar).

— O que quer dizer? (Kayo).

— Talvez ela não queira entregar tudo no primeiro encontro e sempre deixará alguma surpresa para outro dia, para outra vez.

— Não gosto de ser surpreendido. Me sinto mais confortável tendo o controle. (Kayo).

— Perder o controle às vezes pode ser divertido. (Cezar).

— Ou podemos nos machucar, Cezar! Já tive surpresas demais com essa mulher.

Logo depois, descobrem que ela esqueceu – ou deixou de propósito – o relógio na cadeira e não será localizada com ele.

— Como pode, Cezar? Eu próprio coloquei no pulso dela. Jamais esquecerei aquelas cicatrizes profundas em seus pulsos! (Kayo).

— Temos que ser mais cuidadosos da próxima vez em que ela vier aqui. (Cezar).

— O que será que ela, realmente, pretende? (Kayo).

— Faremos todo o possível para descobrir, senhor. (Cezar).

POR UMA MULHER

Kayo está encantado pela mulher que lhe conta a história de seus ancestrais e isso o inspira a constituir uma empresa de turismo, pois sabe que ela viaja muito. Sem perceber, está cercando os possíveis caminhos que ela possa cruzar.

Seus planos estão bem avançados quando sua mãe o visita na empresa para espairecer e matar as saudades das intensas atividades que desempenhou ali e de alguns empregados que trabalharam com ela.

— Vou aproveitar seu passeio pela empresa e comunicar que estamos entrando no ramo de turismo naval. (Kayo, na presidência).

— Enlouqueceu? Você já tem trabalho demais. Além disso, nem imaginas como funciona a indústria do turismo! (Koya, surpresa).

— Sou seu filhinho! Esqueceu-se que comprou hotéis, uma companhia aérea e até aeroportos? Tudo isso é ligado ao turismo.

— Era jovem e impetuosa. Nem sei porque busquei tanto trabalho e acumulei tanta fortuna. Não é necessário tanto para ser feliz.

— Sou jovem, mamãe! Se não ousar agora, talvez me acomode quando ter esposa e filhos.

— Então será apenas uma agência de turismo. Pelo que saiba não temos nenhum navio de cruzeiro. (Koya).

— Não se preocupe! Uma empresa dona de alguns navios está em dificuldades e fiz uma boa proposta de compra.

— Existe algum motivo especial para ingressar nesse ramo de atividade?

— Não. Eu preciso que assine a documentação para a constituição na nova empresa, afinal, é a sócia majoritária. (Kayo).

— Dizem que está encantado por uma mulher misteriosa que só você vê. É verdade? (Koya, enquanto assina a papelada).

— Foi a rádio corredor que te falou? (Kayo).

— Sim! Tenho amigos que ainda trabalham aqui. (Koya).

— Com certeza, competentes, por isso ainda trabalham aqui.

— Além disso, tenho percebido você mais feliz. Quando ia me contar que está apaixonado? (Koya, feliz).

— Conversei com ela apenas duas vezes, e aqui na empresa. Não sei onde mora nem seu telefone. Ela viaja muito.

— Ah, então tá! Foi por isso que decidiu abrir uma empresa de turismo! [Ha ha ha]. (Koya continua perspicaz).

— Oh, mãe! Acredita que eu faria isso por uma mulher? [Ha ha ha]. (Kayo, feliz com a alegria de sua mãe).

— Cuidado! Poderá ter que comprar o mundo para conquistá-la. Gostaria de conhecer quem está esnobando o meu filho.

— Ninguém está me esnobando. E não pense que estou construindo o maior e mais luxuoso transatlântico de todos os tempos por causa de uma mulher. (Kayo diz isso com a tranquilidade que lhe é peculiar).

— O quê? Quantas surpresas em nome do amor? Esse é o tamanho da sua paixão? (Koya fica estupefata).

— Não estou apaixonado, mas é bom vê-la feliz. Te amo, mãe! (Kayo, tentando mudar de assunto).

— Então por que tudo isso? Conte-me. Sua mãezinha tem o direito de saber.

Koya, interessada no assunto, vai até a mesa de Kayo e senta-se no colo dele, e começa a acariciá-lo e cheirá-lo.

— Porque admirava muito a vovó, pois ela dizia: "Quanto mais conhecermos alguém, mais teremos condições de respeitá-lo e amá-lo". [Ha ha ha]. (Kayo, respondendo, feliz com os carinhos de sua mãe).

— O que isso tem a ver com turismo? (Koya, dando muitos beijinhos em seu filho).

— O turismo nos propicia conhecer outros lugares, outras culturas, outras pessoas e, dessa forma, entender as diferenças, pois a história da humanidade não se resume a pedras empilhadas.

— Admirava tanto assim a sua avó? (Koya, consternada ao lembrar sua falecida mãe).

— Sim, admirava tanto que um dia farei uma grande homenagem pública em sua memória. (Kayo).

— Acho que não é necessário. Como pretende homenageá-la? Construindo uma estátua como seu bisavô sugeriu? [Ha ha ha]

— Ainda não sei. Mas não faltará oportunidade e quero que seja inesquecível.

— Homenagem fará guardando-a no seu coração para sempre. (Koya).

— Nossas empresas empregam muitas pessoas, pois ela dizia que as máquinas estão acabando com os empregos.

— Por coincidência, as empresas que constituí empregam muitas pessoas. (Koya, lembrando de sua gestão como presidenta).

— Não foi coincidência. É a vocação da nossa família por inspiração da vovó Meg.

— Como é bom sentir o quanto você ama a nossa família. (Koya, olhando-o com ternura).

— A indústria do turismo talvez seja a última atividade que ainda exige grande número de pessoas, e pretendo continuar promovendo emprego e renda como fazemos há tanto tempo.

— Tenho tanto orgulho de você. Acho que sou a mãe mais coruja que existe. (Koya).

Kayo prossegue seu discurso lembrando o trabalho humanitário que sua irmã desenvolve.

— O que a Rachel vem mostrando reforça a tese de que a miséria aumentará muito com o desemprego generalizado. (Kayo).

— Sinto tanta falta dela… (Koya se entristece e abraça forte seu filho).

— Às vezes tenho vontade de parar de mandar-lhe dinheiro e obrigá-la a voltar para casa. (Kayo, falando sério).

— Pensei em pedir isso a você, mas a fará infeliz. E também não desejo ver irmão contrariado. Sei que se amam. (Koya)

— Ninguém imagina o quanto amo minha irmã e temo pela sua segurança.

— Me conforta a ideia de que ela está feliz com Zayn, fazendo o que gosta, acompanhada de quem a ama.

— Acredito que se amem muito. E conhecendo minha irmã acho que ela fez a opção certa. Ela é um anjo de bondade!

— Só falta você me apresentar seu amor misterioso, essa mulher invisível. (Koya, desejando a felicidade de seus filhos).

— Tá bom, mãe! Agora me deixe trabalhar. Tenho coisas muito importantes para fazer. (Kayo encerrando o assunto).

OS PEDIDOS

Enquanto Kayo sonha acordado em encontrar novamente aquela mulher que o fascinou e pensa até num pedido de casamento, Rachel liga e pede-lhe dinheiro para sua missão. Ele aproveita e pede para que ela volte para casa.

— Até que enfim se lembrou que tem família! (Kayo, feliz com a ligação de sua irmã).

— Mano, está tudo bem com você e com todos aí? (Rachel).

— Não, mana, não está. (Kayo responde com tristeza).

— O que está acontecendo? Alguém está doente? É com a mamãe? (Rachel fica aflita).

— Sim, ela e todos nós estamos com muitas saudades de você.

— Ah, é isso! Também estou com saudades, mas há muito o que fazer aqui e estou muito feliz com os resultados. (Rachel).

— Sei, maninha querida. Você está apaixonada pelo Zayn.

— Espero que não esteja com ciúmes. (Rachel).

— Pelo contrário! Estou feliz e quero que vocês sejam muito felizes e possam realizar todos os seus sonhos. (Kayo, romântico).

— Sinto amor em suas palavras. Qual o nome dela? (Rachel percebe que seu irmão está apaixonado).

— Não há nome nenhum em meu coração. Vou mandar sua mesada. Sei que me ligou por isso.

— Não quero falar sobre dinheiro. Quero saber de seu coração porque não existe nada melhor que amar.

— Quanto ao dinheiro não se preocupe, vou remeter. (Kayo evita falar sobre seus sentimentos).

Ele pede para que ela volte para casa.

— Pensei em não enviar mais dinheiro para você com a esperança de que voltasse para nós.

— Prometo que voltarei assim que o Zayn obter permissão para entrar em nosso país. (Rachel).

— Volte, minha irmã, por favor. Volte para casa, volte para nós. Traga-nos de volta o seu sorriso, que deve estar muito mais lindo agora que está amando o Zayn. (Kayo, sempre carinhoso).

— Te amo tanto, meu irmão.

— Se pudesse fazer alguma coisa para mudar essa situação, com certeza, eu faria. (Kayo, pensando como advogado).

— Sei que é muito difícil. Talvez se me casasse com ele aqui... (Rachel).

— Não sei se o casamento aí facilitaria a permanência dele em nosso país. (Kayo).

— Nem parece que vivemos no mesmo mundo. Isso tem que mudar. (Rachel).

— Talvez algum dia... tudo mude. (Kayo, profético).

— É o que estamos tentando fazer. Não pense que fazemos apenas caridade. Queremos melhorar a vidas dessas pessoas.

— É justamente isso que torna a presença de vocês mais perigosa. Não há interesse em mudar essa realidade brutal que você vê.

— Mas nós temos que tentar. E você tem participado ajudando-nos com recursos financeiros, sem os quais pouco poderíamos fazer.

— Temos que ter cuidado com a utilização de valores altos, pois as autoridades financeiras podem pensar que eles têm outra finalidade.

— Sei que é muito perigoso, mas peço que não comente com a mamãe, pois ela ficará muito aflita. (Rachel).

— Corações de mães não precisam de comentários. Vivem aflitos desde que nascemos. (Kayo ama muito sua mãe).

— Diga a ela que a amo, que estou bem e muito feliz. Dê-lhe um milhão de beijos por mim.

— Farei isso, mas não posso substituir seu cheiro, você sabe disso. (Kayo).

— Sei! Lembro-me da brincadeira que fazíamos, vendando-a para que descobrisse quem era quem apenas pelo cheiro.

— Ela acertava sempre, por mais que quiséssemos enganá-la. (Kayo).

Esse comentário traz lembranças de uma infância muito feliz, o que aumenta a saudade de Rachel e a falta de todos os familiares que partiram, então ele muda de assunto.

— O Zayn está com você? (Kayo).

— *Salaam Aleikum*, senhor Kayo. Sempre estou com a Rachel. (Zayn responde, cumprimentando-o com saudação muçulmana).

— *Waalaikum As-Salaam*, Zayn. E não precisa me chamar de senhor, afinal, somos cunhados. Fico muito feliz de que esteja com a Rachel.

— Desculpe-me, mas escutei vocês porque a Rachel colocou no viva-voz. (Zayn acompanhara toda a conversa).

Kayo faz um pedido para Zayn.

— Quero pedir permissão para registrá-lo como empregado em nossa empresa de segurança. (Kayo é direto).

— Mas a instituição subsidia o trabalho que fazemos. (Zayn).

— Será registrado como médico e com um alto salário para que possam ajudar mais as pessoas. (Kayo).

— Às vezes, temos que pagar para alguma autoridade deixar-nos atender pessoas que estão à beira da morte. (Zayn).

— Isso é ultrajante! Devia ter feito isso há mais tempo como forma de disponibilizar mais recursos para vocês. (Kayo).

Rachel não atende ao pedido para voltar para casa, mas Kayo atende ao pedido dela e envia vinte milhões de dólares, parte como doação aos Médicos Sem Fronteiras, parte como subsídio à sua empresa de segurança, que fará o repasse para Rachel, e outra parte diretamente para uma conta pessoal dela. Tudo para evitar problemas com as autoridades financeiras, pois ele envia vultosos recursos mensalmente e isso pode despertar suspeitas de uso para finalidades ilegais.

O SEQUESTRO

Os dias passam e a esperança de Kayo em rever a linda mulher que lhe conta a história de suas origens vai dando lugar à decepção, atenuada pelo enorme volume de trabalho que o absorve totalmente.

— Senhor Kayo! (Cleo, interfonando).

— Sim, Cleo, quais as novidades? (Kayo, descontraído e cordial).

— É da empresa de segurança. Estão ao telefone e querem falar com o senhor. Parecem aflitos.

Mais um dia de intenso trabalho para Kayo, agora que está comandando as empresas sozinho, uma vez que a sua mãe só comparece às vezes e raramente trata de assuntos administrativos. Como o seu avô Hugh fez com a sua mãe Meg, Koya deixou a presidência inteiramente a cargo de seu filho e suas visitas têm caráter afetivo em relação aos funcionários.

— Passe-me a ligação, por favor. (Kayo se prepara para algo desagradável).

— Senhor Kayo! Sentimos muito lhe informar, mas a sua irmã, Rachel, acaba de ser sequestrada por um grupo terrorista africano ligado a uma facção religiosa. (O chefe da segurança).

— Oh! Não! Não pode ser.

Kayo fica estarrecido, sente o sangue gelar em suas veias e o chão desaparecer embaixo de si.

— Estamos fazendo todo o possível para localizá-la, mas não podemos entrar em choque com esse grupo, pois eles podem ferir a senhorita Rachel. Certamente, exigirão resgate. (O chefe da segurança).

— Sim, sim. Entendo. Mas o que mais podemos fazer? (Kayo não vê saída. Fica perdido).

— Ela usa o relógio com o chip localizador, mas, certamente, irão retirá-lo.

— Por favor, iniciem imediatamente as buscas da melhor forma possível e mantenham-me informado. (Kayo).

— É o que estamos fazendo, senhor.

— Tenham muito cuidado. Não quero que machuquem a minha irmã. (Kayo, preocupado com Rachel).

Ele pensa em como dar a notícia para a sua mãe antes que ela assista em algum noticiário televisivo ou receba uma mensagem por rede social.

— Cleo, venha até aqui, por gentileza. (Kayo mantém a cordialidade, apesar de desesperado).

— Sim, senhor Kayo?

— Por favor, cancele todos os meus compromissos por prazo indeterminado. Os inadiáveis peça para o vice-presidente atender. Vou sair agora e não voltarei mais hoje.

— Posso saber o que aconteceu? O senhor parece tão apreensivo. (Cleo percebe o nervosismo do seu chefe).

— Minha irmã foi sequestrada na África. Vou avisar a mamãe antes que alguém o faça.

— Oh, não! Sinto muito, senhor Kayo. (Cleo empalidece e se emociona ao saber).

No caminho até o apartamento de sua mãe, Kayo pede para o motorista seguir o mais rápido possível e liga para certificar-se de que ela está em casa. Ele pensa em avisar seu tio Oaky também.

— Mamãe, você está em casa? (Kayo).

— Sim. Algum problema na empresa que precise da ajuda da mãezinha? [Ha ha ha]. (Koya, feliz e zoando seu filho).

— Estou indo até o seu apartamento para falar com a senhora. (Kayo não consegue disfarçar o nervosismo).

— Pela sua voz só posso pensar que seja... algo muito grave. (Koya tem um terrível pressentimento).

— Fique calma, mãe. Preciso desligar. Estou quase chegando.

Em seguida, ele liga para o seu tio Oaky.

— Tio, vá até o apartamento da mamãe. Preciso falar com o senhor com urgência.

— Pode me adiantar o que é? Aconteceu alguma coisa com a Koya? (Oaky, preocupado com a irmã).

— Não, mas, por favor, leve a tia Nicky também.

Ao ser recebido pela sua mãe, Kayo não consegue falar, apenas a abraça com força.

— Você está com cara de mensageiro da morte. É a Rachel! (Koya sente suas pernas fraquejarem).

— Ela foi sequestrada, mãe... Mãe, mãe, mãe... Eu vou morrer. Por favor, me socorre, mãe...

Dizendo isso, Kayo cai de joelhos em frente à sua mãe e começa a chorar convulsivamente, sempre gritando pela sua mãe e sua irmã, enquanto o olhar de Koya se perde no infinito e somente um longo gemido em "u", vindo do fundo do peito, é tudo o que ela consegue fazer.

Mãe e filho impotentes diante de um ato brutal com consequências imprevisíveis ou previsivelmente terríveis.

Em prantos, eles sentam-se no sofá, abraçados. Kayo chora e soluça, pedindo ajuda para sua mãe, que não consegue segurar o choro desenfreado.

Quando chegam, Oaky e Nicole ficam sabendo do sequestro e o desespero toma conta do que resta de uma família poderosa, agora subjugada pela estúpida e injustificável rivalidade religiosa e outras razões obscuras.

— Minha irmã, o que estão fazendo conosco? (Oaky, esforçando-se para falar).

— Mais uma vez peço que a senhora seja forte e acredite que tudo terminará bem. (Nicole tentando buscar esperanças).

— Tomara que peçam o resgate logo. (Koya).

— Pagaremos o quanto pedirem. (Kayo).

— O governo do nosso país não permite pagamento de resgate a terroristas. (Oaky).

— Não se preocupe, tio. Darei um jeito. Encontraremos uma forma. (Kayo).

— Enfrentaremos muitas resistências, mas não podemos esmorecer. (Nicole, antevendo dificuldades).

Imediatamente, a família entra em contato com as autoridades, mas eles ainda não sabiam e por isso não dão a devida atenção, alegando que poderiam ser apenas boatos da internet a respeito de uma pessoa famosa.

Passadas vinte e quatro horas começam os noticiários sobre o sequestro de Rachel e de seu namorado Zayn. Logo a imprensa invade a privacidade da família, faminta para mostrar o sofrimento das pessoas, como se isso fosse resolver o problema ou sensibilizar as autoridades constituídas que têm o dever de defender e proteger seus cidadãos.

— Por favor, senhores! A minha irmã está muito abalada e não dará nenhuma declaração. Esperamos a vossa compreensão neste momento tão difícil para nossa família.

Oaky toma a iniciativa de atender a imprensa, pois sempre foi muito calmo, mas até ele sente que não dá para aguentar a pressão dos repórteres e quase perde a calma.

— Senhores, não vamos expor a nossa dor ao público. Se é o que querem, não terão nossa colaboração. O que precisamos agora é de ajuda para encontrar a minha sobrinha. Tenham um bom dia. Obrigado! (Oaky).

O governo emite uma nota de pesar pela situação e anuncia ajuda oficial para encontrar Rachel. O público acompanha consternado o desenrolar da situação.

Quarenta e oito longas horas após o sequestro, a empresa de segurança liga para Kayo.

— Senhor Kayo, localizamos o relógio da senhorita Rachel. (O chefe da segurança).

— Então a encontraram? (Kayo, esperançoso).

— Não. O relógio está no pulso de uma menina que afirmou que seu pai lhe deu de presente. Deve ter comprado dos sequestradores.

— Mais alguma pista?

— Sim. Identificamos o grupo sequestrador. É um grupo extremamente radical e violento. (O chefe da segurança).

— Provavelmente a mataram. (Kayo).

— Não pelo que sabemos. Gostam de dinheiro e preferem negociar.

— Quando será que farão contato exigindo o resgate?

— Também sabemos que, nesses casos, eles não têm pressa, pensando em conseguir um valor maior devido ao desespero das pessoas envolvidas. Com certeza, ela ainda está viva. (O chefe da segurança).

Setenta e duas horas depois, circulam na internet imagens com a decapitação de Zayn com Rachel amarrada e amordaçada assistindo o assassinato de seu namorado, condenado por um juri terrorista pelo simples fato de viver com uma mulher ocidental e norte-americana.

— Não deixem que a mamãe assista a isso. (Kayo).

— Que brutalidade. (Oaky enojado e horrorizado ao ver parcialmente as imagens).

— Pelo menos Rachel ainda está viva. (Nicole não quis assistir às cenas).

Koya fica sabendo e precisa de cuidados médicos.

Noventa horas e a segurança faz novo contato com Kayo.

— Senhor Kayo, sua irmã está viva e... (O chefe da segurança).

— E o quê? Por favor, digam. (Kayo).

— Ficamos sabendo que ela está... grávida. (A situação vai ficando cada vez mais dramática).

— Oh, não! Talvez isso faça com que tenham piedade com ela. (Kayo).

— É... Pode ser senhor Kayo. Mas talvez aumentem o preço do resgate, pois além de terroristas eles são mercenários. (O chefe da segurança).

O pessoal da segurança sabe que a situação de Rachel piorou, pois ela, sendo ocidental, está grávida de um muçulmano e sem ser casada com ele. Isso para eles é um agravante.

— O grupo que a sequestrou é violento, mas eles gostam muito de dinheiro e, com certeza, negociarão. (O chefe da segurança).

— Não deixem a mamãe saber disso, por favor. (Kayo, falando com seu tio e todos que estão ajudando a família).

Cento e oitenta horas depois, Koya parece recomposta, ainda que por meio de calmantes prescritos pelos médicos.

A lenda está viva e, talvez, mais forte!

— O que podemos fazer? (Koya, fazendo uma pergunta retórica).

— Tudo o que podemos fazer está sendo feito, mãe. (Kayo).

— Podemos fazer mais. Se nossa família não pode fazer mais, quem poderá? (Koya tem consciência do poder de sua família).

— Mana, precisamos ter calma e acreditar que tudo acabará bem. (Oaky).

— Vou falar com os congressistas. Certamente, eles nos apoiarão. (Koya, esperançosa).

— Eu acompanho-a, senhora Koya. (Nicole).

Nenhum pedido de resgate é feito. Segue-se um silêncio enervante por parte dos sequestradores, que não conseguem despistar totalmente o pessoal da empresa de segurança da família.

O pessoal da segurança tem que manter muita discrição para não chamar a atenção das autoridades locais, pois acabariam sendo acusados de violação de regras internacionais quanto à investigação de crimes. Qualquer descuido poderia gerar um incidente internacional, colocando mais riscos à vida de Rachel.

O chefe da segurança faz uma reunião com o seu pessoal para definir como agirão para evitar problemas.

— Temos que ter o maior cuidado em nossas investigações. (O chefe da segurança).

— O que faremos se descobrirmos onde é o cativeiro? (Um membro do grupo).

— Primeiro, confirmar que é o local certo e o marcar, de alguma forma, para não perdermos o contato, mesmo que mudem de lugar. (O chefe da segurança).

— Mas temos que tentar resgatá-la. (Um segurança mais ansioso).

— Antes faremos contato com a embaixada americana e comunicaremos tudo o que soubermos. (O chefe da segurança).

— E o que eles farão? Sabemos que o governo dos EUA não negocia com terroristas.

— Avisaremos o embaixador que agiremos se não tomarem nenhuma providência. (O chefe).

— Eles não vão nos autorizar e, provavelmente, não se envolverão numa ação desse tipo.

— Então traçaremos uma estratégia para o resgate, que dependerá do local onde ela esteja. (O chefe).

— Talvez precisemos de reforços.

— O mais importante é que, antes de qualquer atitude, informemos ao senhor Kayo de tudo o que está se passando e o que pretendemos fazer. (O chefe).

— Não sei como estão suportando essa situação.

— Trabalho nesta empresa de segurança há quinze anos e conheci pessoalmente todos daquela família. (O chefe).

— Ninguém merece pelo que estão passando.

— Além de gentis e caridosos, são inteligentes e muito poderosos, por isso não tenho a menor ideia do que o senhor Kayo será capaz de fazer. Mas é bom nem pensar caso aconteça... alguma coisa pior com a sua irmã. (O chefe finalizando).

A vida da família sofre um violento revés em razão do sequestro de Rachel.

Especuladores das bolsas de valores aproveitam para lucrar e vender ações das empresas, que iniciam uma leva baixa, mas logo se recuperam.

Isso faz com que Kayo tenha que se desdobrar em permanecer à frente dos negócios e acompanhar o desenrolar do sequestro de sua irmã e o sofrimento de todos da família, principalmente de sua mãe, que se desespera cada vez mais.

PODRES PODERES

Koya consegue uma audiência com congressistas e implora para que o governo dos EUA resgate a sua filha das mãos dos sequestradores.

— A senhora sabe que o nosso governo não negocia com terroristas.

— Vocês devem saber o que fazer nesses casos. Preciso de ajuda, por favor. (Koya).

— Senhora Koya, sempre desprezou os Poderes constituídos e desdenhou das autoridades deste país, e agora quer a nossa ajuda?

— Minha filha e eu somos cidadãs deste país e pagamos nossos impostos como qualquer outro. (Koya).

— A senhora sempre se recusou a participar de licitações para o fornecimento de armas que nosso país tanto necessita para, justamente, defender nossos cidadãos em situações dessa natureza e os nossos interesses.

— Sou uma pessoa que prefere a diplomacia e a paz. Não peço nenhuma guerra para o resgate da minha filha. (Koya).

— Tenha certeza de que vamos nos empenhar, mas como se fosse um cidadão comum, pois todos pagam impostos, como a senhora bem disse.

— Só peço que a localizem, por favor, por favor. Preciso saber como ela está. (Koya, desesperada).

— Veremos o que podemos fazer. (Nenhum deles demonstra muito interesse em fazer alguma coisa).

— Este país não costumava abandonar os seus cidadãos à própria sorte. Suplico que façam alguma coisa. (Koya).

— Há muitos anos a diretiva governamental é no sentido de não negociar com terroristas. Dificilmente essa política será mudada.

— Trata-se da vida de uma pessoa que só estava tentando ajudar outras pessoas e elevando o nome de nosso país com suas ações de caridade. (Koya).

— Temos que seguir os protocolos diplomáticos, como a senhora sabe.

— Mas é uma questão de vida ou morte! O tempo conspira contra a vida da minha filha e a diplomacia é muito... demorada. (Koya, desesperada).

— Há pouco tempo a senhora dizia que preferia a diplomacia, mas não é o que está sugerindo agora.

— Sou uma mãe americana desesperada, suplicando pela vida de sua filha. O que mais preciso fazer? Digam-me! (Koya).

Koya, tem que conter a vontade de dizer tudo o que pensa da política, dos Poderes constituídos e dos políticos, mas com esperanças de conseguir ajuda oficial ela se cala. Pensou até em oferecer dinheiro para financiar as buscas, mas já foi acusada de tentativa de suborno quando fez apenas uma brincadeira com um policial, no episódio das motos voadoras.

Depois que Koya se retira da reunião, eles continuam com comentários pouco animadores. Mas ela sentiu o cheiro nojento dos podres Poderes que assolam o mundo desde sempre, desde sempre a política é um fim em si própria.

— Não podemos colocar em risco nossa diplomacia por conta de uma almofadinha que resolveu salvar o mundo.

— A filha dela faz tudo isso apenas para aparecer na mídia. Como sempre foi rica, agora busca a fama.

— E porque não é tão bonita como a mãe ou linda como sua avó era. (Referindo-se a Koya e Meg).

— Isso porque ela nem da família é. A coitadinha foi adotada.

— Uma gata borralheira que nunca se tornará uma Cinderela.

— Temos coisas mais importantes para nos preocupar, inclusive, como desviar a atenção do público dessas informações que a boa samaritana está tentando espalhar.

— Essas informações farão muito mal a qualquer campanha política. Melhor dar um basta nisso tudo.

— Tudo o que ela está revelando ao mundo nós sabemos pelos nossos diplomatas ou agentes secretos.

— Ela foi até lá por sua própria conta e sabendo de todos os riscos, afinal, é de uma família inteligente.

— Talvez agora pretenda voltar como heroína.

— Aquela menina fez muitas revelações que estão deixando nossa diplomacia embaraçada e sem saída.

— Penso que até foi bom ela ter sido sequestrada.

— Por isso mesmo não devemos nos esforçar para resgatá-la.

— Imaginem uma heroína botando a boca no trombone sobre tudo o que acontece lá e dizendo o que todos nós sabemos e nunca tomamos providências. Mais uma razão para aquela boca se calar.

— A esta altura dos acontecimentos ela deve estar morta. Esses caras não estão para brincadeiras.

— Por isso mesmo são terroristas.

Koya não obtém ajuda, mas a certeza de que "todo o Poder constituído provém do mal", pois se não houvesse maldade nem a Justiça seria necessária e tudo seria resolvido por consenso.

Não há nada tão ruim que os políticos não possam piorar e a certeza da impunidade constrói pontes indestrutíveis para que eles gozem de privilégios imorais e indecentes, tudo regado com o suor dos povos, que constroem, com o seu trabalho, a riqueza das nações.

"Minha filha adorada, eu vou te encontrar e vou te salvar, nem que seja a última coisa que eu faça na minha vida. Sou a sua mãe e você e o Kayo são tudo o que me resta para continuar vivendo" (pensa Koya, desesperada, tentando encontrar uma saída).

Quando criança, numa noite mágica, Koya sonhou em universalizar o amor através do Natal, porém agora ela pensa que a estupidez, a ganância, a ignorância e a soberba jamais deixarão o ser humano se humanizar.

O ser humano jamais irá se humanizar enquanto considerar-se uma criação divina.

A PROCURA

Aflita e sem esperanças de obter ajuda oficial, Koya decide ela própria procurar sua filha.

— Mãe, a senhora nem ao menos sabe falar aquele idioma africano ou árabe. Sem considerar que existem diversos dialetos falados na região em que Rachel foi sequestrada. (Kayo).

— Contratarei intérpretes e aprenderei os idiomas. Não deve ser tão difícil entenderem as súplicas de uma mãe. (Koya).

— É muito perigoso, senhora. Não vá, por favor. (Nicole).

— Perdi um filho, recuso-me a perder outro. Não descansarei até encontrar a Rachel. (Koya).

— Encontraremos outra solução. Nossa empresa de segurança está procurando-a. (Oaky).

— Não dará certo. Eles não têm autoridade para investigarem, não são policiais daquele país. (Koya, preocupada).

— Serão o mais discretos possíveis. Agirão como agentes espiões. (Kayo diz algo que surpreende a todos).

— Isso não é uma ficção, é a vida real na sua forma mais cruel. Os pais devem morrer antes dos filhos. Essa é a ordem natural da vida. (Koya, disposta a morrer por seus filhos).

— Quem administrará as empresas na sua ausência? (Kayo, tentando convencer sua mãe a não fazer o que pretende).

— Você, Kayo! É o presidente, esqueceu? (Koya responde prontamente).

— Sempre com você ao meu lado. Não estou preparado, terminei o curso superior recentemente. (Kayo, surpreso).

— Você tem 21 anos, legalmente pode tomar qualquer decisão. Eu já me decidi. (Koya, confiante).

Ao chegar no país onde Rachel foi sequestrada, Koya continua acompanhada pelo pessoal da empresa de segurança. A empresa não tem uma filial ou uma agência naquele país, por isso tem que agir com cautela.

Ela contrata vários intérpretes e passa os dias à procura de sua filha e as noites insistindo com eles para aprender o mais rápido possível o idioma e os dialetos falados naquela região.

— Mas senhora Koya, é tarde da noite. Quanto mais cansada, menos aprenderá. (Um intérprete).

— Não posso parar, não quero parar, não tenho sono, só tenho vontade de encontrar a minha filha. (Koya).

— Senhora, andamos o dia inteiro, de vila em vila. A senhora está exausta, precisa descansar. (Um segurança).

— Preciso aprender a dizer: por favor, por caridade, por misericórdia, em todas as línguas. Por favor, me ensinem. Me ensinem a dizer: preciso encontrar a minha filha. Me ensinem a dizer: muito obrigada, em todas as línguas e dialetos. Me ensinem a implorar. Alguém entenderá a minha angústia e o meu desespero.

As semanas passam e transformam-se em meses de procura desesperada e infrutífera. Informações desencontradas dizem que Rachel está viva e ainda em poder dos sequestradores.

— Senhora, obtemos informações de que sua filha pode estar num vilarejo a 30 quilômetros daqui. (Um segurança).

— O que estamos esperando? Vamos até lá. (Koya).

— Mas há combates entre extremistas e tropas do governo. Pode ser perigoso para a senhora. (O segurança).

— Que se dane o perigo. Vamos logo, por favor. (Koya).

— Nós vamos. A senhora espera aqui. Sou o responsável pela operação. Não permitirei que seja ferida. (O segurança).

Quando conseguem chegar ao vilarejo descobrem que os terroristas conseguiram fugir levando uma moça branca, ocidental, com eles. Confirmam, mais tarde, que se tratava de Rachel.

Concomitantemente, Koya vai conhecendo e vendo ao vivo todas as histórias que Rachel lhe contava sobre a fome, a miséria, a corrupção e as violências de todos os tipos, como meninas estupradas aos 7 ou 8 anos de idade, e o descaso mundial com aquelas populações desamparadas e subjugadas por governos autoritários, quase sempre apoiados por uma ou outra potência antagônica, e tudo o que fazem é exibir seu potencial bélico tentando ganhar dinheiro e prestígio mundial espalhando o medo.

— Vamos até a próxima vila, agora. (Koya, falando para seus seguranças sobre outro possível cativeiro).

— Mas senhora, é a região mais perigosa com a qual nos deparamos. É muito arriscado. (O segurança).

— Eles estão indo em direção à fronteira com um país que se anuncia como neutro. (Outro segurança).

— Podemos aproveitar enquanto tentam passar pela fronteira com a Rachel. (Koya).

— Faremos isso, senhora.

Ao chegarem à fronteira, constatam que Rachel foi vendida para outro grupo terrorista de um país muçulmano asiático. O pessoal da segurança obtém outras informações, mas passam para Kayo antes de falarem com Koya.

— Senhor Kayo, a sua irmã agora está em poder de outro grupo. (O chefe da segurança).

— E vocês têm alguma informação a mais sobre eles? (Kayo).

— Ainda estamos investigando senhor, mas...

— Mas... o quê? (Kayo teme por más notícias).

— Ficamos sabendo que a sua irmã teve um aborto...

— Oh, não! O que mais pode acontecer? (Kayo se desespera). Contaram para minha mãe?

— Não senhor. Resolvemos contar-lhe antes. O deseja que façamos? (O chefe da segurança).

— Não contem nada para a minha mãe. Ela está sofrendo o suficiente e acho que nem sabia da gravidez de Rachel.

— Não sabia, senhor. Conseguimos fazer com que ela não ficasse sabendo.

Koya prossegue à procura de sua filha sem saber que ela estava grávida e abortou o bebê, provavelmente pela forma como vinha sendo tratada nos diversos cativeiros pelos quais passou.

Nenhuma ajuda oficial é dada e a imprensa começa a deixar de lado as notícias sobre o sequestro de Rachel, parecendo acuada pelas autoridades.

— É muito estranho o silêncio das autoridades e da imprensa sobre o sequestro da minha irmã. (Kayo, desconfiado, comentando com Cezar).

— Não é tão estranho, senhor. Sabemos que a imprensa é vendida e obedece às autoridades, que estão ficando incomodadas com o sequestro, que atrapalha os planos de reeleição de vários prováveis candidatos, que poderiam ter feito alguma coisa, mas nada fizeram. (Cezar).

Após um ano de buscas, um tiroteio com mortes envolvendo o pessoal da empresa de segurança da família, numa vila ocupada por terroristas, onde, possivelmente, estaria Rachel, cria um incidente internacional e Koya começa a ser perseguida, veladamente, pelo governo dos EUA.

— Filho, o que aconteceu? Preciso de dinheiro e as minhas contas bancárias estão bloqueadas! (Koya, falando com Kayo).

— Foi uma ordem do governo, mamãe. (Kayo).

— Como assim? Por quê? (Koya, surpresa).

— Eles pensam que a senhora está negociando o resgate da Rachel com os terroristas e isso pode financiar o terrorismo.

— Mas que estupidez. Por que financiaria o sequestro da minha própria filha? (Koya, confusa).

— Não se preocupe. Continuarei fazendo com que chegue a você tudo o que precisar, mas desconfio que nossos telefones estejam grampeados. (Kayo).

— Isso é inacreditável. São todos uns cafajestes. (Koya).

— Falarei com o pessoal da segurança e eles lhe cederão os celulares. Também usarei telefones de outras pessoas. (Kayo).

Kayo elabora um esquema de remessa de numerário para sua mãe, depositando dinheiro em contas dos empregados da empresa de segurança ou transportando, clandestinamente, em aviões da sua empresa aérea.

As comunicações e o envio de recursos para Koya tornam-se uma operação de guerra.

— Obrigada, meu filho. Quero que saiba que temos informações seguras de que a Rachel está viva. (Koya, esperançosa).

— Eu sei, mãe. O pessoal da segurança me mantém informado de tudo. (Kayo).

— Só não entendo por que não pedem resgate. (Koya).

— Eles não sabem o que fazer. Talvez queiram mantê-la refém como escudo para qualquer ataque. (Kayo não sabe mais o que dizer para tranquilizar sua mãe).

— Acho que a querem como um troféu para uma causa sem justificativa e para mostrar para outras pessoas não se atreverem a fazer o que sua irmã fazia. (Koya).

— Mamãe, prometo que você e a Rachel voltarão para casa. (Kayo).

O caminho do anjo caridoso se torna um rastro de sangue e sofrimento.

Todos temem que o sequestro de Rachel seja como o sequestro de Ingrid Betancourt Pulecio, que foi sequestrada por um grupo guerrilheiro FARC no dia 23 de fevereiro de 2002 e ficou no cativeiro por quase seis anos.

DECISÕES PODEROSAS

Como presidente do grupo de empresas e procurador de sua mãe na empresa de cosméticos, Kayo recebe a intimação para desativar a fábrica nos EUA, por ordem judicial, numa óbvia demonstração de retaliação pelo incidente ocorrido numa tentativa de resgate de Rachel. Sua mãe vem sendo suspeita de financiar o terrorismo.

Ele descobre, ainda, que está sendo espionado pelo seu próprio país, e faz uma reflexão profunda sobre suas relações com os Poderes constituídos e como conduzirá sua vida e seus negócios de agora em diante.

— Então é isso o que fazem com seus próprios cidadãos. Espioná-los! (Kayo, indignado).

— O que o senhor pretende fazer? (Cezar).

Reunido com seus mais fiéis assessores, ele confidencia que tomará decisões que sua família sempre evitou e repudiou.

— Posso lhes garantir que mexeram com o cara errado. (Kayo, revoltado).

— Como podemos ajudá-lo, senhor? (Jojo).

Jojo é um homem afrodescendente de dois metros e dois centímetros de altura, com mãos enormes, que parece ter sofrido de acromegalia. Seu nome de batismo é João, mas por ser difícil de pronunciar para quem fala inglês, adotou o apelido de Jojo. Ele nasceu e era policial no Rio de Janeiro, Brasil, mas foi condenado por ter castrado com as próprias mãos um estuprador de crianças. Ao ser contratado como um dos seguranças de Kayo, ele contou a sua história.

— Eu era policial e com um colega atendemos um chamado de suspeita de estupro. Quando chegamos no local, um homem estava estuprando um bebê de dez meses, a mãe amarrada e amordaçada assistindo a tudo. Peguei o sujeito pelo pescoço com uma das mãos e com a outra peguei o saco dele e puxei até arrancá-lo de seu corpo. O cara sangrou até morrer. (Jojo).

— Deve ter gritado muito. (Kayo, zoando ao escutar a história).

— Depois fui processado por uma ONG defensora de direitos humanos pelo assassinato do cara e condenado a dois anos de prisão. Também fui expulso da corporação policial. (Jojo).

— Uma organização de defesa dos direitos humanos te processou? Incrível! (Kayo).

— Aquela criança morreu com os órgãos internos dilacerados. Depois, perdi a conta de quantos sacos arranquei na cadeia. Foram tantos que peguei gosto pela coisa. Essa é a minha história, senhor. (Jojo).

— Está contratado desde que prometa ficar longe do meu saco. [Ha ha ha ha]. (Kayo, zoando).

Kayo começou a formar uma assessoria de confiança para assuntos especiais e ultrassecretos.

— Eles nem desconfiam o quanto a minha família é poderosa. Vou pensar em alguma coisa. (Kayo, respondendo para Jojo).

— Eles podem determinar o fechamento de uma empresa baseando-se numa suposição de traição à pátria? (Cezar).

— Não, não podem. (Kayo, lacônico).

— O senhor é advogado. Sabe que pode contestar na Justiça. (Pablo).

— Gastaria tempo e dinheiro com um processo, mas sairia vitorioso e visto como um ricaço arrogante. Porém "eles" são os vilões que promoverão o desemprego de milhares de pessoas das empresas que terei de fechar. (Kayo).

— E o que pretende fazer por ora? (Cezar).

— Esperar. E quando tudo isso terminar, eles terão que gastar muito dinheiro me indenizando e voltarei como um herói chicoteado injustamente. (Kayo, que tem inteligência excepcional, começa arquitetar planos de vingança).

— Faremos o que o senhor determinar. (Jojo).

— Vou aprender o jogo sujo deles e depois mostrar que posso jogar melhor do que eles. (Kayo).

— Sei como abordar políticos, principalmente oferecendo ajuda para suas campanhas. (Cezar).

— Quero tudo registrado em som e, se possível, em vídeo também. Depois farei se ajoelharem perante mim, implorando para me servirem. (Kayo).

— Todas as nossas operações sempre são registradas, senhor. (Pablo).

Pablo, também faz parte da assessoria de confiança de Kayo. Ele é espanhol, professor de História Universal e especialista em História das Civilizações.

— Nem de longe imaginam do que sou capaz de fazer. (Kayo, inconformado).

— Vamos ajudá-lo, senhor. Também não gostamos de políticos. (Jojo).

— Farei com que se arrependam de terem nascido. (Kayo, parecendo possuído).

Primeiro, Kayo providencia a transferência da fábrica de cosméticos, Koya – A Principal, para outro país.

— O que fará com a ordem de fechar a fábrica de cosméticos? (Cezar).

— Estou pensando em transferi-la para outro país, o Uruguai. O que me dizem? (Kayo).

— Por que o Uruguai, senhor? Lá falam outro idioma, que pode representar uma dificuldade. (Pablo).

— Porque o Brasil é o segundo maior consumidor dos produtos da Koya – A Principal e os dois países são fronteiriços. (Kayo possui bom conhecimento de geografia).

— Acho que é uma excelente solução. Além de manter essa unidade fabril, estará próximo de um dos maiores consumidores e a mão de obra é mais barata do que aqui. (Cezar).

— Pretendo, ainda, diversificar e expandir nossos negócios nesse e em outros países. (Kayo).

— Mas os negócios de sua família estão em diversos países, senhor. (Cezar).

— Não é o bastante. Tenho planos para o mundo e além dele. (Kayo decide conquistar o mundo).

— Parecem-me planos bastante ambiciosos, senhor. (Jojo).

— O mundo não é o bastante. Quero o espaço, ou melhor, o Universo, pois este planeta está ficando pequeno demais para mim. (Kayo, exagerando, talvez).

Seus assessores se olham, sorrindo de canto de boca, confiantes no poder de seu chefe.

— Supera qualquer expectativa, se me permite dizer, senhor. (Pablo).

— Se vamos fazer algo, que seja algo maior e melhor. Não posso pensar pequeno com a avó que tive e a mãe que tenho. (Kayo, referindo-se a Meg e Koya).

— Mulheres extraordinárias, fora do comum. A senhora Meg era genial e sua mãe... O que dizer? Não existem palavras para definir o que a senhora Koya representa para as mulheres na história da humanidade. (Pablo sabe bem do que está falando).

— Dentro de uma família tão poderosa não me permito ser pequeno nem vou me acovardar. (Kayo, decidido a deixar seu nome na história da família ou, quem sabe, na história do planeta).

— Resta-me dizer que o senhor reúne todas as condições para conseguir o que quiser. (Cezar, incentivando).

— É hora de testar os meus limites, ou o deles. Vamos ver do que minha família é capaz. (Kayo).

Então ele começa a participar de licitações para fornecimento de armas, munições e equipamentos militares. E aprende, rapidamente, como vencer licitações propinando as pessoas certas. Como consequência, vence todas as concorrências de que participa e seus lucros crescem astronomicamente, com contratos superfaturados, bem como o seu prestígio entre políticos e servidores corruptos.

— Quero construir uma fábrica de armamento pesado, mas sem comprometer nosso patrimônio. (Kayo).

— Podemos conseguir financiamento oficial, com juros subsidiados, desde que nos comprometamos a fornecer armamento para as Forças Armadas a preços compensadores. (Cezar).

— O que quer dizer com preços compensadores? (Kayo).

— A imprensa convencerá o grande público de que é um excelente negócio para o governo, mas, no fundo, o preço será superfaturado, com o pagamento de propinas para as pessoas certas. (Pablo).

Ele consegue financiamento oficial e constrói uma fábrica para produzir as armas para as Forças Armadas dos EUA e seus aliados, com lucros compensadores e fantásticos. As ações da empresa vão às alturas nas bolsas de valores.

— É um prazer fazer negócios com o senhor. (Um lobista, ávido por trabalhar para Kayo).

— Isso é apenas o começo de uma longa relação comercial proveitosa para ambos. (Kayo).

Kayo logo entende que os políticos pensam que mandam no mundo, mas quem dá as ordens, realmente, são os poderosos donos de capital, que tudo compram e tudo corrompem, pois, para ser político, é condição *sine qua non* ser corruptível.

Ele compra uma fábrica de foguetes lançadores de satélites, renova os equipamentos, reforça a equipe com os melhores profissionais do ramo e começa a colocar em órbita do planeta, satélites para comunicações comerciais. E sem que ninguém saiba, usa canais exclusivos para comunicação com celulares via satélite para se comunicar com o pessoal que acompanha e faz a segurança de sua mãe na procura de sua irmã.

— Quero que nossos satélites tenham capacidade de fotografar até as placas de veículos com nitidez. (Kayo).

— Todos eles estão equipados com câmeras de altíssima definição e de última geração, senhor. (Cezar).

— Espionem todos os políticos mais importantes e influentes do planeta. Quero saber aonde vão, o que fazem e até o que comem, caso seja necessário envenená-los. [Ha ha ha ha]. (Kayo, zoando).

— Isso é fácil! Sua tia Nicole preparou um programa que faz isso automaticamente, sem precisar de acompanhamento humano. Depois basta analisar as imagens escolhidas. (Cezar).

O menino dócil e amoroso agora é um homem astuto e ardiloso, que toma decisões poderosas auxiliado por Nicole, com sua imensa competência em programação e análise de sistemas, além de um grupo de seguidores ambiciosos e fiéis.

Ele começa a formar um poderoso grupo de colaboradores que se dispõem a seguir, cegamente, seus desejos.

— Tia Nicky, informação é a arma mais poderosa que existe e a senhora domina-a com perfeição. Te amo. (Kayo, elogiando Nicole).

Kayo continua financiando seu tio Oaky no projeto e na construção do hipercomputador de campo atômico, que será impenetrável por qualquer outro sistema e será utilizado para a solução da Mecânica dos Genes.

Ele só queria uma família. Agora quer o mundo!

— Obrigado pela sua cooperação, tia. (Kayo, agradecendo a ajuda de Nicole).

— Estou trabalhando num sistema operacional único para o HC (hipercomputador). Ele será incompreensível para os sistemas atuais, mas poderá penetrar, espionar, devassar arquivos, destruir sistemas e CPUs, tornando os computadores inoperantes e inúteis. (Nicole).

— Isso é muito animador, tia. Te amo! (Kayo, sempre carinhoso).

— O HC, com o sistema operacional M (matricial) e com a rede privada que programarei, terá condições de destruir a internet em um segundo, apagando definitivamente todos os dados de todos os computadores do mundo. Até as nuvens virtuais desaparecerão para sempre. Será impossível recuperar qualquer dado. (Nicole).

Nicole antecipa que, com o HC funcionando e com seus sistemas espiões, poderão acessar qualquer site ou computador oculto ou secreto. Todos os lacres virtuais poderão ser quebrados e os computadores da CIA, do FBI, da Casa Branca ou de qualquer outro governo em qualquer parte do mundo, poderão ser invadidos e vasculhados, revelando os nomes de agentes secretos, seus endereços particulares e até onde seus filhos estudam. Não haverá a menor possibilidade de privacidade ou segredo virtual ou real. Até mesmo agências secretas serão descobertas.

— Os abobadinhos adoradores da informática e do metaverso que querem controlar tudo à distância, com seus *smartphones*, inclusive as luzes de suas casas e seus refrigeradores, estarão nos entregando as suas vidas. Nós passaremos a controlá-los. (Nicole).

— O *smartphone* será o próximo deus da humanidade. Muitas pessoas hoje não sabem viver sem ficar adorando o celular por horas a fio, não importando se estão no trânsito, no banho, cagando ou transando. (Kayo).

— Eles serão controlados por nós e nem se darão por conta. Nem saberão o que os atingiu. (Nicole).

— O mundo virtual absorve tanto as pessoas que elas não parecem pertencer à nossa realidade. (Kayo).

— As pessoas estão se aprisionando num mundo virtual ridículo e sem propósito real. (Oaky).

— O único propósito é perder tempo, deixar a vida real passar sem perceber, sem dela participar. (Nicole).

— Apresento-lhes os zumbis virtuais. Pessoas que não vivem mais no mundo real, mas continuam respirando. (Kayo).

As buscas continuam intensamente por quase dois anos. Os agentes da empresa de segurança ou são locais ou sabem falar o idioma e conhecem os costumes da região.

O desespero de Koya só aumenta com o passar do tempo e parece que cada vez que se aproximam do provável local onde Rachel possa estar, recebem informações de que ela acabara de ser levada para outro local, outro cativeiro.

O que a faz continuar a busca é a sua esperança de mãe, que parece imortal como as lendas.

REENCONTRO

Mais de três anos depois do último encontro que tiveram, a jovem bela e misteriosa mulher volta a procurar Kayo, numa ocasião bastante complicada e dramática para ele.

O sequestro de sua irmã se arrasta sem solução, com sua mãe à procura dela, e ele sofrendo perseguição do governo. Ele está decidido a controlar o mundo através dos políticos corruptos, em um devaneio insano e utópico.

Próximo ao final do expediente, Cleo anuncia a presença da jovem, que é atendida por Kayo.

— Há quanto tempo, senhorita. Pensei que jamais voltaria a vê-la! (Kayo, na sala da presidência).

— Como está o senhor? (A jovem)

— Com alguns problemas bem complicados para resolver. A senhorita parece mais bonita do que há três anos. (Kayo, sério).

— São seus amáveis olhos que conseguem me ver assim. (A jovem).

— Talvez tenha demorado tanto para voltar por ter esquecido o presente que lhe dei. (Kayo, fazendo referência ao relógio).

— Perdoe-me pela indelicadeza. Mas o tempo é transparente para mim, um relógio não tem sentido.

— Estou feliz que continua a mesma. Parece uma fotografia. (Kayo).

— Ah! O senhor notou que venho sempre com a mesma roupa.

— Perdoe-me, mas notei somente agora que a senhorita mencionou. Os homens são assim, deve saber, não prestam atenção em detalhes. (Kayo, tenso).

— Tenho dificuldades em... trocar de roupa.

— Estava pesquisando minha vida pregressa e por isso demorou? (Kayo, mudando o rumo da conversa).

— Mais ou menos, senhor Kayo. (Rose).

— Tenho a impressão de que não se sente bem aqui. Quero estar enganado. (Kayo).

— É muito difícil vir para este... mundo, o seu mundo. (Rose).

— O mundo dos negócios não é dos mais agradáveis mesmo. Ou, talvez, não gosta de mim ou das minhas atividades. (Kayo).

— O senhor é uma pessoa muito amável, mas a minha situação é um pouco diferente. (Rose).

— Você deve viajar muito, creio. De qualquer forma é um prazer recebê-la novamente. (Kayo vai relaxando aos poucos)

— Viajo muito e para bem longe. Se ainda estiver interessado, posso continuar a história das suas origens. (Rose).

— Sem dúvida. Estou muito interessado em ouvi-la.

Kayo aproveita para relaxar as tensões com o sequestro de sua irmã e o desaparecimento de sua mãe na busca por ela, que têm ocupado de maneira angustiante o seu tempo e o seu pensamento. Há várias que noites não dorme bem.

Depois de avisar a secretária para não serem interrompidos e dispensá-la do restante do expediente, eles se acomodam, frente a frente, nas poltronas daquela sala que tantas histórias contêm. Kayo suspira profundamente e pede para que a jovem inicie o relato.

— Bem, senhorita, sou todo, ouvidos. (Kayo, cordialmente).

A jovem recomeça a história das origens de Kayo pela sua ascendência por parte de seu bisavô Hugh.

— Num tempo em que os deuses quase se confundiam com os humanos e numa terra cheia de perigos e magias, Hilda, a princesa de uma tribo ramificada de vikings e celtas, foi a sua primeira ascendente por parte de seu bisavô Hugh. A beleza de Hilda, cujo nome significa "a combatente", "a guerreira", era digna de uma deusa.

Os celtas são considerados os introdutores da metalurgia do ferro na Europa, dando origem à Idade do Ferro naquele continente.

— Minhas origens são cheias de magia e deuses. Talvez por essa razão a vovó Meg sugeriu que as descobrisse. (Kayo, tentando descontrair, mais uma vez lembrando-se de que seu pai o considerava imortal.

A jovem prossegue o relato, parecendo ter pressa, mas com serenidade.

— Hilda, princesa de sua tribo e a ancestral mais antiga da dinastia de Meg, era uma mulher alta, de longo cabelo loiro, lindíssima, forte e muito inteligente. Seu cabelo descia até a cintura e quando cavalgava com ele solto, ele esvoaçava, assim como suas vestes. Montada em sua égua negra e enfeitada com flores, às vezes parava na beira de um penhasco para apreciar a paisagem e meditar sobre sua vida e o futuro. Quando em batalha, liderava suas companheiras, pois o costume de sua tribo seguia a tradição dos leões, na qual são as leoas que lutam.

— Sempre considerei as mulheres mais fortes do que homens. Perdão pela interrupção. (Kayo, interrompendo-a com um elogio às mulheres).

— Durante as batalhas, ela fazia uma longa trança em seu belo cabelo e prendia-a na cintura para não atrapalhar sua luta. Era destemida e lutadora, brava e decidida. Suas ações de liderança levavam as pessoas a segui-la sem contestação pela forma firme, mas gentil, com que as convencia.

— Contam que a minha avó Meg era bem assim. Desculpe-me mais uma vez por interrompê-la. (Kayo, desconfiado).

— Sim. Sei e acredito.

— Mas isso está exposto na biografia por ela autorizada e feita pelo jornalista e escritor Robert. Qualquer pessoa tem acesso a esse texto. (Kayo, contestando).

— Sei que é difícil acreditar numa história tão incrível, que até parece fantasiosa, mas sua família, realmente, descende de uma linhagem nobre e guerreira, e tenho muito orgulho por ter conhecido a sua... história. (A jovem titubeia).

— Parece-me que a senhorita conheceu minha avó Meg pessoalmente pela forma como se refere a ela. (Kayo).

— O que posso dizer? Todo o mundo praticamente conheceu a senhora Meg, pois além de sua beleza incomparável e insuperável, ela era muito inteligente, famosa e...

— E...? (Kayo, querendo ouvir mais sobre sua avó Meg).

— Sensual e encantadora, como uma... fada!

A jovem fala a respeito de Meg com tanto conhecimento que parece ter convivido bem de perto com ela.

— Os que a conheciam mais intimamente pensavam que ela era uma fada. (Kayo, que conviveu com sua avó nos últimos anos de vida dela).

Kayo esforça-se para não interromper a jovem, que prossegue seu relato.

— Como sua espada era muito pesada e outras se quebravam com facilidade devido a sua grande força, ela procurou um ferreiro e solicitou que ele forjasse uma espada melhor e mais leve para ela. Um jovem artesão, chamado Solveig, cujo nome significa "caminho do Sol", fabricou suas armas (arco, flechas, uma espada e um escudo). Semanas depois, o ferreiro entregou as encomendas.

— [Ha ha ha ha]. Mas o que significa isto, ferreiro? (Perguntou-lhe Hilda, rindo muito).

— As armas que me solicitou, princesa Hilda. (Solveig).

— Mas este escudo parece uma boceta agasalhando culhões, Solveig! [Ha ha ha ha]. (Disse Hilda sem nenhum pudor).

— Solveig enrubesceu. O escudo tinha um formato amendoado, com uma borda externa e uma interna. Em seu interior estava presa uma espada apontada para cima com duas bolas de ferro, uma de cada lado do cabo da espada.

— Princesa Hilda, esse escudo serve de bainha para sua espada quando carregá-la em sua montaria. Essas bolas de ferro, unidas por uma corrente, são uma nova arma, que poderá ser girada e arremessada contra o inimigo, e que também serão carregadas no escudo e depois em sua cintura. (Solveig também preparou um cinto de couro largo, para servir de proteção).

— Mas essas plumas pretas nas bordas do escudo, que mais parecem pentelhos, para que servem? (A linda princesa Hilda se diverte constrangendo o humilde ferreiro Solveig).

— Para que o escudo pareça maior e assuste seus inimigos. Mas se desejar posso fazer-lhe outras armas, Princesa Hilda.

— Não! Simplesmente, adorei, Solveig. Ele é muito leve e gracioso. Você é muito criativo e... bonito. Obrigada.

— Muito obrigado, Princesa Hilda. Estou muito honrado que tenha me escolhido para produzir suas armas.

— Como posso pagá-lo? (Hilda).

— Defendendo o povo da nossa vila com sua força e bravura.

— Hilda gostou muito das armas confeccionadas e acabou apaixonando-se pelo humilde ferreiro. Na primeira batalha que lutou com suas novas armas, ela e suas companheiras enfrentaram, numa luta épica, as tropas formadas apenas por homens, soldados de um poderoso rei chamado Aniceto, que se dizia herdeiro dos deuses e pretendia dominar toda a região e, depois, o mundo.

Aniceto era grego, e seu nome significa invencível, que não se pode eliminar ou fazer desaparecer.

Não se contendo, Kayo interrompe novamente a jovem.

— Estou me apaixonando pela sua história. Aceita um chá ou um café? (Kayo, sendo gentil como de costume).

— Não, obrigada. Ao fim da batalha, o dia se transformava em noite. Uma tempestade se armou de repente. Raios e trovões ecoavam no céu escurecido repentinamente. Com algumas companheiras mortas e outras feridas, um grande estrondo fez ela e suas companheiras tombarem em meio a uma grande ventania. Exausta, no campo de batalha, ferida e com as vestes ensanguentadas e rasgadas, quase nua, percebeu a aproximação de um homem muito alto e forte, com uma armadura pesada e vistosa, que todos consideravam um semideus.

Quase desacordada, ela vê aquele homem-deus se aproximar, pisar com suas pesadas botas em seu braço, imobilizando-a, estender a mão e quase tocar em sua genitália. Temendo pelo pior, tentou se desvencilhar dele, chutando-o, mas não conseguiu abalá-lo. Ainda pôde escutá-lo dizer as seguintes palavras, com voz grave e pausada, apontando a mão espalmada para o seu escudo:

— *Como recompensa por ter vencido os meus lacaios, torno-a invencível. Ninguém mais a vencerá até o fim dos tempos. Suas descendentes serão mais fortes do que… a morte!*

— Minha ancestral venceu um deus! Penso que era mesmo um deus, pois aceitou a derrota, reconheceu a bravura e premiou a coragem! (Kayo, sem acreditar na fantástica história contada pela jovem, que prosseguiu o relato sem se abalar).

— Ela poderia estar apenas delirando. (Contemporizou a jovem).

— Sim, com certeza. Isso torna a história bem real. (Kayo, procurando justificar a história).

— Enquanto raios saíam da mão daquele homem-deus e atingiam o escudo, transformando-o em mágico – sempre que era atingido pela espada inimiga emitia raios mortais, tornando-a temida pelos inimigos e respeitada pelos seus companheiros e companheiras –, ele continuou vociferando palavras proféticas:

— *Se não você, em algum tempo, algum descendente seu reunirá poderes para exterminar deuses.*

— Estou adorando a minha história, sem falsa modéstia. E se me permite a observação, poderia ser algum dispositivo piezelétrico, no caso do escudo dar choques. (Kayo, ressalvando).

— Que bom que o senhor tem conhecimento científico suficiente para acreditar nessa história.

— Ouso dizer que Solveig tinha muita coragem para deixar sua amada arriscar-se nos campos de batalha. (Kayo).

— Essa tribo tinha a tradição leonina, talvez por isso as mulheres de sua família são especiais, valentes e fortes.

— A sua história fica cada vez mais fantástica. (Kayo).

— Essa não é a minha história, senhor Kayo. São as suas origens.

— Desculpe-me! É claro. É a minha história, pesquisada e contada brilhantemente, pela senhorita

Kayo parecia hipnotizado pela beleza dessa mulher, que lhe contava uma história fantasiosa e rica em detalhes, com a convicção de ser verdadeira. Se fosse outra pessoa, com certeza ele não dispensaria tanto tempo e tanta atenção ouvindo uma história surreal como essa. A própria jovem lhe parecia uma pessoa surreal.

— Certo dia, Hilda cavalgou até o topo de uma colina, como costumava fazer para observar as pradarias e sentir o calor do Sol em seu rosto, e o vento soprando em seu longo e lindo cabelo dourado. Ela também aproveitava para meditar e preparar-se para as próximas batalhas. Feliz, certamente por amar e ser amada por Solveig, apeou de sua fiel égua e, como sempre, postou-se ao lado da cabeça de Negra (nome de sua égua, que tinha a cor preta), e com mais alegria do que normalmente, começou uma divertida coreografia, seguida pela égua.

— Hilda dava três chutes no chão com o pé direito e era imitada por Negra.

— *Isso mesmo, Negra querida!*

— *Sssmufffing. (A cada passo, a égua soltava um suspiro de satisfação).*

— Em seguida, Hilda dá dois chutes com o pé esquerdo, sendo novamente imitada pela égua.

— *Você é tão inteligente, Negra! Por isso a amo! Você foi a maior responsável pela vitória contra aquele pretensioso semideus, sabia?*

— *Sssmufffing. (A égua relincha e balança a cabeça negativamente).*

— *Foi sim! Você estava no cio e fez com que os cavalos deles ficassem alucinados e derrubassem todos de suas montarias. Você é muito linda também. Qual o cavalo resistiria aos seus encantos? Bem, agora vamos para casa.*

— Hilda pretendia ir andando, mas Negra não a acompanha, parecendo querer levá-la em sua garupa.

— *Venha, Negra. Vamos para casa. Ah! Você quer me carregar? Preciso me exercitar para as próximas batalhas. Tenho que liderar minhas companheiras e o nosso povo. Eles confiam em nós, Negra.*

— Mas sua égua balança a cabeça negativamente e se mantém no lugar.

— *Ah, você acha que não haverá mais batalhas. (O balanço negativo continua). Mas o que há com você? Fizemos isso várias vezes, Negra. Se não me acompanhar, irei sozinha!*

— Hilda dá as costas para Negra e sai correndo morro abaixo. Sua égua, então, corre e coloca-se à sua frente, impedindo-a de seguir caminho. Ao parar repentinamente, Hilda sente uma tontura inexplicável, cai de joelhos, com enjoo, sendo observada atentamente pela sua companheira, Negra.

— *Mas o que está acontecendo comigo? Venha, Negra. Você tinha razão. Preciso que me carregue para nossa vila.*

— Chegando na vila, ela vai ao encontro de Solveig e, um tempo depois, descobre que está grávida, para alegria de ambos, que acabam se casando. Meses depois nasceu Britta, que significa "grande deusa". (A jovem faz uma pausa, parecendo perdida no tempo e no espaço).

— Por favor, não pare! Agora quero saber tudo até o final. (Kayo, como se estive acompanhando uma novela).

— Por que me ouvia de olhos fechados, senhor Kayo?

— Estava com os olhos fechados? Ah, sim, é claro! Procurava imaginar minha ancestral cavalgando e lutando na defesa de seu povo e de seus ideais, mesmo estando grávida. Imagino-a uma mulher muito forte e determinada. (Kayo, encabulado).

— E realmente era. Aliás, como todas as mulheres de sua linhagem.

A jovem retoma, apressada, a narrativa, procurando resumi-la, ansiosa por terminá-la.

— Solveig ficava cuidando e protegendo a pequena Britta que, logo que aprendeu a andar, começou a treinar com arcos e flechas e, mais tarde, com espadas e outras armas.

— A senhorita está bem? (Kayo, percebendo a ansiedade da jovem).

— Estou... bem, obrigada! De Britta descenderam: Ágda, "boa, bondosa"; Karin, "pura, casta"; Blenda, "encantadora, deslumbrante"; Dagmar, "glória do dia"; Greta, "pérola". E a dinastia continuou por todo o tempo frutificando em mulheres fortes, guerreiras, batalhadoras, lindas, encantadoras, bondosas e corajosas, até chegar a sua avó Meg, a mais bela e encantadora de todas as mulheres, a mais inteligente e construtora de pessoas boas e felizes, que gerou Koya, sua mãe, como símbolo maior de amor e força, uma mulher indestrutível. Todas foram filhas únicas, pois as linhagens mais poderosas são raras e não se proliferam com abundância. Diamantes são difíceis de achar. (A jovem dá a impressão de ter concluído apressadamente).

— Bem, agora que me contou a fantástica história das minhas origens, posso saber alguma coisa mais de você, além do seu nome, senhorita Rose? (Kayo, interessado na mulher).

— Eu? Sou a dona... dessa história. (Rose).

— Se é a dona, pretende publicá-la? (Kayo, pensando que Rose busca autorização para publicar a história).

— Não! Bem, desculpe-me, mas agora preciso ir. Demorei muito mais do que podia. (Rose, demonstrando pressa).

— Por que estou com a sensação de que nunca mais a verei? (Kayo).

— Por que estou com a sensação de que não deveria ter feito o que fiz? (Rose).

— Por que estamos com sensações tão estranhas? (Kayo).

— Porque a sua história é muito estranha. (Rose).

— Porque você é... encantadoramente estranha e misteriosa. Perdoe a minha ousadia. (Kayo, parecendo enamorado).

— Não se desculpe. Nunca me senti tão... estranha no mundo. (Rose).

— Ao que me parece, continuaremos estranhos. (Kayo, lamentando).

— Vivemos em mundos estranhos. (Rose).

— Poderíamos torná-los menos estranhos e mais próximos. (Kayo, tentando uma aproximação com Rose).

— Receio que isso não seja possível. (Rose, cada vez mais apreensiva).

— Poderíamos tentar? (Kayo, procurando alongar a permanência de Rose).

— Não temos tanto poder assim. (Rose).

— Você é adoravelmente difícil de convencer. (Kayo, fazendo galanteios).

— Cometi um erro há muito tempo. Agora não me é mais possível cometer erros. (Rose).

— Será que você aceitaria um convite para jantar comigo ou seria um erro? (Kayo, jogando todas as suas fichas).

— Não seria um erro, mas é impossível. (Rose, sendo extremamente delicada).

— É possível me dizer por quê? (Kayo, percebendo que perdeu o jogo).

— Porque tenho que... partir. Preciso ir embora, embora não queira ir... (Rose, aparentando impaciência).

— Sua pressa parece até uma questão de vida ou morte. (Kayo).

— No meu mundo, vida e morte não têm diferenças. Mas não posso permanecer aqui... no seu mundo. (Rose).

— Compreendo. Meu mundo é mesmo uma loucura. Negócios, horários, protocolos... (Kayo é gentilmente interrompido).

— É mais ou menos isso, senhor Kayo. (Rose tenta ser breve nas palavras).

— Posso esperar que volte? (Kayo, esperançoso).

— Não poderia nem deveria ter vindo... para o seu mundo, senhor Kayo. (Rose, tentando se justificar).

— Pelo menos mais uma vez, uma última visita?

— Três vezes... para mim... foi o máximo que... Adeus, senhor Kayo. (Rose, em pé, pronta para partir).

— Parece-me com muita pressa de partir. (Kayo insiste).

— Realmente, não posso ficar mais... (Rose).

— Posso solicitar que a levem aonde desejar, senhorita Rose.

— Não... Muito obrigada. O senhor é muito gentil, mas não posso aceitar... Por favor, não se ofenda. (Rose precisa partir).

— Nunca me ofenderia. Saiba que apreciei muito a história que me contou brilhantemente. E você também. (Kayo).

Confusa, mas tentando ser amável, Rose faz uma última e estranha pergunta para Kayo, tentando encerrar o encontro.

— Por que nunca... exerceu a advocacia, senhor Kayo?

— Descobri que advogados não buscam fazer justiça, mas fazer fortuna, e todos sabem que nasci muito, muito rico. (Kayo, pensando que Rose procurasse assunto para continuar a conversa, mas se enganou).

— Obrigada e adeus, senhor Kayo... (Rose oferece-lhe a mão para o cumprimento final).

— Não gostaria de dizer adeus. Até o próximo... encontro... (Kayo sente a mão de Rose gelada e um arrepio percorre seu corpo).

— Muito, muito obrigada... pela... atenção... Sua atenção. (Rose parece confusa e a ponto de desfalecer).

— Até a próxima vez, senhorita Rose. (Finalmente, Kayo a deixa sair e fica em pé, olhando até que a porta se feche atrás dela).

Durante a narrativa, Kayo permaneceu olhando fixamente a jovem, dispensando atenção muito maior do que havia feito a qualquer outro assunto.

Em certos momentos, ficou de olhos fechados, como que se estivesse passando um filme daquela história fantástica em sua mente, ou tivesse sido transportado para outro mundo pelas das palavras e pela voz hipnotizante de Rose.

Com a sensação de que nunca mais verá essa linda mulher, fica pensando na fantástica história que acabou de escutar. Sua história é recheada de mulheres fortes, belas, inteligentes, lutadoras e vencedoras, bem ao estilo de sua mãe, Koya.

"Quem, realmente, é essa mulher? Com certeza essa história é fruto de sua imaginação. Por outro lado, minha mãe é uma mulher forte e poderosa, como as que ela descreveu em seus relatos", pensou Kayo, fascinado pela beleza de Rose e intrigado com a história por ela contada.

Ele é acometido por uma estranha sensação de poder e de orgulho pelos seus ancestrais, ainda que fantasiosos, e mesmo tentando não acreditar nas palavras daquela belíssima mulher.

Nunca havia sentido alívio com relação à segurança de sua mãe e de sua irmã, porém, agora, parecia-lhe que tudo seria resolvido brevemente, e da melhor maneira possível.

Esses pensamentos trazem para sua lembrança a conversa com seu pai sobre imortalidade e o deixam mais convencido a seguir por um caminho incerto e recheado de perigos. Tudo o que Kayo não tem é medo.

Olhando pela janela, por onde sua avó Meg buscou horizontes de felicidade, Kayo, neto da fada e filho da lenda, torna-se consciente de seu poder de poder tudo.

A CASA DE ENCONTROS

À noite, sozinho em casa, a estranha sensação de poder e de alívio continua, e Kayo, apesar de muito preocupado com o prolongado sequestro de sua irmã, acredita que a empresa de segurança da família poderá encontrar e resgatar Rachel em breve. Um pressentimento inexplicável, porém reconfortante.

Para relaxar, após muito tempo sem se divertir com nada, ele resolve ligar para uma agência e contratar uma garota de programa com a intenção de esquecer Rose, pois ficou-lhe a nítida impressão de que jamais tornará a vê-la.

— Boa noite, senhor. Sou Helen, muito prazer. (A garota de programa apresenta-se).

— Boa noite, Helen. É um prazer conhecer uma jovem tão linda. (Kayo).

— Espero que goste da minha companhia. (Helen).

— Não há como não gostar de uma jovem tão simpática. Venha, vamos até a sala de estar.

— Obrigada! (Helen estranha que ele não a tenha convidado para ir diretamente para o quarto).

Kayo começa a sentir-se desconfortável sem saber o motivo. Talvez pela beleza e pela delicadeza de uma jovem que precise vender seu corpo para sustentar-se. Esse pensamento incomoda-o.

— Gostaria de beber alguma coisa, Helen? (Kayo, tentando quebrar o gelo).

— Só se o senhor considerar imprescindível. (Helen).

— Perdão, claro que não é imprescindível... (Kayo fica sem palavras, mas percebe que a jovem tem uma boa educação).

— Desculpe-me, mas não bebo nada de álcool, senhor. (Helen).

Vem em sua mente a lembrança de sua irmã, que se encontra num cativeiro e tudo pelo que deve estar passando sem a presença de um parente próximo para dar-lhe algum conforto afetivo. São pensamentos perturbadores.

— Também não costumo beber, Rose... Desculpe-me, Helen. (Kayo erra o nome da jovem).

— Não se desculpe, senhor. Pode chamar pelo nome que preferir. Adorei ser chamada de Rose. (Helen, cativante).

— Perdoe-me, mas o seu nome é muito bonito, Helen. (Kayo sente-se embaraçado).

— Sou quem o senhor quiser. (Helen é meiga e gentil).

— Prefiro pensar que é uma garota amável e não devia fazer isso. (Kayo).

— É o meu trabalho, senhor. Não me envergonho dele.

— Nossa, como posso ser tão grosseiro em tão pouco tempo? Não quis dizer isso, perdoe-me.

— O senhor é muito respeitoso. (Helen percebe que Kayo está desconsertado).

— Não devia tê-la chamado aqui. Estou com problemas muito sérios e pensei que essa fosse a solução, mas me enganei.

— Sinto muito. Queria muito poder ajudá-lo e fazê-lo feliz. (Helen).

Helen sabe do sequestro da irmã de Kayo, pois ele e toda a família são famosos e o sequestro repercutiu muito, ainda sendo assunto da mídia de vez em quando.

— Helen, quero desculpar-me mais uma vez, e acho que você deve ir agora. (Kayo).

— Peço que me perdoe por não tê-lo agradado. (Helen, meiga e decepcionada).

— Não se preocupe comigo. Se sua agência é daquelas que pesquisa a satisfação de clientes pode ficar bem tranquila. Informarei a eles que você foi fantástica. Aliás, você é mesmo uma garota fantástica.

— Muito obrigada. O senhor é muito gentil. (Helen).

— Pagarei seus honorários e uma gratificação extra pela sua compreensão.

— Agradeço-lhe. E só aceito a gratificação porque preciso muito de dinheiro.

— Pedirei ao motorista Brendan que a leve aonde desejar. (Kayo).

— Não se incomode. Pego um táxi.

— Você disse que precisa de dinheiro, então economize com o táxi aceitando a minha oferta. (Kayo insiste).

— O senhor é tão... bondoso. Obrigada.

A humildade de Helen cativou Kayo, que chama o motorista e pede que ele a conduza até o seu destino. Depois, ele respira aliviado por não ter transado com ela, pois seria uma relação sem nenhum sentido ou proveito. E ele ficou impressionado com a meiguice e a educação da garota.

"Acho que ela não faria isso se tivesse outras oportunidades. Lamentável! Gostaria de fazer alguma coisa por ela, mas não sei como nem o quê", pensa Kayo enquanto contempla o grande pôster com seus avós, mãe e tio).

Para desejos sinceros de pessoas tão poderosas quanto Kayo, a vida reserva surpresas.

Pela primeira vez depois de muitos anos, Kayo tem uma noite de sono tranquila, deitando-se e adormecendo profundamente, somente acordando na manhã do dia seguinte, sentindo-se renovado e mais forte para enfrentar a luta na busca pela sua irmã e cada vez mais trabalho com suas empresas que não param de crescer.

O DIA SEGUINTE

— Senhor Kayo, o motorista Brendan está aqui e quer falar com o senhor. (Cleo).

— O que ele deseja? (Kayo).

— Disse ser particular e importante. (Cleo).

— Diga-lhe que entre, por favor.

Kayo não costuma receber ninguém sem horário marcado, mas como se trata de um funcionário, resolve abrir uma exceção pensando se tratar de uma doença em família.

— Bom dia, senhor Kayo. Sinto muito importuná-lo. (Brendan).

— Bom dia, Brendan. Em que posso ajudá-lo? (Kayo, solícito).

— Preciso lhe confessar um crime.

Kayo simplesmente não acredita no que escuta, mas sua calma é imperturbável.

— Acho que não entendi. (Kayo).

— Estou arrependido e envergonhado do que fiz. (Brendan).

— Bem, se me disser o que aconteceu... (Kayo, preocupado e curioso).

— Tentei estuprar a garota que o senhor pediu para levar para casa. (Brendan).

— Tem razão, isso é mesmo um crime. Tentou contratá-la? Sabia que era uma garota de programa. (Kayo, ainda sereno).

— Sabia. Não sei o que deu em mim. (Brendan).

— Não tinha dinheiro? O seu salário não é suficiente para isso? (Kayo, procurando razões para o ato).

— O que o senhor me paga é muito mais do que ganharia em qualquer outro lugar.

— Então como explica sua atitude? (Kayo não perde a calma).

— Não tem justificativa para um ato covarde. Estou envergonhado. (Brendan).

— O que quer que eu faça? O que pensa que devo fazer?

— Pensei em contar-lhe, pois sei que a empresa pode ser processada porque sou seu empregado e cumpria suas ordens.

— Tem razão, mas nem estava preocupado com processo. Estou preocupado com os sentimentos daquela garota. (Kayo).

— Gostaria de me desculpar com ela. (Brendan).

— É o mínimo que tem a fazer nesse caso. (Kayo, indignado).

— Pensei em procurá-la, mas receio que não queira falar comigo.

— E com sobradas razões! Espere lá fora, por favor. Vou pensar no que fazer.

— Muito obrigado e me desculpe, senhor. (Brendan se retira, cabisbaixo).

Kayo pede para Cleo ir até sua sala.

— Sim, senhor Kayo.

Cleo adentra a sala imediatamente e senta-se, com pedido gesticular de Kayo, que se levanta e com olhar de indignação, vira-se para a janela, buscando acalmar-se.

— Por favor, senhor Kayo. Aconteceu alguma coisa com... a senhora Koya ou com a senhorita Rachel? (Ao dizer isso, Cleo tem que conter a emoção, que lhe impede de continuar falando).

— Não, não. Desculpe-me, por favor. Foi o Brendan.

— O senhor parece tão... transtornado. (Cleo).

— E realmente estou. Nem sei como lhe falar sobre esse assunto, mas preciso de sua ajuda. (Kayo, cuidadoso).

— Espero que consiga ajudá-lo. (Cleo, tentando entender o que ocorreu).

— Me perdoe o que vou lhe dizer, pois é um assunto muito desagradável e sigiloso. (Kayo).

— Sou sua secretária e sigilo é o primeiro item que a profissão exige. (Cleo, consciente de sua responsabilidade).

— O Brendan tentou estuprar uma jovem que pedi para ele levar para casa.

— Oh, que horror! Nunca imaginei... (Cleo, surpresa com a atitude de Brendan).

— Pelo menos ele teve coragem de me contar seu ato covarde e... Desculpe-me, Cleo. Estou muito indignado.

— Entendo seu sentimento senhor, mas como posso ajudá-lo?

— Ela chama-se Helen. É uma garota de programa. Ligue para a agência e peça que a mandem aqui.

— Aqui na empresa, senhor? (Cleo, estranhando o lugar).

— Sim, sinto-me responsável pelo que aconteceu, pois sou o empregador de Brendan e ele estava a meu serviço.

— Quando quer que ela se apresente? (Cleo).

— Hoje, após o expediente, mas depende de você. (Kayo, lacônico).

— Não entendi, senhor.

— Quero pedir-lhe a gentileza de estar presente quando conversar com ela.

— Pode ser hoje, pois não tenho compromissos para após o expediente. (Cleo).

— Muito obrigado, Cleo. Espero que entenda. Sei que será muito desagradável para todos, mas a sua presença poderá ajudá-la a suportar o constrangimento, que será inevitável. (Kayo, tomando cuidados com a situação).

— Entendo, senhor. É uma situação muito delicada. (Cleo).

— Convoque o Brendan, para que esteja aqui na hora da reunião, por favor.

— Sim, farei isso agora mesmo.

Indignado com o comportamento de Brendan, Kayo fica transtornado só em imaginar o que podem ter feito com sua irmã num cativeiro, à mercê de terroristas dispostos a tudo. É difícil para ele conter seu asco apenas com esses pensamentos.

Cleo consegue o comparecimento de Helen para o horário agendado.

— Boa noite, senhor. (Helen apresenta-se, sorridente, como se nada tivesse acontecido entre ela e o motorista).

— Boa noite, senhorita Helen. Sente-se aqui, por favor. (Kayo, ainda mais gentil do que normalmente).

Kayo pede para que ela se sente nas poltronas para reuniões e solicita que Cleo permaneça com eles.

Helen, com um olhar malicioso para Cleo, imagina que Kayo tenha algum tipo de fantasia e queira transar com as duas, ou variações disso, no ambiente de trabalho, pois fez coisas parecidas com outros clientes. Lembra-se da polpuda gratificação adicional que recebeu dele.

— Penso que a senhorita sabe por que a chamei aqui.

Kayo, presumindo que Helen saiba que ele tem conhecimento do ocorrido com o motorista.

— Certamente... senhor. (Helen, com sorriso malicioso, continua pensando que será uma *ménage à trois*).

— Brendan, o motorista, contou-me o que fez com a senhorita. (Kayo esclarece o motivo da reunião).

Helen abaixa a cabeça, encabulada pelo que estava pensando e também pelo que havia passado. A meiguice daquela garota de programa desaparece de seu rosto, dando lugar a lágrimas de indignação pelo que foi vítima.

— Desculpe-me... senhor... eu... (Helen não consegue falar e começa a chorar).

— Não se desculpe. Sou eu quem lhe deve desculpas... Como se isso resolvesse o problema. (Kayo, indignado).

— Senhor... não quero... lhe causar problemas.

Helen chora muito e tenta esticar a curta saia para esconder suas lindas pernas. Cleo, sentada ao lado de Helen, também não consegue segurar a emoção.

Kayo dá um longo suspiro e pede para que Cleo chame Brendan.

— Desculpe-me, senhorita Helen, mas preciso fazer isso para resolver esse assunto. (Kayo, desculpando-se por coloca-la frente a frente com Brendan. Helen não consegue levantar a cabeça para olhar seu agressor.

— Senhor? (Brendan, apresentando-se).

— Faça o que acha que tem que fazer. (Kayo fala para Brendan).

— Desculpe-me, senhorita Helen. Não pensei no que estava fazendo. Por favor, perdoe-me. (Brendan, cabisbaixo).

— Você pensa que isso é suficiente? (Kayo diz para Brendan, enquanto Helen tenta conter o choro).

— Não, senhor. Mereço ser castigado. (Brendan).

— Tem, agora, a exata dimensão do ato covarde que praticou? (Kayo).

— Sim, estou muito arrependido e envergonhado.

Brendan começa a chorar e ajoelha-se em frente a Helen numa tentativa de remediar o irremediável, enquanto Cleo, também emocionada, tenta confortar Helen, abraçando-a.

A emoção toma conta de todos, exceto de Kayo, que, impassível, parece ter encontrado uma solução honrosa para todos.

— O que quer que eu faça, senhorita Helen? (Kayo transfere para Helen a responsabilidade de decidir).

— Não sei, senhor, não sei... (Helen, muito emocionada).

— Então vou lhe dar algumas opções e, talvez, você possa acrescentar outras: Cleo pode acompanhá-la até uma delegacia para prestar queixa e ele irá junto para ficar preso; você pode me processar e exigir uma indenização, e eu pagarei o que pedir; eu posso castrá-lo, torturá-lo e até matá-lo, e você pode assistir, se quiser; se não quiser assistir, posso gravar em vídeo para que assista depois.

— O senhor faria isso? (Helen, parecendo um pouco recomposta).

— Pergunte a ele. (Kayo).

— Sim, com certeza. (Brendan, respondendo para Helen).

— O que prefere? (Kayo, questionando Helen).

— Quero que o perdoe. (Helen surpreende a todos).

— O quê? (Kayo e Cleo, estupefatos, em uníssono).

— Não tenho do que perdoá-lo. Foi a senhorita quem ele agrediu, ofendeu e humilhou. (Kayo).

— O senhor tem razão. Sinto-me ofendida e humilhada, mas não suportaria mais crueldades... (Helen não prossegue).

— Um ato criminoso como esse não pode ficar impune. (Kayo insiste).

— Não quero mais tristezas em meu coração. (Helen).

O poder do perdão ilumina o rosto de Helen, tornando-o mais angelical do que sempre foi.

— Pensando melhor, ele também me ofendeu, traindo a confiança que tinha nele. Posso perdoá-lo, mas vai depender da senhorita.

— O que quer que eu faça, senhor? (Helen).

A vida oferece uma oportunidade para que Kayo a ajude, como desejava.

— Brendan, apresente-se para mim amanhã, por favor. (Kayo pede que Brendan se retire da sala).

— Sim, senhor. Obrigado, senhorita Helen. Sinto muito pelo que fiz. Muito mesmo. (Brendan).

Após Brendan se retirar, Kayo solicita que Cleo sirva chá para eles. Helen ainda treme, mas consegue controlar a emoção. Kayo está radiante diante da chance que tem de realizar seu desejo.

— Há algumas condições que a senhorita deverá aceitar para que eu perdoe Brendan. (Kayo).

— Tenho certeza de que seu coração ficará mais aliviado se perdoá-lo. (Helen, com meiguice e humildade).

— Você gosta do seu trabalho? (Kayo faz uma pergunta direta).

— Gostaria de fazer outra coisa. (Uma resposta vaga).

— Por que não faz?

— Não consegui continuar meus estudos, pois tenho que sustentar meus pais, que estão ilegais neste país.

— Posso resolver isso e torná-los cidadãos americanos. (Kayo, convicto nas suas afirmações).

— O que devo fazer? (Helen disposta a tudo para resolver a situação de seus pais).

— Terá que parar de trabalhar.

— O senhor me oferecerá algum outro trabalho?

— Não. Só terá que estudar. Pagarei o curso que quiser na faculdade que escolher. E terá uma renda mensal dez vezes maior do que você ganha... (Kayo é interrompido por Helen, surpresa com as ofertas).

— Mas é muito dinheiro, senhor. Nunca poderei pagá-lo. (Seu ganho é de US$ 2,000 por mês, em média).

— Não me lembro de ter perguntado o quanto ganha nem de que cobraria pelo que estou oferecendo. E ainda não terminei. Darei uma casa para você e seus pais morarem, digna e legalmente neste país. (Kayo).

— Estou sonhando ou o senhor é um homem santo? (Helen, incrédula).

— Não se engane comigo, pois não perdoo ninguém. Apenas tenho muito, muito dinheiro. (Kayo, sempre sereno).

— Mas ajuda as pessoas com ele. Sua família sempre foi caridosa, todos sabem. (Helen conhece a história da família).

— A Cleo te ajudará no que precisar. (Kayo é avesso a elogios).

— Muito, muito obrigada, senhor. Nem sei como lhe agradecer. (A emoção agora é de gratidão).

— Não deixando ninguém mais tocar o seu corpo se não for por amor. (Kayo fala carinhosamente).

— Desde a primeira vez que o vi, percebi que o senhor é um homem bondoso.

— Não considere indenização o que estou fazendo por você e pode me processar se quiser. O ato criminoso permanece impune.

— Processos são dolorosos, o perdão reconforta. Como poderia processar alguém que nem tocou em mim e salvou a minha vida?

— Ah, Helen! Só mais uma coisa: ficarei sabendo se você descumprir nosso trato. (Kayo, dando um aviso).

— Não descumprirei porque o senhor é mágico e acabou de me transformar em outra pessoa. (O semblante de Helen se ilumina).

— Jogue fora seu celular. Ganhará um com chip novo para não ser importunada... (Kayo deixa subentendido).

— Muito obrigada, muito obrigada... (Helen é só emoção e gratidão).

— Se precisar de aulas de reforço, professores particulares, qualquer coisa, faça contato com a Cleo. Ela está autorizada a providenciar tudo para a senhorita sem nenhum custo. (Kayo, satisfazendo o desejo daquela noite).

— Não mereço tanto, senhor... (Helen, sentindo que está sonhando).

— Deixe que eu julgo se merece ou não. Prefere um carro ou uma motocicleta para ir a faculdade? (Kayo, finalizando).

No dia seguinte, Brendan apresenta-se para Kayo pensando que será demitido da empresa.

— Se o senhor preferir eu me demito. (Brendan).

— Não vou permitir que faça isso. Quero você nas minhas empresas para saber o que faz com garotas... (Kayo, ameaçando).

— Nunca mais vai acontecer, senhor, eu prometo. A violência que cometi é um tormento que não sai da minha cabeça. (Brendan).

— É bom mesmo que não saia da sua cabeça ou sua cabeça sairá de você. (Kayo, zoando com coisa séria).

A INFORMAÇÃO

Koya continua na busca desesperada pela sua filha, sem dinheiro, pois o governo americano bloqueou e monitora todas as suas contas bancárias. Para piorar, ela perdeu-se dos seguranças durante um bombardeio noturno na vila onde estavam, quando alguns morreram vitimados pelas explosões e outros ficaram feridos.

Em troca de informações sobre o possível paradeiro de sua filha, Koya entrega-se aos prazeres de três homens.

Apesar da idade e de todo o sofrimento na busca por Rachel, Koya ainda tem um corpo bonito e atraente. Durante o estupro coletivo, um deles pergunta:

— Está gostando, putona?

— O querem que eu diga? Eu direi! O que querem que eu faça? Eu farei! Farei qualquer coisa para ter minha filha de volta. (Koya).

Para dominar seu asco, ela procura pensar em sua filha e em seu filho, mas aquelas mãos, bocas, línguas e membros agredindo seu corpo, penetrando suas entranhas, são difíceis de serem ignoradas. São sensações desagradáveis demais para serem suportadas.

Ela sente criaturas insaciáveis abocanhando vorazmente os seios que amamentaram seu filho Kayo, entregando para ele a seiva da vida. Ela é usada e abusada por seres estranhos, parecendo menos do que animais, pois irracionais não se dão a prazeres brutais. São duas horas de barbárie sob o domínio daqueles seres cruéis.

Depois de saciados de sua gana insana, os três pegam seus tapetinhos e, voltados para Meca, fazem suas preces rotineiras, enquanto Koya, parecendo uma zumbi, pensa: "Orem! Rezem! Devem estar muito orgulhos do que acabaram de fazer. Não têm do que se envergonharem. Deixem a vergonha para mim, que sou mulher, mas forte o suficiente para suportar tais humilhações em nome do amor pela minha filha".

Nenhum homem é capaz de tais sacrifícios. Nenhum dicionário contém páginas suficientes para descrever uma palavra tão pequena: mãe. Que palavra!

Terminada as orações, os três voltam para dentro da casa. Koya pede-lhes água para lavar-se e tentar se purificar um pouco da infâmia a que se submeteu.

— Por favor, preciso de um pouco de água para lavar-me. Por favor! (Koya implora).

— Tome! (Um dos homens joga sobre ela uma vasilha de couro, própria para carregar água nos desertos).

— Aí tem dois litros de água. Mas economize, pois precisará para beber. Será uma jornada longa. (O outro).

— Aproveite, pois é água muito boa e cara, importada do Brasil, trazida até aqui pelos navios que sua empresa constrói. (O terceiro, reconhecendo a pessoa que acabaram de violentar).

— Obrigada, senhores! Muito obrigada. (Koya agradece humildemente).

Depois de agradecer, Koya pega a vasilha e sai da tenda, arrastando-a. Ao chegar na rua, senta-se no chão empoeirado e começa a passar punhados de terra nos lugares de seu corpo em que eles esparramaram seus espermas. Rosto, braços, cabelos, seios, vagina. Todos os seus caminhos de mulher receberam a visita nojenta e indesejada, propositalmente violenta e desprovida de qualquer afeto. Mas ela sabe que precisará da água para beber e manter viva a esperança de encontrar a sua filha, por isso não a usa para lavar-se. Restará em seu corpo o cheiro repugnante de esperma apodrecido.

"Aprendi que essas areias foram pisadas por sandálias de homens santos. Será verdade?", pensa Koya.

Duvidando de seu aprendizado sobre amor, caridade, fraternidade e perdão, Koya segue sua procura, longe de encontrar sua filha, mas chegando perto de perder a sanidade mental e, talvez, a própria vida.

Um dos homens manda que ela monte num camelo e ele, a cavalo, segue na frente para conduzi-la até o local que informaram que sua filha poderia estar.

— Muito obrigada, senhores. Muito obrigado a todos e por tudo. Finalmente poderei abraçar novamente a minha filha. (Koya, convencida de que encontrará Rachel).

— Vamos! A jornada é longa. (O seu guia, apressando-a).

Talvez o ser humano tenha que se animalizar para tornar-se um ser menos cruel e brutal.

O DESERTO

Depois de andarem um dia inteiro pelo deserto, Koya é abandonada pelo seu guia. Ela implora que ele lhe empreste o camelo ou o cavalo para ela seguir até a vila em que sua filha está, segundo as informações que recebeu.

— Pensei que me levaria até a vila onde está a minha filha. (Koya, surpresa).

— Não posso ir até lá. É muito perigoso. Prossiga sozinha. Fica a dois quilômetros naquela direção.

— Por favor, empreste o camelo ou um cavalo. Por favor. (Koya).

— Está ficando louca? Pode ir a pé. Falei que são mais ou menos dois quilômetros. Não é muito para andar.

— Senhor, prometo que depois de recuperar a minha filha e voltar para casa o senhor será recompensado. (Koya).

Seus argumentos não comoveram o homem, que a empurra, fazendo-a cair ao chão, e parte a cavalo, levando o camelo com ele.

— Por favor, senhor! Ajude-me, por caridade! (Koya grita desesperada).

O homem segue seu caminho, acelerando a marcha do camelo sem olhar para trás.

— Rachel, não vou desistir de você. Espere por mim, vou tirá-la desse inferno! Nenhum mal é maior do que meu amor por você. (Gritava ao vento).

Dois dias depois de ser deixada no deserto e caminhado por muito mais do que dez quilômetros na direção indicada, Koya está sem água para beber e não se alimenta desde então. Enfrentou uma tempestade de areia durante a noite e, pela manhã, acorda, quase coberta de areia, com o Sol queimando seu rosto. Suja, desnutrida e fraca, ela começa a delirar. A insanidade vem lhe fazer companhia.

"Preciso encontrar a rota das caravanas", pensa Koya.

Ela cheira as areias e o chão como um cão farejador, tentando encontrar alguma esperança.

— Talvez consiga me alimentar com areia. Estudei que têm micro-organismos nas areias. (Koya delirando).

Ela põe um punhado de areia na boca e quase se afoga. Tem um acesso de tosse que dura vários minutos, machucando a sua garganta e fazendo-a sangrar pela boca.

— Não, isso não é bom. Falta azeite para escorregar pela garganta. [Ha ha ha]. (Koya ainda consegue fazer piada).

Suas alucinações começam a piorar e ela continua farejando a areia em busca de algo para comer. Ela arranha o nariz na areia, que começa a sangrar.

— Não desista, minha filha. Eu vou achá-la, nem que para isso tenha que morrer e ir ao inferno para negociar com o demônio, que deve ser mais fácil do que negociar com homens... Prometo que vou encontrá-la, pois este mundo não é maior do que o meu amor por você.

Koya não quer desistir, mas está cansada demais e sente suas forças abandonando-a, afinal, não é mais uma jovem e o peso da idade começa a fazê-la curvar-se diante das forças da natureza imparcial. Mas essa mulher é uma mãe e uma lenda, portanto, indestrutível.

— Aqui passam caravanas. Talvez encontre esterco de camelo. Não deve ser tão ruim. Se ficarem sabendo que a poderosa Koya comeu cocô de camelo, algum gourmet fará disso uma iguaria que todo o rico e tolo desejará experimentar. [Ha ha ha].

Ela continua arrastando-se pelas areias. Mais adiante, encontra migalhas de pão árabe, certamente caídas das mãos de algum viajante que por ali passou. Por se arrastar pelas areias quentes, seus joelhos começam a sangrar.

— Pelo menos estou no caminho de caravanas. Talvez passe alguém. Só não sei quando. (Koya).

Ela engole as migalhas daquele pão seco com dificuldade e muita dor devido aos ferimentos em sua garganta, forçando-a engolir o próprio sangue.

— Que bom! Meu sangue lubrificou o pão. Pão e sangue. Esse menu é famoso. Vou transformar-me numa vampira. [Ha ha ha ha].

Koya sente-se num deserto de tudo: de pessoas, de bondade, de caridade, de amor e de humanidade. A mulher mais rica do mundo, como numa comédia irônica, poderá morrer de fome.

— Por que não vêm me ajudar agora ou acabar comigo, senhores deuses? (Koya grita sem obter respostas, somente o vento quente do deserto açoitando o seu rosto, marcado pela idade, pelo sofrimento e pelo desespero de uma busca interminável e imprecisa, por não saber se encontrará sua filha com vida).

— Venham me pegar. Prometo arrebentá-los para que não submetam mais seus seguidores a tanto sofrimento e dor. Por que não me respondem? Vou dizer: porque não existem. Mas, se existirem, vou acabar com vocês porque eu existo e posso fazê-lo.

Inclemente, o sol escaldante a observa como uma testemunha silenciosa e, talvez sem querer, venha se tornar seu carrasco.

— Vou mostrar a vocês o quanto um amor verdadeiro é poderoso. Esse é o meu poder e é um poder que vocês não têm! Um Deus que manda seus fiéis matarem em seu nome não merece existir! (Koya grita com as forças que lhe restam).

Sem conseguir forças para andar mais, Koya fica ali, caída na areia, ensanguentada, desesperada, esperando a morte e vociferando contra as divindades.

— Afinal, por que nos criaram? Foi para isso? Para se divertirem com a dor e o sofrimento da humanidade? Se não eu, alguém vai acabar com vocês, como vocês acabaram com seus antecessores!

Agora Koya apenas consegue balbuciar seus pensamentos delirantes. Seu fim parece iminente.

— Se ainda não sabem, deuses são substituíveis e a humanidade vêm fazendo isso desde que existe. Outros deuses surgirão e mandarão erguer templos sobre seus templos e igrejas sobre as suas igrejas, como vocês o fizeram.

Koya se encontra à beira da loucura e próxima da morte. Em seu delírio, vê alguém se aproximando, cobrindo a luz do sol, mas ofuscando sua visão. É uma imagem turva e, ao mesmo tempo, muito brilhante.

— Rachel, Rachel, Rachel... Prometo que não morrerei antes de te salvar... Rachel, minha filha adorada.

Ela começa a ouvir vozes sobrepostas de um homem e uma mulher. Ecos daqui e do além.

Um jovem muçulmano de nome Khalil, que significa "amigo", "amigo chegado", "camarada honorável", encontra-a.

Ele era estudante de Direito e Filosofia na Inglaterra, mas teve que sair de lá devido aos atentados terroristas que aconteceram em Londres.

— Senhora, senhora… (Khalil).

Ela começa ouvir uma voz que lhe parece familiar, mas confusa ao mesmo tempo.

— Quem é você? O que quer? (Koya não está enxergando devido a uma luz intensa que sai da linda imagem da jovem).

— Me chamo Khalil, senhora. (Khalil tenta cobrir o sol para não cegá-la).

— O que pretende, Koya? (Rose).

— Encontrar minha filha. Disseram-me que era por aqui, mas… (Koya, no chão, sem forças para levantar).

— Por aqui não há nada, senhora. (Khalil).

— Você está horrível. O que fizeram com você? (Rose).

— Como a senhora veio parar aqui? (Khalil).

— Deixei que violassem meu corpo em troca de informações, mas me enganaram… Apenas abusaram de mim de todas as formas, depois riram e me abandonaram aqui... (Koya).

Ela está confusa, delirante, e tem a convicção de ver e falar com Rose.

— Você veio para me levar para o céu ou para o inferno? (Koya).

— Vou ajudá-la… (Khalil).

— Vim ajudá-la de novo! (Rose).

— Então me diga onde está a minha filha. (Koya).

— Primeiro vou levá-la para minha casa, depois procuro sua filha. (Khalil).

— Ele pode encontrá-la para você. (Rose).

— Por que vai me ajudar? (Koya só escuta o que Rose fala).

— Porque ajudaria qualquer pessoa que precisasse. (Khalil).

— Costumo atender pedidos de mães desesperadas. (Rose).

— Todas as pessoas que eu amei morreram. Só me restam Oaky, Nicky, Kayo e Rachel, que nem sei se ainda vive. (Koya).

— Vou procurar a filha da lenda. (Khalil reconheceu Koya).

— Vou ajudá-la porque você merece. (Rose).

— Como pode me ajudar? (Koya).

— Antes vou levá-la para minha casa e tratar seus ferimentos. (Khalil).

— Como ajudei a sua mãe. (Rose).

— O que você fez por minha mãe? (Koya).

— A senhora precisa alimentar-se, beber muita água e descansar. (Khalil).

— Quem bateu em sua mãe quando ela tentou se matar fui eu. O George jamais faria aquilo. (Rose).

— E por que você fez aquilo? (Koya havia assistido ao vídeo).

— A senhora está muito fraca, precisa de água e alimento. (Khalil).

— Ela chamou por mim pedindo ajuda. Não sabia o que fazer, então dei na sua cara. (Rose).

— Eu... só quero a... minha... filha... (Koya).

Koya desmaia de fraqueza. Khalil tenta dar-lhe água e lava seu rosto. Depois a pega no colo, coloca-a em seu cavalo e segue até a vila onde mora com seu pai e sua mãe.

Após leva-la para sua casa, num vilarejo semidestruído, ele parte em busca da filha da lenda.

— Tenha paciência, senhora. Vou procurar e encontrar a filha da lenda. (Khalil).

— Meu filho achará sua filha. Enquanto isso nós cuidaremos da senhora. (A mãe de Khalil).

— Vocês são muito gentis. Nem sei como agradecê-los. E se não se ofenderem, depois que encontrar minha filha quero gratificá-los e compensá-los por tudo o que estão fazendo por mim. (Koya).

— Não será necessário, senhora. Faríamos por qualquer pessoa sem esperar nenhum pagamento em troca. (O pai de Khalil).

Ela permanece lá, recuperando-se da fraqueza e das feridas enquanto espera ansiosa por notícias de sua filha.

Há três anos Koya está vagando por desertos e ruínas em busca de sua filha. Muitas provações e privações, mas jamais a esperança abandonou seu coração de mãe, apesar de conhecer, cada vez mais de perto, a ruína humana.

— Mas vocês mal têm alimentos para si. Estão deixando de se alimentar para dar-me o que comer. (Koya percebe o sacrifício da família em seu benefício).

— Não se preocupe. A senhora necessita se alimentar mais do que nós para seguir o seu caminho com a sua filha. (A mãe de Khalil).

— Desejo tanto que vocês estejam certos. Muito, muito obrigada pelas esperanças que estão renovando em meu coração. (Koya emociona as pessoas com a sua humildade).

Ela é abraçada carinhosamente pela matriarca da família, que parece entender perfeitamente o que uma mãe sente numa situação dessas.

— Como poderá encontrá-la num deserto tão vasto quanto este? (Koya).

— Não se preocupe. Ele conhece bem a região. Com certeza, vai encontrá-la.

— Temo que Khalil possa ser ferido pelos homens que estão com a minha filha. (Koya, preocupada).

— Nosso filho é muito cuidadoso e tomará todas as precauções para que nada aconteça com a sua filha.

— Obrigada, muito obrigada pelo que estão fazendo por mim. Nem tenho palavras para agradecer-lhes. (Koya).

— Faríamos o mesmo por qualquer pessoa. (A humildade de Koya comove seus benfeitores).

— A senhora é muito forte e corajosa. (A mãe de Khalil).

— Não, sou apenas uma mãe em desespero... Esse é o meu objetivo de vida, agora. (Koya).

— Entendo bem a senhora. Nossas crenças e religiões podem ser diferentes, mas o amor de uma mãe pelos seus filhos é igual em todo o mundo.

Dois dias se passam e Koya se sente confortada por aquele casal cujo único filho saiu numa busca incerta, mas arriscada, por Rachel. Ela passa os dias olhando para o horizonte vazio à espera de ver pontos minúsculos ao longe que, ao se aproximarem, transformem-se em Khalil acompanhado de sua amada filha Rachel.

As rugas laterais de seus olhos começam a imitar caprichosamente o perfil das dunas sem vida, querendo arrancar de seu coração a esperança de encontrar e abraçar novamente a sua filha.

— Estou muito preocupada com seu filho, senhora. Se descobrirem que ele está à procura de uma sequestrada poderão fazer-lhe algum mal. (Koya, falando com a mãe de Khalil).

— Também estou, mas o que podemos fazer? Esse é o mundo em que vivemos e só nos resta ajudar as pessoas como a sua filha fazia, segundo a senhora nos contou.

— Sim. Durante toda a vida ela só pensava em ajudar as pessoas. (Koya).

— Ela voltará para seus braços. Uma pessoa tão bondosa não merece tal castigo.

A FUGA

Em seu trabalho, Kayo recebe uma ligação diretamente no telefone especial, do chefe da segurança, solicitando a presença de Jack, o atirador de elite da empresa de segurança, para juntar-se ao grupo de buscas, e pedindo permissão para agir de forma mais contundente no resgate de sua irmã.

— Vou me comunicar com o Jack, que está no Vaticano e poderá chegar até aí em poucas horas. (Kayo).

— Desculpe-me, senhor, mas o que Jack fazia no Vaticano? (O chefe da segurança).

— Pedi-lhe para matar o Papa, pois não gosto de concorrência, mas pode ficar para outra ocasião. [Ha ha ha]. (Kayo, zoando).

— E quanto ao uso de força para resgatar a senhorita Rachel? (O chefe, falando sério).

— Está autorizado. Mas tenha muito cuidado para que minha irmã não corra riscos graves. (Kayo sabe que riscos são inerentes em uma situação dessas).

— Alerto-o de que pode ocorrer outro incidente e as autoridades podem ficar contrariadas. (O chefe da segurança).

— Não se preocupe com isso. Está autorizado a fazer tudo o que for necessário, sem restrição. Quero ver essa situação resolvida logo. Não suporto mais a ideia da minha irmã refém desses facínoras. (Kayo).

— Temos informações confiáveis do local do cativeiro e estamos nos deslocando para lá.

— Isso é muito animador. Se houver qualquer incidente eu sei como agir. Não se preocupem. (Kayo, confiante).

Três dias após partir à procura de Rachel, Khalil encontra-a em outro pequeno vilarejo, também semidestruído, abandonado pela maioria dos moradores e ocupado por poucos terroristas, pois falta praticamente tudo no lugar, principalmente alimento.

Ele descobre que Rachel atende os feridos e doentes como pode e é vigiada de maneira desleixada por homens armados, porém famintos.

Khalil observa a movimentação por uns instantes e depois se aproxima dela cautelosamente, simulando estar com o pé torcido, e conversa com ela, certificando-se tratar-se de Rachel.

— Me chamo Khalil. Poderia tratar do meu tornozelo, por favor?

— Claro. Deixe-me examiná-lo. (Rachel, vestida de burca, como uma muçulmana).

— Você é o anjo aprisionado? (Khalil, falando baixo, somente para ela ouvir).

— Me chamo Rachel. A mim parece que você não tem nenhum ferimento.

— Conheço o coração ferido de uma pessoa bondosa que precisa dos seus cuidados. (Khalil).

— De quem você está falando? Não sou cardiologista. (Rachel não entende o que Khalil quer dizer).

— De uma pessoa que precisa de você para voltar a viver. (Khalil, tomando muito cuidado ao falar).

— Quem é você? (Rachel começa a desconfiar de algo e também passa a falar baixo com ele).

— Sou um enviado pela lenda. Prometi encontrá-la e levá-la até ela. (Khalil vê os olhos de Rachel brilharem).

— Onde ela está? (Rachel tem que segurar a emoção pensando em sua mãe).

— Com meus pais, num lugar seguro próximo daqui. (Khalil, obtendo a confiança de Rachel).

— Será muito difícil fugir daqui. Sou mantida sob vigilância... (Rachel).

— Vamos conseguir. Você é um anjo e poderá voar. (Khalil, querendo animá-la).

— Talvez seja melhor ela pensar que morri. Sofrerá menos. (Rachel, consciente de suas condições).

— Os pais devem morrer antes dos filhos. E você não imagina o quanto a lenda é forte. (Khalil).

— Penso que você terá que ficar em repouso por alguns dias até melhorar para prosseguir sua jornada. (Rachel).

Rachel percebe a aproximação de um guarda e disfarça, iniciando a imobilização do tornozelo de Khalil. O carcereiro, armado com um fuzil automático, fica observando a movimentação dos dois. A situação torna-se tensa.

— O que houve com você? (O guarda, questionando Khalil).

— *Salamaleico*! Torci o tornozelo quando apeei do camelo. (Khalil, demonstrando respeito).

— *Salamaleico*! Espero que fique bom logo, pois aqui não há alimentos para todos. Terá que partir.

— Sim, sim. Amanhã pela manhã partirei rumo ao meu destino. Amanhã bem cedo, senhor. (Khalil).

— Ele não pode andar. Tem que ficar em repouso alguns dias. (Rachel, atrevendo-se a contrariar o carcereiro).

— Farei o que me pede, senhor. Muito obrigado! (Khalil, enquanto o guarda se afastava).

— Farei o que me pede, Khalil. Não tenho mais nada a perder. (Rachel).

— A lenda renascerá nas areias deste deserto estéril, mostrando que o amor verdadeiro é mais forte do que a morte. (Khalil, mais aliviado depois que o guarda se afastou).

— Muito obrigada, muito obrigada, Khalil. (Rachel, emocionada, ao pensar que reencontrará sua mãe).

— A lenda precisa do seu anjo para continuar viva. (Khalil).

— Como fará para sairmos daqui? (Rachel fica apreensiva).

— A 200 metros daqui tem um poço seco e raso. Será o ninho do anjo por esta noite. (Khalil).

— Conheço o poço. Mas por que não partimos tão logo eles adormeçam? (Rachel, ansiosa para sair do cativeiro).

— Pela manhã eles pensarão que o anjo fugiu e sairão à sua procura. Então fugiremos com algum veículo que conseguirmos.

— Será que vai dar certo? (Rachel, preocupada).

— Vi que a deixaram descalça para que não consiga andar nas areias quentes e nas pedras do deserto. Vou conseguir um calçado para a senhorita. (Khalil, vendo que os pés de Rachel estão muito machucados).

— Não conseguirei calçá-los, pois meus pés estão feridos. (Rachel tem os pés rachados e quase sangrando por andar sobre as pedras do caminho para atender as pessoas).

— Não se preocupe. Vou pensar em algum jeito de calçá-la.

Ao anoitecer, quando todos estão dormindo, Khalil vai sorrateiramente até Rachel e a conduz até o poço. É uma operação muito arriscada. Ela terá que passar a noite ali, mal-acomodada e a céu aberto. Será uma noite longa à espera do amanhecer de um novo dia, um dia radiante de liberdade e luz. Esperar e sonhar é tudo o que lhe resta.

— Vamos, anjo. Venha comigo. Mas antes coloque isto nos pés. (Khalil a ajuda a enrolar panos nos pés feridos para que sirvam as grandes sandálias de couro que ele conseguiu).

— Muito obrigada, Khalil. Você é muito corajoso, pois se nos pegarem, eles te matam. (Rachel, preocupada).

— Não se preocupe, anjo. Vamos. E tenha cuidado, porque podem ter escorpiões e aranhas no poço. Mas basta não provocá-los.

— Eu sei, Khalil. Aprendi a conviver com insetos muito mais do que com humanos. Os insetos não são maus. (Rachel).

— Feche seus olhos. Vou jogar um pouco de areia sobre você para que não sinta tanto o frio da noite.

— Muito obrigada, Khalil. Você está se arriscando muito por mim. Agora vá, antes que alguém o veja.

Como uma mão providente, uma nuvem negra encobre a Lua, evitando que o luar denuncie a tentativa de fuga do anjo para a liberdade.

Khalil afasta-se e deita-se no chão de uma casa próxima, semidestruída e abandonada, de onde consegue ver o poço através de um buraco na parede feito pela explosão de uma bomba.

Aranhas e escorpiões passeiam pelo rosto e pelo corpo de Rachel, que tem que dominar seus temores para evitar ser picada por algum desses insetos peçonhentos. Uma noite de múltiplos medos e enormes esperanças de ver e abraçar sua mãe e seu irmão, seu tio e sua tia, e de colocar, novamente, seus pés no solo de seu país.

Pela manhã, Khalil levanta-se e fica aguardando os terroristas se movimentarem. Ele passou a noite sem dormir.

— Vejam! A refém não está aqui! (Um deles).

— Vamos procurá-la! Vamos! (O outro).

— Penso que fugiu. Hei, você! Viu para onde foi aquela mulher que cuidou de você ontem? (Perguntando para Khalil).

— Não vi nada. Estava dormindo e acabei de acordar. (Khalil).

Um dos homens aproxima-se do poço, olha para dentro, mas nada vê em razão da inclinação do Sol, que deixa o interior do poço escuro. Khalil fica apreensivo quando o homem dá uma cusparada para dentro do poço, que atinge o rosto de Rachel. Ela permanece imóvel e em silêncio.

Depois, os três homens se reúnem e saem à procura de Rachel usando um jipe. Eles vão na direção da fronteira, que fica a poucos quilômetros dali.

— Me dê a sua mão, anjo. Venha, eles saíram para procurá-la. (Khalil, depois de esperar um pouco).

— Muito obriga, Khalil. Você acha que é seguro partirmos? (Rachel).

— Um deles ficou aqui, mas está dormindo, pois passou a noite com duas mulheres. Deve estar muito cansado. (Khalil).

— E o que faremos agora? (Rachel).

— Pegaremos aquele carro. Está velho, mas ainda funciona. (Khalil).

— E se eles voltarem e nos perseguirem?

— Tirei combustível do jipe ontem à noite. Deixei o suficiente para andarem só uns quatro ou cinco quilômetros. Depois ficarão a pé, mas estaremos longe e em outra direção.

— Você é muito inteligente, mas se arriscou demais. Poderiam tê-lo surpreendido, Khalil.

Quando começam a jornada pelo deserto rumo à liberdade, o vento sopra no rosto de Rachel o gosto da liberdade. Durante quatro horas rodando pelo deserto, finalmente ela chora, ela ri, ela vive. O anjo ferido voa, sonha de felicidade, o coração se agita e ela grita:

— Liberdade! Liberdade! Liberdade!

Os solavancos do carro ao passarem em buracos nem são sentidos pelos seus felizes ocupantes.

— [Ha ha ha] (Khalil ri de felicidade). Encontrei a filha da lenda! Achei um anjo! [Ha ha ha ha ha].

A coluna de poeira que o carro levanta parece jogar no vento todas as maldades sofridas, que são deixadas para trás, num passado sombrio e sem esperanças.

— Khalil, talvez seja este o dia mais feliz da minha vida. Verei novamente a minha mãezinha e meu irmão. Muito obrigada. (Rachel).

— Para mim é um dia iluminado, pois encontrei um anjo. [Ha ha ha ha]. (Khalil é só felicidade).

Durante a fuga, Khalil vai contando para Rachel como encontrou a sua mãe e tudo o que sabe sobre o sofrimento de Koya durante a busca por ela. Faltando cerca de um quilômetro para chegarem ao seu destino, acaba o combustível do carro e eles têm que seguir a pé o restante do caminho.

Rachel consegue andar 500 metros com dificuldade e para quando estão entrando no vilarejo.

— Obrigada por tudo, Khalil, mas não consigo mais andar. Meus pés doem muito. (Rachel geme de dor).

Khalil vê sair sangue dos panos que amarrou nos pés de Rachel.

— Obrigado, *Allah*! Finalmente, vou carregar um anjo em meus braços.

Dizendo isso, Khalil a toma em seus braços e percorre o trecho que falta, carregando-a com dificuldade, mas feliz.

Enfim, chegam à casa de Khalil. Ele abre a porta, fazendo a casa ser inundada pela luz do sol, com Rachel em seus braços, pois é doloroso demais para um anjo pisar num chão maculado de sofrimentos.

O encontro entre as duas é extremamente emocionante e dramático.

— Mãe! (Rachel).

Ela não consegue dizer mais nada, impedida pela emoção, mas nem precisa, pois uma palavra basta. Mãe, a palavra que diz tudo. A emoção toma conta de todos ali, apesar de acostumados com atrocidades e violência.

— Filha! (Koya não contém a emoção e abraça sua filha, e ambas, num pranto incontrolável, não dizem nada mais).

O abraço apertado e o choro parecem intermináveis, mas longe de curar a imensa ferida causada por tantos atos brutais e covardes. Koya sente os ossos de sua filha, que está muito magra.

Rachel fede, pois há muito tempo não se banha, mas o que Koya sente com seu nariz privilegiado é o cheiro nojento da maldade e da brutalidade infligidas em seu corpo e que permanecerão em sua pele como tatuagens macabras, testemunhando a suprema estupidez de seres que se consideram criados por deuses.

Quando elas conseguem falar, a primeira coisa que Koya e Rachel fazem é agradecer muito a Khalil e a seus familiares por tudo o que estão fazendo.

— Muito, muito obrigada, Khalil. O que estão fazendo por nós é impagável. Obrigada. (Koya e Rachel).

— Mamãe, mamãe, mãezinha querida. Te amo! Te amo! (Os pés de Rachel continuam sangrando).

— Minha filha adorada. Sabia que te abraçaria novamente. Muito, muito obrigada, Khalil. Você conseguiu. (Koya).

— Agora temos que fazer um curativo nos pés do anjo para vocês poderem partir em busca do seu destino. (Khalil).

— Deixe-me ver você, Rachel. (Koya tenta tirar a burca que Rachel está usando, mas ela não permite).

Segundo os costumes islâmicos, as mulheres não podem mostrar os cabelos e outras partes do corpo perto de homens.

— Por favor, senhores, gostaria de ver a minha filha por inteiro. Podem nos dar licença? (Koya).

Khalil faz um gesto negativo para sua mãe, mas o pedido emocionado de Koya faz com que ele concorde e saia da casa, levando seu pai com ele. Os dois ficam esperando perto da porta da casa, perto o suficiente para ouvirem os gritos de Koya.

— Não faça isso, mãe! Por favor. (Rachel tenta evitar que sua mãe retire a sua burca).

— Aaaaiiiiiiiiiiiiiii. Não, não, não. Por favor, não! O que fizeram a você? Ooooohhhhh, Uuuuuuhhhh!

Koya se desespera ao ver o estado em que se encontra sua filha, que teve a mão esquerda decepada só por ser rica.

Ela corre para fora da casa, pede a sandália do dono da casa e bate com ela em seu próprio rosto até sangrar. A maior ofensa muçulmana é bater no rosto com um calçado. Ela se autoflagela por não ter conseguido evitar que tudo aquilo acontecesse com sua filha. Isso porque ela ainda nem sabe de todas as atrocidades sofridas por ela.

— Perdão, senhor, perdão. Não quis ofendê-lo. Por favor, perdoe-me. (Koya se desculpa pelo seu ato com o pai de Khalil).

Comovido com o gesto e o desespero de Koya, ele estende a mão para que ela se levante, volte para dentro da casa e se junte a sua filha.

Apesar de já terem visto pessoas mortas por tiroteios, corpos esmagados sob escombros ou despedaçados por bombas, não podem deixar de se comover com Rachel, pois ela sobreviveu a atrocidades humanamente insuportáveis.

— Perdão, mãe. Não queria fazê-la sofrer. Sinto muito. (Rachel, sentada, pois seus pés não permitem que ela fique em pé).

— Perdoe-me, filha querida. Te amo, mas não consegui evitar tudo o que aconteceu com você. Perdão, perdão. (Koya).

— Mãezinha, fiz as minhas escolhas e elas só trouxeram sofrimento para todos. Perdoe-me pelos meus erros. Eu te amo. (Rachel).

— Não, não. Você apenas procurava atenuar o sofrimento de outras pessoas. Você não fez nada de errado. Te amo. (Koya).

— Desculpem-me, mas é melhor sairmos daqui. Com certeza, virão atrás de nós. Sabem que este é o vilarejo mais próximo de onde a senhorita Rachel estava. (Khalil, falando com Rachel e Koya).

— Não posso andar. (Rachel, com os pés lavados e enfaixados novamente).

— Vou conseguir um cavalo e vocês duas seguirão nele, e eu irei a pé. (Khalil).

— Posso andar, Khalil. (Koya).

— Para onde vamos? (Rachel, acostumada a trocar constantemente de cativeiro).

— Vamos para a fronteira. Lá encontraremos socorro, se conseguirmos passar. (Khalil).

— Se conseguirmos pelo menos um telefone com sinal tentarei ligar para a nossa segurança. (Koya).

— Mas para onde vamos tem seguranças nossos? (Rachel).

— Sim, seu irmão mantém homens da empresa de segurança em cada país para onde você poderia ser levada. (Koya).

— Isso é muito bom, senhora lenda, muito bom. (Khalil, animado).

Eles saem do vilarejo e recomeçam a fuga pelas areias do deserto. Antes de saírem do perímetro da vila, Khalil consegue mais um cavalo, emprestado gentilmente por um humilde pastor de ovelhas que se apiedou com a história por ele contada.

A caridade dos humildes é proporcionalmente maior do que a de qualquer afortunado caridoso. O humilde dá o que lhe fará falta, o rico oferece o que lhe sobra.

— Espere, vou te ajudar a colocar a senhora no cavalo. (O pastor, auxiliando Khalil a erguer Rachel).

— Muito obrigada! O senhor é muito gentil. (Rachel, agradecendo ao pastor).

— Vão, vão. Homens maus podem surgir a qualquer momento. (Aconselha-os o pastor).

Agora as duas seguem num cavalo e Khalil vai no outro, carregando água, aconselhados pelo pastor de ovelhas.

Depois de algumas horas cavalgando, eles param para descansar, pois Rachel ainda tem os pés sangrando e doendo e Koya não se recuperou totalmente. Eles aproveitam para beber água e, então, avistam uma coluna de poeira vindo em sua direção. Imediatamente, escondem-se atrás de uma duna.

— Fiquem aqui, por favor. (Khalil fica espreitando por cima da duna).

Quando o veículo se aproxima, ele constata que se trata de uma pequena caminhonete com um mercador. Ele consegue fazer o condutor parar o veículo e obtém um telefone, com o qual Koya tenta fazer uma ligação para a empresa de segurança. Ela só consegue porque o número que ela tem é do telefone exclusivo, por satélite.

— Senhora Koya? (O segurança surpreso).

— Sim! Estou com a Rachel. Khalil está tentando nos levar até a fronteira. (Koya, ansiosa, tentando passar sua localização).

— Sabemos onde é, senhora. Não estamos longe, mas levaremos mais de uma hora para chegar até aí.

— Muito obrigada, senhor. Muito obrigada! (Koya, agradecendo ao mercador).

E ele segue rapidamente o seu caminho, sem olhar para trás, com receio de possíveis problemas.

O RESGATE

A empresa de segurança conta com modernos veículos próprios para deslocamentos no deserto, além de armamento adequado. Eles iniciam a marcha imediatamente, e enquanto se deslocam o chefe da segurança liga para Kayo.

— Alô, senhor Kayo. A senhora Koya fez contato por telefone.

— Que ótimo que ela os contatou! (Kayo fica exultante).

— Melhor ainda porque ela nos disse que está com a senhorita Rachel. (O chefe da segurança).

— Oh! O quê?! Custo a acreditar que a minha mãe encontrou-a... (Kayo quase não consegue falar devido à emoção).

— Foi o que ela nos disse. O Jack reuniu-se a nós, mas esperamos não precisar usar de...

— Quando estarão com elas? (Kayo, ansioso).

— Dentro de aproximadamente duas horas, senhor.

— Por favor, sejam cuidadosos e mantenham-me informado.

— Vamos fazer melhor, senhor. Estamos enviando nossas coordenadas e o senhor poderá acompanhar tudo via satélite.

— Que ótima ideia! Vou pedir ao pessoal para ajustarem as câmeras do satélite conforme as coordenadas. Obrigado. (Kayo).

Kayo tem a chance de acompanhar ao vivo o resgate de sua mãe e irmã.

Em dois anos ele colocou em órbita 80 satélites de comunicações, aumentando consideravelmente a oferta desses serviços, fazendo os preços baixarem, o que desagradou a grandes fornecedores. Com esses satélites ele começou a montar uma rede de comunicações (internet) particular, que somente ele e pessoas expressamente autorizadas por ele têm acesso.

— Senhora! Já se passaram mais de duas horas e os seguranças ainda não nos encontraram. (Khalil preocupado).

— Apressem-se, por favor! Estou vendo veículos indo em direção a minha mãe. Estão armados. Devem ser terroristas. (Kayo).

Kayo acompanha tudo via satélite e em ligação direta com seus seguranças. Seus assessores mais próximos também assistem, apreensivos, ao desenrolar das ações.

— Obrigado, senhor. Nós os avistamos. (A situação torna-se tensa e o perigo aumenta).

— Vejam! Veículos estão vindo para cá. Aqueles são... (Khalil identifica os terroristas, mas não há muito que possa fazer).

Eles são encontrados pelos terroristas, que tinham saído em seu encalço. Ao mesmo tempo, o grupo de seguranças da empresa OK&K de Segurança da família chega e eles entram em confronto, iniciando-se um intenso tiroteio. Os terroristas fazem diversos disparos na direção de Rachel, Koya e Khalil, que cai ferido ao tentar protegê-las.

O atirador Jack, que havia dado cobertura no encontro entre Koya e James, começa a acertar um por um dos terroristas.

— Deixem comigo! Aqueles são os caras maus? Então eram!

Jack não erra nenhum disparo utilizando um potente fuzil de longo alcance e mira a laser. E ainda acerta os pneus e tanques de combustíveis dos veículos, fazendo-os explodirem.

Os seguranças avançam rapidamente até onde se encontram Khalil, Rachel e Koya, protegendo-os com os veículos.

— Vamos, vamos, entrem no veículo. (Os seguranças auxiliam Koya e Rachel a entrarem e carregam Khalil).

Rachel tenta socorrer Khalil, mas ele acaba morrendo em seus braços. Não havia mais nada que alguém pudesse fazer.

Kayo continua acompanhando tudo em tempo real pelos monitores. Sua calma e frieza assustam seus assessores mais chegados, acostumados com atos de violência. Porém, nesse caso, trata-se da própria família. Ele parece ter certeza de que elas sairão ilesas.

— Vão, vão, vão embora. Dou cobertura. Não esperem por mim. (Jack).

— Tome! Aí tem munição suficiente para acabar com todos eles. (O chefe da segurança).

— Obrigado, chefe! Isso está muito divertido. [Ha ha ha ha]. (Jack se diverte acertando um após o outro).

— Você continua o mesmo. Boa sorte! (O chefe).

Mãe e filha conseguem fugir protegidas pelos outros seguranças, enquanto Jack, sozinho, fica para trás dando cobertura, e vê chegarem mais e mais terroristas fortemente armados, inclusive com bazucas e crianças, que são usadas como escudo.

— Não façam isso... Lamento dizer a vocês, mas, para mim, crianças são só um alvo menor. E não gosto nem costumo errar. (Jack, falando sozinho, calmamente, enquanto recarrega seu potente fuzil, cujo alcance é maior do que as armas que os terroristas possuem e pode, inclusive, derrubar helicópteros).

Horas depois, o grupo que conduz Koya e Rachel consegue atravessar a fronteira. Todos jogam fora as suas armas e fazem contato com os seguranças que estão legalmente naquele país, e entregam suas preciosas cargas aos cuidados deles.

O chefe do novo grupo de segurança liga para Kayo para informar que as duas estão bem na medida do possível.

A noite começa se fazer presente com sua escuridão ambígua, por ocultar fugitivos e libertar os fantasmas dos nossos piores pesadelos.

— Senhor Kayo, estamos nos dirigindo à embaixada da Grã-Bretanha, pois os EUA não têm representação aqui. (O chefe da segurança).

— Ótimo! Façam isso. Obrigado. (Kayo).

— Lamento informá-lo que o rapaz que as ajudou a fugir foi atingido e morreu.

— Comuniquem-se com o pessoal que ficou lá e me mandem informações sobre a família dele. (Kayo).

— Sim, senhor. Faremos isso. O senhor gostaria de falar com sua mãe ou sua irmã?

— Agora não. Devem estar muito abaladas. Falarei com elas quando estiverem se sentindo mais seguras e calmas. (Kayo está emocionado demais para falar com elas).

Mais tarde, Jack consegue juntar-se ao grupo e comenta o que fez ao ficar sozinho combatendo os terroristas.

— Acho que matei todos. Eles iam chegando como moscas. Em alguns, apenas atirei nos braços ou pernas para que ficassem urrando de dor e os demais se ocupassem em atendê-los. (Jack).

— Você atirou nas crianças? (O chefe da segurança viu quando chegaram com crianças).

— Claro! O mal tem que ser cortado pela raiz. Não perdoo ninguém e é divertido ver cabeças explodindo. [Ha ha ha]. (Jack).

— Eram apenas crianças! (O chefe).

— Que futuro elas tinham? Com certeza, virariam terroristas. (Jack).

— Sem dúvida, você precisará de perdão. (O chefe da segurança).

— Não se preocupem comigo. Quando eu chegar lá, seja onde for, darei um jeito de acertar deuses e demônios. [Ha ha ha]. (Jack).

— Não comente isso com a senhora Koya ou com a senhorita Rachel. Elas não precisam ficar sabendo desses detalhes brutais. (O chefe da segurança).

— Nunca me diverti tanto. [Ha ha ha ha]. Porque não fazem uma guerra de verdade? (Jack, finalizando).

— Vamos. Está chegando um carro que nos levará até a embaixada da Grã-Bretanha.

Todos se acomodam na caminhonete e uns rumam para a embaixada da Grã-Bretanha e outros vão para o aeroporto a fim de saírem do país.

Após ligar para a embaixada avisando de sua chegada, o chefe da segurança liga para Kayo.

— Senhor Kayo, liguei para a embaixada e não senti receptividade. Talvez não nos recebam. (Só conseguiu falar com os funcionários).

— Ligarei para o embaixador. Não se preocupem, continuem indo para lá. (Kayo).

— Certo, senhor. (O chefe da segurança).

— Transmita meus agradecimentos a todos. Muito obrigado, rapazes! Peçam-me o que quiserem. Eu lhes darei. (Kayo, agradecendo aos seguranças).

— A sua gratidão é a chance de livrarmos o mundo de alguns seres indesejáveis.

— Vocês são especiais. Muito, muito obrigado. (Depois, Kayo providenciou polpudas gratificações a todos).

— Tudo o que fizemos foi por uma causa justa, senhor, e isso nos deixa muito felizes.

— Ligarei para o embaixador para que comece a providenciar atendimento. (Kayo).

O embaixador, que mora no prédio da embaixada, recebe o telefonema de Kayo.

— Boa noite, senhor embaixador! Sou Kayo, filho de Koya. Quero avisá-lo de que a minha mãe e a minha irmã chegarão em poucos minutos à embaixada. (Kayo, em ligação direta ao celular do embaixador).

— Boa noite, senhor Kayo! Sei quem é. Mas como sabe deste número de telefone? (O embaixador).

— É uma longa história e sei que o senhor está sem tempo, pois elas precisarão de atendimento médico de urgência. (Kayo).

— Como sabe que estão vindo para cá? Não sei se poderei atendê-las. (O embaixador).

— Meu país não tem embaixada aí, mas mantém um acordo de cooperação com seu país. Por favor, chame ajuda e atenda-as. É uma questão humanitária. (Kayo, quase dando ordens).

— Está bem, senhor Kayo. Espero não criar nenhum incidente internacional atendendo-as. (O embaixador).

— O senhor é diplomata e tenho certeza de que saberá resolvê-lo caso ocorra. Considere isso um pedido do presidente dos Estados Unidos da América. (Kayo, com convicção).

— Claro! Estou chamando ajuda. (O embaixador, imaginando que em breve Kayo será candidato à presidência dos EUA).

É madrugada quando os seguranças da família deixam-nas, enfim, na embaixada. Elas são apresentadas para as autoridades diplomáticas antes mesmo de qualquer atendimento médico.

Koya e Rachel estão sujas, fétidas e feridas. Suas roupas estão em farrapos e elas, cansadas e famintas. Rachel não consegue ficar em pé, tem que ser carregada ou se locomover arrastando-se pelo chão com a ajuda de sua mãe. Elas são o retrato da maldade que habita mentes fanatizadas por interpretações enlouquecidas de textos sagrados.

O pessoal da embaixada fica horrorizado ao ver o estado de Koya e, principalmente, de Rachel. As mulheres entram em desespero, imaginando como Rachel conseguiu sobreviver a tanta atrocidade.

— Que horror! Quem fez isso não é humano. (A secretária da embaixada).

— Como alguém consegue suportar tamanha violência? (Uma servidora da embaixada).

Rachel é carregada nos braços por um funcionário da segurança da embaixada até um banheiro e Koya ajuda-a a banhar-se, ficando cada vez mais apavorada ao ver e saber o que fizeram com sua filha.

Ambas nuas e sentadas no piso do box do banheiro, deixam a água do chuveiro escorrer pelos seus corpos.

— Perdão, mãe, por fazê-la sofrer tanto. (Rachel).

— Você está viva! (Koya, chorando muito).

— Estou feia, não é?

— Você está viva! (Koya, tentando lavar sua filha de todas as infâmias sofridas).

— Estou tão peluda que dá para fazer trancinhas. (Rachel, fazendo graça para alegrar a sua mãe).

— Você está viva! (Koya, cada vez mais desesperada).

— Não vou poder ir a um salão para fazer o pé por um bom tempo.

— Você está viva! (Koya só consegue repetir isso).

— Mãezinha, não chore, não chore mais.

— VOCÊ ESTÁ VIVA!!

Koya dá um grito longo e tão alto que os funcionários que estão do lado de fora do banheiro escutam e se desesperam ao escutar o choro convulsivo de Koya.

— Por que fizeram isso com ela? Por quê? (A secretária da embaixada chorando muito).

— Que brutalidade sem sentido. (O segurança da embaixada, também emocionado).

— A estupidez desses... é incomensurável. (O embaixador).

Rachel abraça a sua mãe tentando confortá-la, mas não consegue mais segurar a emoção.

Enquanto Koya lava sua filha com cuidado, pensa que a água purificará as feridas e aliviará as ofensas sofridas. Passando as mãos carinhosamente nas cicatrizes deixadas pelas pedradas e chicotadas de que Rachel foi vítima, vai descobrindo que ela teve os seios queimados com ferro em brasa. E ela ainda nem sabe de tudo.

— Finalmente, estou dando banho na minha filhinha. Ganhei uma filha nova. Obrigada, Rachel, por existir, estar viva e comigo. (Koya).

— Mãe, jamais poderei recompensá-la por tudo que tem feito por mim, enquanto só a faço sofrer. (Rachel).

— Esqueça, esqueça o meu sofrimento. Ele não se compara a tudo que você deve ter passado. (Koya).

Como todas as mães fazem, Koya beija as feridas de sua filha, imaginando tudo pelo que ela passou. Ela sente o horror que Rachel sentir ao ver o sangue de Zayn sair pelo pescoço ao ser assassinado, o desespero de sentir seu bebê escoar por entre suas pernas, a dor de cada chibatada, de cada pedrada; sente o ardor do fogo queimando os seios de Rachel, o nojo de cada estupro sofrido, o sofrimento ao ter sua mão decepada.

Mas as mães têm que ser mais fortes que todo o sofrimento que assistem e Koya tenta reagir.

— Nenhum ser humano suportaria o que fizeram com você. (Koya nem sabe de tudo).

Ela lava os pés feridos de Rachel com todo o cuidado. Eles estão sangrando pelos cortes, que precisam de pontos cirúrgicos e outros cuidados.

Cirurgias plásticas poderão amenizar as cicatrizes corporais, recompor os dentes quebrados de Rachel, mas nada poderá recuperar a fé de Koya nos seres humanos nem nos santos.

— Te amo, filha. Te amo, te amo, te amo... (Koya, beijando os pés de Rachel).

— Te amo, mãezinha. Te amo! Não chore mais, por favor! (Rachel).

— Te prometo. Eles pagarão muito caro pelo que te fizeram. Eu prometo a você. (Koya, desesperada).

— Esqueça, mãe. Apenas me perdoe, por favor. (Rachel).

— Não tenho do que perdoá-la. E acho que não sei mais perdoar. O perdão abandonou o meu coração. (Koya).

Ambas recebem roupas para se trocar e Rachel insiste que precisa de uma burca para cobrir seu corpo e não chocar as pessoas com as cicatrizes da estupidez que agora fazem parte de seu visual.

— Não me converti ao islamismo, mas sei que é doloroso para as pessoas me verem assim. Não quero causar sofrimento. (Rachel, justificando seu pedido).

— A senhorita receberá amanhã pela manhã. Quando as lojas abrirem providenciaremos o que nos pede. (O embaixador).

Alimentos e documentos provisórios são fornecidos junto a uma espécie de salvo-conduto emitido pela embaixada para que consigam embarcar para a Inglaterra em voo comercial.

— Muito obrigada, senhor embaixador. (Koya).

— Todos vocês são muito gentis. Muito obrigada. (Rachel, medicada quanto aos seus pés e outros ferimentos).

— Se não for pedir muito, gostaria de fazer uma ligação para o meu filho Kayo, por favor. (Koya sabe que Kayo falou com o embaixador).

— Sim, senhora. Por favor, venham até meu gabinete e fiquem à vontade. (O embaixador).

— Muito obrigada, senhor embaixador. Vamos, Rachel.

Uma funcionária da embaixada conduz Rachel numa cadeira de rodas, que terá de usar até que seus pés melhorem. Então ela e o embaixador as deixam a sós.

Finalmente, Koya pode falar com seu filho pelo telefone da embaixada. As emoções são impossíveis de serem contidas.

— Filho... adorado... encontrei... sua ... irmã. (Koya quase não consegue falar).

— Amo vocês! (Kayo, com a voz embargada pela emoção).

— Te amo, mano. Te... (Rachel também não consegue falar).

— Te amo, te amo, te amo, mana! (Kayo, muito emocionado).

— Filho, estou com muitas saudade de você, do seu tio e da Nicky. (Koya).

— Obrigado por tudo, mãe. Te amo. (Kayo).

— Quero te abraçar e te beijar muito, mano. (Rachel).

— Gostaria que vocês ficassem na Europa por um tempo...

Kayo não tem coragem de dizer que elas serão presas quando chegarem aos EUA.

— Por que, mano? Estou há muito tempo longe de casa e com saudades de todos e de tudo. (Rachel).

— Acho que estão muito cansadas e... (Kayo, emocionado e sem argumentos).

— Filho, eu te conheço... Tem algo mais que nós temos que saber? (Koya).

— Sim. Quero que saiba que a amo demais, mãe. Você e a Rachel são tudo o que existe de mais valioso na minha vida. (Kayo).

— Te amo, meu filho! (Koya cada vez mais emocionada).

— Sem vocês minha vida não faz sentido. Agora descansem, pois a volta será... longa. (Kayo).

Kayo volta a ligar para o pessoal da segurança, dessa vez para saber sobre os pais de Khalil.

— Por favor, podem me informar sobre os pais daquele rapaz que ajudou minha mãe e minha irmã? (Kayo).

— O pessoal de lá nos relatou tudo...

— E então? (Kayo).

— Infelizmente, eles foram mortos pelos terroristas que estavam à procura da senhorita Rachel. (O segurança).

— Que lamentável! Eles tinham outros filhos? (Kayo).

— Não, senhor. Khalil era filho único.

— Mais uma vez, obrigado por tudo, rapazes. (Kayo).

— Sempre que precisar estaremos à disposição.

— Espero nunca mais precisar desse tipo de ajuda. (Kayo).

— Nós também, senhor. Foi muito doloroso para todos nós.

— Se quiserem voltar para casa ou tirar uma folga, sintam-se à vontade. (Kayo).

— Muito obrigado, senhor. O que decidirmos ser-lhe-á comunicado. (O chefe da segurança).

Kayo tenta se preparar para o retorno de sua mãe e de sua irmã, mas sabe que será muito complicado, pois as duas estão sendo acusadas de cooperação com o terrorismo e alta traição ao país.

Enquanto isso, ele medita sobre o que fazer. "Não pude ajudá-las ou evitar o que aconteceu, mas prometo que vou vingá-las, nem que para isto tenha que dar a minha vida em troca", pensa Kayo.

A VOLTA PARA CASA

A manhã de um novo dia se apresenta, com o Sol irradiando luz e calor sobre todas as cabeças, sem distinção.

Após descansarem na embaixada britânica, em acomodações improvisadas, elas são levadas em veículo da própria embaixada até o aeroporto local, de onde embarcam para a Inglaterra. A Interpol fora avisada e agentes americanos, que as escoltarão de volta aos EUA, sob custódia, estão de plantão, esperando-as, no aeroporto de Londres.

Koya é acusada de alta traição por financiamento ao terrorismo internacional e Rachel de colaboração com os terroristas.

— Senhora Koya, vamos acompanhá-las para onde desejarem ir. (Seguranças da empresa sediados em Londres).

— Queremos voltar para casa o mais rápido possível, por favor. O nosso avião deve estar aqui. Kayo deve tê-lo enviado para cá. (Koya).

Depois do resgate dramático de sua filha, Koya é impedida de voltar para os EUA em seu avião particular. Ela tem que seguir num voo comercial.

— Lamento, senhora, mas não poderemos usar seu avião. (O segurança).

— Por que não permitiram que usássemos nosso avião? Ele está com algum problema? (Koya).

Koya ainda está atordoada com os últimos acontecimentos, o resgate e o encontro dramático com sua filha depois de tantos anos vagando pelo deserto. Ela, que sempre teve uma vida confortável e com o imenso amor e carinho de seus pais, familiares e amigos, agora só deseja chegar em casa com segurança ao lado de sua filha e poder abraçar e cheirar seu filho, Kayo, e seu irmão, Oaky.

— Sinto muito, mas fomos informados que a senhora será presa tão logo a aeronave ingresse no espaço aéreo dos EUA. (O chefe da segurança).

— Por quê? O que fiz de errado? (Koya, confusa e surpresa).

— O governo dos EUA está acusando-a de financiar o terrorismo e de alta traição.

— Mas que absurdo! Tudo o que fiz foi buscar a minha filha. (Koya).

— Ela também está sendo acusada de colaborar com os terroristas.

— Vocês viram o que a minha filha sofreu. Isso não faz nenhum sentido. (Koya, estupefata).

— Têm agentes do governo a bordo do avião e lhe darão voz de prisão antes de pisarem em solo americano.

— Acho que vou apenas trocar de cativeiro. (Rachel, lamentando a situação).

— Seu filho aconselhou que ficassem na Europa até que essa situação seja revertida. (O segurança).

— Ele não nos disse isso. Talvez para não nos magoar. (Rachel).

— Não vou ficar longe do meu país. Não sou uma criminosa. (Koya).

— Como quiser, senhora. Faremos tudo para que tenham uma viagem tranquila.

Ao embarcarem no avião, agentes americanos ocupam os bancos ao lado de Koya e Rachel, que haviam sido reservados para os seguranças particulares da família.

— Desculpe-me, senhor, este lugar é meu... (O segurança para o agente).

— Não é mais. Procure a comissária de bordo e arranje outro lugar. (O agente, com arrogância, mostrando-lhe as credenciais).

— Desculpe-me, mas devo insistir, até porque essas credenciais nada significam aqui. (Estão fora dos EUA).

— Se você é americano faça o que estou mandando ou vai se arrepender. (Fazendo menção de que está armado).

— Devo insistir, senhor. Tem um cavalheiro naquele banco que quer lhe mostrar uma coisa. (O segurança, cochichando).

— Você está passando dos limites. Se não sair daqui imediatamente mandarei que o retirem do avião.

O chefe da segurança faz um sinal para o seu colega, que se aproxima com o celular ligado, mostrando imagens ao vivo.

— Está vendo? Parece a sua família, não? (O celular está recebendo imagens ao vivo).

— O que significa isso? Estão seguindo a minha família? Mas que atrevimento! (O agente).

— Não está gostando? Mas é a sua família, ao vivo e viva, ainda. Quer que ela continue assim?

— Não fariam mal para a minha família. (O agente começa a ver a situação mudar).

— Não aposte! Vai perder seu dinheiro e sua família.

— Não é pessoal, só estou cumprindo ordens judiciais. Vou ligar e pedir proteção para minha família.

— Faça isso! Eles nem saberão o que aconteceu. Estarão mortos antes que alguém chegue lá.

— Vocês pensam mesmo que podem fazer isso? (O agente).

— Tente esconder sua família, mas não no inferno, pois nós somos donos de lá.

Sem alternativa e com o avião preparando-se para taxiar, os agentes, contrariados e indignados, trocam de poltronas e sentam-se em outros lugares.

O poder de Kayo começa a fazer-se presente mesmo ele estando a milhares de quilômetros dali.

— Senhora Koya, vou preveni-la de que irão algemá-la ao desembarcar da aeronave. (O segurança).

— Mas e a... Rachel? (Koya).

— Eles não algemarão a senhorita Rachel. Pode ficar tranquila.

A viagem é tensa para todos, pois os agentes começam a temer por suas famílias, mas não podem se recusar a cumprir as ordens que receberam. Os mais tranquilos são os seguranças da família, que parecem ter prazer em ameaçar os agentes. E apesar da viagem não ser tranquila, Koya adormece de cansaço por tudo o que passou nos três últimos anos.

— *Quero que todos paguem muito, muito caro pelo que fizeram com a minha filha. (Koya).*

— *Costumo atender pedidos de mães desesperadas e esse é um pedido muito poderoso. (Rose).*

— *Rose, eu... (Koya).*

— Chegamos, mãe. Estamos em casa novamente. Você me chamou de Rose? (Rachel).

— Estava sonhando, minha filha. (Koya, acordando).

Chegando ao aeroporto, antes de desembarcarem do avião, os seguranças permitem que os agentes se aproximem de Koya e Rachel.

— Estamos concedendo um grande favor a vocês, então agora façam um favor a vocês próprios. (O segurança).

— Estamos em solo americano. Tenham cuidado com o que farão. Estão se metendo numa grande enrascada. (Os agentes voltam a ser arrogantes).

— Contem quantos seguranças da família da senhora Koya estão vigiando vocês e suas famílias. Somos mais de vinte mil pelo mundo. Vejam, são fáceis de identificar, pois fazem questão de não se esconder.

— Acham que podem escapar da justiça americana? (O agente).

— Não sejam bobos. Podemos matar presidentes se quisermos. Quem você pensa que faz a segurança presidencial?

— Só podem estar blefando!

— Não apostem, já falei. Vão perder seu dinheiro e suas famílias. (O segurança repete a ameaça).

— Vocês são idiotas se acham que isso vai ficar impune. (O agente).

— Tentem nem sonhar com o que fizemos. Sua casa inteira está com escutas e câmeras. Estejam onde estiverem, sempre haverá uma arma apontada para a cabeça de cada familiar seu. (O segurança).

— Preocupem-se conosco e deixem nossas famílias fora disso. (Os agentes).

— Não! Diversão em família é sempre melhor. [Ha ha ha ha]. (Um dos seguranças, tripudiando).

Quando chega a hora de sair do avião, o agente pede gentilmente para Koya que aceite as algemas, mas nem tenta se aproximar de Rachel, sempre com o olhar atento dos seguranças que conheceram e de outros, que eles nem desconfiam fazer parte da equipe.

— Senhora Koya, peço-lhe que me perdoe, mas, por força de um mandado judicial, sou obrigado a pedir que me permita algemá-la e dar-lhe voz de prisão por financiamento ao terrorismo.

— Cumpra o seu dever de cidadão americano. Coloque os traidores da pátria na cadeia, pois é onde devem ficar, mas escolha bem a quem prender para não se arrepender depois. Muitas coisas desagradáveis podem acontecer. (Koya, irônica e ameaçadora).

— Tem o direito de manter-se calada, senhora. Penso que conhece bem os seus direitos. (O agente).

— Mortos não têm direitos, senhor agente. São os vivos que sentem as dores. (Koya continua tripudiando).

— Sinto muito, não é pessoal, só estou tentando fazer o meu trabalho. (O agente).

— Não se preocupe, alguém o perdoará, mas não serei eu. O deserto consumiu meus sentimentos de bondade e fraternidade. (Koya, indignada, sendo algemada).

— Perdão, senhora. Preciso que me perdoe. (O agente sente o poder da família).

— Espere deitado para não se machucar com a queda. (Koya, debochada como toda a família).

Kayo tenta aproximar-se de sua mãe, mas é barrado pelo policiamento que estava à espera de Koya e Rachel, que são imediatamente conduzidas para uma viatura policial, com o acompanhamento festivo da imprensa, sempre ávida por notícias bombásticas.

— Senhora Koya, senhorita Rachel, farão um pronunciamento? (Um dos repórteres que se acotovelam para falar com elas).

— Saiam! Saiam da frente, saiam! Abram caminho. (Os agentes conduzindo as duas, impedindo-as de falar).

Do aeroporto elas vão para uma delegacia para fazerem exames de corpo de delito e, depois, para uma casa de detenção provisória, onde aguardarão julgamento. A imprensa acompanha tudo com grande alvoroço.

Dias depois, os agentes que conduziram Koya e Rachel são procurados pelos seguranças da família e não podem recusar o convite.

— O que vocês querem conosco? (Os agentes).

— Ficamos sabendo que estão preparando um relatório sobre o contato que tivemos no avião. (Os seguranças).

O encontro acontece num galpão abandonado nos arredores de Nova Iorque.

— Como ficaram sabendo? Quem contou a vocês? (Os agentes).

— Avisamos que somos mais de vinte mil espalhados pelo mundo. Talvez vocês tenham muitos colegas em nossa folha de pagamentos.

— Estão blefando. Vamos fazer isso para colocá-los na cadeia. (Os agentes).

— Não, não farão. Vocês farão uma viajem sem volta, a convite do senhor Kayo.

— Então estão cumprindo ordens dele?

— Ordens não. O senhor Kayo não sabe dar ordens. Ele apenas nos fez um pedido.

— Ele pensa que pode muita coisa apenas por ser rico. Fiquem sabendo que neste país os poderosos também vão para a cadeia.

— Que pedido esse... imbecil fez a vocês? (O outro agente, novamente arrogante).

— Para que não tocássemos em seus familiares.

— Então vão nos matar? (O agente).

— Não, ele é muito gentil e estendeu o pedido a vocês também. (O segurança).

— Então ele não é tão inteligente assim. Ele não sabe que será responsabilizado pelo que fizeram e estão fazendo? (O agente).

— Vocês ainda não entenderam? Vocês farão isso. Pedidos não são ordens e atenderemos se quisermos. Dependerá de vocês, é claro!

— O que pensam que vamos fazer? (O agente).

— Uma viagem sem volta, já dissemos.

— E se não fizermos? (Os agentes entenderam o que devem fazer).

— Teremos que deixar de atender ao gentil pedido do senhor Kayo.

— Vocês são muito prepotentes. Pensam que nos intimidam?

— Temos certeza disso. Não estamos nem armados, enquanto vocês devem ter até colegas seus avisados de que estão aqui.

— Poderíamos matá-los agora mesmo. (Os agentes).

— Sabem por que não farão isso? (O segurança).

— Por que, doutor sabe tudo? (Um agente, sempre arrogante).

— Porque não temos medo de morrer, enquanto vocês têm medo de viver com as mortes de suas famílias na lembrança.

— Isso não vai acontecer, fiquem sabendo. (Os agentes).

— Depende exclusivamente de vocês. Adeus!

No dia seguinte, o noticiário anuncia, com grande estardalhaço, que os dois agentes que conduziram Koya e Rachel cometeram suicídio, o que será investigado pela corregedoria da polícia, mas as investigações não evoluem.

A imprensa faz mil especulações sobre o duplo suicídio, inclusive insinuando responsabilidade de Kayo.

Mesmo com todas as suspeitas, a polícia não investiga nem solicita o depoimento de Kayo. Ele começa a ficar blindado por razões desconhecidas do grande público e da imprensa em geral, mas nos bastidores da política há muito interesse em preservá-lo de qualquer acusação ou investigação. São muitos os políticos, os servidores públicos e outras autoridades comprometidas com esquemas de propinas, subornos e desvios de recursos públicos.

Os grandes partidos pensam em fazê-lo candidato a algum cargo eletivo e mais tarde, quem sabe, lançá-lo candidato à presidência dos EUA, com enormes chances de vencer as eleições.

— Cleo, por gentileza, peça para o Jojo apresentar-se a mim. (Kayo).

— Sim, senhor. Em que posso servi-lo? (Jojo).

— Te interessa fazer uma viagem para a Ásia? (Kayo responde com outra pergunta).

— Sim! Gosto de conhecer lugares novos e outras culturas, senhor.

— Nossos rapazes na Ásia encontraram os três homens que abusaram da minha mãe. (Kayo).

— Espero que tenham dado uma lição inesquecível neles.

— Ainda não, mas, caso aceite, gostaria que você desse uma lição definitiva neles. O que me diz?

— Será um prazer triplo, senhor. Não perderia essa chance por nada. (Jojo).

— Então vá e aproveite para se divertir. Os rapazes de lá te darão todo o apoio necessário, não se preocupe com nada.

— Obrigado por confiar em mim, senhor.

— Não se preocupe nem com as questões de linguística ou logística. Nosso pessoal está preparado para qualquer imprevisto.

— Confio no senhor. (Jojo).

Um mês depois, Jojo volta para Nova Iorque.

— Bom dia, senhor Kayo. (Jojo).

— Bom dia, Jojo. Espero que tenha feito uma boa viagem e se divertido bastante. (Kayo).

— Sim, senhor. Há muito tempo não me divertia tanto!

— Gostou da viagem?

— Maravilhosa. É uma cultura bem diferente e interessante.

— Houve algum contratempo?

— Não. Os rapazes de lá são fantásticos e também se divertiram muito. Penso que adotarão o método que presenciaram. (Jojo).

— Que bom! Muito obrigado, Jojo. (Kayo).

— Trabalho limpo, sem nenhum vestígio. Aliás, fazer pessoas desaparecerem naquele país é muito fácil. Ninguém faz perguntas.

O JULGAMENTO DE KOYA

Kayo, mesmo sendo formado em Direito, contrata um famoso escritório de advocacia para defender sua mãe e sua irmã no processo instaurado na Justiça de acusação de financiamento e ajuda ao terrorismo.

— Senhores, confio na atuação de vocês e, em primeiro lugar, quero que solicitem a antecipação da audiência para o mais breve possível, pois não quero ver minha mãe e minha irmã na cadeia por muito tempo. (Kayo).

— O senhor é advogado e sabe que nesses casos o *habeas corpus* é negado por motivos de segurança nacional. (Os advogados).

— Também sei que o processo está com um juiz conhecido como caçador de bruxas. (Kayo).

— Sim, ele costuma condenar pessoas suspeitas de envolvimento em espionagem e acusadas de comunismo ou de terrorismo, não raro com provas parcas e frágeis.

— Os senhores acham que minha mãe e minha irmã são culpadas ou inocentes? (Kayo).

— Não temos a menor dúvida sobre a inocência de ambas. É inacreditável que sua irmã tenha suportado tudo o que fizeram com ela. Outro ser humano não suportaria tais atrocidades.

— E por que pensam assim? (Kayo).

— Basta escutar a história e dar uma rápida olhada nas provas, que são todas baseadas nos gastos de sua mãe durante a procura pela sua irmã, e a maioria obtida ilegalmente, com o monitoramento das contas bancárias e dos telefones da família, inclusive o seu número, não autorizado pela Justiça.

— Sim, estou sabendo de tudo isso. (Kayo).

— Aconselhamos processar o Estado por ter invadido a sua privacidade sem motivo e sem ordem judicial. Renderá uma bela indenização. (Um dos advogados, todos ávidos por um quinhão das prováveis indenizações).

— Não estou interessado nesse tipo de justiça e muito menos em esmolas, que, afinal, sairá do bolso dos contribuintes. (Kayo).

— O senhor poderá exigir uma retratação pública das autoridades.

— Isso, sim, me interessa. Me apraz ver quem se considera poderoso e intocável admitindo seus erros. (Kayo).

Como consequência das acusações e das prisões de sua mãe e de sua irmã, as ações das empresas caem nas bolsas de valores.

Kayo aproveita para dar um claro recado ao mundo com a oscilação das ações de suas empresas. Ele, que detém, por meio de suas *commodities*, grande parte da produção de grãos e carnes do mundo, para de negociá-los, fazendo com que os preços dos alimentos disparem instantaneamente. E ele só volta a negociá-los após os investidores voltarem a comprar ações de suas empresas.

— Comprem ações das minhas empresas ou o mundo mergulhará numa hiperinflação em menos de um mês e milhões de pessoas morrerão de fome, senhores. (Kayo, dando um recado para as indústrias de alimentos, que precisam de seus insumos).

O mundo dos negócios sente um calafrio na espinha e entende que estão todos nas mãos de um homem superpoderoso, que além de comprar as safras antecipadamente, é um grande produtor de adubos, sementes, defensivos e máquinas agrícolas, assim como de outros insumos igualmente importantes para a indústria de alimentos.

— Senhor Kayo, conseguimos que a Justiça antecipasse o julgamento de sua mãe. (Um dos advogados contratados).

— Que boa notícia! Bom trabalho. (Kayo não agradece, pois sabe o que aconteceu).

— Realmente, é uma excepcionalidade o que conseguimos, senhor. (Outro advogado, querendo mais créditos do que merecem).

Houve uma pressão de entidades econômicas para que tudo fosse resolvido o mais rápido possível, pois Kayo começou a manipular cada vez mais o mercado de ações, obtendo lucros astronômicos e jogando produtores e consumidores no desespero.

Não há nada que se possa fazer, pois ele age estritamente dentro das regras do mercado de ações e do capitalismo democrático. A corretora de valores que era de seu avô Sam, agora é uma empresa gigantesca e poderosa. A maior corretora de valores do mundo.

— O julgamento foi marcado para a semana que vem, senhor Kayo. (Um advogado).

— Vocês conseguiram examinar todos os documentos e preparar a defesa? (Kayo, preocupado).

— Sim, senhor. Não existem muitos documentos, pois toda a acusação se baseia, principalmente, em indícios muito fracos.

Com provas fracas e outras obtidas ilegalmente, por meio de escutas telefônicas não autorizadas, tem início o julgamento.

— O que a senhorita fazia naquele país? (O promotor).

— Fazia parte do Médico Sem Fronteiras, ajudando pessoas carentes de tudo. (Rachel).

— O dinheiro necessário para o atendimento era exclusivamente do programa Médicos Sem Fronteiras? (O promotor).

— Não. (Rachel).

— Que outra fonte de recursos era usada? (O promotor).

— Minha família enviava recursos para o meu sustento e para outras despesas. (Rachel).

— Mesmo considerando todos os anos que ficou lá, foi muito dinheiro transferido para a senhorita. (O promotor).

— Usava esses recursos para custear os medicamentos e os alimentos para as pessoas que atendíamos. (Rachel).

Terminada a inquirição de Rachel, o julgamento prossegue com a inquirição de Koya e considerações finais.

— Sua filha não tinha nada que bancar a boa samaritana fazendo caridade com o dinheiro da família que a adotou. (O juiz).

— Sou rica graças ao meu trabalho e faço o que bem entendo com o meu dinheiro, porque não é dinheiro público. (Koya não deixa sem respostas).

— Está dizendo, com isso, que financiou o terrorismo como bem entendeu? (O Juiz procura incriminá-la).

Koya perde a cabeça e conta, aos gritos, tudo pelo que passou a sua filha. A plateia fica horrorizada com a imagem de Rachel e a descrição das atrocidades que ela sofreu, mas o Juiz se irrita cada vez mais.

— Vejam o que fizeram com a minha filha! Foi isso que paguei para que fizessem? (Koya retira a burca de Rachel, que tenta esconder suas cicatrizes).

— Oooohhh! Não!

— Que horror!

— Que coisa terrível!

Há uma estupefação generalizada. Todos observam, incrédulos, a imagem de Rachel.

Esculpidos naquele corpo a ferro, fogo e rochas, toda a raiva religiosa, o rancor milenar, a estupidez e a brutalidade humana, levando ao extremo a condição de um ser humano de suportar torturas físicas e psicológicas.

— Ela viu seu grande amor ser degolado, foi apedrejada e chicoteada até abortar o filho que estava esperando. Teve a mão esquerda decepada por ser rica, queimaram seus seios, extirparam seu clitóris e estupraram-na várias vezes.

— Chega! (Gritou o Juiz). – Não permito mais manifestações dessa ordem.

Soaram naquela sala os gritos de uma mãe desesperada, que ecoaram pelo mundo, onde milhões de gritos de outras mães não são ouvidos pelos governantes nem pelos que deveriam promover a justiça. O julgamento estava sendo transmitido pela TV.

Gritos de dores, gemidos de fome, suspiros de morte. Tudo devidamente ignorado pelos senhores governantes com palavras convenientes, como: inaceitável, condenável etc.

A ONU – ou o palácio da hipocrisia –, um grande circo diplomático onde os palhaços são os povos mais miseráveis do planeta, nada faz de prático para resolver tais situações. Certamente, aqueles senhores engravatados riem dessa desgraça, regando suas boas intenções com o melhor champanhe. Um órgão tão incompetente que, se fosse uma empresa, teria falido há muito tempo. O império da diplomacia das podres conveniências políticas.

Irritado e sem saber o que dizer, o juiz comete um gravíssimo deslize ético.

— Ela nem é sua filha biológica!

— E você é o filho da Besta, seu vagabundo, que nem ao menos estudou o processo. Ladrão do dinheiro público! Incompetente! (Os advogados tentam conter Koya).

— Não pense que porque é rica escapará da prisão. (O juiz bate seu martelo com tanta força que o quebra).

— Acumulei fortuna com trabalho honesto e não vendendo sentenças! (Os advogados tentam impedir Koya de continuar).

— Não aceito nenhum tipo de insinuação a respeito da minha conduta ilibada! (O juiz).

— E que diferença faz a sua declaração? Todos os desonestos e bandidos negam seus crimes. (Os advogados não conseguem contê-la).

Para proferir a sentença, o juiz impõe que ela fique em pé. Ela luta para jogar-se ao chão e é contida por quatro homens grandalhões que, por ordem do magistrado, tentavam mantê-la em pé e tapar a sua boca para que não falasse. Ela reluta, morde as mãos dos seus opressores e consegue fazer, embora sem muita clareza, ameaças ao juiz.

— Não prefere que me ajoelhe? (Koya).

— Mantenham-na em pé a qualquer custo. (O magistrado dá ordens aos bedéis).

— Fui ao inferno para resgatar a minha filha e o demônio não estava lá para me recepcionar porque ele habita os corações e as mentes das pessoas mal intencionadas como você. (Koya não dirige tratamento de excelência ao seu julgador).

— Cala boca, sua insolente! Trate-me por Excelência quando se dirigir a mim. (O juiz).

— Do que pensa que tenho medo? (Koya).

— Essa é uma questão de respeito, que eu exijo. (O juiz).

— Eu nunca tive medo de nada e o que fizeram com a minha filha consumiu todo o respeito que eu tinha pela humanidade. Não será um "merda" feito você que respeitarei. (Koya).

— Essas declarações lhe custarão muito caro. (O juiz, ameaçando-a).

— Quem você se julga para merecer respeito, seu vadio? (Koya).

— Façam-na calar-se! (O juiz).

Kayo acompanha a situação com a frieza de um assassino em série, que tem tudo planejado, desde a escolha de suas vítimas, métodos e armas, dia, hora e local. Ele está confiante em seu poder total.

No menino que nasceu morto parece não haver coração ou emoções, apenas um espírito justiceiro, ou melhor, um espírito de vingança. Uma poderosa vingança.

— Voc... vai... sent... tir a fúr.... da Bes... ta. (Koya é mantida em pé à força, com a boca tapada por um homem).

As sentenças são prolatadas.

Rachel é condenada a dez anos de prisão por auxiliar terroristas. Koya é condenada a 30 anos de prisão por financiar o terrorismo e mais cinco por desacato, desrespeito, ofensas e acusações ao magistrado, à magistratura e a autoridades em geral, mais uma multa de US$ 50 milhões pelas ofensas.

— Oh, minha irmã querida. Não acredito no que estou vendo. (Oaky acompanhou o julgamento, muito abalado).

— Não se preocupe, tio. Sou advogado e essas sentenças são absurdas. (Kayo, falando com Oaky).

Kayo consegue a anulação da condenação e de todos os processos contra Rachel e sua mãe, inclusive a multa, exceto a condenação de cinco anos de prisão por desacato, desrespeito, ofensas e acusações ao magistrado, à magistratura e a autoridades.

Com a anulação da condenação de sua mãe, Kayo processa o Estado pela ordem de fechamento injustificado da fábrica de cosméticos e obtém uma indenização bilionária, além da licença para reabrir a fábrica, com grande repercussão positiva na mídia, uma vez que empregos voltam a ser oferecidos. Não contente, ele recorre e a indenização dobra de valor.

Semanas após o julgamento, dois homens – Chang, chinês, um homem com 220 quilos, e Sule, um angolano muito alto, com cerca de 180 quilos – encontram um terceiro e levam-no para uma beco escuro e deserto e fazem-no engolir a própria mão.

— Isso! Assim! Engula! (Chang).

— Arghh! Argh! (O homem, tendo a própria mão enfiada goela a dentro).

— Assim você nunca mais calará ninguém. (Sule).

Pouco depois, o homem que tapou a boca de Koya é encontrado morto, como se tivesse cometido suicídio tentando engolir a própria mão.

— Fizeram um excelente trabalho, rapazes. (Kayo, falando com Chang e Sule).

— Primeiro pensamos apenas em cortar a língua dele, mas ele continuaria vivo e poderia dar com a língua nos dentes. [Ha ha ha].

— Não teria pensado em nada melhor. Vou gratificá-los por isso. (Kayo, satisfeito).

— Estamos preocupados com alguma imagem que possa ter sido capturada pelas câmeras do local, senhor. (Chang).

— Não se preocupem. A tia Nicky deu um jeito em qualquer indício de imagem daquelas câmeras. (Kayo).

— As imagens foram apagadas? (Sule).

— Não. Foram substituídas, como se nada tivesse ocorrido no local. Minha tia faz magias com a informática. (Kayo).

Novamente, Kayo é suspeito de mandante do crime e, mais uma vez, nada é provado e nada é feito contra ele.

— Sabem, esse cara começa a me assustar. (Um servidor corrupto falando com outro).

— E o que você pretende fazer? Denunciá-lo? (O outro, também participante de esquemas de corrupção).

— Você está louco? Obviamente, quem vai levar a pior somos nós.

— Exatamente! Então pare de se preocupar e fica frio.

— Agora não podemos mais recuar.

— Estamos comprometidos até o pescoço com esses esquemas.

— Não temos o que fazer.

Os servidores se assustam com possíveis consequências e os políticos ficam cada vez mais preocupados, contudo ninguém mais pode retroceder.

Rapidamente, Kayo cria uma teia de corrupção envolvendo várias pessoas de diversos segmentos governamentais e políticos em busca de dinheiro para suas campanhas ou, simplesmente, de propina, para desfrutarem das coisas boas da vida com seus familiares, parentes e amigos.

De modo hábil, ele consegue enredar os três Poderes de tal maneira que todos, agora, só pensam em protegê-lo, caso contrário as consequências seriam devastadoras para todo o sistema democrático. Os que não aceitam propina e/ou participar de esquemas escusos são inexplicavelmente afastados do Poder.

— Como conseguiu tudo isso em tão pouco tempo, senhor? (Cezar)

— Não se esqueça de que sou advogado. Acho até que demorou! [Ha ha ha ha]. (Kayo, zoando).

A VISITA

Após a condenação, Koya é levada para o presídio, onde começa a cumprir a pena de cinco anos por ofensas e ameaças ao juiz, a todos os magistrados e aos Poderes constituídos, enquanto Kayo e os advogados contratados continuam tentando recursos judiciais para livrá-la da prisão, e que são sistematicamente negados.

Ela tem a cabeça raspada e passa a dividir uma cela com outra prisioneira. Nenhum tipo de regalia é admitido e ela tem que se submeter ao mesmo tratamento dispensado a qualquer apenada.

Kayo, Oaky, Rachel e Nicole tentam visitá-la na prisão, mas nos primeiros trinta dias as visitam estão proibidas.

— Mana, não pudemos vir antes porque as visitas estavam proibidas. (Oaky).

— Sei, sei. (Koya, ansiosa, falando pelo interfone, separada dos visitantes por um vidro).

— Como você está, minha irmã? (Oaky não sabe o que falar com ela).

— Preciso cheirá-lo, Oaky. Por favor, estou com muitas saudade de você e do seu cheiro. (Koya).

Oaky coloca a sua mão no vidro que o separa de sua irmã numa tentativa de acalmá-la.

— Por favor, senhor, não toque no vidro. (A agente penitenciária falando, gentilmente, com Oaky).

Koya, desesperada, tenta cheirar a mão de Oaky através do vidro.

— Afaste-se do vidro, prisioneira. (A carcereira, falando com Koya rispidamente, obriga-a a sentar-se de forma violenta).

— Só quero cheirar meu irmão. Preciso cheirá-lo, por favor. (Koya, implorando).

— Não é permitido tocar no vidro. Isso foi avisado antes da visita. E não irá sentir cheiro nenhum através do vidro. (A carcereira, arrogante).

— Por favor, mana, acalme-se. Tenha paciência. Não suporto vê-la desse jeito. Te amo. (Oaky).

Koya começa a tremer e tem dificuldade para respirar, como se estivesse sob abstinência de alguma droga. É uma visão deprimente. Então Rachel ocupa o lugar de Oaky, que sai dali muito abalado.

— Mãezinha, te amo! Olhe para mim, por favor. Fale comigo, mãe. (Rachel, tentando distrair sua mãe).

— Te amo, filha. Quanta saudade. Quando poderei abraçá-los e cheirá-los novamente? (Koya).

— Somente daqui a seis meses, mãe. (Kayo, sentado ao lado de Rachel para falar com Koya).

— Por quê? Por quê? O que fiz de tão grave? (Koya).

— É um período de adaptação determinado em sentença que nós ainda não conseguimos reverter. (Kayo tem acompanhado diariamente o andamento da execução da sentença).

— Te amo tanto, filho. Quero que saiba disso. (Koya).

— Eu sei, mãe. Também te amo. (Kayo).

— Obrigada por tudo que vocês têm feito por mim. (Koya sempre agradece).

— Nós temos de agradecer por tudo o que você faz... (Rachel, emocionada).

— Em breve o mundo vai conhecer o verdadeiro poder da lenda...

Kayo interrompe o que ia dizer por saber que tudo o que falam ali é monitorado.

Com apenas 26 anos de idade, Kayo é o homem mais rico do mundo, com um patrimônio líquido de US$ 90 bilhões. O valor estimado de suas empresas nas bolsas de valores é de US$ 170 bilhões, e continua crescendo em ritmo alucinante. Especialistas acreditam que antes de completar 40 anos ele se tornará o homem mais rico de todos os tempos.

— Meus filhos adorados, é tão difícil... (Koya continua tremendo).

— Mamãe, voltarei aqui para vê-la sempre que eles permitirem. (Rachel).

— Tão perto e tão longe... (Koya parece desorientada).

— Vou fazer de tudo para tirá-la daqui, mãe. (Kayo).

— Foi mais fácil me perder e vagar pelo deserto do que estar aqui. Estou perdida entre quatro paredes. (Koya, lamentando-se).

— Tenha paciência, mãe. (Rachel, aos prantos, ao ver o estado de sua mãe).

— Não tem sentido estar aqui. Sinto-me morrendo a cada dia... (Koya).

— Lendas são imortais, mãe. (Kayo).

A CONSULTA

Seis meses após o início do cumprimento da pena, Koya apresenta sinais de debilidade física e mental. Talvez essa lenda esteja chegando precocemente ao fim. A um triste fim.

Sabendo que a saúde de sua mãe não está boa, Kayo insiste, por meio de seus advogados, para que ela tenha atendimento de um médico particular contratado por ele, mas isso é negado, pois o tratamento deve ser igual ao de qualquer detenta.

As autoridades que tratam das execuções penais se dão por impedidas, deixando a decisão ao juiz que a sentenciou. Por sua vez, o magistrado que condenou Koya nega o pedido dos advogados da família.

— Doutor, gostaria que fizesse contato com seu colega médico que trata das presidiárias para saber das condições de saúde da minha mãe. (Kayo, falando com o médico da família).

— Sim, posso tentar, senhor Kayo, mas não garanto que consiga. O caso de sua mãe tornou-se emblemático e é usado como exemplo de punição para os que desrespeitam os Poderes constituídos. Mas vou tentar. (Médico da família).

— Ficaria muito grato. E se precisar de recursos para isso, por favor, fale-me. (Kayo, insinuando propinar as autoridades).

— Não vejo necessidade. Farei contato com o médico do presídio imediatamente. (O médico não quer se comprometer).

No dia seguinte, o médico da família consegue encontrar-se com o médico do presídio e tem uma longa conversa reservada com ele.

— O que posso fazer para que a mãe do senhor Kayo possa receber atendimento médico pago pela família? (MF).

— Sugeri ao corregedor, mas foi negado. Sinto muito. (O médico do presídio).

— E como ela está? (MF).

— Não posso lhe dizer, é segredo de justiça. (MP).

— Trata-se da saúde de uma prisioneira comum, não é mesmo? Então, por que o segredo? (MF).

O encontro acontece no consultório particular do médico do presídio.

— Talvez tenha me expressado mal. É segredo profissional. Acho que o senhor sabe bem do que estou falando. (MP).

— Doutor, sou médico da família e o senhor sabe que não se pode negar informações desse tipo para a família. (MF).

— Não posso dizer nada para eles. Não quero perder meu emprego. (MP).

— Então diga para mim. O que está acontecendo? (MF).

— Saiba que negarei tudo se essas informações vazarem. (MP).

— Só quero tranquilizar essa família destroçada com tamanha tragédia. (MF).

— Pois bem! Ela sente muita falta do irmão, Oaky, dos filhos e da cunhada. (MP).

— Isso é normal para quem sempre foi muito apegada e amorosa com a família. (MF).

— Mas ela insiste que precisa cheirá-los. (MP).

— Isso é verdade. Ela gosta de cheirá-los. É estranho, mas é uma afetividade identificativa usada pelos animais. Conheço a história dela a esse respeito. É estranho, mas verdadeiro. (MF).

— Acontece que ela está desesperada, cheirando tudo, rastejando como um cão. (MP).

— Inacreditável, mas deve ser crise de abstinência. Ela viciou-se no cheiro do irmão. (MF).

— Ela tem cheirado o chão, as paredes, os banheiros, os pés das outras prisioneiras e até vaginas. (MP).

— Que deprimente! A que ponto um ser humano pode chegar. (MF).

— Há duas semanas ele cheirava os pés de uma detenta, que não gostou e chutou seu rosto, cortando seus lábios e fazendo-a sangrar pelo nariz e lábios. (MP).

— Que violência desnecessária. E o que aconteceu? (MF).

— A atitude da detenta iniciou uma briga e ela foi espancada por outras, que saíram em defesa da senhora Koya. (MP).

— Que providências a direção do presídio tomou? (MF).

— Colocaram a senhora Koya em isolamento numa solitária sem os devidos cuidados médicos. Lá ela permaneceu durante uma semana. Deve ter ingerido o próprio sangue quando precisou se alimentar sem ter os ferimentos tratados. (MP).

— Que barbárie! O que pretendem com isso? (MF).

— Não pense que estou gostando do que venho testemunhando. (MP).

— Até quando uma pessoa pode aguentar? Depois de sequestrarem e mutilarem a sua filha, agora seu próprio país a submete um tratamento desumano. (MF).

— Não creio que ela sairá da prisão com vida e, se sair, não terá o juízo normal. (MP).

— Precisamos fazer alguma coisa. (MF).

— Conte para a família e vamos ver quanto poder eles têm. (MP).

— Tenho receio de que não posso fazer isso. (MF).

— Avisei que negarei tudo o que disse a você. (MP).

— Como vou provar o que está acontecendo? (MF).

— O que estão fazendo com ela é porque pessoas comuns gostam de bater em poderosos para se sentirem poderosos também. É uma espécie de código de conduta. Para quem está no Poder é uma grande vitória. (MP).

— A história de David e Golias. O pequeno e humilde vencendo o grande e poderoso. (MF).

— É normal nos presídios a imposição pela força bruta, inclusive por parte dos diretores. (MP).

— Ela sempre foi uma pessoa muito amável e delicada com todos, incapaz de ofender alguém. (MF).

— Não se esqueça de que ela foi condenada por ofensas a um magistrado. Nada mais do que isso. (MP).

— Qualquer um pagaria apenas uma multa e, talvez, tivesse que se retratar publicamente. (MF).

— Acontece que ela é muito rica, famosa e poderosa. Foi uma oportunidade para mostrarem que a Justiça pode mais, que o Estado é mais forte e que os poderosos também podem ser punidos. (MP).

— Isso não pode ser chamado de justiça. Obrigado e adeus, doutor. (MF).

— Espere, doutor! O que estão fazendo com aquela mulher não é humano. (O médico do presídio).

— Mas ela não é humana, é uma lenda! (Médico da família).

O médico da família sai do consultório, preocupado e pensando no que dizer para Kayo.

— Em nome da igualdade social não podemos exigir tratamento diferenciado para ninguém. (Médico da família).

— É claro. Não seria justo com tantas outras apenadas. (Kayo).

— Sinto muito, muito mesmo, não poder fazer mais nada, senhor Kayo. (MF).

— Obrigado, doutor, por tudo! (Kayo).

— Acredito que os meus dias como médico desta família acabaram. (MF).

— Sei o quanto é difícil transpor as barreiras burocráticas do Poder. (Kayo não dá uma resposta definitiva).

— Obrigado pela sua compreensão, senhor Kayo.

— Deixo a decisão para o senhor. (Kayo, mostrando-se insatisfeito com a atuação do médico).

— É claro, senhor. Quero declarar que não me sinto à altura de continuar prestando serviços a sua família. Queira perdoar-me e dispensar-me desse compromisso.

— Se é o seu desejo. Espero que seja feliz afastando-se de problemas tão complicados. (Kayo, sarcástico).

— Muito obrigado. O senhor é muito compreensivo. Adeus.

Outras tentativas de averiguar as condições de Koya são todas embargadas pela Justiça e ela fica em isolamento durante um mês, tempo suficiente para curar-se sozinha dos ferimentos, como se estivesse numa masmorra medieval.

As visitas ficam proibidas durante dois meses por mau comportamento, tendo em vista o episódio de cheirar os pés de uma prisioneira, e ela é advertida de que atitudes como essa podem agravar a pena.

— Peço que me perdoe por ter tentado cheirar seu pés, por favor. (Koya).

Quando volta ao convívio com as demais prisioneiras, Koya pede desculpas, humildemente, para a pessoa que a agrediu.

— Também lhe peço desculpas. Foi uma estupidez o que fiz e mereci a surra que recebi. (A detenta).

— Quando sairmos daqui talvez possamos ser amigas. (Koya, oferecendo sua mão, trêmula, mas sincera).

Com sua humildade, Koya emociona as outras detentas. Condenadas por alguma razão, justa ou não, enclausuradas num espaço comum, sem privacidade e desprovido de qualquer afetividade, as mulheres ali confinadas se tornam cada vez menos humanas. É admirável como as mulheres resistem mais do que os homens a brutalizarem-se.

— Sentimos muito a sua falta por aqui, Koya! (Uma detenta mais amistosa).

— Descobri que preciso de vocês para sentir-me viva. (Koya)

— Não queremos que lhe aconteça mais nada de ruim. (Outra detenta).

— Obrigada. Vocês agora são a minha família!

Koya vai cativando todas as detentas com a sua humildade e a sua sinceridade.

— Por que você gosta de cheirar tudo? (Uma apenada).

— É uma longa história. Foi meu avô Roy quem me ensinou. (Koya).

— Conte-nos! Temos todo o tempo do mundo!

Koya torna-se uma líder natural entre as presidiárias e promove um movimento exigindo inspeção federal a respeito das condições da penitenciária. Ela consegue várias melhorias em relação à higiene e à saúde e um tratamento mais respeitoso das carcereiras.

— Ei, ei! Não comam isso! Pelo cheiro tenho certeza de que está estragado. (Uma prisioneira que aprendeu a cheirar os alimentos).

O ambiente carcerário melhora significativamente, uma vez que Koya estudou muito dinâmica de grupo e é uma construtora de pessoas felizes quase tão boa quanto foi sua mãe.

Enquanto Koya atua internamente, Kayo consegue mudar a direção e todo o pessoal que trabalha na penitenciária com denúncias, chantagens, subornos e propinas.

— Todo Poder é podre. Devia estar acostumado. (Kayo, falando com o juiz de Execuções Penais).

A FÚRIA DA BESTA

Quando Koya completa um ano na prisão, aparece uma chance para Kayo dar o troco ao juiz que a condenou. Ele herdou a paciência de seu avô Sam multiplicada por mil, talvez mais.

— Senhor Kayo, descobrimos que a família do juiz vai para o Rio de Janeiro, Brasil, na época do Carnaval. (Cezar).

— Muito bem, chame o Jojo. Ele é daquele país e ex-policial brasileiro, talvez tenha alguma ideia do que fazer. (Kayo).

Jojo apresenta-se para Kayo.

— Sim, senhor Kayo, conheço bem as entranhas dos podres poderes que dão as ordens nas favelas e dominam a sociedade através do medo. (Jojo).

— O que você pensa que podemos fazer? (Kayo).

— Qualquer coisa, senhor. Tendo dinheiro, nem o céu é limite naquele país. (Jojo).

— Pense numa coisa bem ruim e irreversível. Dinheiro não será problema. (Kayo é frio e calculista).

O poder de Kayo está na medida de sua fortuna, que aumenta a cada dia.

Jojo arquiteta um plano horripilante, que é anunciado por Kayo para seus assessores confidenciais, que quase vomitam ao ler a comunicação, que depois deve ser destruída.

— Muito bem, Jojo! Nem nas profundezas do inferno o demônio arquitetaria uma vingança tão hedionda. Acha mesmo que pode executar isso? (Kayo).

— Como lhe falei, é só uma questão de dinheiro. Conheço pessoas lá que fariam coisas bem piores, e de graça. (Jojo).

— O que houve, senhores? Parecem enjoados? O que estão pensando da ideia de Jojo? (Kayo pergunta ao perceber a reação de repulsa de todos ao plano. E ele a usa como prova de lealdade).

— Podemos simplesmente matar o juiz, senhor. (Arthur, inglês e estrategista militar, mais um assessor especial).

— Não, não! Pelo contrário, quero que ele continue gozando de saúde perfeita. Tem que continuar vivo e muito lúcido. Só vamos machucá-lo onde dói mais. (Kayo).

— Posso ir com Jojo ao Brasil para ajudá-lo, senhor? Devo-lhe isso! (Brendan).

— Dessa vez não, Brendan. Obrigado! Você não fala aquela língua e chamaria atenção numa situação emergencial. (Kayo).

— Tenho que admitir que Jojo pensou em algo bestial. (Pablo).

— Boa ideia! Vamos chamar essa operação de "A fúria da Besta", que foram as últimas palavras que minha mãe tentou dizer antes de ouvir a sentença. (Kayo).

Durante a semana do Carnaval, a imprensa mundial anuncia o sequestro dos filhos do juiz, enquanto sua esposa se divertia com dois afrodescendentes brasileiros num motel da cidade do Rio de Janeiro, Brasil.

Seus filhos, dois meninos e uma menina, ficam dois dias em poder dos sequestradores e depois são liberados sem pedido de resgate. Ninguém foi preso.

— *É inacreditável a barbárie que fizeram com os filhos desse magistrado. (Escreveu um repórter).*

— *O Brasil é um país de bárbaros e sem lei. Devemos evitar ir para aquele país. (Outra reportagem).*

A imprensa se acotovela na sala do aeroporto, tentando entrevistar o juiz.

— O que está sentindo com o que aconteceu com a sua família? (Um repórter).

— Ódio daquele país nojento. (O juiz).

— O que o senhor pretende fazer agora? (Outro repórter).

— Quero exterminar a humanidade, a começar por vocês, da imprensa. (O juiz, ensandecido).

Quando Kayo assiste à reportagem na tevê, comenta com seus assessores:

— É uma boa ideia, não acham? (Kayo).

— Exterminar a humanidade, senhor? (Cezar).

— Sim. O que acham dessa ideia? (Kayo, estendendo a pergunta a todos).

— É uma tarefa bem difícil até para um juiz. [Ha ha ha]. (Arthur).

— Pois aposto que consigo. (Kayo, falando como um investidor que é).

— Gostaria de ver! (Jojo).

— Primeiro, deixe-me agradecê-lo, Jojo. Belo trabalho, ficou perfeito. (Kayo gera medo em todos com a sua frieza).

— Eu que lhe agradeço, senhor. Aquela ONG que me processou terá muitas explicações para dar. (Jojo).

O noticiário continua descrevendo tudo o que aconteceu com a família do juiz.

— *A filha do juiz, que tem 17 anos, foi estuprada por um menor de idade afrodescendente, e naquele país menores são inimputáveis nem podem ser extraditados. Um dos filhos, que tem 12 anos, teve os olhos amputados cirurgicamente e nunca mais enxergará. O outro, de 19 anos, teve a medula cervical seccionada cirurgicamente e ficou tetraplégico, sem condições de recuperação. Fica a suspeita de que a filha do juiz possa ter engravidado com o estupro. (O repórter).*

Depois de escutar o noticiário da tevê, reunido com seus assessores especiais, Kayo diz, olhando para o aparelho:

— Rachel não é filha biológica da senhora Koya, mas é minha irmã, e eu sou FILHO DE KOYA! Chupa essa, Excelência!

— Não sei como os pais suportarão tudo isso. (Pablo).

— A raiva nunca morre e o ódio sempre vence, porque o amor é muito bonzinho. (Kayo, emoldurando sua conduta).

As investigações no Brasil dão conta de que foi um menor quem estuprou a filha do juiz, e ele não será preso nem extraditado. Por uma denúncia anônima, descobrem que as cirurgias foram realizadas numa clínica clandestina utilizada para a prática de abortos ilegais, mantida pela ONG que processou Jojo, e que as córneas foram vendidas para um receptor norte-americano.

— Serviço completo, Jojo. Peça-me o que quiser. Posso te dar o mundo. (Kayo).

— Muito obrigado, senhor. Nem saberia o que fazer com tanto. (Jojo).

— Você só precisa ter paciência de esperar eu me apoderar dele. (Kayo, zoando).

O juiz necessita de cuidados médicos e é internado num hospital com crise de pânico e depressão. Para piorar a sua situação, começam a circular na internet imagens dele num motel transando com uma assessora justamente enquanto sua família estava em viagem no Brasil.

— Vocês são maravilhosos! Como conseguiram essas imagens? (Kayo, parabenizando e questionando seu estafe).

— Nós investigamos e ficamos sabendo que ele é amante daquela assessora. Daí, descobrimos em qual motel ele costumava encontrar-se com ela e instalamos câmeras lá. (Arthur).

— Vocês me fazem questionar a existência do demônio, pois não acredito que ele faria coisa pior. [Ha ha ha ha]. (Kayo, zoando).

Semanas depois, o juiz sai do hospital.

Separado de sua mulher e ensandecido, o juiz vai até o apartamento onde sua família foi morar. Primeiro, dirige-se ao quarto em que está sua filha, grávida, deitada na cama, lendo um livro sobre escravidão dos negros levados para o Brasil.

— Se veio até aqui para tentar me convencer a abortar perdeu seu tempo. (A filha).

— Como pode querer parir uma criança fruto de um estupro? (O juiz).

As mulheres têm um gatilho natural que é acionado quando engravidam. É a natureza garantindo sua preservação. Mesmo que a concepção tenha sido brutal, noventa por cento das mulheres que engravidam em um estupro relutam a abortar. Pode parecer cruel, mas é a natureza tentando garantir a continuação e a existência da espécie.

— Esta criança não tem culpa de nada. Gostaria de saber quem é o culpado por tudo que fizeram conosco. (A filha).

— Aquele negro imundo não pode nem ser processado porque é menor de idade e, por isso, protegido pelas leis de um país social e juridicamente atrasado. (O juiz).

— É apenas a cor dele que te incomoda? (A filha).

— Não terei um neto dessa maldita raça negra e, para piorar, brasileiro. (O juiz).

— E o que você vai fazer? Matar-me? (A filha).

[Tchuim!]. O estampido da pistola é abafado pelo silenciador. O juiz sacou-a e atirou diretamente na cabeça de sua filha, espalhando seus miolos pela cama, fazendo-a tombar pesadamente no chão.

Depois, ele guarda a arma e vai até o quarto em que se encontra sua mulher.

— O que você quer? Jogar na minha cara que sou a responsável por tudo o que nos fizeram? (A mulher).

— Por certo que foi, sua devassa. (O juiz).

— E as imagens de você e sua amante circulando na internet? Sua assessora... Que coisa ridícula! (A mulher).

— Cala a sua boca, sua puta. Uma mãe não tem o direito de fazer o que você fez. (O juiz).

— O que você entende por direitos maternos? Nem de direitos humanos você entende! Condenou uma mãe à prisão por ela ter ido ao inferno para resgatar a filha. (A mulher).

— O inferno é para onde eu vou te mandar! (O juiz).

— Penso que estarei melhor lá do que ao seu lado. Você não passa de um merda, como disse a senhora Koya. (A mulher).

— O que fizeram foi a mando do Kayo, mas vamos investigá-lo e condená-lo à pena de morte. (O juiz).

— E pensar que cheguei a ficar ofendida com o que ela disse de juízes e políticos. Ela está coberta de razão. Todos não passam de uns "merdas" que não têm a menor noção do que é amor, vida ou justiça. (A mulher).

Novamente, o juiz saca sua arma e dispara contra sua esposa, atingindo-a mortalmente. Em seguida, dirige-se ao quarto onde está o filho que ficou tetraplégico. Ninguém escuta os disparos, pois todas as portas estavam fechadas e o apartamento é grande e bem isolado acusticamente.

Seu filho está numa cadeira de rodas, imóvel e todo babado, pois nem a saliva ele consegue controlar mais.

— O senhor melhorou, papai? (O filho fala com dificuldade).

— Você também vai melhorar. (O juiz)

— Pai, o quê...

[Tchuim!]. Mais um disparo abafado pelo silenciador e mais uma vítima da insanidade de um homem que sempre foi desequilibrado, inclusive em seus julgamentos, mas nunca foi afastado de suas funções por contar com a proteção corporativa.

Por último, ele vai até o quarto de seu outro filho, agora cego.

— Mãe? Mãe? É você, mãe? Por que fizeram isso conosco? Por quê? Descobriram por quê? Queria tanto voltar a ver o seu rosto. Te amo, mãe.

[Tchuim!] Está feito o quinto assassinato: a esposa, três filhos e um neto, ainda no ventre de sua filha.

Como resultado da chacina da própria família, o juiz é aposentado e internado numa clínica para tratamento mental.

— Cometeu cinco assassinatos e não vai sequer a julgamento! (Kayo, comentando com seus assessores).

— Como pode? Como fica a justiça? (Cezar).

— A justiça do nosso país fica cada vez melhor! Mas nós vamos arrumar isso tudo. (Kayo, enigmático).

— Arrumar como, senhor? (Pablo).

— Extinguindo a humanidade, conforme sugestão de sua Excelência. (Kayo, cada vez mais interessado na ideia).

— Estou curioso para saber como matar sete bilhões e seiscentos milhões de seres humanos. (Cezar).

— É fácil! Porque não são seres humanos. Precisam evoluir muito para se humanizarem. (Kayo, enfático).

Kayo é intimado a depor no caso "A fúria da Besta". O delegado desconfia que foi a mando dele, mas revoga a intimação antes de ouvi-lo. Depois, liga para a secretária de Kayo, desculpando-se.

— Transmita minhas sinceras desculpas ao senhor Kayo. (O delegado).

— Como quiser, senhor. Farei isso. (Cleo).

— Diga-lhe que foi um grande engano a intimação dele. (O delegado).

O poder de Kayo começa a ser sentido pelo Poder constituído.

O GRANDE ENCONTRO

Kayo, o homem mais rico e poderoso do mundo, passa a ser temido por todos os Poderes constituídos, uma vez que criou uma grande rede propina e suborno e deixou muitos políticos influentes totalmente comprometidos com ele.

Sua mãe ainda tem quatro anos de prisão para cumprir. Sua irmã trabalha no hospital da família e pretende transformá-lo numa instituição de caridade para atender somente indigentes. Kayo atenderá sua vontade.

Após a infeliz declaração do magistrado responsável pela condenação de sua mãe, Kayo resolve reunir seus mais próximos e fiéis colaboradores em sua casa para anunciar seu propósito de extinguir a humanidade. Não será, propriamente, uma reunião de trabalho. Parecerá mais uma conspiração, um acordo sinistro ou um pacto ultrassecreto.

Na mesma casa em que ocorreu o primeiro encontro, mágico e romântico, entre seus avós, Sam e Meg, e, posteriormente, aconteceram grandes encontros e situações de amor e felicidade, Kayo planejará o fim de uma espécie.

— Cleo, por favor, convoque meus assessores especiais para uma reunião em minha casa. (Kayo).

— Devo ir para secretariar a reunião? (Cleo, oferecendo seus serviços).

— Não, obrigado, Cleo. Será um trabalho só para homens. (Kayo pretende informá-la de que se trata).

— Estou surpresa! Não creio que esteja me discriminando por ser mulher. Sou sua secretária para todos os assuntos. (Cleo).

— Cleo, as mulheres foram feitas para dar continuidade à espécie e ensinar os homens a amar, não para exterminar a humanidade.

— É o que o senhor pretende? (Cleo não se surpreende com a informação, pois sabe das intenções de Kayo).

— É o que farei. Quero que saiba que tenho um profundo respeito e muita admiração por você e por todas as mulheres, e por isso posso dizer que te amo sem nenhuma pretensão de assediá-la, conquistá-la ou ofendê-la.

— Muito obrigada, senhor. Estou lisonjeada e emocionada. Também posso dizer que o amo. (Cleo, entendendo a colocação).

— A mulher é a mais feliz e mais maravilhosa construção genética da natureza. (Kayo, finalizando).

No dia marcado, estão todos reunidos para darem início a uma tarefa utópica.

— Senhores! Penso que sabem porque estão aqui, então pedirei que cada um se apresente e declare por que está interessado em participar dessa missão. Enquanto isso, Ricardo vai nos preparar um churrasco para saborearmos acompanhado de cervejas artesanais. Mas, antes, vamos brindar com champanhe, é claro.

— Eu sou Kayo, filho de Koya, que foi gerada por Meg, que era amada por todos e que foi construída por Hugh, nascido de Érika. A partir de agora sou o faxineiro do planeta. [Ha ha ha]. (Kayo adora apresentar-se dessa forma, mesmo para quem o conhece).

— Antes de preparar o churrasco, gostaria de me apresentar. Sou Ricardo, brasileiro, formado em Física Nuclear. Trabalho no Instituto Oaky como vice-presidente, e estamos preparando uma usina de fusão nuclear para o fim do mundo.

— Sou Cezar, italiano, formado em Ciências Políticas e Filosofia, e penso que a humanidade teve todas as suas chances.

— Sou Jojo, brasileiro, ex-policial e ex-presidiário. Pretendo acabar com todos os pedófilos, abusadores de crianças e feminicidas.

— Sou Jack, americano, atirador de elite. Gosto de matar pessoas más, não importa a idade. O mal deve ser cortado pela raiz.

— Sou Pablo, espanhol, professor de História Universal e especialista em Civilizações. Nenhuma obteve sucesso até agora.

— Sou Chang, chinês, especializado em venenos naturais. Gosto de enterrar pessoas vivas.

— Sou Arthur, inglês, estrategista militar. Acho que venceríamos qualquer guerra.

— Sou Brendan, americano, motorista, especializado em perseguições e fugas em altas velocidades.

— Sou Sule, angolano, especializado em sobrevivência na selva.

— Muitos outros se juntarão a nós, pois, com certeza, essa é uma tarefa monumental e entrará para a história. Uma história que ninguém conhecerá, obviamente, pois estaremos todos mortos. [Ha ha ha ha]. (Kayo, sempre zoando).

— Será interessante acompanhar o fim da única espécie inteligente que conhecemos. (Cezar).

— Nem tão inteligente, pois até agora não conseguimos viver em paz. (Arthur).

— Além de destruirmos cada vez mais o planeta. (Sule).

— Quando começaremos, senhor Kayo? (Pablo).

— Agora! Quero que se masturbem! (Kayo, falando sério).

Segue-se um prolongado e respeitoso silêncio, demonstrando não saberem se trata-se de uma ordem esdrúxula ou de uma brincadeira. Os talheres param as suas funções, as mastigações cessam e os goles de bebidas são adiados, e tudo se transforma num silêncio enigmático. Todos ficam apenas se entreolhando até que Chang começa a rir, levando os outros a gargalharem também, sendo acompanhados por Kayo.

[Ha ha ha ha]. [He ha hi hi]. [Ho ho ha ha ha]. [e Ha ha ha ha ha].

FIM

Exterminar a população mundial, que é de 8.000.000.000 (oito bilhões) de seres humanos, é a tarefa para a qual Kayo dedicará o resto de sua vida, na tentativa de livrar o planeta de seu único predador.

"A religião é vista pelas pessoas comuns como verdadeira, pelos inteligentes como falsa e pelos governantes como útil" (Sêneca).

30/06/2017 – 10/10/2018

PODEROSOS IX

O poder mais escuro

Koya, com 58 anos, ainda tem quatro anos de prisão para cumprir. Rachel, com 34 anos, continua pensando em fazer filantropia. Kayo, com 26 anos, decide extinguir a espécie humana. O filho da lenda torna-se o homem mais rico e poderoso da história do planeta, e esta é a história que ele escreveu.

Agora está mais claro: o poder mais escuro é o Poder constituído, mas o poder mais forte é a morte.

OS PROJETOS

Oaky e Nicole continuam trabalhando intensamente, junto a uma equipe competente, no projeto de desenvolvimento de uma bateria de acumuladores de carga instantânea (BACI), na construção de um hipercomputador de campo atômico (HCCA) e na finalização da Mecânica dos Genes.

— Kayo, o protótipo do HCCA está em fase de conclusão. Acreditamos que poderemos testá-lo dentro de dois meses. (Oaky).

— Que excelente notícia, tio! Isso me deixa muito feliz. (Kayo).

— Estamos concluindo o sistema operacional exclusivo para ele, que nos dará penetrabilidade, com invisibilidade, em todos os computadores que usem outros sistemas. (Nicole).

— Acho que já disse que você é um gênio, tia Nicky! Amo todas as mulheres, mas você é especial. (Kayo).

— Com o HCCA poderemos construir a inteligência artificial tão procurada pela humanidade. (Nicole sabe do que está falando).

— O que restará ao ser humano? (Oaky, preocupado com o futuro das máquinas pensantes).

— Amar! Essa é a razão da existência de um ser com tantos neurônios. Vovó Meg sempre dizia isso. (Kayo).

— As máquinas amarão melhor do que nós, pois serão programadas para não odiarem. (Nicole, profetizando).

— Seu pai nos deixou um extenso trabalho sobre a possibilidade de vacinas contra vários tipos de câncer, mas não temos conhecimento suficiente nessa área e teremos que contratar cientistas da área genética para nos auxiliar. (Oaky).

— Pelo que vi nos trabalhos deixados por James, ele acreditava que é possível obter um novo conceito de vacina. (Nicole).

— Como assim, tia? (Kayo, interessado em saber mais).

— Ele deixou indicativos de que é possível criar um tipo de vacina genética. (Nicole).

— Em tese, quando essa nova vacina for aplicada numa mulher fértil, seus descendentes nascerão imunizados e continuarão transmitindo a imunidade a todos os seus descendentes. (Oaky).

— Mas isso é fantástico! Pelo que entendi, será a erradicação de determinado tipo de doença, como aconteceu com a varíola. (Kayo).

— Muito melhor do que isso, pois, no caso da varíola, o vírus é que foi controlado, podendo voltar a se manifestar. (Nicole).

— E segundo estudos teóricos de seu pai, a nova vacina modificará geneticamente os descendentes, impedindo a própria doença de se manifestar. Mas somente funcionará como alterador genético se aplicado em mulheres antes da primeira ovulação. (Oaky).

— Se a tese de seu pai se confirmar, o ser humano poderá se livrar definitivamente de todas as doenças. (Nicole).

— Nos tornaremos imortais? (Kayo).

— Presumo que sim. (Oaky).

— E isso é bom ou ruim? (Kayo).

— Não sei, meu sobrinho querido, não sei. Mamãe pensava que não devíamos nos tornar imortais. (Oaky, lembrando-se de Meg).

— Parece a eterna disputa entre pai e filho, criador e criatura, bem e mal. (Kayo, enigmático).

— Como assim? (Nicole).

— O criador querendo imortalizar a espécie, enquanto a criatura quer extingui-la. (Kayo, profetizando).

— Você continua pensando em exterminar a humanidade? (Oaky sabe das intenções de Kayo).

Kayo faz uma longa pausa e suspira ao responder.

— Com certeza. O ser humano, abdicando do amor, parece relegado à inutilidade. Em razão disso, deve ser exterminado. (Kayo).

— Se pensa que pode, está realmente decidido? (Nicole).

— Posso e vou fazê-lo! (Kayo, falando muito sério).

— Sobrinho, essa é uma ideia insana. (Oaky, querendo demovê-lo de seu objetivo).

— Então o senhor concorda que é possível, só pensa ser uma ideia insana? (Kayo, contestando).

— Penso não ser possível, por isso gostaria que abandonasse essa ideia e procurasse se divertir. (Oaky, tentando convencer).

— Procure alguém para amar, Kayo. (Nicole, dando conselhos ao seu sobrinho).

— Uma vez, um pai sacrificou seu filho para salvar a humanidade e não conseguiu. Nisso, aquele Pai acertou, pois não se faz isso com uma mulher, a menos que se queira acabar com a espécie. Mas, agora, sacrificaram a minha irmã! (Kayo, profetizando).

O projeto da BACI (bateria de acumuladores de carga instantânea) também continua progredindo.

— Kayo, a equipe que nos auxilia a desenvolver o Projeto BACI está muito entusiasmada e acha que em breve concluiremos o trabalho. (Nicole).

— Poderemos iniciar a construção de um protótipo imediatamente. (Oaky).

— Tenho certeza de que terão sucesso, tio. (Kayo, confiante).

O HOMEM E A MULHER

Kayo, com 26 anos, torna-se o homem mais rico do mundo e é chamado por um jornal de grande circulação de "o rei do mundo". Sua fortuna supera muito a de outros, representando a soma dos cinco que vêm depois dele.

Sua mãe continua cumprindo sua pena, tendo todos os pedidos de liberdade condicional, negados.

Ainda é um sofrimento para Kayo olhar para sua irmã e lembrar-se do que fizeram com ela. Ele não consegue afastar de seus pensamentos tudo que ela passou. Como havia prometido, reúne-se com ela para tratarem da transformação do hospital numa instituição de caridade e comentam o assunto mais citado no momento.

— O rei do mundo! (Rachel, ao ler a notícia, orgulhosa de seu irmão).

— Demorou. Mas não gosto deste título. (Kayo, abraçando e acarinhando sua irmã).

— Com 26 anos você pensa que demorou para acumular tanta riqueza? O que mais você quer, mano? (Rachel).

— Quero ser o filho de Koya para sempre. (Kayo).

— Mas você sempre foi e sempre será o filho de Koya.

— Não quero que o mundo se esqueça disso. Um dia farei um grande evento para comemorar e lembrar a todos que sou filho de uma lenda e neto de uma fada. (Kayo, projetando um futuro distante).

— Tenho certeza de que a mamãe acha que você não precisa fazer nada disso para homenageá-la. Basta chamá-la de mãe.

— Ela merece e vou fazer muito mais. Será tão grandioso que nunca mais, em tempo algum, será feito algo parecido. Prometo, mana, porque amava nossa avó e amo a nossa mãe e você!

— Só queria que se apaixonasse e fosse feliz, muito feliz. Não sei como provar o quanto desejo a sua felicidade. (Rachel).

— Você não precisa me provar nada, mana, basta existir. A sua presença me dá forças para continuar em busca do meu único objetivo. (Kayo, falando com um semblante sombrio, mas determinado).

— Sinto tanto pelo mal que causei a nossa família. Faria qualquer coisa para te ver feliz. (Rachel).

— Mas estou feliz, Rachel. E quando você está comigo sinto-me mais leve. Não sei nem explicar o que é.

— Quero que você encontre uma pessoa para amar e ter filhos com ela.

— Para que ter filhos se vou extinguir a espécia humana? (Kayo é sempre convicto quando diz isso).

— Você continua com o objetivo de exterminar a humanidade?

— Não quero magoá-la com esse assunto. (Kayo).

— Quando vai pensar em você, pelo menos um pouco?

— Talvez, por não ter sido filho único, não seja egoísta e não consigo pensar em mim.

— Egoísmo nada tem a ver com ser ou não filho único. Seus avós eram filhos únicos e nunca foram egoístas pelo que se conta.

— É, lembro-me bem, principalmente da vovó Meg, que conviveu mais tempo conosco depois que nasci. (Kayo)

— E como estão as pesquisas que o papai estava fazendo sobre as vacinas contra o câncer? (Rachel tenta mudar de assunto).

— Quase concluídas. E quero que saiba que o papai não deixou o caminho para nenhuma vacina específica.

— O que ele fez, então? Oaky e Nicky dizem que ele deixou uma pesquisa importantíssima. (Rachel, entre surpresa e decepcionada).

— Com o auxílio das equações da vovó Meg, ele propôs uma teoria para um novo tipo de vacina. (Kayo).

— Como assim? Que tipo de vacina?

— Uma vacina genética. Pensei que soubesse. (Kayo).

— Qual a diferença das vacinas tradicionais e como funcionará? (Rachel, apesar de formada em Medicina, não participou das pesquisas por se encontrar longe do país).

— Uma vez aplicada numa menina antes de seus óvulos amadurecerem, todos seus descendentes nascerão imunes.

— Isso pode significar a erradicação de doenças! (Rachel entende imediatamente a importância dos estudos).

— Estão indo muito bem. Papai nos deixou o caminho certo a ser percorrido. Temos uma excelente equipe empenhando todos os esforços possíveis para comprovar as previsões do papai. (Kayo).

— Sempre achei papai um homem muito inteligente e dedicado. Talvez por isso tenha pesquisado tanto o seu sangue. (Rachel).

— Ele disse que isso o ajudou sim. Mas ele mergulhou demais no trabalho. (Lamentando não ter convivido mais com seu pai).

— Talvez tenha feito isso para suportar a perda da esposa e para dar um pouco mais de conforto aos filhos. (Rachel não chegou a conhecer sua mãe biológica).

— Daí a mamãe apareceu para acabar com os problemas dele. (Kayo, referindo-se a Koya).

— Ou, talvez, tenha lhe trazido outros problemas mais complicados. [Ha ha ha]. (Rachel, descontraindo a conversa).

— Não, mana! Penso que a lenda só trouxe felicidade para ele e soluções para todo o mundo. (Kayo, orgulhoso de sua mãe).

— Sei. E como sei! Só estava fazendo uma brincadeirinha para fazê-lo sorrir um pouco. Você tem um sorriso muito lindo. (Rachel).

— Todas as boas coisas são difíceis de acontecer. A mim é cada vez mais difícil sorrir.

— Em compensação, percebo seu ódio pela humanidade crescer no ritmo da sua fortuna.

— Não odeio ninguém especificamente. (Kayo).

— E qual é a diferença? (Rachel).

— Ódio é um sentimento que faz mal até para quem o sente. As minhas intenções fazem parte de um objetivo, de um trabalho. No meu coração não existe ódio. Só me interessa extinguir uma espécie que não deu certo e está destruindo este planeta. (Kayo).

— Mas é exatamente isso que lhe impede de sorrir. E você ainda ficará com remorso depois. (Rachel, alertando-o).

— Contam que Deus extinguiu quase toda a humanidade com um dilúvio e não ficou com remorso por ter assassinado crianças inocentes, pois o objetivo supera o remorso. Por que eu ficaria? (Kayo).

— Porque você não é Deus. (Rachel).

— Ainda não. [Ha ha ha ha ha]. (Kayo se diverte tentando escandalizar sua irmã).

— Que heresia! Quanta bobagem consegue dizer em tão pouco tempo! Isso não tem graça, mano! Nem parece um homem tão equilibrado e com enorme sucesso nos negócios. (Rachel).

— Sêneca disse: "Em todo homem bom habita um Deus". (Kayo).

— E quem diz que você é um homem bom? (Rachel, provocando seu irmão).

— A mídia em geral. E não é paga por mim, acredite! É uma convicção dos que não me conhecem. [Ha ha ha ha]. (Kayo).

— Pensa mesmo que vai conseguir extinguir a raça humana? (Rachel, incrédula).

— Tenho certeza! Ainda que seja trabalhoso é perfeitamente possível, e se é possível, eu o farei. (Kayo).

— Sua convicção me assusta, pois jamais conheci alguém tão inteligente e tão persistente quanto você. Temo que você consiga alcançar seus objetivos. (Rachel).

— Opinião de irmã não conta. Mas não devias estar surpresa, afinal, sou filho da lenda. [Ha ha ha]. (Kayo, devolvendo o elogio com alegria, como sua irmã desejava).

— Sua inteligência foi herdada de sua avó Meg. Falamos sobre esse assunto, o qual não me agrada. (Rachel, referindo-se ao extermínio da raça humana).

— Mamãe sempre afirmou que eu seria um administrador melhor do que ela. Você concorda com isso? (Kayo).

— Os resultados falam por si. É o homem mais jovem a acumular tanta riqueza em tão pouco tempo.

— O que fiz foi adicionar um pouquinho ao que mamãe e a vovó já tinham acumulado. (Kayo, elogiando as mulheres da sua família).

— Talvez você alcance cifras inimagináveis da maneira como dirige seus negócios. (Rachel, profetizando).

— Nossos negócios, mana! As empresas são da nossa família, de todos nós. Eu apenas as administro.

— Mas você é o mandatário o herdeiro direto de tudo. (Rachel).

— E isso é bom ou ruim? (Kayo).

— Depende dos seus objetivos. A vovó dizia: "Riqueza não é importante. O importante é o que se faz com ela. Usem-na com sabedoria". (Rachel, lembrando-se das palavras de Meg).

Nesse momento, Kayo faz uma parada no diálogo com sua irmã e inspira profundamente.

— O que foi, mano?

— Sinto tanta saudade da vovó. Eu a amava. (Kayo).

— Eu também... Quando a conheci, eu estava com 8 anos. Só então aprendi o que significava ter uma família. Ela me deu todo o amor que alguém consegue receber. Talvez o convívio com ela tenha me feito uma pessoa melhor do que era. (Rachel).

Kayo, emocionado, percebe a comoção de Rachel e retoma o assunto que os reuniu.

— Estávamos falando sobre a transformação do hospital numa instituição que você coordenará.

— Não quero que se precipite, por favor. (Rachel, contemporizando).

— Pensei o suficiente. Penso até que demorei muito para tomar uma decisão tão simples. (Kayo).

— Você está ciente de que uma instituição nesses moldes só dará prejuízos? (Rachel sabe do que está falando).

— Então você acha que o poderoso Kayo não conseguirá cobrir uma despesinha de sua adorada irmãzinha?

— E o que faremos com os pacientes que se encontram em tratamento? (Rachel).

— Não se preocupe com esses detalhes. Cuidarei de tudo.

— Mas você é tão ocupado com os negócios! (Rachel, preocupada com os pacientes).

— Para isso é que conto com uma equipe de profissionais muito competentes, maninha. (Kayo, zoando).

— Não quero lhe causar nenhum transtorno.

— No momento certo farei um comunicado oficial na impressa e nos meios de comunicação multimídia, avisando a todos sobre a transformação do hospital e que não receberemos mais pacientes pagantes.

— E quanto aos que estiverem em tratamento? Me responda o que fará. (Rachel, insistindo).

— Garantirei a todos que o tratamento será concluído, leve o tempo que for necessário. (Kayo).

— Talvez se sintam mais confortáveis se forem transferidos para outros hospitais.

— Não. A responsabilidade é nossa. A menos que insistam e não queiram continuar o tratamento conosco.

— É justo! Sabe, mano, apesar de tudo você é um cara bem legal. (Rachel, feliz com seu irmão).

— Apesar de tudo o quê? (Kayo, desconfiado).

— Apesar de você ser rico, famoso, bonito e charmoso. [Hi hi hi hi]. (Rachel, zoando).

Kayo olha com ternura para sua irmã. Depois, abraça-a com força e começa a beijá-la carinhosamente por sobre o xador que ela continua usando para esconder suas cicatrizes.

— Te amo, Kayo. Você é o melhor irmão do mundo. (Rachel).

— Apesar de tudo? [Ha ha ha ha]. (Kayo, fazendo gracinha para não se emocionar ainda mais).

— Como é bom saber que você existe. (Rachel, emocionando seu irmão).

— Você é a força que me faz continuar existindo. Te amo. (Kayo, finalizando, muito emocionado).

A MUDANÇA

Como havia combinado com sua irmã, dois meses depois, Kayo transforma o hospital numa entidade filantrópica.

— Mana, a partir de hoje este hospital é totalmente seu para fazer o que desejar. Transformei-o numa instituição filantrópica conforme combinamos. (Kayo, abraçando afetuosamente sua irmã).

— Você bem sabe qual é o meu desejo, maninho. Mas receio que o hospital só dará prejuízos daqui em diante. (Rachel).

— Em compensação, penso que só te dará alegrias. E quanto aos prejuízos, não se preocupe. (Kayo, feliz).

— É tão bom voltar a ajudar pessoas que necessitam. Meu coração se alegra novamente. (Rachel, radiante).

— O que me interessa são os resultados e saber que sairão daqui pessoas aliviadas em suas dores e um pouco mais felizes por encontrar um anjo que as receba e as trate com tanto atenção e carinho. (Kayo).

— O que o corpo clínico disse a respeito dessa mudança? (Rachel, preocupada com os funcionários do hospital).

— Falei com doutor Jordan, que é o atual administrador do hospital, e ele se colocou à disposição para continuar, caso você decida mantê-lo no cargo. (Kayo).

— É claro, mano! Que bom! Não entendo nada da parte administrativa. Falarei com ele agradecendo a colaboração.

— Fiz uma reunião com todos os funcionários e comuniquei-os que você terá carta branca para dirigir o hospital.

— Farei uma reunião com todos hoje mesmo dizendo-lhes das minhas intenções de continuar contando com a colaboração de todos que se interessarem em atender pessoas humildes e necessitadas. (Rachel).

— Avisei-os que, quanto aos salários, não haverá nenhuma alteração ou prejuízo. (Kayo).

— E quanto às pesquisas que o papai fazia? (Rachel sabe que James pesquisava a cura de cânceres femininos).

— Elas continuaram após a sua morte e estão quase concluídas, mas providenciarei outro local para os pesquisadores darem prosseguimento a esse e outros trabalhos que papai desenvolvia.

— Pelo que vi, parece-me que eles conseguiram um grande progresso.

— Sim, papai deixou-nos ideias muito avançadas sobre um tipo de vacina genética modificativa. (Kayo).

— Nosso pai era inteligente e esforçado, mas serão necessários muitos anos de pesquisa até provarem suas teorias. (Rachel).

Após o anúncio da criação do Instituto Rachel de Medicina para Todos, a mídia alardeou comentários de todos os tipos.

— É elogiável a intenção dos irmãos Kayo e Rachel com a criação dessa entidade para atender os menos favorecidos. (Um repórter).

— A decisão de Kayo ao transformar um hospital de pequisas em posto de atendimentos a necessitados poderá causar um grande atraso na solução de algumas doenças que se encontravam em fase adiantada de solução. (Um analista médico).

— A solução dos problemas passa pelas novas formas de tratamento e não pelo atendimento a pessoas carentes. (Outro repórter).

— Ficamos sem saber se elogiamos ou repudiamos a decisão do senhor Kayo que, apesar de ser o homem mais rico do mundo, pode não ter tomado a decisão mais correta. (Outro analista).

— Talvez os profissionais que trabalhavam lá se recusem a fazer um trabalho de atendimento puro e simples. (Um comentarista).

Rachel cativa a todos os colaboradores e consegue que continuem trabalhando no hospital, além de contratar outros empregados. Kayo providencia aumento de salários e promete ampliar as instalações para melhorar o atendimento, bem como para a continuidade das pesquisas.

— Jane, por favor, venha até aqui. (Rachel).

— Sim, senhorita Rachel. (Jane é auxiliar de atendimento).

— Examinei este menino e acho que ele tem apenas fome. Cadastre a família dele em nosso programa para que recebam uma cesta básica de alimentos por mês até que a situação de sua família melhore. (Rachel).

— Obrigada, muito obrigada, senhorita Rachel. A senhorita é um verdadeiro anjo de bondade. (A mãe do menino, agradecendo emocionada).

Rachel criou um programa de atendimento alimentar para pessoas carentes, financiado por Kayo.

— Mano, nossas despesas estão aumentando muito. Tenho receio de exagerar no que estou fazendo. (Rachel, encontrando Kayo).

— Falei para não se preocupar com as despesas. Siga o conselho da vovó Meg: "Tudo o que fizer, faça-o com sabedoria". (Kayo).

Não tarda para que a vizinhança do hospital comece a reclamar das pessoas doentes, famintas e humildes que passam a circular e a frequentar o local em busca de auxílio e socorro para suas aflições.

Processos são abertos contra a instituição em razão desses fatos, mas Kayo vence todos eles e ainda ganha indenização por lide preconceituosa, fazendo as pessoas se retratarem publicamente, não admitindo sigilo nem segredo de justiça.

"A miséria está batendo às portas de nosso país em razão do desemprego e as pessoas que não gostam disso devem deixar bem claro para toda a sociedade o seu posicionamento preconceituoso em relação às pessoas humildes". (Kayo, em nota à imprensa em jornais de grande circulação).

Casas e prédios do em torno do hospital são colocadas à venda e Kayo oferece um preço aviltante para a compra.

— Com todo o respeito, senhor Kayo, mas o senhor tem plenas condições de fazer melhores ofertas aos proprietários. (O corretor).

— Com certeza! É do conhecimento de todos que sou o homem mais rico do mundo. Mas não estou disposto a melhorar minhas propostas. (Kayo, arrogante).

— Mas o interesse é todo seu em adquirir aqueles imóveis para ampliar as instalações da instituição.

— Tem toda a razão. Estou até com os projetos prontos. (Kayo).

— Então o que faz não pagar um preço mais justo?

— Deviam me agradecer, pois estou dando-lhes uma chance de fazer caridade, vendendo seus imóveis para uma obra tão nobre. (Kayo, debochando).

— Mas... Estou preocupado com essas pessoas que terão de comprar imóveis em outro lugar e... (O corretor fica sem argumentos).

— Ah, entendi. Você está preocupado porque sua comissão será menor. Aproveite e faça por caridade também. (Kayo se diverte).

— Sei que o mercado está aquecido e é difícil encontrar imóveis por um preço tão baixo. Isso não me parece justo.

— Não sou corretor, sou advogado, e deve saber que advogados buscam fortuna e não justiça. (Kayo).

— Está parecendo um advogado do diabo. (O corretor, fazendo uma brincadeira).

— Não, o diabo é apenas meu ajudante, bastante incompetente, por sinal. Estou com vontade de demiti-lo. (Kayo, debochado como todos da família).

— Sou um homem temente a Deus, senhor Kayo. Não brinco com essas coisas. (O corretor sem saída, acaba se contradizendo).

— Deve mesmo temer, pois seres humanos não criaram um Deus bonzinho. (Kayo não deixa nada sem resposta).

— Isso é uma heresia, senhor Kayo. Não se deve usar o nome Dele em vão.

— Estou fazendo um cursinho para ser Deus. Vou substituí-lo em breve. Ele tem errado muito, e agora está velho e cansado, vou fazer o favor de aposentá-lo. (Kayo leva ao extremo seu deboche).

— Sua arrogância e sua prepotência parecem não ter limites. (O corretor tenta enfrentar Kayo).

— E qual deus não é arrogante e onipotente? Penso que serei aprovado com louvor! (Kayo se diverte).

Não obstante os esforços dos corretores, Kayo paga um preço pelos imóveis bem abaixo do mercado e em seis meses muda completamente a paisagem do local, demolindo as construções e erguendo um grande edifício, que abrigará um moderníssimo centro de pesquisas do cânceres femininos e outras pesquisas altamente secretas.

— Mãe, o Kayo transformou o hospital numa instituição onde ofereço atendimento a pessoas carentes. (Rachel, na primeira oportunidade, conta para a sua mãe a criação de seu instituto. Koya está perto de completar dois anos de prisão).

— Que bom minha, filha. Estou tão feliz por você. (Koya, sempre meiga com a família).

— Oh, minha irmã, como é bom vê-la mais animada. (Oaky, sempre visita sua irmã nos dias permitidos).

— O teu cheiro é que me anima, Oaky. (Koya, cheirando seu irmão sempre que pode).

— Entramos com mais um pedido de condicional, mas foi negado, mãe. Sinto muito. (Kayo, aborrecido).

— Estamos preocupados com a sua saúde, senhora Koya. (Nicole, sempre respeitosa).

— Não se preocupem comigo. Agora todos me tratam muito bem. Aliás, todas estão se tratando melhor, pois entenderam que se tratando mal só tornamos mais difícil nossa estada aqui. (Koya).

— Continuamos trabalhando nas teorias do senhor James, senhora. (Nicole, informando que o hospital dará continuidade ao trabalho de pesquisa iniciado por ele).

— Nicky, está na hora de parar de me chamar de senhora. Continuo gostando de ouvir meu nome. (Koya).

— Está bem... Koya. (Nicole, fazendo esforço para abdicar do uso respeitoso da palavra senhora).

— Agora entendo por que James se dedicou tanto ao trabalho. Ele estava muito próximo de confirmar sua tese sobre a vacina genética. (Oaky).

— Ele se dedicou muito ao trabalho, mas me amou intensamente. Fui muito feliz ao lado dele. (Koya).

— O que faltou ao papai foram dados para serem compilados e um computador para análise deles. (Kayo).

— Porém agora estamos próximos de construir um HCCA, suficientemente potente para qualquer tarefa. (Nicole).

— Estamos recolhendo os dados necessários com os nossos médicos e diversas entidades que estão colaborando conosco. (Rachel).

— Eles imaginam que nós queremos apenas compilar o genoma dos seres vivos à nível de aminoácidos. (Oaky).

— É difícil entender como usar essas informações para equacionar e programar a produção de vacinas. (Nicole).

— Vocês estão me dizendo que James Jimmy pensou em tudo isso? (Koya).

— Sim, mãe! Com o auxílio matemático da vovó Meg ele construiu uma teoria que poderá levar o ser humano à imortalidade. (Rachel).

— Isso não é bom. (Koya, desaprovando).

— Por quê? (Oaky, fazendo a pergunta da qual todos querem saber a resposta).

— Talvez a morte seja uma forma de nos livrarmos dos maus... (Koya).

— Mamãe tem razão. Imaginem uma pessoa má fazendo maldades eternamente. (Kayo).

— A natureza é mais sábia que todos nós. (Nicole).

— Por isso ela se vinga ao ser desrespeitada. (Kayo, sempre pensando em vinganças).

— Não, a natureza não se vinga. Apenas colhemos o que plantamos. E se plantarmos feridas nela, sentiremos as dores, pois fazemos parte da natureza. (Koya, filosofando).

A FOME

Quando Koya está prestes a completar dois anos de sua pena, acontece uma grande tragédia humanitária no país africano onde ocorreu o início do sequestro de Rachel.

— Senhor Kayo, uma nuvem imensa de gafanhotos arrasou completamente as plantações naquele país africano no qual sua irmã foi sequestrada. (Cezar, passando a Kayo informações sobre a tragédia).

Kayo faz reuniões mensais com seus assessores especiais para elaborar seus planos de extermínio da espécie humana.

— Pensei que essa praga estivesse sob controle há muito tempo. (Kayo não parece surpreso).

— Suspeitam que alguém introduziu de propósito uma espécie muito resistente de gafanhotos para prejudicar a população. (Arthur).

— Aquele sempre foi um país com pessoas vivendo na miséria em razão de disputas políticas e religiosas pelo Poder. (Kayo).

— Sim, a sua irmã procurava amenizar o sofrimento das populações mais carentes quando a sequestraram. (Pablo).

— As mesmas facções antagônicas continuam lutando pelo poder e, agora, milhares de pessoas estão morrendo de fome. (Kayo).

— A mesma família domina o poder há muitos anos e não abrirá mão de nada, por nada, custe o que custar. (Nelson, sul-africano, ex-diplomata e novo integrante do grupo).

— Podemos ajudar aquelas pessoas a se livrarem desses parasitas do poder. (Kayo).

— O senhor tem alguma ideia? (Cezar).

— Sim. Vamos matar a fome daquele povo. (Kayo).

— Penso que isso só prolongará o sofrimento daquelas pessoas, senhor. (Jojo, sem esperanças de mudanças).

— Vamos fazer uma grande remessa de alimentos para eles. Vou disponibilizar 2 bilhões de dólares em alimentos. (Kayo).

— Precisaremos de aprovação do governo dos EUA, inspeção sanitária para exportação e transporte de um volume tão grande de mercadorias. (Arthur).

— Providenciem tudo. Chang se encarregará da carga quando lá chegar. (Kayo).

Como sempre, a imprensa alardeia qualquer notícia sobre pessoas famosas e Kayo, sendo o homem mais rico do mundo, é elogiado e, ao mesmo tempo, ridicularizado pelo seu gesto. Pessoas famosas ficam sujeitas à inveja dos ignorantes.

— *O homem é um grande benfeitor, como toda a sua família, mas sem noção. Imaginem que está mandando para aquelas pessoas famintas, camarão, lagosta, bacalhau, salmão e até caviar. Só faltou o champanhe! (Um repórter).*

— *Mas deve ser exatamente o que ele está acostumado a comer. Para ele é normal. (Um analista político).*

— *Ele também mandou alimentos básicos como arroz, azeite, farinha, diversos enlatados, enfim, coisas mais para o povão. (Outro comentarista, preconceituosamente).*

— *O importante é que, sozinho e por conta própria, mandou várias toneladas de alimentos. (Outro repórter, completando o comentário).*

Como Kayo esperava, quando a carga de alimentos chega ao seu destino, é imediatamente confiscada pelas autoridades, que se apoderam de quase tudo e abandonam o pouco que não lhes interessou para ser disputado por milhares de pessoas famintas, que ainda tiveram de dividir o espólio com grupos guerrilheiros.

— Exatamente como planejamos, senhores. Nossa operação "Mata Fome" foi um sucesso. (Kayo sempre divide com seus assessores as ações que propicia).

A família que domina ditatorialmente o poder realiza uma grande festa com os alimentos confiscados, convidando todos os parentes, assessores e amigos do poder, num total de mais de 800 pessoas.

No dia seguinte, a impressa noticia a morte de todos que estavam na festa e de milhares de pessoas que consumiram os alimentos enviados por Kayo.

— *Numa festa realizada nas dependências do palácio do governo morreram o ditador, toda a sua família e descendentes, seus ministros e assessores, generais, coronéis e diversas outras autoridades militares e civis, além de políticos e religiosos, inclusive as crianças, filhos dos que compareceram. O país se encontra agora sem governo ou comando, totalmente sem rumo. Temos informações de que os principais líderes e integrantes de grupos guerrilheiros de oposição, e grupos de terroristas, também morreram ao ingerir os alimentos desviados das populações carentes. (O repórter).*

— *Para piorar a tragédia, milhares de pessoas que aguardavam, famintas, por alimentos, também morreram. (Um analista político).*

No mesmo dia, um grupo terrorista que saqueou parte dos alimentos lançou informações na internet se responsabilizando pelo envenenamento. Depois, tentaram negar dizendo que os vídeos eram falsos.

— Obrigado, Chang. Podemos dizer que você é venenoso! [Ha ha ha]. (Kayo, zoando).

— Obrigado, senhor Kayo! Fiz o que tinha de ser feito. Talvez agora aquele povo encontre um novo caminho. (Chang).

— A senhora Nicole está de parabéns pelo vídeo inegavelmente verdadeiro. (Cezar).

Kayo compra horário nobre em todos os canais de telecomunicações e faz um curto pronunciamento à Nação e ao Mundo.

— É lamentável que pessoas sem coração se aproveitem de uma ação de caridade e fraternidade para praticarem um ato abominável como esse. Faço um apelo para os governantes do mundo livre e democrático para que tomem providências concretas para que essa barbárie, que beira ao genocídio, não se repita. Esse foi um crime contra a humanidade.

Apesar de receber muitos elogios, os arautos da teoria da conspiração chegaram a insinuar que Kayo havia mandado alimentos envenenados, o que se mostrou improvável, visto que tudo passou pela vigilância sanitária dos EUA antes de ser embarcado, por imposição das autoridades fiscalizadoras.

Uma investigação provou que os alimentos foram envenenados ao chegarem ao seu destino, depois de estarem fora da responsabilidade do remetente.

— Obrigado, tia. Todos pensam que o comunicado assumindo a responsabilidade pelo envenenamento é autêntico, (Kayo).

— Usei um programa que acabamos de elaborar. (Nicole).

— Explique-me, por favor, tia Nicky. (Kayo).

— Com ele nunca mais será possível dizer se alguma coisa em informática é falsa ou verdadeira, manipulada ou não. (Nicole).

— Mas como funciona? (Kayo).

— Baseado num provérbio de que toda a mentira repetida várias se torna verdadeira. Esse programa processa trilhões de vezes por segundo a imagem e o som, configurando pixel por pixel, até que nenhuma alteração possa ser detectada. Entendeu? (Nicole).

— Ainda não. [Ha ha ha]. (Kayo, zoando e abraçando carinhosamente sua tia).

— Oh, Kayo, você não é estúpido. Depois de um vídeo editado por esse programa, nem mesmo os computadores mais velozes identificarão qualquer alteração. Sempre parecerá autêntico. (Nicole).

— Entendi, tia! Só adoro vê-la falando sobre o que mais entende. (Kayo).

— Por quê? Informática é um assunto enfadonho. (Nicole, questionando Kayo).

— Porque você fica muito mais linda e radiante. Te amo. (Kayo elogia as pessoas como sua avó fazia).

— Também te amo, sobrinho. E ainda tem mais.

Nicole adora falar sobre informática, principalmente com Kayo, seu grande admirador e incentivador de seu trabalho.

— Revele-me seus segredos, oh, adorada titia. (Kayo ajoelha-se em frente a sua tia, que se diverte).

— Com o HCCA (HiperComputador de Campo Atômico) os atores poderão ser dispensados, pois as animações produzidas com esse programa serão perfeitas, levando os próprios atores a acreditarem que fizeram aquelas cenas. (Nicole, convicta).

— Então poderemos editar o videotape de um crime e todos acreditarão ser autêntico. (Kayo, interessado).

— Mesmo que tenham álibis incontestáveis, estarão em sérios apuros. (Nicole).

— Seus préstimos são impagáveis, tia. (Kayo, fascinado pelos conhecimentos de Nicole).

— Não faço por dinheiro, faço para me divertir. É bem como sua avó dizia: não se deve dar folgas para o cérebro. Esse órgão se alimenta de desafios. (Nicole, reproduzindo palavras de Meg).

— Mais do que se divertir, tia Nicky, a senhora está provando que a informática poderá destruir a sociedade. (Kayo, profetizando).

— Tem razão. Penso até que começou, pois as redes sociais estão jogando o ser humano num mundo virtual sem volta. (Nicole concorda com Kayo).

— Sabem de tudo instantaneamente, mas nada fazem para mudar a realidade. De que adianta tanta informação? (Kayo).

— Exatamente como um fumante que tem plena consciência de que está se matando, mas não para com o vício. (Nicole detesta cigarros, como todos da família).

— Tribalizarão a sociedade rompendo o tecido social real, pois o virtual nada representa. (Kayo, prenunciando).

— O mundo virtual está cada vez mais inundado por uma espécie de cultura inútil que serve para nada. (Nicole).

— Desculpe-me, tia, mas os mais beneficiados por essas informações imprestáveis são os governantes, que têm as populações cada vez mais ignorantes, sem poder de discernimento e perdida entre notícias falsas ou inúteis. (Kayo).

Por anos, Nicole vem acumulando informações altamente secretas de todos os países com seus programas espiões elaborados especialmente para essa finalidade. São segredos militares e políticos, como tramas para derrubar governos e colocar quem se queira no poder em outras nações. Tudo gravado em áudio e, vários, inclusive, com vídeos e cópias de documentos.

Não escapam nem os grupos terroristas, que têm seus líderes identificados e toda a sua movimentação monitorada.

Espionagem industrial também faz parte de sua coleção, auxiliando Kayo a ficar sempre à frente de qualquer inovação tecnológica ou futuro lançamento, podendo comprar ações que se valorizarão muito em pouco tempo, levando-o a obter lucros fáceis.

AS EMPRESAS

Quando sua mãe saiu à procura de Rachel e depois passou a cumprir pena na prisão, Kayo assumiu o controle total das empresas, diversificando-as por caminhos que a família não queria e sempre evitou. Cada novo empreendimento serve a um propósito bem definido nas intenções de Kayo e, como uma aranha, ele tece uma teia lentamente, enredando o mundo.

Suas empresas espalhadas pelo planeta são as que mais empregam pessoas num mundo que, cada vez mais, dispensa a mão de obra, substituindo-a por equipamentos informatizados. Por essa razão, ele torna-se um homem admirado pelos trabalhadores de todo o mundo, por defender abertamente o emprego de mão de obra humana em vez de robôs.

— Ainda bem que o homem mais rico do mundo acumula fortuna empregando pessoas em vez de apenas aplicar todo o seu dinheiro nas bolsas de valores, como a maioria dos grandes capitalistas, que ficam no conforto de seus iates enquanto suas fortunas crescem à custa de especulação financeira. (Noticiário financeiro).

Em mais uma reunião com seus assessores, Kayo vai consolidando suas intenções.

— Agora somos donos de um país. Metade da mão de obra economicamente ativa trabalha em nossas empresas. Se retirarmos nossos negócios de lá o país quebra. (Kayo, referindo-se ao Uruguai – América do Sul).

A exemplo de sua mãe, Kayo se dedica integralmente às empresas e com enorme sucesso.

— Vamos continuar participando de todas as licitações do governo para o fornecimento de armas e tudo o que eles decidam licitar. (Kayo).

— Sim, senhor. (Cezar).

— Investigaremos a vida pregressa de todos que não aceitarem suborno ou propina e usaremos seus podres para chantageá-los e eles decidirem nos servir como bem quisermos. Os que não quiserem mudarão de residência e passarão a morar no cemitério mais próximo. (Kayo).

Órgãos governamentais de controle de monopólios e oligopólios tentam controlar o crescimento do grupo, mas não conseguem, pois ele chantageia todos os agentes públicos que tentam isso, seja com propina ou com ameaças de revelar segredos estarrecedores. A vida de políticos e servidores públicos é vasculhada e são descobertos vícios, assédios sexuais e morais, molestamento de crianças, estupros, chantagens, vantagens indevidas, recebimento e cobranças de propinas, amantes, traições conjugais de todas as formas e tipos, venda de segredos industriais e militares, associação com criminosos e até tráfico de drogas e armas. E tudo é filmado e documentado, podendo ser lançado na internet a qualquer momento.

Todos os políticos e servidores de todos os Poderes constituídos tornam-se reféns de Kayo e passam a protegê-lo, pois se algo lhe acontecer, todo o mundo ficará sabendo de tudo rapidamente, pela internet, com as provas enviadas para todos os jornais e tribunais. Mandatários das Forças Armadas e de todas as religiões em todo o mundo também são investigados. Ele torna-se onisciente.

— Vocês estão fazendo um excelente trabalho investigativo. Quero lhes agradecer e gratificá-los, é claro! (Kayo).

Ele cerca-se de pessoas da sua mais alta confiança e comprometidas com seus sonhos e objetivos, pagas com os mais altos salários e recompensadas com altíssimas gratificações e outros agrados, dignos de celebridades ou de reis.

O grupo de empresas cresce cada vez mais e nada parece ser capaz de deter o agigantamento do império de Kayo.

— Basta nos dar o número da conta e depositaremos imediatamente e sem problemas, onde e quando quiser. (Arthur, falando com um político sobre um pagamento de propina).

Depois que as propinas são depositadas em bancos e em contas secretas ou não, Kayo, com a ajuda de sistemas invasores desenvolvidos por Nicole, saca todo o dinheiro, direcionando-o como doações para entidades filantrópicas. Os subornados não podem processar os bancos, pois não têm como comprovar a origem do dinheiro. Muitos, inclusive, tiveram problemas com o Imposto de Renda, perderam seus mandatos e foram para a cadeia por não provarem a procedência do dinheiro doado.

— Mãe, preciso fazer algumas alterações na estrutura administrativa de nossas empresas. (Kayo, numa visita a sua mãe).

— As empresas são suas, filho, não tenho mais nada. (Koya, perto de completar três anos na prisão).

— Apenas administro a nossa fortuna, mãe. Não é tudo meu, por isso preciso do seu aval. (Kayo, consciente de sua função).

— A única fortuna que me interessa são vocês. Você, Rachel, Oaky e sua tia Nicky. (Koya, sem interesse em bens materiais).

— Vou considerar a sua resposta como uma aprovação para o que pretendo fazer. Te amo, mãe! (Kayo).

Ele modifica a denominação das empresas, acrescentando a letra "K", de Kayo, ao OK, que representa Oaky e Koya, ficando OK&K, significando Oaky, Koya e Kayo. Mas não é somente isso. As mudanças vão muito além e aumentam o leque de atuação do grupo, que passa a ser o maior conglomerado de empresas que o mundo já teve notícias. Rapidamente, a fortuna da família se torna quase incalculável.

Com exceção de três empresas, todas as outras têm as letras OK&K na frente da razão social.

Koya – A Principal – Indústria de Produtos Cosméticos (fábricas nos EUA, Uruguai, França, Itália, China, Rússia e Japão).

Oaky – Instituto de Pesquisas Avanças em Fusão Nuclear.

Rachel – Instituto de Medicina para Todos (entidade filantrópica mantida com a fortuna pessoal de Kayo).

OK&K – Faculdade de Ciências Exatas e Física Nuclear (o melhor curso de Matemática do mundo).

OK&K – Administração de Negócios e Investimentos (*holding* do grupo, com escritórios também no Panamá e em Hong Kong).

OK&K – Fusão Centrais Elétricas (usina geradora de energia elétrica nos EUA, com base na fusão do hidrogênio).

OK&K – Corretora de Valores, Investimentos & Mercado de Futuros (a maior do mundo).

OK&K – Arquitetura & Reformas (atuando em diversos países).

OK&K – Construções e Incorporações (atuando em todo o mundo).

OK&K – Estaleiro & Construção Naval (com o maior guindaste e a maior doca seca do mundo).

OK&K – Indústria de Painéis Solares (fábricas também no México, na Arábia Saudita, na Eslováquia e no Japão).

OK&K – Indústria de Geradores Eólicos (fábricas também na África do Sul, Holanda e Nova Zelândia).

OK&K – Indústria de Máquinas e Implementos Agrícolas (com fábrica também na China e na Escócia).

OK&K – Indústria de Máquinas e Equipamentos para Mineração (fábricas também no Chile e na Romênia).

OK&K — Indústria de V.A.I. (motos voadoras) (fábricas na Austrália, no Peru, na Croácia e na Índia).

OK&K – Comércio, Importação e Exportação (atuação mundial).

OK&K – Transportes Marítimos (atuação mundial).

OK&K – Turismo Naval (com o maior e mais luxuoso transatlântico construído, e metade dos navios de turismo do mundo).

OK&K – Transportes Aéreos (a maior companhia aérea do mundo).

OK&K – Propaganda e Marketing (a maior do mundo, com atuação global).

OK&K – Hotéis (mais de 800 em diversos países dos cinco continentes).

OK&K – *Resorts-spas* (seis, sendo um em Cuba).

OK&K – Indústria de Produtos Farmacêuticos (fábricas na Índia, Filipinas e Cambodja).

OK&K – Indústria de Fertilizantes (fábricas na Argentina, Angola e Sérvia).

OK&K – Indústria Química e Pesquisas de Compostos Biodegradáveis (fábricas na Noruega e na Nigéria).

OK&K – Laboratório de Pesquisas Nanotecnológicas (pesquisas ultrassecretas, Islândia).

OK&K – Vinícolas Reunidas (cinco vinícolas no Uruguai, uma no Chile, três na Argentina, uma nos EUA e duas na Itália).

OK&K – Indústria de Equipamentos para Transporte Marítimo (maior fabricante de contêineres do mundo).

OK&K – Banco de Financiamentos e Investimentos S.A. (o maior banco comercial do mundo).

OK&K – Segurança Pessoal e Patrimonial (a maior empresa de segurança privada do mundo).

OK&K – Projetos de Engenharia Espacial (com escritórios nos EUA, China, Índia e Rússia).

OK&K – Espacial (empresa de lançamento e colocação de satélites em órbita terrestre, na China).

OK&K – Satélites (a maior fabricante de satélites de comunicações, com fábricas na Coreia do Sul, Japão e China).

OK&K – Hospital do Câncer Feminino (atuando em pesquisas oncológicas).

OK&K – Indústria Bélica (a maior fabricante de armas de médio e grande porte do mundo).

OK&K – Aeroportos (mais de 180 aeroportos em diversos países de todos os continentes).

OK&K – Manutenção de Aeronaves (faz a manutenção de 80% da frota mundial de aviões comerciais).

OK&K – Indústria Aeronáutica (fabricante de aviões de passageiros e de cargas).

OK&K – Computação (pesquisa e fabricação de equipamentos avançados de informática, com fábrica na Coreia do Sul e no Japão).

OK&K – Guindastes KoyaX (fabricante dos maiores guindastes do mundo, com fábricas nos EUA, na Polônia e na Holanda).

OK&K — Portos e Administração de Portos (atuando na Holanda, Panamá, Inglaterra, Egito, Hong Kong e Arábia Saudita).

O maior conglomerado de empresas do mundo, sob um só comando, e que cresce a cada ano. Muitas outras empresas, em outras partes do mundo, serão acrescentadas a essa lista.

Kayo tem empresas em que é exigido grande número de mão de obra, tais como administração de aeroportos, manutenção de aeronaves, navios e outros equipamentos de grande porte, ultrapassando 2 milhões de empregos diretos. É nessas empresas que ele segue recrutando pessoas dos mais diversos cantos do mundo, com as mais incríveis histórias de vida, prontas para segui-lo cegamente. Poucos conhecem suas pretensões e, menos ainda, compartilham de suas ideias, mas todos concordam que ele é o homem mais poderoso desde que o ser humano fez-se presente neste planeta. Nada parece capaz de detê-lo em sua caminhada em busca de seu objetivo secreto.

De suas empresas saíram o maior porta-aviões do mundo e o maior submarino, ambos movidos à reação de fusão nuclear. Kayo conseguiu construir reatores de fusão nuclear pequenos o suficiente para caberem nessas belonaves, e também o maior e mais luxuoso transatlântico, pertencente a sua empresa de turismo naval.

Os órgãos reguladores de monopólios e oligopólios mostram-se impotentes perante o poderio de Kayo, que cresce assustadoramente rápido, sem nenhum entrave burocrático. Em breve, 40% de todo o alimento produzido no mundo passará por suas *commodities*.

Alguns políticos escravizados por ele tentam espalhar pela internet ser ele o anticristo, o demônio que se fez pessoa, a Besta do apocalipse, e que ele veio ao mundo para exterminar os governos e governantes legitimamente eleitos, destituir as autoridades e acabar com os Poderes constituídos, fazendo parecer que Cristo e anticristo tinham os mesmos objetivos.

Mas, ao contrário, o grande público acredita que se trata de um homem caridoso, bondoso e, para muitos, um homem santo. A concorrência desistiu de confrontá-lo e associou-se a ele, pois o lucro sempre fala mais alto.

Kayo, filho da lenda e neto da fada, trabalha freneticamente e está muito próximo de se tornar o homem mais rico de todos os tempos. Mas, como sua avó Meg sempre dizia: o importante não é a riqueza, mas o que se faz com ela.

SONHOS PODEROSOS

Após três anos na prisão, Koya tem mais um pedido de liberdade condicional negado, sob a alegação de que as ofensas ao juiz que a julgou, a toda a magistratura e aos Poderes constituídos foram graves demais e a punição serve como exemplo para que as autoridades constituídas sejam respeitadas por todos, inclusive ricos e poderosos.

Em mais uma noite na prisão, igual a tantas outras ali, Koya faz a leitura de algumas páginas de um livro. Depois, com a luz sendo apagada em todas as celas, ela adormece.

— *Você vai sair daqui. (Rose).*

— *Faltam-me dois anos de prisão. (Koya, sonhando com a Rose).*

— *Você vai... partir... (Rose, falando falhadamente).*

— *O pedido de condicional foi negado. (Koya).*

— *Você não vai... ficar... aqui. (Rose).*

— *Então vou morrer? (Koya, em seu sonho, imagina que morrerá).*

— *Você vai sair, você vai embora... (As frases se repetem como um eco sem sentido).*

— *Você é tão jovem e tão linda, Rose. Mamãe amava você. (Koya).*

— *Prepare-se para partir... Prepare-se para ir... Vvocê... (Rose desaparece e o sonho termina).*

Koya tem um sono agitado, debate-se e balbucia palavras incompreensíveis enquanto sonha, e acaba acordando sobressaltada.

São três horas da madrugada e ela fica em sua cama, virando de um lado para o outro, procurando não fazer barulho para não acordar sua companheira de cela. Ela não consegue adormecer e levanta-se com cuidado, vai até as grades da cela silenciosamente, e fica ali, no escuro, meditando sobre a sua vida e sobre o sonho que acabara de ter. "Vou embora daqui, vou partir, vou... morrer. Vou morrer sem ver direito meus filhos, meu irmão e minha cunhada. É isso que esse sonho significa", pensa.

As horas se arrastam e ela permanece pensativa e entristecida com a ideia de morrer sem conviver novamente com seus entes queridos.

"Não tenho medo de morrer, mas gostaria de dar um último beijo na Rachel e no Kayo, abraçar e cheirar meu irmão e minha cunhada. Sinto tanto a falta deles. Talvez o melhor mesmo seja morrer. Não faz mais sentido viver enjaulada como uma fera e longe de todos que amo. Para que amor se não posso dá-lo a ninguém?", reflete.

Pela manhã, um sinal sonoro do presídio anuncia o despertar de um novo dia, que será igual a tantos outros para quem está recluso. Todas as celas são abertas para que as detentas se dirijam ao refeitório para o desjejum.

— Koya, você não. Acompanhe-me por aqui. (Uma carcereira, conduzindo Koya em outra direção).

— Mas é hora do desjejum, não é? (Koya, confusa com a ordem da carcereira e o sonho que teve).

— Para você não. (A carcereira, lacônica).

Koya é conduzida até a sala do diretor, que está a sua espera.

— Bom dia. A senhora tem visita. (O diretor).

— Bom dia, senhor diretor. Mas não é dia nem hora de visitas (Koya, confusa e sonolenta pela noite maldormida).

— O seu filho está aí e quer vê-la.

— O que está acontecendo? (Koya pensa que pode ser algo grave com Oaky ou Nicole).

— Bom dia, mãe. Venha, vamos para casa! (Kayo abre os braços para abraçar a sua mãe).

— Oh, meu filho... Filho querido... (Koya não consegue falar e quase desfalece, sendo amparada por Kayo).

— Adeus, senhora Koya. E boa sorte, senhor Kayo. (O diretor, com um sorriso irônico).

— Guarde a sorte para você. Não preciso dela, pois sou competente em tudo o que faço. (Kayo, agressivo).

— Me perdoe, senhor. (O diretor sentiu a fúria de Kayo).

— Também não costumo perdoar ninguém. Melhor se cuidar. Não me parece bem de saúde. (Kayo, amparando sua mãe em prantos).

— Se quer saber, sinto-me muito bem. (O diretor não se contém e responde a provocação).

— Até quando eu quiser. (Kayo acostumou-se a intimidar as pessoas).

Na outra sala, estão Oaky, Nicole e Rachel, que não contêm a emoção e começam a chorar ao ver e a abraçar Koya, finalmente livre.

— Mãe, mãe! Acabou, acabou... (Rachel).

— Minha filha, minha adorada filha... (Koya).

— Koya... Trouxe algumas roupas para... você... (Nicole não contém a emoção).

— Obrigada, muito obrigada, Nicky. Te amo... (Koya).

— O que fizeram com você, minha irmã? (Oaky, lamentado pelo que sua irmã passou).

— É o que chamam de justiça. (Koya).

Oaky fica muito triste vendo sua irmã com as vestes de prisioneira, a cabeça raspada e com aparência de cansaço pela noite maldormida.

— Vamos, mãe. Vamos ao banheiro para você trocar de roupas. (Rachel levou uma muda de roupas para sua mãe).

— Vou acompanhá-las! (Nicole).

— Mas ainda faltam dois anos para terminar minha pena e o último recurso foi negado! (Koya surpresa).

— O Kayo sabe de tudo... Mas não se preocupe mais com isso. Você está livre, mãe, livre. (Rachel).

— O juiz de execuções reviu sua decisão, mas eu devia ter feito isso há mais tempo. (Kayo, contrariado).

— Feito o quê, meu filho? (Koya quer entender).

— Fiz com que eles extinguissem a pena. Você não está em liberdade condicional, mãe. Está plenamente livre. (Kayo).

— Esta noite sonhei que ia embora daqui, mas pensei que ia morrer... (Koya, contando seu sonho).

— Ninguém vai morrer, mana. Nós vamos viver. E agora, com você ao nosso lado, tudo será melhor e... Te amo.

Oaky, emocionado, abraça sua irmã, que não consegue parar de cheirá-lo.

— Mãe, quero que fique em meu apartamento. (Rachel).

— Não! Vamos todos para minha casa. (Kayo, incisivo, dando ordens).

Kayo mora sozinho na casa de encontros que era de seu avô Sam e onde viveram Meg e Sam, depois Koya e James, e onde Oaky e Nicole tiveram seu primeiro encontro de amor.

— Não quero incomodar ninguém. Você deve ter uma namorada, não é Kayo? (Koya).

— Mãe, você vai me incomodar se não ficar em minha casa. (Kayo não quer conversa sobre relacionamentos afetivos).

— Nós vamos com você, Kayo. (Oaky, falando por Nicole).

— Foi o que eu disse. Todos ficarão lá em casa o resto da semana para comemorarmos a libertação da mamãe. (Kayo).

Sob o olhar do grande pôster, com Meg, Sam, Oaky e Koya, a casa que abrigou tantos amores tem o poder inexplicável de reunir pessoas para que se unam cada vez mais, na felicidade ou na dor, nos momentos bons ou ruins.

— Nicky, gostaria que você me acompanhasse até um shopping para comprar roupas para a mamãe. (Rachel).

— É claro, Rachel. Farei isso com o maior prazer. (Nicole).

Três meses após a libertação de Koya, o diretor da prisão morre de causas desconhecidas, ou não divulgadas. Suspeita-se de envenenamento por mercúrio.

Quando Koya completaria quatro anos de prisão, a empresa de segurança da família descobre o paradeiro do grupo asiático que prolongou o sequestro de Rachel.

— Senhor Kayo, descobrimos o paradeiro do grupo terrorista asiático que comprou sua irmã. (Funcionário da empresa de segurança da família).

— Ótima notícia. Muito obrigado. (Kayo, falando pela sua internet particular).

— Estamos monitorando os movimentos deles e não os perderemos de vista em momento algum.

— Muito bom, muito bom. Vou falar com o pessoal daqui e resolver o que fazer. (Kayo).

— Estão todos reunidos no acampamento. Desde o principal articulador até os mais fiéis seguidores.

— Será uma excelente oportunidade para acabarmos com todos eles de uma só vez. (Kayo).

Kayo conversa com seus assessores e envia Chang para realizar mais uma missão venenosa.

Na semana seguinte, a imprensa noticia um massacre no acampamento dos terroristas.

— Temos informações seguras que todos os membros do grupo terrorista que prosseguiu com o sequestro da senhorita Rachel foram mortos no acampamento do deserto, onde se encontravam. Informações dão conta de que 190 pessoas morreram envenenadas. Junto aos militantes, encontravam-se mulheres e crianças. Não houve sobreviventes. (O repórter).

A vingança de Kayo é em conta-gotas, mas inexorável e implacável. Ninguém será perdoado nem poupado.

Novamente, surgem rumores na imprensa de que Kayo seja o responsável, mas nada é provado e ele aproveita para processar seus acusadores, recebendo polpudas indenizações, que ele doa para instituições assistenciais e de caridade.

— Não faço isso por dinheiro, mas para que ninguém jogue o nome de outrem na lama sem nenhuma prova. (Kayo, cínico).

UM DIA NORMAL?

A vida segue com Koya em liberdade, Oaky e Nicole trabalhando em projetos importantes, Rachel totalmente dedicada a sua missão filantrópica em sua Instituição e Kayo comandando o império de empresas da família, que cresce em ritmo alucinante.

Na volta de uma viagem ao Japão para fechar mais um grande negócio, Kayo recebe uma notícia de Cleo.

— Bom dia, senhor Kayo! Fez boa viagem? (Cleo).

— Bom dia, Cleo. Sim, fechamos um excelente negócio. Mas você me parece triste. Corrija-me se estou enganado. (Kayo).

— Senhor Kayo, lembra-se daquela garota de programa que o senhor ajudou? (Cleo, emocionada).

— Sim. O nome dela é Helen. (Kayo não se esqueceu).

— Foi assassinada. (Cleo).

— Como aconteceu?

— Foi naquele massacre acontecido ontem.

— Onde? (Kayo, afastado de noticiários policiais).

— Na cidadezinha onde ela morava e lecionava numa escola, sendo a maioria das crianças estrangeiras, morando ilegalmente em nosso país. Um atirador fanático atacou a escola. (Cleo).

— Que coisa terrível. Fiquei sabendo de sua escolha por pedagogia depois que decidiu aceitar a minha ajuda. (Kayo, entristecido).

— Ela atracou-se com o atirador para defender as crianças e foi alvejada por ele.

— Sempre soube que era uma boa pessoa. Só precisava de uma chance na vida. (Kayo lamentando).

— É com as boas pessoas que acontecem as coisas mais terríveis.

— Ela tem algum parente vivo? (Kayo).

— Não. Seus pais morreram e ela era filha única. (Cleo).

— Veja com que tenha um enterro decente, por favor.

— Talvez não seja necessário, senhor, pois os pais dos alunos pretendem fazer-lhe uma última homenagem. Ela era muito querida por todos pela sua dedicação e amor àquelas crianças. (Cleo).

— O que aconteceu com o atirador? (Kayo).

— Suicidou-se ao ser encurralado pela polícia, mas, antes, assassinou seis crianças e a senhorita Helen. (Cleo).

Todos os jornais comentam mais um massacre promovido por fanáticos, psicóticos e psicopatas, mas nada de concreto é feito. Seguem-se as discussões costumeiras e estéreis sobre vendas e porte de armas.

— Sempre que acontece algo assim voltam as discussões sobre armas. (Kayo, preocupado por ser fabricante de armas).

— Mas o senhor fabrica armas de guerra. (Cleo).

— Mas esses paranoicos quase sempre usam esse tipo de arma. (Kayo).

— Precisamos desarmar o povo.

— São os espíritos que precisam ser desarmados, Cleo. (Kayo).

— É, acho que o senhor tem razão. (Cleo).

— A espécie humana precisa evoluir muito ainda. (Kayo).

— Odiar parece tão fácil. (Cleo).

— Quando a inteligência artificial for criada, certamente será mais justa e complacente que o ser humano. Minha tia Nicky afirmou isso e eu concordo plenamente. (Kayo).

— Precisamos continuar acreditando que o ser humano conseguirá evoluir.

— Parece que amar é muito mais difícil do que odiar. (Kayo, concordando com Cleo).

— Por quê? É tão melhor amar. (Cleo).

— Para amar precisamos nos doar, fazer concessões, abdicar de preferências. E isso é bem difícil para muitos.

— Para odiar basta uma mínima motivação. (Cleo, complementando o pensamento de Kayo).

— É muito mais fácil apontar os defeitos dos outros, culpar os outros, condenar as pessoas, pois isso parece não nos afetar.

Kayo gosta de conversar com Cleo por considerá-la uma pessoa muito inteligente e, sobretudo, sincera. Cleo conversa com ele sem medo de emitir opiniões, com total liberdade de expressão, talvez por ser a pessoa mais próxima dele nas empresas. Ela é uma espécie de confidente de Kayo.

— Obrigado por tudo, Cleo.

— O que o senhor está me agradecendo? (Cleo).

— Você foi de grande ajuda naquele dia em que conversamos com a Helen... (Kayo não completa).

— Lembro-me, senhor. Fiquei muito indignada com o Brendan.

— Foi a oportunidade que tive para ajudá-la, mas, infelizmente, aconteceu essa tragédia. (Kayo).

— Ela era uma pessoa bondosa, tanto que pediu ao senhor para perdoar o Brendan. (Cleo).

— Confesso que foi muito difícil perdoá-lo, mas fiquei extremamente feliz em poder ajudá-la. (Kayo).

— O senhor é um homem bom. (Cleo, finalizando).

— Não tenha tanta certeza. (Kayo).

DE VOLTA AO TRABALHO

Com a intenção de dominar a economia do mundo, Kayo dá início a uma expansão avassaladora em seus negócios, diversificando-os e expandindo-os por diversos países que queiram receber seus investimentos, facilitando-os, sem muitas perguntas ou burocracias. Vários países em dificuldades aceitam suas empresas não opondo qualquer restrição.

— Precisamos fazer com que o mundo todo tenha medo de deixar seu dinheiro em outros bancos, por isso preciso que a senhora elabore um programa que invada os sistemas deles e faça com que o dinheiro nas contas de alguns clientes desapareçam. (Kayo, falando com Nicole).

— Não me peças coisas fáceis, sobrinho. Será uma brincadeira de crianças. Desaparecerão até os registros das contas correntes.

— Não ficarão rastros nos computadores daquelas instituições? (Kayo, preocupado).

— Confie em mim, Kayo. Parecerá que nunca tiveram conta ou qualquer outro registro no banco. (Nicole).

— E quanto aos *backups*? (Kayo entende um pouco de informática).

— Instalarei programas fantasmas que deletarão imediatamente qualquer tentativa de restauração e todos os arquivos, inclusive os que se encontrem nas nuvens. (Nicole).

— Parece muito bom, tia! (Kayo, feliz com Nicole).

— Quanto mais eles tentarem recuperar informações, mais se atolarão num vazio que eles próprios criarão. Se tentarem demais perderão até os computadores, que nunca mais funcionarão. (Nicole).

Com a ajuda de sua tia Nicole, que faz desaparecer o dinheiro das contas de clientes de vários bancos, Kayo funda um banco comercial e de investimentos que se torna o maior do mundo e provoca a quebra dos 30 maiores bancos mundiais. Seu banco cobra um valor altíssimo de seus depositantes em troca da segurança de sua instituição.

— Quero que pesquisem quais os países onde a fiscalização sanitária é pouca ou inexistente e que necessitem de investimentos.

— E para qual propósito, senhor? (Um de seus assessores).

— Quero oferecer-lhes trabalho e renda, mas preciso da garantia de que nossas empresas não serão fiscalizadas. (Kayo).

Nesses países, ele funda indústrias de produtos farmacêuticos, de fertilizantes, indústrias químicas e indústrias bioquímicas. Nelas, ele produz gases venenosos e tóxicos em grandes quantidades. Em sua indústria bioquímica, produz variações muito resistentes e agressivas de insetos, como gafanhotos, moscas e mosquitos transmissores de doenças.

— Como estão os trabalhos sobre a Mecânica dos Genes? (Kayo, questionando seus pesquisadores).

— Evoluindo satisfatoriamente, senhor Kayo. Estamos recebendo cada vez mais informações de todos os centros de pesquisas conveniados e outros, que desejam colaborar com nosso trabalho. Acreditamos que em breve concluiremos os trabalhos. (Um de seus pesquisadores).

— Mantenham-se atentos à cotação do ouro no mercado e comprem até que o preço comece a subir. (Kayo, falando com seus corretores).

Desde que assumiu as empresas, com 16 anos, Kayo vem comprando ouro no mercado sempre que surgem condições favoráveis. Foi uma orientação que recebeu de seu avô Sam para ter reserva financeira quando precisasse.

— Quero comprar todas as ilhas e terras que estiverem à venda em qualquer lugar do mundo. (Em pouco tempo, Kayo se torna o maior proprietário de imóveis da história. Todas as áreas que adquire, quando possível, transforma-as em reserva ambiental intocável).

Kayo tem cada vez mais políticos em suas mãos devido mediante subornos e propinas. Ninguém mais pode tocá-lo sem que desmorone a República. Para o Estado constituído, ele tornou-se um perigo, mas tem que continuar vivo e protegido. Ele pode eleger qualquer candidato em qualquer país do mundo, colocar ou derrubar ditadores, e passa a ter o poder de vida e de morte sobre todas as pessoas do planeta. Grande parte do PIB mundial está, cada vez mais, sob o poder direto de sua influência.

A imprensa faz um longo relato e previsões de um futuro ainda mais favorável para Kayo, pois quanto mais rico, tanto mais fácil se torna aumentar a riqueza. Não deixa passar despercebido que ele entrará para a história como o homem mais rico e poderoso de todos os tempos, ultrapassando muito a fortuna acumulada por John Davison Rockfeller.[1]

— O senhor Kayo se tornou o rei do mundo ao fazer sua fortuna ultrapassar os 500 bilhões de dólares, e nada indica que vai parar de crescer. Um homem que nasceu muito rico, mas soube como ninguém administrar e aumentar seus negócios de forma quase mágica, talvez por ser neto da fada Meg. (Um repórter, preconceituoso, evitando citar o nome de Koya).

— Com apenas 30 anos e uma imensa competência comercial, com certeza por ser filho da lenda Koya, poderá se tornar, num futuro próximo, o melhor presidente que este país poderá ter. (Um analista político querendo prever o futuro).

1 John Davison Rockfeller (1839-1937), com uma fortuna de 323,4 bilhões de dólares, foi um investidor, homem de negócios e filantropo norte-americano. Ele foi o fundador da Standard Oil Company, que dominou a indústria do petróleo nos Estados Unidos. Ele também levava a sério a filantropia na educação, na medicina e na ciência. Suas fundações pioneiras desenvolveram as pesquisas médicas e ajudaram na erradicação da febre amarela e da ancilostomíase. Fundou a Universidade de Chicago e a Universidade Rockfeller.

O CONVITE

O prestígio de Kayo cresce cada vez mais, com a imprensa não se cansando de elogiar o grande número de pessoas que ele emprega, bem como suas constantes ações de caridade e o crescimento acelerado de sua fortuna.

Também em outros países ele passa a ser admirado pelas melhorias que promove nas comunidades do entorno de seus empreendimentos e o cuidado com o bem-estar dos empregados.

Nos bastidores, os políticos têm certeza de que ele tem poderes para manipular todos com facilidade, contudo eles têm consciência de que é melhor tê-lo como aliado do que como inimigo.

Com sua fortuna chegando aos 600 bilhões de dólares, um grande partido o convida para recebê-lo como candidato à presidência dos Estados Unidos da América, apesar de sua pouca idade e nenhuma experiência na política.

— As portas de nosso partido estarão sempre abertas ao senhor.

— E, com certeza, as portas de todos os cofres do partido também, para eu enchê-los, é claro. [Ha ha ha]. (Kayo debocha dos políticos).

— Poderá tornar-se o homem mais influente do mundo.

— Por que aceitaria um carguinho de, no máximo, oito anos, se sou o rei do mundo? (Kayo).

— O senhor é muito divertido, mas ninguém é rei do mundo.

— Não tenho histórico na política. Por que pensam que serei eleito caso me candidate? (Kayo).

— Pelo seu prestígio mundial. O senhor é respeitado em todas as partes pelas suas ações, pela sua inteligência e pelo seu sucesso nos negócios, pelos empregos e impostos que gera e, principalmente, pela família da qual é herdeiro.

— O que tem de especial a minha família? (Kayo, querendo saber o que pensam de sua família).

— Uma família poderosa, de pessoas inteligentes e muito respeitadas pelas ações de caridade que sempre praticaram.

— Minha mãe foi libertada recentemente da prisão. Penso que os eleitores ficariam receosos em terem como presidente o filho de ex-presidiária. (Kayo é contundente).

— A condenação e a prisão da sua mãe foram um terrível engano, e isso ficou provado. Uma injustiça que pode até ajudar na campanha.

— Ah, com certeza, posso até imaginar! (Kayo, constatando a nojenta falta de escrúpulos dos políticos).

— Sua compreensão é o sinal claro de sua grande inteligência. (Um dos políticos bajuladores).

— Terei que me submeter à vontade dos poderosos? (Kayo).

— Não! Um presidente do EUA jamais se submete à vontade de quem quer que seja.

— Concordo que não se submeta à vontade do povo, mas sempre há alguém que lhe ditará as regras e como fazê-lo. (Kayo).

— Isso é uma ideia propagada pela oposição.

— Aliás, como sempre, a oposição é a culpada de todas as mazelas que acontecem durante um governo. Mas o partido enfia goela abaixo os nomes para os ministérios e assessorias em geral. (Kayo, sarcástico).

— É natural que o partido que elege tem o direito de assumir os mais importantes cargos da República.

— A questão é: preciso de um partido para me eleger? (Kayo, mostrando-se prepotente de propósito).

— Talvez não, mas para governar, com certeza.

— Senão os políticos descontentes não terão escrúpulos em prejudicar o próprio país para obterem alguma vantagem ou retirarem o lobo solitário do Poder. (Kayo, deixando seus interlocutores sem saída).

— É por isso que gostaríamos de vê-lo na presidência do nosso país pelo nosso partido. (Soberba política).

— Ah, sim! Desde que seja pelo seu partido, é claro! (Kayo, ácido).

— De preferência! E para que o senhor tenha exata dimensão e importância do cargo.

— Não entendi. (Kayo, fazendo-se de desentendido).

— Os presidentes do nosso país sempre tiveram o destino do mundo em suas mãos. (Prepotência dos políticos).

— E por que nunca mudaram o destino dos mais miseráveis, que só querem uma vida digna? (Kayo, colocando-os em xeque).

— Essa é uma questão ampla e complexa, mas estamos constantemente estudando o assunto. (Hipocrisia política).

— Porque os miseráveis não fazem a diferença, não é mesmo? (Kayo, mostrando toda sua repulsa pelos políticos).

— Desculpe-nos, mas essa é uma abordagem simplista da questão.

— Para que sermos simples se podemos complicar as coisas para não precisarmos resolvê-las, certo? (Kayo).

— Uma vez eleito presidente, o senhor teria a oportunidade de tentar resolver essas questões.

— Decido mais que presidentes ou primeiros-ministros, mas como presidente estarei limitado por forças ocultas. (Kayo).

— Mas o senhor terá um arsenal nuclear e a maior força militar armada do planeta sob a sua responsabilidade.

— Terei à disposição um botãozinho vermelho para explodir o mundo? Que prazerzinho miúdo! (Kayo).

— Verá que são requisitos necessários para que sejamos respeitados por outras nações.

— Os senhores estão me convidando para ir ao céu ou para entrar no inferno? (Kayo).

— Não nos leve a mal, senhor Kayo, mas nos sentiríamos muito honrados se você aceitasse nosso convite.

— Sinto muito, senhores, mas tenho coisas mais importantes para cuidar do que, apenas, um país. (Kayo desdenhando).

— Quanta pretensão, senhor Kayo. Não se trata de um país qualquer. O nosso país é o maior do mundo.

— Quanta pretensão, senhores. Não se esqueçam da China! (Kayo tem um deboche refinado quando quer).

Todos os partidos procuram-no, convidando-o a concorrer ao cargo que quiser, em primeiro lugar por estarem ávidos a desfrutarem de sua imensa fortuna como reforço de campanhas e, em segundo lugar, pensando em tê-lo como aliado.

Ele recusa todos os convites, pois sabe que pode mandar muito mais se estiver fora do Poder.

Os verdadeiros poderosos nunca estão no Poder constituído.

O DILEMA

Para aumentar seu poder de influência no mundo, Kayo decide comprar todas as terras que estejam à venda em qualquer parte do planeta. Ele convida o grupo Green Peace a ajudá-lo a convencer a opinião pública de países mais resistentes em vender imóveis em seus territórios para estrangeiros.

— Tenho uma proposta para lhes fazer. (Kayo).

— O que seria, senhor Kayo? (O principal representante do grupo Green Peace).

— É do conhecimento de todos que estou comprando terras em todo o mundo. (Kayo).

— Sim, sabemos, e é elogiável o que vem fazendo. Transformando as áreas que compra em reservas ambientais, o que está sendo amplamente divulgado pela mídia, aliás, como tudo o que o senhor faz. É o homem mais famoso do momento.

— Gostaria que me ajudassem em países que não permitem a transformação em reservas ambientais. (Kayo).

— Mas é um absurdo algum país ser contrário a isso! E o que ganharíamos com isso?

— Posso colocar mais dinheiro em suas mãos do que veriam se vivessem cem anos. (Kayo).

Ele pretende comprar grandes propriedades agrícolas e transformá-las em áreas de preservação ambiental, sem nenhum tipo de cultura, fazendo completo reflorestamento com mata nativa e plantas originárias da região.

— Sabemos que o senhor tem comprado ilhas e outras terras que não se prestam a agricultura ou a pecuária.

— Mas também pretendo comprar terras onde se cultiva, principalmente, fumo, e transformá-las em reservas ambientais. (Kayo, informando-os).

— Mas isso reduzirá drasticamente a produção de alimentos.

— Que se saiba, fumo não é alimento, e essas terras nunca produziram 1 quilo do que conheço como alimento. (Kayo).

— Bem por isso! Essas terras poderiam produzir alimentos com a troca de cultura. (Um ativista mais entusiasmado).

— Então concordam em produzir alimentos com uso de pesticidas e adubos artificiais até a exaustão da terra? (Kayo).

— Não! Não foi isso o que eu quis dizer.

— Direi qual é o problema, se é que não sabem. Com reflorestamento, as terras renderiam apenas o imposto sobre a propriedade. Os governos gananciosos perderiam os impostos sobre o que fosse cultivado ali, não importando o quê. Esse é o verdadeiro motivo.

O grupo começa a entrar em conflito de ideias e ideais com o discurso contundente de Kayo.

— Somos contrários a quase todas as suas atividades, por isso não vemos como ajudá-lo.

— Com campanhas para a erradicação do fumo como cultura e o apoio para transformar qualquer terra em reserva ambiental, mesmo as que cultivem outros alimentos. (Kayo).

— Mas, no caso do fumo, seria a extinção de mais uma espécie vegetal deste planeta. Não é aceitável.

— Pretendo salvar os fumantes de uma morte lenta e dolorosa que o cigarro produz. Isso lhes parece aceitável? (Kayo).

— Mas deixará de utilizar terras férteis para produzir alimentos.

— Não entendo o que pretendem. Querem salvar o planeta para os humanos ou salvar o planeta dos humanos? (Kayo).

— Essa não é uma questão fácil, mas o que buscamos é o equilíbrio entre a natureza e as atividades humanas.

— Esse é o seu dilema. Talvez nunca tenham pensado profundamente nessa questão. (Kayo).

— Não somos contra a produção de alimentos orgânicos, não transgênicos e sem agrotóxicos.

— Pensam que alimentos produzidos sem tecnologia seriam suficientes para alimentar todos no mundo? (Kayo).

— Nossa maior preocupação é em relação às indústrias poluentes e de produtos perigosos para o meio ambiente. (Um dos ativistas, tentando mudar de assunto).

— Tudo que é produzido tem seus propósitos, além de gerar emprego, renda e impostos para os políticos usurparem. (Kayo).

— Fica difícil aceitar ajuda de quem mantém indústrias químicas e bioquímicas, que fabrica produtos altamente perigosos e poluentes, assim como armas, navios e aviões de guerra. (Um representante do grupo, tentando fugir de seus dilemas).

— Mas parece fácil quando vocês se dispõem a terminar com a exploração e a utilização do petróleo. Imaginem quantas pessoas vocês jogariam no desemprego e, consequentemente, na miséria. Para não falar nas consequências para a economia em geral. (Kayo, com habilidade de enxadrista).

— O mundo possui tecnologias energéticas alternativas, que só são caras devido à ganância de seus produtores.

— Outro engano! Os donos do petróleo é que fazem isso acontecer. Essas tecnologias não são tão caras. (Kayo).

— Nossa intenção não é desempregar ninguém. Nós lutamos por uma vida melhor para todos.

— Todos? Então pensam que os miseráveis deixarão de ser miseráveis pelo simples fato de não serem produzidos alimentos transgênicos? Ou com agrotóxicos? Ou com adubos químicos? Com certeza, aumentará o contingente de miseráveis.

Só o silêncio como resposta. Não encontram argumentos à altura do discurso de Kayo.

— Nesse caso, concordam com o meu investimento em turismo, sobretudo o marítimo, embora possa poluir os mares. (Kayo).

— É difícil dizer... (Os interlocutores ficam em xeque).

— É o que mais gera empregos, pois tenho que construir navios, o que também gera empregos. (Kayo).

— Navios são grandes consumidores de energia à base de petróleo e poluem os mares e a atmosfera.

— Repito que vocês vivem um grave dilema. Não sabem como fazer para salvar o planeta sem prejudicar a humanidade, cujo crescimento incontrolável esgotou o que o mundo é capaz de produzir para alimentá-la. (Kayo).

A LIÇÃO

A reunião continua e, como sua avó Meg, Kayo ministra uma lição de vida aos seus interlocutores. Mas, diferentemente de Meg, ele não se utiliza de inteligência emocional, é direto e contundente em seu discurso.

— Quer nos ajudar, mesmo que tenhamos contribuído para fechar uma de suas fábricas? (O representante).

— Vocês me ajudaram a enriquecer ainda mais. Talvez seja a oportunidade para recompensá-los. (Kayo, enigmático).

— Nós o ajudamos a enriquecer? Como assim? (Chefe da delegação).

— Naquela ocasião, um político que queria se promover aproveitou-se das manifestações que vocês organizaram, conseguiu fechar a fábrica e foi eleito presidente. (Kayo).

— Porém ficamos sabendo que o senhor agora tem três grandes fábricas naquele mesmo país. (Um membro da delegação).

— Meses depois da eleição, aquele político me procurou e implorou-me para que eu reabrisse a fábrica, pois na cidadezinha onde ela ficava era praticamente a única fonte de renda das pessoas, e o local transformou-se numa vila de miseráveis desempregados e descontentes com o governo. (Kayo).

— Mas o senhor voltou para lá, e com três grandes fábricas em cidades diferentes. (O grupo se mantém informado sobre as atividades de Kayo).

— Aquele produto, em razão da menor oferta no mercado mundial, subiu muito de preço. (Kayo).

— O que o levou a voltar a ter negócios num país instável politicamente? Não é um alto risco? (Chefe da delegação).

— Exigi dez anos de isenção fiscal, o que obtive com facilidade. Meu produto se tornou mais barato e quebrei a concorrência.

— Estive lá após o retorno de suas fábricas e vi que o senhor fez melhorias nos vilarejos, com saneamento básico, creches, escolas, postos de saúde e até um grande hospital com capacidade para atender cidades vizinhas. Por que as melhorias?

— Foi uma concessão que fiz. Resolvi aplicar o dinheiro em benefício daquele povo em vez de colocá-lo nas mãos, sempre sujas, de políticos. Com isso ganhei a simpatia popular. Tornei-me respeitado e adorado por lá. (Kayo, presunçoso).

— Não somos radicais, mas fui informada de que as manifestações contra suas atividades naquele país estão proibidas e não seriam bem-vistas pelas populações beneficiadas. (Uma ativista mais moderada).

— Isso não fez parte do pacote, mas é assim que os negócios se tornam intocáveis. E penso que aquelas pessoas só querem proteger seus empregos e a qualidade de vida que lhes proporcionei. Sou muito bom no que faço. (Kayo, sem modéstia).

— Acho que tem razão, pois aquelas cidades estão em melhores condições do que a capital do país. (A mesma ativista).

— Então senhores, o que querem salvar? O planeta ou a humanidade? Decidam-se! (Kayo).

— O que nos aconselha, visto que não aceitaremos sua proposta? (Chefe da delegação).

— Estudem filosofia e pensem muito antes de levantarem seus cartazes em defesa do planeta. Talvez se tornem amigos da sabedoria e descubram para quem estão salvando o planeta, pois as coisas não são tão simples quanto parecem. (Kayo).

— Alguém tem que fazer alguma coisa para proteger o planeta. (Um ativista mais radical).

— Devem ser contra o controle da natalidade, então descubram como gerar energia e alimentar mais de 8 bilhões de seres humanos, cujo número tende a crescer muito nas próximas décadas. Não é o planeta que está em perigo, mas a humanidade.

Novamente, o silêncio é a resposta. O discernimento é a primeira vítima do radicalismo.

— E não se esqueçam dos empregos que estão desaparecendo em razão da informatização e da robotização. (Kayo).

— O avanço da tecnologia vai contra a natureza humana. (Argumento tolo, facilmente rebatidos por Kayo).

— Pensem num mundo sem elevadores, trens de alta velocidade ou aviões. Que beleza! (Kayo, debochando).

— Não somos tão radicais, senhor Kayo. As tecnologias de ponta é que são o problema. (Um argumento contraditório e infantil).

— Então, deem exemplo e joguem fora seus celulares, afinal, eles são produzidos em fábricas, consomem energia e, quando não prestam mais, tornam-se um lixo perigoso para o planeta. Por quanto tempo resistiriam sem dar uma espiadinha no mundo virtual?

— Celulares permitem que usemos as redes sociais para divulgação de nossas ideias. (Justificativa para o uso de alta tecnologia).

— Entenderam? Se abandonarem as redes sociais vocês deixarão de existir no mesmo instante. (Xeque-mate!).

— O mundo não funciona mais sem celulares. Tornou-se um mal necessário. (Mais contradições).

— De que "mundo" estamos falando? Está parecendo que querem salvar o planeta para os mais abastados. Ficariam surpresos com o número de miseráveis que não conhecem *smartphones*. Tudo o que têm feito só beneficia os ricos. (Kayo).

— Não é bem assim. Hoje, essa tecnologia está ao alcance do quase todos. (Falsa analogia).

— Falam como se fossem favoráveis à tecnologia de ponta. No fundo, são favoráveis ao que lhes interessa. (Kayo, ácido).

— É muito difícil conversar com uma pessoa tão... radical. (Argumentos esgotados, restam as falsas acusações).

— Se sou radical, por que vocês continuam usando o transporte coletivo, navios, aviões? Todos eles usam combustíveis poluentes.

— Infelizmente, o mundo atual exige esses meios de transporte. Eles são imprescindíveis. (Chefe da delegação).

— Tentem fazer seu trabalho a pé e vejam até onde podem ir. Ou resolvam o problema dos transportes poluidores. (Kayo).

— O mundo terá que suportar o que temos até que tudo possa ser substituído por meios não poluentes. (Todos ficam sem saída).

— Talvez cheguem à conclusão de que será melhor extinguir a espécie humana e deixar este planeta para os macacos. (Kayo).

Em alguns anos, Kayo torna-se o maior proprietário de terras e imóveis da história, sem a ajuda de qualquer entidade preservacionista. Suas terras somadas ultrapassam a área territorial da França. Logo, países mais espertos proíbem a venda de propriedades imóveis para estrangeiros em nome da soberania nacional. Outros decretam que será necessário declarar e firmar compromisso de como as terras serão utilizadas, não cabendo recursos em caso de autorização negativa.

OS MANDAMENTOS

Para aumentar mais seu império econômico, Kayo decide que é hora de conquistar o espaço, literalmente, não apenas como o maior fornecedor de satélites de comunicações do mundo, mas, também, levá-los até sua órbita no espaço.

Ele consegue uma entrevista coletiva pública com a comissão de aeronáutica e espaço do congresso norte-americano.

— É chegado o momento de buscarmos uma alternativa fora deste planeta para os humanos. (Kayo, falando para comissão).

— Sabemos que não é fácil nem barato. Qual é o seu propósito? (Um congressista).

— Quero iniciar a colonização de Marte, mas não apenas levar o ser humano até lá e voltar como fizemos com relação a Lua. (Kayo).

— O senhor é mesmo muito ambicioso. Não lhe basta ser o homem mais rico de todos os tempos? Quer conquistar outro planeta?

— É justamente por isso que vim até aqui. Quero propor uma parceria com o governo para a colonização de Marte. (Kayo).

— Quer ajuda do governo para pôr em prática a viagem para o planeta vermelho conforme sua avó Meg descreveu num roteiro para um filme de Hollywood? (Um congressista tentando debochar de Kayo).

— Vamos tornar realidade um sonho da humanidade e gostaria de dividir o feito com o povo americano. (Kayo).

— Quanto pensa que custará um empreendimento desses?

— Poderia fazê-lo sozinho se quisesse, mas não sei se permitiriam tornar-me dono de um planeta. (Kayo, falando sério).

— Não pode estar falando sério, senhor Kayo! E nós não estamos aqui para brincadeiras.

— Fiquem sabendo que se for o primeiro a chegar lá, ninguém mais colocará os pés lá sem a minha permissão. (Kayo).

— Com que direito pensa que pode se adonar de um planeta? Para fazer o quê?

— Vou transformá-lo em reserva biológica sideral. (Kayo, debochado como toda sua família).

— Com todo o respeito, o senhor é um megalomaníaco, para não dizer coisa pior. (Senador John, contrário à ideia).

Na sua intenção, Kayo se depara com um senador dos EUA que se mostra totalmente contrário à ideia da retomada da exploração espacial, principalmente uma viagem tripulada para Marte.

— Sou contra devido aos enormes gastos, pois o mundo tem outras prioridades. Penso que não temos mais nada para conversarmos.

Kayo não se dá por vencido e endurece o jogo com os políticos na intenção de retomar os projetos espaciais, mas sob seu comando, para obter vantagens com isso.

— Senhor Kayo, tentamos de tudo para convencer o senador John a parar de fazer campanha contra a retomada do programa espacial para viagem a Marte. (Cezar)

— Em relação à propina, como ele reagiu? (Kayo fala abertamente de comprar políticos).

— Pareceu-nos incorruptível, senhor. Não conseguimos saber nada a esse respeito. Antes de entrar para a política ele era pastor e conseguiu eleger-se com os seus seguidores. (Cezar).

— Pesquisem as vidas íntima e pregressa dele, por favor. (Kayo).

Dois meses depois Kayo faz um convite ao senador John para que vá conhecer o seu trabalho e possa, talvez, mudar de opinião em relação ao seu projeto espacial, as empresas e sobre ele próprio.

— Bom dia, senhor Kayo. Finalmente, vou conversar sozinho com o homem que quer dominar o espaço sideral em nome da humanidade. Gostaria de saber porque quer envolver o mundo inteiro em vez de deixar essa glória somente para o nosso país. (Políticos gostam de discursar).

— Passe a me apoiar junto aos seus colegas senão vou acabar com você. (Kayo parte diretamente ao que interessa, sem rodeios).

— É algum tipo de brincadeira ou isso é uma ameaça, senhor Kayo? (O senador John).

— Não me ofenda. Quem ameaça não tem a intenção de cumprir, quem avisa espera que não haja reação, mas quem dá um ultimato tem certeza de seu poder. Considere-me no último caso, por favor. (Kayo, debochando).

— Isso é uma afronta ao Poder Legislativo que represento. Onde pensa chegar? (Mostrando-se ofendido).

— Não lhe fiz ameaças nem lhe dei avisos. Isso é uma ordem. (Kayo, impositivo, deixando o guarda-costas do senador, nervoso).

— Sabe o que acontece com quem desrespeita o Poder? Em que país pensa estar? (Referindo-se à condenação de Koya).

— Poderia lhe responder se o seu guarda-costas nos deixasse a sós. (Kayo nem ao menos cumprimentou o senador).

— Não. Jamais fico sozinho. Sou um senador da República e por isso muito visado pelos malfeitores. Espero que entenda.

— É claro! Apesar de que em algumas ocasiões faz questão de estar, digamos, sozinho. Se não tem segredos, podemos assistir a um vídeo que achei muito interessante.

Kayo é direto e põe o vídeo num grande monitor, rodando-o imediatamente.

— Saia já! Espere-me lá fora! Vá, vá, vá. (O senador grita com seu guarda-costas, que se retira).

— Sábia decisão! (Kayo nunca se dirige de forma respeitosa a nenhuma autoridade).

O vídeo segue e mostra o senador seviciando uma criança de 10 anos com tapas no rosto e obrigando-a chupar seu pênis. São cenas tão repugnantes que o próprio autor fecha os olhos para não assisti-las.

— Não está gostando? É o ator principal! (Kayo).

— Pare o vídeo, por favor. (O senador sequer tem condições de negar tal a clareza das imagens).

— Pensei que fosse sábio, mas os políticos são apenas ladrões do povo e lacaios dos poderosos. (Kayo tripudia).

— O quer que eu faça? (Desesperado, mas tentando manter a pose).

— Não quero que chupe o meu pênis, mas exijo que me ame acima de todas as coisas. (Kayo).

— Como conseguiu essas imagens? (O senador, ingênuo).

— Porque sou onipresente, onisciente e onipotente! Resumindo: sou Deus! Mais alguma dúvida? (Kayo, debochando).

— Posso parar de ser contra seus projetos espaciais. (O senador começa a fazer concessões).

— Tenho certeza de que fará isso e, como não quis suborno, vai trabalhar de graça para mim. (Kayo).

— Posso convencer meus colegas de partido sobre o programa espacial. (O senador muda de opinião instantaneamente).

— É exatamente o que fará. E esqueça aqueles mandamentos que pregava enquanto pastor. (Kayo).

— Não me transformarei num herege. (Senador John).

— A partir de agora você seguirá os meus mandamentos. (Kayo).

— Que bobagem é essa? Não vou me submeter aos seus caprichos.

O senador não se deu conta da gravidade da situação em que está, então Kayo dita-lhe os seus mandamentos.

— Primeiro: me amarás e convencerás a todos de que sou um homem santo.

— Segundo: não cometerás suicídio. Quero você bem vivo para me servir. Sou o seu Senhor a partir de agora.

— Terceiro: não renunciarás. Quero você como político para me servir.

— Quarto: vais te candidatar em todas as próximas eleições! E não se preocupe com campanha. Elejo você.

— Quinto: vais fazer o que eu mandar.

— Sexto: quando eu mandar.

— Sétimo: como eu mandar! Não necessariamente nessa ordem. (Kayo, debochando).

— Oitavo: não abusarás de ninguém mais. Ficarei sabendo e seus filhinhos também.

— Nono: tudo o que fizeres com uma criança acontecerá com seus filhos ou netos.

O senador se urina de medo das consequências enquanto escuta os mandamentos de Kayo.

— Por favor, senhor Kayo. Pense na minha família... Eles não têm nada a ver com o que faço. (John).

— Devia pensar mais nas famílias das crianças que você sevicia. (Kayo).

— Prometo não fazer mais. Acho que sou doente. Talvez precise de tratamento.

— Demita seus guarda-costas e contrate a minha empresa de segurança. (Kayo).

— Meus seguranças são pagos pelo contribuinte. Por que eu faria isso? (O senador encurralado).

— Meu pessoal não irá deixá-lo cair em tentação. Nunca mais estará só para o seu próprio bem. (Kayo).

— Preciso de privacidade para... para... (O senador sem argumentos).

— Nunca mais terá privacidade. Assim me certifico de que nenhuma criança terá que beber o seu esperma. (Kayo, contundente).

— Não precisa ser desagradável, senhor Kayo.

— Pensei que gostasse. Parecia bem feliz com aquele garotinho sugando o seu membro. (Kayo).

— Por favor, senhor Kayo. Pense na minha família...

— Demita-os agora, conforme o quinto, o sexto e o sétimo mandamentos. (Kayo).

— Mas... Mas... O que direi a eles? (O senador titubeia).

— Tenho certeza de que saberá o que dizer. Minta para eles como mente para seus eleitores. Todos os políticos fazem isso. (Kayo).

Kayo chama Cezar, incumbindo-o de zelar pela segurança do senador.

— Cezar, temos um cliente muito importante para nossa equipe. Não deixe nem um mosquito tocá-lo, por favor. (Kayo).

— Sim, senhor Kayo. (Cezar).

— Até o final do dia de hoje espero receber, pelo menos, um telefonema de apoio ao meu programa espacial. (Kayo).

No restante do dia, Kayo recebe três telefonemas de políticos apoiando a retomada do programa espacial e promessas de altos investimentos e verbas públicas para o empreendimento, bem como a contratação de suas empresas para fornecerem equipamentos e serviços.

Kayo, com sua habilidade e prestígio, agora na frente do programa espacial, torna-o mundial e consegue um feito inédito: unir a comunidade mundial em torno de um projeto ambicioso e caríssimo.

EUA, Canadá, Inglaterra, Comunidade Europeia, Emirados Árabes, Rússia, Cazaquistão, China, Índia, Japão, Coreia do Sul, Austrália, Nova Zelândia, Brasil, Argentina, Uruguai, Egito, México, Panamá, Equador, África do Sul, Arábia Saudita, Israel, Turquia, todos fazendo parte do grande sonho da humanidade para conquistar outros planetas, num esforço conjunto nunca antes imaginado ser possível. Alguns países só concordaram em participar porque Kayo estará no comando do projeto.

É iniciada a construção de uma gigantesca nave espacial, em órbita terrestre, que depois de pronta levará os colonizadores para o planeta vermelho, como no projeto original de Meg.

Em um ano o programa consome mais de um trilhão de dólares e boa parte disso foi para o bolso de políticos e servidores públicos corruptos, com a maioria dos contratos sendo executados pelas empresas do grupo OK&K.

A SURPRESA

Em sua caminhada rumo ao poder total, Kayo segue praticando pequenas e grandes vilanias, além de planejar outras em seus mínimos e sórdidos detalhes, por vezes estarrecendo seus mais fiéis seguidores.

Dois de seus assessores especiais pretendem que Kayo pare com o seu projeto de exterminar a humanidade e planejaram denunciá-lo, mas decidem conversar com ele antes para tentar convencê-lo a desistir da ideia, pois eles estão certos de que Kayo conseguirá atingir seu objetivo.

— Estão aqui dois funcionários que querem falar com o senhor. (Cleo, anunciando as visitas).

— Disseram sobre o que se trata, Cleo? (Kayo sempre quer saber o assunto antecipadamente).

— Não, senhor. Apenas afirmam que é importante e de seu interesse.

Já é final de expediente e Kayo desejava ir para casa, mas depois de uma rápida pausa pede para Cleo deixá-los entrar.

— Está bem, Cleo. Vou atendê-los. E você pode ir para casa, não precisa esperar por mim.

— Obrigada, senhor. Tenha uma boa noite e um bom final de semana também. (Cleo).

— Obrigado. Para você também, Cleo.

Cleo se despede, orienta que os dois entrem na sala de Kayo e se retira.

— Boa noite, senhor Kayo. (Jefrey).

— Boa noite, senhores. Posso ajudá-los?

Kayo imagina que os dois tenham alguma informação útil para seus propósitos e querem tirar alguma vantagem em contar-lhe diretamente, evitando a intermediação de Cezar.

— Senhor Kayo, estamos convictos de que o senhor obterá sucesso em seu objetivo quanto ao destino da humanidade.

— Com certeza não vieram aqui para me contar o que já sei. (Kayo, desconfiando das intenções dos dois).

— Sim, senhor. Mas... (Jefrey titubeia).

— Então? Do que se trata, senhores? (Kayo).

— Achamos que o senhor poderia pensar melhor e... cancelar esse plano... (Alan).

— É interessante a ideia de alguém desistir de um propósito ou de um objetivo do qual tem certeza de sua conclusão com sucesso.

— Perdão, senhor, mas e se não for um sucesso total? E se algo der errado? (Jefrey).

— Para isso é que os senhores estão contratados. Para me alertar sobre qualquer possibilidade de fracasso. Mas, pelo que deduzo, quando entraram aqui estavam convictos de que tudo daria certo. (Kayo).

— É que pensamos melhor e não consideramos justo pessoas inocentes morrerem. (Jefrey).

Kayo pressente que terá grandes problemas com esses dois assessores.

— E o que pensam em fazer? (Kayo calmo como sempre).

— Gostaríamos que o senhor considerasse a possibilidade de cancelar seus planos. (Alan).

— E se não aceitar a ideia? (Kayo).

— Teríamos que comunicar às autoridades. (Jefrey).

— O que pensam que as autoridades fariam com a sua denúncia?

— No mínimo, investigariam suas atividades. (Alan).

— Se vocês ainda não sabem, todas as autoridades a que se referem fazem reverência a mim, pois estão a meu serviço, subornadas. Seria muito difícil a abertura de um inquérito apenas com a sua denúncia. (Kayo).

Nesse instante, como de costume nesse horário, Cezar vai até a sala de Kayo para acompanhá-lo até sua casa ou aonde deseje ir.

Cleo foi para casa, liberada por Kayo, então Cezar bate na porta e entra, deparando-se com os dois funcionários em frente à mesa do chefe.

— Desculpe-me, senhor Kayo. Não sabia que estava ocupado.

Cezar percebe imediatamente o constrangimento dos dois e desconfia de que algo estava errado.

— Está tudo bem, Cezar. Seus colegas vieram até aqui para tentar me convencer de desistir do nosso plano de extermínio. (Kayo).

— É de algum tipo de brincadeira, senhores? (Cezar começa a pensar numa saída para a situação).

— Não, Cezar. Pensamos que é hora de parar com isso. (Jefrey, o mais ousado).

— Então Cezar, o que você acha? (Kayo, fazendo com que Cezar fique e participe da reunião).

— Penso que eles estão com a razão, senhor. (Cezar, surpreendendo a todos).

— O que pensa em fazer, Cezar? (Alan).

Cezar pensa rapidamente e começa a agir.

— A única saída será matar o senhor Kayo. (Cezar, falando muito sério).

— Não, não, Cezar! Não queremos matar ninguém. O senhor Kayo certamente pensará melhor e desistirá da ideia. (Alan).

— Conheço-o muito bem e não acredito que ele desistirá. (Cezar, convencendo a todos que matará Kayo).

— Então vamos denunciá-lo para as autoridades. (Jefrey).

Kayo fica em silêncio, apenas escutando e observando o que está acontecendo, com a tranquilidade de sempre.

— E pensam que alguma autoridade dará crédito a vocês? Ele tem todos em sua folha de pagamento.

Dizendo isso, Cezar tira sua pistola do coldre e coloca um silenciador nela.

— Cezar, por favor, não faça isso. (Alan).

Os dois ficam apavorados pela expectativa de participarem do assassinato de Kayo.

— Não toque nos alarmes, senhor Kayo. E coloque suas mãos sobre a mesa, por favor. (Cezar, dando ordens a Kayo).

Cezar dirige-se para atrás da cadeira de Kayo, destrava e engatilha a pistola e a coloca nas costas dele.

— Encoste a sua cabeça na mesa, senhor Kayo, por favor. (Cezar, decidido e com a arma engatilhada e encostada na nuca de Kayo).

— Até você, Cezar? (Kayo, indagando seu assessor de confiança).

— Não queremos participar disso, Cezar. Não faça isso, por favor. (Alan, o mais comedido).

— Esperei demais por esta chance. É o fim... (Cezar faz dois disparos em sequência).

Tchumm, tchumm. Dois corpos caem, mortalmente alvejados.

—... para vocês! (Completa Cezar).

— Obrigado, Cezar. (Kayo).

— Estava desconfiando deles há algum tempo. (Cezar).

— Por quê? (Kayo quer saber os detalhes).

— Ouvi, sem querer, os dois comentando que o senhor não é um justiceiro, mas um assassino impiedoso. (Cezar).

— Deuses não são assassinos e muito menos justiceiros. Deuses são genocidas. Por isso estou me cansando dessas mortes a conta-gotas. Assim levaremos uma eternidade para atingir nosso objetivo. (Kayo).

— Não teve medo que pudesse matá-lo? (Cezar).

— O que menos me preocupa ou assusta é a morte, Cezar. Apenas espero viver o suficiente para alcançar o meu objetivo de extinguir o ser humano antes que essa raça maldita retire deste planeta a possibilidade de existência de qualquer tipo de vida.

— Conte sempre com a minha ajuda, senhor. (Cezar).

— O que faremos com esse lixo? (Kayo, referindo-se aos dois assessores mortos por Cezar).

— Atirei no externo. Isso fez com que a bala perdesse impacto e não transpassasse o corpo, assim não há grande sangramento. (Cezar).

— O que pretende fazer com os corpos? (Kayo).

— Não se preocupe com nada, senhor. Cuidarei dos corpos e da limpeza. Fique tranquilo. (Cezar).

— E a Cleo? O que diremos a ela? (Kayo).

— Direi a ela que eles vieram aqui para lhe agradecer por tudo e se despedir. (Cezar).

— Tem razão. Eles abandonaram o barco antes de ele afundar ou de seu destino triunfante. (Kayo).

— Agora vá para sua casa e descanse, senhor. O seu final de dia foi tenso.

— Obrigado, Cezar. Você é o melhor assessor que tenho. Qualquer coisa que precisar, basta me falar, sem constrangimento.

— Não deixarei que abandone seu plano enquanto eu viver. (Cezar).

— Também não pretendo desistir. Irei até o fim. Boa noite, Cezar. (Kayo, finalizando).

— Tenha uma ótima noite, senhor.

Kayo percebe que não pode mais recuar em seu objetivo.

Embora todos os políticos creiam ser ele o anticristo, não desconfiam de suas verdadeiras intenções.

Os políticos imaginam que um antiCristo queira apenas,destruir o Poder constituído. Quanta pretensão e arrogância!

REFLEXÕES

Com a ameaça de delação e de morte que sofreu por parte de dois de seus assessores especiais, Kayo faz uma reflexão sobre suas intenções mais obscuras e se lembra da conversa com seu pai sobre imortalidade.

Desde que decidiu exterminar a espécie humana, Kayo assessorou-se de pessoas cegamente fiéis a ele: Cezar, Cleo, Alex, Henrique, Louis, Peter, Arthur, Chang, Sule, Ricardo e Jojo, mas entre elas apareceram dois, Alan e Jefrey, que discordaram da sua intenção e tentaram impedi-lo.

"Preciso continuar. Em consideração a todos os que acreditam em mim e colaboraram para que eu chegasse até aqui", pensa Kayo, sozinho, em sua casa. A mesma casa onde começou e transcorreu uma linda história de amor verdadeiro entre seu avô Sam e sua avó Meg e, depois, de seu pai e sua mãe.

"Surpreende-me a certeza que todos têm demonstrado de que realmente posso acabar com a espécie humana. É assustador pensar que posso ficar sozinho neste planeta e horripilante a ideia de que matarei bilhões de pessoas inocentes".

Diante do grande pôster em que aparecem seus avós, seu tio e sua mãe, ele estende a mão como se quisesse acariciá-los.

"Crianças, homens e mulheres, que nem sabem exatamente por que estão neste planeta. Completamente ignorantes de tudo. Talvez precise matar apenas os políticos, os religiosos, os donos dos Poderes constituídos", Kayo continua pensando.

Então ele se dirige ao seu computador e começa a rever planilhas e apontamentos sobre o final que pretende impor à humanidade.

"A minha condição faria qualquer um sentir-se como um deus, mas sinto-me cada vez menor, cada vez mais sozinho, porém cada vez mais certo de que tenho que fazer isso. Algo ou alguma coisa me impõe que o faça".

Enquanto faz um balanço sobre as consequências, paralelamente vai desenhando em sua mente a maneira mais eficaz de levar a cabo sua intenção.

"Ninguém deve escapar, ninguém deve sobreviver para dar continuidade a esta maldita espécie. Como conseguir isso?", Kayo se questiona.

Em seus apontamentos há uma observação para a realização de uma reunião geral com seus assessores para procurarem qualquer possibilidade de falha e para deixar claro que ficarão sozinhos no planeta, algo difícil de se imaginar.

"Pretendo acabar com todos simultaneamente para que não tenham tempo para lamentações ou orações e pedidos de milagres em vão. Não que esteja com medo de que algum milagre aconteça".

Em outra observação anotada em sua planilha estão as palavras: evento grandioso.

"Sei, sei... Será bem difícil, pois o ser humano tem a abominável mania de esconder-se nos recantos mais estranhos e inacessíveis deste planeta".

Kayo continua revendo suas anotações e adicionando outras observações.

"Quero que seja um evento festivo, grandioso. É, é isso! Quero que seja assim e assim será! Às vezes chego a admitir que estou louco ao buscar esse objetivo. O que posso lucrar com o extermínio da espécie? Contudo, que diferença faz o depois? Estarei morto! Apesar de que o papai estava convicto de que sou imortal".

Somente o som de sua respiração é ouvido ali, enquanto seu pensamento fervilha.

"Agora compreendo porque mamãe sempre foi tão revoltada com os Poderes constituídos, pois é dado a eles o poder para a solução de problemas e nada fazem, apenas utilizam-se dele em benefício próprio, para se promoverem e se perpetuarem nos cargos. É um fim em si mesmo. Com tantos diplomatas é, no mínimo, estranho que o ser humano continue em constante conflito. As religiões também não têm ajudado em nada, pelo contrário, muitas guerras foram travadas em nome de Deus".

Em ocasiões angustiantes como essa, Kayo vai até a biblioteca, escolhe algum álbum de fotos virtuais ou vídeo da família e coloca-os para assistir em uma mesa digital que projeta grandes imagens na parede. Quando quer parar a cena, basta estalar os dedos, e estalando-os novamente o vídeo volta a rodar. São fotos e filmes de encontros informais, festas, viagens e eventos dos quais seus familiares participaram e que tranquilizam seu espírito e servem de luz para seu caminho cada vez mais sombrio e sem volta.

O EVENTO

Passaram-se alguns anos e o projeto de colonização de Marte ainda não deslanchou. A imprensa começa a cobrar resultados mais objetivos, tendo em vista o enorme aporte de recursos financeiros consumidos até então.

— *A opinião pública e os contribuintes querem saber quando veremos algum resultado prático do projeto de viagem para Marte conduzido pelo senhor Kayo. (Jornais do mundo inteiro começam a pressionar por resultados).*

— *Tenho uma conquista mais importante para o ser humano do que para a humanidade. (Kayo, xeque-mate).*

Numa jogada de mestre, para desviar as atenções do programa espacial, Kayo comunica ao mundo que seus laboratórios fármacos desenvolveram uma vacina contra as cáries, e suas ações nas bolsas de valores explodem, assim como explode a ira dos odontólogos e da indústria de produtos dentários.

— Esse desgraçado sempre vence tudo e a todos! (Representante da indústria farmacêutica).

— Temos que investigar como ele conseguiu aprovação para esse medicamento tão rapidamente. (Comerciantes de produtos dentários).

— Deve ter subornado todos do FDA. (Um lobista sabendo muito bem do que fala).

— Sem dúvida, vai acabar com esse ramo da indústria e do comércio. (Um analista econômico).

— Isso vai desviar o foco de seu fracassado programa espacial. (Um repórter arguto).

Ele anuncia que a vacina é baseada num estudo muito mais amplo de seu pai, James. Após a divulgação do estudo, seu pai é agraciado com o prêmio Nobel de Medicina, *post-mortem*, somente porque Kayo é o maior contribuinte da premiação, pois desde 1974 a honraria não era entregue postumamente. Kayo enfrenta a ira dos contrários, mas vence com facilidade.

— Perdoe-me, mãe, por ter demorado tanto a revelar os estudos do papai. Mas não podia deixar essas descobertas caírem precocemente em mãos erradas. (Kayo, justificando-se).

— O que posso fazer? Agora você é o dono de tudo. Você é o dono do mundo! (Koya, profética).

— Te amo, mãe. Te amo! (Kayo).

Na cerimônia de entrega do Prêmio Nobel comparecem Koya, Oaky, Nicole, Kayo e Rachel, bem como toda a comunidade científica e outros agraciados.

Rachel está de burca, Koya discretamente elegante e bonita apesar da idade e de todo o sofrimento, Oaky sóbrio, num *smoking*, Nicole também muito elegante e bonita. Já Kayo transgrediu todas as regras de etiqueta e compareceu vestindo calça jeans, tênis, camisa muito simples e uma jaqueta de couro velha e surrada.

Kayo é o maior contribuinte da Academia de Ciência da Noruega (que administra o Prêmio Nobel). Ele não discursa, apenas ampara a mãe o tempo todo.

Koya recebe o prêmio em nome do falecido marido e emociona a todos com um minuto de silêncio, olhando e acariciando a medalha e o diploma do Nobel, e depois com o agradecimento simples e comovido:

— Obrigada... James... Jimmy... Te amo!

Koya começa a chorar e é aplaudida de pé, sendo conduzida para seu lugar por Kayo, que estava ao seu lado no momento da entrega do prêmio. Ele é o grande responsável pela transformação das teorias de seu pai na realidade de uma vacina.

— O senhor Kayo fez questão de comparecer vestido informalmente, desafiando os organizadores. (Um colunista social).

— Com certeza, ele demonstrou que as vestes nada têm a ver com ciência e fazer o bem pela humanidade. (Um estudante da Universidade de Ciências Exatas de Kayo).

— Isso só foi permitido porque ele é o maior doador da Academia Nobel. (Uma revista de moda).

— Quanta arrogância! (Um político convidado para a cerimônia se referindo a Kayo).

— Se fosse arrogante ele teria vindo com uma coroa de ouro cravejada com diamantes. (A namorada do estudante, seguindo carreira de Matemática).

— O homem mais poderoso de todos os tempos não usa gravata porque ela é o símbolo da arrogância e da prepotência. (O estudante).

— Todos que usam gravatas se consideram mais do que os outros. (Ganhador do Nobel de Literatura ao ouvir o comentário).

A comunidade científica levará anos para compreender a total abrangência e importância das descobertas pelas quais James recebeu o Prêmio Nobel.

Uma vacina genética de amplo espectro poderá tornar o ser humano, desde o seu nascimento, imune a todas as doenças conhecidas. Poderão ser criadas vacinas genéticas que evitarão doenças hereditárias como diabetes, cânceres de seio, útero e ovários, síndrome de Down, cardiopatias, Alzheimer, Parkinson, enfim, todas as doenças que são herdadas de pais e mães. Será o fim das heranças malditas.

Problemas que necessitariam de milhões de anos de evolução para serem eliminados, resolvidos matematicamente num piscar de olhos.

Ao ser equacionado, o ser humano se tornaria um ser transgênico.

A PARTIDA

Alguns meses depois da entrega do Prêmio Nobel póstumo a James, Oaky e Nicole estão no escritório do apartamento onde moram, revendo a teoria da origem do Universo baseada na luz pura iniciada por Meg, tentando encontrar alguma forma de provar sua validade. Eles também trabalham em alguns projetos encomendados por Kayo, todos na área da informática, certamente com o único propósito de mantê-los ocupados.

— Nicky! (Oaky dá um longo suspiro e olha fixamente para ela).

— Sim? Fale, amor! (Nicole, absorta em seu trabalho, não percebe que Oaky tem dificuldades para respirar).

— Por favor, ligue para Koya e peça para ela vir até aqui. (Oaky, falando vagarosamente).

— Agora? (Nicole estranha o pedido).

— Sim, estou com muitas saudades dela. (Oaky).

— Mas falamos com ela ontem.

— Por favor, meu amor. Quero vê-la e não somente falar com ela. (Oaky pede carinhosamente, como sempre).

— Está bem. (Nicole liga para sua cunhada e faz o pedido).

Oaky, com 78 anos, não apresenta nenhum problema de saúde, apenas parece cansado de viver.

— O que você quer comigo, mano, para me fazer vir até aqui? (Koy, atende prontamente o convite de Nicole).

— Quero que você me cheire. [Ha ha ha]. (Oaky, zoando).

Koya cheira-o carinhosamente, várias vezes.

— Meu nariz não é mais o mesmo. Não sinto mais o seu cheiro. Parece que ele se foi. (Koya fala como se pressentisse algo ruim).

— É porque você está velha. Seu nariz não duraria para sempre. (Oaky, mais humorado do que normalmente).

— Nós temos a mesma idade, não se esqueça disso. (Koya).

— É muito bom que você esteja comigo. (Oaky, enigmático).

— Ainda não disse por que me pediu para vir aqui. (Koya).

— Para dizer que te amo. Te amo muito, muito. (Oaky faz mais uma declaração de amor para sua irmã, dentre tantas que já fez).

— Você está muito estranho. Pode me dizer o que está acontecendo? (Koya, desconfiada).

— Estamos velhos, precisamos nos ver mais vezes. Nunca se sabe quando será a última. (Oaky).

— Não pretendo morrer tão cedo. Em que bobagens você anda pensando? (Koya, estranhando o comportamento de seu irmão).

— Tenho a impressão de que fizemos tudo o que tínhamos para fazer... (Oaky).

— Pode ser mais claro? Do que você está falando? (Koya insiste).

Koya faz-se de desentendida, mas percebe que seu irmão está cansado de viver.

— Mamãe dizia que ninguém deve viver para sempre, muito menos ser imortal. (Oaky).

— Estamos com 78 anos de idade. Isso está longe de qualquer imortalidade. (Koya).

— Tornaram-se imortais pelo que fizeram. Você, meu amor, recebeu o prêmio Nobel por suas descobertas. E você, Koya, nunca será esquecida pelo que realizou e tudo pelo que passou. Você é uma lenda e lendas são imortais! (Nicole).

— As pessoas têm que morrer para as lendas se tornarem eternas. [Ha ha ha]. (Oaky).

— Sua irmã é uma lenda viva e considero-me com sorte por tê-la conhecido e convivido com ela. (Nicole).

— Todos nós morreremos um dia, e quando isso acontecer não quero ninguém lamentando a minha partida. (Oaky).

— Pare com essa conversa, Oaky. Está deixando a Nicky triste e eu também. (Koya, contrariada).

— Convidei-a para vir aqui para lhe agradecer por tudo que fez pela nossa família. (Oaky).

— Tudo o que fiz sempre fiz por amor. (Koya).

— Especialmente o amor que sempre teve por mim. Muito obrigado, mana. Te amo, te amo. (Oaky abraça e beija Koya).

— O que fazemos por amor não precisa ser agradecido. Deve ser retribuído. (Koya).

Dias depois, a convite de Oaky, ele e Nicole vão até o Central Park para um passeio para aproveitar o maravilhoso dia de primavera. Sentados num banco, o sol ilumina seus rostos e uma brisa carrega delicadamente as folhas caídas em sua volta.

— Te amo, Nicky. Vou te amar para sempre.

São as últimas palavras de Oaky, levado da vida delicadamente, como uma folha carregada pela brisa.

Com o falecimento de Oaky, os gêmeos geniais se separam carnalmente, mas permanece uma ligação sublime e inexplicável entre os dois, transcendendo os limites da compreensão do que é a morte.

Assim como sua mãe, Meg, que vivia à sombra de George, Koya sente muito a morte do irmão e ninguém sabe até quando ela resistirá à ausência definitiva de Oaky.

— Kayo, meu sobrinho querido, queria lhe fazer um pedido muito especial. (Nicole, arrasada com a morte de seu grande amor).

— Fale, tia. Peça-me o que quiser e eu farei, com certeza. (Kayo, enlutado pela morte de seu tio).

— Quero que fale com a sua mãe e, se você também concordar, gostaria de... guardar as cinzas de... Oaky... comigo. (Nicole).

— É costume da nossa família lançar as cinzas de seus mortos ao mar, mas tenho certeza de que a mamãe não se oporá ao seu desejo. (Kayo).

— E com você, está tudo bem? (Nicole, preocupada com o luto de Kayo).

— Não, tia. Amava meu tio e sentirei muito a sua falta. Era como um segundo pai para mim. (Kayo).

Kayo conversa com a sua mãe sobre o pedido de Nicole.

— É claro que concordo. O amor entre eles foi muito lindo e intenso. Amo a Nicky. (Koya).

— Tia, a mamãe concordou com seu pedido e me disse que ia lhe sugerir exatamente isso. (Kayo).

— Que bom! Amo muito a sua mãe. (Nicole).

— Se quiser, posso ajudá-la a administrar a usina de fusão, tia. (Kayo).

— Ia lhe pedir isso, mas receio que seja muito ocupado, com tantos negócios para administrar. (Nicole).

— Tenho colaboradores muito competentes e lhes pago bons salários para que façam um excelente trabalho. (Kayo).

— Então pode fazer o quiser, pois não encontraria um administrador melhor que você. (Nicole).

Com a permissão de sua tia e a colaboração de Ricardo, que presidia a usina, Kayo promove uma grande reforma nas instalações da empresa.

— O senhor pretende uma redução de pessoal com as alterações que planejou? (Ricardo, estranhando as alterações).

— Quero que ela se torne completamente autônoma e tenha reserva de combustível armazenado para muitos anos. (Kayo).

— Quanto à autonomia de funcionamento, a senhora Nicole me informou que preparou programas de comando. (Ricardo).

— Tudo será comandado por um computador, que ficará instalado num satélite em órbita geoestacionária. (Kayo).

— É um projeto muito ambicioso e caro. Em compensação, a usina terá condições de fazer automanutenção. (Ricardo).

— Essa é a intenção e possuímos tecnologia necessária para isso, mas não pretendo demitir ninguém. (Kayo).

— Penso, até, que terá de admitir pessoal especializado para trabalhar nos laboratórios anexos que construiremos. (Ricardo).

— Exatamente! E quero que essas instalações fiquem em sigilo absoluto. (Kayo).

— Mas a reforma será muito grande e as autoridades virão fiscalizar antes de fornecerem as licenças necessárias para o funcionamento. (Ricardo).

— Mantenha-me informado das inspeções, se possível, com antecedência. Vou ver o que posso fazer quanto às fiscalizações. (Kayo).

— Não se preocupe, senhor. Acho que sei como tratar as fiscalizações. (Ricardo, integrado à equipe especial de Kayo).

A reforma levou dez anos para ser concluída e foi executada pelas empresas de engenharia, reformas e construções da própria família, em ritmo acelerado. Tudo com as tecnologias mais avançadas da época e outras inéditas e secretas, desenvolvidas pelas empresas de alta tecnologia que Kayo mantêm sob o mais absoluto segredo.

Além da plena automação implementada e do armazenamento de combustível suficiente para muitos anos, também foram construídas salas de aulas e para reuniões, biblioteca, videoteca, laboratórios biológico, bioquímico e de análises clínicas, e salas hospitalares preparadas para qualquer tipo de cirurgia. Tudo com os equipamentos mais avançados que existiam.

No quesito alimentação, a usina tem uma ampla cozinha e refeitório para os funcionários, e essas instalações foram ampliadas e modernizadas com câmaras frigoríficas para conservação de grandes quantidades de alimentos, além de ambientes adequados para o armazenamento de alimentos fora do congelamento.

Todas as novas instalações foram construídas em subterrâneos de até dez andares abaixo da superfície, protegidas contra danos causados por possíveis ataques nucleares.

— Não sei qual exatamente o seu propósito, senhor Kayo, mas estas instalações podem suportar até uma improvável guerra nuclear. (Ricardo).

— Melhor não saber, Ricardo. E mais uma vez, muito obrigado pela sua dedicação, empenho e competência. (Kayo).

— Fizemos o melhor que podíamos. (Ricardo).

— Tenho certeza. E espero contar com a sua total discrição. (Kayo).

— Como planejamos, sempre que acontecer qualquer tipo de avanço na tecnologia médica ou de alimentação veremos a possibilidade de incrementar aqui. (Ricardo, seguindo os planos de Kayo).

— Esse será o nosso segredo. (Kayo).

O complexo da usina foi transformado numa espécie de abrigo antinuclear, que poderá abrigar até cem pessoas com todas as provisões necessárias para um longo período de isolamento, inclusive com espaços para lazer e musculação, além de continuar sua função de fornecer energia elétrica limpa.

Pelo menos uma vez por ano, Kayo promove, pessoalmente, uma vistoria nas instalações especiais da usina. Ele passeia pelas instalações como se estivesse na companhia de seu falecido tio Oaky e olha para aquelas salas e para aqueles corredores como se conseguisse enxergar ali o futuro. A construção e os equipamentos são sempre atualizados com as novas e mais avançadas tecnologias que vão sendo descobertas ou inventadas.

COINCIDÊNCIAS

Dentre seus assessores especiais está Jean, francês, formado em Antropologia, que se interessa pela árvore genealógica de Kayo ao saber da história que Rose lhe contou, com o intuito de confirmar o que ela havia dito. Ele confirma toda a história a respeito da ascendência de Kayo por parte de sua avó Meg, e salta-lhe aos olhos uma estranha coincidência que faz questão de comentar com Kayo.

— Senhor Kayo, aquela jovem realmente lhe contou a verdade. Confirmei toda sua ascendência por parte de sua avó Meg. (Jean).

— Que bom, Jean, obrigado. Bom saber que não perdi meu tempo. E confesso que foi prazeroso ouvi-la. (Kayo).

— Agora tentarei confirmar sua ascendência por parte de seu avô Sam, mas descobri coisas que me impressionaram muito.

— Que coisas do meu passado te impressionaram tanto, além daquelas histórias de semideuses? (Kayo).

— Suas antepassadas, até sua bisavó Regina, viveram no Sul do Brasil, e uma participou da Coluna Prestes. (Jean).

— Coluna o quê? O que é isso? (Kayo).

— A Coluna Prestes foi a maior jornada realizada por humanos de que se tem notícia na história. (Jean).

— Como assim? Explique-me melhor, por favor. (Kayo).

— Há registros muito fiéis de que um grupo de pessoas empreendeu uma caminhada de 25 mil quilômetros, começando no Sul do Brasil, andando por matas, sertões e agreste, tendo se dissipado na Bolívia, também na América do Sul. (Jean).

— Com que propósito? (Kayo).

— Por insatisfação com a chamada República Velha e exigência do voto secreto, entre anos de 1925 e 1927. O idealizador da manifestação, Luís Carlos Prestes, era capitão do exército brasileiro. (Jean).

— Tanto esforço para nada. Pelo que sabemos, aquele país continua sem democracia. Que mais descobriu? (Kayo).

— Uma coincidência, no mínimo, intrigante. (Jean).

— Que coincidência, Jean? (Kayo).

— Desde a sua ancestral Laura até a sua avó Meg, todas foram filhas únicas, não tiveram irmãos.

— É bastante intrigante, uma vez que naquela época os casais costumavam ter muitos filhos pelas mais diversas razões.

— Exatamente! Mas não é somente isso. (Jean).

— Tem mais coincidência? (Kayo).

— Por parte do seu avô Sam, até onde descobri, também foram filhas únicas.

— Parece mais do que coincidência. (Kayo).

— Então escute o que mais eu descobri. (Jean).

— Mesmo? Continue. Está ficando interessante. (Kayo).

— Sua família vem sendo acompanhada e assessorada por pessoas que também são filhos únicos. A começar por mim. (Jean).

— Conte-me tudo o que descobriu. (Kayo).

— Acompanhe o meu raciocínio: George e Lilly eram filhos únicos e só tiveram o Carl. Heliot e sua esposa, junto com seu único filho, foram mortos num atentado. Clair, a secretária de Meg, e seu marido Robert, só tiveram um filho. Elizabeth, a secretária de sua mãe, e Cleo, a sua secretária.

— Desculpe-me interrompê-lo, mas até parece que você quer me assustar. (Kayo).

— Inicialmente, eu também me assustei. Eu prossegui e descobri que Julian, Chris, Bob, Alice, Billy, Lucy, todos eram filhos únicos, bem como todos os seus assessores atuais são filhos únicos, assim como sua tia, Nicole. (Jean).

— Parece que estamos falando da China, quando os casais só podiam ter um filho. (Kayo).

— Procurei as origens de Zayn, o namorado de sua irmã que foi assassinado, ele também não tinha irmãos. (Jean).

— É mesmo assustador! (Kayo).

— Khalil, o rapaz que ajudou sua irmã a fugir do cativeiro, também era filho único, assim como a garota Helen, que o senhor ajudou.

— É impressionante! (Kayo, admirado).

— As únicas exceções aconteceram quando a sua mãe nasceu, gêmea de seu tio, Oaky. Mas de qualquer forma, foi uma única gestação. (Jean).

— A outra exceção sou eu. (Kayo).

— Não exatamente. De certa forma, o senhor é filho único. Tem meio irmãos por parte de pai, James, que aliás, também era filho único. O senhor é o único filho biológico da senhora Koya. (Jean).

— E o que tudo isso significa? (Kayo).

— Ah, sei lá! Os filhos únicos parecem ser donos de um poder estranho. Talvez acumulem o poder dos irmãos que não tiveram.

— Isso parece superstição. Você se considera poderoso? (Kayo).

— Não, senhor. Considero-me uma pessoa comum, mas não posso negar que trabalhando para o senhor sinto que posso fazer muito mais do que se estivesse em qualquer outra empresa. (Jean).

— Você não trabalha para mim, você trabalha comigo. (Kayo, reproduzindo o comportamento de sua avó Meg).

— Obrigado, senhor. Na rápida pesquisa que fiz sobre as origens por parte de seu avô Sam, também encontrei a mesma coincidência. Suas avós, até a quinta geração passada, foram filhas únicas. (Jean).

— É mesmo muita coincidência. Mas para a minha avó Meg não seria coincidência. (Kayo).

— Por que, senhor Kayo?

— Ela amava matemática e diria que é muita coincidência para ser somente coincidência. (Kayo).

— O que seria, então? (Jean).

— Ah, sei lá! Minha avó considerava limites, o conceito mais importante da história da humanidade. (Kayo).

— Como assim? O que limites têm a ver com coincidências? (Jean).

— Penso que quando a repetição de uma coincidência ultrapassa certo limite deixa de ser coincidência. (Kayo).

— Faz sentido, pois um dado não pode cair indefinidamente com a mesma face para cima. É sinal de que é um dado viciado.

— Meu avô Sam era muito bom em matemática financeira e um hábil aplicador em bolsas de valores. Ele diria que, probabilisticamente, é impossível um evento assim acontecer de forma natural. (Kayo).

— Posso continuar pesquisando se o senhor quiser. (Jean).

— Sim, estou bastante interessado. Mas não se apresse nem dê prioridade. Não acho que coincidências mudarão alguma coisa em minha vida. E parabéns pelo seu trabalho. (Kayo).

— Obrigado, senhor. Está sendo muito excitante estudar sua genealogia. (Jean).

— Estou surpreso! Pensei que a minha vida fosse sem graça. (Kayo).

— E cheguei a uma conclusão ao estudar sua vida. (Jean).

— Pode me contar? (Kayo, curioso).

— Se todos os humanos optassem por terem somente um filho, mesmo considerando a melhor hipótese, a espécie se extinguiria.

— E qual é a melhor hipótese? (Kayo).

— Que nascessem sempre 50% de cada sexo. Caso isso não ocorresse, a extinção seria mais rápida. (Jean).

— Parece um tanto assustador! (Kayo).

— Não, senhor. É uma constatação matemática. (Jean).

— Talvez por isso a natureza fez com que a maioria das mulheres queira ter mais de um filho. (Kayo).

— Tem razão. É uma espécie de gatilho que a natureza incutiu nas mulheres para garantir a continuação da espécie. (Jean).

— O certo é que a natureza é mais sábia do que todos nós. (Kayo).

Depois que Jean se retira, Kayo levanta-se e vai até a janela, e fica olhando para outros prédios, que impedem a visão do horizonte, meditando sobre a conversa e a coincidência descoberta pelo seu assessor, bem como sobre a possibilidade de autoextinção se todas as mulheres decidem só terem um filho.

"Não, não! Não pode ser apenas coincidência. Deve ter alguma explicação, alguma razão para isso acontecer. Se fossem apenas meus ancestrais, mas a maioria, ou quase todos os que trabalham mais próximos da nossa família, também são filhos únicos, sem que ninguém determine ou faça de propósito a escolha das pessoas com essa condição".

Longe de ser supersticioso, Kayo é, antes de tudo, um empresário gélido e calculista, uma pessoa que busca de modo obstinado seus objetivos sem se preocupar se vai ferir ou prejudicar alguém.

"Por que sou assim?", continuou pensando. "Não tenho medo de nada, nada me abala e a maioria das pessoas tem medo de mim. Tenho uma certeza inexplicável de que sempre conseguirei tudo o que pretendo fazer. E por que parece que todas as coisas já estão programadas em minha mente, antes mesmo que pense em como fazê-las? Não quero acreditar que sou mais inteligente do que todo mundo, mas, com certeza, a natureza é mais sábia que todos. Poderei vencê-la?".

Kayo sente que uma força estranha o impele a buscar seu objetivo final cada vez com mais afinco.

"O ser humano extinguiu várias espécies com suas ações predatórias ou pelo simples prazer de matar. Não deve ser difícil extinguir uma criatura tão frágil e, ao mesmo tempo, tão abominável e arrogante quanto nós", reflete Kayo com sua frieza inabalável.

Ele começa a sentir que a natureza, em sua busca pela preservação, talvez encontre uma forma de impedir uma rápida e precoce extinção da espécie humana.

A CASA DE ENCONTROS

Três meses depois da morte de seu irmão, Koya vai até a casa de Kayo sem avisar e encontra-o na suíte onde Meg teve o primeiro encontro amoroso com Sam, e onde ela própria viveu intensamente seu amor com James. Ela tem as senhas de acesso à casa e os seguranças não a impedem de circular livremente no lugar que foi o seu lar.

Kayo está transando com duas mulheres ao mesmo tempo.

— Olá, mãe. Estava mesmo com muitas saudades de você. Parece que você lê meus pensamentos. (Kayo).

— Em compensação parece que você não lê mais nada. (Koya, indignada com seu filho).

— Parece que você adivinhou que queria vê-la, abraçá-la e beijá-la. (Kayo, descontraído).

Kayo está nu, com as duas mulheres, sem o menor pudor. Uma delas está com o pênis de Kayo na boca e custa a perceber que Koya entrou na suíte. A outra estava chupando a xoxota da acompanhante e parou imediatamente.

— O que faz com duas mulheres nessa cama? (Koya).

— O dobro do que se faz com uma. (Kayo, irônico).

— Você está usando drogas? (Koya).

— Não, mãe. Não preciso. Acho que droga é coisa para fracos e babacas. (Kayo nunca experimentou nenhum tipo de droga, muito menos Viagra).

— Aonde te leva esse comportamento?

— Ao prazer, mãe. E saiba que nunca usei drogas. (Kayo).

As mulheres levantam-se da cama, tentando cobrir-se com o lençol, enquanto Kayo fica nu e com o pênis ainda ereto diante de sua mãe.

— Está tudo bem, garotas. Podem se vestir. E falem com o meu assessor sobre seus honorários. Tchau e obrigado por tudo! (Kayo).

— Tchau, Kayo. Até a próxima. (As duas se despedem e rumam ao banheiro para se vestirem).

— Nem sabe o quanto estou feliz em vê-la, mamãe. (Kayo segue nu).

— O que você pretende com essas mulheres? (Koya).

— Divertir-me, é claro. (Kayo, com o pênis ainda ereto, começa a colocar sua roupa).

— E os sentimentos delas? Não se preocupa com isso? (Koya).

— São profissionais, mãe. Só estão trabalhando e ganhando honestamente seu sustento. (Kayo).

— E se você engravidá-las? (Koya).

— Fique tranquila. Fiz vasectomia e sempre uso preservativo. (Kayo).

— Então não pretende ter filhos? (Koya).

— Tenho meu esperma congelado e posso adotar, como você fez. (Kayo).

— Disse que não gosto ouvir essa palavra. Não quero ouvi-la nunca mais. (Koya, indignada).

— Perdoe-me, mãe. Sei perfeitamente o quanto você ama a todos nós. (Kayo).

— Precisa fazer isso neste lugar, onde tudo o que se fez foi sempre por amor? (Koya).

— Nem sempre, mãe. Vovó Meg me falou que esta era a casa que o vovô Sam usava para suas transas antes de conhecê-la. A casa só está voltando às origens. (Kayo, completando).

— Para mim esta casa é um lugar sagrado, onde eu e seu tio Oaky nascemos, crescemos e fomos muito felizes. (Koya).

— Sei disso, mãe. Não quero desrespeitar a memória de ninguém. Você sabe que amo e respeito todos da nossa família.

Kayo prossegue sem dar importância para a zanga de sua mãe, e ambos vão para a sala. Lá, acompanhando tudo, está seu funcionário mais fiel, que é um dos guarda-costas de Koya.

— Vamos, abrace-me, mãe. Não quer me cheirar? (Kayo, zoando).

— Afaste-se de mim. Você está com o cheiro daquelas mulheres.

— Se esperar posso tomar um banho, mas ainda não me disse o quer, mãe.

— Se tivesse uma arma mataria você agora. (Koya).

— Por quê? Estava apenas me divertindo um pouco. Desculpe-me, mas não sabia que viria me visitar.

— Sua intenção de matar todo mundo é uma insanidade. (Koya).

— Se, por essa razão, quer me matar, que não seja por falta de arma. Por favor, Eddy, dê sua arma para mamãe.

Eddy, o segurança pessoal de Koya, fica olhando, surpreso, e não atende ao pedido de Kayo.

— Vamos. O que está esperando? Dê sua arma para a minha mãe, por favor. (O segurança obedece).

— Você está me desafiando, Kayo? (Koya sente o peso da arma, mas aponta-a para a cabeça de seu filho).

— Não, mãe. Você não vai conseguir. (Kayo parece nervoso).

— Está com medo de morrer? (As mãos de Koya tremem).

— Não. Mas você não vai fazer isso assim. Por favor, me dê a arma. (Kayo insiste).

Kayo vai se aproximando devagar de sua mãe, que continua apontando a arma para ele.

— Você é como todo mundo. Está se borrando de medo de morrer. (Koya, quase chorando).

— Por favor, me dê essa arma, mãe!

Finalmente, ele retira a arma da mão de Koya, que começa a chorar.

Trackt! Kayo destrava a pistola.

— Viu? Estava travada. Você não ia conseguir. (Kayo, com muita calma).

Bang! Ouve-se o estampido ensurdecedor do disparo da pistola ecoando por toda a casa.

— Aaahh! (Koya dá um grito de susto ao ouvir o disparo da arma).

O tiro acerta o rei branco do jogo de xadrez, fazendo-o em pedaços. O projétil também atinge o tabuleiro, partindo-o ao meio e espalhando as outras peças pela sala com grande estardalhaço, ressoando pelo recinto.

— Pronto, pegue-a! Agora você pode. Você é a poderosa Koya, a lenda! (Kayo devolve-lhe a arma com um sorriso).

— Meu filho, não estou mais te reconhecendo. (Koya pega a arma sob o olhar atento de Eddy).

— Me conheça agora e veja se eu temo a morte! (Kayo)

— Te criei e te dei tanto amor e carinho! (Koya, com a arma abaixada).

— É a melhor morte que alguém pode desejar. Pelas mãos da pessoa que lhe deu a vida. (Kayo).

Koya fica olhando para a arma por alguns instantes.

— Vamos! Como prefere? Na cabeça, no coração? Ou quer que me vire de costas para você não ver meu rosto? (Kayo).

— Quero que pare com o que está fazendo. (Koya levanta a arma e aponta na direção de seu filho).

— Papai disse que sou imortal. Você é a única pessoa que permito que me mate. (Kayo segue frio como gelo).

— E você acreditou? O que vou fazer é para não ver mais tanta insanidade e ódio. Não desejo mais ver isso! (Koya).

— Não, mãe! Não, não, não faça isso! Isso não. Me dê essa arma, por favor! (Kayo grita, desesperado).

Kayo se desespera ao ver sua mãe apontar a arma para a própria cabeça, com claros sinais de que puxará o gatilho.

Ao ver Kayo desesperado, Eddy entende que é hora de agir e aproxima-se rapidamente de Koya por trás, segurando sua mão com firmeza, mas Koya aperta o gatilho. O dedo do segurança atrás do gatilho impede o disparo. Ele retira a arma da mão de Koya com cuidado para não feri-la, depois a abraça, confortando-a.

— Perdão, senhora. Não queria machucá-la. (Eddy).

Koya volta a chorar, sendo amparada pelo segurança, que tem o dedo ferido pelo gatilho da arma e sangra.

— Perdão, Eddy! Não desejava feri-lo. Por favor, me perdoe. (Koya, humilde e arrependida).

— Está tudo bem, senhora. Não tem do que se desculpar. Está tudo bem, está tudo bem agora. (Eddy, confortando-a).

— Obrigado, Eddy! Venha, mãe. Sente-se comigo no sofá. Quero sentir o seu calor, preciso do seu carinho. (Kayo).

— No que você se transformou? O que pari? (Koya, confusa).

— Sou Kayo, seu filho. Mãe, te amo, te amo! Te amo acima de tudo e de todos. (Kayo).

— Você é a Besta que eu pari, ou sou eu a Besta que te pariu? (Koya, questionando).

Kayo joga-se aos pés de sua mãe e começa a beijá-los e a acariciá-los.

— Te amo, minha mãe. Nunca mais repita isso. Você é tudo de bom, tudo para mim, tudo, tudo... (Kayo).

— Por que não consegue me abraçar? Por que só beija meus pés? (Ela não recebe um abraço afetuoso de seu filho há muito tempo).

— Porque não mereço o resto de você. Sou um ser inominável, desprezível e rastejante. (Kayo, muito emocionado).

— Você só consegue ser carinhoso com a sua irmã. Por que, meu filho? (Koya).

— Não sou digno de você, não sou digno de ser seu filho, mãe. Não presto, não sei amar, mas preciso do teu abraço.

— Por quê? (Koya insiste na pergunta inteligente).

— Seu abraço me conforta e com ele sinto como se recebesse algo que falta dentro de mim. Preciso muito de você. (Kayo).

Eddy, enrolando seu dedo num lenço, observa, em silêncio e emocionado, mãe e filho num encontro cheio de revelações íntimas e dramáticas.

— Nesta sala minha mãe tentou o suicídio e... algo maior e incompreensível para mim evitou que ela... (Koya).

— Mas foi o George quem a salvou. (Kayo sabe pouco dessa história).

— Não, o George foi apenas um instrumento... Não sei, não sei de mais nada... Só sei que... te amo, filho.

Kayo não consegue abraçar a sua mãe. Da criança feliz e do adolescente amoroso com todos, nada restou.

Quando não está com a sua mãe ou com a sua irmã, ele mais se parece com um zumbi, um corpo sem vida, gélido, sem sentimentos e com um único propósito.

— Então me diga o que sou. Sou mesmo imortal como o papai me contou? (Kayo, procurando respostas).

— É o homem mais rico e poderoso de todos os tempos. Imortais não têm coração. (Koya, falando figurativamente de coração).

— Riqueza não me interessa. (Kayo).

— Então por que segue acumulando cada vez mais dinheiro, ouro e outros metais valiosos? (Koya sabe das aplicações em ouro).

— Não quero falar de coisas que não lhe agradam. (Kayo).

— O que está pensando em fazer não é uma brincadeira. (Afirma Koya).

— Acha que conseguirei?

— Tenho certeza de que conseguirá, mas e depois? Como vai viver com isso em sua consciência? (Koya).

— Ninguém sobreviverá para bater em minha consciência.

— Ninguém tem o direito de extinguir qualquer espécie. No que você acredita? (Koya tenta mudar o raciocínio).

— O homem foi criado sem mãe, por isso deu na merda que deu. (Kayo, referindo-se à crença na divindade do ser humano).

— E quanto às mulheres? O que você pensa? (Koya).

— Que nenhum Deus teria competência suficiente para criar um ser tão maravilhoso, muito menos um Deus que condena Sua criatura à própria sorte e deveria ser processado por abandono de incapazes. (Kayo, o advogado).

— Você tem uma admiração pelas mulheres que beira ao sublime, então por que nunca pensou em se casar? (Koya).

— Não gostaria de enjaular uma mulher no meu mundo sórdido e sombrio, sem futuro nem esperanças. (Kayo).

— Não há nada melhor do que uma vida com amor. Amor verdadeiro. (Koya).

— Não consigo amar. E seria difícil alguém amar verdadeiramente um homem tão rico e poderoso. (Kayo, consciente de sua condição diante de pessoas comuns).

— Você tem consciência da exata dimensão do que pretende? Como poderá ficar sozinho no mundo?

— Mãe, não me faça perguntas difíceis. E não viverei por muito tempo. (Kayo).

— Mas você acha que é imortal. Vai se matar depois? (Koya, incisiva).

— Precisarei me certificar de que ninguém escapará.

— Qual a diferença com o que Hitler tentou fazer? (Koya continua questionando seu filho).

— Hitler era um bobalhão. Queria dominar o mundo para escravizar a humanidade. Vou apenas extingui-la, não quero explorá-la.

— Pense bem no que pretende fazer, pois não poderá falhar. Esse é o tipo de negócio de tudo ou nada. (Koya, empresária).

— Não se preocupe, mãe. Não quero mais que pense nisso. Quero que saiba que te amo muito. (Kayo).

Após sua mãe se retirar, Kayo chama o chefe da segurança e dá ordens expressas e urgentes a ele.

— Quero a segurança da minha mãe reforçada. (Kayo).

— Sim, senhor. Ela é sempre acompanhada por dois seguranças e o motorista.

— Quero que ela seja vigiada vinte e quatro horas por dia. (Kayo).

— Estamos fazendo isso, senhor.

— Quero que façam mais! Quero saber o que ela come, o que bebe, que remédios toma e por que, aonde vai, o que faz, a que horas vai dormir. Quero vigilância constante, inclusive sobre todos os materiais cortantes ou outros objetos com que ela possa se ferir. Quero ser informado sobre o que ela assiste na televisão e até o que ela lê. (Kayo).

— Faremos o possível para sermos discretos.

— Evitem que ela se exponha a qualquer situação de risco. Minha mãe não pode se matar, não pode se matar, entendeu bem? (Kayo, enfatizando).

— Não deixaremos isso acontecer.

— Faça sua equipe consciente disso e entre em contato com eles imediatamente. (Kayo muito preocupado).

— É o nosso trabalho. E a sua mãe é uma pessoa muito especial. Fique tranquilo.

— Por favor, me desculpe se fui rude, mas é uma questão de vida ou morte. (Kayo, apreensivo com a possibilidade de suicídio de sua mãe).

— Não tem do que se desculpar, senhor. É a sua mãe e todos nós admiramos e amamos a senhora Koya.

— Minha avó Meg tentou o suicídio uma vez e quase conseguiu. Minha mãe não pode fazer isso comigo. (Kayo).

— A senhora Koya não fará isso. É a mulher mais forte e corajosa que conheço.

— Ela está muito fragilizada em razão da morte do meu tio. (Kayo).

— Se depender de nós isso não acontecerá.

— Muito obrigado! (Kayo, finalizando).

Preocupado, Kayo fala com a irmã.

— Alô, Rachel. Quero que acompanhe a saúde da mamãe. Tenho medo de que ela faça alguma loucura. (Kayo).

— Não se preocupe, mano. Visito a mamãe regularmente e posso te garantir que está tudo bem. (Rachel).

— Obrigado, mana. Cuide bem da nossa mãe. Te amo. (Kayo, desligando).

A MÃE

Livre da prisão, mas presa à vida e sob intensa vigilância, conforme determinado por Kayo, Koya segue sua vida de clausura, recebendo regularmente a visita de Rachel.

— Bom dia, mãe. Desculpe por não vir mais vezes, mas o trabalho no hospital está cada vez mais intenso. (Rachel).

— Bom dia, minha filha. Não se incomode com isso. Sei o quanto você adora fazer o bem para as pessoas. (Koya).

— Por isso mesmo não devo me descuidar da minha mãezinha querida. (Rachel).

— O Kayo tem te ajudado? (Koya).

— Sim, da maneira que ele pode, ou seja, com dinheiro, pois ele mal tem tempo de cuidar da própria saúde.

— Ele está com algum problema, Rachel?

— Não! Fique tranquila, mamãe. Acho que o Kayo jamais terá algum tipo de problema de saúde. Lembra que ele nunca ficou doentinho quando criança? (Rachel).

— Lembro-me! Com o passar do tempo seu pai ficou impressionado com a saúde do seu irmão, tanto que não parava de fazer todos os tipos de exames nele. (Koya).

— Ele era tão fofinho! Adorava pegá-lo no colo. (Rachel).

— Você incomodava-o até que acordasse só para brincar, como se ele fosse uma boneca viva. (Koya).

— Amo o meu irmão. Gostaria tanto que ele se casasse para brincar com meus sobrinhos. (Rachel).

Nicole, que passou a ser uma espécie de acompanhante de Koya na solidão, praticamente a visita todos os dias e várias vezes passa a semana toda no apartamento dela.

— Foi muito bom passar a semana com você. (Nicole).

— Venha aqui quando quiser e fique o tempo que desejar. É um prazer tê-la como companhia e conversar com você. (Koya).

— Gostaria que você passasse alguns dias comigo em meu apartamento. (Nicole).

— Sim, eu também. Estou com saudade das suas receitas deliciosas e cheirosas. (Koya).

Kayo também passou a visitá-la com mais frequência, temeroso de que ela possa tentar contra a própria vida sem que a segurança possa intervir a tempo.

— Meu filho, percebo que você vem aqui, mas sua cabeça está em seus negócios. (Koya, parecendo muito debilitada).

— Mãe, não quero que se preocupe com isso. Venho aqui porque quero vê-la, para me abraçar e me cheirar. (Kayo).

— Sempre disse que você seria um administrador muito melhor. Só não sei para que tanto dinheiro. (Koya).

— Preciso continuar promovendo emprego e renda para as pessoas. Elas precisam viver dignamente. (Kayo).

Koya nada responde, parece muito fraca.

— Pedirei para os médicos examiná-la. Parece-me anêmica. (Kayo).

— Sua irmã me examina uma vez por semana. Penso que é suficiente. (Koya).

— Mas você pode ir ao médico que quiser. Os seguranças acompanharão. (Kayo, sempre preocupado com a segurança).

— Que bom que posso escolher aonde ir. (Koya, sarcástica).

— Você não é minha prisioneira, mãe. Só não quero que se machuque. (Kayo).

— Estou bem e não farei nada para magoar você ou sua irmã.

— Fico preocupado com a sua segurança porque sei que sou odiado por muitos. Podem machucá-la para atingir-me.

— Por que pensa que estou anêmica?

— Você conta que conheceu o papai em razão de uma anemia. Há quanto tempo a Rachel lhe examinou?

— A semana passada. Estava tudo bem. (Koya).

— Não é o que parece hoje. Vou combinar com a Rachel para interná-la para exames mais detalhados. (Kayo, preocupado).

— Não quero que se incomodem comigo. Vocês têm muito o que fazer. (Koya).

— O que acabou de dizer soa mais como um insulto aos seus filhos que te amam tanto.

— Perdão, não foi a minha intenção. Você tem negócios no mundo inteiro e sei bem o que isso significa.

Parece visível que Koya não deseja mais viver.

— É obrigação de qualquer filho cuidar e proteger seus pais, principalmente sua mãe. (Kayo).

— Está bem! Se é a sua vontade, converse com sua irmã. Ela te ama. (Koya).

— Falarei com médicos e enfermeiras para ficarem com você vinte e quatro horas por dia e não só durante o dia. (Kayo).

— Que exagero! Não vejo necessidade. (Koya).

— Eu vejo, e é o bastante!

— Os profissionais ficarão entediados, sendo pagos apenas para me paparicar.

— Espero que aproveitem a oportunidade e transformem o tédio em pesquisas úteis para a medicina. (Kayo).

— Meu filho! (Koya continua sentada no sofá, parecendo sem forças para levantar-se).

Kayo se prepara para retirar-se e sua mãe o chama, fazendo um pedido dramático.

— Sim, mamãe?

— Me abrace, por favor. Por favor!

Por uns instantes Kayo fica olhando para sua mãe e depois se senta ao seu lado e envolve Koya num abraço carinhoso, como nunca houvera feito antes.

— Obrigada, meu filho. Te amo. (Koya).

Ele beija as faces de Koya várias vezes, dizendo palavras carinhosas e abraçando-a com força.

— Te amo, minha mãezinha. Seja Koya para sempre, por mim, para mim e para todo o mundo. Te amo. (Kayo).

Depois de um longo e profundo suspiro, Koya não volta mais a respirar, permanecendo imóvel, aninhada no colo de seu filho.

— Mãe? Mãe? Por favor, fale comigo, fale! MÃE!!!!

Kayo grita desesperadamente, não querendo acreditar no que aconteceu. Sua mãe jaz inerte em seus braços. A acompanhante ouve os gritos de Kayo e, quando chega, ela o vê aos prantos, com sua mãe nos braços, e logo percebe que algo muito grave aconteceu.

Imediatamente, a enfermeira de plantão entra na sala, acompanhada do médico. Ainda tentam reanimá-la, mas tudo em vão. Koya morreu, aninhada, com carinho, nos braços de seu poderoso filho.

— Rachel! (Kayo não consegue falar, apenas chora).

— O que ouve com a mamãe? (Imediatamente, Rachel entende que algo grave aconteceu).

— Nossa mãezinha nos deixou... Ela... se foi... (Kayo, soluçando).

— Eu... (Rachel também se emociona). Vou... agora ...

Ao chegar ao apartamento, Rachel encontra Kayo desesperado, com sua mãe nos braços, e também entra em desespero. Nada resta aos que ficam senão prantear seus entes queridos.

— Nossa mãezinha! Kayo... meu irmão... (Rachel afaga e beija o rosto sem vida de Koya).

— Por favor, me ajude a suportar esta dor...

Rachel comunica a morte de Koya para Nicole, que comparece à cerimônia final com as cinzas de Oaky.

— Ia lhe pedir para... (Kayo não termina e Nicole entrega-lhe as cinzas de seu finado marido).

— Não por outro motivo pedi para ficar com as cinzas do seu tio. Pegue e faça o que tem que fazer. (Nicole).

Kayo, Rachel e Nicole misturam as cinzas dos gêmeos geniais e poderosos e lançam-nas ao mar.

— Mãe, descanse em paz junto com o tio e seja Koya para sempre. Vocês vieram a este mundo juntos e agora estarão juntos para sempre. Para sempre Oaky, para sempre Koya, por toda a eternidade. (Kayo).

Depois da cerimônia junto ao mar, Kayo volta para casa e olha por instantes o grande pôster (todos mortos agora). Depois vai para a biblioteca e coloca para rodar o vídeo da inauguração do teatro da ponte, e quando sua avó chama por Koya, ele trava o vídeo, aproxima da grande tela e tenta tocar, com a mão trêmula, a linda imagem congelada de sua mãe quando ainda era uma criança feliz e graciosa, com os olhinhos arregalados pela travessura que fazia. Kayo não consegue tocar a imagem e tem dificuldades para respirar, então bate com força em seu peito, como que procurando algo que falta dentro dele.

— Quem sou? O que sou? Por que tenho que fazer... o que vou... fazer? (Kayo se questiona com angústia).

A imprensa noticia a morte de Koya.

— *Uma grande mulher, deixou grandes lições de amor e dedicação aos filhos. (Uma revista dirigida às mulheres).*

— *A maior herança que Koya deixou foi o seu amor por sua filha Rachel. (Um político que odeia Kayo).*

— *Morre a mulher, permanece a lenda. (Uma jornalista).*

— *A lenda se fez eterna. (Um colunista social).*

— *Filha da mulher mais linda de todos os tempos, Koya tornou-se a mulher mais forte e corajosa de todos os tempos. (Um escritor).*

— *Sempre venceu todos os desafios e só foi superada por seu filho, Kayo, um gênio das finanças. (Um analista de economia).*

Durante os meses seguintes são várias as homenagens em memória de Koya. O mundo jornalístico não mede admiração e elogios à mulher que se tornou uma lenda imortal.

O PEDIDO

Um político escravizado por Kayo através de suas chantagens, recorre a ele para fazer um pedido dramático.

— Desculpe-me importuná-lo, senhor Kayo, mas é um assunto da maior gravidade. (Dan).

— Estou abrindo-lhe uma grande exceção, fique sabendo. Detesto exceções por serem privilégios abomináveis. (Kayo).

— E estou muito grato por isso. Estou aqui na qualidade de um pai desesperado, senhor Kayo. (Dan).

— Pensei que não fosse dado o dom da paternidade para políticos. (Kayo, montando um quebra--cabeças, sequer olha para seu ilustre e angustiado visitante).

— Poupe-me de seus deboches, pelo menos nesta ocasião, senhor Kayo. (Dan).

— Então me poupe da sua verborreia inútil e diga-me o que quer. (Kayo).

— Gostaria que o senhor se dignasse a, pelo menos, olhar para mim.

— Meu estômago é muito sensível com políticos. (Kayo, insinuando ter náuseas ao olhar para um político).

— O que tenho para lhe pedir talvez seja mais importante que esse quebra-cabeças.

— Não acredito, pois estou montando um retrato dos meus domínios. (Kayo).

— Me parece o mapa-múndi. (Dan)

— Foi o que eu disse. (Kayo, debochado como toda a família).

— Meu filho está internado numa clínica de recuperação para dependentes químicos.

— Quer dizer, viciados. (Kayo é implacável).

— É uma palavra muito forte, senhor.

— E seu filho é muito fraco, com certeza. (Kayo).

— O importante é que é meu filho.

— Os filhos dos outros, por certo, não lhe são importantes, não é?

— Meu coração de pai está ferido e doendo. (O político tenta sensibilizar Kayo).

— Sabe qual é a dor que dói mais? (Kayo, enigmático).

— O senhor não faz ideia do que é ver um filho escravo das drogas.

— Não respondeu à pergunta, mas dou a resposta: a dor que dói mais é sempre a nossa porque a dos outros não sentimos.

— O senhor é muito cruel. (Dan).

— As drogas são cruéis, mas somente agora parece se preocupar com o flagelo que elas promovem. (Kayo).

— Minha família é a coisa mais importante que tenho. É por ela que tento ajudá-lo em seus pleitos junto ao Poder Público.

— Não está fazendo nada de graça. (Kayo, referindo-se às propinas que paga).

— Prove-me que é tão poderoso quanto pensa e mate aquele maldito traficante que desgraçou o meu filho. (Dan).

— [Ha ha ha ha ha ha]. Um traficante? Só um miserável narcotraficantezinho? [Ha ha ha]. (Kayo ri a não poder mais).

— Não acho nenhuma graça em assassinatos. (Dan).

— Então vem na presença do homem mais poderoso do mundo para pedir para que mate o traficante que abastece seu filho? (Kayo).

— É muito importante para mim. Quero dar um fim nisso.

— E pensa que com isso estará livrando sua cria da perdição? (Kayo).

— Ele está em tratamento para livrar-se das drogas.

— Só falta me dizer que acredita em tratamento ou que matando esse traficante outro não o substituirá. (Kayo).

— Penso que não quer fazer porque tem medo de encarar o narcotráfico. (Desesperado, o político desafia Kayo).

— Não sou um assassino, sou um exterminador. (Kayo excita-se com o desafio).

— Então por que não extermina o tráfico de drogas? (O desafio aumenta).

— Agora começamos a nos entender. Só faço serviços grandes, por isso todas as minhas empresas são sempre as maiores do ramo.

— Pensa, mesmo, que pode acabar com o tráfico de drogas? (Incrédulo).

— Sim. E se quer mesmo isso não use drogas. (Kayo, com uma segurança inacreditável).

— Então financiará uma campanha contra o uso de drogas? (Dan).

— Não. Vou abalar o mundo das drogas, mas, para isso, não use mais drogas. (Kayo).

— Não uso drogas, senhor Kayo. Só quero meu filho livre desse tormento. E como pensa em fazer isso?

— Não se preocupe. Preocupe-se apenas em não deixar ninguém usar drogas. (Kayo, insistindo).

— Entendi. É a terceira vez que me diz para evitar as drogas.

— Pior é que não vai adiantar. (Kayo, profético).

— Agora, não entendi. (Dan).

— Vai entender, mas, talvez, seja tarde demais. (Kayo, dispensando sua visita sem cerimônias).

— Boa tarde, senhor Kayo. E muito obrigado por tudo o que puder fazer. (Dan).

— Fique sabendo que posso tudo. (Kayo faz questão de ser arrogante com políticos).

Quando o político se retira, Kayo chama seus assessores especiais.

— Chang! Tenho mais uma tarefa venenosa para você e seu grupo caso decidam aceitá-la.

— Basta nos dizer o que quer, senhor. (Chang).

— Essa será a primeira etapa e a chamaremos de "Operação Droga Mortal". (Kayo).

— Será um prazer, senhor Kayo. Também gostaríamos de acabar com as drogas. (Chang).

A REVELAÇÃO

Kayo parece ter sempre tudo preparado em sua mente. Sua inteligência é muito superior à média, seu raciocínio é veloz como a luz.

Chang e seu grupo decidem aceitar o desafio de abalar profundamente o tráfico internacional de drogas.

— Essa operação será cumprida em várias etapas e espero que tenha desdobramentos bastante significativos. (Kayo).

— Iniciamos a primeira etapa, senhor. Chang e sua equipe estão viajando para os locais onde se concentram mais usuários.

— Vamos ver como o mundo reage quando revelarmos quem são os verdadeiros financiadores do tráfico. (Kayo).

Um mês depois começam a ocorrer milhares de mortes de usuários de drogas pelo mundo inteiro. Logo descobrem que não é de overdose e, sim, em razão das drogas estarem envenenadas. A imprensa passa a divulgar os nomes dos usuários mais famosos que morreram pelo uso de drogas envenenadas e, também, faz vários comentários acerca do assunto.

— Agora não é mais possível ignorar que os filhos de ricos e famosos, atrizes, atores, filhos de políticos e autoridades são os que mantém o tráfico e não os pobres ou miseráveis.

— Atletas inativos e outros, ainda em atividade, eram usuários de drogas e ninguém sabia.

— Talvez as pessoas parem de usar drogas a partir de agora.

— Enquanto pensávamos que só os pobres usavam drogas estava tudo bem, mas e agora?

— As autoridades têm que fazer alguma coisa, pois é uma questão de saúde pública.

— Estamos de luto pelos que morreram e envergonhados pelos péssimos exemplos que passaram a representar.

— O que pensará uma criança ao saber que seu ídolo ou seu herói era usuário de droga? Talvez também queira experimentar!

— Até agentes públicos que deveriam dar o exemplo sucumbiram ao fascínio das drogas.

A indústria cinematográfica fica profundamente abalada com as dezenas de mortes que ocorrem entre os que trabalham em Hollywood. São atores, atrizes, diretores, cenógrafos, sonoplastas, operadores de câmeras, roteiristas, dublês etc. Ninguém escapa de dar uma cheiradinha de vez em quando e é surpreendido consumindo drogas envenenadas.

O prejuízo de Hollywood é imenso, com produções que estavam em andamento e têm que ser abandonadas devido à morte de vários integrantes do set.

— É estarrecedor o que está acontecendo aqui. Nós, que produzimos tantos filmes sobre os malefícios das drogas, bem como criamos diversos heróis para o seu combate, sucumbimos diante do poder delas. (Um cineasta).

Patrocinadores de atletas também são pegos de surpresa ao verem seus produtos vinculados a usuários de drogas e financiadores do tráfico, bem como todas as consequências agregadas a ele.

— Não queremos a imagem do nosso produto suja com drogas. Não patrocinaremos mais nenhum atleta!

As autoridades se veem pressionadas a agirem e reforçam a fiscalização nas fronteiras, onde são apreendidos grandes volumes de drogas e, concomitantemente, é descoberto que vários agentes públicos estão profundamente envolvidos com o tráfico e dele se aproveitando para enriquecerem ilicitamente. São vários os agentes alfandegários, policiais, delegados e até juízes que acobertam o tráfico e usam drogas.

O mundo da moda também é profundamente abalado com a revelação do uso de drogas em seu meio.

A Organização Mundial da Saúde convoca uma reunião de emergência, que transcorre em segredo e nada do que é decidido é divulgado. Com o passar do tempo, a impressão é de que a decisão foi a de nada fazer. Novamente, essa entidade joga fora uma excelente oportunidade de provar sua utilidade e faz seu prestígio rastejar cada vez mais.

A CIA (Agência de Inteligência dos EUA) inicia uma investigação para saber quem está envenenando as drogas em vez de descobrir e prender os mandantes e chefões do tráfico.

— Minha vez! (Kayo inicia a segunda etapa de seu plano – Fim de Festa).

Ele comanda uma caçada mortal e vários chefões do tráfico são assassinados, em diversas partes do mundo.

Ele aproveita que os maiores chefões do tráfico, apavorados, reúnem-se para decidir o que fazer e, com o uso de drones, lança veneno no sítio onde estão, mas matando também mulheres e crianças.

— Por incrível que pareça, as autoridades se mostram mais preocupadas com os traficantes do que com a sociedade. (Kayo, comentando).

— Muitos políticos do mundo inteiro têm ligações estreitas e diretas com o tráfico de drogas, senhor. (Um assessor).

— Sou a pessoa que está perdendo mais dinheiro com isso tudo e as autoridades preocupadas com os traficantes. (Kayo).

— Meu filho morreu com droga envenenada. Como conseguiram entrar na clínica onde ele estava? (Dan).

— Eu avisei. (Kayo).

— Me avisou para não usar drogas. Por certo já havia decido envenená-las. (Dan).

— O mais importante que eu disse é que não adiantaria avisá-lo. (Kayo, profético).

A BATALHA FINAL

As investigações prosseguem e a CIA acusa Kayo de ser o mentor e o mandante dos assassinatos de traficantes devido ao uso de venenos produzidos em suas fábricas.

— Penso que mexeram com a pessoa errada.

Um assessor, especialista em informática, convocado por Kayo para uma reunião.

— Outra vez é a minha vez! Vamos dar início à terceira etapa e chamá-la de "A Batalha Final". (Kayo).

— O que o senhor deseja que façamos? (O assessor de informática).

— Peguem os arquivos mais recentes dos serviços secretos de todo o mundo. Vamos dar-lhes com o que se preocuparem. (Kayo).

Amanhece um belo dia de primavera no hemisfério norte, porém logo uma notícia se espalha, com previsões de uma terceira guerra mundial; as bolsas despencam e os pregões têm que ser suspensos.

— Circula na internet uma lista com os nomes de todos os agentes secretos dos Estados Unidos, seus endereços, o nome das esposas e até onde seus filhos estudam. (Manchetes da imprensa internacional).

— Vocês foram macabros! Incluíram na lista até o número da sepultura da mãe do chefe da espionagem. (Kayo)

— No Dia Internacional da Mulher, o chefe da espionagem disse que gostaria de ser sepultado na mesma cova de sua mãe. (Seu assessor).

A suspeita é de que a lista saiu de computadores do Kremlin (Rússia). EUA e Rússia cortam relações diplomáticas e seus embaixadores deixam os países. A crise se agrava rapidamente. Há ameaça de desabastecimento de alimentos nas grandes cidades de todo o mundo. As duas nações colocam de prontidão as suas Forças Armadas.

Seis horas depois, outra lista de espiões aparece na internet. Dessa vez é a lista completa de espiões russos que atuam em todo o mundo. Constata-se que a lista é verdadeira e saiu de computadores da Casa Branca.

— Minha tia fez um excelente trabalho. Com esse programa não há como negar de onde surgiram as listas. (Kayo).

A situação é de confronto bélico entre as duas nações. As bolsas de valores caem, o preço do petróleo dispara, começa a faltar alimentos nas prateleiras dos supermercados de muitas cidades do mundo.

Mais seis horas se passam e agora é a vez da lista de espiões chineses ser divulgada. A lista sai de computadores do Palácio de Buckingham e também corresponde à realidade. Espiões começam a serem presos no mundo inteiro.

— Que estranho... Só falam em guerra. Onde estão os diplomatas e a diplomacia? (Kayo, debochando da situação).

— Acho que primeiro eles deveriam conversar e não se ameaçarem, como estão fazendo. (O assessor).

— Quem ameaça é fraco e pensa que não haverá reação! (Kayo).

Quatro horas depois é a vez do Palácio de Versalles divulgar uma lista com espiões ingleses.

— *Se as listas não fossem verdadeiras, isso poderia ser apenas uma brincadeira ou uma fake news. (Um analista político).*

— *São nossos aliados. É inacreditável! (Porta-voz do governo inglês).*

Em poucas horas, uma lista com espiões japoneses aparece, oriunda do governo chinês. Enquanto listas e mais listas de espiões vão sendo divulgadas, agentes são assassinados e os governos ficam paralisados, sem saberem o que fazer.

— *É inacreditável que vários espiões sejam jornalistas. (Uma autoridade japonesa).*

— *Eles têm livre trânsito em quase todos os países e aproveitam-se disso. (Um secretário de Estado).*

— *Assim podem se deslocar para qualquer lugar sem levantar suspeitas. (Um analista militar).*

— *Além de se comunicarem por canais exclusivos de comunicação. (Assessor de imprensa).*

— *A imprensa mostra sua verdadeira face, tendenciosa e submissa ao Poder constituído. (O analista militar).*

— *Lembrem-se de que a imprensa mundial se calou sobre toda a merda que o fundador do WikiLeaks, Julian Assanje, lançou na internet. (Assessor de imprensa).*

— *Nenhum Poder Judiciário tomou qualquer providência a respeito desses fatos. (Analista militar).*

— *Em compensação, Julian Assanje tem que viver confinado em uma embaixada, como se estivesse cumprindo pena sem ser condenado. (Secretário de Estado).*

— *Alguma providência tem que ser adotada em relação a essa situação. (Analista militar).*

— *Até porque, não devemos ser ingênuos e esperar que a espionagem simplesmente pare de funcionar. (Secretário de Estado).*

Nos bastidores, para políticos e militares, essa constatação não causa nenhum espanto. Eles sabiam, pois eram os articuladores desses serviços para a segurança e para o bem da nação.

Kayo também sabia, informado pelos seus assessores, que haviam analisado o perfil dos agentes secretos quando os programas espiões passaram a identificá-los. Foi mais uma razão que levou Kayo a lançar essas informações para o público.

Vários países, mais radicais, expulsam jornalistas estrangeiros e fecham todas as agências de notícias e escritórios de grandes jornais mundiais. Outros passam a proibir a veiculação de jornais e canais de televisão de notícias, alegando que eles tentam deturpar suas realidades e condicionar suas populações, fazendo-as voltarem-se contra seus governantes.

— As máscaras continuam caindo, mas todos agem como se nada soubessem e como se nada estivesse acontecendo. (Kayo).

— Há muito tempo a imprensa está desacreditada, pois antes que ela noticie alguma coisa, já é sabido na internet e nas redes sociais. (O assessor).

— Agora está provado por que os governantes se mantêm por tanto tempo no poder e raramente são apanhados pelas falcatruas que cometem. (Kayo).

— Tudo feito sob a hipócrita desculpa da segurança nacional. (O assessor).

— Que sempre foi e sempre será a segurança do Poder, ou melhor, daqueles que se adonam do Poder constituído. (Kayo).

A ONU convoca uma reunião de emergência do Conselho de Segurança, mas ninguém comparece, e a entidade se mostra inútil em seu principal propósito de promover a paz entre os povos, atolada na lama de sua incompetência e das conveniências das nações mais poderosas.

A desconfiança é geral e uma guerra mundial parece iminente. Os povos, únicos prejudicados, começam a mostrar sua indignação com as mazelas de seus governantes. Protestos contra espionagens surgem em todos os lugares do mundo.

Os EUA propõem que a internet seja tirada do ar. Em apenas duas horas de silêncio da internet são perdidos trilhões de dólares em negócios e bancos chegam à beira da falência. O sistema financeiro mundial para. A internet volta, triunfante.

— Talvez tenha perdido a chance de ver a espécie se autoexterminar. (Um assessor de Kayo).

— Engano seu! Os mais ricos sempre sobrevivem. E quando fizer isso, ninguém terá chance de escapar e não será com uma guerra, nem mesmo uma grande guerra mundial. (Kayo).

A economia mundial, paralisada, dá claros sinais de que sucumbirá em poucos dias e jogará na miséria mais da metade da população do planeta, o que levaria bilhões de pessoas à morte, sobrevivendo apenas os mais ricos.

O secretário de Estado dos EUA pede uma reunião urgente com o secretário-geral do Kremelin. Altos mandatários dos EUA, Rússia, Inglaterra, Alemanha, China, Índia, África do Sul, Canadá, Suíça, Austrália, Japão, Coreia do Sul, Arábia Saudita, França, Itália e Holanda se reúnem no Brasil e chegam a um acordo, acabando com as ameaças e tensões com a troca de agentes presos e o compromisso de acabarem com as atividades de espionagem. Nenhum diplomata foi convidado e, por essa razão, uma guerra foi evitada, pois o poder econômico falou mais alto; porém os prejuízos econômicos são enormes, principalmente para os países e para as populações mais pobres.

As acusações contra Kayo são retiradas com um pedido público de desculpas.

— Nada afasta a minha convicção de que o senhor Kayo está por trás de tudo isso. (Um agente da CIA).

— Além de não podermos prova nada, é um risco enorme qualquer tentativa de incriminá-lo. (Outro agente).

— Diria que é um risco de morte. (O agente).

Torna-se raro encontrar drogas para comprar e o consumo cai quase a zero em todo o mundo.

— Lamentavelmente, foi necessário uma tragédia global e centenas de mortes de pessoas notáveis para que o consumo de drogas recuasse tanto. (Um repórter).

— As clínicas de recuperação de dependentes químicos estão com lista de espera. (Representante do setor de atendimento a dependentes químicos).

— Os grandes chefões do tráfico de drogas foram assassinados ou estão presos. (Noticiário policial).

— Alguns chefes do tráfico entregaram-se à Justiça com medo de serem assassinados. (Um servidor da Justiça).

— Não existe mais lugar seguro para eles, pois alguém muito poderoso é capaz de encontrá-los em qualquer lugar que tentem se esconder. (Um delegado de polícia desconfiando que Kayo seja o responsável pelas mortes).

— Muitas pessoas estão temendo pelo conteúdo dos depoimentos desses facínoras. (Um político, tripudiando outros).

— É provável que os tribunais mantenham tais depoimentos em segredo de Justiça para proteger os agentes públicos e políticos envolvidos. (Um analista político).

O PODER ROSA

Onze anos após a morte de seu príncipe encantado, Nicole, agora com 78 anos, a mesma idade com que ele faleceu, dá claros sinais de que não deseja mais viver.

— Boa noite, sobrinho! Que surpresa vê-lo. Você sempre avisa quando quer me visitar. (Nicole, em seu apartamento).

— Boa noite, tia. Estava com muitas saudade de você. (Kayo).

— Quer a minha ajuda em algum assunto urgente?

— Não. É apenas saudade mesmo!

— Que bom! Também desejava vê-lo. Queria conversar com você sobre algumas coisas. (Nicole).

— Que coisas? Fale-me, poderosa tia. (Kayo, sempre elogiando sua tia).

— Penso que não viverei por mais tempo... (Nicole não consegue terminar, interrompida por Kayo).

— Que bobagem é essa, tia? A senhora está muito bem de saúde, segundo a Rachel. (Kayo).

Rachel verifica regularmente a saúde de todos da família; ou dos que restam dela.

— Sua avó dizia que ninguém deve viver para sempre e, claro, ele estava certa. (Nicole).

— A senhora tem muito para me ensinar ainda. (Kayo).

— Fiz tudo o que podia fazer. O sistema operacional e todos os programas de que necessita para fazer tudo o que quiser estão prontos, testados e funcionando conforme o previsto. (Nicole).

— Eu a considero minha segunda mãe. (Kayo sabe tudo o que ela fez).

— O computador de Campo Atômico é excelente, confiável e inexpugnável. (Nicole).

— Sei de tudo, tia. O maior teste foi quando inserimos aquelas mensagens sobre espionagem e ninguém conseguiu descobrir quem fez. (Kayo).

— Você tem uma equipe de informática fantástica e competente, todos fiéis a você, porque eram hackers. Nunca te trairão.

— Não se preocupe com isso, tia Nicky. Estou bem crescidinho e sei me cuidar. (Kayo).

— Faça o que tem que fazer. Tenho certeza de que terá sucesso. Mude o mundo, torne-o melhor. Você pode! (Nicole, confiante, lembrando que Kayo quase extinguiu o tráfico de drogas e abalou profundamente a espionagem mundial promovida pelos governantes).

— Não é o mundo que tem que mudar, são as pessoas. E só as mulheres podem fazer isso. (Kayo).

— Por que você admira tanto as mulheres? Parece-me até uma veneração. (Nicole).

— As mulheres podem muito mais do que os homens. (Kayo).

— O que temos de diferentes dos homens?

Nicole sempre acreditou e defendeu a igualdade entre homens e mulheres.

— A diferença entre o homem e a mulher é que o homem quer mudar o mundo e as mulheres querem e podem mudar a vida.

— Penso que não somos tão poderosas quanto você imagina. (Nicole).

— A vovó Meg, a minha mãe, a Rachel e você são a prova de que existe um poder maior capaz de promover profundas transformações de maneira suave, com amor e ternura, sem ferir ninguém. Um poder cor-de-rosa. (Kayo).

— Acredite, Kayo, você pode tudo. Nunca existiu e jamais existirá alguém tão poderoso quanto você. (Nicole, incentivando-o).

— O mundo não precisa ser mudado. A vida significa a maneira como as pessoas vivem e se tratam. Isso é o que precisa mudar. (Kayo).

— O poder cor-de-rosa, em que você acredita, demoraria muito tempo para promover as mudanças necessárias. (Nicole).

— Por que, tia?

— Por ser suave, como você definiu. E as mudanças precisam de celeridade, caso contrário jamais acontecerão. (Nicole).

— E por que pensa que posso conseguir? (Kayo).

— Você é o homem mais poderoso que já viveu. Se você não promover as mudanças necessárias, ninguém mais o fará.

— Mas não sou um governante ou um político influente. (Kayo).

— Não são os políticos nem os governantes que mudarão a vida, pois eles só querem a continuidade do *status quo*. Somente os poderosos promovem mudanças, os políticos são apenas seus lacaios executores. (Nicole).

— Quero que saiba que te amo e cada vez admiro mais o que representa, minha tia. (Kayo).

— O que represento, afinal? (Nicole).

— O poder rosa! (Kayo, finalizando).

Dias depois da visita de Kayo, Nicole morre da mesma forma serena com que Oaky faleceu.

— Mano querido, nossa tia Nicky faleceu. Sinto muito. (Rachel, comunicando a Kayo a morte de Nicole).

— Agora somos só nós dois, mana. Preciso de você para dar sentido à minha vida. Te amo, te amo. (Kayo).

Como costume na família, o corpo de Nicole é cremado e Kayo, na companhia de Rachel, lança suas cinzas ao mar.

A NOVA SECRETÁRIA

Muitos de seus assessores de primeira hora vão morrendo em virtude da idade avançada, pois Kayo passou a administrar as empresas muito jovem. Cezar, Jojo, Chang (obesidade mórbida), Sule, Ricardo e, também, a sua secretária Cleo.

Com o falecimento de Cleo, Kayo admite uma nova secretária. Uma bela e inteligente jovem, negra, com grandes olhos verdes, sorriso lindo e muito simpática. Nascida na República do Níger (África), de ascendência francesa, migrou para os EUA ainda criança e não tem nenhum sotaque estrangeiro, apesar de falar sua língua natal com fluência, além de outros idiomas.

Num dia normal de trabalho, ela entra em sua sala sem bater e surpreende Kayo, parecendo pedir-lhe ajuda.

— Senhor Kayo... me perdoe. Eu... eu... por favor... Eu... não estou... bem... (Iruwa, que significa: aquela que viu o mundo).

Falando com dificuldades, Iruwa desmaia antes que Kayo possa se levantar para socorrê-la. Aflito, Kayo toca o alarme que tem em sua mesa e vai até ela, tentando ajudá-la.

Em dez segundos chegam os seguranças, pensando tratar-se de alguma ameaça à vida de Kayo.

— Por favor, me ajudem! A senhorita Iruwa desmaiou. Não sei o que fazer. (Kayo, aflito).

— Não se preocupe, senhor. Vamos cuidar dela imediatamente. (Os seguranças).

— Chamem os paramédicos. (Enquanto Kayo sugeria, um dos seguranças fazia o chamado).

A empresa possui diversos órgãos que cuidam das seguranças pessoal e patrimonial, bem como brigadas de incêndio e pessoal treinado em primeiros socorros, inclusive um clínico-geral de plantão e uma sala equipada para cirurgias de emergência, por sugestão de sua irmã Rachel.

Prontamente, Iruwa é atendida e medicada.

— Foi uma forte cólica menstrual, senhor Kayo. Algumas mulheres sofrem muito com TPM e é bastante doloroso. (O médico).

— Para ela foi cólica menstrual, mas para mim foi um susto enorme vê-la desmaiando na minha frente. (Kayo, apavorado).

— Agora está tudo bem, senhor. Pode ficar tranquilo.

— Por favor, veja o que pode fazer para aliviar o sofrimento dessa jovem, doutor. (Kayo).

— Por ora, receitei uma medicação para aliviar os sintomas. Logo ela estará bem.

— Aproveitem e façam todos os exames possíveis, mesmo que considerem desnecessários. (Kayo).

— Como quiser, senhor. E quero lembrá-lo de fazer seus exames periódicos e preventivos.

— Tem razão. Quando ela se recuperar, peça-a para agendar os exames que julgar necessários, apesar de que me sinto muito bem, como sempre. (Kayo).

— Sei. Verificando a sua ficha funcional notei que sua pressão arterial e todos os indicativos estão em níveis normais.

Depois de atendida e medicada, Iruwa volta às suas atividades.

— Me desculpe pelo transtorno que causei, senhor. (Iruwa).

— Me desculpe você. Fiquei apavorado, sem saber o que fazer. Nunca fiquei doente, acho que nem sei espirrar. (Kayo).

— Espero que não aconteça mais. (Iruwa).

— Também espero. Não gosto de ver ninguém sofrendo. Se quiser pode ir para casa para se recuperar, senhorita Iruwa. (Kayo).

— Obrigada. O senhor é muito gentil, mas não é necessário. Estou me sentindo bem melhor.

— Se não quer ir para casa, sente-se aqui, por favor. Quero conhecê-la melhor. (Kayo, convidando-a, gentilmente).

— Quero que o senhor saiba que fui muito bem tratada por todos que me atenderam. (Iruwa).

— Que bom saber! É o tipo da coisa que temos, mas desejamos nunca precisar. (Kayo, referindo-se ao atendimento médico).

— Sinto-me muito segura trabalhando aqui. (Iruwa).

— E como está se sentindo em seu novo cargo? (Kayo inicia uma conversa de maneira descontraída).

— Muito bem! A princípio fiquei apreensiva, mas percebi que o senhor trata todos com muita cordialidade. (Iruwa).

— É? Saiba que faço isso sem perceber, pois para mim todos parecem iguais. (Kayo).

— O senhor é um homem muito justo. (Iruwa).

— Não tenho tanta certeza. Mas não posso ser diferente, pois fui criado num ambiente de muito amor e carinho. (Kayo).

— Todos comentam que sua família sempre foi muito atenciosa e preocupada com todos os empregados. (Iruwa).

— Minha irmã diz que tratar bem os outros é mais benéfico para quem o pratica do que para quem o recebe. (Kayo).

— Mas... (Iruwa vacila e não conclui seu pensamento).

— Pode falar, Iruwa. Não tema nada. Pode até me chamar de feio se quiser. [Ha ha ha]. (Kayo, quebrando o gelo).

— O senhor é divertido e fica muito lindo quando sorri... Desculpe o meu atrevimento. (Iruwa).

— Obrigado. Pelo menos você não me chamou de feio! Mas gostaria que concluísse o seu pensamento.

— Ia dizer que há pessoas que não merecem ser bem tratadas. (Iruwa).

— Esse é um julgamento difícil de se fazer. Muitas são as razões que levam alguém a ser ou se tornar mau.

— Penso que nada justifica a maldade. Ninguém tem o direito de prejudicar outro. (Iruwa).

— Você é tão meiga e gentil quanto bonita e, acima de tudo, competente. Obrigado por trabalhar comigo. (Kayo).

— Obrigada, senhor. Agora preciso lembrá-lo de que está na hora da reunião com o DRH. (Iruwa, finalizando).

A CONSULTA

Iruwa agendou os exames aos quais Kayo terá que se submeter e que serão realizados no Instituto Rachel, onde os empregados da empresa e seus familiares são examinados e atendidos gratuitamente sempre que necessitam.

Rachel faz questão de examinar seu irmão e depois levar os resultados para ele, que está com 50 anos de idade.

— Devido aos resultados preciso fazer mais um exame em você. (Rachel, tentando assustar seu irmão).

— Está bem! Mas se vou morrer em breve não me diga, pois morreria de medo antes. [Ha ha ha]. (Kayo não se assusta).

Rachel pega seu estetoscópio para examinar Kayo.

— Levante a camisa, inspire fundo. De novo. Outra vez. (Rachel, auscultando os pulmões de Kayo).

A consulta prossegue com Rachel fazendo caretas de preocupação.

— Agora diga trinta e três. (Rachel).

— Não pode ser um pouco mais? Trinta e três milhões, por exemplo? (Kayo, divertindo-se).

— Bobinho! Vamos diga. (Rachel).

— Trinta e três bilhões. [Ha ha ha].

— Está bem, você venceu. Terminei. Pode vestir a camisa. (Rachel).

— Não sei mais pronunciar números pequenos. [Ha ha ha]. (Kayo, feliz com sua irmã).

Rachel percebeu que seu irmão não se abalou com um possível problema de saúde.

— Seus exames estão mais ou menos normais, mano. (Rachel).

— Como mais ou menos normais? Estou com algum problema? (Kayo, despreocupado).

— Se você considerar problema estar com todos os níveis normais para uma pessoa de 20 anos tendo 50...

— E o que isso significa? (Kayo).

— Significa que você está muito bem de saúde. Tem a saúde de um garotão! (Rachel).

— Você vai ver. Sou como *Dorian Gray* e devo ter feito um pacto com o espelho ou com o diabo para manter-me sadio. [Ha ha ha]. (Kayo).

— Você sabia que o papai analisou exaustivamente o seu sangue? (Rachel sabia das pesquisas de James).

— Lembro-me de várias picadas para tirar o meu sangue. Será que me usava como cobaia? (Kayo sabe, pois seu pai lhe contou tudo antes de falecer).

— Para descobrir o segredo da sua saúde e, talvez, conseguir cura para muitas doenças. Vou continuar pesquisando você.

— Que bom. Será uma honra ser sua cobaia, maninha querida. (Kayo, carinhosamente).

— É realmente estranho que nunca tenha adoecido nem ter sentido qualquer tipo de dor. (Rachel, intrigada).

— Sou imortal, indestrutível, maninha. [He ha ha ha]. (Kayo, abraçando e beijando sua irmã).

— Não brinque com isso, mano. Imagine que, se continuar assim, com 100 anos terás a saúde de alguém com menos de 50.

— Oh, mana! Isso é pura ilusão. Estou apenas conservado porque faço tudo o que quero, me alimento bem, durmo bem e não sinto remorsos por nada. E faço coisas bem ruins. [Ha ha ha]. (Kayo, reconhecendo suas vilanias vingativas).

— Estudei Medicina e ainda pesquiso muito, mas nunca soube de algum caso parecido com o seu. (Rachel).

— Pelo que sei, nossa família sempre foi saudável, apenas com aquelas doencinhas normais, como gripes, resfriados, caxumba etc.

— Você nunca teve nem uma dorzinha de barriga quando era bebê. (Rachel lembra bem da infância de Kayo).

— Era exagero da mamãe. As mães costumam esquecer-se de todos os problemas que os filhos causam. (Kayo).

— Não era exagero, Kayo. Tinha oito anos quando você nasceu e me lembro bem que saía da escola ansiosa para chegar em casa e te pegar no colo, brincar com você. (Rachel).

— Estava treinando seus instintos maternais, comigo? (Kayo).

— Você era tão bonitinho. Nunca chorava, nem mesmo de fome quando atrasava a sua mamadeira. (Rachel).

— Que bom! Nunca dei trabalho para ninguém quando era bebê. (Kayo).

— Sacudia você no berço até que acordasse. A mamãe ficava brava comigo, mas você ficava me olhando, parecendo que queria dizer: "Deixe-me dormir em paz, por favor". Era tão fofinho! (Rachel, com recordações carinhosas).

— Agora não sou mais fofinho? (Kayo).

— Agora é o melhor irmão do mundo, porém alguns diriam que seu coração é de gelo ou rocha. (Rachel).

— De gelo não é porque gelo derrete. Nem de rocha, pois até as rochas se quebram, e o meu coração nunca se partiu. (Kayo).

— De que pode ser, então? (Rachel, dando continuidade às especulações).

— Talvez seja uma mistura de ambos, mas mole o suficiente para te amar acima de todas as coisas. Te amo, minha irmã. (Kayo se emociona ao dizer isso).

— Também te amo, Kayo. Gostaria tanto que você se apaixonasse por alguém. No fundo, você é um homem bom e merece ser muito feliz. (Rachel).

— Quem disse que sou infeliz? (Kayo).

— Ninguém disse que é infeliz, mas, certamente, poderia ser imensamente feliz se encontrasse uma pessoa que amasse você verdadeiramente. (Rachel).

— O amor verdadeiro foi assassinado quando fizeram com você... e com a mamãe ...

Kayo não consegue prosseguir e começa a chorar, sendo abraçado por sua irmã.

Ele só se emociona quando está com a Rachel. Parece que ela preenche um vazio em seu peito. Mas não se trata de um amor carnal entre um homem e uma mulher. É algo humanamente inexplicável.

— Isso é passado e você tem que olhar para o futuro, para sua vida e para a sua felicidade. (Rachel).

— Meu coração parece que vai explodir de tanto que te amo. Só quando estou perto de você me sinto humano. (Kayo).

— Então sou uma *kriptonita* para o meu super irmão? (Rachel, tentando amenizar a emoção de seu irmão).

— Não, você é o meu anjo protetor, o meu anjo da vida.

— Como dizem que o George era para a vovó Meg? (Rachel).

— Não sei. Mas você não me fragiliza, você apenas me completa, minha irmã. (Kayo, falando muito sério e emocionado).

— Assim como os lados de uma moeda, cara e coroa, Yin e Yang?

— Não, minha irmã querida. Sou o lado que não presta, rastejante e destruidor, você é tudo de bom e de melhor que uma pessoa pode ser. Você é um ser... sublime. (Kayo, sombrio e assustador).

— Kayo, sou apenas uma mulher comum e mortal como qualquer outra. (Rachel).

— Não. Você é minha irmã. É minha... minha... alma! (É a primeira vez que Kayo pronuncia essa palavra).

Em razão da forte emoção de Kayo, Rachel procura mudar de assunto.

— Você pode dividir com outras pessoas os seus melhores sentimentos e tudo de bom que sente. (Rachel).

— Está propondo que me case com mais de uma mulher? (Kayo, ainda emocionado, mas zoando).

— Não, seu bobo! Com uma mulher, filhos e amigos.

— Alguém como eu não pode ter amigos. (Kayo).

— Por quê? (Rachel).

— Porque tenho muito dinheiro e poder. Isso assusta as pessoas. (Kayo, consciente de sua situação).

— Para mim você é uma pessoa bem normal.

— Defina normal, no meu caso. (Kayo).

— Você é muito calmo, mas decidido. É cordial com todos... Pensando melhor, você não é normal. (Rachel).

— Me considera cordial porque nunca me viu conversando com políticos e outros safados.

— Mas você é muito mais inteligente do que todos, tem um raciocínio muito veloz, nunca ficou doente e é especial.

— Por que me considera especial? (Kayo).

— Porque é o meu maninho, meu irmão querido. (Rachel, abraçando e beijando carinhosamente Kayo).

— Não fica curiosa para saber por que só me sinto humano quando estou com você? (Kayo).

— Você é sempre o mesmo para mim. Nunca o vi longe de mim. (Rachel).

— Mas deve ter visto, quando dou entrevista, a maneira como trato os outros. (Kayo).

— Sempre vi você tratando todos com cordialidade. Você é muito calmo e paciencioso com todos, sejam compradores, fornecedores, pacientes ou empregados. Você só não respeita autoridades. (Rachel).

— Todos deveriam ser tratados igualmente. A existência de autoridade joga no lixo o respeito, faz parecer que alguns são melhores do que outros, que existe uma raça superior. Por que devemos reverência ou nos curvar perante outrem? (Kayo).

— Nossa mãe pagou muito caro por não seguir as regras perante um juiz. (Rachel).

— Concordo! E a dor que o fiz sentir não passou nem perto do que ela sofreu. (Kayo, insatisfeito com sua vingança).

— Esse sentimento está te fazendo muito mal, maninho. (Rachel, afetuosamente).

— Mas fará muito bem para a humanidade. (Kayo, pensando em exterminá-la).

— A que pode te levar o que pretende fazer? (Rachel).

— Ensinar uma lição de amor verdadeiro para essa espécie imprestável e predadora. (Kayo).

— Exterminando-a? Não vejo como. (Rachel, tentando demovê-lo de seu objetivo).

— Preciso fazê-lo e vou conseguir.

— Por que precisa fazer isso? (Rachel).

— Alguma coisa dentro de mim, que não sei explicar, me obriga a fazê-lo. É um compromisso comigo próprio. (Kayo).

— Não tenho medo de morrer, mas não faço a menor ideia de como conseguirá matar tantas pessoas.

— Não se preocupe, não vou começar por você. [Ha ha ha]. Prometo, porque te amo. (Kayo, voltando a zoar).

Por certo, Kayo tem tudo planejado, pois é um homem muito inteligente, astuto, obstinado e perfeccionista, que não deixa escapar qualquer detalhe em que pretende fazer.

Talvez esteja apenas esperando o caminho ficar livre.

A VISITA

Dias depois de ser examinado por sua irmã, Kayo se sente estranhamente impelido a visitá-la. É algo que precisa fazer.

Ele pede para seu motorista levá-lo até o apartamento onde ela mora. O motorista e o segurança estranham o pedido, pois já são 2h e Rachel, com certeza, está dormindo, pois sempre sabem onde ela está.

— É tarde, senhor. Talvez a encontre dormindo. (O motorista, argumentando).

— Estou com saudade, não sei, mas preciso vê-la. É algo que tenho que fazer. (Kayo).

— Chegamos, senhor. Devemos acompanhá-lo até a porta do apartamento? (O segurança).

— Não, obrigado. Posso demorar-me. Deixarei meu celular desligado e com vocês. (Kayo).

— Como preferir. Aguardaremos, sem problema. (O motorista concorda, em nome dos dois).

Kayo tem a chave do apartamento e sabe as senhas de todos alarmes.

Antes de entrar no apartamento, Kayo coloca luvas pretas de couro fino, parecendo não querer deixar impressões digitas. Lá dentro, apenas com as luzes de orientação acesas, ele retira os sapatos e vai diretamente para a cozinha, abre uma gaveta em que se encontram facas muito afiadas, pega uma delas e vai para o quarto onde sua irmã dorme profundamente depois de mais um árduo dia de trabalho.

Ele parece um fantasma, pois anda como se flutuasse e sem fazer nenhum ruído. Para na entrada do quarto, que está com a porta aberta, e fica, por alguns instantes, observando sua irmã, que dorme tranquilamente o sono dos justos.

O silêncio é absoluto. O relógio digital de cabeceira mostra 2h. A temperatura do ambiente é ideal para um sono reparador. Um dos pés de Rachel encontra-se fora das cobertas, mostrando cicatrizes. Em seu rosto também é visível as cicatrizes deixadas pelas torturas que sofreu e que não puderam ser removidas com cirurgias plásticas de reparação.

Uma luz tênue inunda o quarto e Kayo tem a sensação de presenças estranhas acompanhando-o. São sensações ameaçadoras, impelindo-o a prosseguir em seu objetivo.

"Minha mana querida, você não é humana, pois ninguém resistiria a tudo que te fizeram", pensa Kayo. "Tudo isso vai acabar logo. Eu te prometo", continua meditando.

Depois, aproxima-se dos pés da cama, ajoelha-se, estende os braços alcançando as laterais do colchão e beija as cicatrizes no pé da sua irmã, que encolhe a perna sem acordar.

Como um ser sobrenatural e monstruoso, Kayo emite um estrondoso e assustador berro enquanto levanta a cama por inteiro, fazendo estremecer o ambiente. Sonho? Pesadelo? Certamente irreal, pois sua irmã continua dormindo serenamente como se nada tivesse acontecido.

"Por que tenho que fazer isso?", pensa Kayo.

Então ele se dirige até a cabeceira da cama, e quando aproxima a sua mão da garganta dela, outra mão se aproxima, iluminado o rosto de Rachel, deixando-o com a aparência que tinha antes que as torturas o deformassem para sempre.

Nada parece assustá-lo, e mais uma vez ele cai de joelhos e fica ali, como se estivesse petrificado, velando pelo sono de sua linda irmã. E continua assim, como se estivesse orando por ela.

— Minha adorada irmã, meu anjo de bondade, luz do meu caminho. Te amarei por toda a eternidade. (Kayo, sussurrando).

Por sobre os lençóis, Kayo tenta beijar as mãos dela, mas uma já não existe mais, decepada pela violência brutal e covarde de que foi vítima.

As horas passam e Kayo, incansável, percebe que são 4h e sua irmã logo acordará para começar mais um dia de trabalho, seguindo seu caminho de caridade, procurando confortar as pessoas mais necessitadas. Ele levanta-se e, como se tivesse cumprido uma última missão, sai do apartamento como um fantasma, ainda com a sensação de não estar só.

— Me desculpem pela demora. (Kayo).

— Não se demorou. Só se passaram quinze minutos, senhor. (O segurança).

— É?! (Kayo, confuso).

— Sim, senhor. Foi uma visita de médico! Aqui está seu celular. (O segurança, fazendo piada).

— Obrigado.

Kayo confere em seu relógio a exatidão da hora informada pelo segurança.

— Está tudo bem com a senhorita Rachel? (O segurança).

— Sim, minha irmã está muito bem. Obrigado por perguntar.

— Deseja ir para casa ou para outro destino? (O motorista).

— Para minha casa. Tenho que seguir meu caminho. (Kayo, enigmático).

O CAMINHO

— Senhorita Rachel. Está na sala de reuniões uma mulher que deseja falar com você. (Uma atendente do hospital).

— Obrigada. Por favor, termine de atender Juanito. (Um menino mexicano, que está ilegalmente nos EUA). Ele está com anemia profunda, causada pela pouca alimentação que recebe, e pobre em vitaminas e proteínas. (Rachel).

— Sim, senhorita!

— Por favor, forneça-lhes as vitaminas e depois cadastre a família dele para que recebam uma cesta básica até seus pais conseguirem empregos melhores. Verifique com nossos contatos se alguém pode oferecer-lhes trabalho. (Rachel).

— Farei isso. Pode ficar tranquila, senhorita Rachel.

— Muchas gracias, muchas gracias. La señorita es un ángel. (A mãe de Juanito agradecendo, comovida).

Rachel sai e vai ao encontro da pessoa que está aguardando-a na sala de reuniões.

— Quem deseja falar comigo? (Rachel).

— Ela disse chamar-se Rose.

Rachel vai até a sala, andando devagar, mais pelas atrocidades de que foi vítima durante o sequestro do que pelos seus 70 anos. Ao entrar na sala fica momentaneamente cega, como que atingida por um forte flash fotográfico. Quando voltar a enxergar, vê a sala inundada por uma luz intensa.

— O que é isso? O que está acontecendo? (Rachel, ofuscada e confusa).

Nenhuma resposta. Silêncio e luz.

— Você é a Rose? Queria falar comigo?

Rachel agora consegue ver a silhueta de uma mulher lindíssima, que fala com ela carinhosamente.

— O que você quer me falar? (Rachel).

— O caminho a espera. (Rose).

— Que caminho?

— O seu caminho. Vá, Rachel! (Rose).

— Por que estou assim? (Rachel se vê jovem, toda de branco e com aparência de um anjo).

— Você sempre foi um anjo. O caminho te trouxe até aqui. Está na hora de voltar. (Rose).

Rachel começa a enxergar quatro vultos na sua frente, saindo da intensa luz que continua inundando o ambiente.

— Quem são vocês? (Rachel).

Nenhuma resposta é dada. Os vultos apenas abrem os braços em sua direção, sorrindo.

— Mamãe? Papai? Michael? (Rachel).

Rachel reconhece aqueles vultos e seu coração se enche de alegria. Estão exatamente como eram quando conviveu com eles em seus momentos mais felizes.

— E você, quem é? (Rachel).

Ela pergunta para o quarto vulto, que se parece com uma linda figura feminina, mas desconhecida para ela.

— Eu sou o seu caminho.

— Caminho para onde? (Rachel).

— Para ir fazer o bem e voltar para ser feliz.

— Vá, Rachel. Vá com eles, siga o seu caminho. (Rose, desaparecendo na intensa luz).

Rachel junta-se a eles, com o caminho ao meio, de mãos dadas com Koya e James. Koya conduz Michael e James dá a mão para ela, e eles seguem por um caminho infinito, cheio de luz e paz.

— Senhor Kayo, é do hospital. Querem falar com o senhor. (Iruwa passando a ligação).

— Passe-me a ligação, por favor. (Kayo).

— Lamentamos informá-lo que sua irmã... acaba de falecer. Sentimos muito!

— Muito obrigado. (Kayo quase não consegue falar).

O corpo de Rachel foi encontrado caído na sala de reuniões. Em seu rosto, rugas da idade, cicatrizes da barbárie que sofreu, contrastando com uma expressão de paz e felicidade.

O anjo caiu, pela última vez, para seguir seu caminho de luz e paz.

Kayo, com 62 anos de idade, fica abaladíssimo com a morte de sua irmã, e passa a ser o único herdeiro e último descendente da poderosa família.

— Agora o caminho está livre e poderei iniciar a minha última tarefa. Mas é assustador saber-me o último descendente de uma família tão poderosa. (Kayo, comentando com sua secretária Iruwa).

— Sua irmã foi a pessoa mais bondosa que já existiu. (Iruwa).

— Não! Minha irmã era um anjo, como todos diziam e a chamavam. Um verdadeiro anjo. (Kayo).

A morte de Rachel é sentida e lamentada por todos, e a imprensa dedica várias páginas de suas publicações para contar o seu martírio durante o sequestro bem como a sua dedicação aos mais necessitados.

— O anjo se foi, mas deixou um legado extraordinário de amor ao próximo, dedicação e abnegação, que deve ter continuidade na instituição que criou.

— Foi uma vida inteira de amor ao próximo.

— O mantenedor da Instituição Rachel confirmou que continuará com os propósitos pregados e praticados por sua irmã.

— Somente um anjo resistiria a tudo o que ela sofreu. Viu seu amor ser assassinado, foi arrastada, apedrejada e chicoteada até abortar o filho que esperava. Teve os seios queimados com ferro em brasa, deceparam-lhe a mão esquerda e extirparam seu clitóris. Foi estuprada, várias vezes. Feriram-lhe os pés para que não fugisse. Foram três anos de cativeiro e torturas, e em seu lindo rosto sobraram as cicatrizes de toda a barbárie que o ser humano é capaz de imputar a outrem.(Relataram noticiários internacionais).

Após a cerimônia de corpo presente, os restos mortais de Rachel são cremados e as cinzas lançadas ao mar, como é tradição na família.

— Me perdoe por não conseguir chorar a sua morte, mas você não está mais aqui para sensibilizar-me. Tenha a certeza de que o seu sofrimento não foi em vão. Agora você tornou-me imortal, minha irmãzinha querida, meu eterno anjo de bondade e candura.

Dizendo essas palavras, Kayo lança as cinzas de sua irmã ao mar, pensando nas palavras dela ao dizer-lhe que era sua *kriptonita* (substância perante a qual o Super-Homem se torna frágil).

Com a morte de sua irmã, Kayo nunca mais se emocionou ou chorou, nunca mais teve um lampejo sequer de arrependimento por tudo que fez ou veio a fazer; remorsos, nem pensar.

O coração de Kayo congelou para sempre e, mais do que antes, ele dedica-se ao esforço para exterminar a espécie humana.

Kayo torna-se intocável, pois a sua fortuna passa dos 2 trilhões de dólares e continua crescendo cada vez mais rápido. Qualquer coisa que se faça contra ele será desastroso para economia mundial, pois ele tem negócios de todo o tipo e em todos os lugares do mundo, empregando milhões de pessoas e gerando bilhões de dólares em impostos. Até sua morte natural passou a ser uma grande preocupação, por ninguém prever quais serão as consequências, uma vez que ele não tem herdeiros.

— A fortuna do poderoso senhor Kayo parece uma bola de neve que ganhou de sua mãe quando criança e que ele faz crescer incessantemente, cada vez mais e mais rápido. É exatamente essa comparação que cabe nesse caso, pois sabemos que, quanto maior fica, mais difícil de deter seu crescimento. Ele nasceu muito rico e, agora, sua fortuna atingiu um crescimento exponencial. (Um analista econômico de um grande jornal financeiro).

PROPINA VIRTUAL

Os políticos e servidores públicos corruptos continuam procurando Kayo em busca de propina e enriquecimento ilícito.

Um alto funcionário do Departamento de Defesa dos Estados Unidos passa-lhe informações privilegiadas e altamente secretas sobre compra e renovação dos armamentos para as Forças Armadas dos EUA, ajudando-o a vencer a licitação.

— Penso que foram muito úteis as informações que passei para o senhor. (O funcionário).

— Sem dúvida. E é justamente por isso que lhe ofereço essa justa recompensa. (Kayo, debochando).

— Fico-lhe muito agradecido.

— Passe o número de uma conta para solicitar que lhe façam o depósito. (Kayo).

— Se não for pedir muito, senhor, prefiro receber em *bitcoins*.

O funcionário, sabendo que políticos que receberam propina de Kayo tiveram os valores desviados de suas contas bancárias secretas, quis ser mais esperto, pedindo a sua propina em moeda virtual.

Com alguns políticos mais perigosos, Kayo fez depósitos em contas bancárias indicadas por eles e depois desviou os valores para instituições de caridade como doação dos próprios políticos, que tiveram sérios problemas com a Receita Federal dos EUA por não comprovarem a origem do dinheiro.

— Senhor, qual a origem de uma quantia tão alta de sua doação para aquela instituição? (Delegado da Receita Federal).

— Não fiz doação alguma. Isso é um engano. (O político).

— Eis os comprovantes, inclusive um e-mail enviado de seu computador pessoal, autorizando o banco a fazer a transferência. (Delegado da Receita Federal).

— Esse dinheiro... não é meu! Disse que deve haver algum engano. (O político).

— O dinheiro não é mais seu, mas passou pela conta de um banco num paraíso fiscal e estava em seu nome. (DRF).

— Quero falar com o meu advogado.

— Chame mais de um, vai precisar. Isso é sonegação fiscal e trata-se de um crime federal. (DRF).

Kayo consegue manipular valores bancários com facilidade devido aos programas invasores desenvolvidos por Nicole. Tudo fica parecendo autêntico e irrefutável, o que apressou a quebra de bancos concorrentes.

— Excelente ideia! Quer receber em moeda virtual, mais precisamente, *bitcoins*. (Kayo).

— Ainda bem que gostou, senhor. Não desejo fazer "doações" com esse dinheiro. (O funcionário, insinuando saber de tudo).

— Gostaria que acompanhasse o meu pessoal para fazer a conversão do valor em *bitcoins* e passar para o seu nome. (Kayo).

— Muito obrigado, senhor Kayo. Foi um prazer fazer negócios com o senhor. Espero continuarmos nossa relação comercial.

— Por que não? Você acaba de me dar uma grande ideia. (Kayo).

— Que ideia, senhor? (O funcionário, pensando ter vencido o poderoso senhor Kayo).

— Aplicar em *bitcoins*! Farei uma grande aplicação. (Os olhos de Kayo brilham).

Dias depois, o mundo é surpreendido com a perda de bilhões de dólares que estavam convertidos em moedas virtuais, como *bitcoins* e outras.

— *É assustador o que aconteceu. As bolsas de valores pararam o pregão desta manhã. E tudo foi causado pelo maior desastre monetário da história. Todas as moedas virtuais, como bitcoins, por exemplo, deixaram de existir, desapareceram de todos os computadores. (Um noticiário).*

— *Todas as pessoas que tinham bitcoins ou outras moedas virtuais perderam tudo e não têm a quem recorrer. (Um economista).*

— *Simplesmente, tais moedas não deixaram rastros, ninguém sabe quanto tinha nem onde estavam armazenadas. (Um repórter).*

— *É como se tivessem apagado um arquivo, inclusive das nuvens, e incinerado o HD. (Um analista de informática).*

— *É impossível recuperar qualquer dado ou informação. (Um especialista em programação).*

— *Pessoas sofrerão com as perdas e os governantes não podem permitir que outras moedas virtuais apareçam. (Um analista político que, certamente, perdeu dinheiro nesse investimento).*

Mais uma vez, Kayo utiliza-se dos programas especiais de sua tia Nicole para os computadores de campo atômico, e faz uma faxina mundial, apagando, para sempre, tudo e todos os rastros das moedas virtuais que circulavam, abalando profundamente a confiança em sistemas informatizados e veiculados via internet.

— Chupem essa, seus abobadinhos virtuais! (Kayo, comemorando com seus assessores de informática o sucesso da operação "Propina Virtual".

— Que desgraçado! Só pode ter sido aquele infeliz que fez isso. Tinha dinheiro meu em *bitcoin*. (O funcionário subornado, lamentando que sua perda não foi somente o dinheiro da propina).

O ENCONTRO

Kayo continua sendo cada vez mais odiado pelos políticos, admirado pelos trabalhadores e venerado pelos tantos que ele alcança com seus atos de caridade. Organizações de proteção à natureza também o admiram.

Após mais uma tragédia humanitária provocada por um terremoto, ele disponibiliza homens de sua empresa de segurança, providencia mantimentos e outros gêneros de primeira necessidade, além de uma pequena fortuna em dinheiro para o início da reconstrução de parte do que foi atingido.

— *Esse desgraçado engana a todos com essas bondades que faz. (Um político em confidências a outros).*

— *Ainda bem que tem sempre os trouxas para ajudar nessas horas, senão estaríamos em maus lençóis. (Autoridades responsáveis).*

A Organização Mundial do Trabalho (órgão da ONU) não se cansa de elogiá-lo pelo fato de empregar tantas pessoas mundo afora. Organizações sindicais de trabalhadores igualmente não se furtam em reconhecer que suas empresas empregam grande número de trabalhadores, além de oferecerem boas condições de trabalho e salários dignos.

A mídia mantém um comportamento ambíguo de amor e ódio em relação a Kayo. Por vezes, a imprensa o considera um vilão, em outras, um homem caridoso, quase um santo. Mas na maioria das vezes a relação é ácida, pois Kayo demonstra um imenso desprezo quanto à imprensa e faz questão de deixar isso bem claro.

— Aquele juiz que condenou injustamente a minha mãe tinha razão em uma coisa apenas: a imprensa é desprezível e deveria ser exterminada. (Kayo, falando com seus assessores).

A imprensa, porém, não ignora o que ele faz e têm que manter noticiários sobre ele para atrair audiência.

— O senhor precisa da imprensa. (Um repórter).

— Não preciso. Aliás, penso que ninguém precisa da imprensa a não ser ela mesma, pois é um empreendimento que, como qualquer outro, só visa a lucros. Parem de falar sobre a minha pessoa e vejam que não fará diferença alguma para mim ou para o mundo. A vida continuará seu curso, com ou sem a imprensa. (Kayo).

— Nós testemunhamos a vida e escrevemos a história. (Um repórter).

— Deixem para os historiadores escreverem-na. Vocês não têm competência e são tendenciosos na análise dos fatos históricos. As fotos de uma guerra podem ser verdadeiras, mas a versão de sua história pertence aos vitoriosos. (Kayo).

Kayo é mestre em enfurecer as pessoas e instituições.

— Poderiam e deveriam ser agentes transformadores da realidade, mas preferem ser lacaios dos políticos. (Kayo).

Ele sabe que quando as pessoas se enfurecem, perdem o raciocínio lógico e cometem erros, expondo os seus objetivos mais obscuros de maneira inadvertida. A maioria dos políticos sabe de suas atividades, porém não conseguem evitar a tentação de enriquecerem à custa de suborno e propina em troca de favorecimentos. Ele continua chantageando a todos de todos os Poderes constituídos. Um grupo, mais ousado, tenta eliminá-lo e planeja um atentado, sem pensar nas consequências.

— Vamos embora! Foi uma perda de tempo e, como suspeitei, objetivou apenas me atrair até aqui com algum propósito obscuro. (Kayo, falando com seus seguranças ao retirar-se de uma reunião com lobistas em que nada de proveitoso foi decidido, restando apenas dúvidas quanto aos reais motivos do encontro).

— Esse pessoal faz parte do grupo daquele sujeito que pediu sua propina em *bitcoins*. (Kayo).

— Ninguém se esqueceu de que as moedas virtuais deixaram de existir e nunca mais retornaram. Muitos perderam bastante dinheiro.

— Ele perdeu o que não era dele. Outras pessoas perderam suas últimas economias. (Kayo, ciente de suas grandes vilanias).

Quando vai a algum lugar, seu carro fica a céu aberto para ser vigiado via satélite. Ao transitar pelo pátio interno para ir até o estacionamento, uma mulher esbarra nele e lhe diz alguma coisa.

— O quê? Que foi que disse? (Kayo, surpreendido pelo esbarrão).

— O que foi, senhor? (O segurança que estava ao seu lado).

— Vocês viram a mulher que esbarrou em mim? (Kayo).

— Não, senhor. Não vimos ninguém. (Os seguranças estranham o que Kayo diz).

— Ela falou alguma coisa ao esbarrar em mim. Pareceu-me proposital. (Kayo).

— Que mulher, senhor?

— Aquela que vai ali, de vestido vermelho. Tenho a impressão de que a conheço, embora há muito tempo não a vejo. (Kayo).

Imediatamente, um dos seguranças, afrodescendente de 2,05 centímetros de altura, sai correndo atrás da mulher, passa por um quiosque de venda de flores e, ao alcançá-la, para em sua frente, entregando-lhe uma rosa vermelha.

— Ei! O que significa isso? (Indagou a jovem mulher, barrada pelo segurança).

— É para a senhorita. Foi aquele homem que pediu para entregá-la a você. (O segurança, sorrindo, gentilmente).

— E por quê? (A jovem).

— Pergunte a ele. Está ali, próximo àquela coluna.

— Temos um problema, senhor Kayo! (Outro segurança, ao lado de Kayo).

— É um problema que pode esperar? (Kayo, mais interessado na jovem).

— Todos os problemas podem esperar pelo senhor.

— Ótimo! Pois aquela jovem está vindo para cá e é a minha prioridade agora. (Kayo).

— Como queira, senhor.

Ao chegar mais perto, a jovem exclama em voz alta.

— Ah! É o poderoso senhor Kayo. (Como se o conhecesse de longa data).

— Você me conhece? (Kayo, modesto).

— Conheço-o muito bem.

— Por ser famoso ou poderoso? (Kayo zoando).

— Pela sua fama, pois de perto não me parece tão poderoso.

— O que pareço? (Kayo).

— Um homem comum, como qualquer outro.

— Por que disse que me conhece muito bem? (Kayo).

— Em Nova Iorque e no mundo não se fala em outra coisa. É o solteirão mais poderoso e cobiçado do mundo.

— O homem mais poderoso do mundo não é o presidente dos EUA? (Kayo).

— Poderosos só podem estar aqui, não em Washington.

— Pessoas importantes se urinaram de medo na minha presença. (Kayo, tentando intimidar a jovem).

— Só podem ter sido outros homens.

— Como sabe? (Kayo, fascinado com a audácia da jovem).

— Mulheres só temem outras mulheres.

— Você é bastante ousada. (Kayo).

— E você é um covarde.

— Uau! Posso saber como chegou a essa conclusão? (Kayo, encantando-se com a ousadia da jovem).

Os seguranças ficam surpresos com o atrevimento da jovem, mas Kayo não se abala, parecendo gostar da conversa.

— Mandou outro me entregar flores em seu nome. Tem medo de mulheres?

— Mulheres não são para serem temidas, foram feitas para serem amadas. Gostaria de convidá-la para irmos até aquele bar para tomar um chá ou um refrigerante. Aceita?

— Vai pagar? (Os seguranças não conseguem segurar o riso e Kayo entra na brincadeira).

— Acho que ainda tenho algum crédito na praça e convidei-a. Garanto-lhe que não sairá no prejuízo. (Kayo).

— Então por que me mandou esta flor?

— Eu a confundi com uma mulher muito linda e inteligente que conheci. (Kayo, satisfeito com a iniciativa de seu segurança).

— Agora está decepcionado. (A jovem, desmerecendo-se).

— Não, mas devo acrescentar ousadia e atrevimento às qualidades que mencionei. (Kayo, galanteador).

— Anda sempre acompanhado por esses armários? (A garota, referindo-se aos quatro seguranças que acompanham Kayo).

— Além de bonita você é muito espirituosa, Wendy! (Kayo).

— Como sabe o meu nome? (Wendy).

— Meus armários me contaram. Eles também falam, sabia? (Kayo, zoando).

— Com armários tão dedicados deve saber tudo da minha vida. (Wendy).

— Mais do que gostaria e menos do que preciso, pois você me impressionou muito. (Kayo, falando sério).

— Posso pensar que esse encontro não foi casual. (Wendy).

— Posso pensar que você o provocou, esbarrando em mim. (Kayo devolve a suspeita).

— Não esbarrei em ninguém. Do que você está falando? (Wendy).

— Qual a sua intenção com o que disse ao passar por mim? (Kayo, inquirindo a jovem).

— Você está maluco? Devia largar esses armários e se casar. (Wendy, contrariada com o rumo da conversa).

— Quer ir até a minha casa para fazer as minhas unhas? (Kayo foi informado da profissão da jovem).

— É um pedido de casamento ou quer apenas transar comigo? (Wendy não dá folgas).

— Você quem sugeriu que me casasse. (Kayo).

— Escolho muito bem meus clientes e você jamais será um deles. E muito menos meu marido. (Wendy, decidida).

— Por quê? Estou muito velho para você? (Kayo).

— Porque você é vazio. Não há nada dentro de você. Só os seus cofres têm muito, muito dinheiro. (Wendy, retirando-se).

— Foi um prazer conhecê-la. E não se preocupe, pago a conta. (Kayo, provocando risadas em seus seguranças).

— Tchau, Kayo! Não se meta em encrencas. (Wendy, com seu passo acelerado, desaparece em meio às pessoas).

— Tenho a sensação de que conversei com essa mulher alguma vez no passado. (Kayo, muito intrigado com o encontro).

O ATENTADO

— Que menina atrevida! (O segurança, acompanhando Kayo em direção ao estacionamento).

— Disse que tínhamos um problema? Por favor, do que se trata? (Kayo, dirigindo-se ao carro).

— Colocaram uma bomba em seu carro. Provavelmente, explodirá ao ser dada a partida no veículo. (O segurança, tranquilo).

— É realmente um problema! (Kayo, calmo e decidido a entrar no carro).

— É muito arriscado, senhor. Por favor, vamos em outro veículo e depois informaremos a polícia sobre a bomba.

— O carro é todo blindado, não é? (Kayo, questionando).

— Sim, mas não sabemos a potência da bomba e a blindagem nunca foi testada. (O segurança).

— Por que não? (Kayo).

— É um projeto de sua avó Meg.

— O quê? Não sabia que minha avó também projetava equipamentos de segurança. (Kayo, surpreso).

— Ela nunca projetara antes. Só fez esse e disse que foi para se divertir. (O segurança).

— Queria me ver explodindo. [Ha ha ha]. Ela era muito espirituosa. (Kayo).

Kayo insiste em entrar no carro sob o protesto de seus seguranças.

— Se não quiser não precisa me acompanhar, Paul. (Falando com seu motorista).

— Irei aonde o senhor for. (Paul).

— É muito perigoso, senhor. Por favor, não vá! (O chefe da segurança).

— Fiquem longe e atentos. Não vai acontecer nada. Confio no projeto da minha avó. (Kayo).

— Mas a questão não é o projeto e, sim, a construção. (O segurança).

— Vamos testá-lo agora e ver se sou mesmo imortal! (Kayo entra na parte de trás do carro).

O motorista entra e espera pelo comando de seu patrão.

— Cumpra o seu destino! (Kayo).

— O que disse, senhor? (Paul).

— Foi o que ela me disse. Aquela mulher me disse: "Cumpra o seu destino". (Kayo).

— O senhor pretende mesmo arriscar-se? (Paul).

— Claro! Pode dar a partida e proteja os ouvidos. (Kayo, deitando-se no banco de trás)

— Como quiser, senhor. (Paul prepara-se para o pior).

— Espere! Está vendo aquela família? Dê a partida quando estiverem passando por nós. (Kayo é muito cruel).

Ao ser dada a partida, uma explosão violenta levanta o veículo do chão cerca de dois metros, seus pedaços são lançados para todos os lados, estilhaçando vidraças dos prédios do outro lado da rua. Ouvem-se gritos, pedidos de socorro de pessoas que foram atingidas pelos estilhaços de vidro e fragmentos de metal retorcido. São encontradas partes das pessoas da família que passava ao lado do carro no momento da explosão. Uma mulher desmaiou ao ver bracinho de uma criança ao seus pés. Mais do que uma cena de guerra, parecia cena de um filme de terror.

— Vamos! Vamos! (O chefe da segurança falando com os outros dois).

Eles são os primeiros a chegar, pois estavam perto, aguardando o desfecho, que foi pior do que o esperado.

— Não é possível. Eu disse para ele não se arriscar. (Um segurança, aproximando-se).

— Ninguém sobrevive a uma explosão tão poderosa. (O outro segurança).

Em seguida, eles tentam abrir as portas do carro, que ainda tem algumas chamas e o perigo de explodir. Logo aparecem policiais e outras pessoas com extintores trazidos das lojas. Os demais feridos começam a ser atendidos pelos populares, que correram ao local. Quando os bombeiros chegam, abrem o carro e retiram dois corpos, aparentemente sem vida, e dão início aos procedimentos de reanimação enquanto são colocados numa ambulância e levados para um hospital. O estado de um deles é gravíssimo.

— Como chefe da segurança não devia tê-lo deixado fazer essa loucura. Não devia, nem que perdesse o emprego.

— Não sabíamos a potência do artefato, mas a blindagem parece que aguentou. (O outro segurança).

A imprensa noticia o atentado como um ato terrorista de grupo estrangeiro, mas ninguém assume a autoria.

Surgem na internet informações sobre o atentado e que Kayo ficará tetraplégico ou morrerá em razão dos ferimentos. Em consequência, as ações de suas empresas despencam, fazendo com que os pregões das bolsas sejam paralisados, trazendo enormes prejuízos financeiros para milhares de pessoas. É o poder cruel do capitalismo. Os mais fracos sempre perdem, enquanto os mais fortes, ganham.

O DIA SEGUINTE

— Oi, armário!

— Wendy? O que faz aqui? Como conseguiu entrar? (O segurança de Kayo, no corredor de acesso aos quartos, surpreso).

— Vim falar com o poderoso Kayo. (Wendy).

— Pensa mesmo que a deixarão se aproximar dele? Vão prendê-la assim que vê-la. (O segurança).

— E o motorista? Como está? (Wendy, pouco se importando com as preocupações do segurança).

— O Paul... ficará... tetraplégico... Foi o que os médicos disseram. (O segurança).

— Onde o Paul está? (Wendy).

— Na UTI. Penso que... não sobreviverá. Você não passará pela segurança do hospital. (O segurança).

— Veja como faço e aprenda comigo. (Wendy).

— Wendy! Wendy! Que garota estranha! Onde ela se meteu? (O segurança).

Bastou uma olhada para o lado e Wendy desapareceu, parecendo ter sumido no ar.

— Paul, você vai ficar bom, acredite em mim. Não se preocupe, você vai melhorar.

Essa presença ilumina a UTI com uma luz intensa, mas os aparelhos de sustentação de vida continuam com seus bips fracos e as condições de Paul continuam as mesmas.

— Não deveria ter vindo aqui, mas não consigo ficar longe de hospitais e aeroporto, sempre fazendo coisas que não devia. Agora vou ter mais uma conversa com o seu chefe. E desta vez será uma conversa muito séria.

Uma luz intensa sai da UTI onde Paul está e se dirige, veloz como um raio, até o quarto em que se encontra Kayo.

Vinte e quatro horas depois, Kayo sai do hospital, é convidado a dar uma entrevista coletiva e as ações de suas empresas reagem com os pregões das bolsas de valores voltando ao normal.

— Para desagrado dos que tentaram contra minha vida e alegria de muitos, não morri. (Kayo).

— Pensa que foi milagre ter sobrevivido sem nenhum arranhão enquanto seu motorista está entre a vida e a morte? (Um jornalista).

— Sobrevivi porque sou filho de uma lenda. Sou Kayo, filho de Koya. (O que ele mais gosta de dizer, com orgulho de sua mãe).

— Por que o senhor optou por ser tratado no melhor hospital particular tendo um hospital entre suas empresas? Ele não é suficientemente bom para o senhor? (Um repórter).

— Sua pergunta, além de capciosa e indelicada, beira ao preconceito. (Kayo odeia a imprensa).

— Perguntar não ofende! (O repórter insiste).

— Optei por aquele hospital porque posso pagar e para não tirar a vaga de um paciente carente e, certamente, merecedor de maiores cuidados. E meu motorista ainda se encontra em tratamento lá, mas será removido para o Instituto Rachel para continuar seu tratamento. (Kayo).

— A Instituição Rachel tem condições de atendimentos de urgência e sofisticados? (Outro jornalista).

— Antes, devo informá-lo que seria tratado como qualquer outro na instituição de minha falecida irmã, e aproveito para convidá-lo a conhecê-la, pois posso garantir que tem os melhores e mais modernos equipamentos para qualquer tipo de tratamento, com profissionais dedicados e atenciosos com todos que os procuram. (Kayo).

— Conheci a Instituição Rachel quando fiz meu trabalho de conclusão de curso e fiquei muito impressionado. (Um repórter).

— Obrigado! Você me parece muito inteligente e terá uma carreira brilhante. (Kayo, como sua avó, incentiva as pessoas).

— Como ficou a Instituição depois que sua irmã faleceu? (O mesmo repórter).

— Todos devem saber que formei um colegiado para administrá-la. São pessoas da minha inteira confiança e, principalmente, muito competentes no que fazem, e vêm provando isso. (Kayo).

— Como explica o fato de seu motorista quase ter morrido e o senhor ter saído sem nenhum arranhão da explosão? (O jornalista).

— Ele estava sentado e com o cinto de segurança afivelado. Com o impacto bateu a cabeça no teto do carro. (Kayo).

— E como estava o senhor?

— Não tinha afivelado o cinto de segurança, então a explosão me jogou deitado no banco. Isso me salvou. (Kayo).

— As primeiras informações da perícia dão conta de que a blindagem do carro foi o que lhe salvou. (Um repórter).

— Com certeza. É um novo conceito em blindagem. (Kayo, querendo elogiar sua avó Meg).

— A explosão foi tão forte que abriu uma cratera embaixo do carro. Como explica não ter se ferido?

— Vi as fotos. Acho que tenho uma coisa muito importante para fazer, por isso fui poupado. (Kayo).

— Que coisa tão importante é essa? Podemos saber?

— Acho que todos sabem. Vou mandar a humanidade para longe deste planeta. (Kayo enigmático).

— E o seu motorista? Ele vai ficar bom?

— Tenho plena convicção de que sim. Apesar de confiar nos médicos daquele hospital, vou transferi-lo para o Instituto Rachel para continuar seu tratamento. (Kayo).

As investigações não avançam e, oficialmente, os responsáveis pelo atentado nunca foram descobertos. Já Kayo soube de tudo, pois os responsáveis foram seguidos via satélite, identificados e, posteriormente, mortos.

A BLINDAGEM

Rock, um dos assessores de Kayo, conta-lhe a história da blindagem do veículo.

— O senhor foi salvo por sua avó. Outra blindagem não aguentaria o impacto da explosão. (Rock).

— Sempre achei a vovó incrível. (Kayo).

— Sei que foi ela quem projetou esse tipo de proteção contra explosões. (Rock).

— Como sabe? Você nem conheceu a minha avó. (Kayo).

— Não a conheci, mas meu pai trabalhou como engenheiro nas empresas de sua família. (Rock).

— O que há de diferente na blindagem do carro para ser tão seguro assim? (Kayo).

— Meu pai contou-me que uma vez foi convidado por sua avó, que estava viúva, para entregar-lhe um projeto. (Rock).

— Então ela fez esse projeto em casa, depois de aposentada e viúva? (Kayo).

— Sim. Sua avó projetou uma proteção com três chapas mais delgadas de aço, separadas com ar comprimido entre elas. (Rock).

— Em vez de uma grossa e pesada. (Kayo).

— Exatamente! A chapa única transfere todo o impacto, enquanto as chapas mais delgadas se deformam, absorvendo e diminuindo o impacto, e o ar comprimido funciona como um air bag ao contrário. (Rock).

— Interessante! (Kayo sabe das criações geniais de sua avó).

— Mais do que interessante, é genial, senhor! Além disso, ela sugeriu que adicionassem pó químico de extintor de incêndio ao ar comprimido. (Rock).

— Ajudaria na absorção do impacto. (Kayo).

— E se a bomba fosse incendiária, parte do problema também estaria resolvido. (Rock).

— Você tem razão, é genial. (Kayo).

— Ela também sugeriu que o tanque de combustível ficasse num invólucro de aço com ar comprimido e pó químico extintor.

— Pensou em tudo, como sempre. (Kayo).

— Quando ela entregou o projeto a ele disse: "No futuro, alguém pode precisar de mais proteção num mundo tão perigoso".

— Como não ser imortal nascido numa família tão poderosa? (Kayo, orgulhoso de sua família).

— O poder de sua família está na inteligência muito, muito acima da média, e na ousadia, se me permite a observação. (Rock).

— Quando seu pai trabalhou nas empresas? (Kayo).

— Logo que a sua mãe, a senhora Koya, assumiu a presidência. Meu pai admirava muito a sua mãe e a sua avó.

— Então ele nem chegou a trabalhar com minha avó Meg? (Kayo).

— Não, mas teve muitos contatos com ela. Ele conta que uma vez sua vó lhe disse: "Hoje as pessoas pedem justiça. Não quero estar viva quando começarem a clamar por vingança!" (Rock).

— Minha mãe uma vez me disse: "A injustiça é a semente do ódio que frutifica em vingança". (Kayo).

— Além de uma mulher forte, sua mãe era uma pessoa muito inteligente. Aliás, como toda a sua família. É uma honra ser seu assessor e desfrutar da sua confiança. (Dizendo isso, Rock levanta-se para retirar-se).

— Espere! Desculpe a minha curiosidade, mas você é filho único? (Kayo).

— Sim! Como sabe? (Rock, surpreso).

— Foi apenas uma intuição. Obrigado por me contar essa história. (Kayo).

Oito meses depois – e algumas cirurgias para recomposição da coluna cervical –, Paul sai do Instituto Rachel, para onde fora removido, plenamente restabelecido e sem sequelas, exceto as cicatrizes das operações.

— Como foi possível a recuperação da medula espinhal? (Kayo, perguntando aos médicos responsáveis pela recuperação de Paul).

— Com o uso de células-tronco e uma tecnologia informatizada, aprimorada por sua irmã Rachel com a colaboração de Nicole.

— Quando ela fez isso? (Kayo).

— Quando uma menina chegou ao Instituto com a cervical fraturada devido a um atropelamento por um motorista bêbado.

— Por que ela nunca falou nisso? (Kayo).

— Talvez não gostasse de publicidade. Mas essa técnica poderia ter rendido um prêmio Nobel de Medicina. (O médico).

— Minha irmã era mais inteligente do que imaginava, mas preferiu fazer caridade a tornar-se uma pesquisadora. (Kayo).

— Sua irmã era uma médica muito competente e quase milagrosa no que fazia. (O médico).

Paul agradece a Kayo pelo tratamento que recebeu.

— Muito obrigado, senhor Kayo, por tudo que fez por mim. (Paul).

— Não tem de quê. Sabia que daria tudo certo. (Kayo).

— Estou pronto para voltar ao trabalho, agora que também sou imortal. (Paul, zoando).

— Muito obrigado, Paul. Você foi muito corajoso. (Kayo).

— A morte não me assusta, afinal, vamos todos morrer... um dia. (Paul, sabendo das intenções de Kayo).

A INSPEÇÃO

Plenamente recuperado do atentado que sofreu, Kayo tem mais um dia de muito trabalho, e que promete ser complicado, quando sua secretária passa a ligação de uma de suas empresas na distante e fria Islândia.

— Senhor Kayo, é o vice-presidente do OK&K – Laboratório de Pesquisas Nanotecnológicas, o senhor Liam. Ele quer falar com o senhor, mas não adiantou o assunto. (Iruwa).

— Pode passar a ligação, por favor.

Kayo não costuma atender sem saber do assunto, mas como era o vice-presidente de uma de suas empresas que desenvolve pesquisas secretas, ele imediatamente atende.

— Senhor Kayo, as autoridades deste país querem fazer uma inspeção em nossas instalações alegando razões sanitárias. (Liam).

— Mas essas inspeções não são rotineiras? (Kayo).

— Desconfio que dessa vez tenham outros interesses, pois seremos visitados por órgãos da segurança nacional. (Liam).

— Eles avisaram sobre que tipo de inspeção se trata? (Kayo, preocupado).

— Não. Conversei com o pessoal do departamento de defesa, mas pareciam não saber dos objetivos.

— Não os atenda nem os deixe entrar nas dependências da empresa. (Kayo suspeita que possam pedir propina).

— O que digo a eles? (Liam).

— Diga-lhes que os atenderei pessoalmente. Vou para o aeroporto agora e devo chegar aí em sete horas, no máximo. (Kayo).

— Sem problemas. Eles ficaram de voltar em quarenta e oito horas. (Liam).

— Talvez não quisessem fazer uma inspeção de surpresa.

— Por isso desconfio de outros interesses.

— Espero que não, afinal, nunca nos deram motivos, mas devemos nos preparar. (Kayo).

— Traga agasalhos pesados, senhor. Aqui faz muito frio.

— Envie-me por e-mail toda a situação do laboratório e das pesquisas. Não economize informações. Preciso estar a par de tudo para poder conversar com as autoridades que nos visitarem. (Kayo).

— Não se preocupe, senhor. Enviamos relatórios mensais, mas podemos fazer um resumo e, de qualquer forma, o senhor terá todas as informações que necessitar e desejar. (Liam).

— Obrigado. Um resumo será bem melhor, tem razão.

— Posso lhe garantir que tudo está em ordem e todas as pesquisas muito adiantadas.

— Sei. E estou satisfeito com o desempenho da equipe. Transmita-lhes meus parabéns. (Kayo).

— Estarei ao seu lado o tempo todo, bem como outros funcionários que sabem tudo o que é feito aqui. (Liam).

— Prepare-os para atender nossos visitantes da melhor forma possível. (Kayo).

Quando as autoridades da Islândia ligam marcando o dia e a hora para fazerem a inspeção, Kayo está presente e Liam faz o que haviam combinado.

— Senhor inspetor, o senhor Kayo veio de Nova Iorque especialmente para recebê-los. E gostaria de convidar a primeira-ministra para visitar a empresa, para ela saber o que se faz aqui e, também, para eu conhecê-la. (Liam).

— Bem... Não sei se ela poderá aceitar. Talvez tenha muitos compromissos agendados. (O inspetor fica surpreso).

— Pode convidar a imprensa se quiser. O senhor Kayo abrirá as portas para todos. (Liam, com a aprovação de Kayo).

— Vou transmitir o convite a ela e, se aceitar, eu informo a você. (Inspetor).

A Política da Islândia é uma República democrática representativa parlamentar, segundo a qual a primeira-ministra da Islândia é a chefe de governo e de um sistema multipartidário. O Poder Executivo é exercido pelo governo. O Poder Legislativo é exercido pelo governo e pelo parlamento, o *Althing*. O Poder Judiciário é independente dos poderes Executivo e Legislativo.

— O senhor tirou-lhes a chance de fazer qualquer pedido estranho. (Liam, percebendo a sagacidade de Kayo).

— Se tiver que negociar, prefiro que seja com o maior mandatário. (Kayo, não costuma falar com quem não tem poder de decisão).

— Penso que ela aceitará, pois os políticos gostam de publicidade. E sua presença constrangerá inspeções mais detalhadas. (Liam).

— Transformaremos a inspeção numa visita de cortesia e de oportunidade para apresentarmos nossos produtos ao público em grande estilo. (Kayo imediatamente viu a chance de publicidade gratuita).

A visita é agendada para dois dias depois, dando tempo para Kayo solicitar que sua empresa de propaganda e marketing vá até lá, partindo do escritório em Londres. Eles sugerem um coquetel para recepcionar os convidados.

— Faremos isso. Obrigado pela sugestão. Sua equipe é muito criativa, senhorita Emily. (Kayo).

Emily é a diretora-geral do escritório da OK&K – Propaganda e Marketing, em Londres. Ela é uma jovem bonita, sóbria, elegante e oriunda de uma família com longo histórico na área de propaganda e marketing, cujo primo, que trabalha com ela, seguidamente é agraciado com premiações no seguimento da propaganda.

No dia e hora marcados, a primeira-ministra chega à empresa com sua comitiva e mais os fiscais incumbidos de fazer as inspeções. Logo na entrada, os visitantes são avisados de que, após a visita, será servido um coquetel.

Feitas as apresentações, Liam conduz a todos, prestando informações e esclarecendo o que é feito ali, enquanto Kayo e Emily acompanham a primeira-ministra.

— Todos os produtos que desenvolvemos aqui têm por base a nanotecnologia. (Liam, orgulhoso de seu trabalho).

— Até os coletes à prova de balas, que era o seu produto mais vendido? (Um dos inspetores).

— Sim. A parte que ficava em contato com a pele tinha propriedades antibióticas, anestésicas e anticoagulantes quando submetida ao impacto de um projétil. (Liam).

— Por que esse laboratório tem apresentado prejuízo nos últimos exercícios financeiros? (Um fiscal de impostos).

— Porque desativamos a unidade de fabricação de coletes à prova de balas e ficamos, temporariamente, com excesso de funcionários, mas decidimos mantê-los, treiná-los e aproveitá-los em outros departamento para não prejudicar suas famílias. (Liam).

— Posso assegurar que continuaremos a gerar empregos e tributos com os produtos que lançaremos em breve. (Kayo).

— Que excelente notícia, senhor Kayo! (A primeira-ministra).

— Pode nos adiantar o que seria? (O inspetor sanitário).

— Sim. São tecidos com propriedades bactericidas e antivirais, entre outras, que nosso colega Liam poderá explicar melhor. (Kayo).

— Será o tecido que vestirá os astronautas nas viagens que faremos a Marte. Como bem sabem, o senhor Kayo coordena o programa internacional para colonização daquele planeta. (Liam).

— Pode nos dizer o que ele tem de especial para ser usado no espaço? (O inspetor sanitário).

— Além de super-resistente, tem muitas propriedades de segurança e de conforto. Podemos mostrar-lhes os protótipos. Venham.

Liam retoma a condução da visita e leva todos até uma sala-cofre, abre um armário e mostra os protótipos confeccionados com os tecidos nanotecnológicos.

— Que interessante! Parecem os trajes dos super-heróis da Marvel. (A primeira-ministra).

— Este é muito parecido com a roupa do Homem-Formiga. (Os visitantes ficam maravilhados).

— Por favor, Liam, explique a todos como funcionam. (Kayo, valorizando seu vice-presidente).

— Este tecido produz vitamina D, o que possibilitará a permanência das pessoas sem a luz do Sol por longos períodos, além de proteger os olhos da radiação ultravioleta. (Liam).

— E isso, que parece o cinto de utilidades do Batman? (Um membro da comitiva).

— Ele contém reservas de nanopartículas e baterias de alta performance para o funcionamento dos trajes. (Liam).

Outros equipamentos para outras finalidades se encontram ali guardados e chamam a atenção dos inspetores.

— Para que servem esses equipamentos? (O inspetor sanitário).

— É o protótipo de um inseminador. (Um funcionário do laboratório que acompanhava Liam).

— Parece mais uma cadeira de dentista! (Outro inspetor).

— É o primeiro protótipo. Está em estudos outro, em formato de cama, mais confortável, e não será colocado à venda. (Liam).

A visitação está sendo acompanhada pela mídia local e filmada e documentada pela equipe da OK&K Propaganda & Marketing, para satisfação dos políticos locais que fazem parte da comitiva.

Depois de transitarem por quase toda a empresa, exceto nas salas com alto risco de contágio, e sem consultar seus inspetores, a primeira-ministra dá por encerrada a visita e a inspeção.

— Uma última pergunta, senhor Kayo. Por que decidiu implantar laboratório e fábrica em nosso país? (A primeira-ministra).

— Pelo seu povo! (Kayo).

— Não entendi. (A primeira-ministra).

— É um povo trabalhador, ordeiro e, principalmente, honesto. (Kayo, inibindo qualquer tentativa desonesta).

— Fico lisonjeada com seus elogios. Obrigada! (A primeira-ministra).

— A organização desta empresa é invejável. (O inspetor da receita).

— É notável a preocupação com a segurança dos funcionários. (O inspetor das relações de trabalho).

— Nada para melhorar em termos de limpeza e de proteção ao meio ambiente. (O inspetor sanitário).

As explicações e o discurso de Kayo convencem e cativam as autoridades, que pensam em aplicar em ações da empresa, que podem valorizar muito com o lançamento de novos e avançados produtos no mercado.

A equipe de recepção conduz todos para o salão onde está preparado o coquetel.

— Devo pedir-lhe desculpas, senhor Kayo. (Liam, falando reservadamente, enquanto se dirigem para o coquetel).

— Pelo quê? (Kayo não entendeu).

— Por ter desconfiado de que apenas queriam propina. (Liam).

— Até poderia ser, mas com a presença do mais alto signatário deste país e diante de câmeras eles jamais se atreveriam. (Kayo).

— O senhor pensou em tudo! (Liam, orgulhoso de seu chefe).

— Mas não pense que gosto de fazer isso. Contatos com políticos me causam náuseas. (Kayo).

Para finalizar a visitação, Kayo faz um breve discurso.

— Aqui, estamos preparando o futuro da humanidade. Estas pesquisas e os produtos delas derivados possibilitarão à humanidade viver em ambientes hostis, com gravidade zero, frio intenso, pouca luz solar ou radiação ultravioleta. A nanotecnologia possibilitará o aproveitamento total de alimentos com desperdício zero. Imaginem que, somente com as sobras de restaurantes, poderíamos alimentar cidades inteiras, mas atualmente vai tudo para o lixo. Também, aqui, os pesquisadores estão buscando o aproveitamento total do que hoje consideramos lixo. A humanidade poderá banir a palavra lixo de todos os dicionários, pois nada mais será desperdiçado. Na usina de fusão de hidrogênio criada por meu tio Oaky, foi incluído um equipamento planejado por minha avó Meg, que transforma todo o lixo em seus elementos essenciais, que podem ser devolvidos, sem prejuízos, para meio o ambiente.

Kayo é interrompido por aplausos puxados pela primeira-ministra.

— Para concluir, quero agradecer a todos que compareceram e, em especial, aos nossos funcionários, pela dedicação para tornar realidade o sonho de um mundo melhor para todos. Temos sempre que olhar para o todo, pois a visão estreita dos que detêm o poder decisório, por se encontrarem numa boa situação, faz com que a miséria permaneça ou pareça que nem existe. Muito obrigado a todos.

Ele finaliza seu discurso sob aplausos e emoção dos que concordam com esses ideais.

Antes de voltar para os EUA, Kayo se reúne com Liam, Emily e outros membros da equipe, e determina várias providências a serem seguidas imediatamente.

— Liam, por favor, envie todo o estoque de vestuário e aqueles equipamentos especiais para os EUA.

— Qual o endereço para remessa, senhor? (Liam).

— A Usina de Fusão Oaky, em Nova Iorque. (Kayo).

— Providenciarei o embarque e o desembaraço alfandegário das mercadorias. (Liam).

— Acompanhe as mercadorias até seus destino final e encontre-se comigo em Nova Iorque. (Kayo).

— Será um prazer conhecer Nova Iorque e as instalações da única usina nuclear de fusão de hidrogênio. (Liam).

— Aproveite e vá com ele, para conhecer mais o grupo de empresas e dar detalhes da campanha de lançamento dos novos produtos. (Kayo, dirigindo-se à Emily).

— Nosso escritório de Londres fará a campanha, senhor? (Emily, convocada para a reunião).

— Sim. Por favor, prepare uma grande campanha publicitária para o lançamento dos nossos tecidos nanotecnológicos. (Kayo).

— Qual sua intenção de abrangência? (Emily).

— Mundial! E quero que seja a mais ampla possível. Não economize recursos. Se necessário, farei um aporte financeiro.

— Obrigado, senhor. Faremos isso de imediato. (Emily).

Nos EUA, Kayo fica sabendo, por sua rede de informações, que a inspeção foi sugerida pela CIA e que pretendem retirá-lo do comando do programa espacial mundial.

A campanha publicitária e a valorização das ações de suas empresas chamam a atenção do governo dos EUA, o que reforça a ideia de retirarem dele o comando.

Com o lançamento do tecido nanotecnológico e outros produtos no mercado, mediante uma forte campanha publicitária mundial, as ações de suas empresas têm uma valorização exponencial. A fortuna de Kayo se torna incalculável, pois ele também domina o comércio de alimentos na bolsa de mercadorias e futuros.

Apesar dos intermináveis conflitos bélicos, da miséria e do crescente desemprego que assolam o mundo, todos os olhares da mídia se voltam para Kayo, tanto que grandes jornais estampam em suas primeiras páginas notícias sobre ele:

— *SENHOR KAYO, O TODO PODEROSO.*

— *KAYO, PERIGOSAMENTE PODEROSO.*

As reportagens chamam a atenção para o fato de que alguns esportes podem sucumbir, pois suas empresas são as únicas patrocinadoras. Outras observações, mais graves, apontam para o fato de ele comercializar grande parte dos alimentos produzidos no mundo, o que lhe permite controlar os preços, além de produzir fertilizantes, máquinas e implementos agrícolas, sem os quais a produção de alimentos cairia muito e os preços dispararia. Economistas e políticos entrevistados consideram-no intocável.

Então ele faz uma reflexão com seus principais assessores.

— A hora final se aproxima! (Kayo, abrindo a reunião).

— Quase tudo está preparado, senhor. (Jean).

— Por favor, listem o que está faltando e, se possível, resolvam. (Kayo delega poderes sem reservas).

— Temos que definir como será feito. (Frank).

— Tem que ser de maneira global e simultânea, e ninguém ficará de fora. (Kayo)

— Faltam apenas alguns detalhes finais. (Robinson).

— Não podemos protelar, pois alguns começam a perceber que me tornei inconvenientemente intocável. (Kayo).

— Intocável e imortal, como... os deuses. (Iruwa faz uma observação sombria e duvidosamente elogiosa).

O PODER AZUL

Quando a primeira mulher assume a presidência dos EUA, fica impressionada com a fortuna acumulada por Kayo e questiona tudo acerca desse assunto com seus principais assessores numa longa reunião reservada. Também se irrita com a demora da primeira viagem a Marte, cujo programa é conduzido por Kayo.

— O programa espacial conduzido pelo senhor Kayo está irritando a todos, pois não passa de uma espécie de videogame de luxo. (A presidenta).

— As pessoas ficam assistindo a lançamento de foguetes que levam seis meses para chegarem a Marte com equipamentos, ferramentas e provisões. Até agora era novidade, mas o público quer mais. (Assessor militar).

— Os robôs projetados e enviados por ele aprontaram todas as estruturas necessárias para receber os primeiros colonizadores. (Assessor para assuntos espaciais).

— Mas a demora em anunciar uma data definitiva está fazendo alguns investidores pensarem em desistir e até processá-lo por perdas e danos. (Assessor para assuntos econômicos).

— A espaçonave que levará as primeiras cem pessoas está pronta e o grande público sabe disso. (Assessor de imprensa).

— Estou pensando em retirar o comando dessa operação das mãos dele. (A presidenta).

— Não penso que seja prudente, senhora presidenta. (Assessor político).

— Por que não? (Assessor militar).

— Ele foi o maior doador para a sua campanha, e logo após a sua eleição, divulgou nota elogiando o povo americano pelo fato de ter eleito uma mulher para a presidência. A sua campanha foi a mais cara de todas para a presidência dos EUA, graças a ele. (Assessor econômico).

— Mas não vou concordar com a aplicação de dinheiro público num projeto conduzido por alguém de fora do governo. (A presidenta).

— Vossa excelência tem alguém em mente para conduzir esse projeto? (Assessor espacial).

— Estou sendo muito pressionada pelos correligionários e aliados políticos. (A presidenta).

— Isso é bem normal em política. (Assessor político).

— Com o devido respeito, é melhor não mexer com ele, senhora presidenta. (Assessor econômico consciente do poder de Kayo).

— Sou a presidenta dos EUA e não posso temer um sujeitinho metido a bom. (A presidenta).

— Desculpe-me, mas a senhora está presidenta desta nação graças às doações do senhor Kayo. (Assessor de imprensa).

— Muito me admira o fato de você ser favorável a ele, que odeia tanto a imprensa. (A presidenta).

Kayo é o homem mais rico de todos os tempos e sua fortuna de mais de 2 trilhões de dólares não para de crescer. A quantia em impostos que seus empreendimentos geram é formidável e muito bem-vista por qualquer governo.

— Recentemente, ele adquiriu uma grande jazida de diamantes na África do Sul e não pretende explorá-la, alegando motivos ecológicos, o que foi muito bem-recebido pela mídia em geral. (Secretário-geral).

— Mas a verdadeira razão é outra. Ele fez isso para manter o preço do diamante estável, pois quanto mais entra produto no mercado, mais o preço tende a baixar, e o que ele tem de diamantes conta-se em quilos e não em quilates. (Assessor de economia).

— Bastou o anúncio da nova jazida, o preço baixou e ele aproveitou para comprar uma enorme quantidade de diamantes. (Assessor de economia).

— Não vou me curvar às vontades de qualquer pessoa. Sou a presidenta desta nação, que ainda é a mais poderosa do mundo e assim deverá continuar. (A presidenta).

— Os políticos sempre atenderam aos desejos dos poderosos. Lamento informá-la de que agora atendem às ordens do senhor Kayo. Ele tornou-se o dono do mundo através do que chamam de capitalismo global. (Assessor político).

— Isso é um absurdo, eu não admito. Não quero admitir a hipótese de ser manipulada por quem quer que seja. (A presidenta).

— A economia mundial está numa situação-limite, pois o senhor Kayo, sozinho, pode quebrar todas as bolsas de valores do mundo. (Assessor de economia).

— Como permitiram que ele chegasse a essa condição? (A presidenta).

— O mundo dos negócios é livre e nosso país se orgulha de sua democracia capitalista. (Analista político).

— Ele é dono de tantas ações em bolsas de valores que se resolvesse vendê-las de uma só vez, todas as bolsas quebrariam imediatamente. (Assessor de economia).

— Não acredito que não podemos fazer nada a esse respeito. (A presidenta).

— Por mais paradoxal que pareça, qualquer coisa que se faça contra o senhor Kayo imputará ao mundo uma situação mil vezes pior do que a Grande Depressão de 1929. É o lado perverso do capitalismo. (Assessor de economia).

— Ele tem milhões de empregados espalhados por todo o mundo, uma quantidade enorme de ouro está em suas mãos, é dono do maior banco comercial do mundo e todos estão endividados com ele. Ele também é proprietário da maior companhia aérea mundial, de imóveis espalhados pelo mundo numa extensão maior do que a França, e da maior empresa de seguranças patrimonial e pessoal existente. Muitos países dependem de suas atividades econômicas e quebrarão se ele retirar seus negócios de lá. Ele é o grande gerador de empregos, renda e impostos e a esperança de uma vida melhor para bilhões de pessoas. (Assessor de economia).

— Para mim ele é o anticristo! Alguma coisa precisa ser feita para pará-lo. (A presidenta).

— Para muitos é um santo e, sem dúvida, é o homem mais poderoso que existiu até agora. (Assessor político).

— Mas se o capitalismo falir ele será o maior prejudicado, pois, pelo que entendi, é o seu maior beneficiário. (A presidenta).

— Discordo, senhora presidenta, com todo o respeito. (Assessor de economia).

— Explique-me, por favor. (A presidenta).

— O capitalismo tem um nome adequado, pois nos ensina que os primeiros a sucumbir serão os pobres. Os ricos conseguirão sobreviver e os donos do capital serão os últimos a serem atingidos. Sendo o senhor Kayo o mais rico do planeta, seria o último a sucumbir, mas ficará ainda mais rico, pois poderá comprar tudo que quiser pelo valor que oferecer. (Assessor de economia).

— Isso é apenas uma teoria, não pode se tornar realidade. (A presidenta).

— Pode sim! O senhor Kayo pode tudo. Acreditem. (Assessor político, bem consciente do poder de Kayo).

— Comentam que existe petróleo em algumas terras que ele comprou, que ele faz questão de não explorar por questões ambientais. (Assessor de imprensa).

— As leis deste país impedem que apenas tomemos conta de seus negócios, mas gostaria de fazê-lo em nome da segurança nacional. (Assessor militar).

— Isso não é legal e nenhum tribunal autorizará uma tamanha sandice. Somos um país livre! (Assessor jurídico).

— O senhor Kayo é advogado, mas, antes de tudo, é um grande empresário. E não há outro caminho com ele senão o da negociação, mas é muito difícil vencer quem é dono do... destino. (Secretário-geral).

— Então está incumbido de negociar com ele a transferência do comando do programa espacial para as mãos do nosso governo. Preciso arranjar cargos para satisfazer nossos aliados. (A presidenta).

A secretária do secretário-geral tenta contato com Kayo.

— Sinto muito, mas o senhor Kayo não atende intermediários para não perder tempo. Entenda, ele é muito ocupado (Iruwa).

— Senhor Kayo, o secretário de Estado dos EUA quer lhe falar, mas não adiantou o assunto. (Iruwa).

— Alô! Boa tarde, senhor Kayo. Aqui quem fala é o secretário-geral da presidência dos EUA.

— Diga para a sua chefa que não falo com lacaios. (Kayo, dizendo isso, desliga o telefone).

O secretário reporta à presidenta sobre seu contato com Kayo.

— Ele fez isso? (A presidenta, surpresa).

— Não falou com a minha secretária e ainda desligou o telefone na minha cara. (O secretário-geral).

— Esse senhor é muito petulante, arrogante, prepotente, deselegante e mal-educado. (A presidenta).

— Não é o que os empregados dele dizem. (Assessor de imprensa).

— Ele tem inveja do Poder e dos governantes, exatamente como a sua mãe, que foi parar na prisão por isso. (A presidenta).

— Não acredito que alguém que pode tudo tenha inveja do Poder constituído. Só não é presidente deste país porque não quer. Em termos de idade, ele tem muito tempo para tentar a presidência. (Assessor político).

— Ele recusou convites de vários partidos e até para ser secretário-geral da ONU. Todos que convivem com ele afirmam que é muito cordial e afável. Tem uma paciência enorme para escutar seus empregados, por mais humildes que sejam suas atribuições. Demonstra alegria e felicidade quando está junto aos trabalhadores. (Assessor de imprensa).

— Esse atrevido quer falar diretamente comigo? (A presidenta).

— Não sei se vai atendê-la. (O secretário-geral, envenenando a situação).

Sem alternativas, a presidenta tenta conversar com Kayo e ele decide atendê-la.

— Prezado senhor Kayo, aqui quem fala é a presidenta dos EUA. Gostaria que ouvisse o que tenho a dizer, por favor.

— Quanta honra! É claro que ouvirei com atenção a mulher mais poderosa do planeta. (Logo as amabilidades cessarão).

— Sei que é muito ocupado, por isso vou direto ao assunto. Quero que transfira o comando do programa espacial para o governo.

— Quer? Só querer não basta. Apliquei muitos recursos e tempo nesse projeto e ele não é negociável. (Kayo, direto).

— Fala comigo dessa maneira apenas porque sou mulher. (A presidenta, tentando constrangê-lo).

— Não! Eu a elegi por ser mulher. Espero que tenha tempo para descobrir as outras razões. (Kayo).

— Quanta petulância! A humanidade espera retorno de todo o dinheiro que colocou em suas mãos. (A presidenta).

— Eu a elegi para cuidar apenas do povo deste país. Da humanidade cuido eu. (Kayo).

— Quanta arrogância! Acredita mesmo que foi o único responsável pela minha vitória nas eleições?

— Muito mais do que possa imaginar e muito menos do que gostaria. (Kayo tripudia).

— Do que está faltando? Se não estivesse projetando a viagem para Marte diria que é um lunático.

— Por que pensa que elegi uma mulher para ser presidenta? (Kayo, debochando).

— Poupe-me dos seus deboches. Você apenas contribuiu com dinheiro para a minha campanha. (A presidenta).

— Elegi-a para me dar ordens. As mulheres fazem muito bem isso, e suavemente, o que não implica obediência. (Kayo).

— Afinal, quando poderei anunciar o envio de astronautas americanos para o planeta vermelho? (A presidenta).

— Não sou político para fazer promessas, mas já que insiste, direi apenas que será em breve. E quem fará o anúncio serei eu!

— Isso não basta. Quero datas, ou tomarei providências jurídicas a esse respeito. (A presidenta, sem argumentos).

— Posso lhe garantir que a humanidade não perde nada por esperar. Não se precipite, tenha calma. (Kayo, irritante com sua calma).

— Demonstre mais respeito pela presidenta de seu país ou haverá consequências. (A presidenta, ameaçando).

— Decisões poderosas resultam em consequências poderosas. Decida-se com sabedoria. (Kayo, dando conselhos).

— Não preciso de seus conselhos proverbiais e medíocres, senhor Kayo.

— Precisou do meu voto e do meu dinheiro. Pode continuar contando comigo para o que quiser, sem ressentimentos. (Kayo).

— Até logo, seu insolente. Espero não precisar levá-lo aos tribunais. (A presidenta, sem saída, encerra o telefonema).

Depois de encerrada a conversa, o secretário-geral comenta o assunto com a presidente.

— Não considero prudente uma ação judicial contra o senhor Kayo.

— Por que não? Ninguém está acima da lei neste país. (A presidenta).

— O senhor Kayo tem os melhores advogados do mundo a serviço dele. (O secretário).

— Mas nós temos o poder nas mãos. (A presidenta).

— Uma ação contra o senhor Kayo seria desgastante para a imagem da presidência, uma vez que ele foi o principal financiador de sua campanha.

— Justamente por isso é que não devemos nos curvar, ou pensariam que estamos a serviço do poderoso senhor Kayo.

— Ele é considerado por muitos como um santo pelas inúmeras obras de caridade, polpudas doações a instituições beneficentes e pelo grande número de pessoas que emprega num tempo em que os trabalhadores sofrem com o desemprego.

— Fique sabendo que não estou preocupada com os trabalhadores nem com os miseráveis deste planeta. Estou preocupada com o próximo mandato. (A presidenta, finalizando a conversa).

A COMUNICAÇÃO

Na semana seguinte à conversa com a presidenta dos EUA, Kayo coloca na internet uma comunicação por escrito, que depois é divulgada em todos os canais de televisão e em todos os jornais do mundo, causando grande alvoroço, tornando-se o assunto mais comentado no mundo. As ações de suas empresas se valorizam ainda mais nas bolsas de valores.

"Eu sou Kayo, filho de Koya, que foi gerada por Meg, que era amada por todos e que foi construída por Hugh, nascido de Érika. Sou a pessoa que está à frente do programa especial que levará a humanidade para outro planeta. É com satisfação que comunico a todos que acabamos os preparativos para esse empreendimento. A nave espacial que levará os primeiros colonos para Marte está pronta, bem como as instalações provisórias que receberão os que lá chegarem, como puderam acompanhar pela internet e pela televisão. Como sabem, aqueles equipamentos foram enviados para lá e montados por robôs, assim como provisões para vários anos, até que se consiga plantar e criar para o próprio sustento.

Antes, porém, quero convidá-los para uma festa que darei em homenagem ao centenário de nascimento da minha mãe, Koya, e do meu tio, Oaky, assim como dos cento e vinte e cinco anos de nascimento de minha amada vovó, Meg. Quero que todo mundo participe das comemorações. Quero realizar um sonho de minha avó, que me dizia que só respeitamos e amamos o que conhecemos. Pretendo facilitar as viagens, sejam de turismo ou não, em nossos aviões, e durante uma semana daremos descontos para todos e gratuidade para idosos, deficientes e carentes, bem como para seus pais, mães, cuidadores e acompanhantes. É meu desejo que as pessoas se conheçam melhor, mesmo falando línguas diferentes, tendo costumes diferentes, pois somente respeitando as diferenças é que nos tornaremos iguais".

— Talvez o senhor esteja se precipitando em razão de sua conversa com a presidenta. (Um assessor de Kayo).

— Penso que não. Só temos que acelerar alguns detalhes. (Kayo).

— O prato principal que será servido na festa está pronto.

— O melhor é que o cardápio só serve para humanos, nenhum outro ser vivo será afetado. (Kayo).

Kayo está com 68 anos, gozando de perfeita saúde, parecendo ter 30 anos de idade e com muita vida pela frente. Ele jamais adoeceu e agora inicia seu objetivo final de exterminar a espécie humana.

Foram quase cinquenta anos de pesquisas para concluir a Mecânica dos Genes, e de posse dos resultados e da descoberta de seu pai sobre a aderência viral, seus laboratórios conseguiram criar um vírus altamente contagioso, resistente e 100% mortal. Aderência viral significa que um vírus pode sobreviver até uma semana fora de qualquer organismo.

— O senhor Kayo tremeu na base com a conversa que tive com ele. (A presidenta).

— Mas o que dizer da festa global para homenagear a própria família? (Assessor político).

— É um megalomaníaco. Se fosse casado, a esposa jamais concordaria com tamanha extravagância. (A presidenta).

— Pela fortuna que acumulou não é megalomania, mas, sim, uma verdade bem constrangedora, visto que ela continua crescendo e nada pode ser feito para freá-lo. (Assessor de economia).

Mais uma vez, Kayo aproveita-se de um clima desfavorável para realizar uma grande jogada.

A prometida comemoração em homenagem aos seus familiares contagia a todos. Mesmo os mais abastados, que não precisariam de nenhum benefício para viajar, aproveitam-se dos descontos e das facilidades oferecidas e partem de viagem com toda a família. Inclusive, cruzeiros marítimos são oferecidos pela sua agência de turismo a preço de custo. Outras agências se veem obrigadas a rever seus preços para não terem a procura de seus serviços reduzida.

— *De repente, como num passe de mágica, a atitude do senhor Kayo provocou uma deflação nos valores de pacotes turísticos, mostrando de modo claro que todos desejam conhecer melhor o mundo em que vivemos. (Um analista do mercado turístico).*

— *O neto da fada faz magias com a economia mundial. (Uma analista de economia).*

— *Somente o homem mais poderoso de todos os tempos poderia provocar esse tipo reação global. (Um sociólogo).*

— *Com certeza, jamais veremos outra comemoração como essa. Há quase um delírio coletivo. (Uma colunista social).*

— *O senhor Kayo os convida para sua festa; o senhor Kayo paga a conta. (Uma grande empresa de festas e cerimoniais).*

— *Seus parentes merecem as homenagens, mas dar uma festa dessas não é para quem quer, é para quem pode. (Um economista).*

Durante as semanas que antecederam a festa, a assessoria de Kayo vai dando detalhes de como serão as comemorações, inclusive sobre a duração, que será de uma semana inteira. Diversos voos domésticos, em diversos países, são disponibilizados de graça para as populações mais pobres pela sua companhia aérea. Sua empresa de turismo disponibiliza pacotes turísticos a preços irrisórios em todos seus navios de cruzeiro. Sua imensa rede de hotéis também pratica preços ínfimos, levando a uma ocupação de 100%. Todos os hotéis do mundo esgotam suas capacidades. Restaurantes têm que reforçar o atendimento. Todos os países se veem obrigados a aumentar o atendimento em seus portos, aeroportos, alfândegas, hotéis, restaurantes, museus, parques arqueológicos e temáticos, casas de espetáculos e todos os pontos turísticos.

— A valorização das ações de suas empresas fazem a sua fortuna atingir 3 trilhões de dólares, em valor de mercado, é claro. (O diretor-presidente da corretora de valores de Kayo).

— Que diferença faz para quem está prestes a perder tudo? (Kayo, consciente de que destruirá a economia mundial).

O PLANEJAMENTO

Enquanto o mundo dorme, trabalha ou tira férias, a fortuna de Kayo cresce a cada segundo, e a cada segundo ele se aproxima mais de seu grande objetivo final. Sua empresa de marketing inicia intensa propaganda do evento.

Ele reúne seu estafe e solicita que eles façam um *chek list* do que poderá dar errado nas comemorações.

— Quero que pensem e listem tudo o que pode sair errado. Entendam, não podemos falhar. Quero, também, que vasculhem o planeta para que ninguém fique de fora dessa festa, principalmente, homens férteis. (Kayo).

Dois dias depois, cada um apresenta na reunião uma lista de possíveis problemas.

— Então Frank, diga-me o que pode dar errado. (Kayo).

— Senhor, ficarão na Estação Espacial Internacional seis astronautas, que não se contaminarão. (Frank).

— Bem, morrerão de fome, pois ninguém mandará alimentos a eles nem uma nave de resgate. (Kayo).

— Também tem todo o pessoal que trabalha embarcado em navios de transporte de cargas, nas plataformas petrolíferas e nos navios de cruzeiros, exceto os da companhia de turismo OK&K.

— Vou falar com as agências de turismo. Mamãe vai me ajudar nesses casos. (Kayo).

— Desculpe-nos, mas não entendemos, senhor. (Koya morreu há vinte e dois anos).

— Koya para sempre! (Kayo exclama ao pronunciar o nome de sua falecida mãe).

— O senhor poderia explicar-nos do que se trata?

— Mandei produzir amostras grátis do perfume, Koya – para sempre, e distribuir para todas as tripulações, bem como para todos os passageiros dos navios de cruzeiros. Faremos isso nos aeroportos, free shops, shopping centers e boutiques do mundo inteiro como parte das comemorações do centenário de mamãe.

Kayo está certo de que ninguém resistirá a provar e usar o perfume que se tornou o mais caro e famoso do mundo. Certamente, os frascos não conterão apenas o perfume que se tornou um ícone.

— São frascos de dois gramas. Quantas pessoas podemos infectar com um grama de nosso remédio? (Kayo).

— É um cálculo impreciso, mas num shopping de Nova Iorque, com grande circulação de pessoas, toda a população da cidade poderá ser contaminada em uma semana. (Frank).

— E quanto ao pessoal embarcado em navios de transportes de cargas e das plataformas marítimas para extração de petróleo?

— Podemos mandar entregar docinhos e salgadinhos premiados para que não fiquem fora da festa. (Kayo).

— E você, Jean? Parece ansioso para relatar suas descobertas. (Kayo percebe a preocupação de seu assessor antropólogo).

— Sim, senhor. Por incrível que pareça, ainda há pessoas e tribos vivendo em isolamento neste planeta. (Jean).

— E você identificou-os? (Kayo).

— Sim, e são diversos.

Jean faz uma extensa lista, para espanto de todos, que ignoravam existir tantos humanos sem contato com a civilização em pleno século XXII.

— Os Nganasans, na Sibéria central; a tribo dos Sentineleses (ou Sentinelas) vive na Ilha Sentinela do Norte, na Índia; a tribo Korowai, de Papua, na Indonésia; a tribo Mashco-Piro, no Peru; um pequeno grupo de aborígenes da tribo Pintupi, na Austrália; na fronteira do Brasil com o Peru, os Korubo; os Kawahiva, no Brasil; os Sápmi, das áreas mais setentrionais da Suécia, Noruega, Finlândia e Rússia; os Inuits, do Canadá; o povo Wapichana, no norte do Brasil e na Guiana; esquimós, no Polo Norte; os nômades dos desertos; os Yanomami, Txucarramãe e Waiãpi, na amazônia brasileira; os povos ciganos... (Neste momento, Kayo interrompe Jean).

— Um momento, por favor, Jean. É mesmo incrível que existam tantas pessoas sem contato com a chamada sociedade civilizada.

— Tem mais, senhor! Além de muitos homens vivendo sozinhos em matas e florestas. (Jean).

— Parabéns, Jean. Você fez um excelente trabalho. Muito obrigado. Peço-lhe que localize, com a ajuda do nosso pessoal da logística, todos esses povos para tomarmos as providências necessárias. (Kayo).

— O que pensa em fazer nesses casos, senhor? (Robinson, assessor de logística).

— Enviaremos um mensageiro para convidar, pelo menos, os caciques das tribos para participarem das comemorações. Caso não aceitem, serão infectados pelo contato com o nosso mandatário, que estará devidamente contaminado. (Kayo).

— Existem algumas tribos que são totalmente hostis. (Jean, alertando).

— Chegaremos tão perto quanto possível com motos voadoras e, então, espalharemos a solução sobre eles. Podemos utilizar drones, eventualmente. (Kayo parece ter solução para tudo).

— E as pessoas que trabalham na mineração, em jazidas, longe de centros urbanos? (Robinson).

— Eles recebem visitas regularmente das autoridades sanitárias e fiscalizadoras das atividades. Não ficarão de fora. (Kayo).

— Os monges budistas e de outras congregações que se mantêm isolados do mundo em conventos e mosteiros? (Jean).

— Mas que mania o ser humano tem de se esconder! Deve ser de vergonha por tanta merda que já fez. (Kayo).

— Os militares embarcados nos navios de guerra, nos submarinos ou em treinamentos especiais? (Robinson).

— Nossa tarefa fica cada vez mais difícil conforme vocês me mostram que pessoas estão, temporariamente, fora do alcance das nossas intenções comemorativas. Ninguém pode ficar de fora da festa que pretendo fazer. Alguém irá visitá-los. (Kayo).

— Sinto muito, senhor, mas a lista é grande. (Jean).

— Sabem por que o dilúvio não deu certo? (Kayo).

— Se é que existiu! (Frank).

— Porque vocês não eram os estrategistas logísticos do evento. Se Deus tivesse contratado vocês não estaríamos aqui tentando acabar com toda essa merda que chamam de humanidade. (Kayo).

— Penso que o dilúvio foi apenas um evento local, e que alguém mais sábio tentou avisar as pessoas do que aconteceria, mas muitos não acreditaram. Apenas Noé acreditou, construiu uma arca e nela colocou seus familiares e os animais de sua criação para deles se alimentarem. (Frank).

— Talvez Noé tenha sido ingênuo o suficiente para acreditar e sábio o bastante para se prevenir. (Kayo).

— Falando em homens, temos, ainda, os ermitões e os que trabalham em garimpos clandestinos em diversos países do planeta.

— Vou pensar em algum jeito de incluí-los na festa. Localizaremos os garimpos clandestinos e faremos uma visita a eles. (Kayo).

— Temos diversas outras situações. Entre elas posso citar: famílias em férias em trailers podem acampar em qualquer lugar por mais de uma semana; os alpinistas, principalmente no monte Everest – são centenas de pessoas lá; espeleólogos, às vezes, ficam uma semana explorando uma caverna; pesquisadores em florestas...

— Faremos uma varredura em todos os locais de férias e acampamentos via satélite. Quanto aos profissionais, pesquisaremos na internet. Todos eles indicam o que estão fazendo e a sua localização. (Kayo).

— Tem ainda a Alert. (Robinson).

— O que vem a ser isso? (Kayo).

— É a localidade mais setentrional e isolada do planeta. Fica no norte do Canadá, longe de tudo e perto de nada. (Robinson).

— Você quer dizer próxima ao polo Norte. (Kayo).

— Sim, senhor. Poucas pessoas moram lá permanentemente, pois é um lugar muito frio e inóspito. Seis meses de escuridão seguidos de seis meses de luz. (Robinson).

— Acho que sei o que fazer com eles. Que mais poderá nos atrapalhar? (Kayo).

— O que acontecerá com os reatores nucleares à base de fissão do urânio, que ainda são usados para produção de energia, quando não houver mais ninguém para controlá-los? (Frank).

— Podemos invadir seus computadores com os nossos programas piratas e assumir seu controle remotamente. Depois os desligamos para que não aconteçam danos ao meio ambiente quando não houver ninguém mais para operá-los. (Kayo parece pensar em tudo).

— Têm, ainda, os presidiários que cumprem pena, enclausurados em instituições carcerárias. (Jean).

— Não podemos deixar que bandidos repovoem o planeta. (Kayo).

— Basta um deles receber a visita de uma pessoa infectada para dizimar toda a população da prisão. (Frank).

— Receberão visita de seus advogados e parentes, que estarão infectados. (Robinson)

— Na pior das hipóteses, morrerão de fome, pois não restará ninguém do lado de fora para atender as suas necessidades. (Jean).

— Acho que o mesmo acontecerá com os animais enjaulados nos zoológicos. (Kayo).

Começa a desenhar-se o quadro dantesco de um apocalipse planejado para extinguir a espécie mais inteligente do planeta. Todas as chacinas, massacres de povos inteiros (indígenas) e holocaustos parecerão coisas pequenas e até perdoáveis.

— Animais de estimação terão o mesmo destino e morrerão acorrentados pela carência afetiva de seus donos. (Kayo).

— O mesmo acontecerá com os idosos e com as pessoas com necessidades especiais que precisam de acompanhantes ou cuidadores. Seus cuidadores não voltarão. (Jean).

Ao final da reunião, Kayo agradece a todos com um breve discurso.

— Muito obrigado! Fizeram um excelente trabalho. Muito obrigado por confiarem a mim as suas vidas. Nenhum meteorito, nem mesmo a era do gelo, conseguiu extinguir a vida neste planeta, que deveria ser chamado de planeta Vida ou, melhor ainda, planeta Mãe. Os cientistas insistem que estamos acabando com a vida neste planeta. Não sei se estão certos ou errados, mas é bem típico de uma raça soberba pensar que pode destruir um planeta. Nós apenas sujamos nosso único habitat. Mas o planeta se recupera e, se fosse dotado de algum humor, rir-se-ia da nossa cara. (Kayo).

— Lamento contrariá-lo, senhor Kayo, mas se quiséssemos poderíamos destruir até as bactérias. Bastaria usar a Mecânica dos Genes, matematicamente compilada por sua avó Meg. (Frank).

— Tem razão, Frank, mas acho que ela jamais teve essa intenção. (Kayo).

Terminada a reunião, Kayo respira aliviado, mas percebe que ainda falta algo para concluir com êxito sua tarefa em toda a sua plenitude, e prossegue nos preparativos para a grandiosa festa.

Ele entra em contato com a sua empresa OK&K – Propaganda e Marketing e determina que confeccionem e distribuam, milhões de camisetas com o rosto de sua avó Meg, com a frase que ela mais gostava de dizer: "Eu te amo", bem como com o rosto de sua mãe, Koya, e de seu tio, Oaky. Outras, ainda, com a estampa do pôster em que aparecem Sam, Meg, Oaky e Koya. Diversos outros brindes são feitos e distribuídos mundo afora como uma lembrança da grande homenagem. São amostras dos perfumes da Koya – Cosméticos, canetas, chaveiros, *bottons* e *pins*. Tudo devidamente contaminado com a solução final.

— Elaborem os layouts e contratem gráficas em todos os lugares do mundo e providenciem a distribuição imediata. (Kayo).

TATUAGENS E PLACAS

Imediatamente após a reunião de planejamento para a grande comemoração em homenagem a sua mãe, seu tio e sua avó, Kayo entende que ainda há alguns detalhes finais importantes para preparar e pede para sua equipe que encontre um rapaz que não tenha nenhum parente, relacionamento ou dependentes e que queira se deixar tatuar.

Mesmo sem entender para que finalidade seu chefe fez tal pedido, sua equipe recruta um jovem que vive de trabalhos temporários, trocando constantemente de emprego, sem nenhum parente, praticamente um morador de rua, que aceita o convite para conversar com Kayo e ouvir sua proposta.

— Então o senhor é o poderosíssimo Kayo, o homem mais rico de todos os tempos! (O rapaz, ao chegar).

— E você chama-se Hermes. Eu sou Kayo, filho de Koya! Muito prazer, Hermes.

— No que um desafortunado pode ajudar um homem que não precisa de nada? (Hermes).

— Engano seu! Preciso do seu corpo, Hermes. (Kayo, direto e incisivo, após as apresentações e os cumprimentos).

— Como? Não entendi? (Hermes, de origem grega, nascido na Islândia, surpreende-se com a proposta).

— Preciso da sua pele. Toda ela. Quanto quer por ela? (Kayo).

— Acho que não posso vendê-la, pois não conseguiria viver sem ela. (Hermes, achando inusitado e engraçado o pedido).

— Não vou tirá-la de você. Quero apenas tatuar todo o seu corpo com o que eu quiser. (Kayo).

— Tatuar-me? Com que imagens? (Hermes).

— Não se preocupe. Não serão imagens ofensivas nem preconceituosas e poderá vê-las antes de serem tatuadas. (Kayo).

— Com que propósito? (Hermes).

— Não é da sua conta. (Kayo).

— E depois? O que acontece? (Hermes).

— Fará uma viagem para entregar uma importante encomenda para algumas pessoas. (Kayo).

— Não vou traficar drogas, se é o que pretende. (Hermes).

— Não se trata de drogas. Pode ficar tranquilo. Nem imagina quantos traficantes consegui eliminar. (Kayo).

— Do que se trata, então? (Hermes).

— Melhor não saber, pelos menos, por ora. E então? Quanto você quer? (Kayo).

— É difícil decidir-me sem saber se correrei algum risco, todo tatuado e carregando uma caixa de Pandora, cujo conteúdo não terei conhecimento. (Hermes).

— Quanto maior o risco, maior o ganho. Faça o seu preço considerando um risco, digamos, grande. (Kayo, falando como investidor).

— Não tenho a menor ideia. (Hermes).

— Vou lhe dar mais algumas informações. (Kayo).

— Obrigado. Assim poderei me decidir.

— Nunca mais terá que trabalhar e terá alimentos, roupas e todo o conforto que for possível, além da quantia que decidir receber pelo serviço. (Kayo).

— Quando começa a parte ruim? (O rapaz não é ingênuo).

— Terá que morar no local para onde levará a encomenda. (Kayo).

— Obviamente, não se trata de um paraíso caribenho. (Hermes).

— Correto! Vejo que estou tratando com uma pessoa inteligente e isso me deixa mais tranquilo. (Kayo).

— O que mais terei de fazer?

— Morar lá até morrer, mas poderá se ausentar por trinta dias a cada ano, como uma espécie de férias. (Kayo).

— Como sabe que ficarei lá ou que retornarei após sair de férias?

— Você será vigiado vinte e quatro horas por dia. Saberei onde está a cada segundo de sua vida. (Kayo).

— O senhor é mesmo muito poderoso. (Hermes).

— Mais do que um deus, pois eu existo. Quanto a eles, ninguém tem certeza. (Kayo, assustador).

— Me considero um ateu, mas o senhor parece-me mais do que um herege. Tenho a impressão de que quer destruir a crença das pessoas. (Hermes tem uma excelente percepção).

— Considero-me apenas um homem bom, muito bom, bom mesmo, sem modéstia nenhuma. (Kayo).

— Nem que o senhor quisesse poderia ser modesto. Acredito que nunca mais alguém acumulará tanta riqueza quanto o senhor.

— Levará algumas instruções por escrito e outras verbais, mas você terá muito tempo para decorá-las. (Kayo).

— Quero 1 milhão dólares! (O rapaz apressa-se no pedida).

— Só? Pensei que fosse mais ambicioso. Ou não conhece a exata dimensão da minha riqueza? (Kayo).

— É... Deveria ter pedido mais. (Hermes imediatamente percebe que se precipitou e pediu pouco).

— Vou te fazer a minha proposta para não dizer que estou te explorando. (Kayo, tentando ser justo).

— Obrigado, senhor. É justo, pois sei muito pouco de todo o trabalho. (Hermes).

— Te darei 2 milhões de dólares, inicialmente. Depois, se considerar que merece mais, voltaremos a negociar. (Kayo).

— É o dobro do que pedi! (Hermes).

— Diria que é o justo. (Kayo).

— Não teme que depois possa chantageá-lo?

— Não. Em primeiro lugar porque não tenho medo de nada. Em segundo lugar porque posso fazer coisas bastante desagradáveis com você. Posso te garantir que nem vale a pena tentar. (Kayo, falando com uma tranquilidade assustadora).

— Tenho certeza de que sim. (Hermes).

— Então? Temos um acordo? (Kayo, o negociante).

— Sim, com certeza. (Hermes).

— Se me permite uma pergunta pessoal... Você pretende ter filhos? (Kayo).

— Nunca pensei no assunto. (Hermes).

— Te dou 10 milhões de dólares se concordar em fazer vasectomia. (Kayo surpreende mais uma vez).

— O senhor não quer somente a minha pele e a minha vida. Também quer o meu futuro. (Hermes).

— E você pensa ter algum futuro? (Kayo, assustador).

— Filhos são o único futuro do ser humano. (Hermes, filosófico).

— Teria coragem de colocar filhos numa sociedade tão podre quanto a atual?

— Talvez por isso nunca tenha pensado em procriar. (Hermes).

— Para mim é mais uma prova de sua inteligência. (Kayo, elogiando).

— Aceitei o trabalho, mas devo confessar que é um trabalho muito estranho. (Hermes, preparando-se para retirar-se).

— Espere, Hermes! Muito obrigado.

— Não tem de quê. Mas eu é quem deveria agradecer. (Hermes).

— Sua decisão acaba de mudar o destino da humanidade. (Kayo, enigmático).

— O senhor é muito estranho. Muito estranho. (Hermes).

Por alguns instantes, Hermes fica olhando fixamente para Kayo, sem compreender o significado das suas últimas palavras. Depois se retira para seguir as instruções, acompanhado por funcionários que sabem o que devem fazer.

Kayo parece feliz. No rosto, o semblante aliviado de quem acaba de solucionar um problema grave e complexo.

Ainda como preparação para o grande evento, Kayo convida um escultor para escrever textos em placas.

— O que o senhor pretende que eu faça? (Jonas, o escultor).

— Que grave alguns textos em placas. (Kayo).

— Placas de qual material? (Jonas).

— Diversos materiais. Penso que saiba esculpir em rocha, bronze, cobre, aço inoxidável e ouro. (Kayo).

— Sim, senhor. Mas acho que não precisava ter contratado um escultor para escrever textos em placas. (Jonas).

— Considera ser esse um trabalho humilhante? (Kayo).

— Não, senhor! Mas não é costume contratar um artista plástico para pintar paredes, substituindo um pintor profissional. (Jonas).

— Mas são textos que incitam a imaginação. (Kayo).

— Saberei do que se trata antes de iniciar o trabalho? (Jonas).

— Sim, caso decida aceitar. (Kayo).

— É um trabalho muito simples, mas quanto está disposto a pagar, agora que decidiu contratar um artista plástico? (Jonas).

— Realmente, trata-se de um trabalho simples, mas nem por isso deve baixar o preço que considere justo. (Kayo).

— O trabalho parece simples, mas qual o volume? De quantas placas estamos falando? (Jonas).

— Muitas. Mas acredito que poderão ser feitas em torno de um mês ou menos. (Kayo, exagerando).

— Pelo material sugerido, penso que o senhor quer preservá-las por um longo tempo. (Jonas).

— Muito longo tempo, se quer saber. Talvez por toda a eternidade. (Kayo).

— Estou inclinado a aceitar sua oferta. (Jonas).

Após dar seu preço, Jonas toma conhecimento de parte dos textos.

— Parecem-me instruções para após um possível, mas improvável, apocalipse. (Jonas).

— Por que improvável? (Questiona, Kayo).

— A vida neste planeta pode ser extinta, mas acredito que vai demorar muito até outro meteorito nos atingir. (Jonas).

— Sua tese contém uma falha grave! (Kayo).

— Não entendi. (Jonas).

— Um meteorito já nos atingiu, não obstante a vida continuou ou renasceu. (Kayo).

— O senhor tem razão. Mas estava pensando nos seres humanos que, assim como os dinossauros, não resistirão.

— Você tem outra hipótese para o fim da raça humana? (Kayo).

— Não, nunca pensei no assunto. (Jonas).

— Tirando os desastres naturais, alguém poderia aniquilar a humanidade? (Kayo).

— Penso ser muito difícil. (Jonas).

— Por quê? (Kayo gosta de ouvir as pessoas tentando prever o futuro).

— Não somos animais nem vegetais. (Jonas).

— E que diferença isso faz? (Kayo).

— Animais e vegetais têm seus habitats naturais. Às vezes, um pequeno abalo em seu ecossistema e eles são extintos. Os seres humanos estão espalhados pelo mundo e adaptando os ecossistemas para sobreviverem, e são bilhões de indivíduos. (Jonas).

— Sua teoria da preservação da espécie humana é bastante interessante. Parabéns. (Kayo).

Com todos os preparativos imaginados por Kayo concluídos, ele dá início às negociações para envolver o máximo de pessoas possível na parte ativa do evento, e, para isso, pensa em pessoas ambiciosas e sedentas por fama e sucesso, nem que isso seja efêmero.

AS NEGOCIAÇÕES

Como parte de sua estratégia para as comemorações dos cem anos de nascimento de sua mãe, Koya, e de seu tio, Oaky, e dos cento e vinte e cinco anos de nascimento de sua avó Meg, Kayo coopta patrocinadores para sua festa; não que precisasse, mas para envolver o maior número de pessoas, fazendo-as propagar a sua ideia de uma festa grandiosa.

Sua ideia é que os mais poderosos patrocinem, sem saber, o seu próprio extermínio.

Primeiro faz contato com as companhias petrolíferas, cooptando-as para fornecerem todo o combustível necessário para todas as aeronaves, durante seis dias.

— Senhores, posso pagar por isso, mas estou lhes oferecendo a oportunidade para entrarem para a história patrocinando parte da maior homenagem festiva que este planeta jamais presenciou. (Kayo).

— Mas os senhor está nos pedindo que financiemos todo o combustível necessário para uma semana inteira de voos comerciais e de navios de cruzeiro. (Presidente do sindicato das companhias de petróleo).

— Posso garantir que não se arrependerão e que, talvez, o mundo se torne melhor depois. (Kayo).

Em segundo lugar, faz contato com as outras cinco companhias aéreas para que forneçam passagens de graça (a deficientes físicos) e, no máximo, a preço de custo, para todos, durante os seis dias de comemoração.

— O senhor também pretende aumentar bastante a quantidade de voos naquela semana. (Representante das companhias aéreas).

— Exatamente! Quero todo mundo indo para outro lugar. Os seres humanos precisam se conhecer melhor para se respeitarem mais. Só respeitamos o que conhecemos. (Kayo).

— Não temos pessoal suficiente, senhor Kayo. (Diretor de operações aéreas).

— Não se preocupem. Os aeroportos mais movimentados do mundo estão sob minha administração e tenho pessoal treinado suficiente para uma carga adicional de trabalho. Depois darei folga para todos. (Kayo).

— Algumas de nossas aeronaves precisam de revisão. (Diretor de operações).

— Bem, se pensam que é muito, posso lhes oferecer uma revisão preventiva gratuita em suas aeronaves antes da festa. (Kayo).

Dessa forma, ele poderá colocar seu vírus em todas as aeronaves sem levantar suspeitas.

Kayo obtém sucesso e agrega outros patrocinadores, que acabam aceitando oferecer viagens turísticas e outros agrados, por preços bem abaixo do normal, para quem quisesse viajar.

— Por que tanto esforço para obter patrocinadores para sua festa? O senhor tem capital e crédito suficientes para promover cem comemorações como essa. (Frank).

— Porque a participação contagia as pessoas. Elas se sentem um pouco donas da festa. E contágio é o que mais desejo que aconteça. (Kayo).

Ele agrega agências de turismo e marketing e grandes empresas de viagens, todos interessados em participar do maior evento a ser realizado no planeta. São empresas de todos os ramos oferecendo doações para as pessoas poderem viajar.

O entusiasmo contagia a todos e ninguém quer ficar de fora. Todos querem se sentir um pouco responsáveis pelo grandioso evento, exatamente como Kayo planejara. A ambição pela fama pode levar pessoas a lugares desconhecidos.

Como muitas pessoas estarão em viagens em navios, ele distribui amostras com dois gramas do perfume mais caro e mais famoso da Koya – Cosméticos, o Koya – para sempre. Na mistura está um grama do vírus. O mesmo procedimento ele aplica a milhares de shopping centers das maiores cidades do mundo.

— Contrataremos saqueadores, que adorarão saber que poderão pegar tudo que quiserem ou puderem carregar, desde que se submetam a uma esterilização. (Kayo).

— O que deverão fazer? (Frank).

— Quero que queimem tudo o que não desejarem, principalmente bibliotecas, palácios, igrejas e templos de qualquer natureza, exceto o Taj Mahal (na Índia). (Kayo).

— Por que, senhor Kayo? (Jean).

— É o único que merece ser preservado, pois foi construído em nome do amor por uma mulher. (Kayo).

— Com certeza, os saqueadores, de tão gananciosos, não se darão conta de que para nada lhes servirá toda a riqueza que conseguirem abarcar. (Robinson).

À medida que os preparativos vão sendo finalizados, aproxima-se a data do início das comemorações e a certeza de que ele conseguirá seu objetivo. O semblante de Kayo vai se tornando sombrio e seu olhar fica perdido em algum ponto inexistente do infinito.

Ele sente-se como alguém que nada vê quando olha para cima, não encontra chão onde pisar ao olhar para baixo e, ao olhar para frente, não vê nenhum horizonte, pois os horizontes pertencem a quem tem esperança de alcançá-los. Audição e visão vão perdendo o sentido por não transmitirem mais a emoção da expectativa de um amanhã.

Kayo sente-se cada vez mais vazio, um morto-vivo. Um zumbi. Um corpo sem espírito, pois o espírito nada mais é do que o objetivo que cada um carrega dentro de si.

ÚLTIMO HOMEM

Após a reunião para o planejamento da grande comemoração, Kayo não quer que ninguém fique de fora do extermínio, principalmente homens férteis. Ele sabe que um homem pode fecundar várias mulher, até no mesmo dia, se quiser.

Em relação aos garimpos clandestinos, Kayo determina que seus satélites espiões sejam usados e localizem qualquer atividade de garimpo clandestino. Pede, também, que sejam monitorados todos os lugares de férias em que as pessoas passam várias semanas acampadas em seus trailers e barracas.

Aproveita, ainda, e ordena que seja feita uma completa varredura na superfície do planeta, identificando possíveis pessoas ou grupo de pessoas que vivam em áreas isoladas, além de todos que Jean descobriu.

— O Robinson poderá usar nossos satélites para localizar as pessoas que vivem isoladas (Kayo).

— Mas o custo será bastante elevado, senhor. (Frank).

— Não podemos correr o risco de que alguém fique fora da festa. (Kayo).

— E depois de localizarmos possíveis alvos o que devemos fazer? (Robinson).

— Nossas unidades de segurança mais próximas deverão avisadas imediatamente para que tomem as providências necessárias e esses focos sejam eliminados. (Kayo).

Até os eremitas que vivem em regiões isoladas e de difícil acesso serão visitados e exterminados.

— Descobrimos que existem alguns ermitões vivendo em regiões isoladas. (Robinson).

— Conseguem identificá-los? (Kayo).

— Sim. Um deles se isolou nas montanhas depois do suicídio da esposa, que se matou porque seus filhos foram mortos na escola por um atirador fanático. (Frank).

— Tem alguém próximo de lá com competência para fazer o trabalho? (Kayo).

— O Ronald. É um excelente atirador com qualquer tipo de arma. (Frank).

— Então sabe o que fazer. (Kayo).

É início da tarde quando uma caminhonete 4x4 consegue chegar a uma cabana nas montanhas, com aspecto de abandonada, mas que é habitada por um homem solitário, que vive ali há dez anos.

— Ó de casa! Boa tarde! (Ronald).

— Boa tarde! O que alguém está fazendo aqui? (O ermitão).

— Vim anunciar o fim do mundo. (Ronald).

— Então veio me matar, porque o mundo só termina para os que morrem. (O ermitão).

— Exatamente! Vou matá-lo. (Ronald).

— E posso saber por quê? (O ermitão).

— Ordens do meu chefe. Ele vai exterminar a humanidade e não quer ninguém vivo que possa dar continuidade à espécie. (Ronald).

— Não sei quem é o seu chefe, mas, com certeza, é um maluco se pensa que pode exterminar a humanidade matando um por um. (O ermitão).

— Ele não é maluco nem vai matar um por um. Será de uma só vez. (Ronald).

— E como ele pensa em fazer isso com mais de 8 bilhões de pessoas? (O ermitão).

— Espalhando um vírus mortal pelo planeta.

— Não conheço seu chefe, mas passo a admirá-lo, pois a humanidade não merece existir. (O ermitão).

— O nome dele é Kayo.

— Claro! Só podia ser o homem mais rico e poderoso de todos os tempos. Quem não o conhece? Mas acho que não conseguirá cumprir uma tarefa tão grandiosa. (O ermitão).

— Não aposte, pois vai perder. (Ronald).

— Perdi há dez anos, quando assassinaram meus dois filhos, o que levou minha esposa ao suicídio. (O ermitão).

— Estou sabendo e sinto muito. (Ronald).

— Não mais do que eu. (O ermitão).

— É claro que não, me desculpe. (Ronald).

— E quando começará o Armagedom do poderoso senhor Kayo? (O ermitão).

— Amanhã.

— Aceita uma última xícara de chá? (O ermitão).

— Sim, por favor. (Ronald).

O ermitão faz um chá e os dois continuam conversando.

— Então você morrerá, também. (O ermitão).

— Não. (Ronald).

— Por que será poupado? (O ermitão).

— Minha missão é garantir que ninguém fique vivo para que não seja possível alguém se reproduzir e recomeçar a espécie. (Ronald).

— Você não ficará tentado a ter filhos? Afinal, a solidão será inimaginável e global. (O ermitão).

— Estou histerectomizado, não posso fecundar ninguém. E não acredito que alguma mulher sobreviva.

— É terrível ter que matar tantas pessoas e, ao mesmo tempo, entediante saber-se sozinho no mundo. (O ermitão).

— Nem tanto, acredite. As poucas pessoas que restarem terão outras tarefas a cumprir. (Ronald).

— Enterrar os mortos? (O ermitão).

— Não. Incendiar todas as cidades que conseguir até os últimos dias de suas vidas. Contratados pelo senhor Kayo e também esterilizados. Serão centenas de milhares de homens. (Ronald).

— Com que propósito? (O ermitão).

— Para que não haja nenhum equipamento disponível caso alguém sobreviva. E, se possível, nenhuma literatura, também.

— Como se alimentarão? Pois, pelo que entendi, não haverá mais produção de alimentos. (O ermitão).

— Aproveitando tudo o que sobrar nos supermercados e casas. Estará tudo abandonado. (Ronald).

— Mas um dia acaba e eles ainda estarão vivos e com muito trabalho para fazer.

— Terão que optar entre produzir seu próprio alimento, morrer de fome ou se matarem. (Ronald).

— Por que destruir a história do planeta queimando livros? (O ermitão).

— Porque livros contém a história das armas e de como construí-las. E história de deuses inventados. (Ronald).

— Faz sentido! Seu patrão parece que pensou em tudo mesmo. Deuses terão que ser reinventados.

— O que prova que não somos criação divina. Nós criamos os deuses e não o contrário. (Ronald).

Ao terminar de tomar o chá, Ronald levanta-se e vai rumo à porta de saída.

— Ótimo chá! Obrigado. Agora preciso ir. (Ronald).

— Espere! Não vai me matar? (O ermitão).

Ronald faz um gesto afirmativo com a cabeça e sai da cabana.

— Obrigado! Desejo boa sorte ao senhor Kayo. (O ermitão).

— Meu patrão não precisa de sorte. Ele é competente. (Ronald).

Depois, o atirador vai até a caminhonete e pega um potente rifle com luneta e mira a laser.

O ermitão vai até um balcão, abre um pequeno baú de madeira e retira de lá uma fotografia, amarelada pelo tempo, em que aparece com a esposa e seus dois filhos, e fica ali, parado, olhando-a atentamente, com um sorriso de satisfação e de felicidade.

— BANG!

O ermitão tomba mortalmente, atingido na cabeça, com o seu sangue banhando a fotografia que olhava.

Pássaros e outros animais se espantam com o forte estampido e fogem apressados para longe dali, para longe daquele som assustador, para longe do som da morte.

Por alguns instantes faz-se silêncio nos arredores do local e, em breve, os sons, ruídos e barulhos produzidos por humanos silenciarão para sempre. Todos os navios e aeronaves da empresa de Kayo, bem como os navios e aviões que fizeram manutenção em suas empresas, foram infectados com o vírus, além dos portos e aeroportos, shopping centers, diversos edifícios e locais de grande circulação de pessoas em milhares de cidades ao redor do mundo, inclusive estações de metrô e de tratamento de água.

Muito em breve o planeta se transformará num túmulo único, em uma cova coletiva e a céu aberto, para toda a humanidade.

DECISÕES PODEROSAS

Na mesma sala onde sua avó Meg só permitia que George entrasse sem bater, Kayo faz a última reunião com seu estafe para comunicar que disponibilizará vacinas para todos que quiserem, com a condição que os homens estejam estéreis, e liberá-los para fazerem o que quiserem.

— Solicitei que a OK&K – Propaganda e Marketing, incentive e financie a realização de *flash mobs*, em todos os lugares em que as autoridades permitirem. (Kayo).

— Excelente ideia, senhor. Será a parte musical das comemorações e poderá ser feita em praças, aeroportos, portos, shoppings centers, supermercados e outros espaços de grande circulação de pessoas. (Frank).

— Isso vai acelerar a propagação do vírus. (Jean).

Depois, Kayo revela o principal motivo da reunião.

— Penso, também, que todos estão conscientes de que após a semana de comemorações não terão mais empregos e todos os seus parentes, amigos e conhecidos estarão mortos. (Kayo, falando sobre o pós-festa).

— Sim, senhor. A vida se tornará bem difícil ou até impossível para quem sobreviver. (Robinson).

— Criamos o vírus mais mortal de que se tem notícia e a vacina contra ele também. (Kayo).

— Então, senhor Kayo, o que pensa em fazer? (Jean, questionando).

— É hora do fim. Não vamos retardar mais. Por isso estou disponibilizando vacinas para todos vocês. (Kayo).

— Não quero ser vacinada, senhor Kayo. (Iruwa, a primeira a se pronunciar, parecendo firme em sua decisão).

— Mas você morrerá, Iruwa. Não tenho a menor dúvida. (Kayo, ponderando).

— O mundo morrerá. O que farei sozinha aqui? (Iruwa).

— Perdão, Iruwa, mas isso é uma coisa que tenho que fazer. (Kayo, referindo-se ao extermínio).

— Compreendo e concordo. Trabalhando com o senhor vi todo o tipo de corrupção e roubo e não acredito mais na humanidade. (Iruwa).

— Mas é nos deuses que a humanidade deve descrer para passar a acreditar em si mesma e poder humanizar-se. (Kayo).

— Acredito que não somos criações divinas. E essa crença só atrapalhou a evolução da humanidade. (Iruwa).

— Penso que também não quero ser vacinado. (Frank, juntando-se a Iruwa).

— Concordo com a senhorita Iruwa, senhor. (Robinson também rejeita a vacina).

— Entendam que não quero o sacrifício de vocês, pois me ajudaram a chegar até aqui. (Kayo).

— Sacrifício será viver depois de terminada a festa. (Rock, concordando em rejeitar a vacina).

— Devo acompanhar meus colegas, senhor Kayo. (Paul é mais um que não quer ser vacinado).

— Foi uma honra conhecê-lo e trabalhar com o senhor, mas não temos mais o que fazer aqui. (Jean).

— Agora me sinto mais à vontade para comunicar que decidi não me vacinar. Não disse isso antes para não influenciá-los. Como último desafio, pretendo saber se sou mesmo imortal, visto que nunca adoeci em toda a minha vida. (Kayo, poderosamente decidido).

Com a emoção tomando conta de todos, Kayo faz um breve discurso de despedida.

— Quando alguém tem muito dinheiro torna-se poderoso. Quando alguém consegue muito, muito, muito dinheiro, torna-se como eu sou. Eu sou! (Kayo, lembrando uma passagem bíblica onde Deus se diz: EU SOU!). Se Deus tivesse mandado sua filha para nos salvar o resultado seria bem diferente e, com certeza, melhor. Homens foram feitos para matar e não para salvar. O homem precisa de uma mulher para salvá-lo em todos os sentidos. Prepará-lo para as doenças, com o leite que fornece; prepará-lo para a vida, com o amor que lhe dá; prepará-lo para a felicidade, com o gozo que lhe concede; e prepará-lo para o futuro, com os filhos que compartilham. Estou muito agradecido e orgulhoso de vocês. Muito obrigado por tudo. (Kayo).

A emoção de Iruwa, única mulher no grupo, contagia a todos, então Kayo vai até ela e lhe dá um longo e carinhoso abraço, como os que costumava dar em sua irmã, Rachel.

— Obrigada, senhor. Muito obrigada. (Iruwa não consegue conter o pranto).

— Te amo! (Com dificuldade, Kayo sussurra essas palavras para Iruwa).

— Obrigado por tudo, senhor Kayo. (Paul).

— Ninguém ficará sabendo, mas nós mudaremos o destino do planeta. (Robinson).

— É decisão de vocês e tenho que respeitá-la. (Kayo, referindo-se à negativa de todos pela vacinação).

— Adeus, senhor Kayo. (Últimas palavras de Jean).

— Adeus, meus amigos! (Kayo, finalizando).

Kayo vai para casa para preparar sua viagem para a China, de onde acompanhará as comemorações.

Pela última vez, na grande sala da casa de encontros, Kayo coloca temporizador em seu celular e este em cima da mesa, e tira uma fotografia com os braços cruzados, semblante sério, em frente ao pôster. Com o último e mais poderoso membro do clã, a fotografia agora está completa. (Sam, Meg, Oaky, Koya e Kayo).

Restará uma bela casa, mas vazia, porém ao mesmo tempo cheia de lembranças de tantas paixões e amores, tanta felicidade e, também, tantos dramas e tantos sofrimentos, que ali foram vividos com intensidade.

A ENTREVISTA

Kayo vai para a China e de lá acompanha a semana de homenagens à sua família. Com seus vários satélites de comunicações pode acompanhar tudo pela sua rede de internet exclusiva e secreta no escritório que montou especialmente para a ocasião, que fica numa região afastada e montanhosa. Somente seus assessores conhecem o endereço.

Jean, considerado o braço-direito e o porta-voz de Kayo é convidado por uma grande rede de televisão para uma entrevista no dia da abertura das comemorações em homenagem à família de Kayo.

— Visto que seu patrão não se encontra no país, gostaríamos de entrevistá-lo a respeito desse monumental evento. (O entrevistador).

— Me sinto muito honrado em falar em nome dele. (Jean).

— Podemos saber para onde foi o dono da festa? (O entrevistador).

— O senhor Kayo viajou para a China. (Jean).

— Por que ele foi para a China? (O entrevistador).

— Para acompanhar e finalizar o projeto de mandar a humanidade para outro lugar. (Jean).

— Você se refere ao programa espacial mundial para levar o homem para Marte que ele coordena? (O entrevistador).

— É. É isso mesmo. (Jean, falando com entrelinhas).

— Bem, se tem um homem que pode mandar a humanidade para outro planeta, esse homem é o seu patrão. (O entrevistador).

— Sem dúvida. Esse é o desejo final dele e, com certeza, ele o fará. (Jean).

— Cada vez mais somos forçados a admirar e a aplaudir esse homem que, apesar de ser o homem mais rico de todos os tempos, sempre fez caridade e continua empregando milhões de pessoas ao redor do mundo. (O entrevistador).

— Ele tem um grande coração, só quer o melhor para a humanidade. (Jean).

— Parece-me que ele quer ver a humanidade feliz, por isso organizou e patrocinou a maior comemoração que deverá acontecer neste planeta. (O entrevistador).

Kayo, em seu escritório num pequeno vilarejo no interior da China, assiste à entrevista por uma de transmissão por satélite, que está sendo enviada para todo o mundo por uma grande rede de televisão.

— Nos fale dos detalhes da promoção que ele está fazendo. (O entrevistador).

— Além de oferecer passagens aéreas para todos os voos, para todas as partes do mundo, durante seis dias, por um quarto do preço, para pessoas com qualquer tipo de deficiência a viagem de ida e volta sairá gratuitamente, e com direito a um acompanhante.

— Que homem maravilhoso! Digno de toda a nossa admiração e nossas preces para que conserve sua saúde. (O entrevistador).

— Para as pessoas deficientes que não tenham como se locomover, ele deu ordens para que sejam conduzidas até os aeroportos com toda a atenção que merecem, inclusive acompanhadas por cuidadores, se necessário. (Jean).

— Em quanto importará o prejuízo para a companhia aérea com essa promoção? (O entrevistador).

— Bem, se ainda não observaram, o preço das ações de suas empresas só faz crescer nos últimos dias. Além disso, ele conseguiu que as empresas fornecedoras de combustível doassem quase todo o combustível necessário para a comemoração. (Jean).

— Nem poderia ser de outra forma, pois é o mais hábil negociador que conhecemos. Ele consegue tudo o que quer. (O entrevistador).

— É o resultado da experiência acumulada nos muitos anos de trabalho. Como devem saber, o senhor Kayo está há cinquenta anos à frente das empresas. (Jean).

— Mas pela vitalidade que demonstra não parece próximo de se aposentar. (O entrevistador).

— Ele está pensando nisso, pois, se contarmos os dois anos em que foi vice-presidente do grupo, chegaremos a cinquenta e dois anos de trabalho contínuo. (Jean).

— É realmente extraordinário. Com apenas 16 anos o senhor Kayo tornou-se vice-presidente do grupo. (O entrevistador).

— Poderia ser considerado um gênio da administração de negócios. (Jean).

— Ele é o homem que mais emprega pessoas em suas empresas, enquanto todos os outros empresários estão substituindo a mão de obra humana por máquinas e robôs. (O entrevistador).

A entrevista prossegue com muitos elogios a Kayo e sua família.

São lembradas as famosas e geniais obras de Meg, a saga de Koya até tornar-se a mulher mais rica do mundo e, depois, a busca dramática por sua filha e o infortúnio de uma condenação injusta com os três anos em que esteve na prisão, bem como o martírio brutal sofrido por Rachel e suas obras filantrópicas. Não foram esquecidos os prêmios Nobel recebidos por Oaky e James.

— É, de fato, uma família muito poderosa. (O entrevistador).

— Pessoas inteligentes e bondosas. Sempre pensando em ajudar as pessoas, como agora, com essa grandiosa festa. (Jean).

— O que mais teremos nessa festa?

— Ele determinou que sua empresa OK&K – Propaganda e Marketing planejasse e financiasse apresentações de crianças prodígios em instrumentos musicais, em teatros, com entrada franca. Serão centenas de crianças se apresentando em vários lugares do mundo. (Jean).

— O que dizer de tal iniciativa? É a valorização e a preocupação com as futuras gerações. (O entrevistador se deslumbra).

— Haverá distribuição de brindes e lanches para todos que comparecerem e pagamento aos que se apresentarem. (Jean).

— É, sem dúvida, um homem extraordinário.

O entrevistador faz uma breve pausa para os comerciais, todos das empresas OK&K, que anunciam a grande festa. Após, a entrevista prossegue.

— O senhor Kayo suportou muitas coisas difíceis quando ainda era, praticamente, um adolescente. (O entrevistador).

— Ele é o ser humano mais humano que conheço. (Jean).

— Sem dúvida, essa comemoração tornar-se-á o maior evento mundial realizado no planeta. (O entrevistador).

— Com sobradas razões e sem nenhuma modéstia. (Jean).

— Tenho que concordar com você. Uma justa e merecida homenagem ao centenário de nascimento de sua mãe, Koya, e de seu tio, Oaky, aos cento e vinte e cinco anos de nascimento de sua avó Meg e, como sabemos, aos cinquenta anos de Kayo na presidência do poderoso grupo econômico OK&K, o maior conglomerado de empresas de todos os tempos. (O entrevistador).

— Com certeza, nunca mais haverá outro império econômico como esse. (Jean).

— É inimaginável o que possa acontecer com esse império econômico se o senhor Kayo vier a falecer. (O entrevistador, preocupado com o futuro).

— Penso que o senhor Kayo viverá muito tempo ainda. (Jean).

— A notícia que se tem é de que ele goza de perfeita saúde física e mental.

— Considerando que ele está apenas com 68 anos de idade e tivemos presidentes septuagenários neste país... (Jean).

— Além de realizar essa festa e colocar o ser humano em outro planeta, o que mais planeja o senhor Kayo?

— Sem dúvida, ele planejou a continuidade de sua monumental obra. (Jean).

— E quanto ao fato de ele não ter herdeiros para sua fabulosa fortuna?

— Talvez demore um pouco, mas ele pretende dar continuidade a sua dinastia. (Jean).

— Essa notícia é muito reconfortante, principalmente para seus milhões de empregados mundo afora.

— Sem dúvida. Estamos todos ansiosos para ver o que vai acontecer. (Jean).

— Uma dinastia tão poderosa não pode, simplesmente, desaparecer. Tem que deixar herdeiros e ter continuidade.

— Tenho que concordar. Desde seu bisavô Hugh a família dele tem se mostrado sábia. (Jean).

— Nós acompanhamos gerações de pessoas inteligentes e caridosas dessa poderosa família.

— É com muito orgulho que faço parte desse conglomerado de empresas e empreendimentos. (Jean).

Muitas foram as manifestações enviadas à emissora, por meio de aplicativos, para parabenizar e apoiar o grandioso evento que se anuncia. Por diversas vezes, o apresentador do programa interrompeu a entrevista para lê-las e torná-las públicas.

— Escute esta manifestação que uma telespectadora nos enviou, Jean: “Eu adoraria ser a mãe dos filhos dele”. (O entrevistador).

— Tenho certeza de que muitas mulheres desejam desposá-lo, pois trata-se de um homem bom e caridoso, que jamais desrespeitou quem quer que seja, principalmente mulheres. (Jean).

— A grande questão seria desposar um homem tão poderoso e tão cobiçado por tantas pretendentes.

— Em primeiro lugar teria que vencer a grande concorrência. E em segundo lugar, adaptar-se a uma vida compartilhada com a imensa carga de trabalho que o senhor Kayo enfrenta diariamente. (Jean).

— É bem complicado!

— É admirável como o senhor Kayo suporta uma carga de tamanha responsabilidade há mais de cinquenta anos. (Jean).

— O futuro ninguém sabe, mas outro senhor Kayo jamais existirá. (O entrevistador).

— Palavras sábias e proféticas, devo reconhecer. (Jean, finalizando).

Ao longo do tempo em que trabalharam juntos, Jean tornou-se o assessor mais próximo e confiável de Kayo, que por essa razão autorizou-o e incentivou-o a participar da entrevista, com total liberdade para expressar-se.

Jean está convicto de que Kayo conseguirá atingir seu objetivo plenamente.

O ARMAGEDOM

Então aviões e navios partem das mais diversas partes do mundo, infectando seus passageiros com o vírus mortal, a Besta do Apocalipse,[2] criado por Kayo.

— Atenção passageiros com destino a Londres. Última chamada, embarque no portão B.

— Atenção passageiros com destino a Berlim. Última chamada, embarque no portão C.

— Atenção passageiros com destino a Madrid. Última chamada, embarque no portão A.

— Atenção passageiros com destino a Roma. Última chamada, embarque no portão D.

— Atenção passageiros com destino a Sidnei. Última chamada, embarque no portão H.

— Atenção passageiros com destino à Cidade do Cabo. Última chamada, embarque no portão H.

— Atenção passageiros com destino ao Rio de Janeiro. Última chamada, embarque no portão A.

— Atenção passageiros com destino a Lisboa. Última chamada, embarque no portão A.

— Atenção passageiros com destino a Oslo. Última chamada, embarque no portão C.

— Atenção passageiros com destino a Nova Iorque. Última chamada, embarque no portão D.

— Atenção passageiros com destino à Cidade do México. Última chamada, embarque no portão G.

— Atenção passageiros com destino a Tóquio. Última chamada, embarque no portão C.

— Atenção passageiros com destino a Istambul. Última chamada, embarque no portão A.

— Atenção passageiros com destino a Hong Kong. Última chamada, embarque no portão E.

— Atenção passageiros com destino a Pequim. Última chamada, embarque no portão F.

— Atenção passageiros com destino a Brasília. Última chamada, embarque no portão E.

— Atenção passageiros com destino a Washington. Última chamada, embarque no portão D.

— Atenção passageiros com destino a Moscou. Última chamada, embarque no portão C.

— Atenção passageiros com destino a Honolulu. Última chamada, embarque no portão B.

— Atenção passageiros com destino a Quebeque. Última chamada, embarque no portão G.

Aviões e navios, com suas cargas mortais, partem a cada segundo de todas as partes, espalhando a morte por todo o mundo em questão de horas. Embarcando e desembarcando, pessoas de todas as cores, de todas as idades, de todos os sexos, de todas as crenças. Deficientes, com seus cuidadores, autistas, mergulhados em seus mundos particulares, balançando-se em suas poltronas, sem entender tanta agitação. Cegos, surdos, mudos, paralíticos e tetraplégicos, deficientes pelos mais diversos motivos, corpos contorcidos e contorcendo-se devido a doenças que a ciência poderia ter evitado, todos num congraçamento universal, engraçado ou desgraçado, do qual ninguém sairá imune.

---

2 BESTA DO APOCALIPSE, ser que simboliza alguma coisa monstruosa, algo que infunde terror e anuncia o fim dos "tempos".

Bombaim, Hamburgo, Amsterdã, Barcelona, Nairóbi, Cairo, Jerusalém, Lima, Bogotá, Quito, Viena, Varsóvia, Abu Dabi, São Paulo, Montevidéu, Belo Horizonte, Milão, Chicago, Los Angeles, Manágua, Melbourne, Boston, Atenas, Ouagadougou, Caracas, Manaus.

Mais de 50 mil destinos diferentes a cada dia são visitados pelo vírus da morte. Cada aeronave tem uma média de 200 passageiros. Cada navio de turismo tem milhares de pessoas a bordo, centenas de shopping centers, teatros, supermercados, milhares de lojas, milhões de salões de beleza, recebem amostras do perfume mortal, Koya – para sempre.

Impiedosa e silenciosa, invisível e invencível, a Besta irá até eles para cumprir a missão para a qual foi criada.

Na China, Kayo acompanha tudo e, como se quisesse mandar um recado para o além, fala sozinho.

— Esta é a hora, senhores deuses! Venham para a festa e façam alguma coisa por seus lacaios, pois se não fizerem agora, morrerão com eles. E não se preocupem comigo. Se eu for para o inferno, farei com que o demônio se arrependa de seus feitos e se ajoelhe perante mim, suplicando para cuidar das minhas orquídeas só para me agradar. Cometeram o erro de jogar pessoas contra pessoas, esquecendo-se que deuses vêm sendo criados e mortos pela humanidade há milênios.

A festa prossegue durante seis dias e seis noites.

As seis aves do apocalipse (seis maiores companhias aéreas do mundo)

Visitam o mundo inteiro aplicando seus açoites.

Embarcações que singram os mares

Em breve sangrarão até a morte,

Sem aportar no sul nem no norte,

Cravando, em todos, espinhos da morte.

Crianças e velhos, não importa a idade,

É passado o tempo de ter piedade.

— Vejam, seus desgraçados, o que faço com seus lacaios para que nunca mais se ajoelhem ou rezem para nenhuma divindade. Sempre foram sedentos por almas, pois vou mandá-las todas de uma vez para abarrotar seus céus ou seus infernos. E, por fim, quando chegar aí, vou dar um jeito definitivo em vocês, tornando todos iguais, porque eu sou Kayo, filho de Koya e advogado.

Kayo, assistindo pela televisão *flash mobs*, em que crianças se balançam ao som de músicas sendo tocadas gratuitamente, formando grandes aglomerações, facilitando a proliferação do vírus.

Ele continua assistindo a tudo e vociferando contra todos, enquanto pega um frasco do perfume mortal e inspira-o profundamente.

— Pai, meu pai, onde está você? Vamos ver se o senhor estava certo? Quero saber se sou mesmo imortal!

— Minha adorada mãezinha, só permito que me mate quem a vida me deu. Te amarei por toda a eternidade.

Kayo não tomou a vacina e inspira o perfume mortal. Então ele arranca a camisa e aplica-o no pescoço, no peito e nos braços, e cai de joelhos, ainda vociferando contra os deuses.

— Desgraçados! Nunca mais, nunca mais voltarão para infernizar ou abençoar as pessoas. Acabei com todos vocês para sempre, para sempre. Infelizes! Sobreviviam através do sofrimento da humanidade, pois agora morram! Morram com ela!

O vírus prossegue silente. Pesadelos, com Valquírias furiosas invadindo as cabines dos pilotos e arrebentando asas e motores dos aviões, rasgando navios ao meio com suas poderosas espadas de fogo, quebrando vitrines e invadindo lojas, montadas em suas éguas aladas, destruindo tudo, dilacerando corações e arrancando deles a esperança, povoam a mente de muitos.

No oitavo dia de fúria, a presidenta dos EUA, em seu último pesadelo, vê uma Valquíria nua arrebentando a porta do salão oval da Casa Branca com sua égua negra alada e lançando sua espada de fogo sobre a mesa presidencial, que atravessa uma grossa Bíblia, depositada no lado direito da mesa.

— O poder da caneta é mais forte do que a espada. (Falou a presidenta com arrogância típica dos políticos).

— O poder da caneta é sustentado pelo poder da espada e, pela mesma razão, a Justiça carrega uma espada, sua hipócrita ignorante! (Respondeu a Valquíria, montada em sua égua, empinada).

Após uma semana de comemorações, mortes em massa começam, abrindo profundas feridas nas gargantas das pessoas, fazendo com que se afoguem com seu próprio sangue. Ao mesmo tempo, seus sistemas imunológicos são corroídos pelo vírus.

O sétimo dia.

Então seus ovos eclodem com a fúria da Besta.

Um bilhão de crianças morrem no mundo inteiro.

Mães veem seus filhos morrerem vomitando sangue.

Lamúrias, lágrimas, ranger de dentes e desespero.

Orações e pedidos aos deuses, tudo inútil.

O oitavo dia.

Um bilhão de pessoas, já doentes, morrem.

As bolsas de valores param os negócios.

Viagens de qualquer natureza param por falta de pessoal habilitado.

A Besta prossegue, silente e devastadora.

O nono dia.

Um bilhão de pessoas idosas morrem.

As bolsas de valores quebram.

Os que ainda vivem ficam estarrecidos com o que assistem.

O décimo dia.

Dois bilhões de jovens e adultos morrem.

As bolsas de valores deixam de existir.

Empresas viram pó.

A produção e a distribuição de alimentos param.

O décimo primeiro dia.

Um bilhão de mulheres que estavam grávidas morrem de septicemia.

A natureza tenta proteger suas matrizes, mas dessa vez não teve chance.

A Besta se enfurece, avança em seu caminho sem volta.

A exatidão matemática não dá chances a falhas.

A natureza fraqueja, as mães choram, as matrizes morrem.

O décimo segundo dia.

Um bilhão de pessoas morrem de fome ou lutando por alimentos.

Um poder maior se faz presente ao ato.

Não há cura nem alimento no prato.

A Besta da fome faz com que se matem por comida.

O décimo terceiro dia.

Os últimos humanos morrem e a Besta,

Em seu sétimo dia de vida,

Continua, sem descanso nem trégua

Recordando o que aconteceu.

A população mundial decresce em 1 bilhão de habitantes a cada dia. Corpos apodrecem ao relento e são devorados por abutres, que se reproduzem rapidamente.

A economia mundial sofre um abalo enorme, provocando desemprego, fome, violência urbana, as bolsas de valores quebram, inflação e hiperinflação. As grandes e mais desenvolvidas cidades são atingidas de imediato, com desabastecimento de todos os gêneros de primeira necessidade, provocando milhares de mortes em colégios, universidades, fábricas e comércio. Governo eleitos caem e ditadores fogem com o que conseguiram roubar de seus povos, mas nem desfrutam disso.

Rapidamente, as pessoas descobrem que não há para onde fugir. A disseminação do vírus foi fácil, rápida e mortal.

A peste negra levou dez anos para se alastrar em parte do mundo, entre 1343 e 1353. Esse vírus leva menos de sete dias para se alastrar pelo mundo inteiro, espalhado pelas viagens aéreas e marítimas, e introduzido nas cidades em shoppings centers, teatros, cinemas e outros espaços sociais. O pânico geral é outro fator causador de milhões de mortes. Muitas pessoas optam pelo suicídio ao verem a população inteira de uma cidade morta e apodrecendo ao relento.

Em uma semana o desespero toma conta de todo o mundo de maneira avassaladora, e noticiários, internet e redes sociais saem do ar e param de funcionar. As pessoas começam a fugir sem saber do quê nem para onde ir, apenas trocando de lugar sem nenhuma consequência favorável. Também em uma semana, a produção industrial mundial para totalmente. O vírus é implacável e devastador, milhões de vezes pior do que todo o arsenal nuclear estocado. Não há para onde ir ou onde se esconder. Basta respirar próximo a uma pessoa infectada para também ser contaminado.

O fedor de cadáveres putrefazendo-se espalha-se pelo mundo. O ar torna-se irrespirável. Os animais encarregam-se de espalhar mais doenças ao devorarem a carne de pessoas mortas.

Muitos rezam aos deuses, que não comparecem ao banquete mortal servido aos seus lacaios. Para muitos sobreviventes, a morte veio como um alívio.

Um percentual mínimo de homens se mostra imune ao vírus, mas se tornam estéreis e doentes. Outra tentativa da natureza de preservar a sua espécie mais evoluída em termos de inteligência, mas não há chances.

A função erro deixada por Meg é passada ao limite infinito, tornando o erro desprezível ou inexistente.

A economia mundial desaba instantaneamente. Indústrias e comércios param de funcionar devido à morte de todos os empregados. A produção mundial de bens cai a zero. Há falta de alimentos e o pouco que sobra é disputado até a morte. As moedas de todos os países perdem o valor instantaneamente.

Em algumas partes do mundo, mães roubam os bebês de outras ou matam e comem seus filhos para não vê-los sofrer ou para alimentarem os filhos mais velhos e crescidos. O canibalismo piora a situação, alastrando outros tipos de doenças. Hospitais não podem mais atender, pois médicos e enfermeiros morreram. O estoque de remédios nas farmácias cai a zero e todos são inúteis no combate ao vírus.

A produção de alimentos nos campos e fazendas diminui rapidamente, pois não há combustível para transporte e funcionamento das máquinas agrícolas, ou empregados suficientes para o plantio e colheita. A falta de alimentos leva a população a consumir animais de estimação, como cães e gatos, e outros animais, como cavalos, elefantes etc., o que também leva a várias doenças.

A produção de petróleo para e outros tipos de energia também começam a sucumbir por simples falta de manutenção. Nos países frios as pessoas morrem de hipotermia, pois não há mais calefação.

Em uma semana, a população mundial decresce em 8 bilhões de pessoas. Cidades inteiras são abandonadas e começam a ser depredadas com uma velocidade igual a uma onda gigantesca de gafanhotos devastando uma plantação.

Os animais e as aves que se alimentam de carne podre proliferam-se exponencialmente, espalhando todo o tipo de doença para diversas regiões remotas. Rios, lagos e lagoas são infectados com carne humana podre transportada pelas chuvas.

Sem abastecimento e sem energia, as grandes cidades sucumbem rapidamente. Em questão de horas, todo o alimento disponível em supermercados é consumido e não há reposição.

Quase ninguém se mostra imune ao vírus, especialmente arquitetado para ser resistente, altamente contagioso e rápido na reprodução. A transmissão ocorre numa velocidade maior de que uma série de Fibonacci. Foi um crescimento exponencial, com alto expoente inicial.

Governantes, parlamentares, militares, ditadores, religiosos e todos os seus malditos estafes são contaminados e sucumbem, frente a frente, cuspindo sangue e pedindo socorro. Eles morrem abraçados às suas burras abarrotadas de dinheiro, surrupiado dos contribuintes ou oriundo de propinas e subornos.

O fim da humanidade não foi pelo fogo nuclear nem pelo aquecimento global ou frio glacial, mas por um vírus planejado e produzido por um homem: Kayo, o filho de Koya.

"A solução final

Foi numa festa global,

Com um banquete fatal

E uma ressaca total".

— Estação lunar chamando Huston.

— Alô, Huston? O que aconteceu?

— Responda, Huston!

— Estação lunar chamando Terra. Tem alguém aí?

— Estamos ficado sem alimentos. Por favor, enviem nave de resgate.

— Precisamos de uma nave para retorno à Terra.

— Tem alguém aí?

— Por favor, respondam! Tem alguém aí?

O GRANDE ENCONTRO

— Tenho saudades dos jantares que mamãe fazia, reunindo a família. (Kayo).

— Também sinto muito a falta de todos. (Oaky).

— Podemos voltar a nos reunir. (Rachel).

— Mas você não sai mais daquele hospital. (Kayo).

— Está bem. Se me convidar, eu vou. (Rachel).

— Você também trabalha muito, Kayo. (Nicole).

— Agora entendo o significado daquelas reuniões. (Kayo).

— Era um abraço total para celebração da vida em família. (Oaky).

— Celebração do amor, porque viver todos vivem, poucos amam verdadeiramente. (Kayo).

— Sempre vivemos em harmonia e com muito amor. (Koya).

— Estão todos a sua espera, Kayo. Venha! (Rose).

Kayo acorda de um longo sonho com seus familiares, mas permanece deitado por alguns instantes, meditando sobre aquela mulher que falou sobre as suas origens há tanto tempo e que agora aparece nesse sonho. Então se levanta e vai ao encontro dos outros para o desjejum.

— Senhor Kayo, o ancião está muito fraco, talvez não resista por muito tempo. (Durante o chá matinal).

— Penso que a senhora tem razão. (Kayo, concordando).

No meio tarde, um homem com 86 anos, de longa barba branca, ajoelhado, mexe na terra com as mãos, preparando um canteiro para o cultivo de hortaliças, quando uma mulher, com 90 anos, aproxima-se por trás dele e toca em seu ombro, chamando-lhe a atenção.

— Senhor Kayo, o ancião acaba de falecer.

— Oh, que lástima! Precisamos preparar a cremação de seu corpo. (Kayo, com as mãos calejadas e sujas de terra, seca o suor do rosto).

Kayo está reunido com as pessoas do local onde mora. Um lugar montanhoso no interior da China, que era uma pequena vila, onde agora vivem apenas cinco pessoas em companhia de Kayo, mas todas com idades muito avançadas. Três mulheres com mais de 80 anos e dois homens, um com 88 anos e outro com 93 anos, que acaba de falecer.

São pessoas que sobrevivem se alimentando do que conseguem plantar: algumas verduras, legumes, milho e feijão, batatas e frutas, como bananas e laranjas, e da criação de galinhas, cabras, ovelhas e porcos, de onde provém toda a carne, ovos e leite. Às vezes, arriscam-se numa pescaria num rio próximo, que apresenta muita fartura por não sofrer mais com poluição ou pesca predatória.

Um encontro com apenas cinco pessoas pode ser considerado um grande encontro, uma vez que reúne todos os seres humanos vivos que restam no Universo, pois, se existe vida inteligente em outro lugar, é diferente de humanos.

Eles estão junto ao leito crematório daquele que era o homem mais velho do planeta. Com 93 anos de idade, seu corpo será consumido pelo fogo da pira mortuária.

— Gostaria de falar com todos vocês, talvez pela última vez. (Kayo, muito lúcido, apesar da idade).

— É muito bom ouvi-lo falar. (Uma das mulheres).

— A morte do ancião (como era chamado o mais velho do grupo), dá-nos a chance de uma última meditação juntos. (Kayo).

— O senhor fala em última meditação, mas parece muito bem de saúde.

— Acredito que não viverei por muito tempo mais. Nem faz sentido. (Kayo).

— O senhor está com a saúde perfeita. Viver para sempre é o desejo de muitas pessoas. (O outro homem do grupo)

— Cumpri tudo o que me propus a fazer. (Kayo).

— O que se propôs? (Outra mulher).

— Livrei o planeta de seu único predador e a humanidade de seus fantasmas odiosos disfarçados de deuses. (Kayo).

— Mas sua intenção era exterminar a própria espécie. O que de tão ruim nós fizemos? (A mesma mulher).

— Criamos deuses. Deuses maus, prepotentes e arrogantes. Criamos deuses à nossa imagem e à nossa semelhança. (Kayo).

— Deuses só incomodam os fracos. (A mulher mais velha).

— Tem razão. Para os imperadores, reis, governantes e políticos, eles sempre foram muito úteis; para os crédulos, um conforto inútil; e para os inteligentes, um estorvo que impedia o avanço da ciência. (Kayo).

— Talvez o fim esteja próximo, pois, afinal, agora somos apenas cinco pessoas. (O homem).

— É muito bom morrer sabendo que o planeta está livre da pior praga que o ser humano criou. (Kayo).

Dizendo isso, Kayo e uma das mulheres ateiam fogo à pira crematória, dando início à incineração do corpo.

— O orgulho do ser humano sempre o fez pensar que era uma criação divina. (Uma das mulheres).

— Nunca mais serão recriados ou criados novos deuses. Para isso exterminei a espécie destruidora de tudo que encontra. (Kayo).

— Poderíamos tentar uma segunda chance, talvez. (Outra mulher).

— Não precisamos nos ajoelhar e rezar para seres invisíveis, frutos da nossa imaginação criativa. (Kayo).

— O ser humano sempre precisou acreditar em algo sobrenatural para superar o medo da morte. (O homem).

— Só precisamos nos amar. Amor é tudo que precisamos. É a única razão para a existência de um ser tão inteligente. (Kayo).

— E a fé, senhor Kayo? (A mais velha).

— A fé é a crença que devemos ter em nós próprios de que somos capazes de construir coisas boas e que podemos viver em paz. (Kayo).

— As cinzas desta pira dirão: somos o que fizemos. Nada mais. (O homem).

— A natureza recuperará todo o seu esplendor, abrigando seres que viverão em comunhão com suas leis imutáveis, por serem naturais, e perfeitas, porque elaboradas em favor da evolução. (Kayo).

— Que assim seja! (Uma mulher).

— Somente as leis da natureza são iguais para todos, sem distinção de cor, sexo, raça ou riqueza. (Kayo).

Talvez sejam as únicas vozes a ecoar por todo o planeta e, em breve, calar-se-ão para sempre.

Depois de uma caminhada lenta e silenciosa, todos rumam para o pequeno casebre de madeira onde moram juntos, pois estão velhos e precisam ficar próximos uns dos outros para auxílio mútuo. Ao chegarem, cada um vai para seu quarto para dormirem, vencidos pelo cansaço da idade; exceto Kayo.

— Aonde vai, senhor Kayo? (Perguntou-lhe o homem).

— Vou andar um pouco. (Kayo).

— Não se demore, pois não tardará a escurecer. (Aconselhou uma das mulheres).

Após uma longa caminhada, ele chega à beira de um penhasco e fica olhando as rochas lá embaixo, que aos poucos vão desaparecendo, camufladas pelas sombras da noite.

"O que me resta aqui? Para que tanta vida? Não quero ser imortal! Papai me disse que poderia morrer assassinado ou por um acidente", medita Kayo, que há dezoito anos vive apenas do que consegue produzir com as próprias mãos.

Depois de voltar, em seu quarto iluminado por um candeeiro, Kayo pega um baú em que guarda lembranças de sua família. Os relógios localizadores, as alianças de casamentos, o bilhete que entregou para sua avó na última vez em que falou com ela. Ele olha a fotografia que tirou em frente ao pôster e, para sua surpresa, encontra outra fotografia muito desgastada pelo tempo, com sua avó Meg, quando jovem, ao lado de uma linda mulher. Ambas exibindo largos sorrisos de alegria e felicidade.

— O que é isso? Não acredito! Não acredito! Que fotografia é esta? Não pode ser! Oh, não... É... a Rose com a vovó?!

Kayo, que apesar da idade conserva uma memória excepcional, principalmente ao se tratar da mulher que marcou profundamente a sua vida, é pego de surpresa pela fotografia, que nunca havia visto antes.

— Sim, sou eu! (Rose).

Rose aparece mais uma vez para Kayo, que a vê sob a tênue luz daquele candeeiro, linda como sempre, iluminada por luzes que saem das cicatrizes de seus pulsos.

— O que é? O que quer de mim? (Kayo, estarrecido ao perceber que Rose e Meg haviam convivido).

— Nada mais. Você fez o que devia fazer. (Rose, falando com serenidade).

— O que eu fiz? (Kayo, perplexo).

— Matou todos os deuses. (Rose).

— E o que você faz aqui, com a roupinha de sempre? (Kayo, debochando).

— Vim buscá-lo! (Rose, com firmeza, transformando-se numa grande nuvem de luz).

O corpo de Kayo cai, sem vida, sobre a mesa e ao chão, levando com ele o candeeiro, que logo inicia um incêndio no velho casebre de madeira, que consume os últimos seres humanos vivos.

É o fim da espécie conhecida como raça humana. Uma espécie que, de tão inteligente, não deu certo. Sua inteligência tornou-a prepotente, arrogante e soberba, levando-a a considerar-se criação de um Deus, mas que, como todas as outras criaturas, foi apenas uma possibilidade genética que se tornou realidade.

Kayo provou que o poder maior é a morte, pois até os deuses são mortais.

Prosseguirá um planeta que recupera suas feridas ao som do canto de pássaros, rugido de feras, zumbido de insetos e das eternas ondas dos oceanos. Vez ou outra, sons de tornados destruidores, raios, furacões, vulcões, terremotos e tsunamis, transformando a aparência do planeta, mas sem pretensões assassinas. Afinal, a natureza é só natural.

FIM

Tudo e nada

Queremos tudo
Conquistamos tudo
Pegamos tudo
Usamos tudo
Sujamos tudo
Deixamos tudo
Abandonamos tudo
Matamos tudo
Podemos tudo
E quando formos,
Não fomos nada.

03/07/2017 – 10/04/2019

PODEROSOS X

O poder da vida

O PLANETA

O planeta Terra, agora recuperado das feridas nele produzidas por seres que se consideravam criaturas divinas, mostra todo o seu esplendor.

Rios plenos de vida, mares limpos, com águas transparentes, peixes e outros frutos do mar em abundância, além de baleias, golfinhos, tubarões, focas, leões-marinhos e outros mamíferos marítimos. As sardinhas tentam escapar de seus predadores em um fantástico balé subaquático e recifes de corais exibem suas cores maravilhosas, servindo de abrigo para outras criaturas marítimas.

Em terra, terras férteis, lavadas dos venenos nelas inseridos com a ajuda da água purificadora das chuvas. Frutas e plantas de todas as espécies reproduzem-se novamente, livremente. Flores de beleza inimaginável tornam os horizontes multicoloridos e seu aroma perfuma o ambiente e atrai abelhas, oferecendo-lhes o néctar para a produção de mel.

Aves migratórias, borboletas de cores e desenhos exuberantes, insetos de todo o tipo e abelhas produzindo mel em abundância. Batráquios, cobras peçonhentas ou não, pequenos e grandes felinos, gnus, búfalos, cavalos, elefantes, girafas e rinocerontes. Hipopótamos, dragões-de- Komodo, cangurus e coalas.

Criaturas vivendo de acordo com as leis naturais, matando apenas para se alimentar, sem crueldade, reestabelecendo o equilíbrio da cadeia alimentar.

O planeta voltou a ser um lar azul, iluminado pelo Sol e banhado de luar nas noites límpidas e estreladas.

Em terra, escombros de edificações feitas por civilizações que se consideravam donas do planeta e acima do bem e do mal. Edifícios e arranha-céus, torres de aço e pontes de todos os tipos, representantes de uma era tecnológica, corroídos e apodrecidos, caídos ou caindo, demonstrando bem menos perenidade do que seus antecessores feitos de pedra. Símbolos da fragilidade dos seres que desrespeitaram a natureza, agora estão cobertos de verde natural.

Em sua órbita, bem acima da atmosfera, uma gigantesca nave com destino a Marte espera, silenciosa e pacientemente, por uma tripulação que nunca chegou, por uma viagem que jamais teve início. A Estação Lunar abriga seus ocupantes mortos, que ficaram à espera do resgate que nunca chegou.

Toda a inteligência superior é silente.

A vida segue seu curso, no curso das águas, porque nas águas nasceram. Vidas vivas, outras morrendo, mas sempre se renovando. Pelo ar, por terra ou pelo mar, viver é voar, viver é andar, viver é nadar. Vida é movimento, como o planeta em torno de sua estrela-guia.

Terra, útero sideral e natural de milhões de criaturas que aqui viveram e outras que surgirão dialeticamente, pela mudança constante e obrigatória da evolução do cosmo. É como se a perfeição buscasse e, ao mesmo tempo, dela fugisse, pois, se perfeito, feito está, e se feito está, nada mais haveria de ser feito, sendo, então, o fim imutável e definitivo da vida, inexplicavelmente parada, paralisada, para nada. Para nada mais morrer, para nada mais nascer, para nada mais crescer, para nada mais evoluir, para nada mais viver.

Terra fértil, fértil mãe, mãe incansável a dar vida e alimento para suas criaturas, abundantes e exclusivas. Mãe natureza, natureza mãe, naturalmente generosa com seus filhos e filhas.

Ei-la, mais de perto, suas entranhas e suas criaturas fantásticas. Montanhas cobertas de gelo eterno, lagos degelando e formando rios condutores da mais pura seiva da vida: água límpida e cristalina, que desce das altitudes das cordilheiras para espalhar-se em vales verdejantes, espalhando vida.

Esse é o planeta Terra ou o planeta Vida?

Vida que te quero viva!

ALERT

Alert,[3] localidade que pertencia ao Canadá (nenhum país existe mais).

A região é cercada por um terreno inóspito de colinas e vales. A orla é composta principalmente de lousa e xisto e o mar é coberto com gelo durante o ano todo. O clima local é semiárido e as taxas de evaporação são muito baixas. Há sol da meia-noite da última semana de março até o meio de setembro, e o Sol está acima da linha do horizonte do meio de abril a agosto. Da segunda quinzena de outubro até ao fim de fevereiro, o Sol não surge sobre o horizonte e há vinte e quatro horas por dia de escuridão do fim de outubro até meio de fevereiro.

Um local inóspito, muito frio, com temperaturas variando entre 7ºC, em junho (verão), e -34ºC, em março (inverno). Ventos de dez quilômetros por hora, em média, durante o ano. São seis meses de escuridão e seis meses de luz.

A cidade do Canadá mais próxima de Alert era Yellowknife, Territórios do Noroeste, que está a 1.824 km de distância.

Não obstante todas as adversidades da natureza, vivem lá 72 pessoas; outros que ali moravam, faleceram.

É uma vida muito difícil. A alimentação é à base de carne de foca e outros peixes. Água para beber é obtida derretendo-se o gelo. São cultivadas algumas verduras, leguminosas e cogumelos em estufas aquecidas artificialmente. Alimentos derivados de vegetais são produzidos nessas estufas durante o período de luz, que dura seis meses, e depois estocado para consumo durante o período de escuridão.

A energia é eólica e solar, mas suficiente para suprir todas as necessidades, inclusive de calefação.

Ali, na maior parte do tempo, as pessoas vivem enclausuradas, principalmente no inverno, o que fez com que desenvolvessem um senso cooperativo de ajuda mútua e, sobretudo, de muito respeito uns pelos outros.

Essa pequena comunidade de 72 pessoas, sendo 30 mulheres jovens e férteis, 30 homens jovens, porém estéreis, 6 mulheres viúvas e 6 homens viúvos, idosos (avôs e avós da comunidade), precisam se decidir sobre o que vem sendo dito há muito tempo e passado de geração em geração pelos Escritos[4] e Falados.[5]

Os Escritos foram tatuados no corpo de um homem que foi mandado até essa comunidade próxima ao Polo Norte, com todas as instruções e o caminho para chegarem à luz. Ele também levou uma caixa

---

[3] Alert, localizado na de região de Qikiqtaaluk, Nunavut, Canadá, é o lugar permanentemente habitado mais setentrional do planeta. Com as coordenadas 82° 28' N 62° 30' O, fica aproximadamente 10 km a oeste do Cabo Sheridan, a ponta nordeste da Ilha Ellesmere, na orla do mar de Lincoln (gelado). Alert está a pouco mais de 817 km do Polo Norte. O nome Alert vem do navio HMS Alert, que em 1875 fez uma expedição bem-sucedida na região.

[4] Escritos – Instruções tatuadas no corpo de Hermes e outras que serão encontradas conforme os Falados.

[5] Falados – Instruções que foram passadas por Hermes e que foram escritas e depois repassadas pelas gerações seguintes.

contendo vacinas para que todas as mulheres férteis fossem vacinadas. Vacinas genéticas generalizadas. Um tipo de vacina capaz de tornar imunes a qualquer tipo de doenças, por toda a vida, a mulher e seus descendentes.

Os Falados eram histórias e instruções verbalizadas, transferidas de pessoa a pessoa através dos anos. A comunidade deu continuidade e preservou essas instruções verbais, transcrevendo-as e guardando-as com todo o cuidado, como se delas dependesse o seu futuro.

— É chegada a hora de decidirmos sobre nosso futuro. (Uky-ti, o mais idoso do grupo).

— Não devemos esperar mais, pois o verão deverá ser menos frio e poderemos andar com menos dificuldades. (Zays – significa aquele que segue rápido).

— Penso que devo ficar, pois talvez atrapalhe a jornada de vocês. (Uky-ti).

— Ninguém ficará para trás. Todos sabemos que é impossível sobreviver sozinho neste lugar. (Van-ion, segundo mais idoso).

— Concordo com Van-ion. Vamos todos embora daqui. (Ya-ti, mãe de Ye-ti).

— Para tanto, precisamos planejar muito bem a nossa viagem. (Samir).

— Exatamente! Sabemos o quanto é difícil nos deslocarmos por esses lugares inóspitos. (Kauê, que significa bondoso).

— Precisaremos da colaboração de todos. (Rorig, um idoso muito prestativo).

— Converso com as meninas para prepará-las e encorajá-las para essa jornada. (Nuna é viúva e a mulher mais velha do grupo).

Todos concordam que é o momento de saírem de Alert e marcam uma reunião para o dia seguinte para tratarem do planejamento da viagem.

— Será uma viagem difícil, rumo ao desconhecido. (Gregor).

— Difícil, mas não impossível. (Riwia).

— Temos que acreditar e, então, conseguiremos. (Tirya).

O PLANEJAMENTO

É primavera. A temperatura oscila entre 7ºC e 10ºC, excepcionalmente elevada. Então os anciãos resolvem que é hora de partir em busca da luz e realizam uma reunião de planejamento.

— Parece que teremos um verão atípico, com temperaturas mais altas. (Zays, casado com Nina).

— Bem propício para a missão que temos de empreender. (Uky-ti).

— Que missão, Uky-ti? (Taler, marido de Ireia).

— Temos que partir daqui e encontrar a luz. (Zays, respondendo por Uky-ti).

— Por que vamos embora daqui? (Ireia, esposa de Taler).

— Porque a Gem vai completar 16 anos de idade. (Uky-ti).

— O que tem a ver a minha idade com a obrigação de termos que partir? (Gem, matriz mais nova, filha de Yana e neta de Kayke).

— É o que nos foi passado através dos tempos pelos Falados. (Rorig).

— Vou ler o que nossos antepassados escreveram sobre o que foi falado a eles: *"Devereis daqui partir quando a matriz[6] mais jovem completar 16 anos"*. (Van-ion).

— Por que nos chamam de matriz? (Gem).

— Porque nos Falados assim eram chamadas as mulheres férteis que darão início a uma nova e melhor espécie de seres humanos. Vocês são especiais e seus descendentes serão mais fortes e saudáveis. (Uky-ti).

— É hora de planejarmos e iniciarmos a jornada para a luz. (Taluk, casado com Qikyt).

— O que será a luz? (Nina, uma das matrizes, casada com Zays).

— O que haverá lá? (Taler, marido de Ireia).

— Como teremos filhos se todos os homens que conhecemos são estéreis? (Isa, outra matriz).

— Haverá homens férteis lá para nos fecundar? (Tirya, também matriz, casada com Ory-el).

— Essa é uma ideia repulsiva, pois todas nós estamos casadas, exceto a Gem. (Riwia, mais uma matriz).

— Então por que nos casamos? (Ireia, matriz casada com Taler).

Eles reúnem o que conseguem carregar, dando prioridade para alimentos, agasalhos e materiais de primeiros socorros.

— Estou com medo, mãe. (Gem).

— Mas é uma coisa que precisamos fazer. (Yana, mãe de Gem).

— Todos nós estamos receosos, mas não podemos mais ficar aqui. (Kayke, avô de Gem).

---

6 Matriz: mulher que está no período fértil de sua vida, assim considerada nos Falados por ser imune a doenças e transferir essa imunidade aos seus descendentes.

— Este lugar nos castigou bastante. (Nuna).

— Mas nos ensinou a vivermos juntos, pois ninguém consegue sobreviver sozinho aqui. (Uky-ti).

— Com as dificuldades que enfrentamos aqui aprendemos a viver em paz e a nos ajudar. (Van-ion).

— Vamos. Temos que ir. (Zays).

— Temos que sair daqui. (Nuna).

— Conhecer outros lugares será muito bom para todos nós. (Kayke).

— Quando encontrarmos a luz prometida tudo melhorará. (Yana, filha de Kayke).

— Devemos levar o máximo de coisas que pudermos. (Zays).

— Mas sem prejudicar nossa caminhada. (Uky-ti).

— Vamos definir o que é prioritário. (Kayke).

— Agasalhos são imprescindíveis. Todos que pudermos levar. (Van-ion).

— Alimentos também. Poderemos ter dificuldades em conseguir alimento pelo caminho. (Nuna).

— Como talheres levaremos apenas as facas e facões. (Zays).

— Teremos que pegar os alimentos com as mãos para comê-los? (Qikyt, matriz casada com Taluk).

— Sim! Os facões servirão como ferramentas. (Zays).

— Sugiro que levemos, pelo menos, uma colher grande e um garfo e uma faca para ajudar no preparo dos alimentos (Yana).

— Boa ideia, Yana. Usaremos esses talheres para preparar os alimentos e, em rodízio, para comermos. (Nuna).

— Devemos levar também picaretas, cordas e equipamentos de alpinismo. (Zays).

— Certo. Temos que levar as barracas e os sacos de dormir. (Ye-ti).

— E, no mínimo, uma placa solar para geração de energia elétrica. (Kayke).

— Como conseguiremos levar tanta coisa? (Tirya).

— Em mochilas e trenós, que teremos que arrastar. (Ye-ti).

— Vamos dividir a carga entre todos. (Zays).

— As matrizes deverão levar o mínimo de peso possível. (Van-ion).

— Por quê? Não somos fracas e devemos ajudar o grupo. (Riwia).

— Porque vocês não podem se ferir. Devem estar em perfeitas condições quando alcançarmos a luz. (Van-ion).

— Conforme vimos no mapa de Hermes, o trajeto projetado deve contemplar regiões onde possamos obter alimentos. (Zays).

— Sem dúvida, quem planejou o caminho teve essa preocupação. (Uky-ti).

— Qual a distância que teremos que percorrer até a luz? (Isa, mais uma jovem matriz).

— Aproximadamente 6 mil quilômetros. (Kayke).

O CAMINHO

O dia em que abandonam Alert e começam a jornada rumo à luz, cumprindo os Falados e Escritos, é um dia excepcionalmente ensolarado e de pouco vento, mas de muita apreensão e ansiedade.

A viagem inicia-se com um mundo de incertezas e perigos pela frente. Será uma jornada a pé, desde Alert até a luz.

— Quanto tempo levaremos para percorrer o caminho até a luz? (Riwia).

— Segundo o mapa de Hermes devemos completar a jornada em dois anos. (Uky-ti).

— É muito tempo! (Qikyt)

— Vamos! Vamos! (Rorig, incentivando todos).

— Sim. Não podemos perder tempo. Esta é a jornada mais importante das nossas vidas. (Zays).

— Por isso é importante que levemos e sigamos o mapa de Hermes. (Uky-ti).

Tatuado na pele de Hermes, que foi preservada, encontra-se o caminho que deverá ser seguido até encontrarem a luz. A jornada de mais de 5.500 quilômetros foi prevista para ser completada em dois anos.

— Procuraremos seguir fielmente as orientações contidas no mapa, pois do contrário poderemos nos perder. (Van-ion).

— Acreditamos que o trajeto é o melhor. Não podemos nos perder nesta jornada. (Uky-ti).

— Não podemos ir muito rápido, pois estamos carregando o máximo de carga possível, mas se formos devagar demais perderemos os melhores dias para caminhar. (Kayke, apesar da idade, tem muito vigor físico).

Todos do grupo sabem de tudo um pouco, pois as condições de vida em Alert sempre foram muito difíceis, o que os obrigou a aprenderem tudo o que podiam e transmitirem seus conhecimentos para todos.

A esperança invade o coração de todos com a expectativa de uma vida mais amena no sentido climático.

A jornada prossegue por vários dias, com o grupo parando apenas para fazer refeições e descansar um pouco. Como não escurece, eles caminham cerca de doze horas por dia, a cada dia.

— Cuidado agora. Temos que enfrentar esta pequena subida, mas é muito escorregadia em razão do gelo. (Ya-ti).

— Sim! (Van-ion fala por todos).

— Por favor, ajudem Uky-ti. (Riwia, matriz casada com Kauê).

— Deixem comigo! Venha Uky-ti, dê-me a sua mão. (Kauê, que significa homem bondoso, marido de Riwia).

— Muito obrigado, Kauê. (Uky-ti).

E, assim, com a colaboração de todos, eles conseguem vencer a dificuldade da subida, levando suas cargas ou amarrando-as com cordas e depois içando-as para cima.

— Vamos lá, pessoal! Este é o último trenó. (Kayke).

— Só mais um pouco, agora. Conseguimos! (Zays).

— Esta subida foi fácil! (Isa, por ser jovem).

— Não se iludam. Acredito que enfrentaremos obstáculos bem mais difíceis. (Van-ion).

— Só poderemos superá-los com a união e a colaboração de todos. (Rorig).

De fato, outros obstáculos vão surgindo e sendo superados com a cooperação de todos, pois em situações extremas somente a parceria leva à sobrevivência. Porém os mais velhos vão dando sinais de que terão muitas dificuldades para acompanhar os mais jovens.

— Que mundo nos espera? (Samir, que significa "vigoroso", marido de Isa).

— É o que vamos descobrir. (Rorig).

— Sim, vamos descobrir muitas coisas diferentes, com certeza. (Ya-ti).

— Tudo será novo para nós. (Riwia).

— Inclusive o clima, acredito. (Isa, casada com Samir).

— Apesar de velho, penso que vou me surpreender muito com tudo que vamos encontrar. (Otto, um dos mais idosos e o mais calado, também).

Otto fala muito pouco, é mais ouvinte e meditativo, mas está sempre disposto a ajudar o grupo no que estiver ao seu alcance. Quando solicitado, normalmente responde positivamente, com um gesto de concordância.

— Sábias palavras, Otto. (Zays, reconhecendo a sabedoria de Otto).

Aos poucos, eles encontrarão coisas que nunca viram, mas o caminho não se mostra fácil de trilhar.

À medida que se afastam de Alert, andando na direção sul, as temperaturas começam a ficar mais amenas, pois saíram de lá no início da primavera e agora se aproxima o verão; contudo nem por isso a jornada se tornará mais fácil.

A HISTÓRIA DE HERMES

— Conseguimos andar 300 quilômetros. Agora vamos montar acampamento para descansarmos. (Zays).

— Que bom! Estava mesmo pensando em parar. Talvez nem possa mais prosseguir. (Uky-ti, o mais velho dentre todos).

— Por que está dizendo isso, Uky-ti? (Nuna).

— Estou muito velho e me sentindo cansado. Não vai demorar para me transformar num peso morto para todos. (Uky-ti).

— O senhor irá conosco até o fim. (Kayke).

— Ainda bem que o fim para mim deve estar próximo. (Uky-ti).

— Que bobagem! Vamos parar com esse assunto, está bem? (Rorig).

— Quanto tempo ficaremos aqui? (Ye-ti).

— Só por dois dias, pois estamos com boas condições de tempo e todos estão bem, então devemos aproveitar. (Van-ion).

Todos concordam e colaboram com a montagem do acampamento.

Passaram-se três meses desde que deixaram Alert.

— Vamos formar um círculo de barracas, encostadas umas nas outras, para maior proteção contra o vento. (Kayke).

Com a ajuda de todos, rapidamente finalizam a montagem do acampamento. Antes da hora de dormir, mesmo que não escureça, o grupo se reúne em meio às barracas para se aquecer e repassar os detalhes da viagem.

Uma das matrizes questiona aos mais idosos sobre Hermes.

— Quem era Hermes? (Isa).

— Contaram os mais antigos que Hermes foi um rapaz que chegou em Alert há muito, muito tempo. (Uky-ti).

— E por que ele é tão importante? (Gem).

— Ele tinha o corpo todo tatuado. Até em seu rosto havia tatuagens. (Van-ion).

— Essas tatuagens estão na pele conservada dele, que a maioria de vocês viram. (Taluk).

— Não gosto de ver aquilo. É tão... macabro. (Riwia).

— Sabemos que não é agradável ver a pele que foi retirada de uma pessoa, mas temos que levá-la conosco para seguirmos o caminho certo. (Uky-ti).

— Vocês não precisam olhar para o mapa de Hermes. Deixem que os homens cuidem disso. (Nuna, dirigindo-se às matrizes).

— Aonde vai nos levar esse caminho? (Qikyt).

— Até a luz, como dissemos várias vezes. (Van-ion).

— Mas o que isso significa? (Gem).

— Além das tatuagens em seu corpo, Hermes chegou com uma caixa contendo vacinas. (Uky-ti).

— Mas só as mulheres que moravam em Alert foram vacinadas. (Van-ion).

— Os homens não? (Iwana, a matriz mais velha e casada com Gregor).

— Não. Eram vacinas de um tipo muito especial e que, conforme Hermes contou, imunizaria de todas as doenças as mulheres e seus filhos e descendentes para sempre. (Nuna).

— Por isso nós todos nunca precisamos tomar nenhum tipo de vacina? (Riwia).

— Sim. E, como sabem, ninguém nunca contraiu qualquer doença, nunca precisamos de nenhum tipo de medicamento. (Uky-ti).

— Quando encontrarmos alguém doente poderemos ser contagiados? (Iwana).

— Pelo que Hermes falou, não. (Van-ion).

— Talvez não encontremos ninguém. (Nuna).

— Por que não? (Gem).

Os mais velhos, por conhecerem mais do que se passou, tomam conta da conversação e começam a contar a história de Hermes.

— Bem, é preciso que conheçam mais da história de Hermes. (Uky-ti).

— Conte-nos, por favor. (Iwana).

— De onde ele era? (Gem).

— Segundo os Escritos, ele disse que nascera num lugar chamado Islândia, mas se mudou para outro lugar quando seus pais morreram. (Van-ion).

— Ah... E foi de lá que ele veio para cá? (Riwia).

— Como falamos, Hermes chegou em Alert todo tatuado, com uma caixa contendo vacinas, e trazia consigo muito dinheiro também. (Van-ion).

— Ele levou dinheiro para Alert? (Isa).

— Sim. E disse que recebera como pagamento pelo serviço que estava prestando. (Uky-ti).

— Que serviço? (Qikyt).

— Deixar-se tatuar, carregar aquela caixa, morar em Alert e dizer que, quando morresse, retirassem a sua pele para guardá-la e usá-la como mapa para saírem de lá, seguindo o trajeto desenhado em seu corpo. (Van-ion).

— Na época poucos acreditaram em suas histórias, mas o mais idoso daquele grupo contou que tivera um sonho, em que uma linda mulher orientou que tomasse nota de tudo que Hermes dissesse. E assim o fizeram. (Nuna).

— Hermes teria que morar em Alert até morrer? (Riwia).

— Sim. Morar em Alert até o fim de seus dias. Foi o que ele disse a todos logo que chegou. (Nuna).

"Só poderei sair de daqui uma vez por ano e, no máximo, por trinta dias, como se fossem férias". (Palavras de Hermes).

— Logo ele percebeu que tudo o que havia ganhado pelo serviço não compensaria se ele não pudesse sair de lá. (Van-ion).

— Ele nunca se sentiu bem morando em Alert. Não gostava do frio e o longo período de escuridão o deixava muito deprimido, contavam os mais antigos. (Nuna).

— Então, quando completou um ano que estava em Alert, ele partiu dizendo que não voltaria mais. (Uky-ti).

— Os moradores ficaram preocupados, pois eles teriam que retirar a pele dele quando ele morresse, mas se não voltasse, isso seria impossível. Tentaram convencê-lo a não partir. (Van-ion).

— Ele parecia mesmo decidido a não voltar mais, pois levou com ele todo o dinheiro que trouxera. Nada puderam fazer para demovê-lo de sua decisão. Conta-se que alguns queriam até aprisioná-lo em Alert para fazer uma cópia das tatuagens. (Uky-ti).

— Mas estão com a pele dele. Então ele voltou, não é mesmo? (Isa).

— Depois de quase dois meses, alguns moradores saíram em busca de alimento e encontraram Hermes, quase morto, com hipotermia, a poucos quilômetros de Alert. (Nuna).

— Ele estava voltando para Alert, mas o combustível do veículo que ele usava acabou. Ele tentou prosseguir a pé, mas não aguentou o frio e a fraqueza e desmaiou, ficando lá por várias horas, até que foi encontrado. (Uky-ti).

— Foi muita sorte ser encontrado. (Kayke).

— Sim, mais algumas horas e seria tarde demais para ele. (Van-ion).

— Rapidamente, voltaram para Alert, mas ele estava muito mal e passou várias horas delirando e repetindo sempre a mesma história. (Nuna).

— Que história? (Riwia).

— Com muita febre em razão de seus pés, mãos e partes do rosto estarem necrosando por causa das queimaduras do frio, ele dizia que todo o mundo estava morto. (Uky-ti).

"Estão todos mortos. Todo mundo está morto. Foi ele, foi ele. Ele matou todo mundo. Não vão para lá, não saiam daqui. Não existe mais nada. O mundo acabou, acabou. Queimaram tudo e destruíram tudo. Todos morreram". (Hermes).

— Que coisa louca! (Gem).

— Com certeza, ele delirava por causa dos ferimentos. (Nuna).

— Não sabemos por onde ele andou, mas deve ter ido a vários lugares, pois saiu de Alert num pequeno avião, com grande autonomia de voo e abastecido com combustível reserva. (Uky-ti).

— Parecia muito transtornado. É como se tivesse visto o fim do mundo, algo apocalíptico, contavam os mais antigos. (Van-ion).

— Em algumas horas ele morreu em virtude da gangrena. Nada pôde ser feito para salvá-lo. (Uky-ti).

— Então fizeram o que tinham que fazer, retirando a sua pele e providenciando um enterro decente para ele. (Nuna).

— Trataram sua pele para que não deteriorasse e guardaram-na com todo o cuidado. (Van-ion).

— E quanto a essa história de estar todo mundo morto? (Riwia).

— Não sabemos exatamente o que ele quis dizer, mas muito já foi discutido sobre isso. (Uky-ti).

— Alguns imaginam que ele chegou em algum lugar onde possa ter ocorrido algum fenômeno natural, como erupção vulcânica, terremoto ou tsunami. (Zays).

— Ele não foi preciso no que dizia, pois estava alucinando. Devia estar delirando, fora de si. (Van-ion).

— E quem ele disse que matou todo o mundo? (Gem, prestando muita atenção na história).

— Também não temos tal informação. Talvez não tenha citado nome algum. (Uky-ti).

— Como é possível matar todo mundo? E por que alguém faria isso? (Isa).

— Acredito que não seja possível simplesmente extinguir uma espécie inteligente de uma hora para a outra. (Zays).

— Por que queimaram e destruíram tudo? Foi uma guerra, então? (Taler)

Todos se interessam pela história.

— Pelo que sabemos, os mais antigos nunca confirmaram se aconteceu uma guerra. (Nuna).

— Ele também disse para ninguém ir lá. (Kauê).

— E é justamente o que estamos fazendo. Não será perigoso? (Kayke. Os homens se preocupam com a segurança).

— Penso que quem traçou essas determinações sabia muito bem o que estava fazendo. (Uky-ti).

— De qualquer forma, não podíamos continuar vivendo em Alert. (Van-ion).

— Lá não tínhamos nenhuma perspectiva de futuro. (Nuna).

— Sempre vivemos lá. Que futuro buscamos fora de Alert? (Yana).

— O futuro de todos nós, Yana. Você foi a última a ter uma criança. (Nuna).

— Só podemos pensar em futuro enquanto houver crianças entre nós. (Uky-ti)

— Ou, pelo menos, a esperança de termos filhos e netos. (Isa).

— Acho que é isso que nós encontraremos lá. A esperança de uma continuação da nossa espécie. (Ya-ti, mãe de Ye-ti).

— Então acreditam que não há mais ninguém, além de nós, neste mundo? (Ye-ti).

— É o que temos que descobrir. (Zays).

— A mesma natureza que nos criou só quer que nos preservemos, como qualquer outra espécie. (Uky-ti).

— Talvez a obrigação da nossa espécie seja nos amarmos. (Nuna).

— Somos a única espécie que conhece esse sentimento, mas isso só faz sentido se tivermos alguém para amar. (Otto).

O vento frio açoita o acampamento provisório e todos adormecem profundamente, para um descanso necessário.

PERDA

Depois de cinquenta dias de caminhada, eles são forçados a parar, pois Uky-ti está muito fraco e com poucas possibilidades de acompanhar com o grupo.

— Prossigam sem mim, por favor. (Uky-ti, sem condições de andar).

— Não vamos deixar ninguém para trás. (Van-ion).

— Estou muito velho e só vou atrasar vocês. Entendam isso. (Uky-ti, tentando convencer o grupo a deixá-lo para trás).

— Ninguém ficará aqui. (Taler).

— Venha, Uky-ti, vou ajudá-lo. (Zays).

— Está bem! Vamos descansar um pouco e depois decidiremos o que fazer. (Nuna).

Nuna percebeu que Uky-ti está muito fraco e sem condições de continuar. Talvez tenha poucas horas de vida.

— Concordo com a Nuna. (Van-ion).

— Acho que todos concordamos com a Nuna, não? (Taler).

— Sim. É a coisa mais sensata para se fazer agora. (Zays).

Os mais velhos são sempre ouvidos com atenção e acompanhados em suas decisões por todos na maioria das vezes. Os jovens aproveitam para aprender com a experiência e, apesar de contestarem vez ou outra, acabam se convencendo de que é melhor.

Os idosos, quando contestados, também aproveitam para aprenderem com os ímpetos joviais, nem sempre equivocados, dos mais novos.

— Venha, Uky-ti. Deite-se aqui e procure descansar. (Nuna).

— Sim. Obrigado, Nuna. Obrigado por tudo. (Uky-ti, muito fraco).

— Vocês também procurem descansar. Fico com ele. (Nuna).

Nuna fica acompanhando e confortando Uky-ti, sabendo que podem ser suas últimas horas de vida.

Todos se acomodam como podem, procurando aquecerem-se, pois o frio continua intenso.

— Como ele está, Nuna? (Taler, cochichando).

— Muito fraco. Acho que não resistirá. O esforço que fez até agora foi muito para ele. (Nuna, consternada).

As horas passam e as condições de Uky-ti só pioram. Ele respira com dificuldade e quase não se move.

Quando a maioria está dormindo, Nuna vai até Van-ion e comunica-o do falecimento de Uky-ti.

— Van-ion... Ele se foi. Uky-ti não está mais conosco. (Nuna, muito comovida).

— Sinto muito, Nuna. Vou comunicar aos outros. (Van-ion).

Van-ion vai acordando e comunicando a todos – primeiro aos mais velhos e depois aos demais. A comoção é geral, todos lamentam muito e procuram se confortar.

— Gostava tanto dele. (Riwia).

— Todos nós gostávamos de Uky-ti. (Nuna).

— Era como um pai para todos nós. (Iwana).

— Sempre dando bons conselhos e paciente com tudo. (Ye-ti).

O grupo se reúne e realiza uma rápida celebração de despedida, conduzida por Orby-el. Depois, sepultam-no numa cova rasa, coberta com pedras, pois não dispõem de ferramentas adequadas e não podem gastar muita energia, pois a jornada está apenas em seu início.

— Adeus, velho amigo. (Van-ion).

— Sentiremos sua falta. (Nuna).

— Nosso grupo perde a sabedoria de Uky-ti. (Orby-el).

— Lembraremos de seus ensinamentos para sempre. (Taler).

— A última coisa que Uky-ti me falou foi para você liderar o grupo. (Confidenciou Nuna para Zays, longe dos demais).

— Não sei se tenho condições para tanto. (Respondeu Zays, querendo fugir do assunto).

— Acho que você se sairá muito bem. (Nuna, incentivando Zays).

O grupo, então, retoma a caminhada para evitar uma comoção geral mais prolongada. Não há tempo a perder.

Em fila indiana, seguem em silêncio respeitoso e meditativo. O grupo sofre sua primeira baixa.

A TEMPESTADE

A jornada prossegue e se mostra cada vez mais difícil, como todos haviam previsto, por estarem levando muita carga, composta, principalmente, de alimentos e de outros materiais necessários à sobrevivência em condições adversas.

Desta feita, o grupo enfrenta uma adversidade que não estava prevista no mapa de Hermes. É uma tempestade de neve que faz com que tenham que parar a caminhada e procurar abrigo imediatamente.

— Vamos! Vamos! Depressa! Vamos montar acampamento antes que a tempestade piore! (Zays).

Ele é prontamente atendido, mas depois de todos estarem abrigados sentem a falta de alguém.

— Onde está Van-ion? (Nuna).

— Deve estar em outra barraca. (Taler).

— Não o vi. A tempestade prejudicou muito a visão de todos. (Yana).

Eles começam a gritar pelo nome de Van-ion para saber se ele está em outra barraca, mas o som da ventania não permite que os outros ouçam.

— Ei! Van-ion está com vocês? (Taler).

— Van-ion, onde está você?! (Nuna também grita, e por ter a voz mais aguda pensa que será ouvida).

Eles continuam tentando, mas nenhuma resposta é ouvida. O vento forte sacode as barracas.

— Vamos procurá-lo. (Kayke).

— Não podemos sair das barracas agora. O vento está muito forte. (Yana).

— Será mais um a ficar perdido. (Ireia, esposa de Taler).

— Só irei até a barraca mais próxima. (Kayke).

— Não faça isso, pai, por favor. (Yana).

Após várias horas de fortes ventos e neve, finalmente a tempestade ameniza e os mais fortes podem sair das barracas e iniciar a procura por Van-ion.

— Venham, vamos procurar Van-ion. (Kayke).

— Achávamos que ele estava na barraca de vocês. (Rorig).

— Não está. Gritamos por ele, mas não ouvimos nada por causa da tempestade. (Yana).

A procura não é fácil, pois ainda há rajadas de vento, que acentuam a sensação de frio, e a neve que caiu dificulta a movimentação, fazendo-os cansarem-se rapidamente.

— Parem! Parem com isso! Só estão se cansando e espalhando desespero entre todos. (Zays).

— Lamento, mas tenho que concordar com Zays. (Rorig).

— Vamos levantar acampamento. Não podemos fazer mais nada. (Ye-ti).

— Ninguém conseguiria sobreviver àquela tempestade fora de um abrigo. (Nuna).

Apesar de todos os esforços para encontrá-lo, Van-ion se perde do grupo e não é localizado. Todos lamentam muito e choram seu desaparecimento. Orby-el faz um breve discurso de despedida, mas é imperioso que prossigam em sua jornada.

— Vamos dividir a carga que Van-ion carregava. (Kauê).

— Sim, eu levo isso. (Otto, propondo-se a colocar mais coisas em seu trenó).

— Otto, deixe comigo isso, por favor. (Taler, sabendo das condições de Otto).

— Gostava tanto dele… (Riwia, lamentando o desaparecimento de Van-ion).

— Todos nós amávamos Van-ion. (Gem, chorando muito).

— Ele será sempre lembrado por nós. (Iwana).

O grupo se abala com a sua segunda baixa e alguns começam a temer pelo não cumprimento da jornada.

— Falta muito ainda? (Gem, impaciente).

— Sim. Estamos apenas no início do caminho. (Rorig).

— É melhor não pensarmos no quanto falta e, sim, no que conseguimos trilhar. (Zays).

— Temos que prosseguir. (Otto, que dificilmente se manifesta, visivelmente abalado).

Eles procuram conforto afetivo uns com os outros para reunirem ânimo e continuar.

A FOME

Com a morte de Uky-ti e o desaparecimento de Van-ion, o grupo divide as cargas que cabiam a eles transportarem, ficando ainda mais difícil para cada um. Porém, mesmo assim, eles prosseguem em sua jornada.

Ao completarem cinco meses de caminhada (1.200 quilômetros), os alimentos que carregavam estão quase terminando. Mesmo sendo racionados em porções mínimas suficientes, os alimentos não durarão muito tempo.

— Vejam! O que são aquelas coisas lá? (Gem, curiosa).

— Vamos chegar mais perto para identificarmos. (Ye-ti).

À medida que se aproximam, identificam que são árvores parcialmente cobertas de neve. Eles encontram árvores pela primeira vez.

— São árvores! (Kayke).

— Sim. Aqui deve ser um grande bosque gelado ou uma floresta. (Samir).

— Dá para comê-las? Estou com fome. (Tirya)

— O que faremos, Zays? (Nuna, incentivando Zays a tomar as iniciativas e liderar o grupo).

— Vamos procurar alguma coisa para comer. (Zays).

Agora eles se encontram numa região, ainda muito fria, mas com árvores e, provavelmente, alguma espécie de animal. Eles encontram ninhos de aves com ovos.

— Nuna, por favor, distribua para todos. Foi o que conseguimos. (Zays).

— Sim, farei isso. Obrigada, Zays. (Nuna).

O pouco do alimento que ainda resta é reservado para as matrizes.

— Tome, meu amor, coma. (Tirya).

— Não, não quero. Obrigado. (Ory-el, marido de Tirya).

— Mas você precisa alimentar-se também. (Tirya).

— Primeiro você, meu amor. (Ory-el).

— Acabará ficando fraco e o que farei sem você? (Tirya).

— Não se preocupe comigo. Espero até conseguirmos mais alimentos. (Ory-el).

— Pode demorar. (Tirya insiste).

— O alimento que trouxemos é bom e o que vamos obter poderá não te agradar. Por isso coma, meu amor. (Ory-el).

— Quero que saiba que não quero viver sem você. Te amo. (Tirya).

— Também te amo. Te amo muito. Temos que ter paciência e continuar. (Ory-el).

— Continuar sem alimentos será suicídio. (Tirya).

— Não pense assim, meu amor. Nós vamos conseguir. Vamos conseguir e seremos muito felizes. (Ory-el).

Tirya abraça e conforta seu companheiro, que começa a demonstrar sinais de fraqueza em razão da falta de proteínas e pouco carboidrato.

— Te amo. Quero ser muito feliz com você. (Tirya).

— Você me fará muito, muito feliz quando nos der um filho. (Ory-el).

— É o que mais quero neste mundo. (Tirya).

— Pessoal! Apesar de tudo não temos alternativa senão prosseguir. (Zays).

— Sim, Zays tem razão. (Kayke).

— Penso que conseguiremos outros alimentos conforme entrarmos mais nesse bosque. (Zays).

— Concordo com Zays. Quem planejou nosso itinerário deve ter pensado nisso. (Ory-el).

Uky-ti estava com a razão e Nuna percebe isso com clareza, pois Zays vai sendo cada vez mais ouvido e acatado por todos. Suas ideias são ouvidas com atenção e suas opiniões aceitas como ordens, embora ele sempre prefira compartilhar as decisões com o grupo. Uma liderança nata e naturalmente aceita por todos, que vão se sentindo seguros com suas decisões.

— Foi muita sorte termos achado ninhos com ovos. A nevasca que caiu deve ter sido fora de época. (Zays).

— Não conhecemos o clima desta região, mas não era época para uma nevasca, com certeza. (Samir).

— As aves pareciam desorientadas, com um comportamento muito estranho. (Kauê).

— Por isso foi tão fácil capturá-las. (Kayke).

O ALIMENTO

Ainda parcialmente cobertas de neve, aquelas árvores servem de abrigo para pássaros de médio porte e ursos pardos também circulam por ali, procurando lugar para hibernarem. Mas eles ainda não sabem da presença de feras perigosas.

Tudo é novo, bom ou não, lindo, maravilhoso ou assustador. São vidas diferentes que eles seguem descobrindo. É como se encontrassem um novo mundo ou aportassem em outro planeta.

Zays estava com a razão, pois, ao adentrarem mais no bosque, encontram alguns ninhos com ovos e percebem pequenas pegadas na neve, o que lhes incentiva a prepararem algumas armadilhas, com as quais conseguem caçar pequenos animais para comerem.

— Você estava certo, Zays. Aqui vamos obter o alimento de que precisamos. (Rorig).

— Vimos que há animais aqui porque deixaram suas pegadas na neve. (Samir).

— Vamos preparar armadilhas e talvez capturemos algum animal que possamos comer. (Zays).

— Sim, ajudo você. (Kayke).

— Eu também. Vamos. (Ory-el).

Algumas horas depois, todos festejam a captura de quatro pequenos animais que sobrevivem na neve, mas é o suficiente para uma boa refeição para todos. Eles decidem que os animais serão assados e procuram gravetos secos para começar o fogo e galhos para aumentá-lo.

Nuna prepara-os, abrindo-os e retirando de suas entranhas, os órgão que não serão comidos. Ela é ajudada por Yana, que faz questão que as matrizes assistam para aprenderem o preparo de alimentos que ainda não conhecem.

Quando a carne começa a ser assada e caem as primeiras gotas de gordura no fogo, o cheiro é tentador.

— Hummm! Que cheiro bom! (Ireia).

— Estou cada vez mais faminta. (Tirya).

— Tenham paciência. Está quase pronto. (Yana, que ajudou Nuna e também acompanha o assado).

— Terão que esperar eu provar para saber se não fará mal a ninguém. (Rorig).

Eles também combinam que as matrizes terão prioridade para alimentarem-se, mas um dos mais idosos provará primeiro para ver se a carne é boa para consumo humano.

Quando o assado fica pronto, Rorig corta um pedaço e começa a mastigá-lo, parecendo estar muito saboroso.

— Huuummmm! Que delícia! Isso é muito bom. (Rorig).

Todos o observam com atenção e o apetite só aumenta, mas logo após engolir aquela porção, ele começa a enjoar, a gemer e a se contorcer, como se sentisse fortes dores abdominais.

— Aaaaiii! Que coisa horrível. Ajudem-me, não estou bem. Por favor... (Rorig).

As matrizes se assustam, algumas se abraçam e começam a chorar. Elas sabem que são responsáveis pela continuidade da espécie e precisam estar bem, por isso não podem se expor a qualquer tipo de risco.

— Mãe! Ele vai morrer? (Gem, muito assustada).

— O que há com você, Rorig? (Perguntou-lhe Nuna, parecendo contrariada).

— Está assustando as meninas! (Interpôs Yana).

— [Ha ha ha ha ha ha]. (Rorig começa a rir da situação que criou).

— O quê? (Riwia, surpresa).

— [Ha ha ha ha]. Podem comer, está delicioso. Muito bom mesmo! (Rorig).

— Seu bobo! Você é muito bobo! (Iwana).

— Por que fez isso? Por que nos assustou? (Tirya).

São muitos os xingamentos, as desaprovações, e até ameaças de bater nele pela sua atitude assustadora.

— Seu bobão! Assustando as meninas. Vamos, podem comer sem medo. (Ya-ti).

— Vocês precisam se alimentar para estarem bem quando chegarmos lá. (Samir).

— Está muito delicioso. (Riwia, refeita do susto).

— Obrigada a todos por conseguirem nos alimentar. E vocês também devem comer. (Gem, lembrando-se dos homens e das idosas).

— Não aguentava mais de vontade de comer carne assada. (Ireia).

Eles ainda não descobriram que em lugares onde habitam pequenos animais podem existir outros, maiores e carnívoros, estabelecendo, naturalmente, uma cadeia alimentar. Tais animais maiores podem ser perigosos e atacá-los em busca de alimento.

A FERA

Na mesma floresta onde encontraram alimento, encontram também a ameaça de uma fera carnívora, que ataca o grupo.

— Aaaaiii! Socorro! Acudam o Otto! (Ya-ti, a primeira a ver o ataque).

Todos saem em defesa de Otto com o que têm em mãos e ferem o grande urso pardo nos olhos, que acaba fugindo. Outros homens do grupo foram feridos, mas com menos gravidade.

— Vamos! Vamos ver o que podemos fazer. (Zays, vendo as condições de Otto).

Para Otto é tarde e ele morre em consequência dos ferimentos sofridos no pescoço, que provocou uma grande hemorragia. Seu sangue tinge a neve de vermelho.

— Não podemos fazer mais nada, Zays. (Nuna, constatando a morte de Otto).

— Os cortes no pescoço feitos pelas grandes garras do urso foram profundos. (Gregor).

— Atingiram a veia jugular. A hemorragia foi muito grande. (Kayke).

Todos estão muito assustados. As matrizes ficam em estado de choque com a cena de violência que assistiram, que nenhum deles já havia presenciado antes e que deixou a neve com sinistros vestígios de sangue.

— [Huuuu]. O que era aquela coisa? (Iwana, muito assustada e chorando).

— Era um urso. Mas o afugentamos. (Gregor, marido de Iwana).

— Que coisa horrível ele fez com o Otto. (Riwia, abaladíssima).

— O que vamos fazer? O que vamos fazer? (Tirya).

— Ajudem-me aqui com o Samir e o Kauê. Eles também foram feridos. (Nuna pede ajuda para socorrer os outros que foram atacados).

Enquanto isso, Zays tenta limpar-se do sangue de Otto para não assustar ainda mais as matrizes.

— Aqui está a maleta de primeiros socorros. (Yana).

— Fique quieto, Samir. Preciso tratar seu ferimento. (Ya-ti).

— Onde está a Isa? (Samir).

— Ela está bem, só muito abalada. E você fique deitado, por favor. (Ya-ti, impondo-se).

— Minhas costas doem um pouco, pois ele me deu um empurrão. Esse animal é muito forte. (Kauê, sendo atendido).

O grupo sofre a terceira perda e, mais uma vez, Orby-el diz algumas palavras de conforto. Nenhuma matriz foi ferida e todos que morreram eram mais idosos.

Após o sepultamento de Otto, o grupo, ainda muito abalado, começa a planejar sua autodefesa.

— Isso não pode voltar a acontecer. (Gregor).

— O que podemos fazer? (Samir, ainda com dor no pescoço).

— Precisamos nos armar para defendermo-nos desse tipo de animal. (Zays).

— Mas o que usaremos como arma? (Kauê, com os ferimentos tratados).

— Improvisaremos lanças de madeira com galhos de árvores. (Zays).

— Podemos manter tochas para acendermos e afugentar os animais. Normalmente, animais têm medo de fogo. (Kayke).

— Essa é uma boa ideia. (Gregor).

— Vamos começar agora mesmo a nos preparar. (Zays).

— Talvez consigamos construir arcos se encontrarmos madeira apropriada. (Ye-ti).

— É uma alternativa. Posso fazer as flechas. (Kayke).

Rapidamente, os homens encontram várias soluções para a defesa do grupo. E foi dessa forma que o ser humano primitivo tornou-se um caçador e conseguiu alimentar e defender seu clã. Afinal, o macho dessa espécie é um caçador por natureza.

— Teremos que fazer uma parada mais longa do que gostaríamos, mas os feridos precisam se recuperar. (Zays).

— Este lugar tem animais perigosos. (Isa).

— Vamos nos preparar e fazer vigílias. (Gregor).

— Enquanto nos recuperamos, vamos montar armadilhas para conseguirmos mais alimento. (Kayke).

— Boa ideia, Kayke. O lugar é perigoso, mas tem o que precisamos. (Zays).

— Podemos reorganizar a carga que estamos levando. (Ye-ti).

— Sim, teremos bastante tempo para isso. (Rorig).

A ESTRADA

Depois de alguns dias naquela floresta e de terem conseguido caçar vários animais e prepará-los para serem levados, eles decidem retomar a caminhada, pois a neve começa a derreter rapidamente e eles têm que aproveitar para encontrar um rio próximo, como descrito no mapa de Hermes.

— Vamos! Vamos procurar aquele rio. Com certeza, poderemos pescar para nos alimentar. (Gregor).

— Sim. Caçamos o necessário para alguns dias. (Kauê).

— Mesmo porque, não poderíamos carregar muito mais do que isso. (Rorig).

— Conservaremos nosso alimento por bastante tempo com o gelo da neve. (Ye-ti).

— Poderemos variar nosso cardápio se conseguirmos pescar. (Nuna).

— Será que encontraremos algum vilarejo? (Gem, com esperanças de encontrar ajuda).

O silêncio é a resposta, esperançosa, de todos, até Samir se pronunciar.

— Quem determinou o caminho a seguir parece que evitou que encontrássemos alguma cidade ou mesmo vilarejo. (Samir).

— Não sabemos o quão longe Alert está de algum tipo de povoação. (Rorig).

— E, se encontrarmos, segundo Hermes, todos estarão mortos. (Zays).

— Não temos como saber se isso é verdadeiro ou não. (Kauê).

— O fato é que não devemos ter esperanças de encontrar alguém para nos ajudar. (Ya-ti).

— É isso mesmo. Temos que cumprir nossa jornada com nossos próprios esforços. (Kayke).

Sempre seguem na frente os homens adultos jovens, para prevenir o grupo de qualquer surpresa e para analisarem as dificuldades. As matrizes seguem no meio do grupo, protegidas por seus maridos, e os mais idosos seguem atrás, tentando acompanhar o grupo.

— Ei! Vejam! Isso não lhes parece uma trilha? (Samir, que seguia mais à frente).

Percebem que estão andando numa antiga trilha, agora tomada pelo mato típico da região.

— É, tem razão. Parece abandonada há muito tempo. (Ye-ti).

— Com certeza, ela nos levará a algum lugar habitado. (Gregor).

Mais adiante, ao contornarem uma curva, avistam um veículo em meio ao mato da trilha, todo enferrujado, com pneus vazios e podres, os vidros abaixados ou quebrados.

Os que estão na frente dão um sinal ao restante do grupo, que vem logo atrás, para que parem, e se aproximam para examinar melhor o achado.

— Parem! Vamos investigar o que há naquele veículo. (Zays).

Eles verificam que em seu interior jazem os ossos empilhados de seu condutor.

— O condutor deve ter morrido há muito tempo. Só restaram seus ossos aqui. Até o estofamento do veículo apodreceu. (Rorig, que se apressou para chegar onde se encontrava o veículo).

— Nada tem aqui de aproveitável. Se restava algum combustível, evaporou há muito tempo. (Kauê).

Quando os demais se aproximam, as matrizes são convencidas a não olharem os restos mortais, mas, mesmo assim, ficam impressionadas com o achado.

— Continuemos. Não percamos nosso tempo com isso. (Gregor).

Continuando pela estradinha, eles encontram outros veículos de tipos e tamanhos diferentes, nas mesmas condições de deterioração, com os esqueletos de seus ocupantes dentro e o mato invadindo o seu interior.

— Nesta caminhonete aqui, a família toda morreu junto. (Samir, constatando a presença de ossos de crianças e adultos).

— E não foi um acidente, pois o veículo está deteriorado, mas sem sinais de batida. (Rorig).

— Não percamos mais tempo verificando o que já constatamos. Estão todos mortos. (Samir).

— Também não é bom para ninguém ficar apreciando a morte. (Nuna, preocupada com o ânimo das matrizes).

— Não estou gostando de ver essas coisas. (Isa, assustada).

— Então é verdade! Todo o mundo morreu. (Comentou Gem)

— Calma! Vamos manter a calma. (Yana, tentando acalmar sua filha e as outras matrizes).

O grupo retoma a caminhada, seguindo a estrada abandonada, e passam por outros veículos, mas não param para ver.

Mais adiante, a estrada os leva até uma pequena propriedade rural (abandonada, obviamente). Cercas caídas e mato por todo o lado.

— Vamos lá! (Samir).

Imediatamente, eles veem que a casa está podre, tudo o que há dentro enferrujado e deteriorado, com os esqueletos de seus moradores em diversos lugares. Há algumas máquinas agrícolas, igualmente deterioradas.

— A família inteira morreu. (Kayke)

— Não aguento mais isso. (Riwia).

— Todos morreram... Todos morrem. (Iwana).

— Por quê? Por quê? (Gem).

— Hermes tinha razão. Todo mundo morreu. (Tirya).

— Tudo isso é muito assustador. (Isa).

— É assustador e triste, mas temos que pensar em nós agora. (Nina).

O grupo todo, sobretudo as matrizes, começam a ficar desesperadas com a constatação de que estão todos mortos.

Zays procura algo para comentar e desviar a atenção da situação que encontraram ali.

— Eles cultivavam algum tipo de alimento vegetal e animais domésticos, como galinhas, porcos, gado vacum e talvez outros. (Zays).

— Com certeza produziam leite, pois existem instalações em ruínas do que foi uma ordenhadeira mecanizada. (Rorig).

— Talvez produzissem derivados do leite, como queijos, por exemplo. (Kauê).

Enquanto isso, Nuna procura acalmar as matrizes.

— Vamos tentar descobrir como viviam aqui e o que comiam, meninas. (Nuna).

Elas procuram exaustivamente por algo que possa servir de alimento e encontram um local com algumas garrafas de vinho, que, apesar de seus rótulos desgastados, estão em condições de consumo.

— Olhe, Nuna. Quantas garrafas aqui, neste lugar. (Riwia).

— Oh! Deveria ser uma pequena adega de vinhos. (Nuna).

— O que é uma adega? (Gem).

— É onde se guardam bebidas, especialmente, vinhos. (Nuna).

— Nunca bebi vinho. Que gosto tem? (Tirya).

— É uma bebida alcoólica à base de uva. (Nuna).

— Mas isso ainda presta para ser ingerido? (Iwana, preocupada com a saúde de todas).

— Se não azedou ainda pode ser bebido. Se azedou, virou vinagre de vinho. (Nuna).

— Vou avisar o Taler sobre o que achamos. (Ireia).

Quando Taler chega, sugere que se reúnam todos e resolvam o que fazer.

— Abriremos uma garrafa e Nuna experimentará a bebida para testar se ainda está em boas condições para o consumo. (Zays).

— Está bem. (Nuna concorda, com um sorriso enigmático).

Elas acham copos de vidro intactos e lavam-nos. Uma das garrafas é aberta e o conteúdo é servido para Nuna. Primeiro, ela cheira a bebida e diz:

— Hummm! Não tem cheiro de azedo. Acho que deve estar bom.

Ela toma um gole e anuncia que é delicioso. Decidem, então, que cada um poderá tomar uma apenas taça de vinho no jantar, pois ninguém do grupo é acostumado a ingerir bebidas alcoólicas.

A noite se aproxima, e como todos estão cansados, fazem dali seu acampamento.

— É hora de dormir. Vamos todos para nossos aposentos. (Yana, fazendo piada).

À noite, várias matrizes têm sonhos ou pesadelos. Riwia sonha, repetidas vezes, que está na casa e chama pelos moradores, sem obter respostas. Tirya tem pesadelos com objetos decorativos envelhecidos, que criam vida e aproximam-se dela assustadoramente. Gem também tem um pesadelo, no qual os esqueletos procuram por ela, que corre pela casa tentando fugir e esconder-se deles. Isa sonha que Samir se transformou num tirano cruel ao assumir a liderança do grupo e acorda chorando.

É uma noite bastante agitada para todos, talvez por terem ingerido vinho, com o que não estão acostumados. Eles decidiram que não levarão garrafas de vinho, pois, apesar servir de alimento, com as garrafas torna-se pesado para se transportado.

COMUNICAÇÕES

Na manhã seguinte, eles levantam acampamento e partem em sua jornada. Enquanto cada um organiza o que lhe compete carregar, Ory-el faz um comentário com seus próximos.

— Escute, Samir… Percebi que junto a quase todos os esqueletos havia aparelhos parecidos com um muito antigo, que tínhamos guardado em Alert. (Ory-el).

— Sim, também vi essas coisas. (Samir).

— São celulares. (Kayke, quem mais sabe sobre isso).

— Para que serviam esses aparelhos? (Gem, que estava próxima e ouviu os comentários).

— Eram telefones com os quais as pessoas podiam se comunicar de diversas formas. (Nuna).

— Como assim? (Riwia).

Todos se interessaram pelo assunto.

— As pessoas podiam se falar e se ver ao mesmo tempo. (Nuna).

— Ou passar mensagens em forma de texto, como se fosse uma carta. (Kauê, que também sabe alguma coisa sobre o assunto).

— Também era possível passar mensagens faladas, como se fosse uma gravação de voz. (Kayke).

— Puxa! Esses aparelhos faziam tudo isso? (Isa).

— Podia-se tirar fotos com eles, como se fossem máquinas fotográficas. (Rorig).

— E depois enviá-las para quem quisessem. (Kayke).

— E o que aconteceu com os que tínhamos em Alert? (Nina).

— Contavam os mais antigos que esses aparelhos pararam de funcionar logo depois que Hermes chegou em Alert. (Yana).

— O aparelho que ficou em Alert funcionava através de ondas por satélite e pertencia a Hermes. (Kayke).

— Esses aparelhos eram muito úteis. (Ya-ti).

— Com eles nossos antepassados ficavam sabendo do que acontecia no mundo. (Kayke).

— Através de uma rede de comunicações chamada internet, que também parou de funcionar logo após a chegada de Hermes. (Nuna).

— Podiam até localizar pessoas e lugares, via GPS, com esses aparelhos. (Rorig).

— Para quem morava em Alert, eles se tornaram inúteis desde então. (Kayke).

— Por isso não temos a menor ideia do que está acontecendo no mundo agora. (Samir).

— Parece que cada pessoa possuía um desses. (Iwana).

— É a impressão que se tem. Havia mais de um aparelho junto aos esqueletos. (Zays).

Esse grupo, que morava em Alert, nunca teve qualquer tipo de comunicação com o mundo exterior após a chegada de Hermes. Fora dos limites da pequena vila em que moravam, tudo era desconhecido para eles. O que sabiam do mundo exterior era o que constava em poucos antigos livros de História e Geografia, e sobre fauna e flora, além de outras poucas publicações sobre ciências em geral, como Matemática, Física e Química, que faziam parte de uma pequena biblioteca conservada por eles. Com esse pequeno acervo, as gerações que se sucederam tentavam explicar o funcionamento do mundo da melhor maneira possível aos seus filhos e netos.

— Mais importante agora é quanto à possibilidade de nos infectar com tantos esqueletos que estamos encontrando. (Gregor).

Começam as preocupações sobre uma possível epidemia que ainda possa estar ativa.

— Acredito que isso não acontecerá, pois estão mortos há muito tempo. (Nuna, tentando acalmar a todos).

— Sua preocupação procede, Gregor. Também pensei nessa hipótese, mas concordo com a Nuna. (Kayke).

— Se fosse possível sermos infectados, os sintomas já estariam se manifestando. (Yana).

— Além disso, não sabemos o que aconteceu com toda essa gente. (Zays).

— Até agora só especulamos sobre o acontecido. De qualquer maneira, se acontecer alguma coisa conosco, nada podemos fazer por ora. (Rorig).

— Peço que qualquer um que sinta alguma coisa diferente comunique a todos imediatamente. (Gregor).

— Talvez nunca tenhamos uma resposta definitiva ou satisfatória. (Samir).

— Não se aflijam, por favor. Não vamos sofrer por antecedência. (Ya-ti, encerrando o assunto).

O grupo percebe que a chegada de Hermes em Alert, com sua caixa de Pandora, mudou tudo. Coincidiu com o fim de muitas facilidades existentes, principalmente as comunicações com o resto do mundo. Em compensação, as doenças também foram desaparecendo à medida que as gerações se sucediam, até que, inexplicavelmente, os homens começaram a nascer estéreis. A esterilidade dos meninos que nasciam em Alert começou há cerca de cinquenta anos.

A VILA

Voltando para a estrada que trilhavam, eles encontram mais veículos deteriorados, com esqueletos humanos dentro ou a poucos metros deles.

— Que coisa horrível. (Riwia).

— Só encontramos morte em nossa caminhada. (Iwana).

Mais 15 quilômetros de caminhada e eles enxergam o que lhes parece uma grande cidade, mas se trata apenas de uma vila numa região rural. Porém, em comparação com Alert, ela é muito maior, por isso causa espanto e a impressão de ser uma grande cidade.

— Vejam! Finalmente encontramos uma cidade. (Gregor).

— Talvez encontremos alguém vivo. (Tirya).

— Ou algo para nos alimentarmos. (Nuna, sempre pensando em alimentar o grupo).

Nuna é uma mulher idosa e por isso sabe que a primeira coisa que a fome produz é a discórdia entre as pessoas. Essa é a razão de sua preocupação constante com a busca por alimentos. Mas o que encontram são dezenas de esqueletos logo que se aproximam do vilarejo. O primeiro contato que eles têm com algum tipo de civilização fora de Alert é aterrorizante.

— Isso é chocante demais. (Nuna).

— Acho que era uma vila da zona rural. (Gregor).

— Talvez vivessem aqui umas 2 mil pessoas. (Kayke, fazendo uma estimativa).

— Sei que é difícil, mas temos que nos acostumar com isso. (Samir).

Adentrando mais no vilarejo, contam centenas e, depois, milhares de esqueletos pelas ruas, em casas e estabelecimentos comerciais. Tudo é só ruína, abandono e morte. Mortes acontecidas simultaneamente e há muito tempo. Uma paisagem sinistra, uma visão assustadora. Começam as discussões sobre o que teria acontecido com aquela população.

— Como aconteceu isso? (Iwana).

— Com certeza, foi algo que dizimou a população toda de uma vez. (Kauê).

— Será que as pessoas naqueles veículos estavam fugindo? (Riwia).

— Fugindo do quê? (Ory-el).

— Talvez, algum desastre natural. (Samir).

Sobram elucubrações teóricas sobre as causas de tantas mortes ao mesmo tempo.

— Que tipo de desastre natural? (Ya-ti).

— Um vulcão que tenha expelido cinzas e gases tóxicos. (Samir).

— Mas não há nenhum indício de cinzas vulcânicas. (Kayke).

— Uma erupção de gás subterrâneo e tóxico. (Gregor).

— Algum vegetal tóxico que se reproduziu muito acima do normal. (Ory-el).

— Penso que não, pois não encontramos esqueletos de animais. (Taler).

— Hermes estava certo, estão todos mortos. (Rorig).

— Nada aqui foi queimado, apenas abandonado. (Ye-ti).

Zays decide interferir e interromper a discussão.

— Por favor, pessoal! De nada adianta ficarmos especulando sobre o que aconteceu. (Zays).

— Não vamos descobrir e não vai resolver o problema deles, uma vez que estão todos mortos. (Samir).

— Melhor procurarmos por coisas úteis a nós e que estejam em condições de uso. (Kauê).

— É melhor não nos separarmos, pois alguém pode se perder do grupo. (Nuna).

— Nunca estivemos num lugar tão grande antes. (Gem).

A procura é cansativa e tudo o que encontram está muito deteriorado, estragado e imprestável.

— Acho que aqui funcionava uma cooperativa de pequenos produtores rurais desta região. (Kayke).

— Tudo está como se tivesse sido abandonado às pressas. (Taluk).

— É muito assustador pensar que somos os únicos seres humanos vivos no mundo. (Qikyt).

O impacto psicológico no grupo é grande. Eles ainda não conseguem se recuperar nem absorver a ideia de estarem sós no planeta, apesar de terem vivido no isolamento em Alert.

UM BOM LUGAR

Agora, as paradas são mais demoradas, pois o grupo necessita colher, pescar, caçar e produzir seus alimentos.

Seguindo a estrada e constantemente encontrando esqueletos humanos e veículos abandonados com esqueletos dentro, o grupo chega às margens de um rio. O lugar é bom e aprazível, com temperatura amena entre 15°C e 25°C naquela época do ano.

— Que calor insuportável. (Nuna).

— Ainda bem que temos esse rio para nos banhar e amenizar o calor. (Yana).

— Nunca havíamos experimentado temperaturas tão elevadas. (Isa).

Todos têm que se vestir com o mínimo necessário para poderem suportar temperaturas tão altas com as quais eles não estão acostumados. É como se estivessem em outro planeta.

— Vamos nos molhar no rio para amenizar o calor. Não aguento mais. (Iwana).

— Vamos. (Gem, a mais entusiasmada).

— Tenham cuidado ao entrarem no rio. (Nuna).

— Pode ser perigoso devido à correnteza. (Samir).

— Sabemos nos cuidar. (Isa).

Elas entraram no rio até a água bater-lhes na bunda, por segurança, pois a correnteza é forte e tudo ali é desconhecido. Ficam lá por tempo suficiente para se refrescarem. Nunca haviam experimentado a sensação de estarem dentro de um rio.

É um rio com peixes em abundância e logo os homens põem-se a pescar, com sucesso, enquanto outros saem à procura de lenha para fazer fogo e assar os pescados e as mulheres preparam os peixes.

— Esses peixes parecem deliciosos. (Ireia).

— E, sem dúvida, muito saudáveis. (Yana, sempre atenta à questão nutricional).

São terras férteis, com frutas em abundância, várias colmeias com mel escorrendo, muitas aves, ninhos com ovos, animais fáceis de caçar e saborosos de degustar.

Eles pernoitam ali e, no dia seguinte, todos pensam em seguir viagem. Eles se abastecem de todo o alimento ali encontrado e que conseguem carregar.

— Temos alimento para alguns dias de viagem. Podemos prosseguir. (Nuna).

— Sim, vamos continuar o nosso caminho. (Zays).

— Por que não podemos ficar aqui? (Iwana).

— Iwana tem razão. Aqui é o melhor lugar em que estivemos. (Riwia).

— Ainda estou cansada de tanto caminhar. (Nina).

— E de ver esqueletos também. (Gem).

Novamente, as matrizes, cansadas e assustadas com tudo o que têm encontrado e acontecido, insistem em permanecer nesse bom lugar.

— Está bem! (Zays surpreende a todos, concordando).

— Não estou te entendendo. Logo você, que sempre insistiu para que fôssemos até o fim, sem paradas longas. (Taluk).

— Explique-se, Zays. (Samir).

— Vamos aproveitar e realizar o casamento de Gem e Ye-ti, agora que ela completou 17 anos. Concordam? (Zays).

— Sim. Também acho que está mais do que na hora de esses dois se casarem. (Kayke, avô de Gem).

— Estamos andando há um ano. Com isso faremos uma parada bem maior. (Ory-el).

— Concordo, se os dois assim o desejarem. (Yana, mãe de Gem).

— Vamos falar com eles, então. (Ya-ti, mãe de Ye-ti).

Nuna anuncia uma reunião para depois do desjejum.

— Bem, pessoal, o motivo desta reunião é que pretendemos propor uma estada aqui por mais tempo. (Nuna).

— Que bom! (Várias matrizes exclamam juntas).

— A permanência por mais tempo aqui é desejo de grande parte do grupo. (Kauê).

— Por isso proponho que fiquemos um pouco mais e aproveitemos para realizar o casamento de Ye-ti e Gem. (Zays).

— Eu e Kayke concordamos, pois o Ye-ti e a Gem querem se casar logo. (Yana, mãe de Gem).

— É isso aí, pessoal! Eu e a Gem nos amamos e, se todos concordarem, queremos nos casar. (Ye-ti).

— Se vocês permitirem, nós gostaríamos de nos casar aqui. (Gem, pronunciando-se, timidamente).

— Faço muito gosto nesse casamento, pois sei que meu filho é apaixonado por você, Gem. (Ya-ti, mãe de Ye-ti).

— Ninguém se oporá à realização do casamento, que será a consagração do amor, como deve ser. (Gregor).

O CASAMENTO DE GEM

Como é sabido por todos, conforme os Falados, nenhuma matriz deverá ser virgem ao chegar à luz.

Então, na primeira primavera daquela jornada, quando o grupo completa um ano de caminhada, acontece o casamento de Gem, a mais nova de todas as matrizes, agora com 17 anos, com seu grande amor, Ye-ti.

— Pelo mapa de Hermes, andamos 3 mil quilômetros em direção ao sul. (Zays).

— Por isso estamos encontrando climas mais agradáveis e mais alimento para nós. (Taluk).

— E os dias e as noites começam a se definir melhor. (Kauê).

— Estamos nos afastando do Círculo Polar Ártico. (Samir).

— Eu e a Yana vamos fazer os preparativos para a cerimônia. (Nuna).

— Quero ajudar. (Iwana, a matriz mais velha).

— Sua ajuda é bem-vinda. Obrigada! (Yana).

São feitos vários preparativos e, numa cerimônia simples, mas emocionante, os dois juram, perante todos, que se amarão para sempre.

— Está tudo pronto. Venha, Orby-el. Você é o mais idoso agora e vai celebrar a cerimônia matrimonial de Ye-ti e Gem.

Orby-el, avô de Ory-el, tornou-se o mais idoso do grupo depois das mortes de Uky-ti, Van-ion e Otto. Ele é uma espécie de guru do grupo. Nuna, como a mulher mais idosa, também participa da celebração.

— Gem, filha de Yana e neta Kayke, quer se casar com Ye-ti? (Orby-el, falando pausadamente, com a sua voz grave e rouca).

— Sim, eu quero. E vou te amar todos os dias da minha vida. (Gem, que significa meiga, falando para Ye-ti).

— Ye-ti, filho de Ya-ti, quer se casar com Gem? (Orby-el).

— Sim, eu quero. E vou te amar e te dar a minha vida, se preciso for. (Ye-ti, que significa aquele que promove a concórdia).

— Yana, Kayke e Ya-ti, vocês concordam e abençoam esse matrimônio? (Orby-el).

— Sim. E tudo faremos para que sejam felizes. (Kayke, avô de Gem, falando pelos três, por ser o mais velho).

— Então eu, Orby-el, decreto, perante todos desta comunidade, que vivam juntos por todo o tempo que se sentirem felizes.

— E eu, Yana, em nome de seus pais e mães, reconhecemos esse compromisso verbal como válido por todo o tempo em que se sentirem felizes. (Yana, mãe de Gem).

— Eu, Nuna, em nome da comunidade, declaro que aceitamos a união e desejamos que ela seja feliz e duradoura.

— Para completar o compromisso verbal, devem concretizar o seu amor, com carinho, ternura e respeito. (Orby-el).

Então seguem as parabenizações e as felicitações aos recém-casados.

— Amem-se muito. (Yana).

— Sejam felizes. (Kayke).

— Façam-nos felizes mostrando-nos a sua felicidade. (Todos).

São muitos abraços, votos de felicidades e brindes regados com a mais pura água retirada de um córrego próximo. É servido um jantar com alimentos encontrados e preparados por todos do grupo.

— Vão, Ye-ti e Gem! Vão e comecem uma nova história de vocês. E que seja uma história de amor verdadeiro. (Orby-el).

— Venha, meu amor. Vamos ser felizes agora e para sempre. (Ye-ti, conduzindo Gem carinhosamente até a cabana improvisada para eles).

A lua de mel é realizada nessa cabana, longe do acampamento dos demais e próxima a um córrego de água calma, que deságua no rio. Eles se banham nus, com a luz do luar prateando seus lindos corpos, que se preparam para a maior aventura de suas vidas.

— Te amo, Ye-ti. Sonhei muitas vezes com este momento, com esta noite, com o nosso amor. (Gem).

E, assim, começam as carícias essenciais para satisfazer desejos que não devem ser contidos.

— Te amo! Vamos fazer desta noite uma noite inesquecível. (Ye-ti, abraçando Gem de modo gentil).

Beijos longos, abraços suaves ou mais fortes, pernas que se entrelaçam, num balé erótico e carinhoso. Seus corpos estão preparados para a sublimação e consumação do ato. Um ato que somente essa espécie pratica.

O amor invade os corações e os outros casais procuram lugares adequados para dizer muito mais do que “Te amo” sem pronunciar uma palavra sequer. Amantes, que não são mudos, mas que não falam por ser desnecessário. Eles apenas murmuram sons incompreensíveis, na linguagem universal do amor. Linguagem que os amantes entendem muito bem.

A natureza testemunha, quase silenciosamente, esse perfeito ato de amor, acompanhado apenas pelo pio de uma coruja notívaga e o farfalhar das folhas ao vento. Nada abala os amantes nesse momento de pura magia da paixão, pondo todos os medos ao chão, unindo dois seres em um só coração ao som da canção do amor.

— Te amo. Faça comigo o que desejar. (Gem).

— Desejo o seu desejo. (Ye-ti).

— Desejo te fazer muito feliz. (Gem).

— Minha felicidade é a tua felicidade. (Ye-ti).

— O meu prazer é te dar prazer, mas não sei como fazer... Nunca fiz... (Gem).

— Nós nos amamos, e agora vamos aprender a fazer amor. (Ye-ti, abraçando-a carinhosamente).

Eles beijam-se demoradamente, várias vezes, e, de modo natural, os beijos vão mudando de lugar. São beijos e carícias em lugares nunca antes tocados, nunca antes explorados. Novas e ardentes emoções vão se apoderando do mais novo casal de humanos.

— Gem, te amo... Te amo... (Ye-ti).

— Ye-ti, te... quero... Te quero... (Gem).

A procura por lugares mais excitantes é frenética e a descoberta é gratificante. E há tantos pontos de prazer no pequeno espaço de um corpo quanto o amor incentiva e a conquista permite.

— Ai! Aaiii! Aaaaiiii! (Gem dá gritinhos de dor ao sentir o amor de Ye-ti penetrando nela pela primeira vez).

— Gem... Não quero machucá-la. (Ye-ti, preocupado com sua amada).

— Continue. Está... ardendo, mas não pare. Acho que... deve ser... assim. Aaaiii! (Gem).

— Só quero te fazer feliz. (Ye-ti).

— Ye-ti, sou sua, toda sua... (Gem).

— Te quero, minha vida... (Ye-ti).

— Quero ser sua por toda a minha vida... (Gem).

O amor vai se transformando numa poesia sem palavras, com sons incompreensíveis para os não iniciados nos caminhos secretos do amor verdadeiro.

Amor é o que diferencia seres humanos de animais. Um sentimento exclusivo dessa espécie, que não é dado a outros seres desfrutá-lo por transcender as fronteiras do acasalamento apenas reprodutivo. Há que incluir afeto, muito afeto.

— Ye-ti, quero te fazer muito feliz. Só precisa ter paciência comigo. (Gem, recuperando-se da defloração).

— Gem, te amo. Você me deu toda a felicidade do mundo casando-se comigo. (Ye-ti).

— Queria te dar... filhos. (Gem).

— O problema não é você. Os homens da minha geração é que nasceram estéreis. (Ye-ti).

Todos os homens jovens do grupo são estéreis e da união dos dois não resultará prole. Essa é a razão pela qual elas são as últimas matrizes humanas vivas em todo o planeta.

— Mas nós vamos conseguir quando chegarmos à luz. Tenho certeza. (Ye-ti).

— O que te dá tanta certeza? (Gem).

— Não pode haver outra razão para alguém planejar uma jornada quase suicida para chegarmos lá. (Ye-ti).

— A única certeza que tenho é que quero te amar muito, muito, por toda a minha vida. (Gem).

Resta a esperança de que, chegando à luz, encontrem uma solução para a continuidade da espécie. Elas carregam dentro de si a esperança em forma de óvulos, que deverão ser fecundados de alguma forma para que a espécie humana volte a povoar o planeta e usufruir dele com sabedoria.

— Talvez existam pessoas lá, esperando por nós e que saibam o que fazer. (Ye-ti).

— Também tenho muita esperança de que alguém nos ajude. (Gem).

— Com certeza saberão o que aconteceu. (Ye-ti).

— O mais importante de tudo é que agora estamos juntos. (Gem).

— Juntos para sempre, aconteça o que acontecer. (Ye-ti).

— Muitas coisas boas hão de acontecer, meu amor. (Gem).

A união matrimonial entre pessoas de Alert é oficialmente válida enquanto as pessoas se amam.

O COMANDO

O grupo está a 3.000 quilômetros de Alert, metade do caminho, quando encontra um lugar mais aprazível que todos os outros e que jamais haviam imaginado encontrar, apesar de continuarem encontrando esqueletos humanos em grande quantidade por toda parte. Temperaturas agradáveis, com dias ensolarados e noites amenas, alternando luz e escuridão, coisas que nunca tinham experimentado antes.

— Este lugar é tão bom e bonito que poderíamos viver aqui. (Iwana).

— Não podemos desistir agora só porque encontramos um lugar agradável. (Zays).

— Mas temos tudo o que precisamos aqui. Por que não ficamos? (Riwia).

— Porque temos que cumprir o nosso destino e encontrar a luz, conforme determinado. (Rorig).

— Por que temos que cumprir o que nos foi determinado? (Isa).

— Nem sabemos se essas instruções estão corretas. (Nina).

— Podemos tomar decisões por nós próprios, independentemente de Falados ou Escritos. (Samir).

— Saímos daquela condição gelada, onde sobrevivemos por tanto tempo, que faz este lugar parecer um paraíso. (Ya-ti).

— Acredito que a luz será num lugar ainda melhor, mais seguro e mais promissor. (Taluk).

— Talvez isso seja uma espécie de teste para nossa determinação em cumprir a jornada. (Nuna).

— Estou enjoada de tanto ver esqueletos humanos pelo caminho. (Gem).

— É terrível pensar que não encontraremos ninguém vivo. (Ireia).

— Mais uma razão para ficarmos aqui. (Qikyt).

— Este é mais um bom lugar que encontramos. Podemos estar próximos de algo ainda melhor. (Zays).

— É um bom lugar, sem dúvidas, mas se ficarmos aqui perderemos a chance de descobrir se poderemos dar continuidade à nossa espécie. Em breve todos nós estaremos mortos e será o fim se nenhuma criança nascer. (Orby-el, que raramente se manifesta).

Com a disposição dos primeiros humanos que habitaram o planeta, eles decidem prosseguir em sua árdua jornada.

As temperaturas vão se mantendo em torno dos 20ºC. É um calor quase insuportável para muitos deles e ao qual terão que se acostumar aos poucos.

— Zays, preciso falar com você. (Nuna).

Nuna, com habilidade, consegue ficar a sós com Zays para ter com ele uma conversa que vem adiando desde a morte de Uky-ti.

— Penso que está na hora de você assumir oficialmente o comando deste grupo. (Nuna).

— Mas estou fazendo isso. (Zays).

— Não entendi! (Nuna, surpresa).

— Comando vem de "co mandar", que significa mandar junto, ou seja, quando todos participam das decisões sem que ninguém tenha o direito da palavra final de forma autocrática ou ditatorial. (Zays).

— Percebo que suas decisões são sempre vencedoras, como hoje, por exemplo. (Nuna).

— Apenas consigo com que todos se convençam de que tal decisão é a melhor naquele momento. (Zays).

— Para mim, isso é liderar. Você tem medo da responsabilidade? (Nuna).

— Não, mas declaro as decisões depois que todos se manifestam e avaliam suas próprias propostas, conscientizando-se dos acertos ou das fraquezas de suas ideias. Não fujo das minhas responsabilidades. (Zays).

— Sendo assim, ninguém se responsabiliza pelo que possa acontecer. (Nuna parece aplicar um teste em Zays).

— Não, Nuna. Assim todos se tornam responsáveis pela decisão e lutarão para que tudo dê certo. (Zays).

— Uky-ti tinha razão. Você é um líder nato. (Nuna).

— Acho que enquanto cada um se sentir participando das decisões, obteremos mais facilmente a cooperação de todos. (Zays).

— Não quero que Zays se torne líder do grupo.

Nina, esposa de Zays, que chegou e ficou escutando a conversa, faz uma interferência.

— Por que, Nina? Acho que seu marido se sairia muito bem. (Nuna).

— Quando alguma coisa dá errado sempre culpam o chefe ou o líder. (Nina).

— Não se preocupe, meu amor. Nosso grupo não precisa constituir um líder oficialmente. (Zays).

— O grupo está unido porque ainda estamos enfrentando muitas dificuldades. Se não cooperarmos, todos sofrerão. (Nuna).

— Bastou encontrarmos um bom lugar e as desavenças começaram. (Nina percebeu o desconforto de alguns).

— Isso é normal, ainda mais porque todos estão cansados da jornada e ansiosos por se fixarem, definitivamente, em algum lugar. (Zays).

— Sei... Só receio que, mais cedo ou mais tarde, alguém se intitule chefe e se transforme num déspota. (Nina).

— Mais uma razão para Zays assumir essa tarefa. Tenho certeza de que ele jamais se tornará um déspota. (Nuna).

— Conversamos bastante sobre isso e acho que este grupo ainda vai amadurecer muito até chegarmos em nosso destino e não precisará de um líder único. (Zays).

— Melhor assim. Não quero dividi-lo com a responsabilidade de administrar o grupo. (Nina).

— Isso jamais aconteceria, pois Zays é apaixonado por você. (Nuna).

O RIO

A jornada prossegue árdua e mais um obstáculo se apresenta. Eles estão seguindo o curso de um rio, de onde obtêm água para beber e banhar-se, assim como peixes para se alimentarem, mas ele se afunila, torna-se caudaloso, com várias corredeiras, e suas margens aproximam-se, transformando-se em encostas altas, escarpadas e de difícil escalada. Apesar do solo rochoso, nele crescem árvores e arbustos menores, que tornam a condução de seus trenós muito complicada, trabalhosa e perigosa, exigindo esforços e cuidados redobrados.

— Como prosseguiremos por essas encostas tão íngremes? (Kayke).

— Não podemos contornar por outro lugar, pois o caminho seria longo demais. (Samir).

— Além disso, pode ser bem difícil, pois parece uma mata fechada. (Taluk).

— Este trajeto faz parte do mapa de Hermes, o que nos leva a supor que seja a melhor alternativa. (Rorig).

Discutido isso, decidem-se por seguir o mapa e planejar a maneira de vencer esse obstáculo.

— Primeiro montaremos acampamento aqui para descansarmos. (Zays).

— Depois do jantar pensaremos no que fazer. (Nuna).

É o que fazem. Todos estão muito apreensivos com as dificuldades que precisam superar.

— Vamos, Kauê. Ainda é cedo e podemos pescar alguns peixes. (Ory-el).

— Também podemos montar armadilhas para capturar algum mamífero. (Taler).

— E vocês, procurem frutas ou outra coisa para melhorar nosso jantar. (Yana, falando com as matrizes).

Nuna e Yana, sempre que surge uma oportunidade, colocam as matrizes em experiências novas para aprenderem a selecionar o que é bom para comer. Elas fazem isso cheirando o que pensam ser comestível, depois levam para as mulheres mais velhas para que experimentem, aprovando ou não.

— E lembrem-se! Não coloquem nada na boca. Deixem que isso nós fazemos. (Yana, recomendando a todas).

— Esperem! O Gregor vai acompanhá-las para que não se percam nem se machuquem. (Nuna).

— Vamos logo, meu amor. (Iwana, falando com seu marido).

Enquanto alguns montam o acampamento, as matrizes procuram frutas, outros pescam e preparam armadilhas e, outros, ainda, procuram lenha para fazer fogo. Ninguém fica parado ou apenas dando ordens.

Quando as matrizes retornam com algumas amostras, as mulheres mais velhas primeiro lavam, depois cheiram e, finalmente, experimentam, com algumas mordicadas, sentindo o sabor com a ponta da língua. São procedimentos bem cuidadosos para que ninguém adoeça por causa de alguma planta tóxica.

— Huuugghh! Isto aqui não. Que coisa mais amarga! (Nuna, descartando algo colhido pelas matrizes).

— Huummm! Acho que estas folhas são comestíveis. Experimente-as também Nuna. (Yana).

— Com certeza, é bom. Vamos cozinhá-las no bafo. (Nuna).

Os que ficaram montando o acampamento seguem planejando a passagem pela garganta do rio.

— O que você pensa desse caminho, Samir? (Zays, buscando opiniões).

— É bastante íngreme. (Samir).

— Têm muitas pedras e algumas podem estar soltas. (Rorig).

— A maior dificuldade será levarmos nossos mantimentos e equipamentos. (Kayke).

— Teremos que amarrá-los e depois puxá-los quando cada um de nós estiver num ponto seguro da parede. (Taluk).

— Aqueles pequenos arbustos podem servir de ponto de apoio. (Kauê).

— Notei um galho grosso que se projeta para o rio e que pode servir de apoio para cordas. (Rorig).

— Também reparei, mas fica muito alto e no meio de trajeto. Como faremos para usá-lo como apoio? (Kayke).

— Irei primeiro, levando uma corda, e prepararei um pêndulo. Assim não precisaremos carregar nossos trenós e equipamentos. (Rorig).

— Não estou entendendo, Rorig. (Taluk).

— Aquele galho é forte e fica no ponto médio do trecho mais íngreme. Um de nós passará para o lado de lá e os outros ficarão aqui e amarrarão na corda um trenó por vez, lançando-o para o outro lado como se fosse um pêndulo. (Rorig).

— Ah! E os que estiverem do outro lado pegarão. Que ideia brilhante! (Taluk).

— Mas como farão para a corda voltar para cá? (Kauê).

— Amarrarão uma pedra na ponta da corda e a lançarão de volta. (Rorig).

— Se o galho suportar, poderemos utilizar o pêndulo para passar para o outro lado do penhasco, amarrando-nos nas cordas. (Samir).

— É uma altura de aproximadamente 150 metros. Será fatal se alguém cair. (Taler).

— Mas será mais fácil e menos perigoso do que uma escalada, em que qualquer escorregão também poderá ser fatal. (Ye-ti).

O PÊNDULO

Na manhã seguinte todos estão mais descansados, mas nem por isso menos apreensivos. Porém estão decididos a ultrapassar o paredão com o sistema de pêndulo sugerido por Rorig.

— Um de nós terá que escalar até aquele galho e preparar o pêndulo. (Taluk).

— Eu irei, pois a ideia foi minha. (Respondeu Rorig).

— Rorig, deixe-me ir. (Ye-ti, oferecendo-se, por ser o mais jovem homem do grupo).

— Não. É muito perigoso. Eu ainda tenho condições, apesar de estar velho. (Rorig).

— Por favor, prestem atenção. Esse é um trabalho muito perigoso. Proponho que alguém acompanhe Rorig para ajudá-lo. (Zays).

— Irei com Rorig. (Kauê, apresentando-se).

— Também quero ir. (Taluk).

— Se todos concordam, estamos com uma equipe pronta para executar essa tarefa. (Zays).

— Sim, mas irei até aquele patamar e de lá lançarei as cordas para eles. (Samir).

— Ótimo, mas vamos com muita calma e cuidado. Temos bastante tempo. (Zays).

— Estou com tanto medo, amor. (Isa, esposa de Samir).

Sem mais espera, eles preparam várias cordas e começam a escalada, vagarosa e cuidadosamente, explorando e aprendendo as peculiaridades do local.

— Seria muito difícil para as matrizes fazerem essa escalada. (Rorig, comentando, enquanto procura onde se segurar).

— Há muitas pedras que podem se soltar. É preciso muita atenção. (Taluk).

— Venha, Taluk. Me dê a sua mão. (Kauê).

Quando chegam ao patamar, após subirem cerca de cem metros, Samir fica ali com as cordas e os demais prosseguem a subida, que se torna mais difícil a cada passo.

— Vamos fazer uma rápida parada. (Kauê, percebendo que Rorig está quase chegando no limite de suas forças).

— Sim. (Rorig concorda e Taluk também).

— Ei, Samir! Tente jogar as cordas para nós. Se subirmos mais você não terá como fazer. (Taluk).

— Então se preparem para apanhar a primeira. (Samir).

Quando apanham corda, descem a ponta dela até onde está Samir, que amarra todas as outras nela e, então, são puxadas para cima. Logo depois, Samir começa a subir em direção a eles, que também retomam a subida.

— O Samir pretende ir até em cima conosco? (Kauê).

— É o que parece. Deixe-o vir. Ele não desistirá. (Rorig).

— Continuem, continuem. Sigo vocês. (Samir, falando alto para ser ouvido pelos outros).

A subida é observada com atenção e apreensão por todos. Zays parece o mais preocupado.

— Acho que devo subir para ajudá-los. (Zays).

— Não vá. Você deve ficar aqui para coordenar a nossa saída pelo pêndulo e o envio dos trenós e equipamentos. (Kayke).

— Kayke tem razão. Precisamos de alguém que dê confiança para as matrizes utilizarem o pêndulo. (Yana).

—Eles estão indo muito bem. (Nuna, procurando tranquilizar a todos).

Os últimos metros de subida são os mais difíceis por eles estarem cansados.

— Agora vamos ver se essa árvore é forte o suficiente para suportar o peso de cada um, pois os equipamentos podem ser enviados em parte mais leves. (Rorig).

— Vejam! Têm outras árvores aqui que podem servir de apoio e âncora para a que será o sustentáculo do pêndulo. (Kauê).

A tarefa é perigosa, exigindo que tenham equilíbrio e façam movimentos vagarosos e planejados.

— Pronto! Acho que é forte e seguro para o que queremos. (Samir, concluindo a operação).

— Ei, pessoal! Vamos baixar duas cordas para que montem uma espécie de cadeira nela para o transporte das pessoas. (Kauê).

Mesmo Kauê tendo gritado a plenos pulmões, ele não foi ouvido pelos que estão lá embaixo devido ao barulho da água das corredeiras.

— Acho que não conseguem nos ouvir, Kauê. (Samir).

— Joguem as cordas. Eles saberão o que fazer com elas. (Rorig, ainda cansado e ofegante).

Todos veem as cordas jogadas ficarem pendentes, mas distantes do penhasco.

— Ei, vejam! Eles jogaram as cordas. Vamos lá pegá-las. (Gregor).

— Vou até aquele paredão para alcançar a ponta das cordas. (Zays).

— Como saber se estão bem presas? (Kayke).

— Parece que estão nos fazendo sinal de positivo. (Taler).

— Sim, deve estar tudo pronto. Até que foi rápido. (Ye-ti).

— Todos estão bem e não se machucaram. (Gem, aliviada).

— Vá com cuidado, Zays, e leve isso para içar as cordas.

Ory-el oferece a Zays uma espécie de boleadeira amarrada na ponta de uma corda para que ele consiga alcançar as outras cordas, pois elas estão pendendo longe da encosta.

— Você deve lançar a boleadeira nas cordas e ela se enrolará, permitindo que você a puxe para si. (Ory-el).

— Obrigado, Ory-el. Acho que não conseguiria sem isto. (Zays).

— Tenha muito cuidado para não cair, meu amor. (Nina).

Com habilidade, Zays chega ao ponto mais próximo e seguro de onde se encontram as cordas e lança a boleadeira. Ele erra e se desequilibra, mas consegue segurar-se num arbusto que cresce entre as pedras.

— Aaaiii! Socorro! (Nina grita, desesperada, ao ver Zays quase cair. Ela fecha os olhos e agarra--se a Yana).

— Calma, calma, ele está bem, veja. (Yana).

Zays tenta novamente e desta vez ele consegue, pegando a ponta das cordas do pêndulo e amarrando nelas a corda da boleadeira. Então inicia a descida e vai até onde o grupo está.

— Meu amor! Quando você se desequilibrou quase morri de medo. (Nina, abraçando Zays).

— Está tudo bem. Agora vamos nos preparar para andar de balanço. (Zays).

— Primeiro devemos enviar um trenó que tenha o peso igual ao mais pesado de nós. (Taler).

Enquanto isso, Rorig e Taluk iniciam a descida até um ponto bem mais abaixo, e Kauê permanece no topo para qualquer eventualidade.

— Agora vamos amarrar dois trenós e mantimentos suficientes para superar o peso de um de nós. Assim testaremos a segurança do pêndulo. (Samir).

— Vamos lançar o pêndulo na direção onde estão Rorig e Taluk. (Taler).

Na primeira tentativa o pêndulo não chega até onde pretendiam, então eles imprimem mais força e a carga chega até o lugar em que estão e Taluk consegue pegar e segurar os trenós, mas quase se desequilibra e é ajudado por Rorig.

— Vamos descarregar esta carga aqui. Vou me amarrar no pêndulo para alcançar a outra margem. (Taluk).

— Sim. É a única maneira de levarmos as cordas do pêndulo até lá, para onde todos deverão ir depois. (Rorig).

— Estão fazendo exatamente o que combinamos e sem ninguém se ferir. (Observou Zays).

Eles improvisam uma espécie de cadeira com panos amarrados para Taluk acomodar-se e ser lançado para o outro lado.

— Agora me lancem em direção à outra margem. (Taluk, sentindo-se seguro).

— Com força Kauê. Um, dois, agora! (Gritou Rorig).

O embalo não foi suficiente, mas Taluk ajuda impulsionando-se, como num balanço de crianças, e consegue chegar à margem oposta e agarrar-se, com dificuldade, num arbusto, e saltar para fora do pêndulo, que voltou ao ponto onde estão Rorig e Kauê.

— Peguei! (Kauê, segurando o pêndulo, que voltou até eles).

— Ele parece estar bem. (Rorig).

— Agora vamos amarrar os trenós no pêndulo e lançar para Taluk. (Kauê parece ter pressa).

— Tudo está dando certo! (Isa, observando com apreensão a operação pêndulo).

Depois que Taluk retira os trenós, ele coloca duas grandes pedras no pêndulo e lança-o em direção a Zays para que comecem a se transferirem para a margem em que ele se encontra. Primeiro vai Taler, que é ajudado por Taluk ao chegar lá.

— Pronto, te peguei. Vamos mandar o pêndulo para o Samir agora. (Taluk).

E, assim, iniciam a travessia de todos para a outra margem do rio, conforme o mapa de Hermes.

A TRAVESSIA

Com a instalação segura do pêndulo, todos vão sendo levados para a margem onde se encontram Taluk, Taler e Samir, que também foi içado até lá.

— Agora vai você, Nuna. (Zays, coordenando).

— Por que não mandamos as matrizes primeiro? (Nuna).

— Você está com medo, Nuna? (Yana).

— Que bobagem! Claro que não estou com medo. (Nuna, preparando-se para ser amarrada ao pêndulo).

— Indo primeiro você encorajará as matrizes. (Kayke).

Em seguida, é a vez de Kayke, para ajudar na recepção dos que vão sendo transferidos. Ficarão por último Zays, Gregor e Ory-el, para acomodarem os trenós e outros equipamentos, antes de se lançarem para a outra margem.

— Agora vamos enviar os equipamentos. (Gregor).

— Espero que as cordas não estejam desgastadas com tanto vai e vem. (Zays).

— Não precisava ter feito esse comentário, Zays. Conseguiu me preocupar. (Ory-el).

— Vejam, Rorig está descendo até onde Samir estava. (Gregor).

— A descida é mais perigosa do que a subida, mas de lá será mais fácil se lançarem até a outra margem. (Zays).

— Este é o último trenó. Agora vamos colocar algumas pedras e lançar o pêndulo para o Rorig. (Ory-el).

Pedras são colocadas no pêndulo sempre que ele tem que ser lançado vazio. O último a ser içado é Zays, que percebe que a cadeira de pano está se rompendo devido ao uso de pedras afiadas como contrapeso. No exato instante em que chega ao outro lado, ela se rompe e ele cai, conseguindo agarrar-se num arbusto, que logo se solta do chão. Gregor consegue segurar o braço de Zays a tempo de evitar que ele caia. Em seguida, Ory-el também ajuda Gregor a puxar Zays para cima.

— Aaaaiiii! (Nina começa a gritar assustada, sendo acompanhada por todas as outras matrizes).

— Calma, está tudo bem. (Nuna, abraçando Nina).

— Obrigado, obrigado, pessoal. Perdemos aquelas cordas. (Zays agradece e fica preocupado com a perda de equipamento).

— Você quase morreu e está preocupado com cordas? (Nina, chorando).

— Desculpe-me, amor. Não queria preocupá-la. (Zays, abraçando e beijando Nina).

— Foi um dia difícil. Vamos descansar aqui. (Rorig, visivelmente cansado).

— E nos alimentar também. (Ya-ti).

Nesse lado do rio o terreno é nivelado, contudo a vegetação dificulta a movimentação, principalmente os arbustos que crescem à beira da encosta de mais de 60 metros de altura.

— O espaço é pequeno, mas temos que nos ajeitar aqui para passarmos esta noite. (Taluk).

— Sim. Estamos muito cansados para prosseguirmos. (Samir).

Após jantarem, todos caem num sono profundo, tanto pelo cansaço quanto pelo estresse da perigosa travessia que enfrentaram.

Na manhã seguinte, após o desjejum, eles levantam acampamento e prosseguem a jornada em busca da luz. A caminhada segue pela borda do penhasco, onde é mais fácil a locomoção, mas existem muitas rochas soltas.

— Muito cuidado, pessoal. Estamos carregando trenós próprios para neve e aqui são mais difíceis de serem conduzidos. (Kauê).

Eles avançam em fila indiana, vagarosamente, por cerca de 200 metros. Rorig segue puxando seu trenó com vigor, mas este bate num arbusto e volta, batendo nos pés de Tirya, que se desequilibra e cai de costas numa plataforma formada por uma rocha saliente, tendo a queda amortecida pela mochila que carregava.

— Aaaaiiii! Socorro! (Tirya grita, agarrando-se em arbustos e nas pedras).

Imediatamente, Rorig começa a descer até onde ela está, enquanto os outros tentam encontrar um jeito de resgatá-la. Arriscando-se, Rorig consegue chegar onde Tirya está, agarrada na beirada e nos arbustos que ali crescem.

— Tenha calma, Tirya. Estou chegando. (Rorig, com muita dificuldade, consegue chegar onde ela se encontra).

O espaço é pequeno e precário, e ninguém mais desce ali, pois não há lugar para outra pessoa. Tirya está perdendo as forças e a ponto de cair. As matrizes entram em desespero e começam a chorar.

— Me dê a sua mão! Me dê a sua mão! (Insiste Rorig).

— Não me deixe cair. (Tirya consegue alcançar a mão até Rorig segurá-la).

— Te peguei. Segure-se em mim. (Rorig segura Tirya com todas as suas forças).

Ory-el, marido de Tirya, deita-se no chão para tentar alcançá-la, mas não consegue. Kauê vem em auxílio, logo depois Samir. As outras mulheres procuram cordas para jogar para eles, enquanto Zays tenta descer até onde estão Tirya e Rorig.

— Por favor, Rorig, não deixe Tirya cair, por favor. (Ory-el, desesperado).

— Vou levantá-la para vocês a pegarem. (Rorig se abaixa).

— Aaaiii. (Tirya geme de dor pelas luxações sofridas com a queda).

— Suba nas minhas costas. Vou elevar você para que consigam segurá-la. (Rorig, no limite de suas forças).

— Está bem. Vou tentar.

Tirya, com esforço e agarrando-se em rochas, consegue subir nas costas de Rorig.

— Tirya, agarre a corda que jogamos. (Zays).

Quem está acima não consegue vê-los, mas eles lançam uma corda na direção deles. De alguma forma, todos tentam ajudar.

— Peguei! Mas não tenho forças para subir. (Tirya, gritando para ser ouvida, pois o barulho da água é alto).

— Vou erguê-la um pouco mais. (Rorig usa suas últimas forças para erguer Tirya).

Ela fica alta o bastante para ser alcançada por Ory-el, enquanto os outros puxam a corda que está enrolada em seu braço. Todos ajudam e acompanham com apreensão a perigosa operação do resgate de Tirya.

— Te peguei, amor. Venha para mim. (Ory-el, puxando Tirya para cima com a ajuda de Kauê).

— Aaiiii. (Tirya consegue subir, esfolando-se nas rochas da encosta).

— Enfim, você está segura. (Samir, que também ajudou, puxando a corda).

— Vamos ajudar Rorig a subir. (Zays prepara-se para jogar a corda para Rorig).

Quando Rorig tenta pegar a corda, a rocha em que estava desprende-se da parede e ele cai, batendo na encosta até atingir o rio, que o carrega com violência. Rorig logo desaparece, levado rio abaixo pela forte correnteza.

— Rorig! Rorig!

Zays, Samir e Kauê veem o que acontece e gritam por ele, inutilmente.

— Oh, não! (Nuna, que estava mais afastada, vê a queda de Rorig e seu corpo sendo levado pelo rio).

— Oh, não, não. Isso não está acontecendo! (Tirya, que foi salva por ele).

— Rorig! Não! (Ory-el).

— Vi quando ele caiu e bateu com a cabeça nas rochas. Ele morreu antes de atingir a água. (Confidencia Nuna para Zays).

Todos lamentam muito a morte de Rorig, ainda mais de forma tão brutal.

— Que coisa horrível. (Yana).

— Ele era... Ele era... tão divertido. (Riwia).

— Sinto muito não poder fazer nada para socorrê-lo. A queda foi fatal. (Zays).

— Aquela rocha cairia a qualquer momento. (Samir).

— Esta parede de rochas é muito instável devido à erosão. (Gregor).

— Vamos nos afastar dela o quanto antes. (Kayke).

— Chega de mortes. Não suporto mais... (Gem).

A consternação toma conta de todos ao perderem mais um membro do grupo sem, ao menos, poderem sepultá-lo.

— Nossas lágrimas, levadas pela água do rio, vão te acompanhar para sempre, Rorig. (Nuna).

— Jamais esqueceremos de você. (Yana).

— Sinto muito não conseguir salvá-lo. (Kauê).

— Fizemos tudo o que foi possível, Kauê. (Samir).

— Infelizmente, temos que prosseguir. (Zays, chocado com a morte de mais um componente do grupo).

— Andar vai nos ajudar a superar a perda do grande homem que era Rorig. (Taluk, também triste com a perda de Rorig).

— Sim, vamos. (Nina).

— Precisamos ter cada vez mais cuidado. (Taler).

— Está ficando difícil carregar estes trenos em meio a tanta vegetação. (Gregor).

— Não podemos descartar nada, nem as roupas para frio intenso, pois não sabemos o que nos espera na luz. (Kayke).

— Kayke tem razão. Levaríamos muito tempo para confeccionar novos agasalhos. (Yana).

— Vamos em frente, nem que tenhamos de andar mais devagar. (Ya-ti).

As opiniões e as sugestões das mulheres são ouvidas e acatadas por todos.

A MATRIZ FERIDA

Após vencerem as encostas escarpadas do rio e assistirem à morte trágica de Rorig, a jornada dos últimos seres humanos do planeta prossegue, longa, cansativa e dramática rumo à luz. As mortes de alguns integrantes de um grupo tão unido ainda não foram totalmente absorvidas. Além disso, a ideia de que todos os outros seres humanos estão mortos é uma constatação difícil de assimilar.

— Acho que podemos parar aqui para descansar um pouco! (Nuna).

— Mas se ficarmos parando muito não chegaremos na luz conforme os Escritos. (Kauê).

Essa margem do rio compõe-se de uma mata ciliar fechada, com aves e outros animais que fazem dali seu habitat.

— Acalme-se! Está escurecendo e podemos ter problemas por não enxergar direito e devido ao cansaço. (Zays).

— Não precisamos seguir os Escritos cegamente. Temos que prosseguir dentro das nossas possibilidades. (Ory-el).

Após rápido debate, é decidido que descansarão ali. Aos poucos, todos os membros do grupo vão se sentindo à vontade para opinarem sobre qualquer assunto. O lugar é uma mata fechada, com árvores que podem servir de abrigo e com grande variedade de plantas que, talvez, sejam comestíveis.

Logo, todos procuram se ajeitar da melhor maneira possível. As mulheres mais velhas procuram por algum vegetal que seja comestível e os homens reúnem-se para preparar armadilhas e caçar, visto que o lugar serve de habitat de animais.

— Talvez encontremos ninhos de pássaros ou colmeias com mel. (Kauê).

— Se encontrarmos colmeias devemos ter o máximo de cuidado para não sermos atacados pelas abelhas. (Taluk).

Ireia, uma das matrizes, também se põe à procura de alimentos e é picada por uma cobra, que ninguém sabe se é peçonhenta ou não.

— Aaaiii! Está doendo muito. (Ireia quase desmaia de dor).

— O que foi, meu amor? (Taler).

— Senti uma picada aqui e está doendo muito. Bem aqui. (Ireia foi picada na altura da panturrilha).

— Sim, estou vendo. E o local está avermelhado, quente e inchando muito. (Taler).

O lugar da picada fica vermelho e começa a inchar, passando, depois, para arroxeado. As dores aumentam.

— Desculpem, mas não consigo aguentar. Dói muito... (Ireia geme de dor).

Ela se contorce, acometida de forte dor. Seus músculos parecem paralisados e contraídos sob a ação do veneno que, fluindo rapidamente pela corrente sanguínea, começa a produzir seus efeitos dolorosos e fatais.

— Por favor, por favor! Ajudem-me aqui! (Taler, desesperado com a situação de sua amada).

Todos vêm em seu socorro. Os analgésicos que carregam não surtem efeito ou estavam com a validade vencida.

— Parece que o veneno se espalhou rapidamente pelo seu corpo. (Nuna).

Ireia vomita e começa a ter espasmos, revirando os olhos e babando.

— Ela está ardendo em febre. Temos que fazer alguma coisa. (Nuna).

— Ireia! Ireia! (Taler começa a gritar pela sua amada).

— Calma. Não podemos perder a calma neste momento. (Zays).

— Não a deixem morrer... Não, não. Por favor, ajudem-na. (Taler não se contém e começa a chorar).

— Venham todas vocês. Ajudem-me! (Nuna toma a iniciativa e convoca as mulheres para ajudar).

As mulheres mais velhas, então, decidem fazer algo e, enquanto umas buscam folhas de plantas medicinais, outras retiram todas as roupas de Ireia, que está banhada de suor devido à febre. Seu corpo treme e se arrepia e ela perde a consciência.

As mulheres têm um instinto natural para primeiros socorros, pois a natureza dotou-as para a reprodução e para a preservação da vida.

— O que podemos fazer? (Riwia).

As matrizes ficam apavoradas com o sofrimento de Ireia e começam a chorar.

— Ajudem-me aqui. Vamos fazer uma cama com estas folhas e depois cobrir Ireia com elas também. (Yana).

Isso é feito e Ya-ti fica secando o suor abundante de Ireia, enquanto as outras põem suas mãos sobre as folhas que cobrem o corpo dela, como se tentassem transmitir algum tipo de força ou cura com o contado das mãos.

Inconsciente, seu corpo se contorce com espasmos, seus músculos se contraem e ela não controla mais a saliva e começa a babar, quase se afogando.

— Virem a cabeça dela para o lado para evitar que se afogue com a própria saliva. (Iwana, a mais idosa das matrizes).

— Ela vai morrer, ela vai morrer... Oh, não, não! (Gem, chorando).

— Não, não, por favor. Não a deixem morrer... (Taler, desesperado).

— Por que paramos aqui? Não devíamos... Não devíamos ter parado aqui... (Qikyt, lamentando).

As outras matrizes continuam chorando ao assistir o sofrimento de Ireia, que permanece desacordada e suando muito.

— Vamos fazer outra cama de folhas e cobri-la com novas folhas. (Nuna).

— E vocês não precisam ficar aqui. Vão dormir e descansar. (Yana, falando com os homens do grupo).

— Fiquem tranquilas. Ela vai ficar boa. (Ya-ti, tentando acalmar a todos).

Apenas Taler permanece com elas, tentando ajudar, mas está muito assustado e preocupado com o que possa acontecer.

— Vocês, colham mais folhas como estas. E tenham cuidado com as cobras. (Yana, falando para algumas matrizes).

Quando as folhas são retiradas, o corpo de Ireia está totalmente avermelhado, parecendo tomado por urticária. Antes de cobri-la novamente, seu corpo é lavado com panos umedecidos em água fresca, retirada de um córrego próximo.

Esse procedimento é repetido várias vezes, mas Ireia não dá sinais de melhora. De madrugada, enfim, Ireia parece dormir tranquilamente, mas a vigília continua com as mulheres colocando suas mãos sobre as folhas que a cobrem.

— Felizmente, parece que o pior passou. (Ya-ti, constatando que Ireia respira normalmente).

— Graças a vocês. Muito obrigado. (Taler, que ficou o tempo todo acompanhando e tentando ajudar).

Amanhece o dia com todos exaustos pela noite maldormida e angustiante, mas alegram-se ao verem Ireia acordar, com o semblante abatido, mas livre de dores e de todos os outros sintomas; apenas o local da picada está arroxeado.

— Como você está se sentindo, meu amor? (Taler).

— Bem, muito bem. Só me sinto fraca e com fome. (Ireia).

— [Ha ha ha ha]. Viva! Viva a Ireia!

Todos aplaudem e comemoram o restabelecimento de Ireia.

— Tivemos todos muita sorte, pois a cobra é uma das mais venenosas e seu veneno é fatal. (Kayke).

— Obrigada a todos. Peço que me desculpem pelo susto que causei. (Ireia).

Ireia conta os pesadelos que teve enquanto delirava.

— Você estava delirando. (Taler).

— Escutamos você chamando por Pandora. (Nuna).

— Sim. Lembro-me de que via uma mulher muito linda carregando uma caixa aberta. (Ireia).

— Você viu o que havia na caixa? (Yana).

— Sim, eram agulhas e frascos com líquido dentro. Tinha a sensação de muitas picadas doídas. (Ireia).

— Você gemia muito e não conseguimos entender suas palavras. (Iwana).

— Lembro-me de que ela falou que eu não morreria. (Ireia).

— Você perdeu mais de 2 quilos durante a febre. (Ya-ti).

— Quando perguntei quem era, ela me respondeu: "Eu sou a luz". (Ireia).

— Meu amor! Que bom que melhorou! Estava com muito medo de perdê-la. (Taler).

— Desculpe-me. Te amo. (Ireia, ainda fraca).

— Não tem do que se desculpar. Te amo. (Taler, abraçando-a carinhosamente).

— Não queria fazê-lo sofrer. (Ireia).

— Agora está tudo bem. (Riwia).

— Chorei muito pensando que você podia morrer. (Qikyt).

— Será que as folhas que usaram têm poderes medicinais? (Ory-el, questionando as mulheres).

— Não sabemos, mas tínhamos que tentar alguma coisa. (Yana).

— Sabemos que a natureza tem respostas para tudo. Talvez essa seja a luz que buscamos. (Nuna, filosofando).

— Muito obrigada mais uma vez. Vocês são maravilhosas. (Ireia, agradecendo pelos cuidados recebidos).

— Venha, meu amor. Ajudo você! Venha comer alguma coisa para recuperar as forças. (Taler).

Após todos se alimentarem, eles levantam acampamento e retomam a jornada.

A CIDADE

Eles encontram uma estrada asfaltada totalmente tomada por vegetação, e nela encontram muitos veículos com os ossos de seus ocupantes, bem como esqueletos humanos por toda a parte. A estrada, que corta a floresta em que Ireia foi picada por uma cobra, leva-os a uma cidade muito grande, totalmente em ruínas, com todos os seus habitantes mortos.

— Este deve ser um bairro da cidade ou do que, outrora, foi uma grande cidade. (Gregor).

— Jamais vou me acostumar com tantos esqueletos. (Ya-ti).

— Vamos ver se encontramos alguma coisa em condições de uso. (Samir).

— Esta cidade deveria ter mais de 500 mil de habitantes. (Zays).

— Como foi possível todos morrerem ao mesmo tempo? (Taluk).

— Estou ficando enjoada com tudo isso. (Gem, ao pensar na morte de tantas pessoas).

— É cada vez mais provável que Hermes estava certo quando disse que todos tinham morrido. (Gregor).

À medida que entram na cidade e passam pelos bairros mais afastados do centro, a constatação é sempre a mesma: morte. A morte de todos os habitantes e, ao que parece, simultaneamente.

Nas casas dos bairros periféricos há esqueletos de cães acorrentados ou dentro de canis. As cenas são brutais e chocantes. Animais de estimação, como gatos, pássaros, cobras, hamsters, iguanas e outros, que deviam estar aprisionados, agora são apenas esqueletos, que confirmam o extermínio de seus donos, que não tiveram tempo ou discernimento de libertá-los. E parece que o que matou os humanos não atingiu os animais.

— Todos esses animais morreram de fome e sede. Que morte horrível. (Nina).

— Na hora da morte ninguém se lembrou de liberá-los de suas prisões. (Yana).

— Como saber se não morreram pela mesma causa? (Kauê).

— Penso que não. O que aconteceu atingiu somente os seres humanos. (Samir).

— É de se concluir que tenha sido um vírus. (Gregor).

— Vejam quantos edifícios altos, shoppings centers, comércios, fábricas... (Kayke).

O comentário de Kayke interrompe as conjecturas sobre as causas das mortes de humanos e animais.

— Era uma cidade muito grande mesmo. (Ory-el).

— Não devemos entrar em nenhum lugar, pois só encontraremos mais e mais esqueletos. (Ye-ti).

— Esperem por mim aqui. Vou entrar naquela farmácia. (Zays).

— Para quê? Os medicamentos estarão todos vencidos, com certeza. (Samir).

Sem mais explicações, Zays abandona a carga que lhe cabe carregar e corre para dentro da farmácia, que está com as portas abertas e podres, sinalizando que foi abandonada, além de o prédio em si estar deteriorado.

— O que você procura aqui, Zays? (Gregor, que correu com Zays).

— Está difícil de ler, mas pela data de vencimento destes medicamentos, as pessoas morreram há pelo menos cem anos, porque não houve reposição dos estoques desde então. (Zays).

— Não é possível que o planeta esteja desabitado há tanto tempo. (Samir, também dentro da farmácia).

— Mas a deterioração de tudo confirma isso. Estradas, pontes, edifícios, casas, materiais... (Gregor).

— E coincide com a data da chegada de Hermes a Alert. (Kayke. Agora quase todos estão na farmácia).

Eles saem da farmácia e comentam com os demais as suas conclusões.

— Talvez, quando chegarmos à luz, encontraremos pessoas vivas. (Gem, esperançosa).

— É possível... Mas não sei. (Nuna, tentando não alimentar esperanças).

— Temos que aceitar a ideia de que não haverá ninguém vivo lá. (Ory-el).

— Assim será menos decepcionante. Mas, de qualquer forma, é terrível. (Yana).

— Conseguimos viver em Alert e chegar até aqui. Temos condições de sobreviver em qualquer lugar. (Ya-ti).

— Melhor não encontrarmos ninguém, pois podemos encontrar pessoas hostis. (Iwana).

— Tem razão! Pode haver escassez de alimentos e isso não é nada bom. Sempre gera disputas e discórdias. (Nuna).

— É muito egoísmo querermos um planeta exclusivamente para nós. (Riwia).

— Não sabemos o que aconteceu. Parece que muitas pessoas invadiram este local à procura de medicamentos. (Taluk).

— Como pode uma doença ter se espalhado pelo planeta inteiro? (Taler).

— E de forma tão rápida? (Isa).

— Só se o contágio foi proposital, comandado e controlado. Mas quem faria tal coisa e por quê? (Nina).

— Mesmo que encontremos respostas, isso não nos ajudará muito, menos ainda aos que morreram. (Zays).

— O importante é que sairmos de Alert e chegarmos até aqui foi uma grande vitória. (Samir).

— Vamos seguir até o centro da cidade. (Kauê).

Ao chegarem mais próximos do centro da cidade, continuam constatando a grande deterioração de todos os imóveis e equipamentos, confirmando seus cálculos sobre o tempo transcorrido desde o extermínio.

Muito mato crescendo em todos os lugares; redes elétricas rompidas, com postes caídos e sem energia; tubulações para distribuição de água estouradas e sem circulação de água; encanamentos para distribuição de gás igualmente inutilizados e sem condições de transportar qualquer tipo de gás; as redes para escoamento da água das chuvas e as de esgotos entupidas, não mais atendendo aos propósitos para os quais foram construídas.

Nenhuma casa ou edificação está em condições de uso pela falta das mínimas condições de conforto e segurança.

— Quem ou o que provocou um extermínio total e com qual propósito? (Kayke persiste na questão).

— Podem ter sido ETs! (Gem, adicionando ficção a um cenário que parece surreal).

— Com que propósito e onde estaria eles agora? (Nina).

— Com o propósito de se apoderarem deste planeta. E podem voltar com todos os outros para morarem aqui. (Qikyt).

— Talvez a única importância em sabermos o que aconteceu seja para impedir que se repita. (Yana).

— Se pudermos impedir, é claro! (Samir).

A discussão especulativa continua enquanto caminham em direção ao centro, como uma forma de amenizarem o grande choque emocional que é para todos circularem por uma grande cidade morta.

— Está quase anoitecendo. Vamos pernoitar aqui nesta praça. (Zays).

— Apesar de ser mais fácil caminhar conduzindo nossas cargas pelas ruas desta cidade, estamos todos cansados. (Samir).

— Estou cansada e com muita fome. (Ireia, ainda se recuperando da picada da cobra).

— Eu também. (Riwia).

— Sim. Acho que todos concordamos. (Kayke).

Kayke, um dos mais idosos que restaram, apressa-se em concordar.

Eles acomodam-se na praça do centro da cidade quando as primeiras sombras da noite começam a chegar trazendo uma queda de temperatura bastante acentuada.

— Estamos novamente entrando no inverno. (Taler).

— Sim, mas acho que o inverno aqui não tem temperaturas tão baixas quanto em Alert. (Gregor).

— De qualquer forma, é melhor nos abrigarmos e nos agasalharmos bem. (Nuna).

— Devemos evitar qualquer surpresa, como uma queda brusca de temperatura. (Samir).

— Não sabemos como o clima se comporta aqui. (Kauê).

— Vamos preparar nosso jantar. (Yana).

— Eu ajudo, mãe. (Gem).

Logo o jantar fica pronto e todos se sentam no chão, formando um grande círculo, para que fiquem de frente uns para os outros. Essa formação permite que todos sejam vistos e ouvidos quando dizem alguma coisa de interesse geral e, como em qualquer grupamento humano ou sociedade, a ocasião das refeições transforma-se naturalmente numa reunião informal.

Nessas ocasiões, sem que haja necessidade de convocação formal, são discutidos assuntos de interesse geral e decisões importantes são tomadas.

— O que pensam de discutirmos a continuação de nossa jornada enquanto jantamos? (Zays, tomando a iniciativa).

— Consigo raciocinar melhor de barriga cheia. (Comentou Taluk, fazendo todos rirem).

— Vá com calma para não se engasgar, Taluk. (Kauê).

— Como podemos ver no mapa de Hermes, daqui em diante iremos sempre por rotas asfaltadas e passaremos por diversas cidades. (Gregor).

— E cidades maiores do que pelas quais passamos. (Samir).

À medida que avançam em sua jornada, os trechos do mapa de Hermes pelos quais eles passam vão sendo descartados para diminuir a sensação desagradável de uma pele humana usada como pergaminho.

— Com a aproximação do inverno devemos nos apressar. (Nuna).

— Quanto mais cedo chegarmos à luz, melhor. Não aguento mais essa caminhada interminável. (Riwia).

— Acho que estamos próximos ao nosso destino. (Taler).

— E o caminho está um pouco mais fácil, pois estamos andando pelo que foi estrada asfaltada no passado. (Ya-ti).

Conforme eles andam, vão descobrindo lugares bem mais acolhedores do que Alert e percebem tratar-se de um planeta extremamente diversificado em todos os aspectos: no solo, no clima, na flora e na fauna.

Eles vão se acostumando a dias e noites mais definidos, com luz e escuridão se alternando em questão de horas, e não mais em meses, como em Alert. O grupo também conhece animais e insetos inexistentes em Alert, assim como ursos e outros mamíferos menores, mosquitos, moscas e abelhas, pássaros de vários tipos e tamanhos, árvores e outras plantas que jamais haviam visto. Tudo é novidade para eles.

O FRIO

Mais alguns dias de caminhada, sempre por estradas asfaltadas, mas tomadas pelo mato e com muitos veículos apodrecidos com seus ocupantes mortos, chegam a outra cidade nas mesmas condições do que eles vêm encontrando em seu caminho. Todos os habitantes agora são apenas esqueletos e poucos animais silvestres se arriscam por uma cidade onde não há nada que possa lhes ser útil. Tudo é ruína, abandonado e com sinais de saques ocorridos há muito tempo.

— Pelo mapa de Hermes, de agora em diante passaremos por muitas cidades grandes, até maiores do que esta. (Kauê).

— Esta deveria ter quase um milhão de habitantes. (Gregor).

Continuando a jornada, o grupo tem que enfrentar um novo inverno, mas com temperaturas variando em -5ºC a 15ºC, o que para eles é bem suportável.

— O inverno aqui é bem mais ameno do que em Alert, onde chegamos a enfrentar mais de 30ºC abaixo de zero. (Taluk).

— Esse frio não será problema para nós, porém pode nevar. (Yana).

— Podemos escolher onde nos abrigarmos, pois todas as casas e todos os prédios estão abandonados. (Ory-el).

— Mais dois quilômetros e chegaremos ao centro desta cidade. (Samir).

— Lá podemos ir a um restaurante e preparar nossas refeições nas panelas que ainda prestam. (Nuna).

— Com certeza! Aproveitamos para comer em pratos e com talheres. Só precisamos lavá-los. (Ya-ti).

— Para isso usaremos a água do rio que corta o centro da cidade. (Taler).

— Próximo ao rio deve existir algum restaurante, o que facilitará nosso trabalho. (Zays).

— Traremos água para nos banharmos também. Podemos aquecê-la queimando os móveis de madeira e outros materiais inflamáveis. (Gregor).

— É possível que o óleo diesel nos tanques de alguns postos de combustíveis não tenha evaporado totalmente e possamos aproveitá-lo. (Kauê).

— Sim. Esta é uma cidade grande e dá para ver que tinha muitos postos de combustíveis. (Samir).

— Temos que manipular esse material com muito cuidado. É inflamável e não sabemos em que condição se encontra. (Taluk).

— Esqueçam! Todos os combustíveis têm prazo de validade e são curtíssimos. Se não evaporaram, não têm mais serventia. (Kayke).

— Nas lojas de conveniências e nos supermercados podemos encontrar álcool ou outros combustíveis engarrafados. (Taler).

— Também não devemos contar com isso para combustível, pois não devem mais servir para utilização. (Kayke).

— Procuraremos por materiais de limpeza que estejam aproveitáveis. Água clorada, por exemplo. Se encontrarmos, verificaremos se ainda está boa para uso. (Yana).

— Vamos ter muito cuidado com qualquer material que decidirmos usar. (Ya-ti).

Cada um apresenta uma ideia para melhor aproveitar tudo o que ficou abandonado, mas vão percebendo que pouca coisa lhes será útil, pois já faz um século que tudo foi abandonado.

Passado o impacto de ver cidades cheias de esqueletos, agora eles procuram aproveitar tudo o que for possível sem a culpa de estarem profanando ou furtando quem quer que seja, pois todos morreram há, pelo menos, cem anos.

— Nem os alimentos enlatados podem ser aproveitados, pois estão vencidos há muito tempo. (Kayke, como um guardião das validades).

— Nos hotéis pode haver roupas de cama em boas condições, além de roupas que nos sirvam. (Riwia, sem pensar que as traças e outros roedores podem ter danificado tudo).

Todos do grupo desconhecem baratas, moscas, mosquitos, ratos, traças e outros insetos, pois em Alert, com temperaturas sempre próximas ou muito abaixo de 0ºC, esses seres têm muita dificuldade de se proliferarem.

— Se nesse rio tiver peixes bons para consumo podemos ficar aqui por alguns dias, até que o frio amenize. (Zays).

— É uma boa ideia. Estou muito cansado. Muito cansado. (Orby-el, agora o mais idoso, dando sinais de fraqueza).

— Pois bem, é o que faremos. (Nuna, com a concordância de todos).

Conforme se aproximam de seu destino final, as expectativas vão aumentando e a ansiedade também, pois há muito tempo estão vivendo como nômades e não sabem como é o conforto de uma boa cama ou acomodações mais adequadas.

— Como tenho vontade de me deitar numa cama de verdade e poder descansar plenamente. (Gem).

— Podemos nos instalar num hotel qualquer. Nem precisaremos pagar as diárias. (Ye-ti, fazendo graça).

— Pessoal, encontramos um hotel com lareira no hall. (Taluk).

— Podemos nos acomodar aqui e queimar os móveis na lareira para nos aquecer. (Gregor).

— Temos que tomar muito cuidado, pois esse prédio está quase ruindo. Porém, no momento, parece bastante seguro. (Kauê).

— Será que para onde vamos teremos todas essas facilidades? (Iwana).

— Ninguém sabe o que nos espera na luz? (Gem).

— Não devemos pensar no melhor para não nos decepcionarmos. (Nina).

— Quem espera por muito sempre pensará que é pouco o que encontra. (Nuna).

A PARTIDA

Retomada a caminhada, depois de cinco horas, eles param para se alimentar e descansar. Pelo mapa de Hermes e os cálculos de todos, a luz encontra-se próxima. Crescem as esperanças de encontrarem um lugar bom e seguro para viverem.

— Que bom estarmos próximos à luz. (Gem).

— Penso que vencemos as piores partes do caminho. (Yana).

— E se for apenas uma brincadeira de alguém? (Isa, incrédula).

— Não acredito que alguém se desse ao trabalho de tentar aplicar uma peça em pessoas um século depois. (Nina).

Todos imaginam e torcem para que a jornada esteja próxima de um final feliz, então aproveitam a parada para dialogarem sobre o restante do caminho.

Novamente, Nuna procura conversar reservadamente com Zays.

— Zays, acredito que Orby-el não tem mais condições de nos acompanhar. (Nuna).

— Podemos ajudá-lo de alguma forma? (Zays).

— Não sei, mas acho que ele está na mesma situação de Uky-ti. (Nuna relembra as últimas horas de vida de Uky-ti).

— Sugiro que conversemos com os outros para encontrar uma solução. (Zays, que logo chama Samir e Kayke para conversarem).

— A única coisa que podemos fazer é pararmos aqui para ver como ele reage. (Kayke).

— Concordo com o Kayke, mas devemos informar aos outros as condições de Orby-el. (Samir).

— É tudo o que podemos fazer por ele neste momento, e esperar que ele se recupere. (Taluk).

— Talvez possamos carregá-lo num dos trenós. (Ye-ti).

— Somos jovens, Ye-ti, mas não aguentaríamos carregá-lo por muito tempo. (Taler).

— Além disso, não acredito que ele aceitaria essa condição. (Gregor).

— Então está decidido! Ficaremos aqui para acompanhar como evolui a saúde de Orby-el. (Kauê).

Quando comunicam a situação de Orby-el há uma comoção geral e logo todos se lembram dos que ficaram pelo caminho.

— A vida é assim, pessoal. Ninguém vive para sempre. (Orby-el, tentando consolar a todos).

— Você ficará conosco por muito tempo ainda. (Nuna, procurando amenizar a situação).

— Não tenho condições de prosseguir. É aqui que fico. (Orby-el, consciente da própria situação).

— Não podemos deixá-lo para trás. (Riwia).

— Ninguém ficará para trás. (Yana).

— Precisamos de você e da sua experiência. (Isa).

Devido à resistência de Orby-el, o grupo se reúne e discute longamente o que farão. Tudo resolvido, um grupo vai até ele para conversar e tentar convencê-lo a seguir com o grupo.

— Orby-el, o grupo decidiu permanecer aqui pelo tempo que for necessário para você se recuperar. (Samir).

— Todos concordaram? (Orby-el).

— É isso mesmo, Orby-el. A decisão foi unânime. (Zays).

— Mas falta tão pouco para chegarmos. As matrizes devem estar ansiosas. (Orby-el).

— As matrizes só sairão daqui com você nos acompanhando. (Yana).

— É muita consideração para com um velho. (Orby-el, convencido de que não tem muito tempo de vida).

— Nós sempre fomos muito unidos enquanto morávamos em Alert. Não é porque saímos de lá que deixaremos de ser. (Nuna).

— Vocês precisarão de toda a ajuda que conseguirem. No que posso lhes ser útil? (Orby-el).

— Com sua sabedoria, Orby-el. Precisamos de alguém sábio e sereno como você entre nós. (Samir).

— Está bem. Então não estragarei a unanimidade à qual Zays se referiu. (Orby-el, concordando).

— Venha comigo, Orby-el. Você precisa repousar para recuperar suas forças. (Nuna pressente que ele tem poucas horas de vida).

— Deixe-me ajudá-la, Nuna. (Kauê, auxiliando Nuna a conduzir Orby-el até a primeira barraca que foi montada).

Já clareava o dia quando Ya-ti, que ficara na mesma barraca de Orby-el, vai até Nuna para comunicar-lhe o falecimento dele. Em seguida, todos são informados e há uma comoção geral pela perda de mais um componente do grupo.

— Orby-el cumpriu sua missão. Só temos a agradecer. (Isa).

— Ainda bem que sempre agradecemos a ele por tudo enquanto estava entre nós. (Nina).

— Não consigo me acostumar com a morte de pessoas tão queridas. (Gem).

— Ele dizia que a vida não acaba na morte quando deixamos lembranças de coisas boas e importantes que fizemos. (Nuna).

— E acreditava que o objetivo da vida é aproveitarmos o que o mundo proporciona e nos amarmos. (Gregor).

— Era um homem sábio e sempre pronto a nos aconselhar nos bons e maus momentos. (Ireia).

— Sepultamos seu corpo. Agora vamos em frente! Andar nos fará bem e, com certeza, essa era a vontade de Orby-el. (Kayke).

UM DIA NORMAL?

A caminhada prossegue, agora mais triste com o falecimento de Orby-el, que todos lamentam muito. Contudo a proximidade do destino final renova as esperanças de alguns em encontrarem pessoas vivas. Eles andam por cerca de 150 quilômetros e fazem uma pausa para descansar.

Iwana, a matriz mais velha, procura Nuna para conversarem reservadamente.

— Senhora Nuna, eu… (Iwana).

— O que você quer me dizer, Iwana? Parece aflita. (Nuna).

Iwana foi falar em particular com Nuna, pois ela não tem mais os pais vivos.

— Não sei o que está havendo, mas… (Iwana).

— Fale, por favor. Estamos sós. Não tenha receio de falar. (Nuna).

— É que… a minha menstruação não veio… ainda. (Iwana).

— Bem … Você tem certeza de que está no período certo? (Nuna).

— Sim, senhora. Passa de uma semana. (Iwana).

— Pode ser apenas um atraso… (Nuna, querendo acalmá-la).

— Penso que estou… entrando no climatério. (Iwana).

— Não! Você tem 48 anos, e sempre foi saudável. Acho que não. (Nuna).

— O que pode ser, então? (Iwana).

— Pode ser um atraso por todo o estresse que estamos vivendo. (Nuna).

— Será? (Iwana, muito preocupada).

— Sim. Desde que saímos de Alert caminhamos muito, passamos frio e fome, e muitos morreram. (Nuna).

— Estou com medo de não poder mais engravidar. (Iwana).

— Não pense nisso, Iwana. Vamos esperar e falar com Ya-ti e Yana para saber o que elas pensam. (Nuna).

— Quero tanto dar um filho para o Gregor. (Iwana).

— Venha, vamos falar com elas. (Nuna).

Iwana e Nuna encontram-se com Ya-ti e Yana, e conversam sobre o atraso na menstruação dela.

— Concordo com a Nuna. Só pode ser resultado de estresse, pois nem sabemos o que vamos encontrar lá. (Ya-ti).

— Só nos resta esperar. Não temos alternativa. (Yana).

— Vai dar tudo certo, acredite. (Nuna).

— Vamos ajudá-la no que pudermos. (Ya-ti).

— Não acredito que seja a menopausa. (Yana).

— Que bom ouvir vocês. Estou me sentindo melhor. (Iwana).

— Isso mesmo, menina. Alegre-se, pois depressão só vai piorar as coisas. (Nuna).

— Agora procure o seu marido e converse com ele, mas tenha fé em você. (Ya-ti).

Iwana encontra-se com Gregor e eles conversam longamente sobre o que está acontecendo.

— Iwana, eu te amo. Não importa o que aconteça, sempre vou te amar. (Gregor).

— Quero tanto ter um filho para criá-lo, vê-lo sorrir, correr e falar: "Papai". (Iwana).

— Tenho certeza de que dirá primeiro: "Mamãe". (Gregor).

— Te amo, Gregor, e preciso de você. Agora, mais do que nunca. (Iwana).

— Sempre estarei com você, Iwana, sempre! (Gregor).

No dia seguinte, com tudo preparado para reiniciarem a jornada, Iwana pede que esperem um pouco.

— Peça que esperem um pouco, por favor. (Iwana, falando com Nuna).

— O que foi Iwana? (Nuna continua dando seu apoio).

— Preciso me forrar. (Iwana, anunciando que menstruou).

— [Ha ha ha ha]. Que bom! Que bom! (Ya-ti também se mantém por perto, dando apoio).

— Claro que esperaremos, meu amor. Te amo. (Gregor, sempre junto à esposa).

— Espero há tanto tempo para engravidar que pode ter sido essa a razão para o atraso na minha menstruação. (Iwana).

— Não pense mais nisso. Agora passou, meu amor. (Gregor).

Todos manifestam alegria com a menstruação de Iwana, principalmente seu marido e as demais matrizes. Isso reforça a vontade de terem filhos, de ouvirem o choro e as risadinhas de bebês, o que não acontece há dezoito anos.

— Que bom! Que bom! Sigamos em frente! (Zays).

O AVÔ

O grupo segue em frente com a certeza de que a luz está cada vez mais próxima. Mais um dia de caminhada e vários quilômetros percorridos, é hora de dormir e descansar.

Yana espera todos se acomodarem para dormir e conversa sozinha com Nuna, evitando que sua filha Gem escute a conversa.

— Penso que o papai não está bem. (Yana, falando baixinho para os outros não ouvirem).

— O que tem ele? (Nuna também fala baixo).

— Parece muito fraco. Da mesma forma que Uky-ti e Orby-el. (Yana).

— O que podemos fazer para ajudá-lo? (Nuna).

— Não sei. Não sei mesmo. (Yana, muito preocupada).

— Vamos conversar com os outros para decidirmos o que fazer. (Nuna).

— Zays, penso que papai não tem mais condições de nos acompanhar. (Yana).

— Se todos concordam, vamos falar com ele. (Zays, colhendo a concordância de todos).

Ao falarem com Kayke, ele se mostra relutante em acompanhar o grupo, que o estima como se fosse avô de todos.

— Só vou atrasá-los. (Kayke).

— Kayke, podemos usar um dos trenós para puxá-lo. (Ye-ti, dando sugestões).

— Vocês são jovens, mas pensem que ainda temos muitos quilômetros pela frente, de acordo com o mapa de Hermes. Não aguentariam muito tempo com temperaturas tão altas. (Kayke).

— Você disse muito bem: "temos" muitos quilômetros para percorrer ainda, e você estará conosco. (Taler).

— Não devo continuar com vocês, mas espero que cheguem ao seu destino e sejam muitos felizes. (Kayke).

— Por favor, Kayke. Não fizemos isso com ninguém e não faremos com você. (Samir).

Todos ficam muito preocupados e tensos, então resolvem fazer uma parada de dois dias.

— Faremos uma parada de dois dias para que você possa se recuperar. (Gregor).

— Dois dias é muito tempo. Isso irá atrasá-los e vocês precisam continuar o quanto antes. (Kayke).

— É tarde e estamos todos cansados. Vamos dormir e amanhã estaremos mais descansados para pensar melhor. (Isa).

— Vamos, Kayke. Ajudo você. (Gregor, incentivando).

— Acho que não tenho mais condições de acompanhá-los. (Kayke, consciente de suas condições).

— Não seja teimoso, pai. O senhor irá conosco até o fim. E agora vamos dormir. (Yana).

Dois dias depois eles retomam a caminhada. A chegada na meta final ainda depende de que todos tenham forças para prosseguir, mas Kayke, o mais idoso agora, dá sinais de que não aguentará mais por muito tempo. O calor é estafante para eles, que não estavam acostumados com esforço prolongado em altas temperaturas.

— Temos que prosseguir devagar, pois, apesar de a subida ser suave, é muito longa e está muito quente.

Durante a subida, Gregor, que acompanhava Kayke de perto, dá um grito de alerta:

— Ei! Esperem! Ajudem-me aqui! O Kayke caiu!

— O que podemos fazer? (Iwana, esposa de Gregor, também os acompanhava).

Logo, os que estavam mais próximos largam suas cargas e correm em auxílio de Kayke.

— Vou massagear o coração dele. (Taluk inicia massagem cardíaca na tentativa de reanimá-lo).

— Pai, respire! Respire! (Yana faz respiração boca a boca em seu pai, completando o procedimento de ressuscitação).

— Oh, vovô, não morra, por favor! (Gem chora e chama por seu avô).

— Venha comigo, amor. (Ye-ti consola sua esposa, percebendo a gravidade da situação).

— Yana... Ele se foi. Sinto muito. (Ya-ti conforta Yana, que para com a massagem cardíaca).

— Não há mais nada que possamos fazer. (Kauê, confirmando a morte de Kayke).

— O Kayke acaba de falecer. (Nuna comunica a todos a morte de Kayke).

Todos lamentam mais uma morte, principalmente sua filha Yana. Gem fica muito abalada com a morte de seu avô.

A cerimônia de sepultamento é simples e rápida para evitar mais tristeza.

— Adeus, vovô! Amo você. Olhe por mim e por todos nós. (Gem, com carinho).

Os mais idosos e experientes vão morrendo, restando Nuna como a mais idosa.

A LUZ

O grupo prossegue e, enquanto andam, conversam sobre suas expectativas como forma de evitar pensamentos pesarosos sobre a morte recente de Kayke.

— Mal posso esperar para descobrir o que significa a luz. (Riwia).

— O que encontraremos lá? (Qikyt).

— Será que teremos ajuda de alguém? (Gem).

— Nossas roupas estão em farrapos. Quando chegarmos lá temos que arranjar um jeito de confeccionar outras. (Ya-ti).

— Tem razão, Ya-ti. Nossos calçados também estão bastante desgastados. Não aguentarão muitos quilômetros mais. (Nina).

— Só devemos permanecer lá se houver condições mínimas para uma sobrevivência digna. (Samir).

— Segundo os mais antigos, Hermes, quando perguntado sobre a luz, sempre repetia: "Não sei, não sei de nada". (Nuna).

— Só nos resta descobrir tudo indo até lá. Não há outra maneira. (Taler).

— Devemos subir até o topo deste morro, mas o mapa de Hermes determina um caminho longo, porém bem suave. (Samir).

— Quando chegarmos no topo descansaremos. (Zays).

— Acho que todos estamos muito cansados. (Kauê).

— Pelo que o mapa de Hermes indica, estamos muito próximos da luz. (Gregor).

— Parece que faltou pele para a indicação exata. (Taluk).

No mapa de Hermes, o início da jornada estava tatuado na cabeça e o restante do trajeto foi descendo pelo corpo, terminando em um dos pés, sem indicar, com exatidão, a localização da luz.

São quatro horas de caminhada até chegarem à parte mais alta do morro, no ponto exato conforme previsto no mapa de Hermes. Eles estão exaustos, mas ávidos por ver a luz, alguma indicação ou uma pista dela.

— De onde estamos devíamos ver a luz. (Isa, decepcionada).

Cansados e ansiosos, todos observam tudo em volta e não avistam luz como descrito nos Escritos, então resolvem montar acampamento para decidirem o que fazer.

— Então é isso, pessoal! Vamos montar acampamento, comer e descansar para pensar melhor no que fazer. (Taler).

Passa do meio-dia quando a refeição é posta e todos se alimentam como se alimentassem, também, a esperança de encontrar, finalmente, a luz, e nela encontrarem respostas para tanto esforço e por não terem permanecido em bons lugares pelos quais passaram. O dia transcorre com todos ocupados, realizando tarefas para manterem tudo organizado e limpo, e a busca por alimento segue como uma prioridade do grupo.

— Logo, logo anoitecerá. Temos que deixar para procurar a luz só amanhã. (Taluk).

— Vamos montar acampamento para nos alimentarmos, passar a noite e descansarmos. (Zays).

— Sim. As matrizes estão cansadas. (Nuna).

— Parecem mais decepcionadas do que cansadas. (Yana).

— É verdade, mãe. Onde está a luz como previsto no mapa de Hermes e nos Escritos? Será que erramos o caminho? (Gem, a mais ansiosa e ainda abalada com a morte de seu avô).

— Tenha calma, meu amor. Será feita uma reunião para decidirmos o que fazer. (Ye-ti).

— Podemos discutir o que fazer, já que não avistamos luz alguma. (Taler).

Como sempre, todos colaboram para montar o acampamento, mesmo cansados e decepcionados pela não concretização do que está nos Escritos e Falados.

— Antes de discutirmos o que fazer devemos comer. Estou com fome. (Nina).

— Boa ideia. Talvez a conversa demore. (Kauê).

Quando a tardinha anuncia o início da noite e as primeiras estrelas se mostram no firmamento, eis que surgem no horizonte luzes que não se parecem com estrelas.

— Olhem! Olhem e vejam aquilo! (Gem, eufórica).

— É a luz! (Exclama uma das matrizes, feliz).

— Sim, sim, só pode ser! (Iwana).

— Então é verdade! É a luz! (Ireia).

— É o exato local apontado no mapa de Hermes. (Nina).

— É a luz prevista, que deveríamos encontrar. (Isa).

— Finalmente! Finalmente, nós encontramos a luz! (Riwia).

— Chegamos ao nosso destino. (Qikyt).

Os demais correm para o local de onde as matrizes estão observando luzes artificiais ao longe. Todos ficam extasiados com a visão que procuraram por tanto tempo.

A simples visão de luzes ao longe, no horizonte, torna-se um evento emocionante, como o triunfo numa batalha final.

— Com certeza não são estrelas, são lâmpadas acessas. (Taluk).

— Olhem e vejam! Na linha do horizonte, não muito longe daqui. (Kauê).

— Alguma fonte de energia é mantida ali. (Taler).

— Sim. É a luz que procurávamos! (Yana).

— Chegamos à luz! (Gregor).

— Terminamos a nossa jornada com o esforço de todos. (Samir).

— Conseguimos! Todos nós conseguimos! (Zays).

— Muito obrigada a todos, inclusive aos que partiram. (Nuna).

A euforia é geral, mesmo ninguém tendo certeza do que encontrarão lá.

O choro é de alegria, todos começam a se abraçar e os casais se beijam mais apaixonadamente do que nunca. É a comemoração da vitória, da esperança, da fé que tiveram em si próprios. Eles sentem-se recompensados por terem acreditado que podiam sair de um local tão inóspito e fazerem algo que exigiu um grande esforço, muita coragem e cooperação constante para vencerem todos os obstáculos que enfrentaram pelo caminho.

Algumas matrizes pensam em descer o morro imediatamente, rumo àquela luz maravilhosa e embriagante, que brilha cada vez mais com a escuridão da noite se aproximando.

— Vamos, vamos para lá! (Riwia, entusiasmada).

— Sim! Sim! Vamos agora! (Gem, a mais ansiosa).

— Está anoitecendo e é perigoso andar no escuro. (Ye-ti, tentando acalmar sua amada).

— É isso mesmo. Será difícil avançarmos noite a dentro. (Gregor).

— Não conhecemos o caminho e temos que carregar todas as nossas coisas. (Yana).

— Durante o dia levaremos umas duas horas para chegar lá. (Taluk).

— À noite levaremos muito mais tempo, com certeza. (Zays).

— É a decisão mais sensata. (Samir).

— Até porque, não sabemos se há pessoas lá e como nos receberão. (Nuna, preocupada com possíveis moradores do local).

— Poderão ser hostis. Estou com medo. (Qikyt, uma das matrizes mais cautelosas).

— A escuridão da noite é péssima conselheira. Podem pensar que nós somos hostis. (Ya-ti).

Com a descoberta da luz, nos corações ansiosos, crescem as esperanças de que tudo o que foi dito por Hermes seja verdade.

Apesar de nada saberem a respeito da luz, ficam imaginando mil coisas boas... e preocupantes também.

A esperança de encontrarem ali a solução para a continuidade da vida faz com que em todas as matrizes o gatilho natural da preservação da espécie acentue a vontade de engravidar e ter filhos. Filhos para serem amamentados, transferindo-lhes vida, para educá-los e, antes de tudo, para amá-los.

— Temos que aproveitar para descansarmos, mas acredito que esta será uma longa noite. (Nina, prevendo que a ansiedade fará a noite ser agitada).

— Estamos muito curiosas para saber o que realmente encontramos. (Iwana).

— Podemos encontrar muito trabalho para fazer. (Nuna).

— Que tipo de trabalho? (Ireia).

— Limpar o lugar, organizar nossas coisas. Se é que vamos poder ficar ali. (Nuna).

A natureza impõe a continuidade da espécie que criou, por isso as matrizes desejam tanto realizar o sonho de se tornarem mães.

— Vocês estão muito ansiosas. É melhor relaxarem para estarem descansadas amanhã, quando iniciarmos a nossa caminhada final. (Nuna).

— Tem que ter coisas boas nos esperando. (Isa).

A natureza nada cria apenas por um capricho sem propósito. O desígnio para a existência de uma espécie tão inteligente só pode ser o de tornar o amor possível. O amor é o superproduto da inteligência.

— Quando chegarmos próximos àquelas luzes, todas vocês ficarão esperando, de longe, para verificarmos se não há qualquer perigo. (Gregor).

— Ninguém nos induziria a vir até aqui para cairmos numa cilada. (Nina, esperançosa).

— Sinto que seremos muito felizes. (Riwia).

As mulheres nascem com uma determinada quantidade de óvulos e com uma quantidade infinita de amor para gestá-los, pari-los, amamentá-los e educá-los, dando, assim, continuidade à espécie e à cultura, ou iniciando novas civilizações.

A CHEGADA

Mais de dois anos se passaram até que chegassem, finalmente, à luz prometida, numa jornada épica de 6 mil quilômetros. Foram muitos percalços e mortes de membros do grupo. Eles enfrentaram o frio, o calor, tempestades de neve e granizo, feras, a fome, o cansaço e perigosas travessias, mas não desistiram e seguiram em frente na busca de seu objetivo sem que tivessem qualquer desavença grave. Houve ocasiões em que discordaram entre si, porém tudo foi resolvido com diálogo, sem que nenhum membro do grupo se sentisse derrotado ou vitorioso; pelo contrário, o sentimento era sempre o de ganho para todos.

Agora, o merecido prêmio pelo esforço e pela união. Porém um prêmio incógnito, pois eles não sabem o que mais está lá, além de luz artificial.

Após um breve desjejum, rapidamente eles levantam acampamento, organizam seus pertences em trenós e mochilas e, céleres, iniciam a jornada final.

— Vamos, vamos, vamos! (Quase todos em coro e apressados).

— Com calma, pessoal. Não quero ver ninguém caindo e se machucando. (Zays).

— Lembrem-se de que é uma decida forte. Se alguém perder o equilíbrio, cairá. (Gregor).

Muito eufóricos, eles continuam a descida, contendo-se para não correrem.

— Huhu! Lá vamos nós! (Riwia, muito alegre).

Há uma mistura de sentimentos ao iniciarem a descida do morro e a caminhada rumo à luz. São as mais variadas expectativas. Curiosidade, ansiedade, medo do desconhecido, esperança de encontrarem outras pessoas e a dúvida se serão pessoas amistosas ou se quererão escravizá-los, ou se todos estão mortos como nos tantos lugares pelos quais passaram.

— Se não há pessoas lá como existem luzes funcionando após tanto tempo? (Samir, intrigado).

— Vamos descobrir. Estamos perto agora. Talvez seja um povoado que não sucumbiu. (Kauê).

Questionamentos vão surgindo a cada passo que avançam. Os corações se aceleram cada vez mais com a proximidade do local. As emoções vão se confundindo e confundindo o pensamento de todos, que continuam encontrando esqueletos e veículos apodrecidos com seus ocupantes mortos. Para todos os lados que olham, só enxergam morte e desolação.

Os únicos sinais de vida são a vegetação, que parece tomar conta de tudo, os pássaros, as borboletas e outros insetos, e pequenos animais, como esquilos e lagartos. À medida que o dia clareia, as luzes vão apagando.

— Por que alguém nos incitou a fazer uma viagem tão perigosa? (Yana).

— Pelo menos saímos de Alert e conhecemos lugares bem aprazíveis. (Iwana).

— E descobrimos um mundo sem ninguém vivo. (Ya-ti).

— Isso é muito assustador. (Gem).

Quanto mais se aproximam, melhor percebem os tamanhos e as formas das construções de onde as luzes foram vistas, e ruídos constantes vão se tornando mais audíveis.

A 300 metros da "luz" há um clima de excitação e todos querem explorar o local, mas são advertidos por Zays para ficarem ali, nas mediações.

— Esperem todas aqui. Nós investigaremos o local e, então, diremos se é seguro. (Zays).

— Pode haver pessoas hostis escondidas ou até mesmo animais ferozes. (Taluk).

— Tenha cuidado, meu amor! (Nina, falando com Zays).

— Nós vamos verificar com muito cuidado. (Samir).

— Tenham todos muito cuidado. (Isa).

Alguns homens vão na frente com Zays, enquanto outros permanecem para proteger as matrizes.

Apesar de o local parecer deserto, eles deixam suas cargas e seguem cautelosamente, até os enormes prédios, que se agigantam frente a todos, além de outros menores, reunidos num pátio cercado por muros altos e tomado pelo mato.

Eles avançam vagarosamente, levando em mãos algumas ferramentas que podem ser usadas como armas improvisadas diante de alguma ameaça.

— Vamos, pessoal. Mais um pouco agora. (Zays).

— Tenho a impressão de que não há ninguém aqui. (Samir).

— Ainda é cedo para termos certeza, pois são prédios enormes. (Taluk).

— E está tudo tomado pelo mato, que ajuda quem quer se esconder. (Gregor).

— Estou vendo o que parece a entrada. Venham! (Samir, que, por vezes, segue na frente).

— É a entrada! E o que está escrito lá em cima? (Zays, olhando para um letreiro bastante desgastado pelo tempo).

A USINA

Quando alcançam a entrada quebrada, veem o nome escrito no grande portal, com algumas letras faltando e outras quase apagadas. **U ina de Fus o – O ky.**

— Acho que são as palavras "usina", "de", "fusão"... e a outra, "O ky", não consigo decifrar. (Gregor).

— Concordo com você. É uma usina de fusão e está em funcionamento. (Samir).

— Mas quem a controla? (Zays).

— Pelo que podemos ver, parece que funciona sozinha! (Taluk, surpreso).

Conforme vão entrando, passando pelo portão enferrujado e caído, desvencilhando-se do mato, vão constatando que o local está deserto.

Logo, encontram uma placa de aço inoxidável, em que está escrito em baixo-relevo: "*Esta usina tem combustível para funcionar durante 450 anos, fornecendo energia suficiente para abastecer uma cidade com 1 milhão de habitantes. Ela é autossuficiente e promove sua própria manutenção*".

— Que coisa incrível! Por isso está funcionando há tanto tempo. (Gregor).

— É inacreditável! Estava tudo preparado, esperando por nós. (Samir).

— Por favor, Taluk. Volte aonde o pessoal está e conduza-os até aqui. Mas sem pressa e com muito cuidado. (Zays).

— Sim, Zays. Acho que não há nenhum perigo por aqui. (Taluk).

— Se algo acontecer, antes de chegarem, faremos um sinal para você. (Gregor).

— Combinado! (Taluk parte rapidamente para cumprir sua missão).

Os que ficaram continuam explorando o local e encontram vários esqueletos, em diversos lugares, dando a impressão de que morreram na mesma época que os demais encontrados em tantos lugares pelos quais passaram.

— Este lugar é muito grande, mas acredito que não haja ninguém vivo. (Samir).

— Podem estar em estruturas internas, onde ainda não entramos. (Gregor).

— Ou em subterrâneos, que também existem aqui. (Zays).

— Precisamos de mais tempo para ver tudo. (Samir).

Em pouco mais de quarenta minutos, Taluk está de volta com todos os outros do grupo, que vieram carregando suas cargas. Eles chegam ofegantes e eufóricos com o que Taluk lhes contou.

— Nossa! Como é grande isto aqui. (Qikyt).

— Parece coisa de outro mundo. (Gem).

— Mas que surpreendente! (Nuna).

— Tudo é muito, muito grande. (Ya-ti).

Todos estão maravilhados com o que veem, e ainda não conheceram as instalações internas e as subterrâneas. Eles juntam-se aos que ficaram, e prosseguindo na exploração do local encontram uma segunda placa.

— Temos muito para ver e descobrir. Vamos deixar nossas coisas aqui e nos manter juntos. (Zays).

— Ei! Achei outra placa. (Gregor a lê): *"Este local tem capacidade para abrigar cem pessoas com tudo que necessitam para sua sobrevivência por um ano"*.

— Será algum tipo de brincadeira? (Riwia).

— Alguém nos enviou até aqui, enfrentando tantas dificuldades e perigos, mas sabia o que nos esperava. (Taler).

— Certamente, não foi para se divertir conosco. (Iwana).

— É muito complexo para ser apenas uma brincadeira com velhos e mulheres feito nós. (Nuna).

O conteúdo da placa deixa todos esperançosos e emocionados.

— Posso estar enganado, mas acho que quem planejou tudo isso tinha um propósito bem definido. (Gregor).

— Queria que tivéssemos todo auxílio possível ao chegarmos aqui. (Taluk).

— Para podermos viver com mais tranquilidade e conforto. (Samir).

— Concordo com todos. E penso que a intenção é que possamos dar continuidade à espécie humana. (Zays).

— Como teremos filhos? (Gem sabe que todos os homens que conhecem são estéreis).

— Temos muito a explorar e aprender neste lugar. Não vamos ficar ansiosos. (Yana, passando esperanças a todos).

— Continuemos, então. (Ye-ti).

— Vamos entrar no prédio da administração. (Taler e todos viram a identificação sobre a porta).

Eles adentram no primeiro prédio, que tem vários andares e fica na superfície do terreno, e abrigava a administração.

AS PLACAS

— Aqui ficava a administração geral, mas todos morreram. (Samir leu a identificação na porta de entrada, caída no chão).

— O mato invadiu parte das instalações internas do andar térreo. (Ye-ti, retirando parte do mato com a ajuda de outros).

— Este prédio é muito espaçoso. (Qikyt, com todos passando pelo que era a recepção da administração).

Atrás do balcão da recepção eles encontram a terceira placa.

— Aqui está escrito: *"Os doze andares acima podem ser transformados em 48 apartamentos"*. (Taler).

— Pelo visto, teremos muito trabalho para limpar tudo isso e deixar este lugar em condições habitáveis novamente. (Nuna).

— Nuna tem razão. Vamos trabalhar muito para transformar salas de escritórios em apartamentos. (Samir).

— Passamos por centenas de prédios abandonados nos quais poderíamos morar. (Gem).

— Não, minha filha. Não havia energia elétrica e todos estavam em piores condições que estes daqui. (Yana).

Alguns sobem pela escada até o primeiro andar e constatam que o ambiente está parcialmente conservado, mas, no geral, a degradação é visível; porém tudo parece ser recuperável.

— Pelo tamanho de cada andar serão apartamentos enormes. O problema será subir as escadas. (Ye-ti).

— Ei, pessoal, os elevadores devem funcionar, pois tem energia elétrica aqui. (Gregor).

— Precisamos fazer uma cuidadosa inspeção e, depois, manutenção, para termos segurança quando formos usá-los. (Zays).

— Vamos descer e verificar as outras dependências. Todos os andares devem ser iguais. (Taluk).

— Depois verificamos se as estruturas ainda estão sólidas e seguras. (Kauê).

— Não podemos nos cansar. Agora que chegamos aqui temos muito tempo para examinar tudo. (Ory-el).

Saindo do prédio da administração, eles percorrem uma grande distância, onde há muitos veículos apodrecidos, por ter sido ali um estacionamento, até a maior construção de todas. Descobrem que se trata da central geradora de energia, que utiliza a fusão nuclear do hidrogênio para produzi-la. O funcionamento gera um alto ruído monocórdio e constante, que se faz mais audível apenas dentro do prédio, pois possui excelente isolamento acústico.

— Este é o prédio do reator. (Kauê, vendo a inscrição na porta).

— Escutem isto. (Taluk lê para todos mais uma placa encontrada). *"Esta usina tem autocontrole, porém, em caso de pane, soará um alarme e o controle poderá ser exercido por alguém, na sala de controle, que contém todas as instruções necessárias".*

Todos falam mais alto para serem ouvidos devido ao ruído do reator. Na entrada há abafadores de som.

— A Sala de Controle fica ali. (Samir, vendo a inscrição na porta).

— Depois decidiremos quem deverá aprender tudo sobre o controle deste equipamento. (Zays).

— O combustível está armazenado naqueles enormes tanques, que ficam abaixo do solo. (Taluk, lendo a inscrições nas paredes).

— Energia calorífica para a produção de água quente ou vapor, e outros aproveitamentos, também está disponível, com tudo preparado, canalizado e em plenas condições de funcionamento. (Taler).

— Isso facilitará o preparo de alimentos e quando quisermos um banho quentinho. (Iwana).

— E para lavar as nossas roupas também. (Yana).

Eles vão ficando cada vez mais surpresos enquanto exploram as dependências e caminham até o segundo maior prédio do complexo. É o prédio que abriga os geradores de energia elétrica, em pleno funcionamento, produzindo o ruído característico desses aparelhos. Este prédio também conta com excelente sistema de isolamento acústico. Fora destes prédios o ruído torna-se tolerável.

— Aqui tem mais uma placa. (Ye-ti). *"Estes geradores são automatizados, porém, em caso de pane, soará um alarme e o controle poderá ser exercido por alguém, na sala de controle, que contém todas as instruções necessárias".*

— Parece que tudo aqui é automatizado e nada precisa de interferência humana, a não ser em caso de pane. (Nuna, surpresa).

— Aqui também tem uma sala de controle e outras de ferramentas e acessórios para manutenção. São muitas ferramentas. (Gregor).

Já cansados de andarem por um espaço tão grande, mas ainda surpresos e extasiados com tudo o que estão vendo e descobrindo, resolvem fazer uma parada para descanso e refeição.

— Passa do meio-dia, pessoal. Vamos parar para almoçar? (Yana).

— Sim. Depois continuamos a exploração. Este lugar é muito grande. (Samir).

— Estou "morta" de fome. (Isa).

— Estou com fome e cansada. (Iwana).

— É, estamos indo depressa demais. (Gregor).

— Precisamos explorar mais cada ambiente que encontrarmos. (Kauê).

— Este lugar é enorme e precisamos conhecê-lo melhor para aproveitarmos tudo que nos pode oferecer. (Ya-ti).

Durante a refeição, eles continuam especulando sobre o local para adaptarem-se a ele.

— As placas que encontramos com informações e orientações indicam que este lugar foi preparado para nos receber. (Nuna).

— Não tenho a menor dúvida de que alguém preparou tudo isso para pessoas viverem aqui. (Zays).

— Mas como podiam ter certeza de que obedeceríamos aos Escritos e viríamos? (Tirya).

— Poderíamos não ter vindo ou ficado em algum lugar pelo qual passamos. (Qikyt).

— Quem planejou tudo isso sabia o que nos aconteceria e que, então, sairíamos de Alert. (Gregor).

— Do que você está falando, meu amor? (Iwana).

— Que os homens começariam a nascer estéreis. Isso nos motivaria a procurar outros lugares, com outras pessoas, para possibilitar a continuação da espécie e da nossa civilização. (Gregor).

— Mas não encontramos ninguém vivo até agora. (Nina).

— Não percebi nenhum sinal de que possa ter alguém habitando este lugar ou nas proximidades. (Kauê).

— Com certeza estariam aqui, beneficiando-se de todos os recursos que constatamos até agora. (Samir).

— Não percorremos nem a metade dessas instalações e tudo que encontramos tem funcionamento automático. (Taluk).

— Este lugar parece bem seguro e, apesar de enorme, acredito que não tenha alguém habitando. (Ory-el).

— Não percebi nenhum sinal de que alguém possa ter habitado este lugar, senão teriam removido todos os esqueletos que encontramos. (Isa).

— Sem dúvida, está desabitado desde a morte dessas pessoas. (Nina).

— Ninguém viveria em meio a tanto mato. Não há sinais de pegadas ou caminhos trilhados nessas dependências. (Ye-ti).

A preocupação com as próximas refeições também é tema do almoço.

— Temos que ver se o rio que passa por aqui tem peixes próprios para o consumo. (Nuna).

— Os arredores fora dos muros são terrenos sem construções. Talvez possamos plantar verduras e leguminosas. (Ya-ti).

— Se vamos nos estabelecer aqui é o que faremos. (Samir).

— Trouxemos sementes e mudas. Só não sei se ainda germinarão. (Isa).

— Tem espaço suficiente até para criarmos animais para corte. (Yana).

— Temos que descobrir onde encontrar matrizes para dar início a uma criação. (Gregor).

— Pelo que percebo há um consenso em nos estabelecermos aqui. (Zays, constatando o desejo do grupo).

— Por mais de dois anos andamos e sofremos com vários problemas que tivemos. É hora de nos fixarmos em algum lugar. (Samir).

— Foi para isso que saímos de Alert, conforme os Escritos, e seguimos o mapa de Hermes. (Nuna).

— Encontramos a luz! Aqui é o nosso lar agora. (Yana).

— Façamos dele um bom lugar para vivermos, com muito amor, pelo resto de nossas vidas. (Gem).

Depois da refeição e do descanso eles voltam a explorar o local, agora menos apressados.

— Vejam! Aquele prédio está escrito com letras muito apagadas, mas ainda dá para ler que é um hospital. Vamos até lá. (Isa).

Todos se dirigem até lá, mas ao chegarem se deparam com dezenas de esqueletos espalhados pela recepção e outros lugares pelos quais passam.

— Parece que muitos correram para cá em busca de ajuda. (Kauê).

— Cada vez mais me convenço de que foi algum vírus ou um veneno que provocou a morte de todos. (Zays).

— Se foi veneno, deve ter sido pela água, pois é consumida por todos. (Samir).

— Veneno pelo ar não deve ter sido. Alguns teriam recorrido à máscara contra gases e não há nenhuma por perto. (Taler).

— Alguém teria a ideia de recorrer a elas para tentar se proteger. (Yana).

— Resta, então, a alternativa de uma doença altamente contagiosa e fulminante. (Taluk).

— É impensável uma contaminação de proporções globais. (Ory-el).

— Mas tudo indica que foi o que aconteceu. (Ya-ti).

— Não se esqueçam de que andamos por 6 mil quilômetros, apenas. O mundo é mundo mais do que isso. (Nuna).

— E há oceanos separando os continentes. (Isa).

— Vamos ter que remover todos esses esqueletos daqui e enterrá-los em algum lugar. (Ye-ti, pensando na limpeza geral).

— Quero sair daqui. Não posso mais ver tantos esqueletos. (Gem, entristecida).

— Era um hospital muito bem equipado, mas precisa de uma limpeza geral. Vamos sair. (Zays).

Eles constatam que o hospital era grande e equipado com salas de cirurgia, UTIs e quartos para tratamento e recuperação dos pacientes. Eles verificam e percebem que os prazos de validades dos medicamentos são os mesmos encontrados na farmácia de uma das cidades pelas quais passaram, indicando que tudo aconteceu ao mesmo tempo.

— Isto é muito grande e ainda temos que decidir onde dormiremos, preparar o local e montar acampamento. (Nuna).

— Concordo. Agora temos todo o tempo do mundo para verificar como tudo funciona e planejar nossas ações. (Samir).

— Sugiro que montemos acampamento no hall do prédio da administração. Parece-me um bom lugar. (Gregor).

— É o que faremos, senão estaremos muito cansados para nos alojarmos direito e ter um bom descanso. (Zays).

Surpresos com tudo o que estão vendo e encontrando, cansados de explorar o local e abalados com tantos esqueletos que não esperavam encontrar no local para onde foram enviados, decidem parar e montar acampamento.

— Primeiro vamos limpar tudo aqui, retirar o mato que tomou conta e esses esqueletos também. (Zays).

— Podemos usar as ferramentas que se encontram no prédio dos geradores. Tem ferramentas para todos os fins. (Gregor).

— Temos muito trabalho e ferramentas nos ajudarão bastante. (Samir).

Enquanto alguns vão buscar as ferramentas, outros recolhem os esqueletos e os reúnem num local fora dali.

— Depois decidiremos onde enterrá-los. (Kauê, apressado, para que todos possam ajudar sem essa macabra visão).

— Infelizmente, não poderemos identificar ninguém. (Nuna, ajudando na tarefa mais penosa).

— Vamos reunir todos os celulares que encontrarmos, pois eles são nocivos ao meio ambiente. (Yana).

— Depois os descartaremos em local apropriado. (Ya-ti).

— Acho que encontraremos muitas dessas placas indicativas, com orientações do que fazer. (Taler).

— Elas estão em todos os lugares pelos quais passamos e nos ajudarão a entender tudo. (Samir).

— Indicando as coisas mais importantes e que levaríamos muito tempo para descobrir como funcionam. (Kauê).

Depois de muito trabalho para limpeza do local e montagem do acampamento, eles se banham em banheiros que ainda funcionam, com água limpa e tratada pela própria usina. Essas dependências estão muito conservadas por ser tudo automatizado e com programação para autolimpeza.

Durante o jantar, eles planejam as próximas ações: a exploração de todos os lugares e do rio, bem como a limpeza geral e o sepultamento das ossadas humanas; quem vai se dedicar a estudar e aprender o funcionamento da usina e dos geradores; a manutenção de todos os equipamentos, o cultivo de verduras, legumes e outras plantas comestíveis; a criação de animais para o abate, a pesca, a confecção de novas roupas etc.

— O local tem água potável em abundância, suficiente para tudo que precisarmos. (Ory-el).

— Só preciso que alguém me ajude na horta que podemos fazer se encontrarmos outras mudas para plantarmos. (Nuna).

— Procuraremos nos arredores e onde for necessário. (Iwana).

— Temos que descobrir que plantas podem ser cultivadas nesta região. (Taler).

— Para costurar novas roupas, a Gem me ajudará. Se tem ferramentas aqui, também deve ter máquina de costura. (Yana).

— E, talvez, tecidos. Podemos aproveitar qualquer coisa que acharmos. (Gem, esperançosa com base no que viu).

— Vamos com calma em nossas esperanças para não nos decepcionarmos depois, pessoal. (Zays, comedido).

— Posso tentar entender o funcionamento da usina. Tem manuais eletrônicos à disposição. (Kauê).

— Vou estudar o funcionamento e a manutenção dos geradores. (Gregor).

— Fico com a reforma do prédio da administração. (Samir).

— Ajudo você. Vai ser uma obra muito grande. (Taluk).

— Nesse trabalho todos teremos que ajudar, pois é onde vamos morar. (Ory-el).

— Observei que quase tudo está em condições de uso devido à automatização propiciada pela energia elétrica constante e abundante advinda desta imensa usina. (Zays).

— Além de fornecer água potável limpa, água quente e vapor d'água, tudo está canalizado e funcionando. (Gregor).

— Alguém queria que chegássemos aqui e encontrássemos todas as condições possíveis para iniciarmos uma nova vida. (Nina).

— Isso não pode ser obra de uma só pessoa. Essas pessoas sabiam do extermínio e prepararam a volta da civilização. (Kauê).

— Mas como, se não podemos ter filhos? (Riwia).

— Isso é o que precisamos descobrir. Quero criar um filho com você. (Taluk falando para Qikyt).

— Sim, Taluk. Vamos acreditar que poderemos criar um futuro com muito amor. (Qikyt).

Com palavras de incentivo e os corações cheios de esperança, todos se recolhem para uma noite de descanso. Eles percebem que fora do recinto onde estão, o local fica iluminado por luzes artificiais e trazem lembranças do sol da meia-noite de Alert.

— Essa claridade noturna me lembra Alert. (Isa).

— Fomos felizes lá, mas a vida era muito difícil devido ao frio intenso. (Samir).

— Sempre contei com o seu calor intenso para me aquecer, meu amor. (Isa).

— Seremos mais felizes aqui, meu bem. Tenho certeza! (Samir).

Na manhã seguinte, durante o desjejum, todos estão mais descansados e muito animados para continuarem a exploração do local.

— Temos muito a explorar e bastante trabalho a fazer, como a limpeza de todos ambientes que vamos ocupar. (Taler).

— Então que acham de começarmos logo? (Zays).

— Sim! Mãos à obra! (Yana).

A SUPERFÍCIE

Como eles já haviam explorado, parcialmente, os prédios da administração, do reator nuclear e dos geradores, passam a inspecionar os demais prédios existentes na superfície do terreno.

— Este prédio abrigava o almoxarifado geral, como indica a inscrição na porta. (Ory-el).

— É enorme! (Ireia).

— Nem poderia ser menor. Olhem! Tem aqui várias peças de reposição, embaladas para não deteriorarem. (Taluk).

— Com certeza são peças para os geradores e o reator. São todas muito grandes. (Kauê).

— As prateleiras contêm parafusos, arruelas e muitas outras peças menores. (Samir).

— Essa seção abriga ferramentas bem específicas, talvez para o reparo nos geradores e no reator. (Zays).

— Aqui, uma seção de equipamentos de segurança e proteção individual. (Gregor).

Também ali encontram alguns esqueletos, que começam a remover, empilhando-os num canto para depois dar-lhes o destino definitivo. Procurando não se demorarem, saem para verificar mais uma construção.

No centro do pátio, um prédio abriga a brigada de incêndio.

— Todos os veículos são elétricos, pois tanto tempo depois não haveria combustível líquido em condições de uso. (Taler).

— E os motores à combustão estariam enferrujados. (Ye-ti).

— Resta saber se essas baterias elétricas ainda funcionarão depois de recarregadas. (Gregor).

— Temos que testá-las, mas naquela prateleira há uma grande quantidade de baterias lacradas. Talvez funcionem. (Zays).

— Nunca foram usadas, mas não podemos chamá-las de novas, pois devem ter mais de cem anos. (Taluk).

— As mangueiras e os esguichos parecem feitos de material não perecível. Estão em bom estado de conservação. (Ye-ti).

— O certo é que teremos muito, muito trabalho para limpar e organizar tudo isso aqui. (Nuna).

— Nuna, você poderia coordenar a busca por alimentos com a ajuda das matrizes. O que acha? (Samir).

— Sim, é isso o que pretendo fazer. Mas estamos todas curiosas para conhecer as demais instalações. (Nuna).

— Quero acompanhar a exploração. Precisamos conhecer tudo. (Isa).

— Está bem. Vamos permanecer juntos, até para que ninguém se machuque andando sozinho por aí. (Zays).

Eles voltam ao prédio com a inscrição: Hospital, Ambulatório e Emergências, e recolhem os esqueletos e retiram o mato.

— É um hospital grande, que poderia atender a várias pessoas simultaneamente. (Kauê).

— Decerto era usado para casos de emergências e acidentes que acontecessem aqui. (Gregor).

— Pelo que vimos no mapa, a usina está localizada longe da cidade, por isso era necessário socorro próximo. (Taluk).

— Está equipado para fazer cirurgias de grande porte. Conta com UTIs e salas de recuperação. (Yana).

— Tudo está bastante desgastado, mas pode ser recuperado. (Zays).

— Precisamos tomar muito cuidado para evitar acidentes. Alguém terá que ficar cuidando do ferido e serão menos dois para tanto trabalho que temos a executar. (Samir).

Ao meio-dia eles param para um almoço rápido e um breve descanso e, logo em seguida, voltam à exploração e ao trabalho de limpeza geral.

— Queria saber como poderemos ter filhos pelo simples fato de estarmos aqui. (Iwana, ansiosa, já que é a matriz mais velha).

Enquanto fazem uma limpeza geral nas dependências do hospital, vem à mente das matrizes o desejo que tem impulsionado todas as espécies desde seu surgimento: a continuidade através da procriação.

— Pensei que esse fosse o objetivo para sairmos de Alert e virmos para cá. (Nina).

— Não constava nos Escritos, mas lembro-me de que os antigos falavam de uma nova era para a humanidade. (Nuna).

— Parece que nós somos tudo o que restou da humanidade. (Ory-el).

— É uma oportunidade para nós, pois as condições climáticas e gerais daqui são bem mais favoráveis do que em Alert. (Gregor).

— Aqui teremos uma vida melhor. (Kauê).

— De nada adiantará tudo isso se não pudermos ter filhos. Não teremos futuro. (Tirya).

— E depois que morrermos a humanidade estará acabada. (Riwia).

— Por favor, todas vocês! Tenham calma. Ainda não descobrimos tudo o que este lugar tem para oferecer. (Yana).

— Nem o que ele, realmente, significa. (Ya-ti).

— Faltou vermos aquela pequena edificação lá no canto do pátio. (Taler).

— É melhor deixarmos para amanhã. Logo anoitecerá. (Samir).

— Acho que está vindo uma chuva muito forte. Olhem para aquelas nuvens negras no horizonte. (Nuna).

— Não vai demorar para chegar aqui. Está começando a ventar forte. (Qikyt).

— Vamos. Vamos nos recolher. Não adianta nos apressarmos, pois temos trabalho para muito tempo. (Zays).

— Confesso que estou muito cansada e com fome. (Ireia).

A CHUVA

O acampamento provisório estava montado dentro do hall de entrada do prédio da administração. Tão logo chegaram, tomaram banho e prepararam o jantar.

— O jantar está pronto. Vamos comer antes que a chuva comece. (Nuna).

— Mas agora estamos protegidos dentro deste prédio. (Ya-ti).

— Não há mais porta e o vento está cada vez mais forte. Não sabemos o que pode acontecer. (Samir).

Uma escuridão antecipou a noite que se aproximava e a chuva começou, com muito vento, relâmpagos, raios e trovões ensurdecedores, fazendo estremecer o chão.

— Estou com muito medo, mãe. Não gosto desse barulho. (Gem).

— Não tenha medo, minha filha! A chuva está lavando o solo, que será nosso abrigo daqui em diante. (Yana).

— Estou aqui para te proteger. (Ye-ti, abraçando a sua amada).

O vento entrava bravio pela abertura da porta, trazendo muita chuva, folhas e até alguns galhos de vegetação, e molhando tudo ali.

— Será que vai inundar aqui? (Ya-ti).

— Agora saberemos se estas instalações têm uma boa drenagem. (Gregor).

— Podem estar entupidas após tanto tempo sem limpeza. (Zays).

— As luzes se acenderam! (Isa).

— Elas se acendem automaticamente quando escurece, independentemente da hora do dia. (Samir).

— Estou ficando com medo. Nunca vi tantos raios assim. (Riwia).

— Estamos protegidos aqui. Vendavais assim devem ter ocorrido outras vezes nesta região. (Kauê).

As janelas produzem um forte assovio com a ação do vento furioso e assustador. O barulho de coisas batendo, carregadas pelo vento, invade o ambiente, fazendo com que eles tenham que falar mais alto para serem ouvidos.

— Quanto tempo vai demorar essa tempestade? (Iwana).

— Não se preocupe, meu bem. Só precisamos ficar juntos. Este prédio vai suportar a ventania. (Gregor).

— Todos estão bem? (Gritou Taluk, tentando disfarçar o próprio nervosismo).

— Fique comigo, Taluk. Não saia daqui. (Respondeu Qikyt, abraçando Taluk com força).

— Está tudo bem, estão todos bem! (Respondeu Samir).

A tempestade continua por várias horas, noite adentro, com muitos raios e trovões, e também muita chuva, fazendo com que a maioria não durma. Para eles, parece uma tortura interminável, até que, de madrugada, a chuva começa a diminuir, os raios e os trovões também, apesar de o vento ainda soprar muito forte, uivando por todas as frestas das janelas e entrando com força pela abertura da porta.

— Acho que o pior já passou. (Ory-el).

— A chuva diminuiu bastante e os raios também. (Tirya).

— Não consegui dormir direito. Estava muito preocupada. Não gosto de raios. (Gem).

— Também não gosto, mas vimos que este lugar é bem seguro. (Ye-ti).

Pela manhã, a tempestade havia passado, apenas o vento continuava soprando com força, mas muito menos do que durante a noite e durante a madrugada.

Aos poucos eles vão acordando, cansados após uma noite maldormida e sob tensão da grande tempestade.

— Que noite horrível! (Nina).

— Sim, foi terrível, mas agora sabemos que esses prédios são muito seguros. (Zays).

— Estão todos bem? (Samir).

— Acho que sim. Somente cansados e com sono. (Kauê, respondendo por todos).

— Então vamos, pessoal. Não podemos perder tempo. Temos muito o que fazer. (Gregor).

Eles fazem o desjejum e retomam a exploração do lugar, indo ao outro lado do pátio, percorrendo uma longa distância, onde, no dia anterior, tinham visto, de longe, uma grande porta com a inscrição: Subterrâneo.

— Está ventando muito forte, então sugiro que exploremos o lugar no final do pátio, onde tem aquela porta enorme. (Zays).

— Sim. É impossível remover o lixo com essa ventania, ou fazer qualquer trabalho, além de tudo estar molhado. (Yana).

— O que será que tem embaixo da terra? (Qikyt).

O PORTAL

Eles já haviam explorado parcialmente os prédios da administração, onde se alojaram, do reator e dos geradores. Também já tinham inspecionado o almoxarifado, o hospital e o prédio dos bombeiros. Tudo foi feito com celeridade, pois são prédios muito grandes e distantes uns dos outros. O pátio da usina ocupa um bairro inteiro e distante do centro da cidade onde se encontra.

— Com certeza, usavam veículos para se locomoverem, porque são grandes as distâncias de um prédio ao outro. (Gregor).

Caminhando com dificuldades em razão do vento, eles chegam até o enorme portal que dá acesso ao subterrâneo. Retiram um pouco do mato que se formou diante do portal e descobrem uma fechadura, em forma circular, de um metro de diâmetro e que, aparentemente, está funcionando bem.

— De longe não imaginava o tamanho desse portal. É muito grande. (Taler).

— Como o abriremos? (Nuna).

— Não parece enferrujado. Todas as trancas e dobradiças são de aço inoxidável. Todo o portal é inoxidável. (Kauê).

— Esse disco no meio da porta, com números e letras, parece o segredo daqueles cofres bem antigos. (Gregor).

— Será que conseguiremos abrir? (Ireia, curiosa, como todos ali).

— E agora? Como descobriremos a combinação? (Ye-ti).

— Nenhuma outra porta estava trancada. Por que será que essa está tão bem guardada? (Tirya).

Enquanto tentam decifrar a fechadura, o vento volta a ficar mais forte e as matrizes seguram-se em seus maridos.

— Deve ser uma data, com números do dia e do ano, e o nome do mês. (Samir).

— Por que acha que a senha seja uma data? (Zays).

— Vejam esta pequena inscrição bem aqui. Está escrito: data. (Samir).

— Bem, não nos custa tentar. (Taluk).

Eles tentam várias datas e nada dá resultado, mas estão certos de que a combinação só pode ser uma data.

Todos opinam sobre tudo, mantendo, dessa forma, a firme união do grupo. Ninguém monopoliza as atenções, evitando o surgimento de um chefe apenas por ser falante ou não dar oportunidades a todos de se manifestarem.

— O problema é que nem lembramos mais em que dia ou ano estamos. Perdemos a noção do tempo. (Zays).

— A alternativa de arrombamento me parece difícil, pois este portal é todo de aço reforçado. (Gregor).

— Hermes!! (Bradou Ory-el).

— O quê? O que disse? (Taler, intrigado, falando por todos).

— O dia que Hermes chegou em Alert. Quem construiu isto foi quem mandou Hermes para Alert. (Concluiu Ory-el).

— Mas quem se lembra de quando Hermes chegou lá? (Riwia).

— Fomos nos despojando da pele de Hermes aos poucos, por ser macabro guardá-la, mas não me lembro de nenhuma data inscrita nela. (Kauê).

— E, de fato, não havia nenhuma data inscrita no mapa de Hermes. (Ya-ti).

Quanto maior a demora em abrir a porta, mais ansiosos e curiosos eles vão ficando, até que Yana se manifesta.

— Guardei comigo a folha de um livro que meu pai carregava, para ter uma lembrança dele. (Yana, surpreendendo).

— O que tem nessa folha, mãe? (Gem).

— Tem uma data escrita junto ao nome de Hermes. (Yana).

— Onde está a folha, Yana? (Nuna).

— Com as minhas coisas no acampamento. Guardei-a para não perdê-la. (Yana).

— Você se lembra da data? (Zays).

— Não. Não me lembro. Só a vi quando papai morreu. Depois, guardei-a. (Yana).

— Talvez ele a guardasse por algum motivo que não foi revelado. Vamos buscá-la. (Taluk).

— Vocês não irão achá-la. Está entre as minhas coisas pessoais. (Yana).

— Diga-me onde está, mãe. Irei com eles. (Gem).

— No forro interno daquele casaco de pele de urso para frio intenso. (Yana).

— Deixem comigo. Vou encontrá-la e a trarei. (Gem, decidida).

— Irei com você, meu amor. (Ye-ti).

— Tenham cuidado. O vento continua forte e há algumas poças d'água, além de muita coisa solta que pode atingi-los. (Samir).

— Teremos cuidado. (Ye-ti e Gem, partindo, apressados, em sua missão).

Os demais permanecem tentando decifrar a combinação e removendo o mato que tomou conta dos arredores.

— Amontoem o mato e a sujeira deste lado, senão o vento continuará jogando para cá. (Samir).

— O vento parece que está mais brando, somente com algumas rajadas mais fortes. (Gregor).

Quando Ye-ti e Gem chegam ao prédio da administração, Gem vasculha os pertences pessoais de sua mãe. Por serem parcos, com pouca demora ela localiza a folha que foram buscar.

— Achei! Achei, meu amor! É isto aqui. (Gem, eufórica, mostrando para Ye-ti a folha que procuravam).

— Então vamos voltar. Não percamos tempo. (Ye-ti).

O tempo passa e Yana começa a preocupar-se com a demora de Gem e Ye-ti em voltarem.

— Eles já deviam ter voltado. (Yana).

— O prédio da administração é longe. Demoramos mais de meia hora para chegarmos aqui. (Kauê).

— Porque caminhamos devagar. Eles são jovens e saíram daqui correndo. (Yana, justificando a sua preocupação).

— Yana, acalme-se. Logo eles estarão de volta. (Ya-ti, mãe de Ye-ti, disfarçando o nervosismo).

— Se demorarem mais iremos à procura deles. (Zays).

Todos, agora, fixam-se no caminho pelo qual Ye-ti e Gem devem retornar.

Enquanto volta, uma rajada mais forte de vento joga sobre eles um galho, que atinge Ye-ti.

— Gem! Gem! Torci o tornozelo quando pisei naquele galho que o vento jogou sobre nós. (Ye-ti, com dificuldade para andar).

— Vamos, meu amor. Ajudo você. (Gem, apoiando Ye-ti para que consigam continuar).

— Você não vai conseguir, meu amor. É melhor voltar sozinha e depois alguém vir até aqui para me ajudar. (Ye-ti).

— Não seja bobo. Não vou deixá-lo. Venha, apoie-se em mim. (Gem, fazendo muito esforço para ajudá-lo).

— Espere! Pegue aquele galho para usar como bengala. (Ye-ti).

E, então, eles continuam a volta, andando mais devagar, com o tornozelo de Ye-ti apresentando inchaço.

— Gem, por que está fazendo isso? (Ye-ti).

— Porque te amo e nós estamos procurando juntos pelo nosso futuro. (Gem).

Mais de uma hora depois, um grupo se prepara para procurá-los.

— Esperem! Vejam! Vejam! Eles estão vindo. (Taler é o primeiro a enxergá-los ao longe).

— Vamos! Gem está fazendo um sinal para nós. (Gregor).

— Sim. Parece que ela está carregando Ye-ti. (Ya-ti, preocupada com os dois).

— Por favor, depressa. Vão ajudá-los. Aconteceu alguma coisa. (Yana, apreensiva).

Zays, Samir e Taluk saem correndo em direção aos dois.

— Parem! Esperem aí! Vamos ajudá-los! (Zays, gritando para que Gem e Ye-ti aguardem a ajuda).

— A ajuda está chegando, meu amor. (Gem, tranquilizando Ye-ti, que sente muitas dores).

— O que houve com vocês? (Taluk).

Gem faz um breve relato do ocorrido enquanto eles preparam o socorro a Ye-ti, melhorando a imobilização que Gem havia feito no tornozelo dele.

— Venha, Ye-ti. Apoie-se em mim e em Zays. Nós vamos carregá-lo. (Samir).

— Está bem, obrigado. Mal posso apoiar o pé no chão. (Ye-ti).

— Vamos! (Taluk, auxiliando Gem, que está muito cansada).

— Gem encontrou o que fomos buscar. (Ye-ti, dando boas notícias).

— Que bom! O mais importante é que não se feriram com gravidade. (Zays).

Tão logo chegam ao portal, todos são informados do ocorrido e certificam-se que Ye-ti ficará bom em breve.

— Agora, vamos ver se valeu o esforço para buscar essa informação. (Gregor, comandando o início da tentativa de abertura).

— Vamos introduzir os números do dia da chegada de Hermes a Alert. (Kauê, auxiliado por outros para girar o mecanismo).

Clact! Escutam um barulho característico de destravamento.

— Acho que deu certo! Agora as letras do mês. (Taler).

Novamente, escutam o mesmo som e prosseguem.

— Vamos adiante! Os números do ano! (Ory-el e outros fazem o último movimento no mecanismo).

Clact, seguido de um som mais grave, que provoca um leve tremor no portal, como se algo muito pesado tivesse caído em seu interior. Tunque! Depois, um som demorado e semelhante ao de um pneu esvaziando-se: psichsssssssssssssssssssssssssssssssss. O ruído cessa após trinta minutos.

A PURIFICAÇÃO

Alguns se assustam com o ruído, enquanto outros se preparam para girar o controle central do mecanismo na tentativa de destravar e abrir o portal.

— Vejam! Vejam! Estamos conseguindo! O portal está abrindo! (Samir, Zays, Taluk e Gregor, eufóricos).

— Cuidado! Não estamos vendo nada lá dentro. Está tudo escuro. (Kauê).

A abertura do portal é suficiente para que passe um de cada vez, mas há o receio por não enxergarem nada.

— Como saber se o ar lá dentro é respirável? (Yana, preocupada).

— Acho que o ar é mais puro do que aqui de fora. (Ory-el aproximou-se e cheirou o ambiente interno).

— Vou entrar. (Disse Nuna, decidida).

— Espere, Nuna, por favor. Sejamos cautelosos. (Gregor).

— Esperem vocês! Estou velha. Se não me arriscar agora para quê sirvo? (Disse Nuna, entrando, antes que alguém pudesse impedi-la).

— Ooohhhh! (Uma das matrizes, surpresa).

Quase todos se espantam ao verem Nuna entrar no ambiente desconhecido.

Assim que Nuna ultrapassa o portal, acendem-se luzes no interior fazendo com que tudo fique claro e bem visível.

— Entrem! Não há perigo algum aqui. O maior perigo aqui somos nós próprios. [Ha ha ha]. (Nuna se diverte).

Um após o outro, eles entram em uma sala com cem metros quadrados de área e altura de três metros, iluminada por luzes de led em cor azulada da metade para cima e esverdeada da metade para baixo. Assim que todos entram, o portal fecha, sem terem acionado comando algum.

— Aaiiii! (Riwia assusta-se com a possibilidade de ficarem trancados ali).

— Calma. Temos que acreditar que ninguém nos traria até aqui para nos trancar ou nos matar. (Gregor).

— Olhem o que está escrito naquela parede: "Sala de purificação" (Qikyt).

— Ei! Está entrando um líquido pelo chão. (Ye-ti é o primeiro a sentir, pois está com um dos pés descalço).

— Mãe! Nós vamos morrer. (Gem, agarrando-se a Ye-ti).

— Parece-me algum tipo de desinfetante. (Ya-ti, cheirando o líquido).

— Oh, não! Agora é gás... (Isa, observando vapores saindo de pequenas aberturas nas paredes).

— Não consigo reabri-la! Trancou! (Taler, tentando reabrir o portal).

— Nem esta porta. Não temos como sair daqui. (Kauê, tentando abrir uma porta interna, na parede oposta à entrada).

— Não vamos entrar em pânico. (Zays).

Um silêncio sepulcral surge, com todos se abraçando, enquanto o ambiente é preenchido com uma estranha névoa, fazendo alguns espirrarem. Em seguida, ouvem o mesmo ruído que escutaram antes de o portal se abrir: psichssssssssssssssssssssssssssssssss. O ruído cessa após trinta minutos e a porta interna se destranca e abre automaticamente.

— É outra sala! Vamos. (Samir).

Todos o seguem.

— É igual à outra. (Nina).

— Vejam inscrição na parede de lá. (Ory-el).

Na parede indicada está escrito: *"Este subterrâneo tem dez andares abaixo do solo, com ambientes fechados, esterilizados e sob alto-vácuo. Antes de se abrirem, receberão ar puro e estarão em condições higiênicas e de segurança para ocupação, com temperatura média de 22ºC".*

Enquanto leem, percebem que o ar vai se tornando mais seco.

— O ar está seco, como em Alert. (Gregor percebeu a mudança).

— O ambiente está se ajustando ao que estávamos acostumados. (Taluk).

— Talvez seja para secar nossas roupas e calçados mais rapidamente. (Yana).

— O que devemos fazer agora? (Qikyt).

— Esperar até que a próxima porta se abra. (Kauê).

— Podia ter cadeiras aqui para Ye-ti sentar-se. (Gem, apoiando seu marido, que ainda sente dor no tornozelo).

— Vou sentar-me no chão. Não sabemos quanto tempo demorará para essa porta abrir. (Ye-ti).

Em poucos minutos, eles ouvem o mesmo ruído que antecedeu a abertura de cada porta. Cessado o ruído, abre-se uma porta para uma antessala com três portas: térreo - garagem, elevador e escada para subterrâneo. Eles optam pela porta que dá acesso à escada para o subterrâneo e acionam o mecanismo de abertura.

O SUBTERRÂNEO

No mecanismo de abertura, uma luz vermelha e piscante indica: pressurização. A porta abre-se para um longo e largo corredor, iluminado com luz tênue, mas que possibilita ver claramente o ambiente. Ao lado direito está a grande porta de elevador. Na parede esquerda, antes de uma das portas tem uma inscrição, que Isa lê para todos: *"Cada porta dará acesso ao que nela está descrito e tudo deverá ser usufruído com sabedoria"*. (Isa).

— Existem seis portas neste corredor, contando com a qual nós passamos agora. (Taler, constatando a arquitetura do local).

— A porta do outro lado do elevador dá acesso à escada para os andares abaixo. (Ireia).

— Qual devemos abrir? (Tirya).

— Esta! (Exclamou Zays).

Na porta mais próxima deles está escrito: *"Biblioteca Meg – A primeira porta tem que ser a porta do saber"*.

Ao forçarem a maçaneta, ouvem o ruído que lhes soa familiar: psichssssssssssssssssssssssssssssssss. Em cinco minutos, a porta se abre e eles entram para conhecerem o acervo da biblioteca.

— Puxa, como é grande! (Nina).

— Até que enfim, cadeiras! (Exclamou Gem, ajudando Ye-ti a sentar-se).

— Obrigado. Quem quer jogar xadrez? (Ye-ti, observando que se sentou numa das mesas com tabuleiro e peças de xadrez).

— Temos aqui livros de arquitetura, urbanismo, construções ecológicas e autossustentáveis. (Samir).

— Muitos livros de matemática de todos os níveis, engenharia civil e mecânica. (Gregor).

— Dinâmica de grupo, relações interpessoais, administração de conflitos e outros do gênero. (Zays).

— Plantio e cultivo de plantas comestíveis, ervas medicinais, legumes, verduras e folhagens. (Nuna).

— Primeiros socorros, tratamento de ferimentos em geral, tratamento de queimaduras. (Yana).

— Geologia, geografia, ecologia, meio ambiente, química, física e afins. (Isa).

— Olhem este livro: "A vida do bebê"! (Riwia, entusiasmada).

— É para aprendermos a criar nossos bebês. (Iwana, esperançosa em ser mãe).

— Muito livros de pedagogia e sobre o crescimento e desenvolvimento intelectual da criança e do adolescente. (Nina).

Maravilhados com a quantidade de livros e a organização impecável, cadeiras e mesas para leitura, lápis e material para anotações e estudos, eles saem da biblioteca para prosseguirem na exploração do local.

Em outra oportunidade, constatarão que não há nenhum livro de história, arqueologia, teologia ou qualquer tema que informe sobre a trajetória humana nem sobre as atrocidades cometidas em nome de crenças em divindades.

— Vamos, pessoal. Temos muito o que ver, afinal, este é o primeiro de dez andares para baixo. (Ory-el).

— Creio que a próxima é aquela. (Ya-ti, indicando a porta seguinte, no outro lado do corredor).

— Depois da mente sã, o corpo deve estar sadio. Nada mais coerente. (Conclui Zays, interpretando a mensagem).

Na porta indicada por Ya-ti está escrito: *"Farmácia – Mens sana in corpore sano"*.[7] Ao abri-la acontece o mesmo processo de preenchimento do ambiente com ar.

— Há muitos medicamentos aqui. (Taluk).

— Será que ainda têm validade? (Nuna).

— Sim, as condições de conservação foram perfeitas. (Gregor).

— O material para curativos está aqui! Ajudem-me a fazer um curativo no tornozelo do Ye-ti. (Gem).

Curativo e uma imobilização com talas são feitos e a condição de Ye-ti melhora muito, aliviando Gem.

— O que há, Nuna. Parece cansada? (Yana. Ambas ajudaram Gem).

— Não, só preciso de um banheiro. (Nuna).

— Então vamos. Os banheiros ficam na quarta porta. (Yana).

O grupo decide não abrir a terceira porta, preferindo a dos banheiros, pois outros também precisam usá-lo. O procedimento de abertura é o mesmo das outras portas, porém com a duração de cinco minutos: psichsssssssssssssssssssssssssssssss.

— Até que enfim! Pensei que não aguentaria esperar. (Nuna).

— Vejam! É um salão enorme, que contém inúmeros banheiros individuais. (Taler).

— Toda a ventilação é feita por exaustores por não ter janelas aqui, no subterrâneo. (Samir).

— Tem armários individuais para guardar coisas pessoais. (Isa).

— Tudo aqui é grande. Quero ver para manter tudo isso limpo! (Nina, preocupada com a limpeza).

— Todos nós teremos que ajudar e usar somente as instalações que precisarmos. (Zays).

Após todos satisfazerem suas necessidades fisiológicas, decidem que não entrarão, por ora, na terceira porta: *"Laboratório de análises clínicas"*.

— Não devemos entrar aí. Ainda estamos muito "sujos" e podemos infectar o ambiente. (Gregor).

— Por que não entramos na garagem, que fica no térreo? (Ory-el, lembrando que deviam "inspecionar" todos os lugares).

— Lá só deve ter veículos enferrujados e imprestáveis. (Samir).

— Mas aqui tudo parece em perfeitas condições de conservação. (Isa, observadora).

— Não faltará oportunidade para verificarmos o que tem na garagem. (Kauê).

— Sigamos, então para o próximo nível abaixo. Vamos usar a escada. (Taler).

— Por que não usamos o elevador? (Gem, preocupada com Ye-ti, que está com uma tala no pé e apoiando-se em muletas).

---

[7] **Mens sana in corpore sano** (uma mente sã num corpo são) é uma famosa citação latina, derivada da Sátira X, do poeta romano Juvenal. No contexto, a frase é parte da resposta do autor à questão sobre o que as pessoas deveriam desejar na vida.

— Não sabemos se está funcionando. Não devemos nos arriscar. E precisamos ver se as escadas não estão obstruídas. (Ory-el).

— Se bem que tudo o que examinamos até agora está em perfeitas condições de uso e funcionamento. (Ireia, observadora).

— Esses ambientes parecem de ficção científica. (Riwia, comentando, enquanto aguardam a abertura da porta).

— Tudo muito limpo! Iluminação, circulação de ar, controle de temperatura e umidade do ar tudo perfeito! (Yana, admirada).

— Será que isso tudo foi preparado especialmente para nós? (Ya-ti, cética).

— E por quem? (Qikyt).

— Com qual propósito? (Tirya).

Quando a porta se abre, todos descem a escada. Ao chegarem à porta que dá acesso ao próximo nível, encontram mais uma placa: *"Este subterrâneo está preparado para sustentação e manutenção da vida de cem pessoas durante um ano"*.

Psichsssssssssssssssssssssssssssssssss. A porta se abre, com eles ainda surpresos com o que leram.

O ambiente contém vários corredores, que dão acesso a várias portas. Acima do elevador está escrito: *"Dormitórios"*.

— Isto é uma prisão! Nunca mais sairemos daqui. (Nina, assustada).

— Calma, meu amor. Isto está parecendo mais um hotel do futuro do que uma prisão. (Zays, tentando acalmar a todos).

— Nada indica que não poderemos sair daqui a hora que quisermos. (Gregor).

— Vamos abrir um dos dormitórios. (Kauê).

O mesmo procedimento antecede a abertura de um deles. Tudo está selado a vácuo.

— Oh! Que lindo! (Gem, maravilhada com a visão de uma ampla suíte).

— Isto é, simplesmente, maravilhoso! (Isa).

Cada suíte tem um amplo dormitório de casal, banheiro com chuveiro e banheira de hidromassagem para duas pessoas, closet com todo material de cama e banho, além de um espaço com mesa, cadeiras e poltronas, e luzes próprias para leitura.

— Acho que seu hotel do futuro é um hotel de luxo, Zays. (Samir).

— Que surpresa maravilhosa! (Nina).

— Contei 25 portas e todas as suítes devem ser iguais. (Taluk).

— Concordo com você. Vamos para o próximo nível. (Zays).

Eles procedem da mesma forma, usando a escada e aguardando todos os procedimentos de abertura das portas.

— Este andar me parece igual ao anterior e está escrito acima do elevador que são dormitórios. (Taler).

— Também contém 25 portas, o que totaliza 50 suítes até agora. (Yana).

— Nem vamos perder tempo abrindo-as. Vamos adiante. (Ya-ti).

— Esperem! Estou com fome. (Tirya).

— O que vamos comer? Aqui não deve ter alimento em condições de consumo. (Nuna).

— Vamos voltar para nosso acampamento. Assim saberemos se estamos presos aqui ou não. (Kauê).

— Vamos subir de elevador por causa do Ye-ti. (Gem).

Ao tentarem usar o elevador, surge no painel um aviso piscante: "Em manutenção". Eles têm que voltar pelas escadas e auxiliam Ye-ti na subida. Passa pela mente de todos a possibilidade de não conseguirem sair dali.

— Estamos no terceiro nível. Não há muitos degraus para subirmos. Vamos! (Zays).

Eles passam pelas portas de acesso às escadas e quando elas se fecham atrás deles, ouvem um som parecido com aquele de um pneu esvaziando, como se aqueles ambientes fossem colocados novamente sob vácuo.

Enfim, eles retornam ao portal, mas este está trancado. Eles tentam abri-lo e não conseguem.

— Eu sabia! Fomos feitos prisioneiros! (Nina, a mais assustada).

— Isto parece um búnquer. Não há outra saída e as paredes são de concreto reforçado. (Taler, pensando numa alternativa de fuga).

— Estou com medo. Se não conseguirmos sair morreremos de fome. (Riwia).

— Calma, gente! A pior coisa que podemos fazer agora é entrar em pânico. (Ory-el).

— Vamos descobrir como abrir este portal por dentro. (Samir).

— Acho que o pior nós conseguimos, que foi abri-lo por fora. (Kauê, tentando mostrar-se calmo).

— Quero sair daqui. (Ireia, aflita).

Apesar de tentarem manter-se calmos, é justificável a apreensão de todos, pois só descobriram que a água nos banheiros e nas suítes é potável e própria para o consumo. Não encontraram nenhum tipo de alimento.

— Não há a menor justificativa para alguém construir tudo isto só para nos trancar aqui e nos matar de fome. (Nuna).

Ansiosos por abrirem o portal, alguns forçam a fechadura em forma de timão de um lado para o outro e outros tentam puxá-la para fora com todas as forças que têm. Tudo em vão.

Zays se afasta do grupo, que está em volta do portal, e fica observando as tentativas de abertura.

— Vamos tentar sair pela garagem. Ou podemos construir explosivos com produtos da farmácia. (Gregor, radicalizando).

— Não sabemos como abrir a garagem. E acho que descobri como abrir este portal. (Zays, falando com calma).

— Então abra para nós, por favor. Estamos todos ansiosos. (Nina).

— Alguém me ajude aqui. (Zays se aproxima da fechadura do portal).

— O que quer que eu faça? (Taluk, apresentando-se para auxiliar).

— Empurre esta parte de ferro em forma de cubo para dentro. (Zays).

— Agora, Kauê, ajude-me a puxar o timão para fora. (Zays).

— Saiu! (Kauê, observando que o timão se afastou da sua posição original).

— Vamos girá-lo para a esquerda. (Zays).

Depois de duas voltas completas para a esquerda, o portal é destravado e começa a abrir-se. Há um suspiro de alívio quando o portal se abre e eles conseguem ver a luz do Sol entrando pela abertura.

— Vamos depressa. Quero sair logo daqui. (Qikyt).

— Desta vez demos sorte. Da próxima vez talvez não consigamos sair. (Tirya).

— Pode ser apenas uma isca. (Ireia).

— Não quero mais voltar aqui nunca mais! (Gem, amparando Ye-ti).

— Daqui a pouco poderemos raciocinar com mais calma e clareza. Ainda estamos muito abalados e surpresos com o que vimos. (Samir).

Foram momentos angustiantes e os poucos minutos para abrirem o portal pareceram uma eternidade.

Mais de meia hora de caminhada não foram suficientes para os mais variados comentários e para assimilação pelo que passaram e viram naquele subterrâneo.

— Mas o que é aquele subterrâneo? (Ory-el).

— Um búnquer? Será que foi uma guerra química que dizimou a população? (Gregor).

Perguntas que permanecerão sem respostas. Eles chegam exaustos e famintos ao acampamento improvisado.

— Quero apenas comer, tomar um banho e dormir, sabendo que não há portas nem portais para nos aprisionar. (Iwana).

— Essas coisas estão à nossa disposição no subterrâneo. (Samir, encorajando uma possível volta ao local).

— Não me lembro de ter visto alimento à nossa disposição e não sei como podem estar em condições de consumo depois de tanto tempo. (Nuna, sempre atenta às questões alimentícias).

— Não exploramos nem a metade daquele lugar. (Zays).

— Não quero voltar lá. (Riwia).

— Precisamos de muitas respostas e elas só podem estar lá. (Gregor).

— Tudo o que vimos era bom para nós. É lá que devemos viver. (Kauê).

— Como bichos, embaixo da terra? (Ireia).

— Vamos almoçar, pessoal. Os ânimos estão exaltados em razão da fome. (Yana).

Já passa das 15h quando terminam o almoço e tomam um banho para refrescar a cabeça e descansarem. Eles aproveitam o restante do dia para reunir as ossadas humanas e levá-las para fora do pátio da usina, empilhando-as para, mais tarde, providenciarem o sepultamento.

— Estes restos humanos podem nos deixar deprimidos. Vamos removê-los daqui para o bem de todos. (Taler).

— Não temos como identificar cada ossada, mas vamos enterrá-las do modo mais respeitoso possível. (Kauê).

— Vamos colocá-los em nossos trenós para facilitar a remoção. (Taluk).

— Ajudo vocês. (Zays e outros se juntam na penosa tarefa).

DECISÕES PODEROSAS

Ao final do dia, física e mentalmente exaustos, dessa vez em razão da remoção dos esqueletos, todos se reúnem para o jantar e aproveitam para decidirem o que fazer doravante.

Ainda causa polêmica o retorno para o subterrâneo, mas a curiosidade os impele ao desconhecido e nada está decido.

— Devemos continuar explorando aquele subterrâneo. (Zays).

— Estou com muito medo de ficarmos trancados lá. (Gem).

— Só vimos coisas boas lá, minha filha. Conseguimos até tratar o ferimento de Ye-ti. (Yana, tentando convencer sua filha).

— Seres humanos não foram feitos para viverem embaixo da terra. (Riwia).

— Será uma situação transitória, até prepararmos tudo aqui na superfície. (Samir, referindo-se à construção dos apartamentos).

— Enfrentamos coisas bem piores em nossa caminhada até aqui. (Taluk).

— Não podemos nos esquecer do que está escrito lá: *"Este subterrâneo está preparado para a sustentação da vida"*. — Mais ou menos isso. (Gregor).

— Acho que significa que devemos morar lá até arrumarmos tudo aqui, como disse Samir. (Ya-ti).

— Podemos escolher um grupo pequeno para voltar lá e depois nos contar tudo. (Taler).

— Eu irei, se assim for decidido. (Ory-el).

— Também irei. Estou velha e não quero morrer antes de conhecer o futuro. (Nuna, profética).

— Você sempre se considerando velha, Nuna. É hora de parar com isso, por favor. (Iwana).

Todos concordaram com Iwana, pois têm um enorme apreço por Nuna, que agora é a mulher mais idosa do grupo.

— Estou pensando que é melhor permanecermos juntos como fizemos até agora. (Zays).

— Concordo com você. Ou vamos todos ou ficamos todos. (Kauê).

— Então está decidido. Agora vamos dormir e descansar. Amanhã teremos um dia cheio! (Samir).

— Fico pensando naquelas suítes, novinhas e confortáveis. (Ireia).

— Mais uma razão para morarmos lá. (Taler).

— Veremos o que mais nos espera além de caminhas confortáveis. (Gregor).

— Amanhã será um novo dia e talvez um novo começo para nós. (Ory-el).

— Bem, acho que decidimos, não? Confesso que estou muito cansado. Boa noite para todos! (Zays).

Todos se recolhem para suas barracas e sacos de dormir, logo entrando em sono profundo devido ao cansaço, às surpresas e às emoções vividas durante um dia cheio de descobertas e alguns sustos. A ventania havia passado.

Algumas matrizes têm pesadelos. Sonham com estranhas criaturas que vivem no subterrâneo e se alimentam de carne humana, ou que se tornam prisioneiras, ou, ainda, que são transformadas em escravas do sexo.

Zays sonha que o grupo se revolta contra ele e expulsa-o. Samir sonha que o grupo se perdeu num labirinto de corredores sem fim. Kauê sonha que, após uma explosão no reator, todos ficam trancados no subterrâneo, que desmorona.

É uma noite assombrada por fantasmas criados no subconsciente de cada um pelo medo do desconhecido, que faz com que o instinto de sobrevivência deixe-os em permanente estado de alerta.

— Bom dia, amor! Tive um pesadelo horrível. Pensei que havia perdido você em um labirinto sem fim. (Samir)

— Também tive pesadelos, mas é melhor não comentarmos, pois só assustará a todos. (Isa, prudente).

Depois do desjejum, quando muitos se mostram assustados devido aos pesadelos que tiveram, é hora de partirem para o que se tornará a maior aventura de suas vidas.

— Vamos, pessoal. Vamos ver o que nos espera. (Ory-el).

— Não irei. (Ye-ti).

— Por que está dizendo isso? (Zays).

— Ainda não posso andar direito e só vou atrapalhá-los. (Ye-ti).

— Combinamos que iríamos permanecer juntos. (Samir).

— Ye-ti tem razão. Ele ainda não está bem. Ficarei aqui, cuidando dele. (Gem aproveita para não enfrentar seus medos).

— Minha filha tem razão. Ficarei com eles. (Yana).

— Nós temos condições de ajudá-lo a locomover-se, Ye-ti. (Taluk).

— Não se preocupem. Nós ficaremos bem. (Gem).

— Ficarei com eles. Vou ajudar a cuidar do meu filho, se a Gem assim o desejar. (Ya-ti)

— É claro que aceito a sua ajuda, senhora Ya-ti. Muito obrigada. (Gem).

— Não percam mais tempo. Podem ir. Nós ficaremos bem. (Yana, confiante).

— Está bem. Mas não se afastem daqui, por favor! (Gregor).

— Venha, Gem. Ajude-me a limpar nosso acampamento. (Yana, procurando tarefas para passar o tempo).

— Ajudo vocês. Tem muito mato aqui, trazido pela ventania. E você, fique de vigia. (Ya-ti, dando orientações ao seu filho).

— É o que posso fazer no momento. Lamento muito, mas não quero agravar minha lesão. (Ye-ti).

A SURPRESA

As três mulheres promovem uma grande limpeza na entrada e no hall do prédio da administração, deixando tudo limpo e organizado. Ye-ti procura ajudar no que é possível, sempre cuidando para não piorar a sua situação. Agora, elas começam a preparar o almoço, pois se aproxima do meio-dia.

— O quê? O que é aquilo que vem vindo para cá? (Ye-ti, agitado e falando alto para ser ouvido por elas).

— Mãe! Venha ver isso! Rápido! (Gem é a primeira a atender ao chamado de Ye-ti).

— O que está acontecendo? (Yana também vai até a porta de entrada).

— Um veículo estranho vem vindo em nossa direção. (Ye-ti).

— Podem ser pessoas hostis que habitam o subterrâneo e aprisionaram os outros. (Gem, temerosa).

— O que vamos fazer? (Ya-ti, procurando alguma coisa para se defenderem).

Rapidamente, o veículo se aproxima, com um mínimo de ruído, e desembarca um homem vestido com uma roupa estranha, parecendo um super-herói de histórias em quadrinhos. Contudo logo eles o reconhecem.

— Gregor? (Yana, surpresa e armada com um pedaço de madeira).

— Sim. Desculpem-me se assustei vocês, mas não havia como avisá-los de que viria neste veículo. (Gregor).

— Que roupa estranha. Você não está sentindo calor vestindo isso? (Gem, curiosa).

— Parece uma roupa de borracha para mergulho em águas geladas. (Ye-ti)

— Esta é uma roupa feita com tecido de nanotecnologia, com controle automático de temperatura. (Gregor).

— O quê? (Ya-ti não entendeu as explicações).

— Depois explico melhor. (Gregor).

— É bonita. Fica bem justa ao corpo. Gostei! Só faltaram os pés de pato. [Hi hi hi]. (Gem, fazendo piada).

— E esse veículo? Onde o conseguiu? (Ye-ti).

— Naquela garagem onde não entramos ontem. Existem muitos lá. Veículos elétricos para todas as finalidades. Para o transporte de pessoas, para arados, plantadeiras, colheitadeiras, drones... E muitas deles são autônomos, nem precisam de operadores. (Gregor).

— Que coisa incrível! E estão todos funcionando? (Ye-ti).

— Sim. Parecem até que nunca foram usados. (Gregor).

— O que mais vocês encontraram lá? (Gem).

— No caminho conto para vocês. Agora vamos pegar todo o alimento que temos aqui e levá-lo. (Gregor).

— Bem, o que temos aqui dá para dois dias no máximo, se for racionado. (Yana, chamando a atenção).

— Não se preocupem. Vamos colocar tudo no veículo. Eles estão nos esperando. (Gregor).

Gregor fala tão entusiasmado sobre tudo o que vira que parecia ter sofrido uma "lavagem cerebral". Ele parece ansioso para levá-los ao subterrâneo, nem parece o Gregor de antes, sempre comedido e sensato.

— Por que tanta pressa, Gregor? (Ya-ti, desconfiada).

— Porque o pessoal está com fome. Temos que nos apressar. Vamos! (Gregor).

— Você está se sentindo bem? (Yana também percebeu Gregor diferente).

— Sim, sim. Está tudo muito bem agora e ficará melhor ainda depois que estivermos lá. (Gregor).

— Venha, filha. Vamos ver se pegamos tudo. (Yana, querendo falar a sós com sua filha).

— Vou com vocês. (Ya-ti acompanha as duas).

— Você viu como o Gregor está diferente? (Yana).

— Sim, ele está com uma roupa estranha e muito agitado. (Gem).

— Não é só isso. Ele está agindo estranhamente. Alguma coisa aconteceu com ele. (Ya-ti).

— Está muito ansioso para nos levar de volta para o subterrâneo. (Yana).

— Vamos. Não quero deixar Ye-ti sozinho com ele. (Gem, preocupada).

Quando saem do prédio percebem que Gregor tinha ajeitado tudo no porta-malas, ajudado Ye-ti a entrar no veículo e se preparava para partir.

— Você ia nos deixar aqui, Gregor? (Ya-ti).

— Não! Vim buscá-los. Nós vamos para o futuro. (Gregor, com brilho nos olhos).

As palavras de Gregor deixam-nas mais preocupadas, mas elas não têm alternativa senão seguirem com ele para verem o que está acontecendo. Alternativas sinistras povoam seus pensamentos.

— O que mais vocês viram no subterrâneo? (Ye-ti, curioso).

— Um mundo maravilhoso. Tudo é muito bom. Nós seremos muito felizes vivendo lá. Tenho certeza. (Gregor).

— Então vocês viram tudo? (Gem).

— Não, não! Nós só fomos até o sexto nível. Não tivemos mais tempo para ver o resto. Tudo é muito grande. (Gregor).

— E o que viram? Conte-nos, Gregor. (Yana, cada vez mais preocupada com o comportamento de Gregor).

— No nível quatro estão a Rouparia, as Confecções e as Lavanderias, tudo automatizado. Uma beleza! (Gregor, entusiasmado).

— Por que não tiveram tempo para ver o resto? (Ya-ti).

— Porque é muita coisa e tudo é novidade... (Gregor).

— E os outros níveis? O que eles têm? (Ye-ti, sem saber da desconfiança delas).

— No nível cinco tem uma cozinha enorme, tudo à base de eletricidade, um refeitório para cem pessoas e, o melhor, a Adega Roy, com muitos vinhos de todos os países. (Gregor).

— Então é lá que preparemos nossas refeições. (Gem).

— E no nível seis? O que tem nele? (Yana).

— Bem, no nível seis... (Gregor).

Ele não conclui seu pensamento. O deslocamento do acampamento até a garagem dura poucos minutos.

— Estamos chegando. Vamos entrar pela garagem. (Gregor).

— Não nos disse o que tem no nível seis. (Ya-ti).

— Vocês verão com seus próprios olhos. É delicioso! Primeiro terão que passar pela purificação. (Gregor, conduzindo o veículo para dentro da garagem).

— O quê? Purificação? (Gem, muito assustada, esqueceu-se da Sala de Purificação).

— Fizemos isso, filha, quando entramos pela primeira vez. (Yana).

— Mas desta vez será diferente. (Gregor aterroriza cada vez mais as três mulheres).

A porta da garagem abre-se automaticamente com a aproximação do veículo e depois que ele entra, ela se fecha sem necessitar de comando.

— Estamos novamente trancadas. (Ya-ti, temerosa).

— E agora seremos purificadas... (Gem).

Gregor as conduz pela porta que dá acesso à Sala de Purificação e o processo é repetido com todos. Depois eles usam o elevador para chegarem ao quinto nível. Eles estão levando com eles os alimentos que trouxeram do acampamento.

Logo que saem do elevador são recebidos por alguns com uma grande salva de palmas e gritos de incentivos.

— É incrível como vocês mudaram apenas por vestirem roupas engraçadas. (Yana, ainda desconfiada).

— Onde estão os outros? (Ya-ti, preocupada).

— Na cozinha, esperando pelos alimentos para prepará-los. (Zays, muito contente).

— Então vamos levá-los porque estou com muita fome. (Ye-ti).

— Não. Nós levamos os alimentos. Vocês acompanham a Nuna até o quarto nível para trocarem de roupa. (Samir).

— Vamos, pessoal. Não vai demorar. E não fiquem olhando para os meus pneus. (Nuna, mostrando todas as suas curvas).

Eles usam o elevador, que é grande e supersilencioso, para ir ao quarto nível. Gem lê uma plaqueta de informações sobre o elevador; *"Capacidade: 2 toneladas. Este elevador usa tecnologia Maglev e foi projetado pela Eng.ª Meg".*

— Nuna, o que está acontecendo com todos? (Yana, a mais preocupada).

— Não entendi sua pergunta, Yana. (Nuna).

— Vocês estão muito estranhos usando essas roupas. E nunca os vi tão felizes. (Ya-ti).

— Estamos descobrindo um mundo novo que foi preparado para nos receber. Vamos entrar na Rouparia. (Nuna, abrindo a porta).

— Tudo aqui é muito grande. Vejam quantas prateleiras com essas roupas que todos estão vestindo agora! Tem vários modelos e de diversas cores, e incluí calçados engraçados e toucas estranhas. (Gem, admirada com a Sala da Rouparia).

— Essas toucas permitem a comunicação entre nós como se fossem interfones. Escolham o que querem vestir, mas tomem um banho antes de se trocarem. Os banheiros ficam lá. (Nuna, indicando o lugar dos banheiros).

Eles se dirigem aos banheiros e Yana aproveita para falar com sua filha e Ya-ti.

— Vocês não acham que a Nuna também está muito estranha? (Yana).

— Mãe, penso que estamos nos preocupando à toa. (Gem, mais tranquila e contente com a roupa que escolheu).

— Vamos observar mais um pouco. Depois falaremos com as outras meninas. (Ya-ti).

— Estou curioso para saber o que tem no sexto nível. (Ye-ti, tomando banho com Gem).

— Estas roupas são muito confortáveis, além de diferentes, mas não precisamos das toucas agora. (Gem).

— Elas têm um toque agradável e se adaptam ao corpo. (Ya-ti, mais descontraída após se vestir).

— Me sinto bem com ela. Até meu tornozelo parou de doer e parece que melhorou de vez. (Ye-ti, andando sem auxílio).

— Oh! Ficaram todos lindos! Agora vamos almoçar. (Nuna, conduzindo-os de volta ao quinto nível, onde fica a cozinha).

— O que faremos com as roupas que tiramos? (Yana).

— Joguem no buraco do lixo, ali na parede. Temos que descobrir para onde vai e o que é feito do lixo. (Nuna).

— Vamos almoçar. Não aguento mais a fome. (Gem).

O ALMOÇO

— Demoraram! Venham! Está tudo pronto. Vamos almoçar. (Nina).

O refeitório está equipado com mesas, cadeiras, balcões de bufê, pratos, panelas, talheres, copos, tudo que é necessário em um restaurante. Eles são recebidos com entusiasmo por todos que estavam aguardando-os para iniciarem o almoço.

— Neste andar tem uma sala de reuniões, aproveitando que as pessoas se reúnem para as refeições. (Taler).

— Aproveitaremos para fazer deliberações sobre como queremos conduzir nossas vidas daqui em diante. (Zays).

— Todos os ambientes são climatizados, sabiam? (Gregor, trazendo outros comentários para a conversa).

— Gostaríamos de saber o que tem no sexto nível, pois parece que ninguém quer nos contar. (Yana, contrariada).

— [Ha ha ha ha]. (Quase todos riem das suspeitas deles).

— Acalme-se, Yana. Ninguém está guardando segredo de vocês. Às vezes, tudo o que é novo assusta. (Kauê).

— Então digam-nos o que tem lá. (Ya-ti).

— O sexto nível é um armazém de alimentos e mantimentos. (Taler).

— Devem estar podres, obviamente. (Ye-ti, iniciando a refeição, como todos).

— Não. Estão em condições de consumo, por incrível que pareça. (Samir).

— Então por que não os estamos aproveitando agora? (Gem).

— Porque eles precisam ser descongelados e preparados para o consumo, conforme instruções que obtivemos. (Zays).

— Como saberemos que é seguro? (Yana).

— Por tudo que temos visto e descoberto não temos razões para recear nada. (Taluk).

— Pelo menos estamos comendo com talheres novamente. (Isa).

— E tudo parece novo. Acho que nada foi usado antes de chegarmos. (Qikyt).

— A razão para nossa alegria não é só essa, mas isso nos dá a esperança de sermos mães de alguma forma. (Iwana).

— Agora entendo a euforia de Gregor. Desculpem-nos por termos suspeitados de vocês. (Yana).

— Suspeitaram de quê? (Gregor).

— Sei lá! Talvez tivessem sido abduzidos ou usado alguma droga alucinógena. (Ya-ti).

A refeição prossegue mais descontraída e com planos do que fazer.

— Ainda temos quatro níveis para visitar e ver que surpresas nos reserva. (Ory-el).

— Não podemos esquecer do trabalho que temos na superfície. (Kauê).

— As máquinas e os equipamentos que encontramos facilitará muito nossa tarefa. (Zays).

— Temos que transformar aqueles escritórios em apartamentos. (Samir).

— Não vamos dormir naquelas suítes que vimos aqui? (Gem).

— Sim, sem dúvida. Agora sabemos que ninguém quer nos aprisionar ou nos fazer qualquer mal. (Taler).

Nesse momento, Zays levanta-se e dirige algumas palavras de incentivo ao grupo.

— Penso que valeu cada passo que demos em nossa árdua caminhada até aqui. Acreditamos em nossos antepassados e confiamos nos Falados e nos Escritos, e no mapa de Hermes, que nos trouxe até a luz. Foi uma jornada dolorosa em razão dos nossos amigos que sucumbiram. Começamos a entender que pessoas planejaram e construíram este refúgio para nós podermos recomeçar e, talvez, repovoar o planeta, pois parece que todos os outros humanos morreram. Muito obrigado a todos. (Zays).

Ele é aplaudido por todos. Samir aproveita para fazer um breve discurso.

— Talvez nunca saibamos o que aconteceu para todo mundo morrer, mas podemos deduzir que alguém, de alguma forma, soube com antecedência e preparou uma possível continuidade para a espécie humana.

Samir recebe aplausos de esperança.

— Chega de conversa, pessoal. Vamos para a adega escolher um vinho e brindarmos a esperança de uma nova vida. (Nuna).

Todos se dirigem para a porta onde está escrito: *Adega Roy – In vino, in vita procedit.* (No vinho repousa a vida).

— Vejam! Esses vinhos e espumantes têm mais de cem anos. (Ya-ti).

— Esses vinhos são da África do Sul, esses da Argentina e esses da Austrália. Estão dispostos em ordem alfabética. (Ye-ti).

— Esses vinhos e espumantes vieram do Brasil e esses do Chile. (Yana).

— Olhem! Tem da Espanha e dos EUA. Da França, da Grécia e da Itália. (Samir).

— Praticamente, de todos os países que produziam vinho. Tem de Portugal e do Uruguai. (Isa).

— Será que em algum desses países tem alguém vivo? (Gem).

— Gem, não devemos mais pensar nisso. Agora há a esperança de um novo mundo para ser construído. (Gregor).

— Saúde! (Todos, em uníssono, levantando suas taças, após escolherem o vinho que abririam).

— Vida longa para aproveitarmos com sabedoria a oportunidade que nos é dada! (Ory-el).

— À esperança de um futuro para a humanidade. (Iwana).

Cada um brinda o que lhe parece mais importante.

DESCENDO MAIS FUNDO

Durante o restante da tarde eles se dedicam a conhecer os outros níveis do subterrâneo. Cada nível é visitado demoradamente e com atenção em cada detalhe, pois tudo é novo e surpreendente pela tecnologia utilizada e pelo aspecto futurista das instalações.

Ye-ti sente-se bem melhor da luxação que teve em seu tornozelo e pode acompanhar todos, sem problemas, fazendo Gem muito feliz.

— Este é o sétimo nível e as placas são as mesmas que encontramos no sexto nível. *"Alimentos e mantimentos"*. (Kauê).

— Penso que não precisamos abrir nenhuma porta. Acredito que tenha alimento estocado para mais de um ano. (Taluk).

— Com certeza! Numa das placas que encontramos dizia que cem pessoas poderiam viver aqui por um ano e nós somos apenas 66. (Samir).

— Mas que tipos de alimentos estão estocados? (Yana, que não acompanhou a visita ao sexto nível).

— Todo o tipo de alimento, desde conservas, cereais, legumes, laticínios, embutidos, até carnes. (Nuna).

— Existe um cardápio na primeira porta que descreve os alimentos armazenados. (Tirya).

— E como devem ser descongelados e preparados. Tudo está congelado a -30ºC. (Isa).

— Será que não perderam as propriedades nutritivas? (Nina).

— Penso que não. Devem ter usado técnicas avançadas, que desconhecemos, para a conservação dos alimentos. (Kauê).

— Isso é maravilho! Agora entendo porque vocês estavam tão eufóricos. (Ya-ti, mais tranquila).

— Contudo tentaremos cultivar os alimentos que pudermos e pescar no rio ao lado, onde constatamos que há peixes. (Taler).

— Alguém queria que tivéssemos sucesso em nossa nova morada, facilitando tudo para nós. (Gem).

— Mas qual o propósito? Se não tivermos filhos em breve não restará ninguém para usufruir de tudo isto. (Iwana).

— Ninguém ou nenhum governo faria um investimento tão grande por um resultado pífio. (Gregor).

— Vamos descer mais fundo. Vamos ao oitavo nível. (Samir, tentando evitar comentários desesperançosos).

Novamente, entram no elevador e descem para o oitavo nível. O elevador tem capacidade para quarenta pessoas.

— Por que fizeram um elevador tão grande? (Riwia).

— Para trazerem os equipamentos que encontramos até agora. Alguns são grandes e pesados. (Samir).

— De qualquer forma, devemos fazer duas viagens para evitar sobrecarga. (Zays, cuidadoso).

— Aguardaremos vocês antes de abrirmos qualquer porta. (Gregor, falando para os que irão depois).

Quando todos se encontram reunidos no oitavo nível, começam a visita de reconhecimento. Sempre que abrem qualquer porta, o processo de pressurização é o mesmo, em alguns casos mais demorado por se tratar de um ambiente maior ou que contenha alimentos ou outros itens perecíveis.

Na saída do elevador encontra-se uma placa indicando: *"Corpo, Mente e Grupo"*.

— As duas primeiras portas são Salas de Aulas. Sempre o saber em primeiro lugar. (Taluk, observando a ordem).

— Pensavam que teríamos crianças para ensinar. (Ireia).

— Não abriremos agora. Devem ser salas com mesas e cadeiras, lousas e outros materiais didáticos. (Zays).

— *"Teatro e Cinema"*, que interessante. Será que tem filmes? (Taler, lendo a inscrição em outra porta).

— Caso não haja uma filmoteca teremos que nos tornar atores e subir ao palco. (Ireia).

Quando a porta se abre, eles verificam tratar-se de uma sala de teatro e cinema com capacidade para 200 pessoas, contendo camarins e uma filmoteca com filmes educativos, dramas, romances, comédias e desenhos animados.

— Não sei se teremos tempo para assistir algum filme porque temos muito trabalho para organizar tudo na superfície, aprender como controlar e fazer a manutenção no reator e nos geradores e outros equipamentos. (Kauê).

— Além de transformarmos as salas da administração em apartamentos. (Samir).

— Podemos ensaiar um espetáculo infantil para nossos filhos. (Iwana é a mais esperançosa).

— Meu amor, por favor ... (Gregor, preocupado com que a ideia de sua mulher se torne uma obsessão).

— Gregor, nenhum propósito é maior do que constituir uma família. Iwana tem razão. (Nuna).

— Vamos em frente! (Zays, procurando aliviar as tensões que se formavam).

Eles continuam verificando o que diz em cada porta. Mais uma porta é aberta, com todo o ritual de pressurização. Esse salão contém vários jogos lúdicos, quebra-cabeças, tênis de mesa, tabuleiros e peças para gamão e xadrez, entre outros.

— *"Salão de Jogos"*, a diversão tem o propósito de nos manter unidos e em alerta. (Yana).

— Isto deve aliviar o tédio e o estresse. É importante para a vida em grupo. (Ye-ti).

— Nas atividades na sala da próxima porta, a preocupação é com o corpo, vejam. (Isa).

— *Sala de Musculação e Natação*, para mantermos uma boa forma física. (Ory-el).

— Não devemos abri-la, pois essas portas demoram muito para abrir. (Kauê, demonstrando pressa).

Alguns não escondem a surpresa ao identificarem o que a porta seguinte encerra.

— *Salão de Higiene e Beleza*. Com certeza, estamos precisando. (Gem).

— Este salão deve ser para todos. E eu quero me livrar desta barba de dois anos. (Gregor).

— Sem dúvida. Nenhum de nós conseguiu cuidar do próprio corpo durante a longa jornada que fizemos, sempre andando, procurando alimentos, pescando, caçando, fugindo de feras e evitando situações perigosas. (Ory-el).

— Até agora parece que tudo foi planejado para nos proporcionar o maior conforto possível. (Taluk).

— Penso que fomos trazidos para um paraíso. (Qikyt).

— Se compararmos com Alert, isto aqui é um paraíso futurista. (Zays).

— Não é demais repetir que todo nosso sacrifício valeu a pena. (Isa).

— Se não vamos utilizá-lo agora, não devemos perder tempo aguardando a porta abrir. (Kauê).

— Devemos voltar para o quinto nível, do refeitório, pois está chegando a hora do jantar e estou com fome. (Nuna).

— Sim, todos nós estamos. (Samir).

Ao final da visita ao oitavo nível, todos estão cansados e é hora do jantar. Eles voltam para o nível do refeitório, preparam a refeição, e durante o jantar não faltam comentários sobre tudo que estão descobrindo no subterrâneo.

— Quanto tempo e dinheiro foram necessários para planejar, projetar e construir tudo isto? (Nina, fazendo um pergunta retórica).

— Jamais saberemos. (Zays. Uma resposta óbvia).

— Por certo não foi apenas para brindar umas poucas pessoas saídas do gelo eterno com tanto conforto. (Gregor).

— Um investimento desta magnitude exige um propósito grandioso e audacioso. (Ory-el).

— Tudo foi planejado para acontecer num futuro distante daqueles que nele trabalharam, afinal, passou-se um século. (Isa).

— Que mais surpresas teremos? (Qikyt).

— Ainda temos dois níveis que não exploramos. (Taluk).

— Espero por surpresas agradáveis, como até aqui. (Yana).

As louças, os talheres e todo o material usado é lavado com máquina lava-louças e, para espanto de todos, da parte inferior dos armários saem pequenos equipamentos autônomos que fazem a varredura e a lavagem do chão, recolhem o lixo, depositam nas lixeiras e depois voltam para de onde saíram. As lixeiras aspiram imediatamente o lixo e não deixam cheiro no ambiente.

— Confesso que estou estupefata com tantas surpresas agradáveis. Jamais pensei que não teria que lavar louças e o chão onde pisei. (Ya-ti).

— Isto é maravilhoso. (Gem).

— Agora vamos aos andares dos dormitórios. Estou louca para tomar um banho naquela banheira maravilhosa. (Isa).

— Antes, vamos ao nível três para iniciar o processo de preparação dos alimentos que consumiremos nos próximos dias. (Nuna).

— Que quantidade devemos descongelar? (Yana).

— Acho que o suficiente para uma semana, assim não teremos que entrar no estoque todos os dias. (Tirya).

— Isso nem seria bom. Talvez mais adiante devamos retirar alimento para um mês e deixarmos nos freezers da cozinha. (Kauê).

— Bem pensado, Kauê. Aos poucos vamos ver como os alimentos descongelados se comportam. (Gregor).

Todos ajudam Nuna na escolha dos alimentos para serem descongelados e levados para os refrigeradores da cozinha. Feito isso, dirigem-se aos níveis dos dormitórios, onde escolhem as suítes que ocuparão, e se recolhem.

Essa é a primeira vez que não dormirão nas barracas dos acampamentos e terão, enfim, privacidade, pois cada casal ocupará uma suíte. E os que não têm companhia podem optar por ficarem sozinhos.

— A Lana ficará comigo numa das suítes. Não quero dormir sozinha. (Nuna).

Lana, que significa minha criança, é uma idosa que ficou órfã ainda pequena, quando um grupo de Alert saiu para pescar e caçar. A família dela morreu durante uma avalanche e ela foi encontrada poucas horas depois, sozinha e ferida. Agora está com 70 anos, dois anos a menos que Nuna. Embora seja muda, é muito colaborativa e tem sua maneira de demonstrar contrariedade quando não está de acordo com alguma coisa.

— Você ficaria comigo numa das suítes, Ya-ti? (Yana, convidando a mãe de seu genro para ocuparem o mesmo quarto).

— Claro que sim! Detestaria ficar trancada sozinha num desses quartos. (Ya-ti, aceitando o convite).

Os 30 casais de matrizes e seus maridos escolhem suas suítes e os outros dois membros do grupo resolvem ficar cada um num quarto. Ao todo, são ocupadas 64 suítes.

Nas suítes tudo é silencioso. Até a ventilação, que funciona quando há ocupantes, não faz qualquer ruído que seja perturbador. A iluminação é controlável, assim como a água que chega às torneiras, chuveiro e banheira, com temperatura regulável.

Com certeza, todos dormirão o sono dos justos e terão bons sonhos com dias, noites e anos melhores.

Lá fora, apenas os ruídos do reator e do gerador, iluminados pelas luzes artificiais e pelo luar, que veio pratear a superfície sob a qual os únicos seres humanos do planeta sonham em repovoá-lo.

O FUTURO

No dia seguinte, todos se levantam muito animados depois de uma ótima noite em aposentos que nunca haviam sequer sonhado em ocupar. Aliás, sequer sonharam de tão profundo que foi o sono de todos.

— Nunca em minha vida dormi tão bem. (Nuna, a primeira a levantar-se junto a Lana).

— Parecia estar deitada sobre nuvens. (Ya-ti, pondo-se de pé com Yana).

— Essa foi a melhor noite que passei com você. (Isa, declarando-se para Samir).

— Isto é mais do que bom. É maravilhoso! (Gem e Ye-ti, felizes).

Durante o desjejum só se escutam comentários elogiosos sobre as instalações, feitos por pessoas satisfeitas e felizes com o que estão vivenciando. Aos poucos, todos vão perdendo o receio que tinham a respeito daquelas instalações.

— Passei quase duas horas dentro daquela banheira. Cheguei a murchar. (Nina).

— A temperatura da água do chuveiro estava no ponto exato. (Ory-el).

— E estes alimentos que descongelamos? O que me dizem? (Gregor).

— Café! Imaginem, café! (Tirya).

— E com gosto de café! (Qikyt).

— O aroma deste café é irresistível. (Zays).

Começa a se desenhar uma vida melhor para todos, com conforto e facilidades que jamais imaginaram encontrar ao saírem de Alert. Os comentários seguem enquanto arrumam tudo na cozinha.

— Bem, pessoal, é hora de descobrirmos o que há nos níveis nove e dez. (Samir).

No nível nove, mais surpresas sem precedentes e inacreditáveis. Depois de todo o alimento estocado que encontraram nos níveis seis e sete, agora encontram o que lhes garantirá o futuro em termos de alimentação.

— *Sala de Sementes para cultivo*. (Taler lê a inscrição na porta).

— Com certeza, estão em condições de serem plantadas. (Gregor).

— Técnicas de conservação de sementes são conhecidas há muitos anos. (Ory-el).

— Li num livro, em Alert, sobre um Banco Mundial de Sementes.[8] Só não me lembro onde ficava. (Nuna).

— Temos sementes de soja, arroz, girassol, milho, feijão, trigo, cevada, laranja, algodão, limão, pera, maçã e muitas outras. (Taluk).

— Isso garantirá alimento para nós pelo tempo que quisermos. Basta que cultivemos essas sementes. (Kauê).

— Começaremos o cultivo assim que soubermos quais as culturas que suportam o clima daqui e a época própria para o plantio. (Zays).

---

[8] O Banco Mundial de Sementes fica na Noruega, a mil quilômetros do Polo Norte.

São muitas as sementes armazenadas, mas nem todas podem ser cultivadas ali.

— *Sala de mudas para plantio.* (Agora é Samir quem lê a inscrição da próxima porta).

— Vejam! São mudas de oliveira, videiras, bananeiras e outras, todas identificadas. (Nina).

— Além de mudas há tubérculos, raízes e bulbos, como batatas, gengibre, mandioca, cebola e muito mais. (Taler).

Eles dão uma rápida olhada em tudo, procurando não se demorarem, pois não querem interferir negativamente no processo de conservação do que está armazenado.

Abrem a porta seguinte, com o processo habitual conhecido por eles.

— *Sala de ovos e embriões.* Vejamos o que temos aqui. (Zays).

— São ovos para reprodução, conforme descrito. Ovos de galinha, peru, ganso, faisão e outras aves. (Taluk).

— São embriões de gado bovino, ovino, equino, caprino, zebuíno e outros. (Kauê).

— Todos geneticamente aprimorados para resistirem a doenças. É o que está escrito aqui. (Isa).

— Aqui estão as chocadeiras e as incubadoras para chocar os ovos e gestar os embriões. (Gregor).

Mais uma vez, eles concordam que terão muito trabalho pela frente.

— Isto nos possibilitará produzir boa parte dos alimentos, pois o estoque que temos é limitado, e mesmo que dê para um ano ou mais, depois teremos que estar aptos a cultivar nossos alimentos e criar animais para o abate. (Ory-el).

— Na biblioteca encontraremos tudo a respeito de plantio, cultivo e criação de animais. (Taluk).

— *Sala de Sêmen.* É a última sala deste nível. (Ireia).

— Nesses casos, teremos que encontrar e capturar matrizes para inseminação? (Nuna).

— Nem vamos abri-la. É quase meio-dia e ainda temos que preparar nosso almoço. (Samir).

— Essas portas demoram muito para abrir. (Kauê).

— Quando elas se fecham o ar é retirado e novamente se faz o vácuo. (Nina).

Durante o almoço são inevitáveis os comentários acerca do lugar e do que lhes cabe ali e nesse momento da história de uma espécie que, exceto por eles, estaria extinta.

— Cada vez mais me convenço de que os governantes do mundo sabiam o que aconteceria e prepararam tudo isso para a humanidade ter uma chance de recomeçar. (Gregor).

— Que chance? Se não pudermos ter filhos e formos os últimos sobreviventes a humanidade acaba aqui. (Riwia).

— Talvez não contassem com a infertilidade dos homens, ou não sejamos os últimos humanos vivos. (Gem, esperançosa).

— Então para que todo este investimento? (Tirya).

— Acho que encontraremos a solução para a continuidade da humanidade. Só não sei quando. (Nuna).

Indagações inquietantes e sem respostas enquanto tentam adivinhar o que aconteceu no resto do mundo.

— Se não somos os únicos sobreviventes, por que outros nunca chegaram aqui? (Kauê).

— Se conseguimos chegar aqui, numa jornada tão difícil, é porque não existem outros por perto. (Taluk).

— Vamos almoçar, pois passa do meio-dia e o último nível deve ser tão grande quanto todos os outros. (Kauê).

Terminado o almoço, eles voltam para o elevador, com suas roupas futuristas que possuem relógios *smartwatch*, que marcam o tempo e dão outras informações úteis, fazendo-os parecer visitantes de outro planeta. Ao saírem do elevador, observam que o andar se chama *"O Futuro"*, e logo descobrirão por quê.

Na primeira porta do nível dez está escrito: *"Sêmens humanos – O futuro começa aqui"*.

— Oh! É um banco de espermas! (Iwana, a primeira a entender a importância do que isso significa).

— Então é verdade! Poderemos ter filhos! (Tirya, feliz).

— Não vamos abri-la? (Riwia, curiosa).

— Não temos motivos para duvidar do que está descrito nela. (Zays).

— Temos que acreditar que não se trata de uma brincadeira. (Samir).

— Nada aqui é brincadeira, muito menos isso. (Nuna).

Imediatamente, a emoção toma conta de todos. Aquela esperança longínqua de poderem ter filhos agora se transforma numa possibilidade real. A emoção não permite que esperem a porta se abrir e procuram pelas outras portas.

Na segunda porta do nível dez está escrito: *"Laboratório de fecundação – O futuro será plantado aqui"*.

— Como será o procedimento? (Ye-ti, preocupado com sua mulher).

— Será doloroso o processo de inseminação? (Gem).

— Não importa pelo que tenha que passar, quero ser mãe e te dar um filho, Gregor. (Iwana).

— Com certeza, encontraremos instruções detalhadas para o procedimento. (Gregor).

Ao verem essa porta, cada matriz imagina como será a inseminação e isso causa apreensão. Elas ficam assustadas por não conhecerem o procedimento ao qual serão submetidas, mas começam a chorar de alegria por entenderem que poderão procriar, dar à luz e se tornarem mães. Essa é uma condição imposta pela natureza, que não é cruel, só quer a continuidade da sua criação, por isso impõe às mulheres um instinto de procriação em forma de um desejo incontrolável, que as leva a qualquer sacrifício para darem à luz.

Na terceira porta do nível dez está escrito: *"Maternidade – O futuro nascerá aqui"*.

— Mãe! Mãe! Vou te dar um netinho, mãe! (Gem, chorando bastante).

— Filha, te amo. Vou ajudar você e o Ye-ti em tudo que puder. (Yana, também muito emocionada).

— Meu amor, nós seremos muito felizes! (Ye-ti, abraçando e confortando sua mulher).

As emoções se tornam incontroláveis e todos choram e se abraçam pela possibilidade de um recomeço para a humanidade, com a certeza de que estarão no futuro do planeta e da vida.

Na quarta porta do nível dez está escrito: *"Fraldário – O futuro será vestido aqui"*.

— Vamos abri-la! Vamos abri-la! (Ireia e outras matrizes insistem em abrir essa porta).

— Oh! Tem fraldas, mamadeiras, roupas para bebês, alimentos para bebês e produtos de higiene! (Ya-ti).

— Obrigada! Muito abrigada a todos vocês que nos trouxeram aqui. Obrigada! (Iwana é a mais emocionada).

— Vejam, que engraçado! Algumas roupinhas são de borracha. (Ireia).

— São de nanotecnologia, como está escrito aqui, para crianças com mais de 2 anos de idade. (Taler).

Na quinta e última porta do nível dez está escrito: *"Esta porta abrirá quando o futuro nascer"*.

— O que isso quer dizer? (Qikyt).

— Significa que a porta só se abrirá quando a primeira criança nascer. (Taluk, decifrando a charada).

— Bem, teremos que esperar pelo menos nove meses para descobrir o que há nela. (Ory-el).

O DIA SEGUINTE

À noite, durante o jantar, todos estão muito agitados e ficam conversando sobre o que fazer. Todos querem falar ao mesmo tempo. Então Zays tem a ideia de fazer uma reunião mais formal para definirem o que farão, pois todos estão sem sono.

A concordância é imediata e todos se acomodam na sala de reuniões.

— Em primeiro lugar, penso que temos que agir com muita calma para que tudo transcorra bem e com tranquilidade. (Zays).

— Com certeza, dentro daquelas salas existem instruções precisas sobre como devemos agir. (Samir).

— Em todas as dependências que percorremos sempre havia instruções e indicações do que fazer. (Gregor).

— Acho que devemos começar logo, pois esse sempre foi o nosso objetivo maior. (Iwana, ansiosa).

— Sem dúvida. Amanhã pela manhã iremos lá e estudaremos com muita atenção o que devemos fazer. (Ory-el).

— Não queremos que nenhuma de vocês saia ferida ou... frustrada. (Yana, preocupada com possíveis resultados negativos).

— A natureza não criaria uma espécie tão inteligente para depois acabar com as chances de ela prosseguir existindo. (Ireia).

— Testemunhar o reinício de uma espécie é um privilégio para poucos. (Nuna).

— Agora vamos nos recolher e dormir para amanhã estarmos descansados e bem-dispostos. (Taler).

No dia seguinte, levantam-se cedo e, logo após o desjejum, descem ao nível onde iniciarão a maior aventura de toda a existência da espécie humana: evitar a própria extinção.

— Por que está tremendo, meu amor? (Gregor, percebendo o nervosismo de Iwana).

— Tudo tem que dar certo. Tudo vai dar certo. Sei que vai. (Iwana, ansiosa).

— Não morrerei enquanto não ter em meus braços um filho de vocês. (Nuna, tranquilizando Iwana e Gregor).

Quando chegam ao décimo nível, imediatamente abrem a porta dos sêmens. Como esperavam, encontram uma placa com instruções detalhadas do procedimento a ser seguido. Observam que os sêmens estão adequadamente armazenados em hidrogênio a -96ºC.

— Esta placa diz: *"A escolha dos sêmens deve começar pela matriz mais velha e terminar com a mais nova"*. (Samir).

— Espero que tenha para todas nós. (Gem, preocupada).

— Sim. Escutem esta instrução: *"Sobrarão tubos que poderão ser usados após as crianças serem desmamadas"*. (Isa).

— E prosseguem as instruções: *"Desta forma, as novas gerações poderão ter irmãos"*. (Tirya).

— As instruções continuam: *"Cada tubo deverá ser utilizado uma vez para evitar consanguinidade"*. (Nina).

As emoções, novamente, afloram com força, tendo em vista que traz a concretização de um sonho. Elas querem fazer a escolha imediatamente.

— Então vamos logo! Vamos começar as escolhas. (Várias matrizes).

— Esperem! Estamos ansiosos por isso, afinal de contas, essa sempre foi a nossa esperança quando saímos de Alert. (Ye-ti).

— Prestem atenção nas instruções: *"Antes das escolhas, aprendam as técnicas para inseminação"*. (Taluk).

Isso foi como um banho de água fria na ansiedade de todos, que pensavam em começar logo a concretização de seu maior desejo.

— Então o que estamos esperando? Vamos lá! (Gem).

Eles abrem e entram na Sala de Fecundação, mas a primeira visão é assustadora.

— Oh! Mas o que é isso? (Ireia).

Parecendo pouco iluminada, a sala não é grande. Tem uma cama de casal, com aparência de cama hospitalar, diante de um telão, e uma cadeira articulada, semelhante a uma cadeira odontológica. O isolamento acústico faz com que os sons sejam suavizados e um armário com portas de vidro deixa ver em seu interior instrumentos cirúrgicos estranhos, aparelhos digitais para medição de pressão e outros, desconhecidos para eles.

— Vamos procurar as instruções. (Kauê logo encontra uma placa com as instruções).

A sensação de que não será fácil toma conta de todos, mas a leitura atenta das instruções tranquiliza-os. Todo o procedimento será orientado por instruções em uma tela de um monitor, mas, antes, cada matriz terá que se submeter a um exame que determinará qual seu período de ovulação e o melhor momento para a fecundação. Eles iniciam imediatamente os exames.

— O aparelho é este. Basta deitar-se nesta cadeira de dentista que a máquina fará o resto. (Kauê, lendo as instruções).

— Pronto, está ligada. Quem será a primeira? (Taler).

A máquina faz ruídos suaves, mas nem por isso menos assustadores.

— Eu! Quero ser a primeira, se todas concordarem. (Iwana, com medo, porém decidida).

— Aqui diz que tem que vestir as roupas de nanotecnologia. (Taluk).

— Que bom. Não vou precisar tirar a roupa. (Iwana, trêmula, deitando-se na maca).

— Por favor, deixem-nos a sós. (Gregor, solicitando aos outros que se retirem).

— Gregor, talvez devêssemos ficar. (Ory-el, preocupado).

— Ele tem razão. Este é um momento muito íntimo. Quanto menos gente aqui, melhor. (Nuna).

— Está bem. Ficaremos ali fora, mas deixaremos a porta aberta caso precisem de ajuda. (Zays).

A máquina se parece com um equipamento de dentista, toda automatizada, que aproxima dois braços articulados do baixo-ventre da mulher e procede como num exame ecográfico, emitindo uma luz muito forte na região examinada, que interage com o tecido nanotecnológico da roupa.

— Vai dar tudo certo, meu amor. (Gregor, acompanhando e tranquilizando sua mulher).

Terminado o exame, Iwana dá seu depoimento sobre o procedimento para as outras, tranquilizando-as.

— Senti um leve formigamento na pele, mas não doeu nada. Pelo resultado, poderei ser inseminada amanhã mesmo, pois estou no meu período fértil. (Iwana, muito feliz, e todas respirando aliviadas).

— Obrigada, Iwana. Agora não estou mais com medo. (Riwia).

— Você é muito corajosa. (Isa).

— Não poderia ser diferente. Não nos trouxeram aqui para nos torturar. (Qikyt).

— Essas tecnologias são muito avançadas. Nunca tinha lido ou ouvido falar sobre alguma coisa parecida. (Gregor).

— Tudo aqui parece de "outro mundo". Um mundo do futuro. (Ory-el).

Uma após a outra, as matrizes vão passando pela máquina examinadora e ficam sabendo quais os melhores dias para sua inseminação, que é mostrado num monitor, sendo os resultados arquivados numa memória eletrônica caso alguém esqueça.

A inspeção nanométrica dos ovários permite que o resultado seja dado instantaneamente.

— Quero ser a próxima. (Isa).

Os exames são realizados por eco radiação nanotecnológica, que examina os ovários, encontra o óvulo mais próximo da maturação e determina o tempo para que a mulher entre no período fértil. Todos os trajes têm cintos com reservatórios de energia e cápsulas de nanopartículas que penetram no corpo e viajam através dos tecidos, guiados por ondas eletromagnéticas, examinando o que esteja programado e transmitindo as informações de volta.

— Em menos de um mês, todas nós estaremos grávidas! (Nina, que ficou para a terceira semana).

— Assim espero! (Isa).

— E assim será! (Tirya).

Todas saem dali sabendo quando poderão se submeter à inseminação. Os exames se estendem pelo restante da manhã e, logo após, dirigem-se, céleres, ao andar do refeitório, onde Nuna e Lana estavam preparando o almoço, que transcorre mais rápido que normalmente, para retornarem ao nível do futuro.

— Como foram os exames? (Nuna, curiosa).

— Tudo muito bem, Nuna! (Gem).

— Agora sabemos exatamente o dia que engravidaremos. (Isa).

— Que ótimo! Estou muito feliz por vocês. (Nuna).

— Por que não quiseram acompanhar nossos exames? (Isa e todas as demais têm muito carinho por Nuna e Lana).

— Não aguentávamos mais tanta choradeira. [Ha ha ha]. (Nuna).

Comentários durante o almoço transformam-se num alvoroço, com todas querendo falar ao mesmo tempo e traçando mil planos para seus futuros rebentos. Os sentimentos mais variados se confundem em cada cabeça. Euforia, ansiedade, medo, pressa e incertezas.

— Como será nosso filho? (Nina, questionando seu marido).

— E o que importa isso? O importante é que seremos mais felizes. (Zays).

— Você está feliz agora que poderemos ter um filho por inseminação? (Isa, falando com Samir).

— Claro, meu amor! Será nosso filho. (Samir).

— Quero que o nosso filho seja parecido com você. (Taluk).

— Quero que você o ame muito, muito. (Qikyt).

AS ESCOLHAS

Ansiosas, na Sala de Sêmens para cumprirem mais uma etapa na construção do futuro, as matrizes fazem as suas escolhas. Iwana é ser a primeira a escolher conforme os critérios estabelecido nas instruções, e Gem, a última.

— Vai, Iwana. O que está esperando? (Riwia, que será a penúltima a escolher).

— Amor, quer me acompanhar? (Iwana).

— Sim, mas você escolhe o tubo. (Gregor, abraçando com carinho sua mulher).

Amparada por Gregor, Iwana pega um tubo e verifica que nele está escrito um nome.

— Veja, meu amor, está escrito Ricardo neste tubo. (Iwana, entusiasmada).

— Sim, eu vi. Agora vamos seguir as instruções e deixar os outros escolherem. (Gregor, parecendo ter pressa).

— Desculpe-me. Não quis ofendê-lo. (Iwana, preocupada porque gerará um bebê de outro homem).

— Você não me ofendeu. Todos os sêmens daqui só podem ser de homens que morreram há mais de cem anos. (Gregor).

— Te amo cada vez mais, Gregor! Prometo te fazer muito feliz. (Iwana).

— Tenho certeza de que uma criança só nos fará mais felizes do que somos. (Gregor).

As instruções determinam que os tubos escolhidos sejam guardados na sala de fecundação, em local adequado, para serem usados no dia da inseminação.

Os dois dirigem-se para a sala de fecundação, beijando-se, felizes, enquanto a matriz seguinte entra para fazer sua escolha, acompanhada de seu marido.

Os tubos escolhidos mostram nomes que indicam as mais diversas origens: Sule, Chang, Frank, Robinson, Jean, Paul, Jojo, Eddy, Nelson, Arthur, Robert, Muhamed, Henrique, Louis, Peter, Alex, Naruto, Ricardo, Dimitri etc., ficando claro que a humanidade ressurgirá diversificada.

A escolha prossegue, chegando a vez de Tirya.

— Cezar é o nome do nosso tubo, Ory-el. Não podemos nos esquecer. (Tirya).

— Não se preocupe, não esquecerei. (Ory-el).

— Peguei o tubo com nome de George, meu amor. (Ireia).

— O nosso é Michael. (Qikyt, falando com Taluk).

— Que bom! Agora nosso amor ficará maior. (Taluk, feliz).

— Samir, nosso tubo é o James. (Isa).

— Sam será nosso, Zays. (Nina).

As duas últimas matrizes são as mais novas e decidem entrar juntas na sala, acompanhadas de seus maridos. Pegam os tubos ao mesmo tempo e relevam os nomes quase simultaneamente.

— O nome que pegamos é Oaky. (Anunciou, Riwia).

— Kayo. Kayo é o tubo que pegamos. (Disse Gem, entusiasmada).

Riwia e Gem fazem suas escolhas e conversam com seus maridos enquanto se dirigem para a sala de fecundação, onde guardarão as sementes de seu futuro.

— Todas fizeram suas escolhas. Agora guardem aqui os tubos, e os nomes em sua memória. (Zays, organizando o futuro).

— Não deixarei você se esquecer. (Gregor, falando com Iwana).

— Agora, vamos jantar e nos recolher e descansar. (Nuna).

— Antes de dormir vamos nos reunir para organizar o calendário de inseminação. (Kauê).

— É uma ótima ideia. Penso que nenhuma de vocês esqueceu o dia previsto para a inseminação. (Yana).

— Não. Estou escalada para a segunda semana. (Ireia).

— Eu, na primeira semana. (Iwana).

Na sala de reuniões após o jantar, que transcorreu num clima de quase festa, todos estão ansiosos para a organização de um calendário de inseminação, pois cada uma das matrizes sabe quando estará em seu período fértil.

— São 30 futuras mamães que deverão ser fecundadas em três semanas, portanto, podemos fazer tudo com muita calma para dar tudo certo. (Samir).

— A primeira coisa que faremos é estudar atentamente as instruções com a presença de todas, para que qualquer dúvida seja sanada e não haja nenhum problema. (Zays).

— Quero que vocês tenham calma. Vai dar tudo certo, afinal, esse foi o objetivo para nos trazerem até a luz. (Nuna).

— Não há com o que nos preocuparmos, uma vez que fomos trazidas aqui exatamente para isso. Dar à luz! (Tirya).

— Nós somos a esperança da raça humana. (Iwana, consciente do papel da mulher na continuidade da espécie).

A FECUNDAÇÃO

Na manhã seguinte, todos voltam para a sala de fecundação, com exceção de Nuna, Lana e outras duas idosas, que se prontificaram, durante a reunião, a ficarem no andar do refeitório ajeitando tudo, ambientando-se mais com o local e preparando o almoço.

Antes de se retirarem, Nuna consegue falar a sós com Gregor.

— Veja com que tudo dê certo. Não teremos outra chance. (Nuna).

— Não se preocupe. Sou o mais interessado em nosso sucesso. (Gregor, confiante).

— Torcerei por todos, como sempre. Boa sorte! (Nuna).

Ao chegarem na fecundação, ninguém consegue esconder o nervosismo, mesmo as matrizes que serão as últimas a serem fecundadas. Até elas, outras terão passado por todo o processo.

— Prestem muita atenção para as instruções e orientações que devemos seguir, segundo essas placas. (Gregor).

Todas estão, além de curiosas, apreensivas, e querem saber como é o processo de inseminação. Concentradas nas explicações, vão se familiarizando com a "máquina" à qual serão submetidas. Os olhos das matrizes brilham à medida que vão tomando conhecimento dos procedimentos.

— Aqui diz que cada matriz deverá ser inseminada no dia mais adequado, conforme determinado nos exames feitos. (Gregor).

— Isso reduzirá a probabilidade de problemas. (Ory-el, fazendo uma intervenção).

— Ela deverá estar acompanhada apenas de seu marido, que deverá cumprir os procedimentos que aparecerão numa tela. (Gregor).

— Parece fácil. (Ye-ti, sem conhecer o restante do processo).

— Para vocês, homens, que não serão penetrados por essas coisas estranhas. (Gem não gostou do comentário de seu marido).

— Peço perdão a todas vocês. Será um momento muito delicado mesmo. Desculpem-me. (Ye-ti, arrependido).

— Para as mulheres tudo é mais difícil. (Riwia).

Antes que a conversa se torne um debate mais acalorado, Ory-el interrompe e continua a ler as instruções.

— Sigamos com as instruções. Tanto a matriz quanto seu marido deverão estar a sós na sala e despidos. (Ory-el).

— O marido deverá colocar o tubo escolhido na máquina, no lugar indicado. (Gregor).

— Quando uma luz verde acender, ele deverá colocar um preservativo (nanotecnológico) ligado à máquina através de um fio. (Ory-el).

— E depois... fazer amor com sua esposa, com muito carinho e todas as atenções que o momento exige. (Taluk).

— Esperem! Aqui diz: a matriz deverá querer a relação, por amor. Imposições desabilitarão o processo. (Kauê).

Segue-se um silêncio meditativo, com as matrizes olhando para seus maridos, como se quisessem dizer: te amo.

— Te amo. Por qual outra razão estaria com você? (Ireia).

— Sei, sei. Também te amo. (Taler).

É a esperança iluminando corações e rostos, aumentando o desejo de se tornarem mães.

— O processo poderá ser interrompido três vezes, sem prejuízo para o sêmen armazenado. (Samir, concluindo).

Após as explicações, eles decidem começar o processo de inseminação. Três matrizes estão em seus períodos férteis pelos próximos três dias. Das três, Tirya é a mais velha e todos concordam que seja a primeira. Ela seu marido dirigem-se para o armário refrigerado em que guardaram seu tubo, enquanto os demais se retiram do ambiente, deixando-os a sós.

Ambos se despem, Tirya deita-se na cama e quando Ory-el inicia os procedimentos, as luzes diminuem, tornando o ambiente mais aconchegante. Uma pequena tela segue fornecendo as instruções.

— Acho que não devíamos ser os primeiros. (Ory-el).

— Eu também não, mas alguém tem que ser a primeira. (Tirya, visivelmente nervosa).

— Não sei se vou conseguir. (Ory-el, igualmente nervoso).

— Está com medo de levar um choque no saco? (Tirya, tentando descontrair).

— Não brinque! Assim só vai piorar as coisas. Estou nervoso. (Ory-el não consegue ereção para colocar o preservativo).

— Desculpe-me, não estou atraente peluda deste jeito, afinal, há dois anos não me depilo. (Tirya).

— Também me sinto sujo com a barba deste tamanho. (Ory-el).

Os dois resolvem interromper o processo e tomam uma decisão, comunicando-a aos demais. Essa decisão influenciará a fecundação de todas as outras matrizes.

Mais uma vez, a natureza terá que esperar pela continuidade da sua criação mais inteligente.

O SALÃO

Ory-el e Tirya, encabulados, comunicam aos demais a sua decisão de tentarem a inseminação no dia seguinte.

— Decidimos fazer amanhã nosso bebê! (Ory-el e Tirya).

— E por que assim decidiram? (Iwana, surpresa com a decisão).

— Está tudo em ordem, se a seguinte quiser ir. (Tirya).

— Mas o que deu errado? (Nina).

— Nada deu errado, apenas queremos nos preparar melhor. (Ory-el).

— O que farão para se prepararem melhor? (Isa).

— Decidi que quero estar bem bonita no momento em que engravidar. (Tirya).

— Sim. Nós vamos para o salão de beleza. Esse é um momento muito importante. (Ory-el).

— Se as outras aptas para hoje podem adiar, acho que é uma boa ideia. (Nina).

Por alguns instantes, as outras duas outras matrizes que poderiam fazer a inseminação naquele momento ficam indecisas, mas logo decidem acompanhar o grupo, pois poderão ser as primeiras a se beneficiarem de um tratamento de beleza antes dos procedimentos. Logo, todas vão para o nível do salão com a concordância de seus maridos.

— O que estamos esperando? Vamos! (Outra matriz, que também está em seus dias férteis).

— Não haverá como todos serem atendidos ao mesmo tempo. (Ireia).

— E quem vai nos atender? (Nina).

— Só ficaremos sabendo como o salão funciona indo até lá. (Qikyt).

— As primeiras e as próximas a fazerem inseminação terão preferência. (Samir).

— As que ficaram por último para a inseminação utilizarão o salão nos dias seguintes. (Zays).

— Quero ficar bem bonita. (Riwia).

— Mas você já é linda! (Kauê, elogiando sua esposa).

— É uma ocasião especial. Quero estar melhor ainda. (Riwia).

— Estou curiosa para saber quem vai cortar meu cabelo. (Gem, como todas, está com o cabelo muito comprido).

A depilação é feita com um produto nanotecnológico em pó, com a pessoa dentro de um compartimento parecido com um banho turco antigo, demorando cerca de cinquenta minutos para o corpo inteiro. Os cortes de cabelo também são feitos com equipamento nanotecnológico, semelhante a antigos secadores de cabelos, parecidos com grandes capacetes. A pessoa escolhe o corte, cujas sugestões aparecem numa tela de computador, programa o sistema, coloca o capacete de corte, e por volta de quarenta minutos está concluído. A única exigência é que o cabelo esteja limpo.

— Você está linda! (Ory-el, elogiando Tirya após os procedimentos de beleza).

— O que estamos esperando? Vamos voltar para lá e terminar o que começamos. (Tirya).

— Iwana? Você está maravilhosa! (Gregor, custando a crer na transformação de sua esposa).

— Isa, você está com um cheiro embriagador. (Zays, hipnotizado pelo perfume de sua esposa).

— É o perfume que estou usando. (Isa, revelando segredos da beleza).

— Onde conseguiram perfumes? (Zays).

— Aquele armário está cheio de produtos de beleza. (Isa).

— Que aroma excitante! Qual é fragrância? (Samir, com sua esposa).

— Não sei. Aqui só está escrito: *"Koya – Para sempre"*. (Nina).

— Vejam o que descobrimos naquele armário em que está escrito: *"Koya – A Principal"*. (Riwia, mostrando os cosméticos ali estocados).

Obviamente, todas ficaram mais atraentes do que sempre foram, e seus maridos querendo fazer amor com elas.

Mesmo passando da hora do almoço, as matrizes que estavam previstas para inseminação nesse dia resolvem voltar para a fecundação e darem o passo mais importante de suas vidas rumo ao futuro, sendo seguidas por todos, por uma questão de solidariedade e curiosidade.

— Vamos, Tirya. Eu vou te mostrar que não temo levar choques. [Ha ha ha]. (Ory-el, feliz e confiante).

— Vamos viajar rumo ao futuro e à felicidade! (Riwia, radiante de felicidade).

Eles demoraram pouco, mas para quem esperava foi uma eternidade.

— Demoraram! (Nina)

— Foi tudo bem? (Gem, a mais curiosa).

— Sim, sim! Foi tudo muito bem e muito bom. (Ye-ti, sorridente).

— Foi maravilhoso! (Tirya, feliz).

— Vamos, amor. Agora é a nossa vez. (Outro casal marcado para esse dia).

— Sim, não percamos mais tempo. (Ansiosos para cumprirem seus destinos).

A COMEMORAÇÃO

— Oh! Quem são vocês? (Nuna, que ficara com outras preparando o almoço, questionando, surpresa, os que tinham utilizado os serviços do salão de beleza).

— Fomos ao salão de beleza. (Tirya)

— Então por isso demoraram tanto! (Nuna).

— Mas foi por uma boa causa, Nuna. (Ye-ti).

— Estou vendo! Ficaram muito lindos e parecem mais felizes. (Nuna).

— Sim, estamos grávidas! (Tirya, eufórica).

— Que rápido! (Nuna).

Todos estão com muita fome e se apressam em comer, mas nada impede a intensa conversação que permeia cada garfada de alimento.

— Estou tão feliz, pessoal! (Ye-ti, mostrando a todos sua felicidade).

— Estamos felizes por vocês, porque todos vamos concretizar o sonho de uma nova vida com perspectiva de futuro. (Gregor).

— É isso aí! (Bradou Zays, levantando seu copo de água).

— Esperem! Esta é uma boa oportunidade para comemorarmos com vinho. O que me dizem? (Samir).

— Sim, sim, sim! (Todos em uníssono).

— Então vamos até a adega para escolher um espumante. (Isa).

Alguns dele vão à Adega Roy e de lá trazem algumas garrafas de espumante, suficientes para um brinde.

Nuna, por ser a mais idosa, foi a primeira a brindar.

— Para sempre em nossas vidas, saúde! (Nuna).

— À saúde de todos nós! (Kauê).

— À saúde de todos que virão! (Iwana).

— Que venham para alegrar nossas vidas! (Tirya).

— Que nos façam muito felizes! (Taluk).

— Que vivam muito e sejam felizes! (Gregor).

Após os brindes, a comemoração prossegue com muita alegria e sorrisos felizes.

— Este espumante é muito bom! Por que não trouxeram mais? (Nina).

— Porque ainda teremos muito a comemorar. (Zays).

Depois dos brindes, os homens se reúnem informalmente e conversam sobre seus futuros filhos.

— Pelos nomes inscritos nos tubos, deduzimos que o banco de esperma foi feito com doações de homens de praticamente todas as origens que existiam no mundo. (Gregor).

— Mas qual a importância disso? (Ye-ti).

— Devemos estar preparados para termos filhos bem diferentes de nós. (Gregor).

— Filhos são apenas filhos, não importa a origem, a cor e, muito menos, a aparência. (Taler).

— Concordo com Taler. E se a Nina quiser, quero ter mais de um filho. (Zays).

— Quero ter muitos filhos, se Qikyt concordar. (Taluk).

E assim, pelas três semanas seguintes, todas as matrizes são submetidas ao processo de inseminação. A sorte é lançada, renovando a esperança de a humanidade se recuperar. No sétimo dia após a última matriz ser inseminada, é confirmada a gravidez de todas. Resta, agora esperarem nove meses para conhecerem as faces do futuro. E eles comemoram, com sobradas razões, o renascimento de uma espécie renovada, melhor no sentido físico e em seus relacionamentos.

— Socorro, Ory-el! Não consigo parar de vomitar. (Tirya, enjoada).

— É assim mesmo, meu amor. Li num livro que a sua mãe indicou. (Ory-el).

— Sei. Ela me disse isso, mas é muito desagradável. (Tirya).

— Não se preocupe. Todas passarão pelo mesmo processo. (Nuna).

— Ui! Como estou engordando! (Isa).

— Parece que vou explodir. (Gem).

— Acalmem-se! Ninguém explodirá, podem ter certeza. (Yana, mãe de Gem).

— Para mim você está linda. (Ye-ti, marido de Gem).

SONHOS PODEROSOS

Durante a gravidez, todas as matrizes são acometidas dos tradicionais enjoos e outros contratempos bem típicos de gestações. É normal terem dificuldades para dormir, mesmo no início da gestação, pelos hormônios que começam a navegar em seus corpos e pela ansiedade de uma espera que recém se inicia.

Gem fica aconchegada a Ye-ti, fazendo divagações à espera do sono.

— Estamos sendo monitorados do céu. (Gem, romântica).

— Não, meu amor! Somos monitorados do espaço. (Ye-ti, pragmático).

— Você não está sendo romântico. (Gem, dengosa).

— Desculpe-me. Acho que você quis dizer: somos monitorados pelo céu. (Ye-ti, acariciando sua jovem e sonhadora esposa).

— É, foi o que eu quis dizer. (Gem).

— E é o que estou sentido agora, à espera do nosso bebê. (Ye-ti).

Nessa noite, Gem, que foi fecundada com o sêmen de Kayo, tem um sonho longo e estranho.

— Gem! Gem! Gem! (Uma voz feminina chama por ela em seu sonho).

— Quem está me chamando? (Gem).

— Escute-me, Gem. (Em voz baixa).

— Quem é você? (Gem vê uma linda mulher).

— Você terá dois bebês... (A mulher não se identifica).

— Como sabe? (Gem).

— Será uma menina e um menino. (A mulher fala sussurrando).

— O que você quer comigo? (Gem fica ansiosa).

— Quero que seja muito feliz com seus bebês... (A mulher parece ter luz própria).

— Sou e serei mais feliz... depois... (Gem).

— Seja feliz, Gem... Ame muito seu marido e seus filhos. (Sempre com sussurros, parecendo não querer que outros ouçam).

— Por que está me dizendo isso? (Gem).

— Porque te amo, te amo...

— Você é tão linda! Quem é você? (Gem).

— Sou... Eu guardo vocês... ajudo... Sou a vida... (O brilho daquela mulher parece aumentar).

— Uma guarda-vidas? (Gem fica confusa).

— Faça um mundo melhor com amor, mais amor, muito amor... (A mulher desaparece em meio a muita luz).

Gem acorda sorrindo e se sente estranhamente feliz, pensando que terá um casal de gêmeos, conforme lhe falou aquela linda mulher em seu sonho. Ela fica tomada por uma sensação de leveza e de bem-estar, com a certeza de que tudo dará certo.

— Mãe, mãe! (Gem).

— O que foi, filha? (Yana)

— Tive um sonho. Um sonho muito lindo. (Gem).

— Conte-me o que foi que sonhou. Parece tão aflita. (Yana).

Ela conta com detalhes para sua mãe, e depois para Ye-ti e para os demais membros do grupo.

— Sonhei que vou ter dois bebês. (Gem).

— Ah, filha... Foi apenas um sonho. (Yana).

— Não! Sonhei com uma mulher muito linda, jovem, com cabelos da cor do Sol quando brilha forte. (Gem).

— Que bom que foi um sonho bom. (Yana)

— Ela era calma e saía de seus pulsos uma luz muito brilhante que a deixava ainda mais linda. (Gem).

— Oh! Saía luz de seus pulsos! Que sonho interessante. (Ya-ti, que acompanhava a narrativa).

— No sonho ela me contou que terei dois bebês. Um de cada! (Gem).

— Como assim, um de cada? (Ye-ti, também presente).

— Um menino e uma menina. (Gem).

— Isso é muito difícil de acontecer, minha filha. (Yana).

— Mas sei que serão dois bebês. (Gem, demonstrando certeza).

— Você ficou impressionada com o sonho. Isso é bem normal. (Ya-ti).

— Ye-ti, acredite, vamos ter dois bebês. (Gem).

— Ficarei feliz em dobro, mas como sua mãe disse é difícil isso acontecer. (Ye-ti).

— Tenho certeza! Não é maravilhoso, meu amor? (Gem).

— É maravilhoso! Te amo. Sei que não será fácil com duas crianças, mas prometo te ajudar em tudo, amor. (Ye-ti).

— Te amo, Ye-ti. (Gem).

— Se forem dois netos ficarei duplamente feliz. Mas devemos esperar para ver o resultado do exame de ultrassom. (Yana).

Na mesma noite, Iwana também sonha e procura Ya-ti para contar-lhe que teve um sonho muito estranho, e acaba contando seu sonho para todos que se encontram ali.

— E como foi seu sonho, Iwana? (Ya-ti sempre acompanha as matrizes que não têm mães vivas).

— Sonhei com um homem muito bonito. (Iwana).

— Estou com ciúmes do sonho dela. (Gregor, fazendo piada).

— No início do sonho ele estava muito sério. Parecia até um pesadelo. (Iwana).

— Você parece assustada. (Gem, que acompanha a narrativa).

— Parecia que ele queria me dizer alguma coisa ruim. (Iwana).

— E o que ele falou? (Yana).

— Nada falou durante o sonho todo. (Iwana).

— O aconteceu, então? (Ye-ti).

— Ele ficou apenas me olhando, e à medida que o tempo passava, seu rosto ia se iluminando. (Iwana).

— Conseguiu identificar quem era? (Nuna, que também se interessou pelo sonho).

— Não. Perguntava quem era e o que ele queria, mas ele não respondia. (Iwana).

— A mulher com quem sonhei também não disse quem era. (Gem).

— Aquele rosto iluminado foi, aos poucos, abrindo um sorriso cada vez mais largo e feliz. (Iwana).

Nesse momento, os olhos de Iwana se iluminam de felicidade e ela conclui a narrativa:

— O sonho terminou com aquele rosto iluminado olhando e sorrindo para mim. (Iwana).

— Que bom que tiveram sonhos agradáveis. (Nuna).

— Depois que acordei senti-me mais leve e com a certeza de que tudo vai dar certo. (Iwana).

— Claro que vai dar certo, meu amor. Estou aqui para ficar com você para sempre. (Gregor, declarando-se).

— Nós todos estamos com vocês e tudo dará muito certo. (Taluk, que também acompanhara a história).

Outros que chegaram ali e ouviram as narrativas dos sonhos também se manifestam.

— Viemos até aqui para sermos felizes! (Isa).

— E é o que faremos. Só depende de nós. (Zays).

Nos dias que se seguem, todos estão ansiosos para saber qual o sexo dos bebês e quantos estão a caminho. Na sala de fecundação tem aparelhos de ecografia e instruções para todo o acompanhamento pré-natal.

— Quando saberemos como estão nossos bebês? (Iwana).

— Na semana que vem começaremos os exames, na mesma ordem das inseminações. (Yana).

— E vamos elaborar um calendário de exames periódicos para o acompanhamento pré-natal. (Ya-ti).

— Temos tudo que é necessário para isso, bem como as instruções. (Gregor).

Os exames mostram que 12 matrizes terão gêmeos.

— Nascerão 42 crianças, com poucos dias de diferença. (Samir).

— Temos que nos preparar muito bem para recebê-las. (Ory-el).

— Principalmente, com muito amor e carinho. (Nuna).

— Vamos ter duas meninas, Zays! (Nina, falando com seu marido, muito emocionada).

— Nós teremos dois meninos! (Samir, anunciando a todos com muita alegria).

Dentre todas que terão gêmeos, somente Gem dará à luz um casal.

— Ye-ti, mãe, falei que seria um de cada. Não é maravilhoso? (Gem, muito feliz).

— Parece que seu sonho estava certo. (Ya-ti).

— Sabia! Aquela mulher em meu sonho estava certa. Teremos uma menina e um menino. (Gem, falando com Ye-ti).

— Te amo, te amo, meu amor! (Ye-ti, com incontida alegria).

— Parabéns, mamãe e papai! Vocês terão trabalho dobrado. Mas estou aqui para ajudá-los. (Yana).

São dias de muita alegria e comemoração por saberem o que esperam e, principalmente, por tudo transcorrer normal e tranquilamente.

— É um sonho se realizando! (Outra matriz com gestação dupla).

— É o futuro chegando! (Iwana, que terá um menino).

— Estou duplamente feliz! Mas vou precisar de ajuda. (Qikyt).

— Nós vamos ajudar vocês, não se preocupem. (Nuna, falando em nome de Yana, Ya-ti, Lana e outras duas anciãs).

DE VOLTA AO TRABALHO

— Não podemos abandonar a superfície. Temos muito o que fazer lá. (Samir, com o compromisso de construir os apartamentos).

— Para quem não admitia viver embaixo da terra, estamos tempo demais sem ver a luz do sol. (Ory-el).

— Mas em Alert passávamos quase seis meses sem luz solar. (Gem).

— Continuo afirmando que seres humanos não foram feitos para viverem embaixo da terra. (Riwia).

— Riwia tem razão. Estamos há quase dois meses aqui embaixo. Devemos ir até a superfície. (Kauê).

— Nossas mulheres estão grávidas e precisam de sol para que nossos filhos nasçam saudáveis. (Gregor).

— Acho que todos concordam em ir até a superfície regularmente para verificar se tudo está bem por lá. (Zays).

— Estou interessado em saber para onde vai todo o lixo que é produzido neste subterrâneo. (Taler, referindo-se a todos os rejeitos que eles estão produzindo no subterrâneo: urinas, fezes, águas dos banhos e da lavagem de roupas, restos de alimentos, cabelos, pelos depilados etc.).

— Só sabemos que tudo é sugado com alta pressão por tubulações, mas para onde seguem depois? (Taluk).

— Temos várias razões para voltar à superfície e é o que devemos fazer. (Samir).

De volta à superfície, eles descobrem instruções informando que os dejetos são levados por tubulações para uma espécie de pós-combustor, anexo ao reator, que utiliza o calor produzido pela fusão nuclear para decompor qualquer substância em seus elementos básicos.

— Assim, o lixo de qualquer espécie é reduzido aos elementos básicos que o compõem, como carbono, oxigênio, nitrogênio, sódio, cloro, enxofre etc. Aqui diz que o projeto foi desenvolvido pela engenheira Meg. (Kauê).

— Gases como oxigênio, nitrogênio e hélio são separados e relançados na natureza. (Taluk).

— O cloro é recombinado com sódio para produzir sal, que fica armazenado num cilindro, próprio para utilização. (Zays).

— O vapor d'água é relançado na natureza. (Taler).

— Potássio, fósforo, cálcio e outros são utilizados como nutrientes tipo adubo. (Ory-el).

— É fantástico como nada se perde e tudo se transforma em coisas boas para a natureza e para nós. (Gregor).

— Isso é uma usina de reciclagem de alta tecnologia. Coisa de gênios da engenharia. (Samir).

— Que foi possível devido à disponibilidade de energia gerada pela fusão nuclear. (Ye-ti).

— Verifiquei os reservatórios de subprodutos e estão praticamente vazios. (Kauê).

— Normal. Nós somos poucos e começamos a produzir lixo há pouco tempo. (Zays).

As matrizes tomam sol, e aproveitam para se exercitarem fazendo uma limpeza leve no pátio, que não tem mais esqueletos, pois todos foram retirados dali e enterrados em local adequado, fora dos muros da usina.

— Agora vamos ajudar na limpeza pesada. (Taluk).

— Vamos nos reunir hoje para traçarmos um calendário de atividades gerais. (Zays, propondo ordem).

— Estamos muito dispersos, com alguns fazendo musculação, outros natação, e nossas mulheres tentando exercícios para a gestação e para o parto. (Samir).

— Concordo! Precisamos nos organizar. (Kauê).

Na reunião, todos concordam que devem ir para a superfície diariamente para realizar tarefas importantes para seu futuro naquele lugar.

— Todos os dias irei até a administração para prosseguir na transformação daquelas salas em apartamentos. (Samir).

— Eu, Taler e Kauê ajudaremos você. As ferramentas de que dispomos são ótimas e ajudarão muito nas tarefas. (Ory-el).

— Tratarei de conhecer e preparar a terra para plantarmos o que pode ser cultivado aqui. (Nuna).

— Eu e Yana acompanharemos Nuna. Lana também nos ajudará. (Ya-ti).

— Ajudarei vocês, selecionando as sementes que temos e quais podem ser cultivadas no clima daqui. (Gregor).

— Estudarei a usina, os reatores e o pós-combustor, para fazer manutenção, se necessário. Enquanto isso, ajudarei Samir. (Taluk).

— Ficarei à disposição de todos, ajudando os que mais precisarem. (Zays).

Outros também se escalam para as tarefas a serem efetuadas, e o trabalho é distribuído sem sobrecarregar ninguém.

Na manhã seguinte, Nuna anuncia a morte de Lana. É a primeira morte desde que chegaram à luz.

— Acho que ela estava apenas esperando ver o Sol mais uma vez para nos deixar. (Nuna, entristecida).

— Todos nós sentimos muito essa perda. Ela parecia muito feliz. (Ya-ti, comovida).

— Nunca ouvimos a sua voz, mas sua presença era carinhosa e colaborativa. (Gregor).

O grupo sente muito a primeira morte desde que chegaram ali. As matrizes, todas em gestação, sentem muito, mas têm que superar a perda e continuarem, serenamente, na espera de seus rebentos.

A JOIA DO UNIVERSO

Passaram-se alguns meses desde que chegaram à Luz e ainda não descobriram tudo o que foi deixado. São muitas as novidades e, para todos, um ambiente futurista, que seria uma ficção científica se não estivessem vivenciando tudo.

Eles ambientaram-se no local aos poucos, mas persistem muitas perguntas sem respostas, como: o que aconteceu para todo mundo morrer? Será que não há mais ninguém vivo no planeta? Como funciona a nanotecnologia? Por que uma porta só se abrirá após o nascimento de uma criança? Por que sêmens humanos tão diversificados?

Mas as gestações das matrizes e as expectativas em torno do nascimento dos bebês absorve todas as atenções, fazendo com que não procurassem mais descobrir respostas para perguntas tão inquietantes.

Agora que se sentem um pouco mais ambientados e organizados no local, numa noite, antes de se recolherem para dormir, resolvem fazer uma reunião para tomarem algumas decisões sobre os nascimentos dos bebês, que se aproxima.

— Eu, a Yana, o Gregor e o Samir verificamos a maternidade e concluímos que está tudo funcionando perfeitamente. (Zays).

— Apenas esperando que a primeira de vocês se torne mamãe. (Yana, sentindo-se uma vovó).

— Talvez tenhamos mais de um parto por dia. (Kauê).

— Mas está tudo em ordem e tudo transcorrerá muito bem. (Ory-el).

Esgotado o assunto nascimentos e maternidade, Taluk anuncia que encontrou mais uma placa.

— Escutem o conteúdo desta placa com o título de "*A Joia do Universo*". Nela está escrito: "*Este planeta é único e vocês devem desfrutar, com sabedoria, tudo o que ele oferece para promover o bem-estar de todos os seres que o habitam, pois todos são frutos naturais do meio ambiente, e desse meio deverá advir o sustento, a continuação e o aprimoramento das espécies. Ainda que existam outros planetas semelhantes à Terra, será quase impossível alcançá-los. Ainda que haja vida inteligente em outros planetas, por uma questão de limites, considerem-se a única espécie inteligente do Universo*".

— O que pensam disso? (Zays).

— Parece uma instrução inútil, mas não é. (Ory-el).

— Podem acreditar que tem um significado muito profundo. (Gregor).

— Nada que encontramos aqui parece ser inútil ou desprovido de propósito. (Kauê).

— As pessoas que construíram tudo isto queriam que vivêssemos com conforto. (Yana).

— Com mínimas preocupações de segurança e alimentação. (Nuna).

— Por que chamar um planeta de joia? Acho que uma joia só pode pertencer aos ricos. (Gem).

— Talvez os ricos sejam mais adaptados ao meio ambiente e mais evoluídos no sentido de desfrutá-lo com sabedoria. (Samir).

— É preciso saber viver, usufruir do que a natureza oferece sem destruí-la. Essa é a mensagem. (Ya-ti).

Voltam, então, as perguntas sobre a questão do extermínio da humanidade.

— É difícil saber o que aconteceu, mas todo o mundo morreu e parece que alguém queria que a humanidade continuasse. (Isa).

— E continuasse de uma forma melhor, vivendo com mais amor e respeito mútuo, e para a natureza. (Tirya).

— Respeitando uns aos outros, não importando o quão diferentes possamos ser. (Gregor).

— O que torna este planeta uma joia é a diversidade de vida que ele é capaz de criar e sustentar. (Nina).

— Talvez fosse mais adequado chamá-lo de planeta Vida. (Yana).

— Seria muito egoísmo pensar que a vida só se fez presente e prosperou neste planeta. (Samir).

— Não acreditamos que somos os únicos vivos. E igualmente egoísta é a ideia de que estamos sós num Universo tão vasto. (Iwana).

— Que questão de limites é essa que nos considera os únicos seres inteligentes no Universo? (Riwia).

— A vastidão do Universo nos faz crer que existiu, existe ou existirá vida inteligente em outro lugar, mas é tão distante que podemos ignorá-la, pois jamais conseguiremos qualquer tipo de contato. (Zays).

— Como assim, existiu vida inteligente? (Gem).

— Uma civilização inteligente num planeta distante pode ter existido por milhões ou bilhões de anos e ter deixado de existir há milhões de anos e nunca saberemos. (Zays).

— O mesmo vale para uma civilização que floresça daqui a milhões de anos num planeta a milhões de anos-luz de nós. (Taluk).

— Pode ser que, quando tais civilizações comecem, a nossa espécie esteja extinta, como quase aconteceu. (Zays).

— E se existem outros seres inteligentes agora, por que não se comunicam? (Ireia).

— Pelo estágio de desenvolvimento em que possam estar, pois nós, neste momento, não temos como estabelecer contato com ninguém. Pensaram nisso? (Zays).

— E isso não quer dizer que não sejamos inteligentes. Só não temos mais tecnologia para tentarmos contato. (Ory-el).

— Essa condição pode perdurar durante séculos, e quem tentar nos localizar no Universo pensará que não existem seres inteligentes neste planeta. (Zays).

— Se em outros planetas existir só vida animal, também pensaríamos tratar-se de um mundo desabitado. (Taluk).

— A comunicação caracteriza os diversos estágios da vida. Quanto mais evoluída a espécie, mais complexa a comunicação. (Samir).

— O ser humano evoluiu porque aprendeu matemática e decifrou os segredos da natureza. (Zays).

— Temos que cuidar muito bem deste planeta. Ele não é a nossa casa. Ele é a casa única de todos que vivem aqui. (Gem).

Ao ouvir isso, Ya-ti não consegue conter suas lágrimas.

— O que há, mãe? Por que está chorando? (Ye-ti).

— Gem tem razão, mas existe muito mais coisas neste planeta. (Ya-ti).

— Que coisas? (Kauê).

Ya-ti emociona a todos com suas palavras.

— Vivíamos num lugar inóspito, mas, ainda assim, conseguíamos tirar dali o necessário para nossa sobrevivência. No entanto agora percebemos quão maravilhoso é este planeta.

— Quem o chamou de joia do Universo está com a mais plena razão. (Gregor, complementando Ya-ti).

— Em nossa jornada até aqui conhecemos coisas que jamais tínhamos visto ou ouvido. (Ya-ti continua).

— Só sentíamos frio e víamos muito gelo o tempo todo. (Riwia).

— Todos os nossos sentidos foram brindados com os sons maravilhosos do canto de pássaros, com visões de florestas com belas flores e borboletas. (Ya-ti prossegue).

— Com alimentos diferentes e saborosos. (Nuna).

— Lá, só sentíamos o cheiro de nós mesmos, de carne de peixe, da gordura de focas e óleo de baleia. O frio era constante e tanto que inibia muitos odores. (Ya-ti).

— Estamos experimentando sensações infindáveis. (Ireia).

— Aqueles produtos "Koya" nos deram a exata dimensão das sensações que o nosso olfato pode nos trazer. (Iruwa).

— Tem até perfumadores de ambiente com diferentes fragrâncias. (Taluk, fazendo uma observação que abre outras frentes de debate).

— Pensei que o planeta fora chamado de joia do Universo por alguém acreditando que só ricos poderiam dele desfrutar. (Gem).

— Mas não é verdade? Para aproveitar com conforto tudo o que ele oferece é necessário dinheiro. (Yana).

— Os pobres e os miseráveis devem ter lutado para sobreviver com restos e migalhas. (Ory-el, complementando).

— Penso que ricos são aqueles que sabem usufruir dele sem destruí-lo. (Zays).

— Joias valiosas são muito raras, por isso chamaram este planeta de Joia do Universo. (Nina).

Cada um tem uma ideia sobre como viver sem destruir a natureza, mas há uma convergência de pensamento.

— Enquanto uma população for pequena, até pode esbanjar recursos, mas logo isso se mostraria pernicioso. (Samir).

— Em pouco tempo o lixo acumulado pelo desperdício se tornaria prejudicial, consumindo mais recursos para controlá-lo. (Kauê).

— Não é só por termos alimento em abundância que devemos desperdiçar. (Tirya).

— E o exagero na alimentação pode trazer obesidade e doenças. (Nuna).

— Devemos produzir o necessário para nossa sobrevivência com dignidade. Nada mais do que isso! (Nina).

— Nossas vidas eram extremamente limitadas pelas condições climáticas a que estávamos submetidos. (Ye-ti).

— Agora que um novo mundo se oferece para nós devemos fazer de tudo para não destruí-lo. (Zays).

— Quando as crianças nascerem teremos que redobrar esforços na busca de alimentação saudável, cuidados com o lixo e possíveis doenças que desconhecemos. (Isa).

— Mais do que como nossa casa, devemos cuidar deste planeta como um filho. (Ya-ti).

À medida que a conversa prossegue, o grupo chega a algumas conclusões.

— Indagamo-nos sobre quem planejou tudo isso. Bem, quem quer que seja, desejavam dar continuidade à espécie humana. (Samir).

— Mas não devemos chegar ao ponto de considerá-los divindades. (Taluk).

— Apesar de ser difícil de comprovar que estamos sós no planeta, não devemos desperdiçar a chance de repovoá-lo. (Zays).

— Podem existir muitas comunidades vivendo isoladas em outras partes do mundo, como aconteceu conosco. (Riwia).

— E, pelo visto, continuarem sem condições de saber por não termos meios de comunicações. (Kauê).

— A menos que venham até nós. (Ireia).

Depois de mais de duas horas, decidem encerrar a reunião informal, com as últimas manifestações.

— Onde vivíamos a natureza era quase invariante, pouco oferendo para nosso sustento. (Ya-ti).

— Aqui ela se mostra abundante e generosa, mas frágil. (Gem).

— Por isso devemos tratá-la com respeito, acima de tudo. (Iruwa).

— A diversidade e a mudança constante são a garantia de continuidade. (Tirya).

— Devemos buscar um modelo de vida em harmonia com a natureza. (Nuna).

Para as mulheres são dadas as palavras finais, talvez por serem, na maioria das vezes, as mais sensatas.

OS NASCIMENTOS

Passados os nove meses de gestação, Gem, que foi uma das primeiras matrizes a ser fecundada, entra em trabalho de parto por estar grávida de gêmeos.

— Mãe, me ajude. Não sei o que fazer. (Gem, pedindo ajuda para sua mãe).

— Venha, filha. Vamos para a maternidade. E você, Ya-ti, avise aos outros que a Gem entrou em trabalho de parto. (Yana).

— Não se preocupe, amor. Estarei o tempo todo ao seu lado. (Ye-ti).

Ao serem avisados sobre Gem cria-se um alvoroço geral e todos correm para o nível da maternidade, afinal, será o primeiro nascimento após quase vinte anos. Várias outras matrizes estão prestes a parirem seus bebês.

— Aaaiii, mãe. Está doendo muito. (Gem).

— São as contrações. Não se preocupe, é assim mesmo. (Ya-ti).

— Obrigada, Ya-ti. Você é muito gentil, mas a dor não passa, ela volta. (Gem, fazendo piada entre uma e outra contração).

— Obrigada, Nuna. Precisamos da sua experiência. (Yana, agradecendo a presença de Nuna).

— Queria agradecer a ajuda de todos, mas acho que tem muita gente aqui dentro. (Ye-ti).

De fato, a maternidade, que conta com quatro cabines para parto Leboyer, quatro incubadoras, uma sala de emergência equipada para realização de cesarianas, além dos demais equipamentos necessários, não comporta um grande número de pessoas ao mesmo tempo.

— Está bem. Vamos pessoal! Esperaremos lá fora, prontos para qualquer coisa de que necessitem. (Zays).

— Só vamos atrapalhar se ficarmos aqui. (Qikyt, sem querer acompanhar o sofrimento de Gem).

— O trabalho de parto é assim, meu amor. (Taluk, confortando Qikyt, quase chorando).

— Mulheres sempre sofrem. Não deveria ser assim. (Ireia).

— Esse é o único sofrimento que compensa passar. (Iwana).

— A natureza nos fez assim, porque depois do parto tudo vale a pena e compensa o sofrimento. (Isa).

As horas passam e as contrações se tornam mais frequentes, até que, quatro horas depois, Ye-ti sai da maternidade e, aos gritos, anuncia:

— Sou papai! Sou papai! Meus filhos nasceram! Venham conhecê-los. (Ye-ti, em lágrimas).

— Parabéns, papai Ye-ti. Como está Gem? (Gregor).

— Está muito bem. Cansada, mas muito feliz. (Ye-ti, eufórico).

— Ei, onde pensam que vão? (Nuna, interrompendo a horda que se formava para entrar na maternidade).

— Queremos ver os bebês e abraçar a Gem. (Riwia).

— Terão que esperar. Ainda estamos limpando tudo e arrumando as coisas aqui. Tenham paciência. (Nuna, impondo-se).

Tão logo a visitação é permitida, o espaço na maternidade torna-se pequeno para tantas pessoas e para as emoções que tomam conta de todos. São abraços de felicitações e lágrimas de felicidade. As emoções, que nos diferenciam de outros seres conhecidos, são impossíveis de serem ocultadas num momento tão especial.

— Parabéns para vocês. Seus filhos são muito lindos. (Qikyt).

— Obrigada a todos! Não sei se terei leite suficiente para dois. (Gem, preocupada com aleitamento).

— Claro que terá. A natureza sempre dá um jeito. (Gregor).

— Queremos saber os nomes. (Ireia).

— Ela vai se chamar Evany. A primeira mulher da primeira cidade. (Ye-ti).

— Vamos chamá-lo de Ivanny. O primeiro homem da primeira cidade. (Gem).

— Estou muito feliz porque deu tudo certo. (Nuna).

As comemorações continuam até que, horas depois, outra matriz entra em trabalho de parto. E nos dias seguintes, a maternidade raramente fica sem atividades.

O futuro começa a nascer com saúde e mostrar a sua cara diversificada. A espécie ressurge plúrima, matando na origem qualquer chance de preconceito de raça ou de cor. Crianças de todas as origens nascerão, crescerão e brincarão juntas, aprendendo a amarem-se como são: diferentes por fora, iguais por dentro, sem necessitar de leis que imponham isso.

— Minhas filhas parecem pérolas negras. Nós as amamos. (Nina, que teve gêmeas).

— Nosso filho tem sardas e cabelo vermelho. É muito lindinho! (Tirya).

Por razões desconhecidas para eles, várias matrizes têm gêmeos, mas somente Gem teve um casal de gêmeos.

A ÚLTIMA PORTA

No início da exploração do subterrâneo eles descobriram uma sala cuja inscrição na porta alertava que ela só abriria após o futuro nascer. Em algumas ocasiões anteriores eles até tentara, abri-la, mas sem sucesso.

— As primeiras crianças nasceram. Acho que está na hora de abrirmos a última porta. (Taluk).

— Os planejadores tiveram um bom motivo para querer que esperássemos pelo nascimento de uma criança para abrirmos. (Ye-ti).

— O será que tem aí dentro? (Riwia).

— Pode ter remédios para dor de barriga de crianças e outras dorezinhas que elas sentem. (Nuna).

— Não, não. Os remédios estão todos naquela sala escrito farmácia na porta. (Zays).

— Podem ser fraldas ou roupinhas para bebês. (Isa).

— Também não. Esse tipo de material se encontra naquela sala com várias caminhas e armários. (Samir).

Alguns palpitam sobre o conteúdo da sala enquanto outros, mais curiosos, tentam abri-la, sem conseguir.

— Por que não abre? Nasceram duas crianças, os filhos de Ye-ti e Gem. (Taluk).

Tudo é feito para abrir, mas eles não conseguem descobrir como, e o barulho das tentativas acorda e assusta Evany, que estão nos colos de seus pais, e começa a chorar, sendo seguida pelo seu irmãozinho, Ivanny.

— Parem com isso. Estão assustando as crianças. A porta não abrirá à força. (Gem).

As crianças choram em meio ao silêncio momentâneo que se fez, então um ruído característico de fechadura se abrindo foi ouvido e todos perceberam que a porta destrancou. Clackt!

— Ei! Vejam! A porta destrancou com o choro dos bebês. (Kauê).

Antes de ser aberta, o ruído característico de pressurização e climatização faz-se ouvir demoradamente.

Alguns minutos depois, a porta se abre e o ambiente vai se iluminando gradativamente, mostrando seu conteúdo, para surpresa geral. Os primeiros a entrarem são os homens, que sempre agem dessa forma por razões de segurança.

— Vamos. Vamos ver o que há aí dentro. (Taler).

— Mas o que é isso? (Ory-el).

— Para que essas coisas? (Kauê).

Quando entram as mulheres...

— Oh! Que lindo! (Yana).

— Adorei! (Ireia).

— São brinquedos! Brinquedos para os nossos netinhos. (Ya-ti).

— Tem balanços, escorregadores, gangorras! (Nina).

— Tem equipamento completo para montar um parquinho. (Samir).

— Nossos filhos poderão brincar e se divertir. (Gregor).

— Devemos montá-los na superfície para aproveitarem o Sol. (Isa).

— Crianças precisam brincar para serem felizes. (Qikyt).

É uma sala enorme. Quando Nuna entra, fica admirada e contente com o que vê.

— São brinquedos! Muitos brinquedos! Mas não tem bonecas aqui!? (Nuna, indagando).

— Não precisa. Nós, mulheres, nascemos sabendo cuidar de bebês. (Iwana).

— Referia-me aos meninos. Se eles aprendessem como tratar uma criança teriam mais cuidado com tudo, inclusive com eles próprios, e aprenderiam a amar com mais facilidade. (Nuna, filosofando).

— Tem razão! Talvez seja a única falha dos planejadores. Por isso, as mulheres precisam continuar a nos ensinar a amar. (Zays).

— Ei! Leiam o que está escrito naquela parede. (Tirya, chamando a atenção).

"*Vocês venceram! Conquistaram o futuro. Agora cresçam, amam-se, reproduzam-se e ocupem a Terra utilizando tudo o que ela oferece, com sabedoria, pois ela não oferece nada menos do que VIDA!*".

Em várias reuniões, o grupo decide que os sêmens congelados que restaram voltarão a ser usados pelas matrizes que só tiveram um bebê quando eles estiverem com mais de 2 anos. As matrizes que tiveram gêmeos poderão optar por nova gestação quando os gêmeos completarem 3 anos.

Nasce uma sociedade planejada, baseada em decisões colegiadas, negociadas e na cooperação, sempre buscando a paz através do que é justo e do bem-estar para todos.

A ÚLTIMA PLACA

Enquanto as mulheres estão maravilhadas com os brinquedos e vários homens planejando onde construir o parquinho, Gregor encontra a última placa deixada ali, encostada numa parede, atrás de caixas com brinquedos.

— Ei, pessoal. Achei uma placa. (Gregor).

— Vamos ler o que está escrito. (Zays).

Gregor pede a atenção de todos e lê, em voz alta e clara, parecendo uma profecia.

"No primeiro solstício após o nascimento da primeira mulher, contem o tempo a partir do ano 10.000, do século 100. Será esse o primeiro dia da nova espécie humana. Vocês são a continuação, geneticamente aprimorada, da criação natural original. Preservem a natureza e preservarão a vocês próprios. Aproveitem, com sabedoria, suas vidas, e superem as desavenças. Se viverem em conflito, alguém, em algum tempo, exterminá-los-á. Não se transformem em títeres nem aceitem tiranos, reis ou imperadores. Façam-se fortes porque justos e justos porque fortes. Não elejam representantes e nunca se calem. Jamais se curvem para ninguém, não ajoelhem nem rezem para qualquer divindade. Tenham fé somente em vocês mesmos. Acreditem que podem fazer tudo, mas optem por fazer somente o bem e coisas boas. Amem-se, pois vocês são a única espécie capaz de amar e, exclusivamente para isso, possuem o cérebro mais privilegiado que a natureza construiu. Aproveitem com sabedoria essa chance que, com certeza, será a última".

Faz-se um silêncio longo e meditativo, com as pessoas olhando-se e os casais abraçando-se afetuosamente.

Até que Samir toma a iniciativa de comentar sobre o que acabaram de ouvir.

— Essas palavras são mandamentos que devemos seguir? (Samir, lançando um desafio interpretativo).

— Penso que sejam orientações para que construamos uma sociedade justa e saudável em todos os aspectos. (Zays).

— Não devemos nos tornar títeres, diz a mensagem. Por isso são orientações e não mandamentos. (Iwana).

— Sim. Nós temos o livre-arbítrio para escolher entre uma convivência pacífica e feliz ou lutar por poder. (Taluk).

— Podemos optar por nos amarmos ou nos odiarmos. É o que entendi da mensagem. (Tirya).

— Que opção será mais inteligente? (Kauê, reforçando o desafio com uma pergunta retórica).

— Sem dúvida, acho que todos nós queremos viver em paz, com saúde e muito amor. (Yana).

— Tomemos, então, essas palavras como mandamentos para construirmos uma sociedade feliz. (Taler).

— Encontramos tantas instruções, orientações e, agora, esses mandamentos, e todos eles apócrifos. (Ory-el).

— Talvez as pessoas que planejaram tudo isso quisessem permanecer anônimas. (Ye-ti).

— O que ganhariam mais de cem anos depois do que fizeram? (Ireia).

— Somente reconhecimento póstumo. (Gregor).

— O certo é que, aceitemos ou não, como orientações ou mandamentos, esse texto é uma espécie de receita utópica para uma sociedade perfeita, que devemos buscar com todas as nossas forças e o todo o nosso amor. (Zays).

Mais tarde, numa reunião, todos concordam com o calendário sugerido no texto e se comprometem, solenemente, a sempre buscar a paz e a harmonia, bem como a construção de uma sociedade justa e feliz, baseada na cooperação e no amor.

— É o que sempre fizemos, pois em Alert, todos sabem, se não houvesse harmonia e cooperação não teríamos sobrevivido. (Samir).

— Proponho colocar essa placa no lugar mais central do pátio para que nos lembremos de nos amar para sempre. (Gem).

Dez meses depois, todas as crianças nasceram. Enquanto trabalham na superfície, Nuna pede ajuda a Zays.

— Zays! Zays! Por favor... (Nuna).

— O que está acontecendo com você? (Zays, amparando Nuna, que cai).

— Acho que chegou a minha hora... (Nuna).

— Não! Por favor, ajudem-me levar a Nuna para o hospital! (Zays).

— Vamos! Vamos! O que há com ela? (Ory-el e Ye-ti que chegam juntos para ajudar).

— Quero... ficar vendo o sol e as crianças... (Nuna, recusando-se a ir para o hospital).

— Temos como ajudá-la no hospital, Nuna. Deixe-nos levá-la. (Samir e Isa, que também vêm em socorro).

— Disse que... não morreria... sem ver seus filhos. (Nuna, com muita dificuldade para falar e respirar).

— Nuna, por favor, fique conosco. (Ye-ti e Gem, todos vão chegando).

— Seus filhos são... todos... lindos. Amem... mui... (Nuna dá um breve suspiro e não termina a frase).

— Obrigada, Nuna. Obrigada por tudo o que sempre fez por nós. (Yana, muito triste).

O falecimento de Nuna abala a todos. E nas semanas seguintes, as duas outras anciãs também morrem. Agora o grupo não dispõem mais da experiência que os mais velhos colocavam a serviço do bem de todos.

Restou um grupo de 30 casais e seus descendentes, que seguirão construindo corajosamente um novo mundo, uma nova civilização.

O GRANDE ENCONTRO

É o ano de 10.001 do século C.

Um ano se passou desde que nasceram as primeiras crianças, na primeira cidade.

Muita coisa aconteceu desde que chegaram à luz. Eles encontraram um ambiente preparado para recebê-los, mas trabalharam muito na construção de suas moradias, aprenderam a cultivar gêneros agrícolas e a criar e abater animais para consumo.

Ao explorarem o outro lado do rio, descobriram que o lugar onde vivem é um bairro afastado de uma cidade chamada Nova Iorque, que ficou totalmente em ruínas, com milhões de esqueletos humanos em seus escombros. Uma grande ponte de ferro está corroída pela ferrugem e várias partes desabaram, tornando impossível sua utilização. A maioria dos prédios foi incendiada e muitos outros tombaram corroídos pela ação implacável do tempo. Um grande parque que havia lá transformou-se numa mata fechada habitada por animais ferozes e famintos.

— Acho que somos, realmente, os únicos seres humanos vivos no planeta. (Ye-ti, ao voltarem da exploração do outro lado do rio).

— Passamos por diversas cidades e o que vimos nos leva a pensar assim. (Zays).

— Que diferença isso faz? (Taler).

— Para nós, nenhuma, mas qual foi a razão que levou todos à morte? (Samir).

— Essa é a pergunta que devíamos responder. (Ory-el).

— Por quê? (Gregor).

— Para não cometermos os mesmos erros que levaram a isso. (Taluk).

— Não importa por que aconteceu. Nada podemos fazer para mudar. (Kauê)

— Acho que não devemos mais voltar àquela cidade. É perigoso com todos aqueles animais famintos. (Yana).

— Só nos resta ficarmos preparados para a possibilidade de, algum dia, recebermos visitas indesejadas. (Zays).

Dias depois, os filhos gêmeos de Ye-ti e Gem completam um ano de vida.

— Gostaria de convidar a todos para a festinha de aniversário do primeiro aninho dos nossos filhos. (Gem, muito feliz).

— Mas é claro que iremos. E vamos ajudar para que seja uma grande comemoração. (Gregor).

— Então faremos uma grande festa! (Ye-ti, eufórico).

— Com certeza! Não quero menos para os meus netos. (Yana).

— Não se esqueça de que eles têm mais uma avó viva. (Ya-ti, enciumada).

— Farei um belo bolo de aniversário. (Yana, adiantando-se).

— Farei outro, pois temos dois netos aniversariantes. (Ya-ti, rebatendo).

— Está bem! Está tudo bem! Não vamos transformar essa comemoração numa competição. (Iwana).

— E daqui para a frente temos muitos aniversários para comemorar. (Tirya).

— Faremos muitas festas e bolos nos próximos dias! (Ireia).

E, assim, fez-se uma grande festa em comemoração ao primeiro ano de nascimento do futuro, um futuro muito melhor, com saúde, igualdade, justiça e amor.

"E das matrizes saídas do gelo eterno (Alert),
Nasceram e cresceram seus descendentes,
Espalhando-se pelo mundo como sementes.
Sem dores e sem nenhuma doença,
Sem nenhum deus, nenhuma crença,
De todas, e de nenhuma raça,
Que brindarão em única taça,
Com felicidade, graça e amor,
A condição de serem um ser melhor.
Depois de aberta a caixa de Pandora
Todas as doenças foram embora
E nasceram seres melhores.
Então melhores seres sereis.
E vieram as primeiras crianças,
Nascidas na primeira cidade,
Trazendo com elas a felicidade
De, enfim, garantirem a continuidade,
Com o primeiro choro e a primeira risada.
Então falaram a primeira palavra dita,
Uma pequena palavra bem dita,
Bendita palavra,
A palavra... MÃE.
Que palavra!!".

FIM

PODEROSOS – Um tratado sobre os poderes.

Esta história transcorre num período de tempo de duzentos e trinta anos aproximadamente.

POSFÁCIO

Esta não é apenas uma pequena história sobre aqueles poderes invisíveis que permeiam cada um de nós e a sociedade como um todo. É, também, sobre os poderes inventados, que devem ser escritos com letra maiúscula para não ferir a vaidade megalomaníaca do ser humano, querendo crer que tudo o que fazem é melhor do que as leis naturais às quais estamos submetidos, queiramos ou não. O poder inventado tem como equação: Poder = transgressão sem punição, pois se alguém está no Poder e só pode fazer o que a lei permite, que Poder ele tem? O Poder de obedecer?

Os poderes antes referidos são o poder das palavras: a palavra bendita porque foi dita na hora certa, a palavra maldita porque foi dita em hora inoportuna. Aquelas ditas baixinho, por trás, às escondidas, subversivas. O poder perverso das pessoas que chicoteiam outras com suas palavras, ações e preconceitos. É o poder do afeto e dos desafetos, do carinho e da aspereza, da compaixão e da ira, os poderes dos sonhos e dos pesadelos, da doação e da negação, do perdão e da vingança, do amor e do ódio

Esses são os poderes que fazem o que somos. É o poder que temos em fazer outros se ajoelharem e pedirem perdão por algo que nem fizeram. Temos o incrível poder de fazer pessoas renascerem das cinzas ou torná-las menos que nada. Podemos fazer com que, após sua jornada de trabalho, sintam-se felizes pelo cumprimento do dever ou voltem para suas casas, estraçalhadas psicologicamente, e se agarrem a animais de estimação só porque eles não reagem nem nos ofendem.

Somos cuidadosos ao tratar com os Poderes e tão descuidados ao tratar com pessoas.

Temos o poder de ensinar e aprender coisas boas e ruins e, talvez, o maior de todos: o poder do livre-arbítrio, o poder da escolha de como somos, ou o PODER de como seremos doravante.

Se o mundo mudar será pela comunhão dos pequenos bons poderes unidos e unindo milhões e milhões de pessoas, e não pela força dos Poderes constituídos, que há milhares de anos tentam governar o mundo e tudo que conseguem são milhões de mortes por guerras, doenças, ignorância, intolerância, soberba e fome.

Quando a humanidade deixar de subjugar-se, despir-se da soberba e não pensar que somos criação divina, então poderemos TUDO, pois todos somos PODEROSOS.